JAMIE SHAW
Rock my Soul

Jamie Shaw

Rock my Soul

Roman

Deutsch von
Veronika Dünninger

blanvalet

Die Originalausgabe erschien 2015
unter dem Titel »Chaos« bei Avon Impulse, an imprint of
HarperCollinsPublishers, New York.

Der Verlag weist ausdrücklich darauf hin, dass im Text
enthaltene externe Links vom Verlag nur bis zum Zeitpunkt
der Buchveröffentlichung eingesehen werden konnten.
Auf spätere Veränderungen hat der Verlag keinerlei Einfluss.
Eine Haftung des Verlags ist daher ausgeschlossen.

Verlagsgruppe Random House FSC® N001967

1. Auflage
Copyright © der Originalausgabe 2015 by Jamie Shaw
Copyright © der deutschsprachigen Ausgabe 2017 by Blanvalet Verlag
in der Verlagsgruppe Random House GmbH,
Neumarkter Str. 28, 81673 München
Redaktion: Hannah Jarosch
Umschlaggestaltung und -motiv: © Johannes Wiebel | punchdesign,
unter Verwendung von Motiven von Shutterstock.com
Satz: Buch-Werkstatt GmbH, Bad Aibling
Druck und Bindung: GGP Media GmbH, Pößneck
LH · Herstellung: sam
Printed in Germany
ISBN: 978-3-7341-0356-8

www.blanvalet.de

Für jede Leserin,
die sich in Shawn verliebt.

Prolog

Fast sechs Jahre zuvor

»Bist du *sicher*, dass du das tun willst?«, fragt mich mein Zwillingsbruder, Kaleb. Er hat die Arme vor der schmalen Brust verschränkt und kaut auf seiner Unterlippe. Ich verdrehe die Augen.

»Wie oft willst du mich das denn noch fragen?« Eines meiner Beine baumelt bereits aus meinem Schlafzimmerfenster im ersten Stock, und mein schwerer Kampfstiefel zieht mich Richtung Boden. Ich habe mich schon eine Million Mal aus dem Haus geschlichen – um mit Taschenlampen Verstecken zu spielen, meinen Brüdern nachzuspionieren, etwas dringend benötigte Zeit für mich allein zu haben –, aber ich war noch nie so nervös wie heute Abend.

Oder so verzweifelt.

»Wie oft muss ich es denn noch tun, bis du begreifst, dass das hier *verrückt* ist?«, zischelt Kaleb zu laut, während er einen nervösen Blick über die Schulter wirft. Unsere Eltern schlafen, und damit der heutige Abend so verläuft wie geplant, muss ich sicherstellen, dass es dabei auch bleibt. Als er mich wieder ansieht, hat er immerhin so viel Anstand, schuldbewusst zu blicken, weil er mich um ein Haar hätte auffliegen lassen.

»Das ist meine letzte Chance, Kale«, flehe ich mit leiser Stimme, aber mein Zwillingsbruder lässt sich nicht beirren.

»Deine letzte Chance *worauf*, Kit? Was hast du denn vor?

Ihm deine ewige Liebe gestehen, nur damit er dir das Herz brechen kann so wie jedem anderen Mädchen, das diesem Typen über den Weg läuft?«

Ich seufze und schwinge ein zweites langes Bein über den Fenstersims. Ich starre zu den Wolken hoch, die sich in diesem Moment vor die Mondsichel schieben. »Es ist nur …« Noch ein tiefer Seufzer entfährt mir. »Wenn Mom und Dad aufwachen, deck mich einfach, okay?«

Als ich einen Blick über die Schulter werfe, schüttelt Kale den Kopf.

»Bitte!«

Er stellt sich zu mir ans Fenster. »Nein. Wenn du gehst, komme ich mit.«

»Du wirst nicht …«

»Entweder komme ich mit, oder du bleibst hier.« Der Blick meines Bruders spiegelt meinen eigenen wider – düster und entschlossen –, seine Augen sind von einem solch dunklen Braun, dass sie fast schwarz wirken. Ich kenne diesen Blick, und ich weiß, dass jede weitere Diskussion zwecklos ist. »Deine Entscheidung, Kit.«

»Du Partytier«, ziehe ich ihn auf und springe, bevor er mich aus dem Fenster schubsen kann.

»Also, wie sieht dein Plan aus?«, will er wissen, nachdem er neben mir auf dem Boden gelandet ist und sich meinem Laufschritt angepasst hat.

»Bryce bringt uns hin.«

Als Kale anfängt zu lachen, zwinkere ich ihm selbstgefällig zu. Dann springen wir beide in den SUV unserer Eltern und warten.

Adam Everest schmeißt heute Abend die größte Party aller Zeiten. Er und die anderen Mitglieder seiner Band haben heute Morgen ihren Abschluss gemacht, und es geht das Gerückt um, dass sie alle bald nach Mayfield ziehen. Mein Bruder Bryce hätte auch seinen Abschluss gemacht, wenn er nicht mit Schulverweis dafür bestraft worden wäre, dass er im Rahmen eines Highschoolabschlussstreichs den Wagen des Schulleiters demoliert hat. Unsere Eltern haben ihn zu lebenslangem Hausarrest verdonnert – oder zumindest so lange, bis er von zu Hause auszieht –, aber wie ich Bryce kenne, wird ihn das nicht davon abhalten, sich auf der Party des Jahres blicken zu lassen.

»Bist du sicher, dass er kommt?«, fragt Kale. Er klopft nervös mit den Fingern auf die Armlehne des Beifahrersitzes.

Ich zeige mit dem Kinn zur Haustür. Unser drittältester Bruder schlüpft gerade auf die Veranda. Er hat mitternachtsschwarze Haare – die Haare, für die wir Larson-Kinder alle bekannt sind. Er zieht die Haustür leise hinter sich zu, sieht nervös in beide Richtungen und sprintet dann auf den Durango unserer Eltern zu. Er verlangsamt sein Tempo, als ich ihm vom Fahrersitz aus kurz zuwinke.

»Was zum Teufel, Kit?«, poltert er, nachdem er die Autotür weit aufgerissen und eine spätfrühlingshafte Windböe hereingelassen hat. Er wirft einen wütenden Blick auf Kale, aber Kale zuckt nur eine knochige Schulter.

»Wir kommen auch mit«, teile ich ihm mit.

Bryce schüttelt entschieden den Kopf. Als Star-Quarterback unseres Footballteams hat er gelernt, Befehle zu erteilen, aber offenbar hat er zu oft eins auf den Schädel gekriegt, um sich zu erinnern, dass ich mir von ihm nichts befehlen lasse.

»Nein, verdammt«, sagt er, doch als ich eine Hand auf die Hupe lege, spannt er sich an.

Ich bin das Nesthäkchen der Familie, aber da ich mit Kale, Bryce und noch zwei weiteren älteren Brüdern aufgewachsen bin, kenne ich mich aus mit dreckigen Tricks.

»Doch, verdammt.«

»Macht sie Witze?«, fragt Bryce Kale, doch der zieht nur eine Augenbraue hoch.

»Sieht sie so aus, als ob sie Witze macht?«

Bryce schaut unseren Bruder missbilligend an, bevor er den Blick wieder auf meine Hand am Lenkrad heftet. »Warum willst du überhaupt mitkommen?«

»Weil ich es will.«

Ungeduldig wie immer, lässt er seine Aggression an Kale aus. »Warum will sie mitkommen?«

»Weil sie es will«, wiederholt Kale, und Bryce' Miene verfinstert sich, als ihm klar wird, dass wir die Zwillingsnummer abziehen. Im Moment könnte ich behaupten, dass der Himmel neonpink ist, und ich hätte Kales volle Rückendeckung.

»Ihr wollt mich allen Ernstes zwingen, euch mitzunehmen?«, beschwert sich Bryce. »Ihr seid neu auf der Highschool. Das ist so peinlich!«

Kale murmelt irgendetwas davon, dass wir jetzt streng genommen im zweiten Highschooljahr sind, aber es geht im Knurren meiner Stimme unter. »Als ob wir überhaupt mit dir abhängen wollen.«

Genervt drücke ich aus Versehen zu fest auf die Hupe, und ein unglaublich kurzes, unglaublich lautes Tuten lässt die Grillen um uns herum verstummen. Wir drei erstarren alle, unsere obsidianfarbenen Augen weit aufgerissen, und unsere Herzen rasen so schnell, dass ich mich wundere, dass Bryce sich nicht in die Hose macht. Stille dehnt sich in dem Raum zwischen unserem Fluchtwagen und unserem Sechszimmerhaus aus, und als keine Lichter angehen, erfüllt ein kollektiver Seufzer der Erleichterung die Luft.

»Tut mir leid«, murmele ich, und Bryce stöhnt, während er sich nervös mit einer Hand durch seine kurz geschnittenen Haare fährt.

»Du bist eine gottverdammte Nervensäge, Kit!« Er streckt die Hand nach mir aus und zerrt mich am Arm aus dem Wagen. »Steig hinten ein. Und gib mir nicht die Schuld, wenn Mom und Dad dir Hausarrest aufbrummen, bis du vierzig bist.«

Die Fahrt zu Adams Haus dauert ewig und drei Tage. Als mein Bruder schließlich in einer langen Autoschlange auf der Straße parkt, den Motor ausschaltet und sich auf dem Sitz zu mir umdreht, bin ich mir ziemlich verdammt sicher, dass das hier die idiotischste Idee ist, die ich je hatte. Ich weiß schon gar nicht mehr, wie viele Telefonmasten und Straßenlaternen mich von meinem Zuhause trennen.

»Okay, hört zu«, ermahnt uns Bryce und lässt seinen Blick zwischen Kale und mir hin- und herhuschen. »Wenn die Cops die Party hier sprengen, treffen wir uns bei der großen Eiche unten am See, okay?«

»Augenblick, was?«, ruft Kale, als wäre ihm eben erst eingefallen, dass wir auf einer Party sein werden, auf der Minderjährige Alkohol konsumieren und rekordverdächtig oft gegen den Lärmschutz verstoßen wird.

»Okay«, erkläre ich für uns beide, und Bryce mustert meinen Zwillingsbruder noch einen Moment länger, bevor er einen resignierten Seufzer ausstößt und aus dem Wagen steigt. Ich steige ebenfalls aus, warte, bis Kale an meiner Seite auftaucht und folge Bryce dann hin zu der Musik, die den Asphalt unter unseren Füßen aufzureißen droht. Die Party ist bereits in vollem Gange, Teenager schwärmen überall durch den riesigen Garten wie Ameisen, die sich über rote Plastikbecher hermachen. Nachdem Bryce sich hinter der Haustür sofort ins Gewühl gestürzt hat und verschwunden ist, tauschen Kale und ich einen kurzen Blick, bevor wir ihm ins Haus folgen.

In der Diele von Adams Haus wandert mein Blick höher und höher bis hin zu einem Kronleuchter, der ein grelles weißes Licht über, wie es aussieht, eine Million ausgeflippter Körper wirft, die sich alle in dem Raum drängen. Ich schlängele mich durch ein Meer von Schultern und Ellenbogen, durch Flure und überfüllte Zimmer, um zur Hintertür zu gelangen, die in den Garten führt. Die Musik in meinen Ohren dröhnt mit jedem Schritt, den ich tue, lauter und lauter. Bis Kale und ich wieder ins Freie treten, hämmert sie auf meine Trommelfelle ein und pulsiert in meinen Adern. Ein riesiger Swimmingpool, überfüllt mit halb nackten Highschoolschülern, befindet sich zwischen mir und der Stelle, wo Adam Everest steht und Songtexte in sein Mikrofon schmettert. Links von Adam spielt Joel Gibbon auf seiner Bassgitarre. Daneben steht das neue Mitglied, Cody Soundso, mit seiner Rhythmusgitarre, und Mike Madden trommelt hinter ihnen auf sein Schlagzeug ein.

Aber sie alle sind nur verschwommene Gestalten am Rande meines Blickfelds.

Shawn Scarlett steht rechts von Adam und schreddert mit seinen talentierten Fingern die Leadgitarre. Seine zerzausten schwarzen Haare hängen ihm wild über die tiefgrünen Augen. Sein Blick ist auf die vibrierenden Saiten geheftet. Hitze tänzelt meinen Nacken hoch, und Kale murmelt: »Er ist nicht einmal der Heißeste.«

Ich ignoriere ihn und befehle meinen Füßen, sich in Bewegung zu setzen, mich um den Pool dorthin zu tragen, wo sich eine riesige Menge versammelt hat, um der Band zuzusehen. Ich stelle kurz darauf fest, dass ich mit meinen schweren Lederboots, den zerschlissenen Jeans und dem weit geschnittenen Tanktop eindeutig zu viele Klamotten anhabe. Ich finde mich hinter Cheerleadern im Bikini wieder, die den Unterschied zwischen einer Fender und einer Gibson nicht einmal erkennen würden, wenn ich beide über ihren wasserstoffblonden Köpfen zusammenschlagen würde.

Auf den Zehenspitzen stehend versuche ich, über wippende Haare hinweg irgendetwas zu erkennen. Doch da endet der Song, die Band bedankt sich bei der Menge und beginnt, ihr Zeug einzupacken. Mit einem entnervten Seufzer drehe ich mich zu Kale um.

»Können wir jetzt nach Hause?«, fragt er.

Ich schüttele den Kopf.

»Warum denn nicht? Die Show ist vorbei.«

»Das ist nicht der Grund, weshalb ich hergekommen bin.«

Kales Blick bohrt sich unter meine Haut, gräbt sich tiefer und tiefer, bis er in meinen Hirnwellen schwimmt. »Du willst allen Ernstes versuchen, mit ihm zu reden?«

Ich nicke, während wir uns langsam von der Menge entfernen.

»Und wirst was sagen?«

»Das habe ich mir noch nicht überlegt.«

»Kit«, warnt mich Kale. Seine marineblauen Chuck Taylors bleiben abrupt stehen. »Was erwartest du denn, was passieren wird?« Er sieht mich mit traurigen dunklen Augen an, und ich wünschte, wir würden näher am Pool stehen, damit ich ihn hineinschubsen und ihm so diesen Ausdruck aus dem Gesicht wischen könnte.

»Ich erwarte gar nichts.«

»Warum dann das alles?«

»Weil ich muss, Kale. Ich muss einfach mit ihm reden, wenn auch nur, um ihm zu sagen, wie sehr er mein Leben verändert hat. Okay?«

Kale seufzt, dann lässt er das Thema fallen. Er weiß, dass Shawn für mich mehr als nur eine Teenie-Schwärmerei ist.

Das erste Mal überhaupt, dass ich ihn Gitarre spielen sah, war bei einer Talentshow unserer Schule, als wir beide noch auf die Junior High gingen. Ich war in der fünften Klasse, Shawn in der achten, und er und Adam legten eine Akustik-Performance hin, bei der mir eine Gänsehaut von den Fingern bis zu den Zehen lief. Sie saßen beide auf Hockern, ihre Gitarren im Schoß, und Adam sang den Lead- und Shawn den Backgroundgesang. Und die Art, wie Shawns Finger über die Saiten tänzelten, und die Art, wie er sich in der Musik verlor – er packte mich einfach und nahm mich mit, sodass ich mich ebenfalls verlor. In der Woche darauf überredete ich meine Eltern, mir eine gebrauchte Gitarre zu kaufen, und ich begann, Unterricht zu nehmen. Meine Lieblingsbeschäftigung wird für immer mit dem Menschen verbunden sein, der mir beigebracht hat, sie zu lieben, dem Menschen, in den ich mich an jenem Tag in der Turnhalle der Junior High verliebt habe.

Verliebt, so ungern ich es auch zugebe. Auf eine Art, die wehtut. Auf eine Art, die ich vermutlich besser für mich behalten sollte, da ich weiß, dass sie mir nur das Herz brechen wird.

Ich weiß, dass ich keine Chancen habe, und doch muss ein nicht zu unterdrückender Teil von mir ihn unbedingt wissen lassen, was er für mich getan hat, selbst wenn ich ihm nicht sage, was er für mich *ist*.

Mein Körper bewegt sich roboterartig, und mein Verstand ist auf einem völlig anderen Stern, während Kale und ich uns in der Küche zwei Plastikbecher schnappen und damit auf das Bierfass hinter dem Haus zusteuern. Meine Gedanken kehren langsam zurück in die Gegenwart. Ich habe schon früher mit meinen Brüdern Bier getrunken, aber ich habe noch nie ein Fass bedient, daher sehe ich ein paar Leuten zu, wie sie ihre Becher füllen, damit ich nicht wie ein Idiot dastehe, wenn ich am Zapfhahn an der Reihe bin. Ich hebe ihn mit zitternden

Fingern, fülle meinen und Kales Becher und schlendere dann mit meinem Bruder über das Grundstück – zwei Minderjährige mit Alkohol. Adams Garten ist so riesig, dass er ein öffentlicher Park sein könnte. Ein schmiedeeiserner Zaun, der ringsum verläuft, schützt den Pool, ein paar große Eichen und genügend Teenager, um damit die Turnhalle der Schule zu füllen. Ich sehe hinüber zu meinem Zwillingsbruder und folge seinem Blick zu einer Gruppe Jungen, die lachend am Rand des Pools stehen.

»Er ist niedlich.« Ich zeige mit einem Nicken auf den Typen, und Kale tut so, als hätte er ihn nicht gerade noch angestarrt. Einen gut aussehenden, sonnengebräunten Jungen in Hawaii-Boardshorts und Flipflops.

»Das ist er allerdings«, fordert mich Kale mit gespielter Gleichgültigkeit heraus. »Du solltest ihn ansprechen.«

Ich sehe meinen Zwillingsbruder eindringlich an und sage: »Willst du denn nie einen festen Freund haben?«

»Dir ist schon klar, dass Bryce noch immer irgendwo hier herumhängt, oder?«

Ich schnaube verächtlich. »Na und?«

Kale wirft mir einen Blick zu, der alles besagt, und ich versuche mir nicht anmerken zu lassen, wie sehr mich seine Haltung ärgert. Es ist nicht so, als ob ich etwas dagegen hätte, seine Geheimnisse zu wahren – ich hasse die Tatsache, dass er bei diesem Geheimnis die Notwendigkeit verspürt, es wahren zu müssen.

»Wenn Shawn nicht der Heißeste ist«, sage ich, um das Thema zu wechseln, »wer ist es denn dann?«

»Bist du blind?« Kale schiebt sein Gesicht nah vor meines, als wolle er das Schwarz um meine Pupillen herum mustern. Ich schiebe seine Stirn mit meiner freien Hand von mir weg.

»Sie sind alle ziemlich niedlich.«

Ein Mädchen in der Nähe schreit Zeter und Mordio, als der Junge in den Boardshorts sie hochhebt und mit ihr in den Pool springt. Kale sieht den beiden zu und seufzt.

»Also, welcher?«, frage ich noch einmal, um ihn abzulenken.

»Mount Everest.«

Ich kichere. »Das sagst du nur, weil Adam eine männliche Hure ist. Er ist der Einzige, den du vermutlich überreden könntest, die Seiten zu wechseln.«

»Vielleicht«, entgegnet Kale mit einem Anflug von Traurigkeit in der Stimme, und ich runzele die Stirn. Dann schlendere ich mit seinem Becher zu dem Bierfass hinüber, um ihn aufzufüllen. Ich betätige eben den Zapfhahn, als Kale mich mit dem Ellenbogen in den Arm knufft.

Ich hebe den Blick und sehe Shawn Scarlett und Adam Everest, die auf das Bierfass, auf *mich*, zukommen.

Es gibt zwei Möglichkeiten, wie das hier ablaufen kann. Ich kann mich selbstbewusst geben, ihnen anbieten, ihr Bier zu zapfen, lächeln und ein ganz normales Gespräch beginnen, damit ich sagen kann, was ich sagen muss, oder – nein! Ich lasse den Zapfhahn los, verrenke mir fast die Fußknöchel, als ich mit Überschallgeschwindigkeit herumschnelle und davonlaufe, bis ich einen einsamen Ort erreiche, der sich nicht annähernd einsam genug anfühlt. Ich beiße mir auf die Lippen.

»Was zum Teufel war das denn?«, fragt Kale atemlos hinter mir.

»Ich glaube, ich habe eine allergische Reaktion.« Meine Handflächen schwitzen, meine Kehle fühlt sich an wie zugeschnürt, und mein Herz hämmert in der Brust.

Kale lacht und gibt mir einen Schubs, dass ich nach vorne stolpere. »Ich bin *nicht* den ganzen Weg hierhergekommen, um zuzusehen, wie du dich in ein typisches Mädchen verwandelst.«

Auf der Unterlippe kauend sehe ich zurück in die Richtung, aus der wir gekommen sind. Shawn und Adam, beide mit einem Bier in der Hand, schlüpfen gerade durch die Hintertür ins Haus.

»Was soll ich denn sagen?«, frage ich.

»Was immer du sagen musst.«

Kale legt die Hände auf meine Schultern und schiebt mich vor sich her auf die Tür zu. Benommen bewege ich mich vorwärts. Schritt für Schritt für Schritt tragen mich meine Füße den langen Weg zurück. Mir ist gar nicht bewusst, dass mein Zwillingsbruder mir gar nicht mehr folgt, bis ich mich umdrehe und sehe, dass er verschwunden ist. Mein Plastikbecher ist leer, aber ich klammere mich an ihm fest, als wäre er eine Rettungsdecke, meide den Blickkontakt zu jedem in meiner Nähe und tue so, als wüsste ich, wohin ich gehe. Ich schlängele mich zwischen ein paar bekannten Gesichtern von der Schule hindurch, aber offenbar erkennen mich nicht viele, und die, die es tun, ziehen irgendwie nur eine Augenbraue hoch, bevor sie mich weiter ignorieren.

Alle von der Schule kennen meine älteren Brüder. *Alle.* Bryce war im Footballteam, bevor er entschied, dass es ihm wichtiger war, sich Ärger einzuhandeln, als ein Stipendium zu ergattern. Mason, zwei Jahre älter als Bryce, ist dafür berüchtigt, den Rekord für die meisten Schulverweise gebrochen zu haben. Und Ryan, eineinhalb Jahre älter als Mason, war zu seiner Zeit ein rekordebrechendes Läufer-Ass und ist noch immer eine Legende. Sie alle bewegen sich auf diesem seltsamen schmalen Grat, auf dem sie mich entweder wie einen Jungen behandeln oder so tun, als wäre ich aus Porzellan.

Ich halte unwillkürlich nach Bryce Ausschau, auf der verzweifelten Suche nach einem vertrauten Gesicht, aber stattdessen entdecke ich Shawn. Er sitzt mitten auf der Couch im

Wohnzimmer, mit Joel Gibbon auf einer Seite und irgendeiner Tussi, die ich prompt hasse, auf der anderen. Ich stehe wie angewurzelt da, als irgendein Idiot mich auf einmal von hinten anrempelt.

»Hey!«, brülle ich über die Musik hinweg und wirbele herum, als sich der Idiot auf mich stützt, als würde er sonst das Gleichgewicht verlieren.

»Scheiße! Ich bin ...« Bryce stiert mich an, dann beginnt er zu lachen und legt mir die Hände um die Schultern, um jetzt *wirklich* nicht das Gleichgewicht zu verlieren. »Kit! Ich habe total vergessen, dass du auch noch hier bist!« Er strahlt wie ein fröhlicher Säufer, doch ich sehe ihn nur mürrisch an. »Wo ist Kale?«

»Draußen beim Bierfass.« Ich verschränke die Arme vor der Brust, anstatt meinem stockbesoffenen Bruder zu helfen, sich auf den Beinen zu halten.

Er legt verwirrt die Stirn in Falten, als er endlich die Balance wiederfindet. »Was tust du denn ganz allein hier drinnen?«

»Musste pinkeln«, lüge ich mit geübter Leichtigkeit.

»Oh, soll ich dich zur Toilette begleiten?«

Ich bin im Begriff, ihn dafür zusammenzustauchen, dass er mich wie ein Baby behandelt, als eine seiner Gelegenheitsfreundinnen sich an ihn schmiegt und ihn bittet, ihr ein Bier zu holen.

»Ich glaube, ich bin in der Lage, allein die Toilette zu finden, Bryce«, fauche ich, woraufhin er mich mit glasigen Augen mustert und mir schließlich recht gibt.

»Okay.« Er beäugt mich noch ein bisschen länger, dann bindet er das viel zu große Flanellhemd von meiner Taille los und zwängt meine Arme hinein. Er zieht es mir vor der Brust zu und nickt vor sich hin, als hätte er soeben die nationale Sicherheit gewährleistet. »Okay, stell nichts an, Kit.«

Ich verdrehe die Augen und ziehe das Flanellhemd wieder aus, sobald er sich abwendet. Doch als ich auf einmal ganz allein mitten in dem überfüllten Raum stehe, bereue ich es, ihn so rasch abgewimmelt zu haben. Ich suche mir einen Platz neben einem riesigen Gaskamin und gebe vor, an meinem Bier zu nippen, obwohl der Becher leer ist. Gleichzeitig versuche ich, mir meine Verlegenheit nicht anmerken zu lassen – was vermutlich sinnlos ist angesichts der Tatsache, dass ich Shawn aus der Ferne angaffe wie ein verdammter Stalker.

Was zum Teufel habe ich mir eigentlich dabei gedacht, heute Abend hierherzukommen? Er ist umringt. Er ist *immer* umringt. Er ist umwerfend und beliebt und weit außerhalb meiner Liga. Die Blondine neben ihm sieht aus, als wäre sie dazu geboren, eine Papp-Werbefigur zu sein, die vor Abercrombie & Fitch aufgestellt wird. Sie ist heiß und weiblich und riecht vermutlich nach verdammten Narzissen und … steht auf, um zu gehen.

Der Platz neben Shawn wird frei, und bevor ich kneifen kann, stürze ich durch den Raum und lasse mich mit einer Arschbombe darauffallen.

Das Kissen kollabiert unter meinem plötzlichen Gewicht, und Shawn wendet den Kopf, um zu sehen, was für ein Idiot da um ein Haar gegen ihn geknallt wäre. Vermutlich sollte ich mich vorstellen, sollte meine Schwäche für Stalken und Arschbomben offenbaren, aber stattdessen halte ich die Klappe und zwinge mich zu einem nervösen Lächeln. Ein Moment verstreicht, in dem ich mir sicher bin, dass er mich gleich fragen wird, wer zum Teufel ich bin und was zum Teufel ich mir eigentlich dabei denke, mich einfach neben ihn zu setzen, aber dann verzieht er den Mund nur zu einem netten Lächeln und nimmt wieder das Gespräch mit dem Typen auf der anderen Seite auf.

Oh Gott! Was jetzt? Jetzt sitze ich einfach nur verlegen neben ihm, ohne ersichtlichen Grund, und Blondie wird jeden Augenblick zurück sein und mir befehlen, mich zu verkrümeln, und dann was? Dann wird meine Chance verpufft sein. Dann werde ich völlig umsonst aus meinem Schlafzimmerfenster gesprungen sein.

»Hey«, sage ich und klopfe Shawn auf die Schulter. Ich versuche nichts Demütigendes zu tun, wie zum Beispiel zu stottern oder mich auf ihn zu übergeben oder so.

Gott, sein T-Shirt ist so weich. Irgendwie richtig flauschig weich. Und warm. Und …

»Hey«, erwidert er, und eine Mischung aus Verwirrung und Interesse huscht über sein Gesicht, als er mich ansieht. Seine Augen, glasig von den Drinks, die er intus hat, sind tiefgrün. In ihnen zu versinken, ist, als würde man um Mitternacht die Grenze zu einem Zauberwald überschreiten. Als würde man sich an einem Ort verlieren, der einen vollständig verschlucken könnte.

»Ihr habt euch heute Abend richtig gut angehört«, sprudele ich los, und Shawns Lächeln wird breiter und gibt den Schmetterlingen in meinem Bauch einen kleinen Selbstvertrauensschub.

»Danke.« Er macht Anstalten, sich wieder abzuwenden, aber ich spreche etwas lauter, um ihn daran zu hindern.

»Dieser Riff, den du bei eurem letzten Song gespielt hast«, platze ich heraus und erröte, als er mir den Kopf wieder zudreht, »der war einfach fantastisch. Den kriege ich nie so hin.«

»Du spielst?« Shawn wendet mir jetzt seinen ganzen Oberkörper zu, und seine Knie kommen an meinen zu ruhen. Wir haben beide durchgewetzte Stellen an den Knien, und ich schwöre, meine Haut kribbelt, wo seine sie streift. Er schenkt

20

mir seine ungeteilte Aufmerksamkeit, und es ist, als ob jedes Licht im Raum seine Hitze genau auf mich richtet, als ob jedes Wort, das ich sage, fürs Protokoll festgehalten wird.

Ein Schatten fällt auf mich. Das Abercrombie-Model von vorhin sieht finster zu mir herunter, mit Teufelsaugen zwischen lauter blonden Haaren. »Du sitzt auf meinem Platz.«

Shawns Hand landet auf meinem Knie, um zu verhindern, dass ich mich bewege. »Du spielst?«, fragt er noch einmal.

Mein Blick ist auf seine Hand geheftet – seine *Hand* auf meinem *Knie* –, als die Tussi mit den Teufelsaugen winselt: »Shawn, sie sitzt auf meinem Platz.«

»Dann such dir einen anderen«, entgegnet er mit einem kurzen Blick auf sie, bevor er ihn wieder auf mich heftet. Als sie sich schließlich entfernt, gleichen meine Wangen zwei Liebesäpfeln, die zu lange in der Sonne liegen gelassen wurden.

Shawn starrt mich erwartungsvoll an, und ich starre peinlich lange zu ihm zurück, bevor mir wieder einfällt, dass ich eine Frage beantworten soll. »Ja«, erwidere ich schließlich. Seine Hand ruht noch immer schwer auf meinem Knie, und mein Herz schlägt Purzelbäume in meiner Brust. »Ich habe dich gesehen … bei einer Talentshow auf der Mittelschule …« – *bitte übergib dich nicht, bitte übergib dich nicht, bitte übergib dich nicht* – »… vor ein paar Jahren, und …« – *oh Gott, tue ich das hier wirklich?* – »… und danach wollte ich unbedingt auch spielen lernen. Weil du so gut warst. Ich meine, du *bist* so gut. Noch immer, meine ich …« – *Katastrophe, Katastrophe, Katastrophe!* – »… du bist noch immer richtig, richtig gut …«

Mein Versuch, meine tief empfundenen Gründe zu retten, wird mit einem warmen Schmunzeln belohnt, das die ganze Peinlichkeit wettmacht. »Du hast meinetwegen angefangen zu spielen?«

»Ja.« Ich schlucke schwer und widerstehe dem Drang, die

Augen fest zusammenzukneifen, während ich auf seine Reaktion warte.

»Wirklich?«, fragt Shawn, und bevor ich weiß, was er tut, hebt er die Finger von meinem Knie und nimmt meine Hände in seine. Er mustert die Schwielen an meinen Fingerkuppen und reibt mit den Daumen darüber, sodass ich von innen dahinschmelze. »Bist du gut?«

Ein großspuriges Lächeln umspielt seine Lippen, als er den Blick hebt, und ich gestehe: »Nicht so gut wie du.«

Sein Lächeln wird sanfter, und er lässt meine Hände los. »Du warst bei ein paar Konzerten von uns, stimmt's? Du trägst normalerweise eine Brille?«

Bin das *ich?* Das Mädchen mit der bescheuerten Brille? Ich habe mich bei mehr als nur ein paar Konzerten der Band im hiesigen Freizeitzentrum in der ersten Reihe heiser geschrien, aber ich hätte nie gedacht, dass Shawn mich bemerkt hat. Und jetzt, während ich darüber nachdenke, wie idiotisch ich mit meinem klobigen, quadratischen Gestell vermutlich ausgesehen habe … bin ich mir nicht so sicher, ob ich froh bin, dass er es getan hat. »Ja. Ich habe erst letzten Monat Kontaktlinsen bekommen …«

»Sieht gut aus«, sagt er, und die Röte, die mir schon seit einer ganzen Weile in den Wangen sitzt, nimmt auf einmal epische Ausmaße an. Ich kann die Hitze in meinem Gesicht, meinem Nacken, meinen *Knochen* spüren. »Du hast schöne Augen.«

»Danke.«

Shawn lächelt, und ich erwidere sein Lächeln, doch bevor einer von uns noch ein Wort sagen kann, zupft Joel ihn am Ärmel. Er lacht lauthals über irgendeinen Witz von Adam, und Shawn wendet sich von mir ab, um sich wieder in die Unterhaltung einzuklinken.

Und einfach so ist der Moment vorbei, und ich habe nicht einmal ansatzweise das gesagt, wofür ich überhaupt hierhergekommen bin. Ich habe mich nicht bei ihm bedankt oder ihm gesagt, dass er mein Leben verändert hat, oder irgendetwas auch nur *annähernd* Bedeutungsvolles zum Ausdruck gebracht.

»Hey, Shawn«, versuche ich es noch einmal. Ich klopfe ihm wieder auf die Schulter, als Joels Lachen verebbt ist.

Shawn schaut mich neugierig an. »Ja?«

»Ehrlich gesagt wollte ich dich etwas fragen.«

Er dreht mir wieder seinen Oberkörper zu, und mir wird bewusst, dass ich keine verdammte Ahnung habe, was ich als Nächstes sagen soll. *Ehrlich gesagt wollte ich dich etwas fragen?* Von all den Dingen, die mir über die Lippen hätten kommen können, hat sich mein Gehirn ausgerechnet *dafür* entschieden? Der verzweifelte, mädchenhafte Teil von mir, den ich nicht gern zur Kenntnis nehme, will ihm sagen, dass ich ihn liebe, und ihn anflehen, nicht wegzuziehen. Aber dann müsste ich mich anschließend im Swimmingpool ertränken.

»Ach ja?«, fragt mich Shawn über die Musik hinweg, die irgendjemand noch lauter gedreht hat. Um Zeit zu gewinnen, beuge ich mich zu seinem Ohr vor. Er beugt sich ebenfalls vor, lehnt sich zu mir hinüber, und als ich den Geruch seines duschfrischen Eau de Cologne einatme, habe ich auf einmal eine totale Mattscheibe. Ich habe die Fähigkeit verloren, Worte zu bilden, selbst einfache Worte wie *Danke*. Er zieht bald weg, und ich vermassele meine letzte Chance, ihm zu sagen, was ich fühle. Die Wange genau neben seiner drehe ich mein Gesicht, und plötzlich sind Shawns Augen genau vor meinen, und unsere Nasen berühren sich praktisch, und seine Lippen sind nur wenige Zentimeter vor meinen, und mein Gehirn sagt: *Scheiß drauf.* Und ich beuge mich vor.

Und küsse ihn.

Nicht schnell, nicht langsam. Mit geschlossenen Augen drücke ich einen warmen Kuss auf seine weiche Unterlippe, die nach einer Million verschiedener Dinge schmeckt. Nach Bier, nach einem Traum, danach, wie die Wolken heute Abend vor dem Mond vorbeigezogen sind. Mein Gehirn schwankt zwischen dem Verlangen, an ihm dahinzuschmelzen, und dem Bedürfnis zurückzuzucken, doch Shawn nimmt mir schließlich die Entscheidung ab.

Als sich seine Lippen öffnen und er den Kuss vertieft, hämmert mein Herz gegen meine Rippen, und meine zitternden Hände suchen an Shawns Seiten Halt. Er vergräbt die Finger in meinen dichten Haaren, zieht mich näher an sich. Ich bin viel zu verloren, um je gefunden werden zu wollen. Ich balle die Hände in dem lockeren Stoff seines T-Shirts zu Fäusten. Shawn löst die Lippen von meinen und schnurrt mir leise ins Ohr: »Komm mit.«

Bevor ich weiß, wie mir geschieht, liegt meine Hand in seiner, und ich folge ihm durch das Gewühl. Die Treppe hoch. Einen Flur hinunter. In ein dunkles Schlafzimmer. Die Tür fällt hinter uns zu, und in dem fahlen Mondlicht, das einen sanften Schimmer ins Zimmer wirft, nehmen diese köstlichen Lippen meine wieder in Besitz.

»Wie heißt du?«, fragt Shawn zwischen zwei Küssen, bevor sein talentierter Mund zu meinem Hals hinuntergleitet.

Vermutlich würde ich ihm antworten – wenn ich mich an meinen Namen erinnern könnte. Aber stattdessen bin ich wie berauscht von seinen Lippen und seinen Händen und dem Gefühl, wie sie über meine Haut auf verbotenes Terrain vordringen. Seine Berührung lässt erst einen weiteren Schauder über meine Gänsehaut tänzeln, und dann Hitze – ein Feuer, das über meinen Hals, meine Arme, mein Herz züngelt.

»Ist doch egal«, keuche ich.

Shawn lacht leise an meinem Hals, dann richtet er sich auf und schenkt mir ein Lächeln, das meine Beine in Wackelpudding verwandelt. Er löst den Knoten meines Flanellhemds und lässt es zwischen uns auf den Boden fallen. Dann verhakt er die Finger in meinem Tanktop und zieht es mir über den Kopf.

Ich habe schon früher mit Jungs rumgeknutscht. Geknutscht und ein bisschen rumgefummelt. Aber als Shawn mich jetzt zu diesem Bett zieht und mich darauflegt, weiß ich, dass ich im Begriff bin, in eine völlig andere Liga geholt zu werden – eine, für die ich vermutlich nicht bereit bin, auch wenn ich trotzdem versuchen werde, gut darin zu sein.

Weil es *er* ist. Weil es Shawn ist. Weil ich, auch wenn ich heute Abend nicht deswegen hergekommen bin, jetzt glaube, dass ich sterben werde, wenn ich wieder gehe, ohne es getan zu haben.

Mein Körper versinkt in Bettwäsche, die nicht meine ist, und ich ziehe Shawn auf mich hinunter, damit ich seine Lippen wieder spüren kann, und ich stöhne auf, als jeder Zentimeter seines Körpers sich an die Rundungen und Vertiefungen meines eigenen schmiegt. Meine Finger gleiten unter sein weiches T-Shirt, und gemeinsam ziehen wir es ihm über den Kopf.

»Shawn«, seufze ich. Ich küsse ihn. Die Härte in seiner Jeans treibt mich in den Wahnsinn. Ich hauche seinen Namen, nur um sicherzugehen, dass das hier echt ist, um mich zu überzeugen, dass ich nicht träume.

»Scheiße!«, keucht er. Er löst unsere Körper nur so weit voneinander, dass er seinen Hosenschlitz öffnen kann, ohne seine Küsse zu unterbrechen. Im nächsten Augenblick knöpft er mir die Hose auf, und ich winde mich aus meiner Jeans und meinem Slip, während er seine Jeans und Boxershorts von sich kickt. Eine Sekunde später steckt eine kleine, quadratische Verpackung zwischen seinen Zähnen, dann streift er schon das Kondom über. Ich werfe einen verstohlenen Blick nach unten und beiße mir auf die Lippe.

Alles passiert im Zeitraffer, so schnell, dass mein Gehirn immer wieder schreit: *Das hier passiert nicht wirklich.* Shawn ist ein süßer Traum, der zwischen meinen Beinen kniet, und als mein Blick wieder hoch zu seinem Gesicht wandert, grinst er mich frech an. »Weg damit«, sagt er und zerrt an meinem BH-Träger. Ich krümme den Rücken, um den Verschluss zu öffnen.

Er zieht mir das letzte Kleidungsstück, das ich noch trage, über die Schultern herunter, und während sich seine Augen an mir weiden, bebe ich unter seinen Blicken. Seine raue Hand umfasst die üppige Wölbung meiner Brust, und er massiert sie sanft, bevor er mit dem Daumen so über meinen Nippel gleitet, wie er über die gestimmte Saite einer Gitarre gleiten würde. Ich stöhne auf bei diesem Gefühl, das in jede Faser meines Körpers schießt. Shawn sucht wieder meinen Blick und hält ihn fest, als er es sich gleichzeitig zwischen meinen Beinen bequem macht. Während er langsam seine Hüften nach vorne schiebt, verspüre ich einen Druck, dann ein schmerzhaftes Dehnen, das mich die Augen fest zusammenkneifen lässt. Meine Fingernägel krallen sich in seinen Rücken. Ich ziehe ihn so nah wie möglich an mich und schmiege das Kinn an seine warme Halsbeuge.

»Geht es dir gut?«, fragt er, und ich lüge, indem ich eine Hand in seinen Haaren vergrabe und an seinem Ohrläppchen knabbere. Er weiß nicht, dass er mir gerade meine Jungfräulichkeit nimmt – weil er es nicht wissen *muss*, weil ich nicht *will*, dass er es weiß.

Was würde er denken? Würde er aufhören?

Er beginnt sich langsam in mir zu bewegen, und ich befehle meinem Körper, sich zu entspannen, sich für ihn locker zu machen, damit es nicht ganz so wehtut. So hatte ich mir mein erstes Mal eigentlich nicht vorgestellt. Ich hatte mir Duftkerzen und Musik vorgestellt und ... dass der Typ zumindest meinen Namen kennt.

Oh mein Gott, ich verliere meine Jungfräulichkeit an einen Kerl, der *nicht einmal weiß, wie ich heiße!*

»Kit«, platze ich heraus.

Ohne in seinen Bewegungen innezuhalten, fragt Shawn keuchend: »Hä?«

»Mein Name«, sage ich mit immer noch geschlossenen Augen. Ich drücke mein Gesicht an seine warme Haut, inhaliere seinen Geruch. Kerzen und Musik sind nicht wichtig, denn das hier ist schließlich Shawn. Und von dem, was wir hier gerade miteinander tun, hatte ich nicht mal zu träumen gewagt.

»Kit«, wiederholt er. Als er diesmal in mich eindringt, ziehe ich meine Zehen an, und ein gehauchtes Stöhnen kommt mir über die Lippen. Er löst sich aus meinem Schraubstockgriff, um mich zu küssen, und mein Körper reagiert auf ihn, passt sich dem immer schneller werdenden Tempo seiner Stöße an.

Seine Zunge ist zwischen meinen Lippen, seine Hüften sind zwischen meinen Schenkeln, und sein Körper ist unter meinen Händen – aber ich bin es, die an ihn verloren ist. Ich gehöre ihm, und ich flehe wortlos um mehr, während er sich mir in dem dunklen Zimmer eines Fremden hingibt. Als sein Körper sich anspannt und er schließlich auf mir zusammenbricht, halte ich ihn fest an mich gedrückt, gestatte meinen Händen, sich die Konturen seines Rückens und die Art, wie seine schweißnassen Haare sich in seinem Nacken ringeln, genau einzuprägen.

Ich will ihn noch einmal küssen, aber jetzt, wo das, was wir getan haben, vorbei ist, weiß ich nicht, ob ich es mich traue. Die Finger in seinen Haaren vergraben, ringe ich zu lange mit mir, und ich verliere den Kampf, als Shawn sich hochstemmt und seine Klamotten einzusammeln beginnt. Mit einem erschöpften Lächeln im Gesicht wirft er mir meine eigenen Klamotten zu, und ich rede mir ein, glücklich zu sein. Auch wenn ich ihn niemals wiedersehen werde, hatte ich wenigstens diesen Abend.

»Hast du irgendwo mein Handy gesehen?«, fragt er. Ich taste das Bettzeug um mich herum danach ab. Als er das Licht anknipst, bin ich heilfroh, nirgends Blut zu entdecken. Wir sind in Adams Zimmer – nach den Bandpostern und Songtexten zu urteilen, die an die Wände gekritzelt sind. Schließlich finde ich Shawns Handy zwischen dem schwarzen Satinbettzeug und reiche es ihm. Ich ignoriere den Schmerz, der bei jeder kleinen Bewegung zwischen meinen Beinen pocht. Wenn er gewusst hätte, dass es mein erstes Mal war, wäre er vermutlich sanfter gewesen. Doch wenn er gewusst hätte, dass es mein erstes Mal war, hätte er es vermutlich überhaupt nicht getan.

Die Erkenntnis trifft mich wie eine Abrissbirne in die Magengrube – denn ich *weiß*, dass er nach dieser Sache nie wieder ein Wort mit mir wechseln wird. Er wird fortgehen, einhundert Meilen weit wegziehen, und mein Herz wird noch schlimmer brechen, als wenn ich ihn einfach so hätte gehen lassen.

»Gibst du mir deine Nummer?«, fragt er. Ich starre zu ihm hoch. Er hält sein Handy in der Hand, wartet auf meine Antwort, und die Abrissbirne explodiert zu eintausend Schmetterlingen, die über meine Haut flattern und meine Wangen kitzeln.

Ohne dass ich es ändern kann, keimt Hoffnung in mir, und ich rassele Zahlen herunter, die Shawn in sein Handy tippt.

Danach streife ich mir das letzte Kleidungsstück über den Kopf und ergreife begierig die Hand, die er mir hinhält. Er hilft mir hoch, steckt sein Handy ein und sagt grinsend: »Warte.« Er hebt eine Hand, um mir mit den Fingern die Haare zu kämmen, aber er gibt den Versuch rasch auf, streicht sie stattdessen einfach glatt und schiebt mir schließlich eine lange Strähne hinters Ohr.

»Besser so?«, frage ich, und er lächelt. Dann beugt er sich vor und gibt mir einen unerwarteten Kuss, der in mir das Verlangen weckt, mehr von dem zu machen, was wir eben auf dem Bett getan haben, pochender Schmerz hin oder her.

Der Moment wird jäh unterbrochen, als Shawn nach dem Türknauf greift, die Tür öffnet und wir in den Flur hinaustreten. Sein Arm liegt auf meiner Schulter. Vor allen Leuten. Ich unterdrücke ein Quietschen, mache einen auf cool und lächele, als würde ich hierher, auf Adams Party, gehören. Als wäre ich nicht nur irgendeine streberhafte Highschoolanfängerin, die früher eine klobige Brille getragen hat. Als wäre gar nichts dabei, dass Shawn Scarletts Arm besitzergreifend auf meiner Schulter liegt. Als hätte er mir nicht eben meine Jungfräulichkeit genommen und mein ganzes Leben verändert. Als würde mein Herz nicht am liebsten in meiner Brust explodieren, weil er mich nach meiner Nummer gefragt, mir einen Kuss gegeben und den Arm um mich gelegt hat. Als wäre ich nicht hoffnungslos verliebt in ihn.

»Was zum Teufel tust du da, Mann?«, fragt eine vertraute Stimme, als wir das Wohnzimmer erreichen. Alle Härchen an meinem Körper stellen sich auf, als Shawn und ich uns umdrehen und meine beiden Brüder aus dem Gedränge auf uns zusteuern sehen. Bryce' Tonfall ist unbekümmert und amüsiert, was mir verrät, dass er keine Ahnung hat, dass wir aus dem oberen Stockwerk gekommen sind. Er lacht, als ich unter seinem Blick erröte. »Alter, das ist meine *Schwester*«, sagt er zu Shawn, bevor er von mir wissen will: »Ist das der Grund, weshalb du heute Abend hierherkommen wolltest?«

Oh Gott, oh Gott, oh Gott.

»Du bist seine Schwester?«, fragt mich Shawn, und ich sehe ihn – den Moment, in dem er mich als eine Larson erkennt, den Moment, in dem er begreift, dass ich die kleine Schwester von Bryce, Ryan und, was am schlimmsten ist, von Mason bin.

»Ja«, antwortet Bryce für mich, »und sie ist *fünfzehn*, Mann.«

Mir bleibt gerade noch Zeit, den beschämten Blick aufzufangen, den Shawn mir zuwirft und der sich mir für immer ins Gedächtnis brennt. Sein Arm rutscht von meiner Schulter, kurz bevor irgendjemand draußen brüllt: *»Die Bullen!«*

Rot-blaue Lichter blinken durch die Fenster, gefolgt von Sirenen, die eine panische Massenflucht auslösen. Bryce packt mich am Arm und zerrt mich von Shawn weg, und Shawn verschwindet tiefer und tiefer im Chaos und starrt mir mit einem Gesichtsausdruck hinterher, der mir das Herz bricht. Als ob das, was wir getan haben, ein Fehler war und ich nur etwas bin, was er bereut.

Er entfernt sich. Er ruft mich nicht an.

Er vergisst es, aber ich vergesse es nie.

1

»Das ist hundert Jahre her, Kale!«, brülle ich meine geschlossene Schlafzimmertür an, während ich mich in eine hauteng Jeans zwänge. Ich hüpfe rückwärts, rückwärts, rückwärts, bis ich beinahe über die Kampfstiefel stolpere, die mitten in meinem alten Kinderzimmer liegen.

»Und warum fährst du dann zu diesem Casting?«

Gerade noch rechtzeitig gelingt es mir herumzuwirbeln, um auf dem Bett anstatt dem Hintern zu landen. Mit gefurchten Brauen starre ich an die Decke und zerre meine Hose weiter hoch. »Darum!«

Kale scheint unzufrieden zu sein über diese Antwort, denn von der anderen Seite meiner geschlossenen Tür her knurrt es: »Ist es, weil du ihn immer noch magst?«

»Ich *kenne* ihn doch gar nicht!«, brülle ich einen weißen Schnörkel an der Decke an. Ich strecke die Beine, rappele mich hoch und kämpfe mit dem straffen Jeansstoff, während ich auf die Tür zumarschiere. Ich umklammere den Knauf und reiße die Tür auf. »Und er erinnert sich vermutlich nicht einmal an mich!«

Der mürrische Ausdruck weicht aus Kales Gesicht. Er reißt die Augen auf, als er mein Outfit betrachtet: enge, schwarze, völlig zerschlissene Jeans, dazu ein lockeres schwarzes Tanktop, das nur fadenscheinig den Spitzen-BH bedeckt, den ich darunter trage. Der schwarze Stoff passt perfekt zu meinen Armbändern und dem Teil meiner Haare, der nicht von blauen

Strähnchen durchzogen ist. Ich wende mich von Kale ab, um mir meine Stiefel zu schnappen.

»*Das* willst du anziehen?«

Ich schlüpfe in die Stiefel und wirbele einmal theatralisch um die eigene Achse, bevor ich mich auf die Bettkante fallen lasse. »Ich sehe heiß aus, oder?«

Kale verzieht das Gesicht genauso wie damals, als ich ihm als Kind versicherte, eine Zitrone sei eine gelbe Mandarine und schmecke genauso süß. »Du bist meine *Schwester*.«

»Aber ich bin heiß«, beharre ich mit einem selbstbewussten Grinsen. Kale stöhnt entnervt auf und schaut mir dabei zu, wie ich meine Stiefel fertig zuschnüre.

»Du kannst von Glück sagen, dass Mason nicht zu Hause ist. Er würde dich so niemals aus dem Haus gehen lassen.«

Scheiß auf Mason. Ich verdrehe die Augen.

Ich bin erst seit ein paar Monaten wieder zu Hause – seit Dezember, nachdem ich entschieden hatte, dass ein möglicher Bachelorabschluss in Musiktheorie ein weiteres Jahr mit nichts als allgemeinbildenden Fächern nichts wert war –, aber ich stehe schon wieder kurz vor einem Kamikazesprung aus dem Nest. Eine hyperaktive Mitbewohnerin zu haben, war nichts verglichen mit meinen überfürsorglichen Eltern und noch überfürsorglicheren älteren Brüdern. Ganz zu schweigen von Kale, der immer weiß, was ich denke, selbst wenn ich es lieber für mich behalten würde. Entweder muss ich mir schnellstmöglich überlegen, was zum Teufel ich mit meinem Leben eigentlich anfangen will, oder mich damit abfinden, dass mich irgendwann die Pfleger mit der Zwangsjacke hier rausholen.

»Tja, aber Mason ist nicht zu Hause. Und Mom und Dad auch nicht. Also, sagst du mir jetzt, wie ich aussehe, oder nicht?« Ich stehe wieder auf und stemme die Hände in die Hüften. Ich wünschte, mein Bruder und ich könnten uns noch immer auf Augenhöhe begegnen. Ein Wachstumsschub auf der Highschool hat ihm ein paar Zentimeter Vorsprung verschafft, und jetzt ist er fast genauso groß wie der Rest unserer Brüder, auch wenn er weitaus schlaksiger ist. Mit meinen eins zweiundsiebzig muss ich das Kinn recken, damit ich ihn wütend anfunkeln kann.

Kales Stimme klingt tiefunglücklich, als er sagt: »Du siehst umwerfend aus.«

Ein Lächeln huscht über mein Gesicht, dann schnappe ich mir meinen Gitarrenkoffer, der an der Wand lehnt. Auf dem Weg durch das Haus trottet Kale hinter mir her. Das Echo unserer Schritte folgt uns den Flur hinunter.

»Warum hast du dich denn so für ihn aufgebrezelt?«, nörgelt er.

»Wer sagt denn, dass ich das für ihn getan habe?«

»Kit«, beklagt sich Kale, und ich bleibe stehen. Am oberen Ende der Treppe drehe ich mich um und sehe ihn an.

»Kale, du weißt, dass das genau das ist, was ich mir sehnlichst wünsche. Seit der Mittelschule träume ich davon, in einer bekannten Band zu spielen. Und Shawn ist ein umwerfender Gitarrist. Genau wie Joel. Und Adam ist ein umwerfender Sänger, und Mike ist ein umwerfender Drummer … Das hier ist meine Chance, *umwerfend* zu sein. Kannst du mich nicht einfach ein bisschen unterstützen?«

Mein Zwillingsbruder legt mir die Hände auf die Schultern, und ich frage mich unwillkürlich, ob er es tut, um mich zu trösten, oder weil er es ernsthaft in Betracht zieht, mich die Treppe hinunterzuschubsen. »Du weißt, dass ich dich unterstütze«, sagt er. »Es ist nur …« Er zieht seine Unterlippe zwischen die Zähne, kaut auf ihr herum, bis sie kirschrot ist und er sie wieder loslässt. »Musst du denn unbedingt mit *ihm* umwerfend sein? Er ist ein Arschloch.«

Es ist nicht so, als ob ich nicht verstehen würde, weshalb Kale besorgt ist. Er wusste schon vor jener Party, wie sehr ich Shawn mochte, und an jenem Abend hat er alles bis ins letzte Detail aus mir herausgequetscht. Er wusste, dass ich Shawn meine Jungfräulichkeit geschenkt hatte, daher wusste er auch, warum ich mich in den Wochen danach jede Nacht in den Schlaf weinte, als Shawn nie anrief.

»Vielleicht ist er jetzt ja ein anderer Mensch«, überlege ich laut, aber in Kales dunklen Augen lese ich Skepsis.

»Vielleicht auch nicht.«

»Selbst wenn er es nicht ist, bin *ich* jetzt ein anderer Mensch. Ich bin nicht mehr dieselbe Streberin, die ich auf der Highschool war.«

Ich gehe die Treppe hinunter, aber Kale folgt mir dicht auf den Fersen wie ein kleiner, kläffender Terrier. »Du trägst dieselben Stiefel.«

»Diese Stiefel sind der Hammer«, sage ich – was offensichtlich sein sollte, aber anscheinend laut ausgesprochen werden muss.

»Kannst du mir wenigstens einen Gefallen tun?«

An der Haustür schnelle ich herum und trete rückwärts auf die Veranda. »Was denn für einen Gefallen?«

»Wenn er dich wieder verletzt, benutz diese Stiefel, um dich dort zu rächen, wo es wehtut.«

Ich lache und mache einen großen Schritt nach vorn, um meinen Bruder fest zu umarmen. »Versprochen. Ich liebe dich, Kale. Ich rufe dich an, wenn das Casting vorbei ist.«

Er erwidert meine Umarmung mit einem schweren Seufzer. Und dann lässt er mich gehen.

Die Fahrt nach Mayfield dauert eine Stunde. Eine Stunde, in der meine Finger auf das Lenkrad meines Jeeps trommeln und die Musik dabei so laut dröhnt, dass ich mich nicht denken hören kann. Mein Navi unterbricht das Trommelfell-Massaker, um mir den Weg zu einem Klub namens *Mayhem* zu beschreiben, und ich fahre auf den Parkplatz eines riesigen, kastenförmigen Gebäudes.

Nachdem ich meinen Jeep in eine Parklücke manövriert und den Motor ausgeschaltet habe, klopfe ich noch ein paarmal mit den Fingern aufs Lenkrad, bevor ich schließlich mit dem Handballen gegen das Handschuhfach schlage. Es springt auf, und eine Haarbürste fällt heraus. Ich fange sie auf und versuche, meine vom Wind zerzausten Locken zu bändigen.

Anfang der Woche tauchte der Name von Shawns Band – *The Last Ones to Know* – auf der Website einer meiner Lieblingsbands auf. Ich blinzelte einmal, zweimal, und dann drückte ich die Nase fast an den Bildschirm, um mich zu vergewissern, dass ich nicht träumte.

Sie suchten einen neuen Rhythmusgitarristen. Nach ein paar Recherchen fand ich heraus, dass sie ihren alten, Cody, aus der Band geschmissen hatten. Auf der Website war kein Grund angegeben, und es war mir auch egal. Das hier war die Gelegenheit, und alles in mir schrie förmlich danach, eine Nachricht an die E-Mail-Adresse zu schicken, die unten auf dem Online-Flyer angegeben war.

Ich tippte die E-Mail wie im Rausch, als würden meine gitarrebegeisterten Finger noch lieber in der Band sein als mein benebeltes Gehirn. Ich schrieb, ich hätte auf dem College in einer Band gespielt, dass wir uns aber aufgelöst hatten, um getrennte Wege zu gehen. Ich hängte einen YouTube-Link zu einem unserer Songs an, bat um die Chance, vorspielen zu dürfen, und unterzeichnete mit meinem Namen.

Keine halbe Stunde später trudelte eine Antwort ein, die von Ausrufezeichen nur so wimmelte, mit einem Termin für ein Vorspielen, und plötzlich war ich mir nicht mehr sicher, ob ich lachen oder weinen sollte. Es war die Chance, all meine Träume wahr werden zu lassen. Aber um das zu erreichen, würde ich mich dem einen Traum stellen müssen, der bereits zerschlagen worden war.

In den letzten sechs Jahren habe ich versucht, nicht darüber nachzudenken. Ich habe versucht, sein Gesicht aus meinem Kopf zu löschen. Aber an jenem Tag, als diese E-Mail vor mir auf dem Bildschirm flimmerte, stürzten auf einmal die Erinnerungen wieder über mir zusammen.

Grüne Augen. Verstrubbelte schwarze Haare. Ein berauschender Geruch, der noch Tage, Wochen später an meiner Haut zu haften schien.

Ich schüttele sanft den Kopf, um Shawn aus meinen Gedanken zu verscheuchen. Dann bürste ich noch ein paar Mal durch meine Haare und werfe einen letzten Blick in den Rückspiegel. Erleichtert, dass ich nicht annähernd so zerzaust aussehe, wie ich mich fühle, springe ich auf den Asphalt und hieve meinen Gitarrenkoffer von der Rückbank.

Jetzt oder nie.

Ich atme die Großstadtluft einmal tief ein und beginne, die Betonfestung zu umrunden, die einen Schatten über den Parkplatz wirft. Die Nachmittagssonne brennt erbarmungslos auf meinen Nacken, und Schweißperlen rinnen mir zwischen den Schulterblättern hinunter. Meine Boots poltern schwer über den Asphalt, und ich zwinge meine Füße, sich zu heben und zu senken, zu heben und zu senken, bis ich schließlich vor einer schweren Doppeltür stehen bleibe. Ich halte einen Augenblick inne, um mich zu sammeln.

Ich hebe die Hand. Ich lasse sie sinken. Ich hebe sie wieder. Ich dehne die Finger.

Ich hole einmal tief Luft.

Ich klopfe.

In den Sekunden, die zwischen meinem Klopfen und dem Öffnen der Tür verstreichen, spiele ich mit dem Gedanken, mir meinen Gitarrenkoffer zu schnappen, den ich an die Wand gelehnt habe, und zurück zu meinem Jeep zu flüchten. Ich bin gespannt, wer die Tür öffnen wird. Ich denke an Kale, und ich frage mich, was zum Teufel ich hier eigentlich tue.

Doch da schwingt die Tür auf, und ich stehe an der Schwelle zu einer Entscheidung, die mein Leben verändern oder es ruinieren könnte.

Lange schokoladenbraune Haare. Entschlossene braune Augen. Ein durchdringender Blick, der mich wie eine Ohrfeige ins Gesicht trifft. Die junge Frau – ich nehme an, sie ist diejenige, die meine E-Mail beantwortet und mit *Dee* unterzeichnet hat – lässt den Blick hinunter zu meinen Stiefeln und dann wieder nach oben schweifen. »Die Band ist nicht hier, um Zeug zu signieren oder Fotos zu machen«, sagt sie.

Offenbar habe ich sie allein schon dadurch, dass ich atme, beleidigt. »Okay?« Ich nehme die greifbare Feindseligkeit, die sie mir entgegenschleudert, mit einer hochgezogenen Augenbraue zur Kenntnis und widerstehe dem Drang, einen Blick über die Schulter zu werfen, um mich zu vergewissern, dass ich am richtigen Ort bin. »Ich bin nicht wegen Autogrammen oder Fotos hier …«

»Schön.« Sie macht Anstalten, mir die Tür vor der Nase zuzuschlagen, aber ich drücke noch rechtzeitig eine Hand dagegen, ehe sie ins Schloss fallen kann.

»Bist du Dee?«, frage ich, woraufhin sich ihr zorniger Blick noch mehr verfinstert, entweder weil sie langsam begreift oder aus Verärgerung. Vielleicht beides. Sie ist so versessen darauf, mich mit Blicken zu töten, dass sie es nicht einmal bemerkt, als eine blonde junge Frau hinter ihr auftaucht. Da ich nichts zu verlieren habe, schiebe ich einen Kampfstiefel in die Tür und strecke die Hand aus. »Ich bin Kit. Wir hatten E-Mail-Kontakt, nicht wahr?«

»*Du* bist Kit?«, fragt die Blonde, und die Braunhaarige, bei der es sich, wie ich annehme, um Dee handelt, reicht mir zögerlich die Hand.

»Oh, Entschuldigung«, sage ich lachend, als mir auf einmal klar wird, warum sich die beiden so benehmen, als wäre ich irgendeine Art Groupie. Vermutlich weil ich wie eines aussehe, mit meinem kaum vorhandenen Top und auffälligen Mascara. »Tja, ich habe vier ältere Brüder, die Katrina für einen viel zu mädchenhaften Namen halten.«

Dass ich bis zur Grundschule nicht einmal *wusste*, dass ich Katrina heiße, ist der Running Gag in unserer Familie. Doch eigentlich ist es auch kein richtiger Witz, denn ich bin mir ziemlich sicher, dass ich es wirklich nicht wusste. Die Jungs haben den Namen, auf den meine Mom bestanden hatte, einfach boykottiert, und irgendwann gab sie sich geschlagen. Von dem Tag an, an dem ich geboren wurde, war ich Kit, und die einzigen Leute, die mich Katrina nennen, sind Leute, die mich nicht wirklich kennen.

»Und du bist wegen des Castings hier?«, fragt die Blonde.

Ich nehme meinen Gitarrenkoffer und schenke den Mädchen ein breites Lächeln. »Ich hoffe es. Es *ist* doch okay, dass ich eine Frau bin, oder?«

»Ja«, beeilt sie sich zu sagen, aber Dee hat die Augen noch immer skeptisch zusammengekniffen.

Da ich in unserer Band auf dem College das einzige Mädchen unter lauter Jungs war, bin ich diese Reaktion gewohnt. Aus diesem Grund wundere ich mich nicht, als sie entgegnet: »Kommt drauf an … Bist du eine, die Gitarre spielen kann?«

»Ich denke schon«, erwidere ich mit völlig ernster Miene.

»Ich meine, es ist schwer zu sagen, da meine Vagina mir dabei ständig in die Quere kommt, aber ich habe gelernt, damit genauso umzugehen wie mit jedem anderen Handicap auch.« Ich lege eine theatralische Pause ein, bevor ich betont düster hinzufüge: »Bedauerlicherweise bekomme ich trotzdem keinen Ausweis für Behinderten-Parkplätze.«

Ein langer Moment des Schweigens verstreicht, und ich beginne schon zu fürchten, dass meine etwas eigene Art von Humor an den beiden Tussis vor mir völlig abprallt. Doch da lacht Dee schallend auf und tritt zur Seite, um mich reinzulassen.

Als wir einen kurzen Flur hinuntergehen, entschuldigt sich die Blonde für die ruppige Begrüßung und stellt sich als Rowan vor. Dann betreten wir den höhlenartigen Raum. Das ist also das *Mayhem*. Eine massive Bar säumt eine Wand, eine Bühne die andere, und in der Mitte des Raums stehen eine Reihe Klapptische und sechs Klappstühle – wie eine Art improvisierter Aufbau für die Juroren von *American Idol*.

Ich durchquere den Klub und lehne die Gitarre gegen die Bühne. In einem Versuch, mir einzureden, dass Shawn nicht jeden Moment wie durch ein verdammtes Wunder auftauchen wird, frage ich: »Sind wir drei die Einzigen hier?«

»Nein …«, beginnt Dee, aber sie hat das Wort kaum herausgebracht, als eine Hintertür aufgeht, helles Nachmittagslicht über den Boden fällt und die vier restlichen Mitglieder von *The Last Ones to Know* ankündigt.

Joel Gibbon kommt als Erster herein, leicht zu erkennen an seinen blonden Haaren. Auf der Highschool glichen sie einem gegelten Chaos, das in alle Himmelsrichtungen abstand; jetzt trägt er einen akkurat frisierten Iro, der mitten auf seinem Kopf nach hinten verläuft. Ihm folgt Mike Madden, der immer noch genauso aussieht, aber irgendwie doch männlicher wirkt, als wäre er in sich hineingewachsen. Der Nächste ist Adam Everest, der noch heißer aussieht als vor sechs Jahren. Seine Haare sind noch immer lang und ungebändigt, seine Jeans sieht noch immer so aus, als hätte sie einen Kampf mit einem Aktenvernichter ausgetragen – und verloren –, und seine Handgelenke sind noch immer mit einer Unmenge an nicht zusammenpassenden Armbändern verziert.

Und dann erhasche ich einen ersten Blick auf Shawn Scarlett, kurz bevor die Tür hinter ihm zufällt. Meine Augen versuchen angestrengt, sich wieder an die düstere Beleuchtung zu gewöhnen, und als sie es schließlich tun, ist er das Einzige, was ich sehen kann. Er hat noch immer dieselben dunklen Haare, denselben markanten Kiefer, denselben Look, bei dem mir der Atem stockt.

»Leute, das hier ist Kit«, stellt Dee mich vor, während ich noch immer versuche, Luft in meine Lunge zu zwingen. »Sie ist als Nächste dran.«

Sie mustern mich alle von Kopf bis Fuß, als sie näher kommen, und nur Adam und Joel gelingt es, nicht zu gaffen. Als ich bemerke, wie Shawn langsam den Blick über mich schweifen lässt, schleicht sich ein zufriedenes Lächeln auf meine Lippen. Sechs lange Jahre, in denen ich ihn nicht vergessen konnte, werden durch diesen einen Moment wettgemacht. Egal, ob er sich an mich erinnert oder nicht: Er starrt mich an, als wäre ich die heißeste Tussi, die er je gesehen hat.

Diese Hose war es *absolut* wert.

»Wir haben einen Typen erwartet«, sagt Joel, während er den Arm um Dees Schultern legt und mir die Gelegenheit liefert, einen auf cool zu machen.

»Ja«, sage ich und wende den Blick von Shawn ab, auch wenn ich spüren kann, wie seine grünen Augen noch immer über die Rundungen meiner entblößten Haut gleiten. »Das dachte ich mir schon, als deine Freundin versucht hat, mir die Tür vor der Nase zuzuschlagen.«

»Sind wir uns schon mal begegnet?«, fragt Shawn, und beinahe sprudelt ein Lachen aus mir heraus. Sind wir uns schon mal *begegnet*? Ja, ich nehme an, so könnte man es nennen.

Er starrt mich an, ein leichtes Funkeln glänzt in seinen hinreißenden waldgrünen Augen, aber ich lasse mich von ihnen nicht bezaubern. Stattdessen erwidere ich grinsend: »Wir sind auf dieselbe Schule gegangen.«

»In welchem Jahrgang warst du?«

»Drei unter dir.«

»Bist du früher nicht zu unseren Konzerten gekommen?«, fragt Mike, doch ich fixiere nach wie vor Shawn. Ich warte ab, warte, ob mein Lächeln, meine Augen oder meine Stimme seinem Gedächtnis auf die Sprünge helfen. Die abgewiesene Jugendliche in mir will ihm die Augen dafür auskratzen, weil er mich vergessen hat, aber mein Kopf suggeriert mir triumphierend, dass ich soeben die Oberhand in einem Spiel gewonnen habe, von dem ich gar nicht wusste, dass ich es spielte. Eines, bei dem ich die Regeln festlege, während es seinen Lauf nimmt.

Als Shawn mich einfach nur anstarrt und einzuordnen versucht, wende ich mich Mike zu. »Manchmal«, antworte ich.

Die Jungs stellen mir weiter Fragen – ob ich schon mal in einer Band gespielt habe, ob wir gut waren, warum wir uns aufgelöst haben –, und ich gebe ihnen weiter Antworten – auf dem College, wir hätten besser sein können, weil sie Jobs mit geregelten Arbeitszeiten wollten. Insgeheim frage ich mich die ganze Zeit, was passiert, wenn Shawn sich an mich erinnern *würde*. Würde ich glücklich sein? Würde er es mit einem Lachen abtun? Würde er sich dafür entschuldigen, dass er mir damals mein jugendliches Herz gebrochen hat?

Jede Entschuldigung wäre zu wenig, käme zu spät. Sie wäre bedeutungslos. Und würde mich so zornig machen, dass ich meine Boots benutzen müsste, um genau das zu tun, was Kale mir geraten hat.

»Und du bist sicher, dass es das ist, was du wirklich willst?«, hakt Mike nach, und ich nicke.

»Mehr als alles andere.«

Zufrieden mit meiner Antwort wendet sich Mike an Shawn. »Sonst noch irgendwas? Oder sollen wir sie spielen lassen?«

Shawn, der seit der Frage nach meinem Jahrgang kein Wort mehr gesagt hat, reibt sich den Nacken und nickt dann. »Na klar. Lass sie spielen.«

Ich fasse das als Aufforderung auf und entferne mich, schnappe mir meinen Gitarrenkoffer und schiebe ihn auf die Bühne, bevor ich hinterherklettere. Ich verscheuche Shawn aus meinem Kopf und bereite mich in Rekordzeit vor, hänge mir meine Fender um den Hals und trete ans Mikrofon. Während ich es auf meine Größe einstelle, sitzen die Jungs alle an den Tischen, albern herum und unterhalten sich. Alle bis auf Shawn, der von meinem Auftritt offenbar zu gelangweilt ist, um mit den anderen zusammen zu lachen.

»Was soll ich spielen?«, frage ich. Ich ignoriere Shawn, der auf den Tisch vor sich starrt, als wäre dieser weitaus interessanter als alles, was ich auf der Bühne tun könnte.

»Deinen Lieblingssong!«, ruft Adam, und die Schmetterlinge in meinem Bauch verziehen sich, als ich mich auf die Musik in meinem Kopf konzentriere. Ich denke einen Moment über meine Optionen nach, bevor ich leise kichere und einen Schritt zurücktrete. Sobald ich meine Finger in Position gebracht habe und die E-Saite zupfe, fangen alle sechs *American-Idol*-Juroren an zu stöhnen, und ich muss unwillkürlich lachen.

»War nur ein Witz«, sage ich ins Mikrofon, in dem Wissen, dass sie »Seven Nation Army« von den *White Stripes* inzwischen schon hundertmal von irgendwelchen Amateurgitarristen gehört haben müssen. Während ich wieder vom Mikrofon zurücktrete, sehe ich lächelnd auf meine Gitarre hinunter und denke noch einen kurzen Moment nach. Dann stimme ich »Vices« von *Brand New* an. Meine Finger gleiten über die Saiten, und die Härte meiner Akkorde erschüttert die Grundfesten des Gebäudes, in dem wir uns befinden, was mir in Erinnerung ruft, wie sehr ich es vermisst habe, auf einer Bühne zu stehen. Mit meiner alten Band habe ich auf kleinen Bühnen vor kleinem Publikum gespielt, aber eine Bühne ist eine Bühne und eine Show ist eine Show. Das Auftreten liegt mir inzwischen im Blut – wie A positiv oder B negativ zu sein. Ich könnte nicht vergessen, wie es sich anfühlt, selbst wenn ich es versuchen würde.

Als Adam eine Hand hebt, höre ich widerstrebend auf zu spielen.

»Schreibst du dein eigenes Zeug?«, fragt er und verhindert so glücklicherweise, dass meine Stimmung noch tiefer sinken kann. Als ich nicke, fordert er mich auf, etwas davon zu spielen, und ich entscheide mich für einen meiner neuen, noch unbetitelten Songs – einfach weil er mir am frischesten im Gedächtnis ist und mir deshalb am leichtesten von der Hand geht.

Wieder komme ich nicht sehr weit, bevor Adam mich bremst.

Ich warte darauf, dass er mir sagt, ich sei mies und solle zusehen, dass ich Land gewinne, aber dann wechseln die Jungs ein paar Worte miteinander und stehen alle gleichzeitig auf. Ihre Stühle quietschen über den Boden, als sie zurückgeschoben werden. Als sich Shawn, Adam, Joel und Mike der Bühne nähern, hämmert mein Herz heftig, schlägt mir Zentimeter für Zentimeter bis zum Hals hinauf. Ich versuche, lässig zu wirken, während Mike sich hinters Schlagzeug setzt, Joel und Shawn ihre Gitarren holen und anstöpseln und Adam seinen Platz am Mikrofon einnimmt.

Adam nennt einen ihrer Songs und fragt mich, ob ich ihn kenne. Wie benommen nicke ich. Mein Kopf bewegt sich noch immer, als Adam einen Daumen hebt und Mike mit seinen Drumsticks anzählt. Drei Schläge, und dann performe ich auf einmal tatsächlich gemeinsam mit den verdammten *The Last Ones to Know*.

Wir spielen Ausschnitte einer Handvoll Songs, und ich habe ein richtig, *richtig* gutes Gefühl, was meinen Auftritt bei diesem Casting angeht.

Irgendwann dreht sich Adam mit einem breiten Lächeln zu mir um. »Okay. Ich glaube, das reicht. Haben wir genug gehört?«, fragt er an die anderen gewandt.

Er wirft Mike und Joel einen Blick zu, die beide ebenso breit grinsen und nicken. Dann sieht er Shawn an, der ebenfalls nickt, allerdings ohne den geringsten Anflug von Begeisterung. Auch kein Lächeln, kein kleines, kein gezwungenes, rein gar nichts. Er versucht es nicht einmal.

»Ja«, sagt Shawn, bevor er mich mit dieser unbewegten Miene fixiert. »Danke fürs Kommen. Wir rufen dich dann an.«

Ich starre ihn ausdruckslos an, befehle mir selbst, nichts zu erwidern – oder irgendetwas zu denken oder zu fühlen. Nicht wenn er hier vor mir steht und mich ansieht, als wäre ich ein Nichts. Ich bedanke mich höflich bei den Jungs und beginne, meine Sachen einzupacken.

Ich gehe in dem Wissen, dass ich nie wieder von ihnen hören werde.

Denn ich weiß, was es heißt, wenn Shawn Scarlett sagt, dass er anrufen wird.

2

»Finde Frozen Yogurt«, befehle ich meinem Handy, als ich vom Parkplatz des *Mayhem* abbiege. Ich werde nicht weinen. Nicht weinen. Keine einzige gottverdammte Träne vergießen.

Stattdessen werde ich mich in dem größten Becher Frozen Yogurt ertränken, den ich finden kann.

»Entschuldigung, ich habe Sie nicht verstanden«, antwortet mir die roboterartige Stimme meines Mobiltelefons in meinem Getränkehalter Silbe für Silbe, und ich knurre es an, bevor ich wiederhole.

»Finde Fro-zen Yo-gurt.«

»Können Sie das wiederholen?«

»Herrgott noch mal, jetzt mach schon!«

»Können Sie das noch einmal sagen?«

»Ich bring dich um!«

»Das ist nicht nett.«

Als ich mir gerade das zickige Handy schnappen und aus dem Fenster schleudern will, fängt das verdammte Teil an zu klingeln. Unbekannter Anrufer. In der Hoffnung, meinen Frust an einem ahnungslosen Telefonverkäufer auslassen zu können, der versucht, mir was aufzuschwatzen, lenke ich den Jeep auf den Parkplatz einer Tankstelle und nehme ab. »Ja?«

»Kit?«

Ich halte das Telefon von meinem Ohr weg und starre noch einmal auf das Display, bevor ich antworte. »Ja?«

»Hey. Hier ist Dee.«

Das Herz schlägt mir bis zum Hals, und es gelingt mir nur mit Mühe, ein klägliches »Oh … hey« hervorzustoßen.

»Hey, ich wollte dir nur kurz mitteilen, dass wir alle absolut begeistert von dir waren!«

»Wirklich?«

»Ja, du hast den Job!«

»Wirklich?«

»Ja!«

»Im Ernst?«

Dee lacht, und ich danke Gott im Stillen, dass ich mein Handy nicht in einem Schlagloch versenkt habe. »Ja, du warst umwerfend. Im Ernst, eine echte Wucht. Ich habe nur noch eine Frage, bevor wir die Sache dingfest machen.«

Na klaaar, das klingt ja auch überhaupt nicht verdächtig. »Okay?«

»Welches Bandmitglied findest du am heißesten?«

Ich sehe mich auf dem Parkplatz nach irgendeiner Art versteckter Kamera um. »Du machst Witze, oder?«

»Nein, einfache Frage. Wenn du einen von ihnen bumsen könntest, wen würdest du wählen? Adam und Shawn sind schon ziemlich heiß, aber Joel ist noch heißer, stimmt's?«

Es ist eine Falle. Es ist eine riesige, tödliche Falle mit blinkenden Neonschildern, denn es war vorhin offensichtlich, dass Adam mit Rowan zusammen ist und Joel mit Dee … also … habe ich keine Ahnung, was hier zum Teufel gerade abgeht. »Keinen.«

»Ach, komm schon«, beschwatzt mich Dee. »Ich bin nur neugierig, ehrlich. Im Moment ist keiner der anderen hier, und ich schwöre, ich werde es niemandem sagen.«

Ich war in meinem ganzen Leben noch nie eines dieser mädchenhaften Mädchen. Ich habe noch nie einen Jungen geküsst und hinterher damit geprahlt. Ich habe noch nie wegen irgendwelcher Männer gekreischt. Und ich habe mit Sicherheit noch nie einem völlig Fremden von meiner Highschoolschwärmerei für Shawn Scarlett erzählt. Daher werde ich jetzt bestimmt nicht damit anfangen, mein Herz auszuschütten, kaum dass diese Schwärmerei von den Toten auferstanden ist und ihre dreckigen Zombiekrallen gehoben und durch meine Brust gebohrt hat.

»Dee, ganz im Ernst, wenn ich Teil dieser Band werde, dann werden diese Jungs wie Brüder für mich sein. Es spielt keine Rolle, wie heiß sie sind, denn diese Art Drama kann ich nicht gebrauchen.«

Und das ist weiß Gott die Wahrheit. Shawn ist heiß, aber er scheint diesem unausgesprochenen Gesetz zu entsprechen, dass ein Mann, je heißer er ist, umso stärkere Arschloch-Gene hat. Ich würde nicht noch einmal mit ihm schlafen, selbst wenn er mich anflehen würde.

»*Richtige Antwort!*«, brüllt Dee aufgeregt, sodass ich kurz zusammenzucke. »Volltreffer! Du bist dabei!«

»Und was wäre gewesen, wenn ich Adam gesagt hätte?«, frage ich, denn ich weiß einfach nie, wann ich die Klappe halten soll.

»Dann wärst du aus dem Rennen gewesen«, antwortet sie völlig nüchtern.

»Und wenn ich Joel gesagt hätte?«

»Sei einfach froh, dass du es nicht getan hast.« Sie beendet den Satz mit einem leisen Lachen, das ziemlich fies klingt. Insgeheim speichere ich mir ab: *Leg dich nie mit dieser durchgeknallten Tussi an.* »Also, hör zu«, fährt sie fort, »die erste Bandprobe wird noch nicht dieses kommende Wochenende stattfinden, denn da ist Ostern, aber wahrscheinlich dann das Wochenende darauf. Einer der Jungs wird dich anrufen, sobald sie ihr Zeug auf die Reihe gekriegt haben, okay?«

Noch immer leicht benommen stimme ich zu. Kurz bevor sie das Gespräch beendet, will Dee wissen, wo ich wohne, und rät mir, vielleicht etwas zu suchen, das ein bisschen näher an der Stadt liegt. Auf der Heimfahrt versuche ich, das Gefühlschaos in mir zu sortieren.

Das war's. Ich hab's geschafft. Ich habe einen begehrten Platz als Gitarristin bei *The Last Ones to Know* ergattert. Die Chance meines Lebens. Und zu meinem Job wird es gehören, mit Shawn zu proben. Mit Shawn aufzutreten. Mit Shawn Musik zu schreiben. Mit Shawn auf Tour zu gehen …

»Kit?«, sagt meine Mom beim Abendessen, und ich reiße den Kopf so schnell hoch, dass ich mir dabei fast die Zunge abbeiße.

»Hm?«

»Du hast dein Chili ja kaum angerührt«, bemerkt sie von ihrem Platz rechts von mir aus, am Tischende, gegenüber von meinem Dad. »Was ist denn los mit dir?«

»Ich habe heute einen Job bekommen.«

Ich setze dabei ein gezwungenes Lächeln auf und versuche, Shawns Namen tief in mir zu vergraben. An Sonntagabenden kommen wir alle immer zum großen Familienessen zusammen, und im Allgemeinen esse ich genauso viel und genauso schnell wie meine Brüder, die alle über zweihundert Pfund auf die Waage bringen. Aber heute Abend ist mein Magen völlig verkrampft, wofür definitiv der Name Shawn Scarlett verantwortlich ist.

Meine Mom verzieht die Mundwinkel. Sie hat die Figur einer Ballerina, sanfte braune Augen und krause brünette Haare, und genau diese braunen Augen leuchten mich in diesem Moment an. »Das ist ja wunderbar! Als was denn?«

Als sie ihr Besteck hinlegt und mir ihre ungeteilte Aufmerksamkeit schenkt, gebe ich mich geschlagen und richte den Blick auf meinen Dad. »Es ist in Mayfield. Ich spiele mit dem Gedanken, dorthin zu ziehen.«

Meine Brüder und ich haben die schlanke Gestalt und sanften Gesichtszüge unserer Mutter geerbt, aber die dunklen Haare, dunklen Augen und die Größe unseres Dads. Er ist ein kräftiger Mann mit einer Ausstrahlung, die einen ständig dazu bringt, ihm ohne nachzudenken sein Herz auszuschütten. Was bedeutet, dass ich auf der Hut sein muss bei dem, was ich gleich sagen werde.

»Was ist das denn für ein Job, Schatz?«, erkundigt er sich, nachdem er sein Besteck ebenfalls beiseitegelegt hat.

Na toll. Es ist, als ob er und meine Mom sich gegen mich verbündet haben und ich ganz allein im Ring stehe.

»Vermutlich als Stripperin«, wirft Bryce ein, was jetzt wirklich alles andere als hilfreich ist. Ich schwöre, er hat im selben Moment aufgehört, reifer zu werden, in dem er aufgehört hat zu wachsen. Wenn ich in den vergangenen sechs Jahren etwas gelernt habe, dann, dass Bryce bis in alle Ewigkeit ein Achtzehnjähriger gefangen im Körper eines erwachsenen Mannes sein wird.

Ich verpasse ihm unter dem Tisch einen harten Tritt, ohne den Blickkontakt zu meinem Dad abzubrechen, und erziele die gewünschte Reaktion.

»*Scheiße, Kit!*«, brüllt Bryce. »Was zum Teufel! Verdammt, das ...«

Meine Mom fängt an, ihn wegen seiner Ausdrucksweise zusammenzustauchen, während Kale, Ryan und Mason alle leise vor sich hin kichern. Ich unterbreche das Chaos, um meinem Dad endlich zu antworten.

»Ich habe für den Platz als Gitarristin in einer neuen Band vorgespielt und ihn bekommen.«

Meine Mom, die soeben im Begriff ist, Bryce zu sagen, er solle sein »freches Mundwerk« halten, bricht mitten im Satz ab, um mich anzustarren. Sie versucht, das leichte Stirnrunzeln zu verbergen, das sich auf ihr Gesicht stehlen möchte.

»Wieder eine Band?«, fragt mein Dad, aber bevor ich antworten kann, stößt Ryan mich direkt durch das Loch in den Kaninchenbau.

»Ist diese Band, mit der ihr alle auf der Highschool wart, nicht dorthin gezogen?«, fragt er. »Nach Mayfield?«

Adam, Shawn und Joel. Ihre Namen waren in den Fluren unserer Schule allgegenwärtig. Abgesehen von Mike waren die Jungs allesamt Aufreißertypen – mit einem Ruf, den sie sich redlich verdient hatten und an den sich meine Brüder zweifellos erinnern. Denn wer könnte das Flüstern, die Gerüchte, die endlosen Reihen mit klimpernden Wimpern je vergessen, die ihnen folgten, wohin sie auch gingen?

Ich zucke die Schultern so unbeteiligt, wie es mir nur möglich ist, aber Masons Gabel fällt scheppernd auf seinen Teller, bevor ich das Thema wechseln kann. »Du bist doch nicht etwa mit *diesen* Idioten in einer Band, oder?«

»Ich habe keine Ahnung, wovon du redest.«

Ich lüge, um zu verhindern, dass sich meine Brüder auf dieses Thema einschießen und von mir verlangen, aus der Band auszusteigen, aber als Mason die Augen zusammenkneift, begreife ich, dass ich einen Fehler begangen habe.

»Oh, ich bitte dich, Kit«, wirft Ryan mit halb vollem Mund ein. »Du warst ein Riesenfan von ihnen, erinnerst du dich?«

Masons Augen sind zwei düstere Schlitze, als er sagt: »Wie heißt denn die Band, in die du aufgenommen worden bist?«

»Sie sind noch ziemlich unbekannt«, lüge ich.

»Und deshalb haben sie keinen Namen?«

Während meine Brüder mich in die Enge treiben, fällt mein

Blick auf den Löffel, den ich in der Hand halte, und prompt sprudelt der erste Name aus mir heraus, der mir in den Sinn kommt …

»Die Murderspoons«, antworte ich und verfluche mich im Stillen für meinen absoluten Mangel an Originalität – und lobe mich nur Sekunden später dafür, als Mason nur eine Augenbraue hochzieht.

»Und wie heißen die Bandmitglieder?«, unterbricht er meinen erleichterten Seufzer, noch bevor ich ihn ausstoßen kann.

»Bill, Ty …« Ich nehme einen großen Löffel scharfes Chili, um ein bisschen Zeit zu gewinnen. »Paul … und …« Ich hüstele in meine Hand und zappele wie ein Fisch auf dem Trockenen. Mir fällt kein Name ein, kein einziger. Nichts, nada, null, niente, oh Gott. Ich bin total am Arsch.

»Und Mike«, führt Kale den Satz für mich zu Ende, und ich nicke hastig, denn Mike Maddens Name ist genau nullachtfünfzehn genug, um damit durchzukommen.

»Und Mike«, bestätige ich und wende mich Dad zu, bevor Mason mir noch mehr berechtigte Fragen stellen kann, die mich glatt dazu bringen könnten, einen Brudermord zu begehen. »Sie sind noch dabei, ihre Fanbase aufzubauen, aber sie sind richtig gut, und ich glaube, das wird eine große Sache.«

»Kit«, meldet sich meine Mom in diesem sanften Tonfall zu Wort, der besagt, dass sie weiß, dass mir nicht gefallen wird, was sie als Nächstes zu sagen hat, »möchtest du nicht lieber Musiklehrerin oder irgendetwas in der Richtung werden? Vielleicht Kindern Gitarrenunterricht geben? Der Mann meiner Freundin Laura macht das, und er verdient gar nicht schlecht …«

»Bitte, Mom«, flehe ich sie an, denn ich will nicht schon wieder ein Thema durchkauen, über das wir schon tausendmal diskutiert haben.

»Wie willst du dir den Umzug denn überhaupt leisten?«, fragt mich Bryce.

Ich massiere meine Schläfen, um den Schmerz zu vertreiben, der sich dort festzusetzen droht.

»Ich habe ein bisschen Geld gespart, als ich neben der Schule her gearbeitet habe. Es ist nicht viel, aber für eine kleine Weile wird es schon reichen.«

»Und diese Band«, wirft Mason ein, »besteht nur aus Kerlen?«

Alle Blicke am Tisch richten sich auf mich, und ich verdrehe die Augen und seufze. »Nein, Mason, Paul ist mittlerweile ein Frauenname. Ist das jetzt dein Ernst?«

Mein Dad: »Kannst du dir nicht eine Band mit weiblichen Mitgliedern suchen?«

Mason: »Ich will sie kennenlernen.«

Meine Mom: »Warum musst du denn nach Mayfield ziehen?«

Bryce murmelt irgendetwas davon, zusammen mit Mason einen Trip dorthin unternehmen zu müssen, Kale und Ryan nicken beipflichtend und bestehen darauf, auch mitzukommen, und bevor ich michs versehe, bin ich aufgesprungen. Mein Stuhl kratzt über den Hartholzboden und erstickt diesen sich rasch bildenden lächerlichen Aufstand im Keim.

»Okay, Leute?« Ich starre meine Brüder über den Tisch hinweg nachdrücklich an, vor allem die drei ältesten, die eigentlich wissen sollten, dass ich keine Beschützer brauche. »Im Ernst, ein ›Herzlichen Glückwunsch‹ *irgendwann* im Verlauf dieser Unterhaltung wäre nett gewesen.«

»Kit …«, beginnt meine Mom, aber ich schüttele nur den Kopf.

»Ich kriege Kopfschmerzen. Wir können später darüber reden, aber es ist meine Entscheidung, und ich wollte sie euch alle nur wissen lassen.«

Ich werfe meinen Eltern einen letzten flehenden Blick zu, bevor ich mich zum Gehen wende, aber es ist Kales Stimme, die mir nachruft:

»Herzlichen Glückwunsch, Kit.«

In der Stille meines eigenen Zimmers breche ich auf meinem Bett zusammen. Ich rätsele, welcher der Jungs als Erster hochkommen wird. Normalerweise würde ich auf Kale tippen, aber dieser Tag war alles andere als normal, und offen gestanden, scheint Kale im Moment nicht allzu glücklich mit mir zu sein. Vielleicht ist es Bryce, wenn auch nur, um mich zu fragen, ob ich noch vorhabe, den Rest meines Knoblauchbrots zu essen, oder ob er es haben kann. Oder Mason, um mir zu sagen, dass ich mich nicht wie ein Baby benehmen soll, wenn ich nicht wie eines behandelt werden will.

Als es an der Tür klopft und Ryan hereinkommt, bin ich fast dankbar.

»Hey.« Er setzt sich auf die Bettkante und tätschelt mir das Knie.

»Hey.«

Ryans sonst immer perfekt gestylte Stirnfransen fallen ihm wirr ins Gesicht – ein Hinweis darauf, dass er morgen vermutlich einen Friseurtermin hat. »Wir machen uns nur Sorgen um dich, weißt du.«

»Ja, na ja, hört einfach auf damit.« Ich richte mich auf und ziehe die Knie bis zur Brust an. Meine Stiefel bohren sich in die Bettdecke, und meine Miene ist unnachgiebiger, als ich mich tatsächlich fühle. »Ich bin kein Baby mehr. Ich kann meine eigenen Entscheidungen treffen.«

»Du triffst deine eigenen Entscheidungen, seit du ein Baby

warst, Kit«, sagt Ryan mit einem warmherzigen Lachen. »Vielleicht ist das der Grund, weshalb wir so besorgt sind. Schon mal darüber nachgedacht?«

Ich werfe ihm einen vielsagenden Blick zu, er tippt mir mit einem Finger gegen die Stirn, und ich muss unwillkürlich lachen. Unsere Eltern haben uns alle dicht nacheinander bekommen, das heißt, obwohl Kale und ich einundzwanzig sind und Bryce vierundzwanzig, Mason sechsundzwanzig und Ryan siebenundzwanzig ist, weiß keiner von uns, wie man sich seinem Alter entsprechend benimmt, wenn wir alle auf einem Haufen sind. Normalerweise finde ich nicht, dass das etwas Schlechtes ist, es sei denn, es heißt bei einer Auseinandersetzung vier gegen einen und ich finde mich auf der Verliererseite wieder.

»Aber spielt es denn gar keine Rolle, ob ich glücklich bin?«, frage ich, und Ryan lacht spöttisch.

»Natürlich tut es das.«

»Warum beharrt Mom dann ständig darauf, dass ich Musiklehrerin werden soll?«

»Weil Mom verrückt ist«, entgegnet er nüchtern, und ich muss unwillkürlich wieder grinsen.

Ryan rutscht auf meinem Bett nach hinten, bis er mit dem Rücken an der Wand lehnt. Schweigend sitzt er so da, bis ich irgendwann sage: »Mit dieser Band einen Versuch zu wagen, bedeutet mir sehr viel, und ich kann es nicht gebrauchen, dass ihr Jungs mir das vermasselt, okay? Ich habe mir das mein Leben lang gewünscht, Ry. Das *weißt* du. Diese Stadt war schon immer zu klein für mich.«

»Ich glaube, die ganze *Welt* ist zu klein für dich.«

»Und das ist nicht unbedingt etwas Schlechtes.«

Mein angriffslustiger Tonfall entlockt ihm ein leises Lachen. »Das habe ich auch nicht behauptet.« Er schlägt mir mit einer Hand aufs Knie und steht auf. Erst als er schon an der Tür angekommen ist, hält er noch einmal inne. »Versprich mir einfach, dass es keinen Grund zur Sorge gibt, okay? Ich werde die Jungs bearbeiten und Mason an die Leine nehmen.«

»Es gibt keinen Grund zur Sorge«, spreche ich ihm nach. Ich erkenne, dass Ryan mir nicht glaubt, aber er weiß, dass mich keine Verhörmethode der Welt dazu bringen wird, mein Herz auszuschütten – nicht bei vier herrischen Brüdern, die mir mein Leben lang die Konsequenzen aufgezeigt haben, die es hat, wenn ich ihnen irgendetwas erzähle, das sie nicht hören wollen.

»Und du wirst dir von mir beim Umzug helfen lassen?«

Ich schenke ihm ein aufrichtiges Lächeln. »Na klar, Ry. Du kannst mir beim Umzug helfen.«

3

Als ich ein paar Tage nach Ostern in meine neue Wohnung ziehe, hilft mir nicht nur Ryan beim Umzug, sondern alle meine Brüder inklusive meines Dads. Ich protestiere zwar, weil ich das etwas übertrieben finde, und meine Mom gibt mir stillschweigend recht, aber die Männer bestehen darauf, meine neue Vermieterin kennenzulernen – eine entzückende alte Dame, die mir den ausgebauten Raum über ihrer Garage vermietet – und beschweren sich nicht, als sie sie mit Keksen und Milch bewirtet und säuselt, wie gut sie doch alle aussehen.

Meine erste Bandprobe mit den Jungs findet in der Woche darauf statt. Wenn man sie auf einer Skala von Kinderspiel bis Zombie-Apokalypse einordnen müsste, würde sie an der Stelle landen, an der sich alle Bandmitglieder gegenseitig ins Gesicht springen.

»Kit«, sagt Shawn in diesem Ton, den er schon den ganzen verdammten Nachmittag anschlägt, um mich zu kritisieren, »im Ernst, wie viele Anläufe brauchst du noch, um diesen Song hinzukriegen?«

In Mikes Garage am Stadtrand widerstehe ich dem Drang, in bester Rockstarmanier meine Gitarre auf dem Boden zu zertrümmern. Ich habe mich als Gitarristin beworben, nicht als Shawns persönlicher Sandsack, aber von dem Augenblick an, in dem wir mit dem Proben angefangen haben, trampelt er auf meinem Selbstwertgefühl herum. Ich knirsche mit den Backenzähnen, und das Geräusch kratzt an meinen Trommelfellen. Ich klinge wie einer meiner Brüder, als ich »Ach ja?« knurre. Aus dem Augenwinkel werfe ich einen kurzen Blick auf Joel, bevor ich wieder wütend Shawn anfunkele. Seine Worte tun weh, aber ich lasse mich nicht unterkriegen. »Willst du jetzt wirklich *mich* zur Schnecke machen?«

»Du verpasst jedes einzelne Mal an derselben Stelle deinen Einsatz.«

»Euer Bassgitarrist ist höllisch verkatert!«, fauche ich, aber das Echo meiner Beleidigung geht in der schalldämpfenden Wandverkleidung unter. Mit dunklen Ringen unter den Augen und dem Irokesenschnitt, der wie eine verfilzte Matte auf seinem Kopf liegt, sieht Joel aus, als ob er die ganze verdammte Woche auf Sauftour gewesen ist und einen beschissenen Zeitpunkt gewählt hat, um damit aufzuhören. »Wie zum Teufel soll ich denn einen Rhythmus halten, wenn er völlig neben der Spur ist?«

Shawn wird blass, doch Mike dreht einen seiner Schläger zwischen den Fingern. »Da hat sie nicht ganz unrecht.«

»Sie hat recht«, wirft Joel ein, bevor irgendjemand ihn in Schutz nehmen kann. Er schnallt die Fender ab und stellt sie am Rand der Garage auf einen Ständer.

»Du bist schon okay«, versichert ihm Shawn, dann richtet er diese smaragdgrünen Laseraugen wieder auf mich. »Mach nicht ihn dafür verantwortlich, dass du deinen Job nicht beherrschst.«

»Hey«, ruft Adam dazwischen, aber ich schleudere bereits mein Plektron nach Shawn, als wäre es ein Ninja-Wurfstern, und stürme aus Mikes Garage. Ich reiße die Tür so schwungvoll auf, dass sie gegen Mikes Hauswand knallt, und rechne schon fast damit, dass die winzige Kiste gleich umkippt.

Ich habe keinen Schimmer, weshalb ich jemals dachte, es wäre eine gute Idee, Shawns Band beizutreten. Er war damals auf der Highschool ein Arschloch, er ist jetzt ein Arschloch, und wenn dieses verdammte Haus tatsächlich umkippen würde, wäre es mehr als fraglich, ob ich meine Energie damit verschwenden würde, ihn herauszuschaufeln.

»Kit!«

Ich ignoriere seine idiotische Stimme und gehe weiter, meine Kampfstiefel zermalmen den Kies in Mikes Auffahrt mit jedem stampfenden Schritt zu Staub. Der Wind weht meine Haare nach hinten und verwandelt mich in einen absolut angepissten Racheengel, der seine Zeit nicht damit verschwenden wird, auch nur eine gottverdammte Sache zu rächen. Nachdem ich zwei Wochen lang nicht schlafen konnte, weil ich schrecklich ängstlich war, nichts essen konnte, weil ich schrecklich nervös war, hat Shawn nichts unversucht gelassen, damit ich mich noch kleiner fühle als das fünfzehnjährige Mädchen, das ich war, als ich das erste Mal mit ihm geredet habe. Und *so* verdammt klein bin ich nicht.

Ich lege meine Gitarre hinten in meinen Jeep, klettere auf den Fahrersitz und ramme den Schlüssel ins Zündschloss.

Ich werde einen Teufel tun und noch einmal zurückgehen, um meinen Gitarrenkoffer zu holen. Eher kaufe ich mir einen neuen.

Als Shawn neben mir auf das Trittbrett springt und sich an den Überrollbügeln über meinem Kopf festklammert, beschließe ich, mich von ihm nicht bedrängen zu lassen. Ich habe einen Elektroschocker in meinem Handschuhfach liegen, und Shawn hat zehn Sekunden Zeit, bevor wir beide erfahren werden, wie er funktioniert.

Zehn … neun …

»Es tut mir leid«, keucht er. »Ich wollte nicht … so …«

»So ein Arschloch sein?«, fauche ich, bereit, auf den Elektroschocker zu verzichten, wenn er mir beipflichtet.

»Ja.«

Ich kneife die Augen zu winzigen schwarzen Schlitzen zusammen. »Zu spät.«

»Hä?«

Die Nachmittagssonne wirft einen blendenden Heiligenschein um seinen Kopf, während ich in sein absolut hinreißendes Gesicht hochblinzele. »Ich nehme deine Entschuldigung nicht an. Und jetzt nimm deine verdammten Pfoten von meinem Jeep!«

Als er sich nicht von der Stelle rührt, schnelle ich auf meinem Sitz herum, lehne mich zurück und presse einen Kampfstiefel fest gegen seine muskulöse Brust. Ich trete einmal kurz dagegen, mit der vollen Absicht, ihn auf sein Hinterteil zu befördern, doch Shawn streckt Halt suchend die Hände aus, als er eben zu fallen beginnt. Seine langen Finger legen sich fest um meine Wade – um meine kaum vorhandenen Leggings mit dem Totenkopf-Aufdruck und die auf einmal brennend heiße Haut darunter.

Und dann sitze ich einfach so da, zurückgelehnt auf dem Fahrersitz mit einem zitternden Bein gefangen in Shawn Scarletts Hand. Seine grünen Augen wandern langsam an meinem Schenkel nach oben, über meinen flachen Bauch, die Wölbung meines Halses.

»Was soll ich denn damit anfangen?«, fragt er, mit einem lodernden Blick, der mich auf richtig schmutzige Gedanken bringt. Jeder Teil meines Körpers fleht ihn an, das Bein, das er hält, auf seiner Schulter abzulegen und dann das andere zu nehmen und damit dasselbe zu tun. Und als seine Hand zu meinem Knöchel hochrutscht, ist es, als könnte sie meine Gedanken lesen.

Ich kralle meine Zehen in die Stiefelsohlen. Meine Lunge hört auf zu arbeiten.

»Du sollst deine verdammten Pfoten von meinem Jeep nehmen«, stoße ich knurrend hervor und überrumpele ihn mit einem kräftigen Tritt, der ihn endgültig zu Boden wirft.

Als ich mich aufrichte, bin ich fuchsteufelswild, ohne zu
wissen, worüber ich wütender bin: die Tatsache, dass er ein
Arschloch ist, oder die Tatsache, dass er sich, anstatt vom Jeep
zu fallen, nicht auf mich gestürzt hat. Sechs verdammte Jahre,
und es braucht noch immer nur eine einzige Berührung von
ihm – einen einzigen Blick, ein einziges winziges Streifen seiner Hand –, damit sich mein ganzer Körper anfühlt, als sei er
bereit, auf seinen Befehl hin dahinzuschmelzen.

Ich drehe den Schlüssel, und das Brummen des Motors
übertönt den Herzschlag, der in meinen Ohren hämmert. Aber
es ist zu spät für eine Flucht, denn Shawn sprintet bereits um
den Jeep herum und wirft sich auf den Beifahrersitz.

»Was glaubst du, was du da tust?«, fahre ich ihn an, als er
sich auf dem abgewetzten Leder zu mir dreht.

»Kannst du mich bitte einfach anhören?«

»Ich glaube, ich habe dort drinnen genug von dir zu hören
bekommen.« Ich nicke zu Mikes Garage hinüber und kralle
meine Finger um das Lenkrad. Den ganzen verdammten Tag
hatte er nicht ein einziges freundliches Wort für mich übrig.
Kit, du hast deinen Einsatz verpasst. Kit, hörst du mir überhaupt
zu? Kit, es ist kein Wunder, dass ich dich nie angerufen habe, nach-
dem ich dich entjungfert habe, denn du kriegst nicht eine einzige ver-
dammte Sache richtig hin.

Okay, diesen letzten Teil hat er nicht wirklich gesagt. Aber
das musste er auch nicht, denn es war jedes Mal zu spüren,
wenn er mich angesehen hat, als wäre ich irgendeine amateur-
hafte Hochstaplerin, die in ihrem ganzen Leben noch nie eine
Gitarre in der Hand gehalten hat.

»Du hast verdammt deutlich klargestellt, dass ich fürchterlich bin«, fahre ich ihn an. Shawn macht den Mund auf, um etwas zu erwidern, aber ich bin noch lange nicht fertig. »Um genau zu sein, nein, weißt du was? Du hast vom ersten Tag an verdammt deutlich klargestellt, dass du mich überhaupt nicht in der Band haben willst. Tja, jetzt geht dein verdammter Wunsch in Erfüllung. Ich brauche diesen Scheiß nicht. Ich bin raus. Du …«

»Du bist großartig«, platzt Shawn heraus, und jedes Wort, das ich ihm eigentlich entgegenschleudern wollte, bleibt mir in der Kehle stecken. Seine grünen Augen blicken aufrichtig, als er sagt: »Du bist großartig, okay?«

Vor sechs Jahren wäre ich auf einen solch simplen Spruch vielleicht hereingefallen. Und jetzt? Ich wende mich ihm zu, aber *nur* um ihm zu zeigen, wie absolut kalt er mich lässt. »Und warum putzt du mich dann ständig runter?«

Er blickt mehr als nur ein wenig unbehaglich, während er sich den Nacken kratzt. »Ich weiß nicht …«

Er *weiß es nicht? Weiß* es nicht?

Alle Beleidigungen, die mir entfallen waren, fluten mit einem Mal so rasch zurück, dass ich im ersten Moment keine Ahnung habe, für welche ich mich entscheiden soll. *Verpiss dich. Zieh Leine. Leck mich am Arsch.*

»Ich habe dir nicht vertraut«, fährt Shawn fort, und meine Augenbrauen schießen hoch.

»Du hast mir nicht *vertraut?*«

»Ich habe gedacht, vielleicht …« Er starrt kopfschüttelnd auf die Konsole zwischen uns. »Ich bin mir nicht sicher, was ich gedacht habe.«

Ich bin so wütend, dass sich die Härchen auf meinen Armen aufstellen. »Warum? Weil ich eine Frau bin oder was?«

Dee hielt mich für ein Groupie, als ich vor dem Vorspielen vor der Tür des *Mayhem* stand, und ich nehme an, Shawn

61

dachte dasselbe. Und warum? Nur weil ich heiß bin? Nur weil ich Titten und eine verdammte Vagina habe? Sein Blick begegnet meinem.

»Hä?« Er beginnt den Kopf zu schütteln, und die Furche zwischen seinen Augenbrauen gräbt sich tiefer und tiefer. »*Was?* Nein!«

»Warum denn dann, Shawn?«

Er starrt mich einen langen Moment an, aber mein Blick ist so hart, wie seiner weich ist. Schließlich nickt er. »Ja, na gut«, räumt er ein. »Es war, weil du eine Frau bist, okay? Aber ich habe mich entschuldigt.«

»Das wird auch Zeit«, murmele ich leise.

»Hä?«

»Ach nichts.« Ich beiße die Zähne wieder zusammen, nachdem ich ihn wie ein launischer Pitbull angebellt habe. »Warum bist du überhaupt noch hier?«

Adam steckt den Kopf aus der Garage, entdeckt mich und Shawn in meinem Jeep und verschwindet wieder nach drinnen. Die eisige Aprilluft hüllt mich ein und jagt mir eine Gänsehaut den Rücken hoch, aber obwohl ich auf der Rückbank eine Kapuzenjacke liegen habe, würde ich lieber erfrieren, als danach zu greifen. Was Shawn betrifft, so muss er nur wissen, dass ich unzerstörbar bin. Undurchdringlich. Nicht einmal die Kälte kann mir etwas anhaben.

»Hör zu«, sagt er. Ihm scheint die Kälte in Jeans und schwarzem T-Shirt nichts auszumachen. »Ich habe gesagt, es tut mir leid, und ich habe es ernst gemeint. Du *warst* heute nicht im Takt, aber ich war ein Idiot.«

Ich verschränke die Arme fest vor der Brust. »Ich war nicht im Takt, weil Joel …«

»Joel wurde eben erst von seiner Freundin sitzengelassen«, unterbricht mich Shawn. »Und er ist die letzten eineinhalb

Wochen durch die Hölle gegangen, weil er nicht weiß, wie er mit seinem gebrochenen Herzen umgehen soll.«

Diese Hilflosigkeit, die er beschreibt, fühlt sich so vertraut an, dass ich mir sofort wie ein Miststück vorkomme, weil ich Joel in der Garage so angeschnauzt habe. Der Typ sieht wie ein Häuflein Elend aus, weil er vermutlich ein Häuflein Elend *ist*. Aber immerhin ist er auf den Beinen und angezogen und versucht zu funktionieren, was mehr ist, als ich vor sechs Jahren von mir selbst hätte behaupten können. »Das habe ich nicht gewusst …«

»Schon gut«, winkt Shawn ab. Seine Miene drückt ebenso Bedauern aus wie meine. »Wir hätten es dir sagen sollen. Schließlich bist du jetzt ja eine von uns.«

Eine nach Gras duftende Brise weht mir die Haare hinter mein gepierctes rechtes Ohr, und ich fahre mit einer Hand an meinem Hals hoch und umfasse das kalte Metall. »Eine von euch?«

Shawns Blick folgt meiner Hand, bevor er langsam wieder zu meinen Augen zurückkehrt. »Es sei denn, du willst immer noch aussteigen …«

»Habt ihr euch einen Versöhnungskuss gegeben?«, neckt uns Adam, sobald wir wieder in die Wärme von Mikes Garage treten. Seine ganzen ein Meter neunzig liegen ausgestreckt auf dem staubigen Garagenboden, als wäre er buchstäblich vor Langeweile gestorben, wenn wir auch nur zwei Sekunden später zurückgekommen wären.

Shawn hilft ihm hoch, nur um ihn dann mit einem harten Faustschlag gegen den Arm einen Schritt nach hinten zu schleudern. Was gut ist, da ich in diesem Moment zu beschäftigt damit bin, feuerrot anzulaufen, um mit einer schlagfertigen Antwort zu kontern.

»Halt deine verdammte Klappe!«, brummt Shawn, während Adam sich lachend den Arm reibt und Mike vor sich hin grinst.

Ich sehe Joel an. »Hey, tut mir leid, dass ich so ein Biest war.«

Er sieht mich mit einem leichten Kopfschütteln an, und beim Anblick seiner traurigen blauen Augen fühle ich mich noch schlechter, als ich es ohnehin schon getan habe. »Schon gut.«

Ich sehe ihn stirnrunzelnd an, aber er antwortet nur mit einem matten Lächeln und wirft mir mein Plektron zu. Ich fange es auf, und da ich merke, dass er nicht darüber reden will, sage ich an Adam und Mike gewandt: »Tut mir leid, dass ich mich wie ein Mädchen benommen habe.«

»*Du?*«, fragt Adam. Dabei reibt er noch immer seinen Arm. »Shawn war es doch, der den ganzen Vormittag rumgewinselt hat.«

Er zieht grinsend eine Schulter hoch, als Shawn ihn scharf ansieht, doch Mike verhindert den drohenden Gewaltausbruch, indem er fragt, ob wir anfangen können.

Shawn schnallt sich bereits wieder seine Gitarre um, aber ich mache keine Anstalten, es ihm gleichzutun. Stattdessen schüttele ich den Kopf. »Ich kann auf diese Art nicht lernen. Ich kann auf diese Art Songs *schreiben*, aber ich kann die Melodien nicht verinnerlichen, wenn ich sie vorher nicht geschrieben sehe. Und ich nehme an, keiner von euch schreibt die Noten …«

»Doch, ich«, wirft Adam ein, während er sich in den offenen Türrahmen der Garage stellt und sich eine Zigarette ansteckt.

Er hat uns den Rücken zugewandt, als ich frage: »Ach ja?«

»Ich habe den gleichen Collegeabschluss, den du angestrebt hast. Das heißt, ja.« Er dreht sich um und bläst den Rauch seitlich aus einem Mundwinkel, damit er nicht zu uns hereinweht. »Und Shawn kann dir beim Üben helfen. Wir können dafür zu uns nach Hause gehen.«

Zu uns nach Hause? Vorhin hat er mir erzählt, dass er und Shawn Mitbewohner sind, das heißt … in *Shawns* Wohnung?

Mit piepsiger Stimme frage ich: »Zu euch nach Hause?«

»Ja«, antwortet Adam, ohne etwas von meinem panischen Herzrasen zu ahnen. Er sieht nacheinander Joel, Mike und Shawn an. »Wer kommt mit?«

Auf dem ganzen Weg zu Adams und Shawns Wohnung ist es leichter, mir einzureden, nur eine Fahrt ins Blaue zu unternehmen. Als würde ich ohne jeden Grund einfach irgendwohin fahren – auf jeden Fall nicht zu Shawn Scarletts Wohnung, sechs Jahre, nachdem ich ihn in mich gelassen und danach nie wieder von ihm gehört habe.

Die Fahrt ist zu kurz, der Parkplatz ist zu leer, und obwohl meine Beine sich wie zwei matschige Nudeln anfühlen, tragen sie mich viel zu schnell fort von meinem Jeep.

Das Geräusch meiner Stiefel hallt in der Lobby des Wohnhauses vom Boden bis hoch an die Gewölbedecke. Auf der kurzen Fahrt mit dem Aufzug in den vierten Stock rasen mir die Gedanken durch den Kopf: *Gott, wie viele Mädchen hat Shawn wohl hierhergebracht? Was hat er alles in diesem Aufzug getrieben? Wie viele Groupies hatte er, seit er entschieden hat, dass ich nicht besonders genug war, um sich an mich zu erinnern?*

Als ich Wohnung 4E betrete, erwarte ich fast, Slips von Lampenschirmen baumeln zu sehen und einen Haufen nackter Weiber, die weggetreten auf der Couch liegen. Stattdessen sehe ich Adams Freundin, Rowan, die an einem Frühstückstresen Hausaufgaben macht, einen halb geleerten Mokka und einen Becher Schlagsahne neben sich.

Die Wände sind hellgrau, bis auf eine Stelle, auf die irgendjemand mit leuchtend blauem Edding *WÄNDE NICHT BE-
MALEN!* geschrieben hat. Mehrere Gitarren auf ihren Stän-
dern säumen eine Seite des Wohnzimmers und erstrecken
sich bis hin zu einer riesigen Multimedia-Anlage, die förmlich *Rockstar-Junggesellenbude* schreit.

»Sie muss gestimmt werden«, sagt Shawn, als er mich dabei ertappt, wie ich mit den Fingern über den Kopf einer seiner Telecasters gleite. Thinline. Three-Tone Sunburst. Atemberaubend.

Ich ziehe die Hand zurück.

»Entschuldigung«, sage ich, als er mich aufmerksam betrachtet. »Eine von denen habe ich auf meinem Wunschzettel …«

»Du hast einen Wunschzettel?«

»Ungefähr zwanzig Gitarren lang«, erkläre ich. »Aber bei
den meisten davon müsste ich meinen rechten Arm verkaufen,
um sie mir leisten zu können.« Ich fuchtele mit den Fingern
durch die Luft. »Und was hätte das dann noch für einen Sinn?«

Shawns Miene verzieht sich zu einem breiten Grinsen, und
ich will es eben schon erwidern, als wir von Kussgeräuschen
auf der anderen Seite des Zimmers unterbrochen werden.
Adam hat Rowan die Arme um die Schultern geschlungen
und erstickt sie fast mit Schlabberküssen, während sie sich lachend auf ihrem Hocker windet. Sie droht ihm damit, ihn mit
Schlagsahne zu bespritzen, woraufhin er zustimmend murmelt, dass er nichts dagegen hätte. Shawn und ich tauschen
einen verlegenen Blick und verziehen uns auf die Couch und
den Sessel im anderen Winkel des Zimmers.

Weil Adam abgelenkt ist, sind wir nur zu zweit. Mike hat
sich entschieden, zu Hause zu bleiben, und Joel ist in einer
verbeulten Klapperkiste abgeschwirrt, sobald wir hier anka-

men, was mich zu dem peinlichsten Nicht-Date aller Zeiten verurteilt hat.

»Hat er wirklich vor, mit uns zu arbeiten?«, frage ich, nur um irgendetwas zu sagen, und Shawn wirft einen Blick zu Adam hinüber, bevor er angesichts des Schmatzens, das zu uns herüberweht, die Augen verdreht.

»Wenn er Lust dazu hat, vielleicht. Schneller würde es gehen, wenn wir es einfach selbst erledigen. Wenn ich es spiele, kannst du dann die Noten aufschreiben?«

Ich nicke, und Shawn verschwindet in ein Zimmer, das vom Wohnzimmer abgeht. Mir bleibt nichts anderes übrig, als Däumchen zu drehen und so zu tun, als würde ich die Geräusche nicht hören. Wenn die beiden jetzt richtig loslegen, ich schwöre bei Gott, dann ...

Eine atemberaubende akustische Fender taucht in Shawns Türrahmen auf, und alles, was ich sehe, ist nur noch dieses wunderschöne schwarze Instrument in seinen Händen. Es ist ein Vintagemodell und vermutlich mehr wert als mein Jeep, ein Traum aus glatten Linien und poliertem Holz.

»Diese Gitarre ist wunderschön«, hauche ich. Die Ehrfurcht in meiner Stimme entlockt Shawn ein Lächeln. Er setzt sich und legt sie auf seinen Schoß. Es juckt mich in den Fingerspitzen, das Vibrieren der Saiten zu spüren, und ich reibe mit den Händen über meine Knie, um meine nervösen Finger abzulenken.

»Das ist eine '54er. Habe ich in einem Secondhandladen gekauft.«

Diese Gitarre gehört in ein Museum. Oder in meinen Schoß. Nicht in einen Secondhandladen. »Wie gut befreundet müssten wir sein, damit du mich einmal darauf spielen lässt?«

Shawn grinst, während er die Saiten stimmt. »Auf dieser Gitarre habe ich noch nicht einmal Adam spielen lassen.«

Danach zu urteilen, wie Adam bei unserer Bandprobe heute Vormittag sein Mikrofon wild durch die Luft geschwenkt hat, nehme ich an, dass das eine weise Entscheidung ist. »Was müsste ich für dich tun? Damit du mich spielen lässt?«

Es gibt Augenblicke im Leben … Augenblicke, in denen man einfach im Boden versinken möchte. Als Shawn mich anstarrt, als hätte ich ihm eben einen Blowjob angeboten – als staune er über meine Direktheit –, wird mir bewusst, dass das hier einer dieser Augenblicke ist.

»Das … das hat sich jetzt irgendwie falsch angehört.«

Meine Wangen glühen leuchtend rot – das weiß ich, denn mein ganzes Gesicht fühlt sich an wie ein einziges riesiges, loderndes Lagerfeuer. Doch Shawn besitzt immerhin so viel Anstand, kein Wort zu sagen … was meine Sag-genau-das-was-dir-durch-den-Kopf-geht-Krankheit auslöst und zu einer Katastrophe epischen Ausmaßes führt.

»Ich wollte sagen, ich habe dir keinen Blowjob angeboten oder so.«

Shawn sieht mir direkt in die Augen, und jetzt sitzen wir beide einfach nur da und schauen uns aufs Peinlichste berührt an.

»Ich meine, als ich dich gefragt habe, was ich für dich tun könnte … Da habe ich nicht gemeint, ich würde *alles* tun, nicht … *das* … Ich dachte nur, ich …«, ich hebe die Hände und vergrabe sie in meinen Haaren, »… ich rede einfach weiter. Ich rede einfach weiter.«

Shawn starrt mich einen Moment lang an, als wäre ich eben aus einer Irrenanstalt ausgebrochen, und ich starre zu ihm zurück – als ob er recht habe. Und dann wird seine Miene sanfter, und er lacht leise und durchbricht so das verlegene Schweigen zwischen uns.

»Mein Gott«, sage ich, nachdem mir ebenfalls ein Kichern

entfahren ist. Habe ich eben allen Ernstes das Wort *Blowjob* laut ausgesprochen? Vor *Shawn?*

Ja, ich habe allen Ernstes gerade davon geredet, Shawn Scarlett einen Blowjob anzubieten. Shawn Scarlett.

»Bist du nervös oder so?«, fragt er mit einem amüsierten Lächeln im Gesicht.

»Warum sollte ich denn nervös sein?« Ich ziehe die Finger aus meinen Haaren und schlinge sie um meine Knie, um nicht noch mehr herumzuzappeln.

»Weil ich wahnsinnig talentiert bin?« Er schenkt mir ein Grinsen, bei dem ich gleich wieder anfangen will, von Blowjobs zu reden, oder zumindest von Küssen, denn weiß Gott: Ich kann an nichts anderes denken. Stattdessen schaffe ich es nur, einfach zu ihm zurückzugrinsen.

»Du glaubst nur, dass du talentiert bist, weil du mich noch nie auf dieser Gitarre spielen gehört hast.«

»Du hast mir noch kein überzeugendes Angebot gemacht«, provoziert er mich mit einem anzüglichen Grinsen.

Mein Herzschlag schaltet einen Gang höher, sein Grinsen wird breiter, und zu spät wird mir bewusst, dass wir *flirten.*

Ich wische mir eilig das Lächeln aus dem Gesicht und räuspere mich. »Hast du irgendwas zum Schreiben für mich?«

Shawns Lächeln schwindet langsam, bis es nur noch ein neugieriges Funkeln ist, das in seinen Augen schimmert. Er beginnt wieder, seine Gitarre zu stimmen. »Ja, ich werde Peach gleich bitten, dir etwas zu holen.«

Ich lehne mich auf der Couch weiter nach hinten und bringe so noch ein paar Zentimeter mehr Abstand zwischen uns. Ich sträube mich gegen die Anziehungskraft, die er noch immer auf mich ausübt. Ich hatte nicht erwartet, dass sie so stark sein würde – nicht nach all dieser Zeit, nicht nach dem, was er mir angetan hat.

Es ist wie die beste und schlimmste Art von Nostalgie. Es fühlt sich an, als wäre ich ein Teenager. Als würde ich mein Herz zum ersten Mal schlagen spüren.

Als wäre ich verliebt.

»Peach«, ruft Shawn, als er mit dem Stimmen der Gitarre fast fertig ist. »Können wir ein Blatt Papier und was zum Schreiben haben?«

Er fischt ein Plektron aus seiner Hosentasche, und Rowan entkommt Adam, indem sie mit ein paar Blättern Papier und einem Stift von ihrem Hocker springt. Sie legt das Schreibzeug vor mir auf den Couchtisch und lässt sich dann auf das Kissen neben mir fallen, während Adam dazu übergeht, den Kühlschrank zu durchwühlen.

»Was habt ihr denn vor?«

Ich nehme wortlos Stift und Papier in die Hand und überlasse es Shawn zu antworten. »Kit muss die Musiknoten aufschreiben.«

»Nur von den alten Songs«, berichtige ich ihn, als in meinem Kopf endlich wieder Klarheit herrscht. Nicht mehr mit Shawn allein zu sein, heißt, dass ich endlich wieder denken kann, endlich wieder *atmen* kann. »Wenn ich meine Stücke selbst schreibe, lerne ich sie dabei automatisch auswendig, aber wenn ich versuche, die von anderen auswendig zu lernen …«

»So, bitte sehr«, unterbricht uns Adam, reicht mir ein Bier und stellt dann Shawn eines hin, bevor er sich in den Sessel ihm gegenüber fallen lässt.

Gut. Shawn und ich und noch zwei zusätzliche Personen. Eine Gruppe. Mit einer Gruppe kann ich umgehen. Gruppen sind gut.

»Oh.« Rowan sieht sich um, als würde sie eben erst aus ihrem von Hausaufgaben benebelten Zustand zurückkehren. Ihre blonden Haare sind zu einem unordentlichen Knoten hochgesteckt, und eine Brille, an die ich mich von unserer letzten Begegnung nicht erinnern kann, rutscht ihr heute immer wieder von der Nase. »Hey, wo steckt denn Joel? Hat er es nicht zur Bandprobe geschafft?«

Adam und Shawn erklären, dass er abgeschwirrt ist, sobald wir zurückkamen, aber ich schalte auf Durchzug und beobachte völlig gebannt, wie Shawns Finger weiter ihren Zauber spielen lassen. Ich konnte seine Hände noch nie aus dieser Nähe bewundern und obwohl ich weiß, dass ich es nicht tun sollte, verliere ich mich in der Art, wie sie sich bewegen, der Art, wie sie die Gitarre feinstimmen, als wäre sie eine Erweiterung seines eigenen Körpers. Sie vollbringen ihr Wunder an den Stimmwirbeln, erwecken das uralte Instrument wieder zum Leben.

»Bist du bereit?«, fragt er, und ich drücke schnell die Spitze meines Bleistifts aufs Papier, um so zu tun, als würde ich mich konzentrieren. Aufs Papier. Nicht auf seine Hände. Eindeutig nicht auf seine Hände.

Ich nicke.

Shawn spielt für mich so langsam, dass ich die Saiten beobachten und jede einzelne hören kann, nennt die Akkorde, während er sie spielt. Irgendwann lassen Rowan und Adam uns im Wohnzimmer allein. Aber ich bin zu abgelenkt, als dass es mir etwas ausmacht – von den Klängen, die von der wunderschönen Fender ausgehen, von der Melodie, die Shawns geübten Fingern entspringt.

»Hättest du etwas dagegen, wenn ich ein paar Veränderungen vornehme?«, frage ich, als wir bei einem Song angekommen sind, der nicht ganz so magisch klingt wie die anderen.

»Gefällt er dir nicht?«

»Er ist nicht schlecht …« Ich zögere, aber Shawn grinst nur.

»Den hat Cody geschrieben. Für mich klingt er auch beschissen. Was schwebt dir denn vor?«

»Bin mir noch nicht sicher.« Ich klopfe mir mit dem Bleistift
an die Lippen. Noten wirbeln mir durch den Kopf, aber ich
kann die richtigen nicht finden, ohne sie vorher zu hören. Ich
brauche meine Gitarre, deshalb stehe ich von der Couch auf,
um sie zu holen. Aber ich komme keinen halben Schritt weit,
denn Shawn hält mir den Hals seiner Fender hin, als ob …

»Lässt du mich etwa auf deiner Gitarre spielen?«, frage ich
entgeistert.

Seine Finger tänzeln über dem Instrument, als sei er sich
nicht sicher, und sie tänzeln noch immer, als er nickt. »Vielleicht. Ich habe mich noch nicht entschieden.«

Ich strecke eine Hand aus und nehme sie ihm sanft ab, bevor er es sich anders überlegen kann, mache es mir wieder
auf der Couch bequem und hole einmal tief Luft. Shawn beobachtet mich, als würde ich sein erstgeborenes Kind wiegen,
und ich halte die Gitarre so andächtig, als ob sie es wäre. Ich
halte sie zärtlich und zupfe vorsichtig meine erste Saite. Und
dann, während grüne Augen auf mich gerichtet sind, schließe ich die Augen und *spiele* einfach. Ich lasse mich von der
Musik verzaubern, lasse mich an irgendeinen Ort außerhalb
von Shawns Wohnung, außerhalb von mir selbst tragen. Ich
probiere einen Riff nach dem anderen aus, zupfe die Saiten,
bis ich etwas finde, das sich richtig anfühlt, etwas, das sich
perfekt anfühlt.

»Hier.« Abrupt halte ich Shawn die Gitarre wieder hin. Ich
hole rasch meine eigene und fordere ihn dann auf, die erste
Stimme zu spielen. Er spielt seinen Part, ich spiele meinen,
und zusammen spielen wir tadellos. Der Sound ist umwerfend, und nachdem die letzte Note verklungen ist, grinse ich
von einem Ohr zum anderen. »Magisch.«

»Perfekt«, pflichtet er mir bei. Er starrt mich an, als wäre ich diejenige, die magisch ist, nicht umgekehrt.

Sein Blick macht mich nervös, daher tue ich das, was ich immer tue, wenn ich mich unbehaglich fühle: Ich schiebe das Mädchen in mir beiseite und werde stattdessen einer der Jungs. »Findest du dich immer noch so umwerfend?«, ziehe ich ihn auf.

Als Shawn lacht, gefällt mir das Geräusch viel zu gut, um darauf zu achten, wie meine Mundwinkel sich verselbstständigen oder mein Herz unter meinen Rippen hämmert. Auf diese Weise machen wir weiter, Song für Song, bis nur noch Shawn spielt und ich zuhöre. Ich möchte die Augen schließen, aber das kann ich nicht – zum Teil, weil Shawn es seltsam finden könnte, und zum Teil, weil ich nicht aufhören kann, ihn anzustieren. Es fühlt sich an, als ob er gar nicht weiß, dass ich hier bin, und doch irgendwie nur für mich spielt. Die Songs werden zu *meinen* Songs, *meinen* Serenaden. Ich starre ihn schamlos an, die Papiere in meinem Schoß haben wir beide längst vergessen, und selbst als sein Blick von Zeit zu Zeit meinen auffängt, sehe ich nicht weg.

Meine Finger sehnen sich danach, irgendetwas zu berühren – vielleicht seine Gitarre … vielleicht seine Hände … vielleicht seine Lippen.

»An dem arbeite ich noch«, erzählt er über den Song, den er gerade spielt. Bei jedem Wort wird er leiser, denn uns beiden wird plötzlich bewusst, dass ich geradezu an seinen Lippen hänge.

»Fantastisch«, beeile ich mich zu sagen, bevor ich so abrupt aufstehe, dass die Hälfte der Blätter in meinem Schoß auf dem Boden landet. »Scheiße!«

Shawn und ich stoßen mit den Knien aneinander, als wir uns gleichzeitig danach bücken, wir werden verlegen, als wir auf dem Boden Blickkontakt aufnehmen, und wir zucken zusammen, als Rowan aus heiterem Himmel auftaucht, um mich zu fragen, ob ich gern zum Essen bleiben würde.

»Ich, äh …« Ich versuche, meinen weichen Knien zu befehlen, mir zu gehorchen, und stammele wie ein Idiot, während Shawn neben mir steht und zusieht, wie ich in Flammen aufgehe. Ich weiß, warum zum Teufel *ich* Papier fallen lasse und mit den Knien an seine stoße, aber was ist *seine* verdammte Ausrede?

»Süß«, kommentiert Rowan mit einem breiten Lächeln. »Ich mache, ähm … *Adam*!«

»Was denn?«, brüllt er irgendwo vom anderen Ende des Flurs aus zurück.

Shawns Hände berühren meine, als er mir die restlichen Blätter reicht, und ich lasse sie um ein Haar prompt wieder fallen. Ich bedanke mich nicht bei ihm, denn meine Stimme gehorcht mir nicht. Verdammt, ich kann ihm nicht einmal in die Augen sehen.

»Was willst du zum Abendessen?«, brüllt Rowan.

»Bestell irgendwas!«

»Ich sollte gehen«, murmele ich und trete einen Schritt zurück, nur um mit meinen verräterischen Beinen gegen den Couchtisch zu knallen. Ich beschließe kurzerhand, mich einfach nicht mehr zu bewegen, damit ich nicht noch auf die Nase falle und mich von Shawn ins Krankenhaus tragen lassen muss.

Ja, denn hier und jetzt, in meinem Fantasieland, gibt es keine Krankenwagen, und Shawn ist offensichtlich der einzige Arzt, den ich brauche.

Verdammte Scheiße!

Ich bin *nicht* dieses unbeholfene Mädchen. Ich hatte Freunde auf der Highschool und Freunde auf dem College. One-

Night-Stands und mittellange Beziehungen und unverbindliche Dates und einwöchige Affären. Aber keiner dieser Typen hat mich je um meine Nummer gebeten und mich dann nicht angerufen oder dafür gesorgt, dass ich ihn mit einem Elektroschocker niederstrecken will. Oder dass ich über Tische stolpere oder mein Herz in meiner Brust hämmert – so wie jedes Mal, wenn sich Shawn Scarletts und meine Blicke begegnen.

Rowan schüttelt nur den Kopf. »Nein. Wir bestellen was, um deine Aufnahme in die Band zu feiern, das heißt, du bist mehr oder weniger verpflichtet zu bleiben. Auf was hast du Lust?«

Als Adam aus dem Schlafzimmer auftaucht und Pizza vorschlägt, bietet Rowan an, sie gemeinsam mit ihm zu holen, und besteht darauf, dass Shawn und ich hierbleiben, um unsere Arbeit zu Ende zu bringen.

»Wir sind schon fertig«, beharre ich, aber sie hebt nur lächelnd eine Hand und zieht die Tür von außen ins Schloss.

Als ich wieder allein mit Shawn im Wohnzimmer bin, lasse ich mir eine Minute Zeit, ehe ich mich umdrehe. Was zum Teufel soll ich jetzt tun? Shawn und ich haben nichts zu tun, uns nichts zu sagen, und Rowan hat uns beide hier buchstäblich zusammen eingeschlossen und dabei auch noch *gelächelt*. Ich hole einmal tief Luft, dann sehe ich Shawn an. »Wie sauer wäre sie, wenn ich gehen würde, bevor sie wiederkommt?«

Er fährt sich mit einer Hand durchs Haar, und sein Vintage-Band-T-Shirt spannt sich straff über seiner Brust. »Warum musst du denn gehen?«

»Ich muss nicht …«

»Dann bleib.«

Ich sollte weglaufen. Ich sollte Nein sagen und weit, weit weglaufen. Ohne mich noch einmal umzusehen.

Ich sollte nicht hier sein und mit ihm flirten und auf seine

Hände und seine Augen und seine Lippen starren. Ich sollte mir in Erinnerung rufen, wie ich mich gefühlt habe, als er sagte, er würde anrufen, und es dann nie getan hat.

Aber meinem Gehirn fällt es schwer, sich an *irgendetwas* von alledem zu erinnern, daher lasse ich mich stattdessen widerstrebend wieder auf der Couch nieder. Ich nehme einen tiefen Schluck von meinem Bier. Ich starre auf Shawns Gitarre. Ich nehme noch einen Schluck Bier.

Als ich die Flasche ausgetrunken habe, bietet er mir noch eine an. Unbeholfen beginnen wir uns zu unterhalten, doch bald plätschert die Unterhaltung leicht vor sich hin. Shawn und ich reden über Gitarren und Zubehör. Wir reden über unsere Lieblingsbands, die besten Shows, bei denen wir je waren, verrückte Sachen, die wir auf Konzerten gemacht haben. Noch zwei Biere, und ich komme aus dem Lachen gar nicht mehr heraus.

»Und dann ist Adam einfach ohne Hose zurück auf die Bühne gestolpert«, erzählt Shawn grinsend, »und ich war so verdammt betrunken, dass ich vor lauter Lachen umgekippt bin und meine verdammte Lippe aufgeplatzt ist.«

Ich kichere wie von Sinnen und wische mir die Lachtränen weg. »Das ist noch gar nichts. Als ich achtzehn war, bin ich zu einem Konzert von *The Used* gegangen, und Bert hat das Publikum eine Wall of Death bilden lassen …«

»Oh nein«, ruft Shawn, noch bevor ich den Satz beenden kann.

Ich nicke und strecke den linken Arm aus. »Ich habe mir an drei verdammten Stellen den Arm gebrochen.«

Er verschluckt sich fast an seinem Bier. »Du hast dir wirklich den Arm gebrochen?«

»Meine Band musste für ganze zwei Monate alle Konzerte absagen«, erkläre ich. Ich beuge den Ellenbogen, als mir wieder einfällt, wie sehr der Gips genervt hat. Shawn grinst mich an, und ich lache, bevor ich hinzufüge: »Meine Brüder sind höllisch ausgeflippt, daher musste ich mir irgendeine schwachsinnige Lüge ausdenken. Also habe ich gesagt, ich sei auf einer vereisten Fläche ausgerutscht – im *August*.«

Sie waren zu Recht davon ausgegangen, dass ich ihn mir gebrochen hatte, indem ich irgendetwas Dummes angestellt hatte – zum Beispiel, mit dem Arm voran gegen einen stockbetrunkenen Hulk zu knallen –, aber irgendwie schaffte ich es, sie zu überzeugen und Mason davon abzubringen, zu mir ins Wohnheim zu ziehen.

»Warum?«, fragt Shawn. Ich hebe verwirrt eine Augenbraue und nippe noch einmal an meinem Bier. »Warum musstest du deswegen lügen?«

Ich lasse mir die bernsteinfarbene Flüssigkeit durch die Kehle rinnen und zucke die Schultern. »Erinnerst du dich noch an meine Brüder? Bryce war in deinem Jahrgang, Mason zwei über dir, und Ryan noch einen darüber.«

Shawn lässt den Daumen über den Rand seiner Bierflasche kreisen. »Vage. Hast du nicht noch einen Bruder?«

»Wen, Kale?«, frage ich mehr als nur ein wenig verblüfft. An *Kale* kann er sich erinnern, aber nicht an *mich?* »Ja«, antworte ich dann, bemüht, mir diese Erkenntnis nicht zu Herzen zu nehmen. Das taube Gefühl, das sich in meinen Fingerspitzen ausbreitet, hilft dabei. »Wir sind Zwillinge.«

Als Shawn nichts weiter sagt, fahre ich fort. »Jedenfalls, sie sind alle irgendwie … fürsorglich. Überfürsorglich.«

»Was wäre denn passiert, wenn du ihnen die Wahrheit gesagt hättest?«

Ich nehme an, Mason würde mir bis zum heutigen Tag als Babysitter nicht von der Seite weichen, denn wenn mich das Leben in einer großen Familie eines gelehrt hat, dann das:

Bring keinen Scheiß zur Sprache, es sei denn, du willst für den Rest deines Lebens darüber reden.

»Wer weiß?«, erwidere ich in dem Augenblick, in dem die Wohnungstür aufschwingt und Adam hereinkommt. Er trägt Rowan auf dem Rücken, die wiederum eine Pizzaschachtel auf seinem Kopf balanciert. Ein Stück Pizza hängt ihr bereits aus dem Mund, und ich beobachte die beiden, obwohl ich das Gesicht noch immer Shawn zugewandt habe. »Ich bin es gewohnt zu lügen. Das ist leichter, als sich mit ihnen anzulegen.«

Die ganze Couch gibt nach, als Adam Rowan auf das Kissen neben mir plumpsen lässt.

»Sich mit wem anzulegen?«, will sie wissen.

»Meinen Brüdern.« Ich schaue dabei zu, wie Adam die Pizzaschachtel aufklappt und sich beide Jungs ein Stück schnappen. »Ich habe Shawn nur eben erzählt, dass sie etwas überfürsorglich sein können.«

Rowan schluckt kichernd einen Bissen Pizza hinunter. »Was sagen sie dazu, dass du mit den Chaoten hier in einer Band bist?«

Sie deutet mit dem Daumen auf Adam und dem Zeigefinger auf Shawn. Und ich sitze einfach nur mit weit aufgerissenen Augen und fest aufeinandergepressten Lippen da.

Rowan kneift die Augen zusammen. »Sie wissen schon, dass du mit ihnen in einer Band bist, oder?«

»Ja«, lüge ich das süße blonde Mädchen vor mir an. »Na klar.« Ich greife nach einem Stück Pizza und beiße hinein, um dadurch ein bisschen Zeit zu gewinnen, aber es trägt nicht dazu bei, Rowan abzulenken.

»Und sie sehen es locker?«

Weil mich Shawn und Adam erwartungsvoll ansehen, lüge ich einfach weiter. »Sie wissen, dass es ein großer Traum von mir ist. Deshalb unterstützen sie mich.«

Ich halte die Tatsache, dass meine Hose nicht in Flammen aufgeht, für ein gutes Zeichen, und Rowans zufriedenes Lächeln beruhigt mich zusätzlich. Sie grinst mich an, Adam dreht sich in seinem Sessel herum, bis seine Beine über eine der Armlehnen baumeln, wohingegen Shawn mich einfach nur anstarrt, als könne er meine Gedanken lesen.

»Das ist ja cool«, meint Rowan, die von meiner Paranoia bezüglich Shawns potenzieller telepathischer Fähigkeiten nichts zu ahnen scheint. »Lade sie doch mal irgendwann ins *Mayhem* ein.«

»Ja«, stimme ich zu und ergänze in Gedanken: *Wenn ich darauf scharf bin, über Masons Schulter geworfen zu werden, während ich schreiend um mich trete und Bryce meine Hände festhält, damit ich Mason nicht seine nutzlosen Ohren abreiße. Und Ryan inzwischen die Jungs über ihre Absichten verhört und Kale den Fluchtwagen anlässt.* »Vielleicht«, schiebe ich schließlich mit einem zuckersüßen Lächeln hinterher.

Rowan bombardiert mich regelrecht mit Fragen nach meinen Brüdern: Wie alt sind sie? Wie heißen sie? Was machen sie? Waren sie damals auf der Highschool mit den Jungs aus der Band befreundet?

»Ich bin irgendwie das schwarze Schaf der Familie«, gestehe ich und lege meine vollgekrümelte Serviette auf den Tisch. »Der Rest meiner Familie ist sehr …«

Als ich noch überlege, wie ich diesen Satz zu Ende führen soll, schlägt Adam vor: »Football.« Er hängt jetzt komplett aus seinem Sessel, mit dem Kopf auf dem Boden, die Beine auf der Sitzfläche ineinander verheddert. Er kritzelt kopfüber in ein kleines Notizbuch und balanciert dabei ein Stück Pizzarand wie eine Brücke zwischen Brust und Kinn.

Ich gebe ihm kichernd recht. »Ja, sie sind sehr *Football.*«

Meine Brüder sind nicht so wie ich mit meinen blauen

Strähnchen und meinem Nasenpiercing. Sie sind nicht so wie Adam mit seinen schwarz lackierten Fingernägeln und einer Unmenge an Armbändern. Und sie sind nicht so wie Shawn mit seinem stillen Genie und den abgetragenen Klamotten.

»Und warum bist du anders?«, will Rowan mit aufrichtigem Interesse wissen. »Warum hast du angefangen, Gitarre zu spielen?«

Mein Blick war bereits auf Shawn gerichtet, und er ist es noch immer, während ich an jenes erste Mal zurückdenke, als ich ihn auftreten sah, an die Hingabe, mit der er durch jede einzelne Note, die er zupfte, auf den Saiten meines Herzens spielte. Ich hatte eine Gänsehaut und Schmetterlinge im Bauch. Ich weiß bis heute nicht, ob es an Shawn oder der Gitarre oder an der Kombination lag, aber meine Finger juckte es, diese Saiten zu berühren. Und alles an mir sehnte sich danach, Shawn Scarlett zu spüren.

»Ich war auf der Mittelschule ein großer Fan von der Band«, gestehe ich, als ich es schließlich schaffe, den Blick meiner dunklen Augen von Shawns grünen loszureißen. »Das weckte in mir den Wunsch, ebenfalls spielen zu wollen. Und die Gitarre hat mich einfach irgendwie … angesprochen.«

»Oh, wow!«, staunt Rowan. »Das heißt, Shawn hat dich zum Spielen inspiriert?«

»Hey«, protestiert Adam vom Boden aus. »Woher willst du wissen, dass es Shawn war?«

»Na ja, Cody kann es nicht gewesen sein. Aber ich nehme an, vielleicht Joel …«

»Ich habe damals auch gespielt«, beschwert sich Adam und wirft ein Stück Pizzarand nach ihr.

Sie fängt es mitten in der Luft auf und steckt es sich in den Mund, und ich unterbreche ihren neckischen Flirt, indem ich zugebe: »Es war tatsächlich Shawn … Ich hatte noch nie jemanden so spielen gehört wie ihn.«

»Du hättest etwas sagen sollen!«, ruft Rowan, und ich verkneife mir mühsam den Kommentar, dass ich etwas gesagt *habe*. Ich habe mein Herz ausgeschüttet und wurde damit belohnt, dass darauf herumgetrampelt wurde.

»Tja.«

»Sie hätten Cody so viel früher loswerden können«, fährt sie fort, als wäre sie auf einem völlig anderen Stern. Ihr halb gegessenes Stück Pizza landet in der Schachtel, und ihre Stimme ist düster, als sie ergänzt: »Es hätte alles anders laufen können.«

»Vielleicht«, stimme ich ihr zu. Insgeheim frage ich mich, wie es gekommen wäre, wenn ich an jenem Abend nicht auf Adams Party gegangen wäre.

Ich hätte mich trotzdem in den Schlaf geweint, ich hätte mich immer gefragt, was hätte sein können und ich hätte meine Jungfräulichkeit an jemand anders als Shawn Scarlett verloren …

Während ich schweigend meine Pizza weiteresse, überlege ich, ob ich irgendetwas ändern würde, wenn ich es könnte. Würde ich an jenem Abend zu Hause bleiben? Würde ich jenen Abend aufgeben?

Lange nach dem Essen, als Rowan die Fragen schließlich ausgehen und die Sonne sich hinter dem Mond versteckt hat, erkläre ich, dass es für mich an der Zeit ist aufzubrechen. Rowan besteht darauf, dass Shawn mich zu meinem Jeep begleitet. Auf dem Weg dorthin ist alles still, nicht einmal Musik aus dem Aufzug durchdringt die Stille, bis ich schließlich auf meinen Fahrersitz klettere und Shawn neben mir steht. Die Parkplatzbeleuchtung wirft einen harten Schatten auf sein Gesicht und die Stoppeln an seinem Kinn, und er öffnet seine weichen Lippen. »Tut mir leid, dass Peach dich so ausgequetscht hat.«

Die Nachtluft riecht nach Großstadt und Shawns Eau de Cologne, und ich sehne mich danach, mit ihm zu verschmelzen. Ihm zu sagen, dass es keine Rolle spielt, ob er mir an jenem Abend vor sechs Jahren das Herz gebrochen hat, weil ich nichts, aber auch gar nichts anders machen würde. Niemand anders als er hätte mein Erster sein sollen.

»Shawn«, beginne ich, während ich in das dunkle Grün seiner Augen hochstarre. Er ist mir so nah, dass ich ihn berühren könnte, und doch ist er unerreichbar.

Ich sollte ihn hassen.

Ich tue es nicht.

»Ja?«

Mir ist entfallen, was ich sagen wollte …

Warum hast du mich nicht angerufen?

Wärst du noch immer imstande, mich zu vergessen?

Warum konntest du mich nicht einfach lieben?

»Wenn ich dich anrufe, um dir Musikzeugs vorzuspielen«, sage ich, »gehst du dann ans Telefon?«

Rowan hat mir heute Abend die Nummern aller Bandmitglieder gegeben und sie kopfschüttelnd für Idioten erklärt, weil sie das nicht schon längst getan hatten. Die einzige Nummer, die ich bis dahin hatte, war die von Dee. Rowans blaue Augen verdüsterten sich, als sie mir sagte, dass Dee im Moment nicht leicht zu erreichen sei.

Shawn furcht die Augenbrauen. »Warum sollte ich denn nicht ans Telefon gehen?«

Als mein besorgter Gesichtsausdruck nicht weicht, wird sein eigener sanfter.

»Ja, Kit … ich werde ans Telefon gehen.«

»Bist du sicher?«

»Ich verspreche es.«

Später am Abend, als ich zu Hause allein in meinem Bett liege, erinnere ich mich ständig daran, wie ich ihn praktisch angefleht habe, meinen Anruf anzunehmen. Stöhnend vergrabe ich das Gesicht in meinem zu fest gestopften Kissen, aber das reicht nicht, um Shawns Geruch aus meiner Nase oder seine Stimme aus meinem Kopf zu vertreiben.

Dass ich den Abend damals nicht bereue, heißt nicht, dass ich das alles noch einmal durchleben will. Ich will mich nicht wieder in ihn verlieben – nicht, wenn der Boden so rasch auf mich zurast, und nicht, wenn es so verdammt wehtut.

Ich habe mich einmal in Shawn Scarlett verliebt.

Und einmal war mehr als genug.

4

Die nächsten paar Tage konzentriere ich mich darauf, Songs zu üben, Songs zu hören und die Noten niederzuschreiben. Und zu tun, was immer ich tun kann, um wieder zu der Person zu werden, die ich war, bevor Shawn Scarlett erneut in mein Leben trat.

Hart. Unabhängig. Unzerstörbar.

Stunde über Stunde verbringe ich mit einem Plektron zwischen den Fingern oder den Lippen, und Essen wird zu einer lästigen Notwendigkeit, die die ganze Zeit über an meinem Magen nagt. Ich lebe von Erdnussbutter-Crackern und Kaffee, doch als mir am Mittwochmorgen Letzterer ausgeht, bin ich gezwungen, mir etwas Richtiges anzuziehen und mich aus meiner Wohnung zu wagen. In einer schwarzen Thermojacke, einem abgetragenen schwarzen Rock, knielangen Strümpfen mit Sternenmuster und meinen getreuen Boots hüpfe ich in den Jeep und streite mich mit meinem Handy, bis es mir den Weg zum nächstgelegenen Coffeeshop anzeigt: einem Starbucks in der Nähe des örtlichen Collegecampus – einem ohne verdammten Drive-in.

Irgendwie schaffe ich es, auf der Fahrt die Augen offen zu halten. Widerstrebend steige ich aus meinem Jeep und hinein in die richtige Welt und laufe über den verwitterten Parkplatz. Drinnen finde ich mich in einem Einheitsbrei aus Poloshirts tragenden Collegekids wieder, neben denen ich wie ein neonblauer Markierstift in einer Schachtel Kugelschreiber aussehe.

Ein paar Typen starren mich an, als hätte ich eine ansteckende Krankheit, und ein paar starren mich an, als würden sie sich gern einfangen, was immer ich habe. Aber die meisten starren mich einfach nur an, als wäre ich ein fremdländisches Essen, das sie gerne kosten würden, sich dazu jedoch nicht trauen.

Mein Blick schweift über Gäste, die an Tischen oder gemütlich auf Sofas in der Ecke sitzen, bevor er zum vorderen Ende der Schlange wandert, wo ein junger Mann gerade einem anderen auf die Schulter tippt, um ihn daran zu erinnern, seine Bestellung aufzugeben. Doch der ist zu beschäftigt damit, mich anzulächeln, als wäre ich ein entzückendes Kätzchen, über dessen Kopf ein Schild mit der Aufschrift *Kostenlos in liebevolle Hände abzugeben* schwebt.

Der Typ trägt rosa Chucks, lange Cargoshorts und ein Emily-Erdbeer-T-Shirt, das aussieht, als ob es auch noch mit dem dazugehörigen Duftlack versehen ist. Eine Sonnenbrille thront auf seinen dichten, im Ombré-Stil gefärbten Haaren. Er wirkt in dem Coffeeshop genauso deplatziert wie ich.

Als er mir zulächelt, sehe ich stirnrunzelnd zu ihm zurück, bis er sich umdreht und an der Theke bestellt.

In einem Starbucks ist so ein komischer Typ und starrt mich an, simse ich Kale, während ich darauf warte, dass ich an der Reihe bin.

Ach, lebst du auch noch?

Wenn er mich umbringt, dann begrabt mich in meinen Stiefeln.

Diese Dinger sind vermutlich an deine Füße geschweißt. Wir würden sie sowieso nie abbekommen.

Gut!

»Miss?«

»Oh, äh.« Ich stecke mein Handy ein und überfliege die Tafel hinter dem Kopf der Barista. »Einen Karamellmokka, bitte. Extraviel Salz. Extraviel Espresso.« Ich sehe mich nach Mr. Emily Erdbeer um, aber überall um mich herum entdecke ich nur Polo, Polo, Polo.

Ich beiße mir auf die Lippen, um mir das Lachen zu verkneifen, als ich mir vorstelle, dass jeder einzelne Typ in diesem Laden mir antworten würde, wenn ich jetzt einfach laut »Marco« rufen würde. Und danach zu urteilen, wie ein paar von ihnen mich angaffen, hätten sie vermutlich nichts dagegen, wenn ich mit geschlossenen Augen nach ihnen tasten würde.

Ich ignoriere die ungewollte Aufmerksamkeit und schlendere ans Ende der Theke hinüber, um auf mein Getränk zu warten. Dort zücke ich erneut mein Handy.

Tut mir leid, dass ich das Familiendinner am Sonntag verpasst habe.

Wo warst du denn?

In der Schreibhöhle. Ich mache es wieder gut.

Das solltest du auch bei Bryce und Mason tun. Sie haben sich die ganze Zeit darüber beklagt, dass sie einfach ersetzt wurden.

Angesichts der Tatsache, dass ich Adam, Joel oder Mike kaum zu Gesicht bekommen habe und Shawn mit Sicherheit *niemals* wie ein Bruder für mich sein wird, haben sie keinen Grund zur Besorgnis.

Hast du ihnen gesagt, dass sie aufhören sollen, sich wie Mädchen zu benehmen?

Ich kann dir als Beweis die blauen Flecken an den Armen zeigen.

Ich stecke mein Handy lächelnd wieder ein, als die Barista mir meinen Kaffee hinschiebt. Er duftet himmlisch, und ich gehe das Risiko ein, mir den Gaumen zu verbrennen, und nehme einen kräftigen Schluck. Natürlich verbrenne ich ihn mir höllisch, aber der Karamellgeschmack auf meiner Zunge ist es wert. Ich nippe wieder am Kaffee und werfe das Strohhalmpapier in den Mülleimer. Ich bin fünf Schritte von der Tür entfernt, als ein Collegejunge in einem roten Polohemd abrupt aufspringt, um sie mir zu öffnen, aber ich beschleunige meine Schritte und flüchte ins Freie, bevor er sie erreichen kann. Ich kichere leise vor mich hin, als auf einmal eine Stimme hinter mir dafür sorgt, dass ich fast den Becher fallen lasse.

»Hey. Kit, richtig?« Ich schnelle auf dem Absatz herum und erblicke Mr. Emily Erdbeer, der sich gerade von der Wand abstößt.

»Woher kennst du meinen Namen?« Langsam gehe ich rückwärts, den Blick halte ich auf ihn gerichtet, während ich gleichzeitig die nähere Umgebung nach irgendjemandem absuche, den ich vielleicht kenne. Ist hier irgendwo eine versteckte Kamera? Wer ist dieser Kerl, und warum sieht er mich an und redet mit mir, als ob er mein größter Fan ist?

»Ich weiß auch, dass du drei, nein, *vier* Brüder hast und in Downingtown aufgewachsen bist und ...« Er schließt die Augen und fuchtelt mit einer Hand vor meinem Gesicht herum, als würde er meine Aura lesen oder so. »Und dass du eben erst einer Band beigetreten bist.«

Als ich stehen bleibe, schlägt er ein Auge auf und lächelt mich an.

Misstrauisch frage ich: »Woher weißt du das alles?«

»Ich kann hellsehen.« Sein Grinsen wird breiter.

»Na klar.« Meine Stimme trieft vor Sarkasmus. Völlig unbeeindruckt von diesem Schwachsinn nehme ich noch einen Schluck Kaffee. »Und, was hält das Schicksal für mich bereit?«

Er ahmt meine Geste nach, nippt an seinem eigenen Kaffee und leckt sich über die Lippen. »Ah, das ist leicht.« Er legt eine theatralische Pause ein, bevor er grinsend fortfährt: »Wir werden beste Freunde sein. Na ja, zweitbeste Freunde, um genau zu sein, oder … drittbeste Freunde, aber … egal, Kit-Kat, der Rang ist nicht wichtig.«

»Wer bist du gleich wieder?«, frage ich, und Mr. Emily Erdbeer streckt die Hand aus und schmunzelt, als ich keine Anstalten mache, sie zu schütteln.

»Wenn ich dir sage, dass ich mit Rowan und Dee befreundet bin, würde dir das weiterhelfen?«

Ich starre ihn an, und er lächelt.

»Ich bin Leti.«

»Leti?«

Er lässt die Hand an seiner Seite sinken und zieht unzufrieden eine Augenbraue hoch. »Soll das etwa heißen, die Mädchen haben dir noch nichts von ihrem großen schwulen besten Freund erzählt?«

»Nein.«

»Im Ernst?« Als meine Miene unverändert bleibt, zieht er einen Schmollmund und setzt sich die Sonnenbrille auf die Nase. »Nun, das ist ziemlich enttäuschend.«

Leti redet und redet und redet, und irgendwie überzeugt er mich binnen fünf Minuten, ihn zum Campus zu begleiten, um mich – wie er mit Nachdruck betont – von ihm herumführen zu lassen. Ich komme dazu, fünf oder vielleicht zehn Worte während der gesamten Zeit zu sagen.

»Und hier«, sagt er mit einer Handbewegung zur Jackson Hall hinüber, »hat Rowan Adam kennengelernt. Aber was noch wichtiger ist: Hier hat sie *mich* kennengelernt.« Er bedenkt mich mit einem breiten Lächeln und schiebt sich die Sonnenbrille wieder in die Haare. »Früher haben wir ganze Vorlesungen damit verbracht, beim Anblick seines Hinterkopfs ins Schwärmen zu geraten.« Er schwelgt für einen Moment in Erinnerungen, bevor er sich wieder in Bewegung setzt und ergänzt: »Aber ich nehme an, er ist nicht dein Typ.«

»Wie kommst du darauf?« Ich fange den Blick eines schnöseligen Mädchens auf, das offenbar nicht viel von Kampfstiefeln oder rosa Chucks hält, und ich feiere einen kleinen Sieg, als sie als Erste wegsieht.

Leti dreht sich um und läuft rückwärts weiter, tut wieder so, als würde er meine Aura mit seiner Hand lesen. »Dein Typ ist … hochgewachsen, schlank, aber mit … schwarzen Haaren. Grünen Augen.« Als er stehen bleibt, bleibe ich ebenfalls stehen. Er schließt die Augen in gespielter Konzentration. »Sein Name beginnt miiiit …«

Als er ein Auge öffnet und rundheraus »Shawn« sagt, reagiere ich mit einer bühnenreifen *Reh im Scheinwerferlicht*-Vorstellung. Ich starre und starre, spiele mit dem Gedanken, mit rudernden Armen wegzulaufen, starre noch ein bisschen länger und zwinge meine Lippen dann, sich langsam zu einem amüsierten Lächeln zu kräuseln.

»Netter Versuch.«

Letis dichte Wimpern senken sich über zusammengekniffenen Augen, und einer seiner Mundwinkel verzieht sich zu einem missmutigen Grinsen. »Weißt du, es ist nicht sehr nett, vor deinem neuen besten Freund Geheimnisse zu haben.«

Zufrieden damit, dass ich seinen Verdacht weder bestätigt noch abgestritten habe, gehe ich an ihm vorbei, ohne die geringste Ahnung, wohin. »Ich dachte, du hättest gesagt, wir seien drittbeste Freunde.« Ich kann mich nur mühsam davon abhalten, mich auf ihn zu stürzen und ihn heftig zu schütteln, damit er mir verrät, welche gottlose schwarze Magie er angewandt hat, um meine anhaltende Schwärmerei für Shawn herauszufinden.

Pink Chucks beeilt sich, an meiner Seite Schritt mit mir zu halten. »Und wenn ich dir ein Geheimnis über mich verraten würde?«

Mit einer Hand schirme ich die Augen vor der Sonne ab, sehe zu ihm hinüber und kichere dann. »Du hast überhaupt keine Geheimnisse.«

Sein Outfit, seine Haare, sein Lächeln – das alles schreit förmlich danach, dass er nichts zu verbergen hat und dass er es, selbst wenn es etwas gäbe, nicht verbergen würde. Er grinst. »Volltreffer. *Du* dafür umso mehr.«

Doch ich erzähle ihm nichts, als wir weitergehen: nichts von meiner gegenwärtigen Schwärmerei, nichts von meiner früheren Schwärmerei, nichts über Adams Abschlussparty, das Schlafzimmer im ersten Stock und mein erstes Mal. Wenn ich eine Freundin hätte, würde ich sie vielleicht anrufen und ihr das Herz ausschütten, aber stattdessen habe ich im Grunde nur einen überheblichen Zwillingsbruder und einen Kerl in neonfarbenen Chucks, den ich seit ganzen zwanzig Minuten kenne.

Schließlich gibt sich Letzterer geschlagen und beginnt, über die Stadt und das College und hundert andere unverfängliche Themen zu sprechen.

»Warst du schon mal im *Mayhem?*«, fragt er, als er mir in einem Café gleich neben dem College gegenübersitzt. Wir teilen uns eine große Portion French Toast, während wir darauf warten, dass Rowan aus ihrem Kurs kommt.

Ich schüttele den Kopf. »Nur für das Casting. Rowan hat mich letztes Wochenende eingeladen, aber ich habe abgelehnt.«

Sie meinte, alle würden da sein, und ich sagte ihr, ich könne nicht mitgehen, da ich meinen Brüdern versprochen hätte, übers Wochenende nach Hause zu kommen. Aber ehrlich gesagt hätte ich nicht noch mehr Shawn ertragen können. Noch mehr hätte mich umgebracht. Oder mich in eine verzweifelte Süchtige verwandelt.

»War vermutlich besser so«, bemerkt Leti, während er einen Polotypen abcheckt, der eben zur Tür hereingekommen ist. »Wir waren nicht lange da. Es hat sich zu einem echten Drama entwickelt.«

»Was denn für ein Drama?«

Langsam wendet er mir wieder den Kopf zu. »Ich habe nicht gefragt. Nur ein weiteres Kapitel in der niemals endenden Dee-und-Joel-Saga.«

Ich lege die Stirn in Falten. Joel war bei der Bandprobe ein Häuflein Elend gewesen. »Er scheint ziemlich fertig zu sein.«

Leti schüttelt nur den Kopf. »Aus den beiden werde ich einfach nicht schlau. Bin ich noch nie, werde ich auch nie. Und was ist mit dir, Kitten? Warst du je verknallt?«

Ich nicke begeistert, den Mund voller brotiger, zimtiger Pampe. »Mhm. Hinreißendes Exemplar. So gebaut, dass du es kaum glauben würdest. Und auch altmodisch. So werden sie heutzutage nicht mehr gemacht.«

Leti beäugt mich eine lange Weile, und die goldene Iris in seinen Augen wird allmählich klarer und klarer. »Du redest von einer Gitarre, stimmt's?«

Als ich lauthals lospruste, lacht er ebenfalls. Wir kichern noch immer, als Rowan auf den Hocker neben ihm rutscht und verwirrt zwischen uns hin- und hersieht.

»Worüber lachen wir hier? Und, äh …?« Sie zeigt auf mich, ihn, mich, ihn. »Wann habt *ihr* zwei euch eigentlich kennengelernt? Und seid auf einmal beste Freunde geworden?«

»Drittbeste Freunde«, berichtige ich sie, und Leti lacht noch lauter.

»Wir sind uns heute Morgen im Starbucks über den Weg gelaufen«, erzählt er, »und es war drittbeste Freunde auf den ersten Blick.« Das Kinn in die Hand gestützt, strahlt er mich hingerissen an.

Rowan klaut sich ein Stück von unserem French Toast, ohne zu fragen. »Sehr seltsam. Woher wusstest du denn, wer sie ist?«

»Wie konnte ich *nicht* wissen, wer sie ist?«, gibt Leti zurück. »Du hast gesagt, sie sieht aus wie ein Rockstar. Und …«, er zeigt mit einem zimtbedeckten Zeigefinger von Kopf bis Fuß auf mich, »… ich habe in meinem ganzen Leben noch nie einen noch rockstarmäßiger aussehenden Rockstar gesehen.«

Ich erinnere mich an sein Lächeln in der Schlange, dass er mich vor dem Starbucks abgefangen hat, dass er alles über mich wusste … einschließlich meiner Schwärmerei für Shawn.

»Hast du Leti erzählt, ich würde für Shawn schwärmen?«, platze ich heraus, und Rowan reißt ihre blauen Augen weit auf. Ich wusste, dass Shawn es nicht gewesen sein konnte, weil Shawn sich nicht erinnert. Und die anderen in der Band sind *Männer* – sie würden es nicht bemerken, geschweige denn darüber tratschen. Damit blieb nur noch eine Frau. Und damit blieb nur noch Rowan.

Leti kreischt auf, als sie ihm unter dem Tisch einen Tritt verpasst.

»Ich habe nur gesagt, dass ihr zwei euch seltsam benehmt, wenn ihr zusammen seid«, stammelt sie. »In der Wohnung sah es nur irgendwie aus, als ob … vielleicht …«

»Als ob vielleicht was?«

»Als ob …« Rowan stolpert über Worte, die sie noch gar nicht ausgesprochen hat, doch Leti unterbricht sie.

»Wenn du Shawn nicht heiß findest, dann bist du blind. Oder lesbisch.« Er deutet mit der Gabel auf mich. »Bist du vom anderen Ufer?«

Ich sehe ihn mit einer hochgezogenen Augenbraue an.

»Dann findest du Shawn heiß. Hör schon auf, es abzustreiten.«

Rowan wartet geduldig auf meine Reaktion, aber ich rolle nur mit den Augen. »Okay, na klar, ja, ich finde ihn super-duper-heiß.«

Leti grinst über den Sarkasmus in meiner Stimme, aber Rowan blickt nur verwirrt oder beunruhigt oder … neugierig. Ich bete, dass sie das Thema fallen lässt – und sie tut es.

Doch Leti bleibt hartnäckig.

»Was gefällt dir denn am besten an ihm, hm? Diese sexy grünen Augen? Diese wuscheligen schwarzen Haare? Die Art, wie er seine Gitarre berührt, als ob er will, dass sie seinen Namen schreit?«

Als ich erröte, grinst Leti triumphierend.

»Also alles davon.«

Ich verdrehe die Augen so weit wie möglich, in der Hoffnung, dass ich damit das Platzen eines Aneurysmas oder sonst irgendetwas auslösen kann, um diesem Gespräch zu entkommen. »Klingt, als ob du selbst für ihn schwärmst.«

»Oh, und wie!«

»Ich halte ihn lediglich für wirklich talentiert«, flunkere ich. »Und ja, vielleicht habe ich auf der Highschool ein bisschen für ihn geschwärmt, aber das ist sechs Jahre her. Wenn ich Shawn jetzt haben wollte, würde ich ihn mir einfach nehmen.«

Verdammt, das klang arrogant. Selbstbewusst und arrogant und umwerfend. Leti wendet sich mit einem breiten Lächeln an Rowan.

»Habe ich dir schon gesagt, dass ich sie liebe?«

Ich zwinge mich zu einem Grinsen, obwohl mir nicht nach Grinsen zumute ist. Wäre es wirklich so einfach? Könnte ich Shawn dazu bringen, mich zu mögen, und würde ich überhaupt *wollen*, dass er das tut?

Und dann rede ich mir ein, dass ich es gar nicht wollen würde.

Dass ich es nicht will.

Es ist eine weitere Lüge, die ich mir selbst auftische, eine, die ich zwanghaft zu glauben versuche.

5

Bei dem nächsten Familiendinner machen mir meine vier Brüder mit vereinter Kraft die Hölle heiß, weil ich zu dem letzten nicht erschienen bin. Meine Mom tut ihr Bestes, um mich zu retten, aber zu versuchen, meine Brüder zu beschwichtigen, ist, als würde man versuchen, eine Herde wild gewordener Elefanten aufzuhalten.

»Bist schon jetzt dabei, uns zu vergessen, was?«, schimpft Mason.

Natürlich hockt jeder einzelne Elefant auf seinem faulen Arsch, während meine Mom und ich den Tisch decken. Mason lümmelt auf seinem Holzstuhl mit der hohen Lehne, die Arme über einem T-Shirt verschränkt, das zu klein für die Muskeln ist, die sich auf seiner Brust wölben. Auch wenn die meisten Leute beim Anblick seiner dunklen Augen, der kurz geschnittenen Haare und seiner knallharten Art instinktiv wissen, sich besser nicht mit ihm anzulegen – wenn er glaubt, dass ich ihm nicht mit einem der Löffel, die ich gerade auf den Tisch lege, eins überziehen werde, ist er noch dümmer, als ich dachte.

»Warst du mit Songtexten schreiben beschäftigt?«, fragt meine Mom und stellt einen Korb mit Brötchen vor Mason hin.

Bryce reißt seine große Klappe auf, bevor ich den Mund auch nur aufmachen kann. »Vermutlich war sie mit ihrem neuen Freund beschäftigt.«

»Du hast einen neuen Freund?«, will Ryan prompt wissen.

Doch ich ignoriere ihn, denn Bryce ist kurzerhand zum Ziel meiner Besteckattacke geworden. Seine bescheuerte Bemerkung war magisch: Sie hat den Metalllöffel in meiner Hand in eine Waffe verwandelt. Ein befriedigendes *Plopp!* ertönt, als der Löffel ihn am Hinterkopf trifft, und er schreit auf und fasst sich mit einer Hand an die schmerzende Stelle.

»*Autsch!*«

Mason versucht mir den Löffel aus der Hand zu reißen, aber ich schlage ihm damit hart auf die Knöchel, sodass beide Männer die nächsten Sekunden damit beschäftigt sind, ihre Wunden zu lecken, und Kale auf der anderen Seite des Tischs ungeniert vor sich hin kichert.

»Nein, ich habe keinen verdammten Freund«, beantworte ich schließlich Ryans Frage. Ich lege seelenruhig einen Löffel auf die Serviette neben seinem Teller, während meine Mom mit einem großen Krug Wasser zurück ins Esszimmer kommt.

»Das ist ja schade«, bemerkt sie und beginnt, allen einzuschenken.

Ich unterdrücke ein entnervtes Knurren. Bei jedem Abendessen muss ich mir von ihr dieselbe Leier anhören. *Kit, hast du jemanden kennengelernt? Kit, warum nicht? Kit, Mrs. Soundso hat einen Sohn, von dem ich wirklich gern möchte, dass du ihn kennenlernst.*

»Wie kannst du denn erwarten, dass ich einen Freund finde, wenn ich *ihn* habe?« Ich zeige auf Mason, der reumütig grinst. »Und ihn.« Ich zeige auf Bryce, der zu beschäftigt damit ist, sich ein Brötchen zu schnappen, noch bevor wir uns alle an den Tisch gesetzt haben, um es zu bemerken.

Unsere Mom umrundet anmutig den Tisch, greift nach einem Löffel und schlägt ihm damit auf den Hinterkopf.

»*Autsch! Mom!*«

Alle bis auf Bryce brechen in schallendes Gelächter aus, und Mom zwinkert mir hinter seinem Stuhl zu, bevor sie sich wieder in die Küche zurückzieht.

»Du warst auf dem College mit Jungs zusammen«, lässt sich Kale von seinem Platz aus vernehmen – weil er ein verdammter eiskalter Verräter ist, der vermutlich im Mutterleib versucht hat, mich aufzusaugen, und noch immer verbittert darüber ist, dass ich überlebt habe.

Jetzt sind alle Augen auf mich gerichtet, aber es gibt auf der ganzen Welt keinen Löffel, der groß genug ist, um diese Sache wieder in Ordnung zu bringen. Mein Gehirn stottert sich durch eine Million Antworten, die alle nicht gut genug sind. Irgendwie endet es schließlich damit, dass ich auf meinem Stuhl sitze. Neben Kale.

»Und auf der Highschool«, ergänzt Kale, und ich trete ihn so hart mit dem Absatz meines Kampfstiefels, dass er wie ein kleines Mädchen aufkreischt.

»Mit wem denn?«, wollen Mason und Bryce gleichzeitig wissen.

»Mit niemandem.« Ich funkele Kale, der sich das Schienbein reibt, wütend an. »Kale redet nur Scheiße.«

»Tue ich nicht«, murmelt er leise. Offensichtlich will er sich noch einen Tritt einfangen.

Meine Freunde auf der Highschool waren einfach nur Freunde, mit denen ich herumexperimentiert habe. Auf dem College waren sie einfach nur ... angenehme Ablenkungen. Keiner von ihnen war meine Jugendliebe oder wahre Liebe oder sonst irgendeine Liebe. Sie waren einfach ... da, und dann waren sie es irgendwann nicht mehr.

Glücklicherweise bleibt es mir erspart, weitere Lügenmärchen erfinden zu müssen, denn in diesem Augenblick betritt unser Dad das Esszimmer und klopft sich so laut auf seinen dicken Bauch, dass das Geräusch Schallgrenzen durchbrechen könnte. »Musste Platz schaffen!«, verkündet er stolz, lässt sich am Kopfende des Tischs nieder und lacht, als wäre er der witzigste Typ aller Zeiten. Er hat eine längere Sitzung auf der Toilette eingelegt, um auf Moms großes Sonntagsessen vorbereitet zu sein: einen Schinken, der so groß ist, dass man buchstäblich ein ganzes Footballteam damit sattbekommen könnte.

»Also, Kit«, beginnt sie, während die Jungs sich praktisch mit dem Gesicht voran auf das Essen stürzen, »hast du, abgesehen von der Band, schon Freunde gefunden?«

»Die Freundin des Leadsängers ist richtig cool«, antworte ich und schaufele mir etwas Kartoffelbrei auf den Teller. »Sie geht dort aufs College. Und sie ist mit diesem Kerl befreundet, Leti. Er ist umwerfend.«

»Und niedlich?«, bohrt meine Mom alles andere als taktvoll nach.

Ich nicke und mansche etwas Mais unter meinen Kartoffelbrei – eine Angewohnheit, die ich von meinem Dad übernommen habe. Meine Mom kommt mir bei fast jedem unserer sonntäglichen Familienessen auf diese Tour, daher bin ich vorbereitet. »Und witzig. Und schlau.« Ihre Miene beginnt sich aufzuhellen. »Und schwul.«

Sie seufzt ernüchtert auf, als sich ihre Hoffnungen auf ein Gespräch unter Frauen wieder einmal zerschlagen. Ich war noch nie die Art Mädchen, das Teepartys gibt oder von Boygroups schwärmt oder Rüschenkleider trägt. Stattdessen komme ich mit Piercings und blauen Haaren und Stiefeln nach Hause. Drei Worte, und ihr mütterlicher Kampf ist wieder einmal verloren. *Er ist schwul.*

»Was für eine Schande!«, jammert sie, und ich winde mich innerlich bei dem Gedanken an Kale. Ihre Worte sind wie eine unsichtbare Peitsche, die genau in seine Richtung geschwungen wird, ohne dass es irgendjemand weiß – jedenfalls niemand außer mir. Und ich muss jedes Fünkchen Selbstbeherrschung in mir aufbringen, um mich nicht meinem Zwillingsbruder zuzuwenden und beschützerisch einen Arm um ihn zu legen.

Wenn meine Mom wüsste, dass ihr jüngster Sohn ebenfalls schwul ist, wäre sie nicht so unsensibel. Oder zumindest *glaube* ich nicht, dass sie es wäre … Aber ich kann es unmöglich wissen, ebenso wenig wie Kale. Im Moment kennt er nur ihre Reaktion auf meinen schwulen Freund: *Was für eine Schande.*

»Ich verstehe das einfach nicht«, schaltet sich Mason ein. »Warum sollte irgendein Kerl mit anderen Typen schlafen, wenn es Millionen hinreißender Frauen gibt, die nur darum betteln?«

»Männer machen weniger Drama«, witzelt Ryan mit einem Grinsen im Gesicht.

»Machst du Witze?«, widerspricht ihm Bryce. »Schwule Typen machen am allermeisten Drama. Mit diesem ständigen Gestikulieren und dem ganzen Scheiß.« Er fuchtelt theatralisch mit den Händen durch die Luft, und seine Stimme ist ein klischeehaftes Lispeln, als er sagt: »Alles ist *sooo* fabelhaft.«

Wut blubbert irgendwo tief aus meinem Bauch hoch. »Du bist ein Arsch!«, fauche ich ihn an.

Normalerweise würde meine Mom mich wegen des Schimpfworts zusammenstauchen, aber angesichts der Wut in meiner Stimme entscheidet sie sich für einen vorsichtigen, vorwurfsvollen Blick.

Bryce beginnt zu lachen und schnappt sich sein drittes Brötchen. »Mach dir nicht gleich in die Hose, Kit. Ich mache nur Spaß.«

Nur Spaß? Nur *Spaß*? Ich habe noch keinen Blick auf Kale geworfen, aber ich kann die Miene in seinem Gesicht schon vor mir sehen. Ich kann die Verletztheit spüren.

»Verdammt, das ist *nicht* witzig.«

»Kit«, sagt meine Mom diesmal warnend, aber ich entschuldige mich nicht. Bryce kann von Glück sagen, dass meine Gabel noch immer auf meiner Serviette liegt, anstatt in seiner Schulter zu stecken.

»Okay, tut mir leid, mein *Gott*«, sagt er wegwerfend. Was jedoch nicht meine Wut besänftigt. Ich esse meinen Teller schneller leer als alle anderen, tätschele unter dem Tisch Kales Knie, entschuldige mich dann und stehe auf.

Ich warte oben in meinem alten Zimmer auf ihn, als mein Handy piepst und Shawns Gesicht auf dem Display aufleuchtet.

Kann ich vorbeikommen?

Und wenn ich in diesem Augenblick dachte, ich könnte meine Brüder nicht noch mehr hassen, so habe ich mich getäuscht. In diesem Augenblick würde ich alles auf der Welt geben, um in meiner Wohnung zu sein, wo Shawn nur eine zwanzigminütige Autofahrt entfernt ist. Stattdessen sitze ich hier mit einem Haufen engstirniger Idioten fest, mit denen ich bedauerlicherweise einen Nachnamen teile.

Das erste Mal rief ich Shawn vor drei Tagen an, als ich einen Riff gefunden hatte, den meine Finger einfach immer und immer wieder spielen mussten. Meine Aufregung über den Sound war größer als meine Nervosität, also wählte ich seine Nummer. Erst als es in der Leitung klingelte, wurde ich fast ohnmächtig von all dem Blut, das mir in den Kopf schoss. Ich *wusste*, dass er nicht abnehmen würde. Ich *wusste*, dass er mich nicht zurückrufen würde. Ich wusste …

Er nahm nach dem ersten Klingeln ab, stand keine halbe Stunde später vor meiner Tür und blieb, bis ich vor Müdigkeit fast nicht mehr die Augen offen halten konnte.

Ich hätte ihn nie gebeten zu gehen, aber irgendwann nach Mitternacht stand er schließlich auf der einen Seite meiner Tür, während ich auf der anderen stand. Der Abschied war verdammt verkrampft. Kein Gutenachtkuss. Kein Versprechen anzurufen. Kein Versprechen, eine SMS zu schicken.

Aber ich habe ihm trotzdem eine SMS geschickt. Gleich am nächsten Tag, und am übernächsten. Und er hat mich nicht ein einziges Mal hängen lassen.

Und jetzt schreibt er *mir* eine SMS und fragt mich, ob er vorbeikommen könne?

Gott, davon sollte mir nicht so schwindelig werden, wie mir ist, aber trotzdem lächele ich unwillkürlich auf mein Handy hinunter.

Ich bin bei meinen Eltern. ☹

Warum das traurige Smiley?

Im Moment hasse ich irgendwie jeden.

Warum?

Ich wundere mich, wie dringend ich ihm alles erzählen will, was unten passiert ist, aber dafür müsste ich ihm das mit Kale erzählen, und das mit Kale habe ich bisher *niemandem* erzählt. Meine Daumen schweben über dem Display, bis ich schließlich tippe:

Warum willst du vorbeikommen?

Weil ich will, dass du mir erzählst, was bei deinen Eltern passiert ist.

Ich grinse vor mich hin, denn das ist *absolut* nicht das, was er mir ursprünglich geschrieben hat. Die Tatsache, dass er wissen will, warum ich traurig bin, jagt mir jedoch ein Kribbeln über meinen ganzen Körper. Ich verdrehe gerade über mich selbst die Augen, als meine Tür langsam aufgeht. Schnell wische ich mir das Grinsen aus dem Gesicht und stopfe mein Handy unters Kissen.

Kales Schultern hängen herunter, und alle Kampflust ist aus seiner Miene gewichen, als er die Tür hinter sich schließt und sich dagegen lehnt. Und einfach so sind die Schmetterlinge in meinem Bauch verschwunden, sind einem stillen Schmerz gewichen, den ich jedes Mal empfinde, wenn ich weiß, dass mein Zwillingsbruder leidet.

»Es tut mir so leid, was da eben passiert ist«, sage ich, und Kale schließt die Augen und lehnt den Kopf gegen den Holzrahmen.

»Es ist nicht deine Schuld.«

»Ich hätte es nicht zur Sprache bringen sollen.«

Mein Zwillingsbruder schlägt seufzend die Augen auf, rutscht auf den Boden und stützt seine knochigen Ellenbogen auf seine großen Knie. »Du solltest nichts verschweigen müssen, nur weil ich es tun muss.«

Das ist normalerweise der Punkt, an dem ich versuchen würde, ihn zu überzeugen, sich einfach zu outen – zu sein, wer er ist, wer er *schon immer* gewesen ist –, aber nach dem, was unten passiert ist …

»Sie benehmen sich einfach nur dumm«, sage ich, als ob das irgendetwas besser machen würde.

Kales Blick sagt mir, dass es das nicht tut. Ich lese in seinem Gesicht wie in einem offenen Buch. Einem, in dem in fetter Kursivschrift steht: ***Ich glaube dir nicht. Hör auf, dir etwas vorzumachen. Sie haben jedes Wort ernst gemeint.***

»Sie benehmen sich immer dumm«, murmelt er dann.

Ich habe das Bedürfnis, irgendwas dagegenzuhalten. Ich will darauf beharren, dass das im Esszimmer gerade nicht wirklich die Meinung unserer Brüder – oder unserer Mutter – widerspiegelt, aber Bryce' gelispelte Parodie ist mir noch immer frisch im Gedächtnis, und vielleicht hat Kale doch recht. Vielleicht ist das ja bloß reines Wunschdenken von mir.

»Weißt du, was Leti getan hätte?«, frage ich ihn, anstatt ihm zu widersprechen. Seit wir uns letzte Woche im Starbucks kennengelernt haben und er mir prophezeite, wir würden drittbeste Freunde werden, haben wir uns jeden Morgen dort getroffen. Inzwischen ist das wohl fast zu einer Art Ritual geworden.

Kale sieht erwartungsvoll vom Boden auf, und ich nehme meine Hände zu Hilfe, um es ihm zu demonstrieren. »Er hätte sich *erst recht* theatralisch verhalten, nur damit alle sich unbehaglich fühlen.«

Als ich aufhöre, mit den Händen durch die Luft zu fuchteln, so wie Bryce es unten getan hat, zwingt sich Kale zu einem Lächeln und kichert leise. Einen Augenblick später setze ich mich zu ihm auf den Boden, lehne mich mit dem Rücken gegen die Tür und mit der Schulter an seine.

»Sie würden sich nicht so benehmen, wenn sie es wüssten«, sage ich.

»Das kannst du nicht wissen.«

»Wenn sie es tun würden, würde ich sie grün und blau prügeln. Das weißt du.«

»Ich weiß«, stimmt Kale mir zu und lehnt den Kopf an meinen.

So sitzen wir eine gefühlte Ewigkeit da, und keiner von uns gibt zu, dass er den anderen höllisch vermisst. Obwohl wir bereits seit drei Jahren nicht mehr unter demselben Dach schlafen, vermisse ich es noch immer, nachts ins Zimmer meines

Zwillingsbruders zu schleichen, um mit ihm zusammen zu überlegen, wie wir unsere älteren Brüder erpressen können, oder mit ihm Horrorfilme anzusehen, von denen wir beide so viel Angst kriegen, dass wir nicht schlafen können.

Manchmal geht Kale mir auf die Nerven. Aber die meiste Zeit gibt er mir das Gefühl … vollständig zu sein. Wie ein Teil meines Herzens, der manchmal meine Brust verlässt.

»Ich will, dass du Leti kennenlernst«, sage ich, den Kopf noch immer an seinen gelehnt.

Kale rührt sich nicht von der Stelle. »Du versuchst aber nicht, mich zu verkuppeln, oder?«

»Natürlich nicht.«

Es ist eine Lüge, und weil er Kale ist, weiß er es, und weil ich ich bin, weiß ich, dass er es weiß.

Als er mich mit dem Ellenbogen in die Seite stößt, stoße ich mit meinem Ellenbogen zurück, und so machen wir immer weiter, bis ich mir sicher bin, eine Prellung zu haben, und er sich seine Seite reibt und sich mir geschlagen gibt. »Du bist fies«, schimpft er.

Ich rappele mich auf und setze mich auf die Bettkante, wobei ich dem Drang widerstehe, meinen kribbelnden Bizeps zu reiben. »Du hast angefangen.«

»Es ist nicht meine Schuld, dass du eine Nervensäge bist.«

»Es ist nicht meine Schuld, dass ich den Mann deiner Träume kennengelernt habe.«

Kale bringt mich mit einer Handbewegung zum Schweigen und verlagert seine Haltung, um aus der Tür spähen zu können. Er schließt sie wieder leise und rutscht dann über den Fußboden auf mein Bett zu. »Nur weil du einen – einen *einzigen* – schwulen Mann kennengelernt hast, muss er nicht für mich perfekt sein. Dass er schwul ist, macht ihn nicht automatisch zu meinem Seelenverwandten oder so.«

»Außerdem ist er witzig und süß und schlau.« Kale verdreht die Augen, und ich grinse wie ein Honigkuchenpferd. »Und absolut heiß. Er ist groß, mit einem tollen Körper und sexy goldbronzenen Haaren. Er kann eine Sonnenbrille tragen wie sonst keiner.«

»Dann solltest *du* vielleicht mit ihm ausgehen. Jungenhaft genug bist du ja weiß Gott.«

»Das wirst du bereuen, wenn du mich anflehst, dich zu verkuppeln.«

»Träum weiter.«

Grinsend sehe ich Kale an, und er lächelt spöttisch zurück. »Wenn du schon unbedingt über Männer reden willst, warum reden wir dann nicht über Shawn? Hast du dich inzwischen wieder in ihn verliebt?«

Als mir das Lächeln vergeht, schwindet seines ebenfalls.

»Oh Gott … du bist wieder in ihn verliebt.«

Stöhnend lasse ich mich seitlich aufs Bett fallen und vergrabe das Gesicht unter einem Kissen. Dabei stoße ich gegen mein Handy, und prompt entbrennt in mir der Wunsch nachzuschauen, ob ich noch mehr Nachrichten von Shawn bekommen habe. Ich habe mich *nicht* wieder in ihn verliebt … oder? Selbst wenn ich im Moment nichts lieber täte, als Kale aus meinem Zimmer zu scheuchen, damit ich noch ein bisschen mehr auf Shawns Gesicht auf meinem Display starren kann? Damit ich im Jeep auf dem ganzen Weg nach Hause mädchenhaft vor mich hin kichern kann und währenddessen gegen sämtliche Verkehrsvorschriften verstoße, und … oh *Gott*.

»Kit?«

»Er ist ein Dummkopf«, winsele ich in meinen Kopfkissenbezug.

»Warum?«, fragt Kale, und ich hole durch die Baumwolle einmal langsam Luft.

»Weil er *mich* dazu bringt, mich wie ein Dummkopf zu benehmen«, beklagt sich meine gedämpfte Stimme. Er bringt mein Herz dazu, Purzelbäume zu schlagen. Er bringt mich dazu, mein verdammtes *Handy anzukichern.*

Kale haut mir mit einem zweiten Kissen auf den unter meinem Kopfkissen vergrabenen Hinterkopf. »Hör auf rumzujammern und erkläre mir, was zum Teufel du damit meinst.«

Ich wühle mich unter den Baumwoll- und Daunenschichten hervor und funkele ihn durch die dichte Mähne, die mir über die Augen fällt, an. »Warum willst du das überhaupt wissen? Du hasst Shawn doch.«

»Was du auch tun solltest.«

»Das war vor sechs Jahren, Kale.«

»Hat er gesagt, dass es ihm leidtut?«

»Wie kann ihm denn etwas leidtun, an das er sich nicht erinnert?« Als Kale eine Grimasse schneidet, setze ich mich mühsam auf und streiche mir die Haare aus dem Gesicht.

»Dann sollte er sich dafür entschuldigen, dass er sich nicht erinnert.«

»Wer ist jetzt der Dummkopf?« Ich schlage mit einem Kissen nach ihm, erwische aber nur den Unterarm, mit dem er den Schlag abwehrt.

»Immer noch du. Warum triffst du dich nicht mit irgendwelchen anderen heißen Typen in der Stadt?« Er reißt mir das Kissen aus der Hand und hackt weiter auf mir rum. »Du wohnst neben einem riesigen College, mein Gott. Da muss es von heißen Typen doch nur so wimmeln.«

»Das sind alles Polotypen«, beklage ich mich.

Diesmal braucht Kale ein bisschen länger als sonst – zwei, fast drei Sekunden –, aber schließlich legt sich das störende Rauschen auf unserer Zwillingsfrequenz, und er sieht mich ausdruckslos an.

»Vielleicht suchst du einfach nicht angestrengt genug.«

Oder vielleicht ist alles, was ich sehen kann, Shawn.

Selbst auf dem College hat kein Mann je die gleichen Gefühle in mir geweckt wie Shawn, auch wenn es damals nicht mehr war als eine Stunde an einem Abend auf einer Party vor sechs Jahren. Niemand kann ihm das Wasser reichen. Nur war mir das nie wirklich bewusst – bis ich nach der Bandprobe mit ihm auf der Couch saß und ihm dabei zusah, wie er auf der Fender spielte, und mich erinnerte, wie es sich anfühlte, wenn mein Herz diese Sprünge in meiner Brust machte.

Diese tanzenden, wirbelnden, flatternden verdammten Sprünge. Diese Sprünge, die es nur in Büchern und Filmen gibt.

»Es gibt keinen wie ihn, Kale.«

Ich weiß nicht einmal, was es eigentlich genau ist, das er an sich hat. Es ist diese Intensität, mit der er beim Spielen auf seine Gitarre runtergeschaut hat, die Sanftheit, mit der er mich angesehen hat, als ich ihn zum Lächeln brachte. Es ist, als ob unter seiner schönen Schale ein noch schönerer Mensch ist, und alles, was ich will, ist, mit diesem Menschen zusammen zu sein. Ich will die einzige Frau sein, die er so anlächelt.

Kale seufzt so lang, bis alle Luft aus seiner Brust entwichen ist, die Sorgenfalten um seinen Mund graben sich tiefer. »Du solltest ihn hassen.«

»Für immer?«

»Zumindest bis du ihm ins Gedächtnis gerufen hast, was er getan hat.«

Das kann ich niemals.

»Er muss es erfahren, Kit.«

Das wird er niemals.

»Und du hast eine Entschuldigung verdient.«

Die werde ich niemals bekommen.

Und an jenem Abend, als ich allein unter einer schweren Decke in meinem eigenen Bett liege, stelle ich fest, dass es mich auch nach keiner Entschuldigung verlangt. Stattdessen schicke ich Shawn eine SMS, schreibe ihm, dass ich zu Hause bin, und nehme zwei Sekunden, nachdem es kurz darauf angefangen hat zu klingeln, ab.

Um genau zu sein, dauert es zehn Sekunden, bis ich rangehe, denn so lange brauche ich, um mein Lächeln abzustellen und mir auf die Lippe zu beißen, damit ich nicht Gefahr laufe, laut loszugiggeln, sobald ich seine Stimme höre.

»Hallo?«

»Bist du jetzt zu Hause?«

Fünf Worte, und meine Mundwinkel verselbstständigen sich wieder und auch das Kichern drängt erneut meine Kehle hoch. Ich halte das Telefon von mir weg, bis ich mich unter Kontrolle habe, dann antworte ich: »Ja, ich bin im Bett.«

»Oh …«

Scheiße, klang das etwa nach: *Ich will nicht, dass du vorbeikommst?* Denn das ist eindeutig *nicht* das, was ich gemeint habe. Was ich gemeint habe, war: *Ja! Ich bin zu Hause! Komm vorbei! Bleib eine Weile! Wir können … irgendwas machen!*

Gott. Ich stelle mich an, als ob ich in meinem ganzen Leben noch nie mit einem verdammten Mann geredet hätte.

»Also, was ist bei deinen Eltern passiert?«, unterbricht Shawn meinen spastischen inneren Monolog.

Ich gebe einen knurrenden Laut von mir, bevor ich antworte: »Glaub mir, das willst du lieber nicht wissen.«

»Wenn ich es nicht wissen wollte, würde ich nicht fragen.«

Eine sanfte Hitze strahlt von meinen Wangen aus und dringt in meine Fingerspitzen, als ich sie dagegen presse. »Und was, wenn ich einfach nicht darüber reden will?«

»Wie wäre es dann, wenn ich dir etwas vorspiele?«

Ich nehme meine Fingerspitzen fort, als diese sanfte Hitze sich in Feuer verwandelt. »Auf deiner Gitarre?«

»Nein, auf meiner Mundharmonika.«

Ich bin *viel* zu nervös, um auf seine neckende Bemerkung irgendetwas Schlagfertiges zu erwidern. »Am Telefon?«

»Ja. Ich würde auch gern morgen vorbeikommen, falls du nichts dagegen hast, aber ich habe den ganzen Tag darauf gewartet, dir diesen Song vorzuspielen, an dem ich gearbeitet habe.«

Das Lächeln, das ich vorhin unterdrückt habe, kehrt jetzt, ohne dass ich es verhindern kann, auf mein Gesicht zurück. Wieder muss ich ein albernes Kichern hinunterschlucken. »Na klar. Leg los.«

Und dann legt er los. Er spielt nur für mich auf seiner Gitarre, und ich schließe die Augen und gestatte mir zu träumen.

Ich träume, dass der Song mir gehört, dass die Nacht mir gehört, dass Shawn mir gehört.

»Und, was meinst du?«, fragt er, als er fertig ist. »Magst du ihn?«

Und mit diesem verträumten Lächeln noch immer im Gesicht und seinem Song noch immer in meinem Herzen antworte ich: »Nein. Ich liebe ihn.«

6

In den nächsten paar Wochen verbringe ich meine Vormittage im Allgemeinen mit Leti im Starbucks und meine Nachmittage im Allgemeinen mit Bandproben, damit, Musik zu spielen oder Lieder umzuschreiben. Die meisten Songs, die ich an jenem Tag in Shawns Wohnung gelernt habe, werden letztendlich nach meinen Vorschlägen geändert – die alten Gitarrenparts durch neue ersetzt, die ich selbst schreibe. Die Jungs lieben den frischen Wind, den ich in ihren Sound bringe, und ich liebe die Tatsache, dass sie ihn lieben. Wir wachsen nahtlos zu einer Einheit zusammen. Alles verläuft entspannt und leicht. Mike gibt mir immer volle Rückendeckung, Adam bringt mich immer zum Lachen, Joel erträgt immer meine abgedroschenen Witze, und Shawn …

Shawn ist der einzige Teil, der nicht leicht ist.

Zeit mit ihm allein ist hart. Ich versuche, professionell zu bleiben, er hat keine Ahnung, wie viel Anstrengung mich das kostet, und ich habe immer das Gefühl, auf Entzug zu sein, sobald er meine Wohnung verlässt. Ihm eine SMS zu schreiben und das Piepsen meines Handys zu hören, wenn er antwortet, wird zu einer Sucht. Einer Sucht, die an den Fasern meines Herzens zerrt und es immer näher dorthin bringt, wo ich mir geschworen habe, es nie wieder hinzulassen.

Manchmal treffen wir uns in seiner Wohnung. Manchmal übt die ganze Band in Mikes Garage. Aber es sind die Zeiten, in denen nur Shawn und ich auf dem Dach vor meinem Schlafzimmerfenster sitzen, auf die ich mich am meisten freue.

»Hörst du das?«, fragt er, während er die E-Saite meiner Gitarre zupft. Der Klang wird von der Brise davongetragen, die mir die Haare ins Gesicht weht, und Shawn lächelt, als ich sie wegzustreichen versuche.

Die erste Probe mit der Band liegt ein paar Wochen zurück, aber das Wetter hat Ende Mai noch immer nicht begriffen, dass es fast Sommer ist. Obwohl die Kälte mich dazu veranlassen will, durchs Fenster zurück in mein Zimmer zu kriechen und Socken und Stiefel zu holen, bleibe ich auf dem Dach sitzen und ziehe stattdessen die Knie an. »Immer noch nicht ganz.«

Die eiskalten Dachschindeln unter meinen Fußsohlen geben mir einen gewissen Halt, erinnern mich daran, dass ich nicht in einem Traum bin, erinnern mich daran, dass ich Shawn angerufen habe und er mich zurückgerufen hat – sechs Jahre zu spät, aber er *hat* angerufen. Und jetzt sitzt er neben mir vor meinem Schlafzimmerfenster und sieht rundum entspannt aus mit meiner Gitarre in seinem Schoß.

Er spannt die Saite und zupft sie noch einmal. »Und wie ist es jetzt?«

»Perfekt«, sage ich mit einem unbekümmerten Lächeln. Ich setze mich im Schneidersitz hin, ziehe meine durchgefrorenen Füße in den Schoß und lege die Hände um meine Eiszapfen-Zehen, um sie zu wärmen. »Wer hat dir eigentlich das Spielen beigebracht?«

»Adam und ich haben es uns selbst beigebracht«, antwortet Shawn. Ein wehmütiges Lächeln umspielt seine Mundwinkel, während er meine Gitarre zurück in den Koffer legt. Er lässt die Schlösser zuschnappen und lehnt sich wieder gegen das Dach zurück, stützt sich mit seinen kräftigen Armen ab und streckt seine langen Beine aus.

Es wäre so leicht, auf ihn zu kriechen, sich rittlings auf diese ramponierte Jeans zu setzen und den Geschmack seiner Lippen zu kosten.

Ich zwinge mich, wieder hoch in seine Augen zu sehen. »Wie lange seid ihr schon befreundet?«

»Seit der ersten Klasse«, sagt er mit einem leisen Lachen, das ich unwillkürlich erwidern muss.

»Was denn?«

»Ich habe ihn einmal herausgefordert, oben auf dem Klettergerüst entlangzulaufen, und er ist bis zur letzten Stange gekommen, bevor ein Lehrer ihn erwischt hat und uns beide für die ganze Woche mit Nachsitzen bestraft hat.«

»Du hast also einen schlechten Einfluss«, necke ich ihn, und der Stolz in Shawns Grinsen bestätigt es.

»Er wollte mich dazu bringen, es selbst zu versuchen, sobald wir unsere Strafe abgesessen hatten und in der Pause wieder rausdurften.«

»Hast du es getan?«

Er schüttelt lachend den Kopf. »Nein. Ich habe gesagt, dass ich nicht noch mal nachsitzen will. Als er mir versicherte, ich würde schon nicht erwischt werden, habe ich ihn aufgefordert, es selbst noch einmal zu tun.«

Fast zwanzig Jahre, und diese beiden haben sich überhaupt nicht geändert. »Ist er erwischt worden?«

Shawn nickt stolz. »Wir mussten noch einmal zwei Wochen nachsitzen, und die Schule hat unsere Mütter informiert.«

Als ich lache, fällt er mit ein. »Ich wundere mich, dass eure Moms euch überhaupt erlaubt haben, befreundet zu sein«, sage ich.

»Wir waren schon damals wie Brüder. Es wäre zu spät gewesen.«

Ich weiß nicht, warum ich ihn bei diesen Worten am liebsten küssen will, aber so ist es – genau wie bei allem anderen, was er sagt. Und genau wie an jedem anderen Abend, an dem ich mit ihm alleine bin, beiße ich mir auf die Innenseite meiner Lippe und versuche, nicht darüber nachzudenken. »Und warum Gitarre?«

»Adams Mom hat ihm zu Weihnachten eine geschenkt, und ich habe darauf herumgespielt, bis er entschied, dass er es auch lernen wollte.« Shawns Lächeln wird breiter, während er in der Zeit zurückreist. »Ich glaube, er wollte es nur der Mädchen wegen lernen, aber nach einer Weile fing er an, Songtexte zu schreiben und zu singen. Und der Rest ist Geschichte, nehme ich an.«

»Und was ist mit dir?«, frage ich, und er neigt den Kopf auf eine Seite. »Adam wollte es der Mädchen wegen lernen, aber was ist mit dir?«

Er fährt sich mit einer Hand durchs Haar. »Es klingt so albern.«

»Sag schon.«

»Es hat sich einfach richtig angefühlt«, erklärt er nach einer kurzen Pause. »Es kam wie von selbst … Ich wollte nie schlafen oder essen.«

»Oder zur Schule gehen oder baden«, ergänze ich, denn ich weiß genau, wovon er redet.

»Oder irgendetwas anderes tun, außer auf dieser Gitarre zu spielen.« Er nickt. »Ich wollte einfach nur immer besser werden. Ich wollte der Beste sein.«

»Das willst du noch immer.«

Er denkt einen Moment darüber nach, und ein Lächeln schleicht sich auf sein Gesicht – eines seiner seltenen Lächeln. Die Art von Lächeln, bei dem seine Augen eine ganze Nuance strahlender glänzen als sonst, die Art von Lächeln, bei der ich mich frage, wie meine Füße so kalt sein können, wenn der Rest von mir so glühend heiß ist.

»Du aber auch«, sagt er. Als ich nichts erwidere – weil mir die Zunge am Gaumen klebt und mein Herz völlig verkrampft ist –, fragt er: »Bist du schon nervös wegen unseres Auftritts im *Mayhem* am Samstag?«

Unsere erste Show. Verdammt, ja, ich bin nervös, aber ich bin auch so aufgeregt, dass ich es kaum noch erwarten kann. Die neuen Songs, an denen wir gearbeitet haben, sind umwerfend – einfach absolut umwerfend. Mit Shawn zu arbeiten war … wie mit einer Legende zu arbeiten. Als würde ich genau das Kunstwerk schaffen, von dem ich schon mein Leben lang ein Fan war.

»Machst du Witze?«, sage ich. »Dafür wurde ich geboren.«

Durch meine blassen Knie, die zwischen den Löchern meiner zerschlissenen Jeans hervorschauen, und die Strähnen meiner wilden schwarz-blauen Mähne, die sich aus einer Spange gelöst haben, sehe ich zweifellos auch genau danach aus. Meine Wimpern sind ebenso schwarz angemalt wie meine Zehennägel, und mein Nasenpiercing glitzert wie eine Schneeflocke in der Kälte.

Shawn grinst. »Und was ist mit der Tour?«

In zwei Monaten geht es los. Seit er den Jungs und mir letzte Woche von der Tour erzählt hat, hält mich der Gedanke daran jede Nacht wach. Die Aussicht, vier Wochen lang in großen Städten aufzutreten, macht mich nervös. Aber noch nervöser macht mich die Frage, wo ich im Bus schlafen werde, wenn wir unterwegs sind. Ich liege nachts unter meiner warmen Bettdecke und frage mich, ob Shawn wohl in einer Schlafkoje über mir, unter mir, mir gegenüber liegen wird. Ich frage mich, ob er eine Nachteule oder ein Frühaufsteher ist. Ich frage mich, was er im Bett trägt – ob er überhaupt etwas trägt. Ich frage mich, ob er nach den Konzerten Frauen mit in den Bus bringen wird. Und dann stelle ich mir vor, diejenige zu sein, die das Bett mit ihm teilt. Wir sind noch nicht einmal losgefahren, und ich kämpfe schon jetzt gegen den unweigerlich kommenden Drang an, in seine Koje zu kriechen, mich rittlings auf ihn zu setzen und …

»Nein.« Ich schüttele den Kopf, um diese Gedanken zu verdrängen, woraufhin mich Shawn neugierig betrachtet. »Und du?«

»Ein bisschen«, gesteht er, und ich ziehe eine Augenbraue hoch.

»Wirklich? Du wirst immer noch nervös?«

»Nicht wirklich wegen der Auftritte … eher wegen allem anderen. Ob das Publikum gut ist, ob die Ausrüstung funktioniert, ob wir pünktlich sind …«

»Das heißt, im Grunde wegen der Dinge, die du nicht unter Kontrolle hast«, fasse ich zusammen.

Er zieht einen Mundwinkel hoch. »So ungefähr.«

»Es muss die Hölle sein, mit einem Haufen Rockstars zusammenzuarbeiten.«

»Du hast ja keine Ahnung. Aber mit den Managern von Plattenfirmen wäre es noch schlimmer.«

»Wirklich?«

»Du wirst schon sehen. Die Musikindustrie ist ein einziger riesiger Kannibale, vor allem die großen Labels. Mosh Records zum Beispiel. Sie sind seit Jahren hinter uns her. Aber sie wollen, dass du eine bestimmte Message transportierst und die entsprechende Rolle dazu spielst und diese Rolle *bist*, und währenddessen fressen sie dich einfach bei lebendigem Leib auf.«

»Großartig«, murmele ich, und Shawn zuckt die Schultern.

»Das ist der Grund, weshalb wir nicht bei ihnen unter Vertrag sind.«

»Obwohl wir es sein könnten …«

»Obwohl wir es sein könnten.«

Ich rätsele, wie viele Angebote Shawn wohl bekommen hat und von welchen Labels sie gekommen sind, aber anstatt ihn danach zu fragen, lege ich die Hände wieder um meine eiskalten Zehen und frage: »Was soll ich bloß am Samstag fürs *Mayhem* anziehen?« Auch wenn ich weiß, dass ich keine Message transportieren oder eine Rolle spielen oder eine Rolle *sein* muss, wie Shawn es eben formuliert hat … will ich es irgendwie. Zumindest bei unserem ersten Auftritt. Und diese abgetragene Secondhandjeans, die ich trage, wird es einfach nicht bringen.

»Etwas Warmes«, zieht er mich auf, und als ich zu ihm rübersehe, ist sein Blick lächelnd auf meine Füße gerichtet, die ich versuche, mit den Händen zu wärmen.

Als ich nur schnaube, grinst er. »Vielleicht kann ich Dee überreden, mir etwas zu machen«, überlege ich laut.

Dee ist dabei, sich einen Namen damit zu machen, Shirts zu entwerfen, die über die Website der Band verkauft werden. Aber vielleicht könnte sie mir ein niedliches Kleid oder so machen … irgendetwas, das Leti gutheißen würde.

»Hast du mit ihr geredet?«

»Vor ein paar Tagen im Starbucks.« Was immer zwischen ihr und Joel vorgefallen ist … es hat Dee in einen Schatten ihrer selbst verwandelt. Sie war nicht mehr die temperamentvolle, biestige Tussi, die am Tag des Castings die Tür vom *Mayhem* aufgerissen und mir im Grunde gesagt hat, ich solle mich verkrümeln. Sie ist ebenso gebrochen wie Joel, nur mit einem besseren Händchen in Sachen Mode.

Shawn zieht seufzend ein Knie an, stützt einen Ellenbogen darauf und fährt sich mit einer Hand durchs Haar. »Wie geht es ihr?«

»Sie hält sich irgendwie, genau wie Joel.« Ich folge irgendeiner Art innerem Girlcode, indem ich die Wahrheit sage, ohne sie wirklich zu sagen. Der Vergleich allein verrät genug, denn Joel ist ebenfalls nur noch eine leere Hülle. Alles, was er tut, tut er mechanisch, wie ferngesteuert – er erscheint zu den Proben, trifft seine Einsätze, zwingt sich zu einem Lachen, wenn alle anderen lachen. Doch selbst ich, die ihn vorher nicht wirklich gekannt hat, kann erkennen, dass das Licht in ihm erloschen ist. Das eine Licht, das für sie geleuchtet hat.

Shawn seufzt noch einmal und starrt in den großen Garten hinter dem Haus der alten Frau, und ich gebe mich damit zufrieden, ihm einfach beim Nachdenken zuzusehen. Es ist, als würde man den Nordlichtern zusehen, ein atemberaubendes Phänomen, das nicht viele Leute zu sehen bekommen. Typen wie meine Brüder können einfach abschalten und an nichts denken, aber nicht Shawn oder auch Adam. Es ist so ein Songwriter-Ding, eine ständige Betrachtung und Wahrnehmung. Was mit der Grund dafür ist, dass die Songs der Band so viele Leute berühren. Es ist der Grund, weshalb sie *mich* immer berührt haben. Und jetzt, während ich Shawn dabei beobachte, wie er sich in sich selbst zurückzieht, frage ich mich, ob ich gerade Zeugin davon werde, wie er sich den Text für unseren nächsten Hit ausdenkt. Ob es so aussieht, wenn ein Song entsteht.

»Es gab Zeiten, da habe ich mir gewünscht, die Trennung der beiden wäre endgültig«, gibt er zu. »Aber jetzt wünschte ich, sie würden einfach wieder zusammenkommen.«

»Warum?«

»Ich glaube, sie brauchen einander.« Shawn wirft mir einen Seitenblick zu, als wäre ihm eben erst bewusst geworden, dass er mit einer anderen Person redet, nicht mit sich selbst, dann atmet er einmal tief aus und starrt wieder auf den Garten hi-

nunter. »Früher haben sie einander nicht gebraucht, aber …
ich weiß nicht. Es ist, als ob niemand von uns je begriffen hat,
dass Joel unvollständig war, bevor Dee aufgetaucht ist. Nicht
einmal er selbst.«

»Vielleicht gilt das für jeden«, flüstere ich. Ich nehme das
taube Gefühl in meinen Zehen kaum noch wahr, da ich zu verloren in diesem Moment bin. Ich bräuchte nur zehn Sekunden,
um meine Socken und Stiefel zu holen, aber das sind zehn Sekunden mit Shawn, die zu verlieren ich nicht bereit bin.

Er schweigt lange Zeit. Lange Zeit. Und dann sieht er
zu mir herüber, und seine grünen Augen lassen mein Herz
schneller schlagen, genau wie sie es jedes Mal tun. »Glaubst
du das?«

Ich zucke mit einer Schulter. »Ich weiß nicht. Vielleicht.«

»Bist du unvollständig?«

In den Tiefen seiner Augen glaube ich meine Antwort vielleicht finden zu können …

»Bist du es?«, frage ich zurück, bevor ich meine Suche ver-
tiefen kann.

»Woher weiß man das?«

»Wahrscheinlich weiß man es nicht.«

Die Stille hält keine Antworten für uns parat, ebenso wenig wie die Streifen, die am Horizont erscheinen. Blau, rosa,
violett. Shawn und ich sitzen hier draußen und sehen zu, wie
sie tänzeln.

»Du warst also noch nie verliebt?«, frage ich die Luft zwischen uns. Ich weiß nicht, warum ich es wissen muss, aber hier
oben auf meinem Dach, als die Sonne nur für uns zwei untergeht, muss ich es einfach wissen.

»Nein.« Seine Antwort kommt wie aus der Pistole geschos-
sen. Er sieht mich nicht einmal dabei an.

»Kein einziges Mal?«

Als er schließlich zu mir rüberschaut, bereue ich meine Frage fast. »Warst du es denn?«

Ich sehe beiseite, lasse mir keine Zeit, um darüber nachzudenken. »Nein.«

»Keine Freunde? Du musst doch Freunde gehabt haben?«

»Natürlich hatte ich Freunde«, schnaube ich. Ich sitze noch immer im Guru-Stil da, versuche, die Füße in die Kniebeugen zu stecken, um sie zu wärmen – und scheitere kläglich. »Ich habe nur keinen von ihnen geliebt«, ergänze ich, während ich versuche, einen Fuß in das gegenüberliegende Hosenbein meiner Jeans zu stecken. »Soll ich dir von jedem Einzelnen erzählen? Ich kann dir nämlich sagen, dass …«

»Nein«, unterbricht mich Shawn, rutscht herüber und zerrt an meinen gekreuzten Beinen, bis ich fast nach hinten taumele. Er zieht meine Füße in seinen Schoß. Ich halte mich an seinen Schultern fest, weil ich sonst das Gleichgewicht verliere. Als sich seine warmen Finger um meine Zehen schließen, trennen uns auf einmal nur noch wenige Zentimeter voneinander, und als er mir das Gesicht zuwendet und mich ansieht, kann ich nicht mehr fliehen, kann ich mich nirgendwo mehr verstecken. »Glaub mir«, sagt er, »ich will es wirklich nicht wissen.«

7

In dieser Nacht auf dem Dach, mit meinen Füßen in Shawns
Schoß gebettet, redeten wir über alles und nichts. Genauer
gesagt, er redete … und ich piepste nur ab und zu irgendetwas zur Antwort.

Lange nachdem es dunkel geworden war, lange nachdem er
gegangen war, kuschelte ich mich unter einen Berg schwerer
Decken und lächelte in die kalte Brise, die durch mein offenes
Fenster hereinwehte. Die Nachtluft roch nach ihm, oder vielleicht roch er auch nach Nachtluft, aber wie auch immer, ich
hieß sie willkommen. Ich schloss die Augen, und mit dem Kuss
des Windes auf meinen Wangen … meiner Nase … meinen
Lippen … konnte ich mir fast einbilden, er wäre nie gegangen.

Selbst jetzt kann ich noch immer spüren, wie es sich angefühlt hat … meine Beine in seinem Schoß, seine Hände, die
meine Füße umschlingen. Und die Erinnerung daran war in
den letzten Tagen bis zum heutigen Abend, bis zu unserem
ersten Auftritt im *Mayhem*, verlockend und erschreckend zugleich. Seit jenem Abend auf dem Dach waren Shawn und ich
nicht mehr allein. Stattdessen haben wir uns nur noch bei den
gemeinsamen Probesessions gesehen, wodurch mir jener Tag
mit dem Sonnenuntergang im Nachhinein wie ein Traum, ein
glücklicher Zufall erschien. Shawn ist wieder Shawn, und ich
bin wieder Kit – eine Punkrockerin, die keine peinlichen Dinge tut, wie zum Beispiel zu erröten und zu kichern und sich
total *mädchenhaft* zu benehmen. Ich bin Gitarristin, einer von

den Jungs. Außerdem bereue ich es, Dee gebeten zu haben, mir für den Auftritt heute Abend ein Kleid zu designen.

In dem einzigen privaten Raum des Doppeldecker-Tourbusses der Band ziehe ich es an – ein figurumschmeichelndes schwarzes winziges *Etwas,* verziert mit blauen Sicherheitsnadeln, die dieses aufreizende Stück Stoff nur mühsam zusammenhalten. Dee hat es aus einem der Kleider gemacht, die sie sowieso schon in ihrem Schrank hatte, und obwohl sie mich gewarnt hat, dass es selbst bei ihr kurz sitzen würde, weiten sich meine Augen, als mir bewusst wird, wie *super*kurz es bei mir sitzt. Ich hole einmal tief Luft, versuche, die blasse Haut zu ignorieren, die an viel zu vielen Stellen hervorblitzt, und schnappe mir einen Kosmetikspiegel, um meinen wimpernverlängernden Mascara aufzufrischen. Ich trage eine zusätzliche Schicht extrastarkes Deodorant auf und bürste mir die Haare, bis sie wie Wasser über die Borsten fließen.

»Bist du nervös?«, erkundigt sich Shawn von der anderen Seite der geschlossenen Tür aus.

Nervös wegen des Publikums? Nervös davor, diese Tür zu öffnen? Ich starre wieder an mir herunter.

»Ja, ein bisschen.«

»Du warst beim Soundcheck heute Morgen fantastisch«, versichert er mir. »Bring heute Abend das gleiche Selbstvertrauen mit, dann kann gar nichts passieren.«

Ich sitze auf der Kante des schwarzen Satinbetts und schnüre meine Stiefel zu. Wenn Dee wüsste, dass ich *dieses* Kleid zu *diesen* Stiefeln trage … na ja, dann könnte das einen Teil des Feuers neu entfachen, das in ihren Augen erloschen ist. »Du kannst schon ohne mich vorgehen. Ich bin gleich fertig.«

Die Stille, die sich daraufhin ewig hinzieht, verrät mir, dass er mein Angebot angenommen hat und ich endlich wirklich allein bin. Ich schnüre meinen zweiten supercoolen Stiefel fertig zu, lasse mein Bein wieder auf den Boden sinken und hole noch einmal so tief Luft, dass meine Rippen schmerzen. Unsichtbare Schmetterlinge flattern nervös in meinem Bauch, bis ich sie mit einem schweren Seufzer hinausscheuche.

Heute Abend ist *der* Abend. Jede Entscheidung, die ich getroffen habe – eine Gitarre in die Hand zu nehmen, ihr die vergangenen paar Jahre meines Lebens zu widmen, zu dem Vorspielen für den Job bei der Band zu gehen, nicht aufzugeben, nachdem ich Shawn ein Plektron an die Brust geschleudert und meine Chance hatte zu verschwinden – alles lief unweigerlich auf das hier hinaus.

Als ich die Tür aufschiebe, stößt sich Shawn von der Flurwand ab. Er reißt seine Augen auf und lässt seinen Blick an mir hinunterwandern, tiefer und tiefer. Er verharrt auf meinen nackten Schenkeln, die vermutlich ebenso rot anlaufen wie meine Wangen, mein Hals und meine Ohren.

»Ich dachte, du bist schon reingegangen«, stammele ich.

Er lässt sich alle Zeit der Welt, um den Blick wieder zu meinem zu heben. »Wow!«

»Wow?«

»Ich …«

Als er den Satz nicht zu Ende führt, frage ich: »Du?«

Schließlich sieht er mir fest in die Augen, schluckt schwer und fährt sich mit einer Hand durchs Haar. Aber dann senkt er den Blick wieder, und als er an meinen Lippen hängen bleibt, beiße ich mir auf die Unterlippe. Es ist eine nervöse Angewohnheit, die dafür sorgt, dass er den Blick abwendet und die Wand hinter meinem Kopf fixiert. »Bist du bereit?«

»Erst wenn du mir verraten hast, was du gerade sagen wolltest.«

Ich wundere mich über mich selbst, und, Gott … ich weiß gar nicht, warum ich es überhaupt hören will. Ich weiß nicht, warum ich es hören *muss*. Aber das Mädchen in mir – das, das nie einen Anruf von ihm bekommen hat; das, das mit ihm zusammen auf dem Dach gekichert hat – muss es wissen. Es muss wissen, was er nach dem »Wow« noch sagen wollte.

»Du siehst …« Shawns Blick beginnt wieder zu wandern, aber er hält inne, bevor er in das Dekolleté taucht, das hinter den leuchtend blauen Sicherheitsnadeln hervorlugt, die Dee strategisch geschickt in dem Kleid befestigt hat. Der entschlossene Blick in seinen grünen Augen wandert wieder nach oben, und seine Fingerspitzen reiben über eine ohnehin schon abgewetzte Stelle auf seiner Jeans. Mein Herz hämmert in meinem Brustkorb. »Dee hat das für dich gemacht?«

Die Rockgöttin in mir will seine zappelnden Hände nehmen und sie auf meine Taille legen. Will eine seiner Fingerspitzen zwischen die Lippen nehmen und an ihr saugen, damit er sich wünscht, er könnte einen anderen Teil von ihm an diese Stelle legen.

Das mädchenhafte Mädchen in mir ist ein Weichei.

»Ja«, sage ich. »Sehe ich okay aus?«

Sehe ich okay aus? Anstatt Oralsex mit seinem Finger zu imitieren, entscheide ich mich für ein verdammtes *Sehe ich okay aus?*

Ein amüsiertes Lächeln umspielt seine Lippen, und er schüttelt leicht den Kopf. »Ja, Kit, du siehst okay aus.«

Erst als er im Bus den Gang hinuntergeht und ich mich genau hinter ihm seinen Schritten anpasse, beruhigen sich meine Nerven wieder. »Ist es das, was du sagen wolltest?«

»Hä?«

»Vorhin, als ich die Tür geöffnet habe …« Ich folge ihm dicht auf den Fersen die Stufen des Doppeldeckers hinunter. »Ist es das, was du da sagen wolltest? Dass ich okay aussehe?«

Draußen schlagen meine Kampfstiefel auf dem Asphalt auf,

und wir gehen nebeneinanderher zum *Mayhem*. »Spielt das eine Rolle?«

Als ich stehen bleibe, geht Shawn noch ein paar Schritte weiter, bevor er ebenfalls stehen bleibt.

»Was tust du denn da?«

Ich starre ihn stur an. »Warten.«

Er tritt näher, bis wir uns auf dem in einen matten orangeroten Schimmer getauchten Parkplatz in die Augen sehen können. Er würde wirklich das perfekte Model für die Goodwill-Geschäftskette abgeben – denn es ist, als ob jedes einzelne T-Shirt, das er trägt, sich selbst zerschlissen hätte, nur um auf seinem Körper sein zu können. »Ich habe keine Ahnung, was ich sagen wollte.«

»Doch, das hast du.«

»Nein, habe ich nicht«, beharrt er. »Es war, als ob mein Gehirn für eine Minute oder so ausgesetzt hat, daher habe ich wirklich keine verdammte Ahnung.«

Stille, und dann ein *Kichern*. Von *mir*. Ich kann es nicht unterdrücken, und obwohl ich mir wie ein verdammter Vollidiot vorkomme, schaffe ich es trotzdem nicht, mir dieses breite Grinsen aus dem Gesicht zu wischen.

Ein Lächeln umspielt jetzt auch Shawns Lippen, sodass ich mich nur noch idiotischer fühle. »Bist du jetzt glücklich?«, fragt er.

Ich gehe an ihm vorbei und weiter auf das Gebäude zu, um mein albernes Grinsen zu verbergen. »Vielleicht.«

Er öffnet mir die Tür und schiebt mich, seine Hand auf meinem Rücken, hinein. Das Lächeln auf meinem Gesicht nimmt inzwischen epische Ausmaße an. Unter anzüglichen Rufen und Pfiffen der Mitarbeiter, denen ich geistesabwesend den Mittelfinger zeige, führt er mich in den Backstagebereich. Selbst als Shawn die Hand sinken lässt, als wir uns den anderen nähern, ist meine Stimmung durch nichts zu erschüttern.

Denn Shawn Scarletts Gehirn hat meinetwegen ausgesetzt. Shawn Scarlett findet mich heiß.

Mike pfeift lauter als irgendjemand sonst, was mir auf einen Schlag nicht nur die Aufmerksamkeit der ganzen Band, sondern auch von Rowan und Leti einbringt, die sich ebenfalls im Backstagebereich aufhalten. Alle Augen sind auf einmal auf mich gerichtet, und ich wappne mich.

»Oh mein Gott!«, ruft Leti, während er mich umrundet, als wäre ich ein mit Sicherheitsnadeln verzierter Maibaum. »Oooh mein Gott!«

»Du siehst einfach fantastisch aus«, schwärmt Rowan. Mit den Fingern fährt sie vorsichtig über eine Sicherheitsnadel an meiner Schulter und bewundert Dees Werk.

»Und dieser *Arsch*«, quiekt Leti entzückt hinter mir, und ich schnelle herum und gebe ihm einen Klaps auf den Arm. Aber er lacht nur.

»Hat Dee das gemacht?«

Ich drehe mich wieder um, zu Joel, der einfach nur kerzengerade inmitten der anderen Jungs steht und mich anschaut. Sein Blick ist auf das Kleid geheftet, gilt nicht dem, was darunter ist, und als ich seine Annahme bestätige, besteht seine Reaktion aus völliger Ausdruckslosigkeit. Kein Lächeln, kein gezwungenes Lächeln, kein Stirnrunzeln, kein gar nichts. Er nickt und entfernt sich. Alle starren ihm nach. Niemand weiß, was er sagen soll, denn es gibt keine richtigen Worte. Shawn und ich tauschen einen Blick, und als er auf meine besorgte Miene mit einem leichten Kopfschütteln antwortet, lassen wir beide Joel gehen.

»Du wirst einen Fanklub haben«, sagt Adam zu mir. Einen Arm hat er fest um Rowan gelegt. Er grinst, als ob er im Begriff sei, mir irgendeine geheime Ehre zuteilwerden zu lassen, daher grinse ich einfach zu ihm zurück.

»Gut. Einen Fanklub wollte ich schon immer haben.«

»Nicht die Art von Fanklub«, warnt mich Shawn, als hätte ich keine Ahnung, was es heißt, Fans zu haben, als hätten noch nie Typen vor der Bühne meinen Namen geschrien. Erst denkt er, dass ich noch nie einen Freund hatte, und jetzt denkt er, dass noch nie jemand versucht hat, mich nach einer Show abzuschleppen?

»Worauf willst du hinaus?«, schnaube ich spöttisch. »Typen, die sich nachts zu meinem Foto einen runterholen? Ich glaube, damit kann ich umgehen.«

Mike lacht schallend auf und stellt sich neben mich. Er legt mir einen Arm um die Schultern und besänftigt mich mit einem warmherzigen Lächeln. »Bist du bereit, die Bude zu rocken?«

»Aber immer.« Strahlend sehe ich zu ihm hoch.

An die anderen gewandt, sagt Mike: »Klingt für mich, als ob sie bereit sei.«

»Dieses Mädchen ist schon seit ihrer Geburt bereit dafür«, behauptet Leti, und ich zwinkere ihm zu, bevor ich damit beginne, mich für die Show fertig zu machen. Ich hänge mir den Gurt der Gitarre um. Ich stecke mir den In-Ear-Knopf in die Ohren. Dann trete ich von einem Fuß auf den anderen, während ich auf der abgedunkelten Seite der Bühne zwischen Adam und Shawn stehe und warte.

»Ich werde dieses Fanklub-Ding vorantreiben«, sagt Adam mit einem verschlagenen Lächeln. »Hass mich später nicht dafür.«

Ich glaube Shawn zu meiner Linken aufseufzen zu hören, aber als ich zu ihm hinübersehe, ist er damit beschäftigt, den Gurt seiner Gitarre anzupassen.

Die Lichter im Saal erlöschen, und meine Augen brauchen

einen Moment, um sich an die Dunkelheit zu gewöhnen. Aber dann betreten die Jungs die Bühne, und ich folge ihnen. Die Menge rastet völlig aus. Das Geschrei ist laut genug, um die Sohlen meiner Stiefel vibrieren und das Blut in meinen Adern brodeln zu lassen. Im Dunkeln hilft mir einer der Roadies dabei, die Gitarre anzuschließen, und ich hole einmal tief Luft. Ich überprüfe den Sitz meines In-Ears. Ich warte auf meinen Einsatz.

Shawns Telecaster stimmt den beliebtesten Song der Band an, und ich muss mich beherrschen, um nicht ins Kreischen der weiblichen Fans einzufallen. Aber verdammt, ich stehe wirklich mit Shawn Scarlett, Adam Everest, Joel Gibbon und Mike Madden auf einer Bühne … Ein breites Lächeln erscheint auf meinem Gesicht, und dann fällt auch schon Joels Bass mit ein, dann meine Fender, dann Mikes Schlagzeug. Adams Stimme dringt in mein Ohr. Ich weiß, dass die Menge sie aus den riesigen Lautsprechern an den Seiten der Bühne dröhnen hört. Die Leute reißen die Arme in die Luft, hüpfen auf und ab, auf und ab, ein wogendes Meer von Körpern. Ich kenne dieses Gefühl – dieses Gefühl, dass deine Pupillen groß werden, deine Haut glühend heiß wird, dein Blut zu kochen beginnt. Aber auf der Bühne wird dieses Gefühl noch hundertfach, tausendfach verstärkt. Ich bin berauscht von dem Publikum, der Musik, dem Traum.

Als der letzte Ton des ersten Songs verklingt, schreit sich die ganze Menge kollektiv die Seele aus dem Leib. Es ist über zwei Monate her, seit *The Last Ones to Know* hier aufgetreten sind, und es ist nicht zu übersehen, dass ihre Fans sie vermisst haben.

Trotzdem heizt Adam sie an.

»*Mayhem!*«, brüllt er, reißt sein Mikrofon aus dem Ständer und tritt vor bis an den Rand der Bühne. »Gott, ich habe euch vermisst!«

Die Mädchen in den ersten Reihen fangen an zu kreischen, schreien ihm zu, dass sie ihn auch vermisst haben, dass sie ihn lieben. Adam wendet sich lächelnd zu Shawn um. Er streicht sich seine zotteligen braunen Haare aus dem Gesicht und sieht dann mit funkelnden graugrünen Augen über die Bühne zu mir herüber, bevor er sich wieder der Menge zuwendet.

»Wir haben heute Abend ein paar neue Songs für euch! Aber zuerst: Seht ihr diese absolut heiße Braut, die wir mitgebracht haben?«

Eine tiefe Stimme brüllt: »*Verdammt, ja!*«

Adam feixt ins Mikrofon. »Das ist unsere neue Gitarristin, Kit. Wir sind mit ihr zusammen zur Schule gegangen, und sie ist verdammt talentiert.« Er läuft die Länge der Bühne ab, reißt das ganze Publikum mit. »Wie viele Typen hier wollen heute Abend Kits Fanklub beitreten?«

Die ohrenbetäubenden Jubelrufe, die diesmal aus der Menge kommen, hören sich anders an als in dem Moment, in dem Adams Silhouette zum ersten Mal auf der Bühne zu sehen war – jetzt dominiert männliches Gebrüll. Die meisten Kerle sind vermutlich mit ihren Freundinnen hier, aber keine von ihnen scheint sich an deren Gejohle zu stören.

Ich bin schon früher vor Publikum aufgetreten, aber noch nie vor einem so großen, und noch nie mit einem Leadsänger wie Adam. Er weiß genau, was er sagen muss, um die Fans in Stimmung zu bringen, und ich folge seinem Beispiel, indem ich eine Kusshand in den Bühnenraum werfe. Die Mädchen in der ersten Reihe feuern mich an und jubeln mir zu, als wäre ich eine Art Heldin.

Adam grinst über meine Darbietung und beflügelt mich mit seinen anerkennenden Worten. »Klingt, als ob du schon ein paar Anhänger hättest. Bist du bereit, ihnen ordentlich einzuheizen?«

Ich spiele auf meiner Gitarre einen Riff, der die Menge zum Jubeln bringt, und nicht einmal Adam unterbricht den Applaus. Während die Wände einzustürzen drohen, werfe ich einen Blick hinüber zu den anderen Jungs, die mich alle anstrahlen – Joel schräg hinter mir, Mike ganz hinten und Shawn auf der anderen Seite der Bühne, in blaues Licht getaucht. Dann, bevor ich michs versehe, stimmt Adam den nächsten Song an, und dann den übernächsten.

Ich verliere mich in der Musik, in der Hitze der Scheinwerfer, im Klang von Adams Stimme, im Rhythmus von Mikes Schlagzeug. Ich konzentriere mich auf mein Instrument, lasse meine Finger tun, wozu sie ausgebildet wurden, und gebe mich dem Rausch hin. Mein Geist schwebt auf der Bühne und über der Bühne und in der Menge. Schweißtropfen sammeln sich in meinem Nacken und laufen mir über den Rücken. Bis der letzte Song unseres Programms endet, glüht meine Haut, und mein Gehirn ist völlig überdreht. Als ich die Bühne verlasse und mich außer Sichtweite der Menge begebe, fühlt es sich nicht einmal an, als würde ich *gehen*. Es fühlt sich an, als würde ich schweben, als würde ich fliegen. Es fühlt sich an, als würde ich träumen.

»Du warst der absolute Hammer!«, lobt mich Adam im Backstagebereich, vor unserer Zugabe. Die Fans verlangen bereits nach mehr und mehr und mehr. Am liebsten würde ich noch eintausend Zugaben geben. Ich will spielen, bis mir die Finger abfallen, und dann will ich sie mir wieder ankleben und weiterspielen.

»Leute!«, brülle ich. Ich stütze mich mit den Händen auf Mikes Schultern ab, denn ich muss mich unbedingt irgendwo festhalten. »Das war der absolute Wahnsinn!«

Als Leti mir auf die Schulter klopft, werfe ich mich herum und schlinge ihm die Arme um den Hals.

»Wie geil war das denn?«

Er lacht und fragt mich, ob er mich einmal herumwirbeln soll.

»Ja!«, brülle ich. Kaum ist mir das Wort über die Lippen gekommen, rafft er mich schon hoch und wirbelt mich im Kreis herum. Meine Füße fliegen in die Luft, und ich kreische und will ihn am liebsten küssen oder zu Gott beten oder, verdammt, mich nackt ausziehen und so wieder auf die Bühne gehen.

Wir haben ein paar von den neuen Songs gespielt, und die Menge hat sie begeistert aufgenommen. Nicht, dass ich daran Zweifel hatte, aber zu hören, wie sie nach den Songs applaudierten, an denen *ich* mitgeschrieben habe … Songs, performt von *The Last Ones to Know* … das war einfach unbeschreiblich.

»Hier«, sagt Shawn und reicht mir eine Flasche Wasser. Ich muss mich schwer zusammenreißen, um mich nicht in seine anstatt Letis Arme zu werfen. Ich greife nach der Flasche und stürze die Flüssigkeit hinunter.

»Ich habe dir ja gesagt, du hast keinen Grund, nervös zu sein«, sagt er, während er mir dieses Herzensbrecher-Lächeln zuwirft, dank dem sich mein hüpfendes Herz genau erinnert, warum es so nervös war. Sein dunkles Band-T-Shirt ist feucht von Schweiß, und seine zerzausten schwarzen Haare sind an den Spitzen tropfnass und ringeln sich in seinem Nacken. Seine Haut ist gerötet und vermutlich ebenso glühend heiß wie meine, und ich frage mich, ob wir beide in Flammen aufgehen würden, wenn ich mich an ihn presste.

»Zu-ga-be!« Der Sprechgesang der Menge wird lauter und pulsiert unter meinen Fußsohlen. »Zu-ga-be!« Meine Kopfhaut kribbelt und jagt mir Stromstöße übers Rückgrat hinunter. »Zu-ga-be!« Mein Plektron verlangt nach mir, obwohl meine Fingerkuppen taub sind. »Zu-ga-be! Zu-ga-be! Zu-gabe!«

»Bereit?«, fragt mich Adam, und ich nicke, während ich mein Wasser austrinke. Ich wische mir den Mund am Handgelenk ab und werfe die Flasche in einen Abfalleimer, und schon hängt mir die Gitarre wieder um den Hals, und ich gehe in einer Reihe mit den anderen zurück auf die Bühne. Joel, Mike, ich, Shawn, Adam.

The Last Ones to Know.

8

Nach dem letzten Song, einem weiteren Publikumsliebling, verlassen wir die Bühne gefolgt von einem ohrenbetäubenden Dröhnen aus Schreien und Applaus. Fast habe ich ein schlechtes Gewissen, weil wir diese jungen Leute in einem Rauschzustand zurücklassen, weil jeder Einzelne von ihnen jetzt tagelang unter Entzug leiden wird.

Aber in diesem Augenblick, in dem wir uns mitten in das dichteste Gedränge begeben, herrscht einfach nur Chaos. Shawn rät mir, dicht bei ihm zu bleiben, aber in dem ganzen Durcheinander werde ich in einen Zyklon aus Fans und Fotos und Autogrammen hineingezogen – mehr Fans und Fotos und Autogramme, als ich in meinem ganzen Leben je zu bewältigen hatte. Auf einigen Fotos posiere ich mit der Band. Auf anderen gemeinsam mit ein paar Mädchen. Auf wieder anderen alleine mit einem Typen. Und in den meisten Fällen bieten diese Typen an, mir einen Drink auszugeben oder mich nach Hause zu fahren.

»Wir treffen uns alle in ein paar Minuten im Bus«, brüllt mir Shawn über den Lärm hinweg zu, als Mike und ich gerade für ein Foto mit einem Fan in die Kamera grinsen. Unsere Gruppe wurde im Getümmel auseinandergerissen, und Shawn und Adam wurden völlig von der Menge verschluckt.

Ich schüttele den Kopf und rufe ihm zu: »Auf keinen Fall! Mir wurden ungefähr dreißig verdammte Drinks an der Bar versprochen!«

Irgendein Typ brüllt etwas Zustimmendes, und ich lache. Fans bringst du am besten dazu, dich zu lieben, indem du ihre Liebe erwiderst, und das tue ich schon jetzt. Wenn du kommst, um sie zu sehen, werden sie kommen, um dich zu sehen.

»Joel!«, ruft Adam, während er Rowan an seine Seite drückt. »Kit sagt, wir gehen danach noch an die Bar!«

Joel hebt den Blick von einem Mädchen, das vergeblich versucht, ihm ihre Nummer zuzustecken, und gibt Adam ein Daumen-hoch-Zeichen. Zweieinhalb Sekunden später löst er sich von dem Mädchen wie eine Art abgebrühter Ninja. Im nächsten Augenblick steht er an meiner Seite. Mit seinem blonden Irokesenschnitt ist er noch ein paar Zentimeter größer als seine ohnehin schon stattlichen eins achtundachtzig.

»Alles okay bei dir?«

Ich strahle ihn an. »Alles bestens.«

»Sie ist ein Profi«, lobt Mike an meiner anderen Seite, und ich strahle auch ihn an.

Joel legt einen Arm fest um meine Schultern, um mich durch die Menge zu lotsen, und Mike hilft das Meer zu teilen, um mich zum Merchandise-Stand zu bringen.

Der Stand befindet sich in der Nähe der Bar und ist regelrecht umschwärmt von weiblichen Fans, die von Dee entworfene T-Shirts kaufen und wissen wollen, wo und wann sie mein Kleid erwerben können. Es sind Tussis mit blonden Haaren und rosa Haaren und braunen Haaren und blauen Haaren. Die Tussi allerdings, die an Shawn hängt, als dieser endlich wieder auftaucht, hat kastanienbraune Haare. Und ihre Frisur hat die Show in einem weitaus besseren Zustand überstanden als meine eigene. Ich bin mit mindestens fünf Schichten getrocknetem Schweiß bedeckt, und mit meinem verlaufenen Mascara sehe ich vermutlich aus, als würde ich eher zu *Twisted Sister* als zu *The Last Ones to Know* gehören, wohingegen sie dort drüben steht und aussieht, als hätte sie sich eben von Kim Kardashians persönlicher Visagistin den Lipgloss auftragen lassen.

Während die Band und ich uns am Merchandise-Stand unter die Fans mischen, wartet sie. Als die Klubmusik zu spielen beginnt und wir uns einen Weg an die Bar bahnen, folgt sie uns. Als wir uns setzen, setzt sie sich.

»Darf ich dir jetzt einen Drink ausgeben?«, fragt mich einer der Typen von vorhin, und ich höre lange genug auf, das für den Laufsteg gestylte Mädchen mit Blicken zu töten, um zu nicken.

Heute Abend sollte ich feiern. Ich sollte fröhlich und ausgelassen sein und *nicht* mit offenen Augen davon träumen, irgendeine Tussi an den Haaren zu ziehen. Ich wende mich mit einem aufgesetzten Lächeln dem Typen zu und bitte ihn um eine Cola-Rum, die er mir kurz darauf mit den Worten überreicht, wie umwerfend ich war, wie heiß ich aussehe, wie talentiert ich bin.

Ich sauge die Komplimente in mich auf, nippe an diesem Drink, dann an einem, den ein anderer Typ mir ausgibt, an einem Drink, den wieder ein anderer mir spendiert, und dann sind da vielleicht noch ein oder zwei Typen, aber ehrlich gesagt habe ich inzwischen den Überblick verloren. Ich mische mich unter weibliche Fans und männliche Fans und versuche jedem, der sich mit mir unterhalten möchte, ein paar Minuten Aufmerksamkeit zu schenken. Trotzdem sind es nicht halb so viele Leute wie die, die sich darum rangeln, mit Adam und Shawn zu reden.

Eine Stunde nach Ende des Konzerts hämmert die Musik gegen meine Trommelfelle, der Alkohol verdünnt mein Blut, und Shawn nimmt vom anderen Ende der Bar Blickkontakt zu mir auf. Die meisten Fans haben sich verzogen oder sind wieder auf die Tanzfläche verschwunden, aber das Mädchen mit den kastanienbraunen Haaren von vorhin ist noch immer an seiner Seite. Sie hängt an ihm wie eine verdammte Klette und quatscht ihm ein Ohr ab. Wie von selbst, ohne dass ich es wirklich beabsichtige, springe ich auf.

»Tanz mit mir«, verlange ich, ergreife Shawns Hände und lasse ihm keinen Raum für Widerworte. Die anderen Bandmitglieder sehen zu, wie ich ihn auf die Tanzfläche schleife. Rowan und Leti stehen nebeneinander und grinsen wie zwei Comicfiguren, deren Münder sich jeden Moment über die Konturen ihrer Gesichter hinaus ausdehnen.

Ich spüre die vergifteten Pfeile, die die Tussi mit den idiotischen Haaren mir hinterherschießt, doch ich bin zu beschäftigt damit, Shawn ins Gewühl zu zerren, um das triumphierende Gefühl zu genießen. Der Alkohol in meiner Blutbahn lässt die schimmernden Tänzer verschwimmen und den durch Laserstrahlen beleuchteten Raum sich drehen. Meine Lippen fühlen sich taub an, aber meine Füße lassen mich nicht im Stich. Als Shawns Hand meine drückt, werde ich ein bisschen nüchterner … irgendwie.

Mitten auf der Tanzfläche schnelle ich herum und schlinge ihm die Arme um den Hals. Er ist groß, aber das bin ich auch. Deshalb muss ich den Kopf auch nicht sehr weit nach oben recken, um in seine leuchtenden waldgrünen Augen zu sehen. Sie ruhen auf mir, der Rest von ihm rührt sich nicht. Er gleicht einer Statue, und ich werde zunehmend verzweifelt. Ich dränge mich an ihn, schmiege mich mit meinen weichen Kurven an seinen harten Körper und halte seinen Blick fest, während ich jeden Zentimeter zwischen uns schließe. Er sieht aus, als hätte er keine Ahnung, was ich da tue – womit er nicht der Einzige ist. Meine Finger spielen mit den Haaren in seinem Nacken, und als er noch immer keine Anstalten macht, die Arme um mich zu legen, flehe ich sanft an seinem Ohr: »Bitte.«

Nur Shawns Kopf reagiert, seine Hände hängen schlaff an seinen Seiten herunter, sein Körper steht wie festgewachsen da. Er neigt das Kinn zu meinem Ohr, und seine Bartstoppeln streifen meine Wange, als er sagt: »Bitte was?«

Bitte berühre mich. Bitte halte mich. Bitte begehre mich. »Tu so, als ob ich jemand anders wäre.«

Er löst sich von mir und starrt mich an, aber ich lasse meine Arme, wo sie sind, und flehe ihn mit den Augen an, mich *bitte* einfach so tun zu lassen, als ob. Heute Abend will ich nicht der Teenie sein, den er auf der Highschool sitzen gelassen hat. Ich will nicht sein Bandkumpel sein. Diese letzten paar Wochen mit ihm waren die reinste Folter, und hier und jetzt, in diesem Moment, will ich einfach nur eine heiße Frau in einem heißen Kleid sein. Ich will die Frau an der Bar sein. Ich will eine von Tausenden sein.

Als er den Kopf schüttelt, bleibt mir fast das Herz stehen. Das Wort »Nein« kommt ihm über die Lippen. Sofort wende ich mich ab, um die Flucht zu ergreifen. Aber dann hält seine Hand mich an der Taille fest und zieht mich zurück. Mein Rücken verschmilzt mit seiner Brust, mein Hintern schmiegt sich genau an seinen Schritt, und seine Finger streicheln an meinen Armen hoch und heben sie an, bis sich meine Hände in seinem Nacken ineinander verhaken. Als mein Körper auf diese Weise eng an seinen gedrückt wird und ich nicht loszulassen wage, gleiten seine geübten Finger an meinen Seiten nach unten und umfassen meine Hüften.

Ich wende den Kopf und starre zu ihm hoch, und er weicht meinem Blick nicht aus. Stattdessen zieht er mich noch fester an sich – so fest wie nur möglich – und wiegt meine Hüften im gleichen Takt wie seine hin und her. Ich senke den Kopf und schließe die Augen, vergrabe die Finger in seinen weichen, zerzausten Haaren, reibe mich an ihm. Es ist offensichtlich, dass mein Kleid dünn ist, dass seine Jeans fest ist und dass ich das, was immer ich auch tue, richtig mache.

Als Shawns Hände auf Wanderschaft gehen, entfachen sie einen Feuerschweif. Er setzt meine Hüften, meine Arme, meine Schenkel in Brand. Eine Sicherheitsnadel seitlich in meinem Kleid wird geöffnet, und eine Hand schiebt sich tollkühn unter den Stoff. Sie streichelt meinen glühend heißen Bauch, bevor Shawn sie benutzt, um mich noch fester an sich zu drücken. Seine Hüften wiegen sich die ganze Zeit über in einem Rhythmus mit meinen auf der Tanzfläche. Ich sehne mich danach, dass er diese Hand nach oben wandern lässt oder nach unten oder, verdammt, ich weiß es nicht einmal. Ich will ihn einfach nur spüren. Ich will ihn so spüren, wie ich ihn vor sechs Jahren gespürt habe.

Kale hat mir geraten, ihn zu hassen, ihn dazu zu bringen, sich vor mir auf die Knie zu werfen. Aber wie kann ich ihn hassen, wenn er solche Gefühle in mir auslöst? Wenn seine Berührung meine Welt in Brand setzt. Wenn sein Blick mein Herz in der Brust zum Hüpfen bringt. Wenn seine Stimme etwas in mir anspricht, von dem niemand sonst weiß, dass es überhaupt da ist.

Als ich seine Hand aus meinem Kleid ziehe und mich zu ihm umdrehe, sind Shawns Augen fast ebenso dunkel wie meine eigenen. Ich schlinge ihm die Arme um den Hals und vergesse alles. Ich vergesse die letzten sechs Jahre, ich vergesse all die Drinks, die ich an diesem Abend hatte, und ich vergesse Kales Warnung.

»Ich verzeihe dir«, platze ich heraus.

Und dann küsse ich ihn.

Ich lasse ihm nicht einmal Zeit zu reagieren, bevor ich mich auf die Zehenspitzen stelle und das tue, was ich seit Tagen, seit Wochen, seit Jahren tun will. Und, Gott, sein Mund ist so warm, so weich. Ich genieße und atme ihn ein, lasse zu, dass sein würzig-frischer Geruch in meine Lunge eindringt und den Nebel in meinem Kopf verdichtet. Seine Lippen schmecken nach jungem Whisky, mein Herz hämmert gegen meine Rippen, ein Lied geht zu Ende und ein neues beginnt – und plötzlich flutet alles, was ich vergessen habe, in einem verdammten Schwall zurück.

Ich reiße die Augen auf und zucke zurück, schlage die Hand vor den Mund. *Oh mein Gott, ich habe ihn geküsst.* Shawn blickt verblüfft, als hätte ich ihn vollkommen überrumpelt. *Weil ich ihn vollkommen überrumpelt habe.* »Oh mein Gott«, stöhne ich und lasse die Hand panisch sinken. Ich habe ihn allen Ernstes gerade geküsst. Ich habe Shawn gerade geküsst. »Es tut mir so l…«

In einem Moment breche ich in Panik aus. Im nächsten pressen sich seine Lippen auf meine. Seine Finger vergraben sich in meinen Haaren, halten mich fest, sodass ich nicht entkommen kann, selbst wenn ich gewollt hätte. Er küsst mich, als würde er mir irgendetwas rauben wollen. Als hätte er Feuer gefangen und müsste von mir gelöscht werden. Aber als seine Lippen meine erobern und verschlingen und von ihrer puren Hitze zehren, beginnt dieses Feuer sogar noch heißer zu lodern. Seine Zunge neckt meine geöffneten Lippen, tut Dinge, die dafür sorgen, dass ich an ihm dahinschmelze und mich verzweifelt in den Stoff seines Shirts kralle. Er ist mir so nah, aber ich brauche ihn noch so viel näher. Ich ziehe und zerre und genieße das Gefühl seiner Finger in meinen Haaren, während er einen Song in den Rhythmus meines Atems schreibt. Sein Kuss ist ein Inferno, verzehrt die ganze Luft im Raum und entfacht in jeder Faser meines Körpers ein glühend heißes Feuer.

»Scheiße«, keucht er an meinem Mund. Die Härte in sei-

138

ner Jeans pocht unter meiner Hand, die ganz von allein dorthin gewandert ist.

Als ich sie wegziehe und sie stattdessen unter sein Shirt schiebe, denn ich brauche jetzt sofort mehr von ihm, reißt Shawn sie von seinem Körper und verschlingt seine Finger mit meinen. Er beginnt mich von der Tanzfläche zu ziehen, aber drei Schritte später bleibt er stehen und presst diese köstlichen Lippen wieder auf meine. »Lass uns zum Bus gehen«, knurrt er zwischen den Küssen, während eine Hand durch den seidigen Stoff meines kaum vorhandenen Kleides meinen Hintern umfasst. Er zieht mich fest an sich, macht unmissverständlich klar, weshalb er mich dorthin bringen will, und ich beiße mir auf die Unterlippe, um ein leidenschaftliches Stöhnen zu unterdrücken. Seine Bartstoppeln streifen meine Schläfe, als er die Lippen zu meinem Ohr gleiten lässt. »Jetzt sofort.«

»Okay«, schnurre ich an seiner Kehle, und dann ist meine Hand wieder in seiner und einhundert Körper ziehen verschwommen an uns vorbei. Wir taumeln durch eine stählerne Ausgangstür hinaus in die eisige Nachtluft, dann stürzen wir über den Parkplatz, und Shawn trägt mich praktisch in den Bus.

Er hat keine Gelegenheit mehr, mich die Stufen zum Oberdeck hochzutragen. Denn sobald die Tür hinter uns zufällt, liege ich in seinen Armen, und seine Lippen gehören mir. Ich bin unersättlich, genauso wie er. Ich versuche nicht, mich zurückzuhalten, er versucht nicht, sich zurückzuhalten, und ich bin so verdammt scharf auf ihn, dass ich das Gefühl habe zu explodieren, wenn er mir dieses Kleid nicht bald herunterreißt. »Worauf wartest du noch?«

Mit den Kniekehlen stoße ich gegen die Kante einer der langen Lederbänke auf dem Unterdeck. Shawn legt mich darauf ab, und ich kralle meine Faust in sein T-Shirt und ziehe ihn mit mir hinunter. Er macht es sich zwischen meinen Beinen bequem, und sofort wölbe ich mich ihm entgegen. Ich liebe die Art, wie er stöhnt und sich auf mich presst, die Art, wie seine Finger meine Hüften so verzweifelt umklammern, dass sie garantiert Abdrücke hinterlassen, die noch tagelang zu sehen sein werden. Er reibt sich an mir, übernimmt die Kontrolle, sorgt dafür, dass mir schwindelig wird, während er gleichzeitig meine Lippen bis auf den letzten Zentimeter in Besitz nimmt. Ich drehe den Kopf zur Seite und schnappe nach frischer Luft, und prompt landet sein begieriger Mund in meiner Halsbeuge. Stöhnend schließe ich die Augen.

Ich habe das Gefühl, nicht einmal mehr in meinem Körper zu sein. Ich habe das Gefühl, vielleicht gleich das Bewusstsein zu verlieren. Ich habe das Gefühl … *scheiße* … mich gleich übergeben zu müssen.

Die ganzen Gratisdrinks des Abends greifen alle auf einmal meinen Magen an und drohen, wieder hochzukommen, bevor ich auch nur die Chance habe, mich unter Shawn hervorzuwinden. Ich stemme mich panisch gegen ihn, bis er mir so viel Platz macht, dass ich mich unter ihm wegrollen kann. Ich schüttele nur den Kopf, als er mich fragt, was los ist. Als ich mir eine Hand vor den Mund halte, dämmert die Erkenntnis in seinem Gesicht.

»Da entlang«, sagt er und zeigt in die Richtung, in der, wie ich verzweifelt hoffe, die Toilette ist. Ich springe auf, stürze den Gang hinunter, stolpere fast über die Kante zwischen zwei Zimmern und reiße die Toilettentür auf. Ich lasse mich vor der Toilette auf die Knie fallen und umklammere ihren Rand, um nicht mit dem Gesicht voran in die Schüssel zu fallen. Der ganze Raum dreht sich, während ich mir die verdammte Seele aus dem Leib kotze. Die Haare verschwinden auf einmal aus meinem Gesicht, werden zurückgehalten, und eine raue Hand reibt mir über den Rücken. Shawns Stimme versucht mich zu beschwichtigen, aber sie kann nicht verhindern, dass mir die Tränen in die Augen steigen, als ich über der Toilette würge.

Ich kotze vor Shawn. Nachdem ich ihm um ein Haar in den Mund gekotzt hätte. Nichts könnte diesen Abend noch schlimmer machen.

Nein, das stimmt nicht: Das Einzige, was diesen Abend noch schlimmer machen könnte, ist, dass *ich verdammt noch mal heule.*

Ich halte meine Emotionen unter Verschluss und gebe den Rest meiner ganzen Cocktails von mir. Mit einem Unterarm stütze ich mich auf den Toilettensitz, die Stirn liegt auf dem Ellenbogen. Ich bin zu fertig, um noch stehen zu können, ich bin zu stur, um mich hinzulegen, und ich bin zu verlegen, um mir von Shawn helfen zu lassen.

»Kannst du aufstehen?«

Ich versuche, »Nein« zu sagen, aber stattdessen kommt nur ein neuer Schwall aus mir heraus. In meinem Kopf dreht es sich mit jeder Sekunde, die verstreicht, schneller, und irgendwann würge ich trocken in eine Toilettenschüssel, die einfach nicht stillstehen will. Meine Arme sind wie weiche Nudeln, die mich nicht mehr halten können. Und es fühlt sich an, als ob mein ganzer Magen meine Kehle hochgeklettert wäre.

»Ich trage dich nach oben, okay?«

Irgendjemand, der so ähnlich klingt wie ich, murmelt irgendetwas Unverständliches zur Antwort. Dann ist da wieder Shawns Geruch in meiner Nase und seine Stimme in meinem Ohr. Vage nehme ich wahr, dass ich schwebe. Und dann ist es nur noch dunkel.

Am nächsten Morgen kann ich mich nicht mehr daran erinnern, wie ich in dieses Bett gekommen bin. Shawn ist nicht in der Nähe, daher kann ich ihn nicht fragen. Nicht dass ich es tun würde, wenn ich könnte. Ich stecke unter einer Bettdecke, die nach ihm riecht, und wünschte, ich wäre tot. Zu viel trinken ist eine Sache. Aber zu viel trinken, mich Shawn an den Hals werfen, im Bus praktisch über ihn herfallen und mir dann vor ihm die Seele aus dem Leib kotzen?

Ich schließe die Augen und tue so, als wäre das alles nur ein böser Traum, aber das schwarze Loch, das sich in meinem Kopf aufgetan hat, schreit etwas anderes. Es saugt schmerzhaft an meinem Gehirn, meinen Augäpfeln, meinen Trommelfellen – als ob es den ganzen Inhalt meines Schädels verschlingen muss, bevor es entkommen und auch noch den Rest der Welt in sein Loch saugen kann.

Meine Füße sind schwer, als ich sie über den Rand der Schlafkoje schwinge und auf den eiskalten Boden stelle. Ich starre auf meine Strümpfe mit dem Sternenmuster, während ich mir vorstelle, wie Shawn mich hier hochgetragen, mir die Stiefel ausgezogen, mich ins Bett gesteckt hat … und vermutlich den Kopf darüber geschüttelt hat, was für ein Häuflein Elend ich war. Ich, der sogenannte Rockstar, der glaubte, mit Rockstars abhängen zu können.

Ich reibe mir mit einer Hand übers Gesicht und stecke meine Füße einen nach dem anderen in meine Stiefel. Dann versuche ich mir mit den Fingern die Haare zu kämmen, gebe schließlich auf und wische mit den Fingern stattdessen unter den Augen herum, um meinen Mascara zu entfernen. Jeder Schritt die Stufen hinunter zum Unterdeck des Busses fühlt sich wie ein Eispickel gegen meinen Stirnlappen an, und ich bete, dass es in der kleinen Küche irgendwo Kaffee gibt. Denn falls nicht, werde ich mich auf den Boden werfen und einfach sterben.

Der Geruch von dunkel gerösteten Bohnen schlägt mir entgegen, sobald ich die letzte Stufe erreicht habe, aber mein Gehirn ist zu verkatert, um zu begreifen, was das zu bedeuten hat. Ich folge dem Geruch wie ein ermatteter Bluthund, schleppe meinen erbärmlichen Hintern weiter, bis ich die Küche betrete und mich waldgrünen Augen gegenübersehe.

Mich gestern Abend selbst zu demütigen war offenbar nicht genug. Jetzt muss ich auch noch von den Toten auferstehen, mit einem Schädel, der kurz davor ist zu zerspringen, Haaren, die wie irgendetwas aus einem drittklassigen Horrorfilm aussehen, und in einem zerknitterten Kleid, das noch immer zehn Nummern zu klein ist.

»Wie fühlst du dich?«, fragt Shawn, als würde es mir nicht überdeutlich ins Gesicht geschrieben stehen. Ich lasse mich am Ecktisch auf einen Stuhl fallen und verfluche mich prompt dafür, als mir Blitze hinter die Augen schießen. Ich jammere fluchend vor mich hin und vergrabe das Gesicht in der Finsternis meines Ellenbogens.

Es gibt zwei Optionen. Ich kann mich wie eine Erwachsene benehmen, mich dafür entschuldigen, dass ich wie ein durchgeknallter Alien Shawns Gesicht abgeschlabbert habe, und versprechen, dass es nie wieder vorkommen wird. Oder …

»Was ist gestern Nacht passiert?«, stöhne ich in meine Armbeuge. Ich höre, wie Shawn sich mir gegenüber niederlässt und einen Becher Kaffee in meine Richtung schiebt. Als er keine Antwort gibt, hebe ich den Kopf so weit, dass ich zu ihm hochblinzeln kann.

»Wie viel hast du gestern Abend getrunken?«, fragt er.

Sein Bartschatten ist inzwischen einen Tag alt, sodass er noch sexyer und zerzauster aussieht als sonst. Sein marineblaues T-Shirt hängt locker über seinem Schlüsselbein, ausgeleiert von meinen hektischen Fingern am Abend zuvor.

»Keine Ahnung. Fünf? Sechs?« Ich setze mich auf und stütze für einen Moment die Stirn auf meine Faust, in dem Versuch, mich wieder an die aufrechte Position zu gewöhnen. »Zu viele.«

Shawn mustert mich und nippt dabei an seinem Kaffee. Seine Augen sind blutunterlaufen, so wie meine mit Sicherheit auch. Ich bin also nicht die Einzige, die gestern über die Stränge geschlagen hat.

»An wie viel kannst du dich erinnern?«

An alles. Ich kann mich an das Gefühl seiner Finger auf meiner Haut erinnern, die auf der Tanzfläche über meinen Bauch geglitten sind, an seine Hüften, die sich im Gleichtakt mit meinen gewiegt haben. Und ich kann mich an das Gewicht dieser Hüften im Bus erinnern, als er sich zwischen meinen Schenkeln bewegt hat.

Es ist die Stunde der Wahrheit, und ich lüge das Blaue vom Himmel. »Ich weiß nicht«, murmele ich. »Habe ich …« Ich setze meinen verwirrtesten Blick auf. »Scheiße. Habe ich dich geküsst? Im *Mayhem*?«

Shawn starrt mich an, dann fährt er sich mit rauen Fingerspitzen über eine Augenbraue. »Ein bisschen.«

Wenn das *ein bisschen* Küssen war, dann ist dieses Kleid nur *ein bisschen* kurz. »Oh Gott! Und was ist dann passiert? Ich war so voll, ich kann mich an nichts erinnern.«

»Dir ist ziemlich schlecht geworden«, sagt er und beobachtet mich dabei, wie ich nervös kleine Wellen in meinen Kaffee puste. Alles, was danach kam, lässt er unerwähnt und erklärt knapp: »Ich habe dich hierhergebracht und ins Bett gesteckt.«

Also bin ich nicht die Einzige, die nur Scheiße labert. Interessant. Ich puste weiter in meine Tasse, während mein geschwollenes Gehirn zu begreifen versucht, was hier eigentlich los ist. Shawn lügt. Und er tut es entweder, um mir die Peinlichkeit zu ersparen, mich an das zu erinnern, was ich getan habe, oder, was eher anzunehmen ist, weil er es ebenso sehr bereut wie ich.

Der Kaffee verbrennt mir beim ersten Schluck die Zunge, doch der sengende Schmerz ist nichts verglichen mit dem plötzlichen Brennen in meinem Herzen.

»Hat irgendjemand gesehen, wie ich dich geküsst habe?«, frage ich, und Shawn schüttelt den Kopf.

»Wenn sie es gesehen hätten, hätten sie etwas gesagt. Peach hat mir eine SMS geschrieben, aber ich habe ihr gesagt, du wärst völlig hinüber gewesen, und ich hätte dich bei dir zu Hause abgesetzt.«

»Werden sie es nicht seltsam finden, dass du gestern Abend nicht nach Hause gekommen bist?«

»Nicht wenn ich ihnen sage, dass ich diese lästige Tussi angerufen habe, die nach der Show ihre Krallen in mich geschlagen hat.«

Ich nicke und nehme noch einen Schluck kochend heißen Kaffee. Es brennt mir auf der Zunge, ihn zu fragen, warum er lügt, warum er meinen Kuss erwidert hat. Ich war betrunken, aber nicht zu betrunken, um zu wissen, was ich getan habe, und ich glaube, er war es auch nicht.

Aber ich nehme an, es spielt keine Rolle, denn egal, was für ein Funke zwischen uns geflogen ist, er ist eindeutig erloschen.

Oder vielleicht hat er auch nie existiert. Vielleicht habe ich ihn mir nur eingebildet. Vielleicht war ich einfach nur das, was ich sein wollte – einfach nur eine heiße Frau in einem heißen Kleid.

Vielleicht habe ich ihm nicht mehr bedeutet als dieses Groupie mit den kastanienbraunen Haaren, nicht mehr als das letzte Mal, als er dafür gesorgt hat, dass ich so empfinde.

Ich hasse mich dafür, es zugelassen zu haben. Es *wieder* zugelassen zu haben, dass er mich so empfinden lässt.

9

Zur nächsten Bandprobe nach der Knutscherei erschien ich zu
spät. Ich erschien zu spät, aber er sagte nichts. Ich verpasste
meine Einsätze, aber er sagte nichts.

Deshalb fing ich an, meine Einsätze erst recht zu verpassen. Ich fing an, die falschen Saiten zu treffen. Ich fing an zu
behaupten, *Shawn* sei derjenige, der falsch spielte.

Er sagte noch immer nichts.

Ganz gleich, welche Lügen er den anderen über das, was
passiert ist, nachdem ich ihn im *Mayhem* auf die Tanzfläche
gezerrt hatte, aufgetischt haben mag: Sie haben sie ihm geglaubt. Und ganz gleich, welche Lügen er sich selbst aufgetischt hat: auch die hat er geglaubt.

Während der ganzen Probe suchte ich in seinen Augen
nach irgendetwas, was mir vertraut vorkam. Ich musterte
ihn prüfend, um festzustellen, ob er mich so ansehen würde, wie er es tat, als er mich küsste, als seine Hände auf meiner Haut lagen und sein Herz sich anfühlte, als würde es in
meiner eigenen Brust schlagen. Doch er sah mich fast überhaupt nicht an.

Es war, als wäre nichts gewesen – *weniger* als nichts. Es war,
als hätte er vergessen, dass er auf der Tanzfläche mit mir getanzt hatte, dass er die Hände in meinen Haaren vergraben
hatte. Es war, als wäre *ich* nichts.

Es war einfach genau wie davor.

Bevor wir in meiner Wohnung Songs schrieben. Vor den

Sonnenuntergängen auf meinem Dach. Bevor er meine Füße in seinen Schoß zog.

Und ich wagte keiner Menschenseele zu erzählen, was damals zwischen uns passiert war … Bis zu diesem Wochenende bei Dee, als es so schwer auf meiner Seele lastete, dass ich aus Versehen damit herausplatzte, auf der Highschool mit Shawn geschlafen zu haben. Ich war mit Rowan und Leti in Dees Wohnung, um Dee beim Packen zu helfen, da sie vorhatte, wieder zurück nach Hause zu ziehen. Danach wollten wir ihren Geburtstag feiern, bevor sie abfuhr, und … tja, da rutschte es mir einfach raus.

Die Mädchen beschränkten ihre Fragen erstaunlicherweise auf ein Minimum, aber an jenem Abend, nachdem die beiden in einem Fort aus Decken im Wohnzimmer tief und fest eingeschlafen waren, sperrte Leti sich mit mir im Bad ein und quetschte mich aus wie eine Zitrone, während mir die ganze Zeit über meine Hose um die verdammten Knöchel baumelte. Er hielt mich in Geiselhaft, bis ich ihm bis ins kleinste Detail alles über Shawn gebeichtet hatte. Abgesehen von einer einzigen Sache, die es mir gelang, für mich zu behalten: Ich erzählte ihm nicht, dass der Abend auf der Highschool, an dem ich mit Shawn schlief, auch der Abend war, an dem ich meine Jungfräulichkeit verlor.

In jener Nacht konnte ich kaum schlafen. Am nächsten Morgen, nachdem wir im IHOP Kaffee getrunken hatten, tauchte Shawn mit Adam und Mike im Schlepptau auf, um uns zu helfen, Dees Kartons aus ihrer Wohnung zu tragen. Er ignorierte mich, während wir den Umzugswagen beluden, und er ignorierte mich auch abends, als wir uns alle in dem mittlerweile leeren Wohnzimmer volllaufen ließen. Ich saß genau neben ihm, doch im Grunde war es, als wäre ich gar nicht anwesend.

Es tat weh, bis es irgendwann nicht mehr wehtat. Denn irgendwann war ich einfach nur noch stocksauer.

»Ich fasse es nicht, dass du ihn als *hager* bezeichnet hast«, sagt Leti von der anderen Seite meiner winzigen Wohnung aus. Ich bin damit beschäftigt, Klamotten in einen Koffer zu werfen, und er ist damit beschäftigt, die Fotos an meiner Wand zu betrachten: von meiner Familie, von großen Konzerten, auf denen ich war, von der Band.

Auf Dees Geburtstagsparty gestern Abend hockte ich neben Shawn, hatte ein bisschen zu viel getrunken und … ja, ich habe ihn hager genannt. Und ich habe einen Finger in seinen Bizeps gebohrt, um meinen Standpunkt zu unterstreichen, auch wenn ich damit genau das Gegenteil erreichte. Ich zog den Finger fort und hasste Shawn dafür, dass er so verdammt perfekt war, dass ich es kaum aushalten konnte.

Leti grinst mich über seine Schulter an. »So kalt, kleine Kit.«

»Er *ist* hager«, sage ich bockig. Und schlau. Und witzig. Und heiß.

»Und heiß«, ergänzt er, woraufhin mir sofort ein Bild von Shawn vor meinem geistigen Auge erscheint: Shawn, der Dees Sachen in einen Umzugswagen verladen hat. Shawn, dessen schlanke Muskeln sich unter dem T-Shirt anspannten. Der grau melierte Baumwollstoff, der sich an seine Haut schmiegte. Der Schweiß, der an seinen Schläfen perlte.

Ich hasste den Anblick so sehr, dass ich nicht aufhören konnte hinzustarren.

»Du findest doch jeden heiß«, schnaube ich.

»Nur Rockstars«, witzelt Leti.

»Und meine Brüder.«

Ich schiele aus den Augenwinkeln zu ihm hinüber, und sehe ihn spitzbübisch grinsen.

Heute Abend nehme ich ihn mit zum Sonntagsessen bei meiner Familie. Danach bringe ich ihn zu seinen Eltern nach Hause und übernachte dort, bevor ich zurück in die Stadt fahre. Vielleicht hilft es mir, Shawn zu vergessen, wenn ich ein paar Städte Abstand zwischen uns bringe. Wenn auch nur für fünf verdammte Minuten.

Leti wendet seine Aufmerksamkeit wieder der Bildergalerie zu und pfeift durch die Zähne. »Deine Brüder sind ja noch heißer als du.«

Ich werfe mit einem schmutzigen Shirt nach ihm und durchwühle weiter meine Klamotten.

»Groß, dunkel und gut aussehend. Mmm, mmm, mmm. Ist einer von ihnen schwul?«

Das Paar Socken, das ich in der Hand halte, erstarrt für einen Moment in der Luft, bevor es in meinen Koffer fällt. Mein Zögern ist Leti offensichtlich nicht entgangen.

»Schweigen«, bemerkt er allzu schnell. »Iiiinteressant, Kitana.«

»Hä?«, brumme ich nur und gebe vor, ihn nicht gehört zu haben, während ich versuche, meine Fassung wiederzugewinnen.

»Also, welcher ist es?« Einer seiner Mundwinkel verzieht sich zu einem neugierigen kleinen Grinsen.

»Wovon redest du eigentlich?«

Leti betrachtet wieder die Bilderwand, sein sonnengelbes Felix-the-Cat-Shirt hängt locker zwischen seinen breiten Schultern. »Ich tippe auf den hier, der so aussieht, als ob er eben aus dem Gefängnis ausgebrochen ist.« Ohne hinschauen zu müssen, weiß ich, dass er Mason meint. »Er sieht aus, als ob er irgendetwas überkompensiert.«

Ich pruste vor Lachen, und Leti stellt weiter Vermutungen an.

»Oder vielleicht der hier. Wer ist das?« Als ich mich schließlich neben ihn stelle, zeigt er auf Kale.

»Das ist Kale«, antworte ich. Beiläufig gehe ich auf dem
Foto die Reihe weiter und deute nacheinander auf meine Brüder, die fröhlich posieren und sich die Arme um die Schultern
gelegt haben. »Und das ist Bryce. Das ist Mason. Und das ist
Ryan.«

»Also, welcher ist es, Kitastrophe? Oder muss ich es erra-
ten?«

Kichernd ziehe ich mich wieder in Richtung Bett zurück. »Ich habe noch immer keine Ahnung, was du zu wissen
glaubst, aber klar, rate weiter.«

Er überlegt laut so lange, bis mein Koffer fertig gepackt ist.

Auf der einstündigen Fahrt bereite ich ihn umfassend auf
meine Familie vor. Ich habe ihn bereits vorgewarnt, indem ich
ihm verriet, wie beleidigend sie bei dem Abendessen waren,
bei dem ich ihnen von meinem schwulen Freund erzählt habe.
Aber ich glaube, das hat ihn erst recht darin bestärkt mitzukommen. Und als wir das Haus betreten, stellt er es unter
Beweis. Meine Brüder erwarten uns, und als sie aus verschie-
denen Ecken des Hauses an der Tür zusammenkommen, um
mich zu begrüßen, beginnt Leti mit seiner One-Man-Show.

»Du musst Mason sein«, sagt er, bevor er meinen ein-
schüchterndsten Bruder zu einer furchtlosen Umarmung an
sich drückt. Mein Unterkiefer klappt bis auf den Dielenboden
herunter, Masons Augen weiten sich in einer Mischung aus
Schock und Verwirrung, und Leti drückt ihn noch fester an
sich. »Kit hat mir so viel von dir erzählt.«

Über Masons Schulter werfe ich einen Blick zu Kale hinüber, dessen schwarze Augen ebenso aufgerissen sind wie meine. Er sieht mich an, ich sehe ihn an, und unsere Mundwinkel wandern synchron höher … höher … höher. Wir sind wie

150

Kinder am Weihnachtsmorgen, während wir Leti beobachten, der in diesem Moment die Umarmung mit einem dicken Kuss auf Masons Wange beendet. Er lässt meinen Baum von einem Bruder völlig perplex stehen. Mason wirkt, als sei er sich nicht sicher, ob er Leti die Faust ins Gesicht rammen oder sich dafür entschuldigen soll, die Umarmung nicht erwidert zu haben. Ich muss dem Drang widerstehen, auf und ab zu springen. Insgeheim applaudiere ich Leti. Er rächt sich – für mich, für sich selbst, für die ganze schwule Gemeinde –, und dabei hat er meine *volle* Rückendeckung.

Ich unterdrücke ein ekstatisches Gekichere, als es Bryce dämmert, dass er seine Gelegenheit zur Flucht verpasst hat. Denn jetzt ist es zu spät, Leti hat bereits die Arme um ihn geworfen. »Und du musst Bryce sein.«

Noch ein Kuss, noch ein traumatisiertes Augenpaar, und dann findet sich Ryan als Nächster in Letis Armen wieder. Doch *er* hat immerhin so viel Anstand, die Hände zu heben und Letis Begrüßung zu erwidern. Ich lächele anerkennend.

»Freut mich, dich kennenzulernen, Mann. Kit hat uns auch jede Menge von dir erzählt.«

Leti löst sich von ihm und grinst. »Ryan, richtig?«

Ryan nickt und schlägt Leti auf die Schulter, bevor sich dieser Kale zuwendet.

»Und Kale«, sagt Leti und lächelt meinen Zwillingsbruder an, tritt auf ihn zu, um auch ihn zu begrüßen. Er schlingt die Arme um meinen Bruder, und ich will am liebsten schon wieder aufkreischen. Doch diesmal aus völlig anderen Gründen. Sie sehen so gut aus zusammen – beide hochgewachsen, beide durchtrainiert, beide verdammt niedlich. Letis Arme legen sich lässig um Kale, und Kale zögert nur einen Moment, dann erwidert er die Umarmung. »Schön, dich endlich kennenzulernen.«

Leti gibt Kale ein Küsschen auf die Wange, woraufhin der fast ebenso rot anläuft wie Mason und ich mir ein weiteres Kichern verkneifen muss. Nachdem er alle Jungs begrüßt hat, fragt Leti: »Und wo ist eure Mom?«

Er folgt dem Geruch von Lasagne in die Küche, und meine Brüder trotten hilflos hinter ihm her. Als ich sicher sein kann, dass alle abgelenkt sind, stoße ich Kale mit der Hüfte an.

»Ich habe dir doch gesagt, er ist niedlich«, flüstere ich.

Kale wirft mir nur seinen »Halt-die-Klappe«-Blick zu, kneift mich in den Arm und folgt der testosterongeschwängerten Polonaise.

In der Küche küsst mein drittbester Freund meine Mom. Er küsst meinen Dad. Und beim Essen zieht er schließlich alle Register.

»Diese Lasagne ist einfach köstlich, Dina«, wendet er sich an meine Mom. »Sind Sie sicher, dass Sie keine Italienerin sind?«

Meine Mom giggelt und tut seine Bemerkung mit einer Handbewegung ab. Ich bin mir ziemlich sicher, Leti ist es binnen zwei Sekunden gelungen, mithilfe eines kleinen Kompliments ihr absoluter Lieblingsmensch zu werden.

»Ich meine das ernst«, fährt er fort und lädt erneut seine Gabel voll. Er sitzt neben mir, an einem Tischende mit meiner Mom; meine drei ältesten Brüder sitzen am anderen Ende. »Ich war mal mit einem Italiener zusammen, aber er hat sie nicht einmal halb so gut hingekriegt.« Letis Blick huscht hinüber zu Mason, und ein schelmisches Lächeln umspielt seine Lippen. »Ehrlich gesagt hatte er ein bisschen Ähnlichkeit mit Mason. Lauter harte Footballspielermuskeln und Bad-Boy-Tattoos.« Er beugt sich verschwörerisch zu meiner Mom vor und flüstert so laut, dass alle anderen am Tisch es hören können: »Aber er war irgendwie nymphomanisch veranlagt.«

Die Nase meiner Mutter läuft rot an, und ich muss mir das Lachen verbeißen.

»War das der mit diesem seltsamen Fetisch?«, frage ich dann, obwohl ich keinen blassen Schimmer habe, von wem Leti redet, geschweige denn, ob diese Person einen Fetisch hatte oder nicht. Ich weiß nur, dass Leti dafür sorgt, dass sich meine Familie lächerlich unbehaglich fühlt, und bei diesem Spiel schlüpfe ich nur zu gern in die Rolle seiner Komplizin.

Er nickt, den Mund voller Lasagne. »Ja.« Er tut so, als würde ihm ein Schauder über den Rücken laufen. Kauend schiebt er nach: »Ich werde Regenbogenspiralen nie wieder so ansehen können wie davor.«

Diesmal breche ich wirklich in Gelächter aus. Ich kann einfach nicht anders. Meine ganze Familie blickt gründlich verwirrt. Alle bis auf Kale, der genug über Leti gehört hat, um sich denken zu können, was hier abläuft. Grinsend genießt er von seinem Platz aus die Show, und vielleicht auch den Anblick.

»Nach ›dem Vorfall‹ musste ich mich von ihm trennen«, plaudert Leti weiter, Gänsefüßchen in die Luft malend, womit er jedermanns ungeteilte Aufmerksamkeit hat. Selbst mein Dad kann den Blick nicht von ihm abwenden.

»Oh Gott, ja, der Vorfall«, wiederhole ich.

»Was denn für ein Vorfall?« Bryce macht den Fehler nachzufragen, und Leti schüttelt den Kopf, als könnte er die Erinnerung daran nicht ertragen.

»Sagen wir nur so viel, er beinhaltete einen Whirlpool, etwas Knallbrause und eine Ananas.«

Neben mir ertönt Kales lautes Lachen, und ich falle rasch mit ein, gefolgt von Ryan und sogar meiner Mom und meinem Dad.

Bryce sitzt einfach nur mit gerunzelter Stirn und offenem

Mund da. Eine Ladung Lasagne ist gefährlich kurz davor, von der in der Luft verharrenden Gabel zu fallen.

»Alter«, ruft Leti lachend. »Wir verarschen dich nur.«

»Augenblick …« Die Lasagne landet auf seinem Teller, aber Bryce starrt einfach nur in die Runde, als wären wir diejenigen, die irgendetwas nicht mitbekommen haben. »Was war das denn jetzt für ein Vorfall?«

Selbst Mason kann nicht anders, als auf Kosten unseres Bruders zu lachen. Bis wir mit dem Essen fertig sind, habe ich ein höllisches Seitenstechen, das sich anfühlt, als würde es mich gleich zerreißen. Außerdem ist es offensichtlich, dass die Larsons Leti allesamt verfallen sind … allen voran Kale.

»Also, Leti«, sagt Mason, nachdem sich mein Dad ins Wohnzimmer zurückgezogen und meine Mom in der Küche mit dem Abwasch begonnen hat. Er lehnt sich auf seinem Stuhl zurück, verschränkt die Hände hinter seinem kurz geschorenen Kopf, als würde ihm das Haus gehören. Das Shirt, das er trägt, droht in dieser Position unter seinen Muskeln jeden Moment zu zerreißen. »Die Kerle aus Kits Band … sind das gute Jungs?«

Links und rechts von ihm warten Ryan und Bryce gespannt auf Letis Antwort, die jedoch nicht kommt, weil ich ihn davon abhalte, indem ich ihm meinen Absatz ins Schienbein bohre. In meiner Eile, ihn auf der Fahrt hierher auf meine Familie vorzubereiten, habe ich ganz vergessen, ihm das Wichtigste überhaupt mitzuteilen: dass meine Brüder keine Ahnung haben, dass es sich bei den *Kerlen* in meiner neuen Band um die gleichen handelt, mit denen wir auf die Highschool gegangen sind. »Lass gut sein, Mase. Ich habe dir doch schon gesagt, dass Bill und Ty und die anderen Jungs toll sind.«

Leti sieht mich mit einer hochgezogenen Augenbraue an

und antwortet, ohne den Blick abzuwenden oder die Augenbraue zu senken. »Ja … Bill und Ty und die anderen Jungs … echt klasse Kumpel.«

»Versucht sich einer von ihnen an unsere Schwester ranzumachen?«, fragt Bryce, und trotz meines Unbehagens lache ich schallend auf.

»Ja, na klar, Bryce«, sage ich frech. »Denn Leti würde es dir natürlich verraten, wenn es so wäre.«

»Also *ist* es so.« Seine Stimme klingt vorwurfsvoll, und ich verdrehe nur die Augen.

Kale beugt sich vor, um an mir vorbei Leti anzusehen. Er hat das Kinn auf die Hand gestützt, und seine schwarzen Haare fallen ihm wirr in die Stirn. »Unser Bruder ist ein bisschen schwer von Begriff.«

Er kann nur knapp einem angebissenen Stück Biscotto ausweichen, das Bryce ihm an den Kopf schleudern will. Es fällt hinter Kales Stuhl auf den Boden und zerbröselt. Kale grinst. »Dafür wird Mom dir den Arsch aufreißen.«

»Solche Wörter will ich in diesem Haus nicht hören!«, lässt sie sich prompt aus der Küche vernehmen, und wir lachen alle.

Ryan steht auf und beginnt, die Krümel einzusammeln. Er fegt den Rest mit den Fingern zusammen, wirft ihn auf meine Serviette und küsst mich auf den Kopf. Eine Hand auf meine Schulter gelegt, sagt er: »Hab Nachsicht mit ihnen. Du weißt, dass sie nur fragen, weil sie dich lieben.«

Mason wirft mir ein triumphierendes Grinsen zu und macht genau dort weiter, wo er aufgehört hat. »Irgendwelche Typen dabei, derentwegen wir uns Sorgen machen müssen?«, fragt er an Leti gewandt.

Unwillkürlich taucht ein Gesicht vor meinem geistigen Auge auf. Eines mit herzzerreißenden grünen Augen. Schwarzen Haaren, die eine Nuance heller sind als meine eigenen.

Und einer Stimme, die noch immer das Letzte ist, was ich abends höre, weil sie mir in einer Endlosschleife durch den Kopf geht.

»Ich glaube, um Kit müsst ihr euch grundsätzlich nie Sorgen machen«, erwidert Leti.

Er lügt. Er weiß es vielleicht nicht, und meine Brüder wissen es vielleicht auch nicht, aber ich weiß es, und ich liebe ihn dafür, dass er es tut.

Bis tief in den Abend hinein sitzen wir am Tisch beisammen. Schließlich gelingt es mir, meine Brüder zu überzeugen, uns gehen zu lassen, und Leti zu überzeugen aufzubrechen. Kale begleitet uns zu meinem Jeep und umarmt mich lange zum Abschied.

»Verpass keine Sonntagsessen mehr. Sie sind nicht dasselbe ohne dich.«

Ich lächele an seiner Schulter. »Und was ist, wenn ich auf Tour gehe?«

Bis Mitte Juli, bis zu unserem Tourstart, sind es nur noch sechs Wochen. Shawn ist damit beschäftigt, Arrangements zu treffen und Werbung für das Album zu machen, das wir nächste Woche aufnehmen und kurz vor dem ersten Konzert der Tour auf den Markt bringen werden. Und mich beschäftigt immer noch die Frage, wo ich schlafen werde. Früher habe ich mich gefragt, ob er nach den Konzerten Groupies mit in den Bus nimmt. Jetzt frage ich mich, wie ich reagieren werde, wenn er es tut.

Werde ich weinen? Vier Wochen am Stück?

»Nimm mich mit«, wispert Kale, bevor er mich loslässt. Ich wünschte, ich könnte es tun. Mike, Adam und Joel sind toll, aber es wäre schön, meinen Zwillingsbruder bei mir zu haben. Ich vermisse ihn mehr, als ich es je zugeben würde. Ehe er sich abwendet, zieht er mich noch mal an sich, drückt mir auf eine ganz bestimmte Weise noch einen Kuss auf die Wange, die mir verrät, dass er es spüren kann.

Mein Lieblingsbruder dreht sich mit den Händen in den Gesäßtaschen vergraben zu unserem Besuch um. Seine dunklen Augen blicken ernst. Im Schimmer der Lampe, die neben dem Basketballkorb an unserer Garage hängt, stehen sich die beiden gegenüber – Kale in einem eng anliegenden karierten Button-down-Hemd und Leti in einem knallrosa Kapuzenpulli, der denselben leuchtenden Ton hat wie seine knallrosa Chucks. »Danke.«

»Wofür?«, fragt Leti.

Kale lächelt ihn vielsagend an. »Dafür, dass du heute Abend du selbst warst.«

Wenn ich Leti nicht besser kennen würde, dann würde ich schwören, dass seine Wangen fast ebenso rosa anlaufen wie sein Outfit. Ein Lächeln umspielt seine Lippen, und er wendet den Blick nicht von meinem Bruder ab, als er sagt: »Bevor wir losgefahren sind, habe ich deiner Schwester gesagt, dass ihre Brüder heiß sind, und sie gefragt, ob einer von ihnen in meinem Team spielt. Und weißt du, was sie erwidert hat?«

Kale wartet nur, und ich schlucke schwer.

»Sie meinte, sie hätte keine Ahnung, wovon ich rede. Weißt *du* vielleicht, wovon ich rede?«

Wieder schweigt Kale. Aber weil ich seine Zwillingsschwester bin, weiß ich, welche Worte ihm in diesem Moment auf der Zunge liegen. Ich erkenne es an den unruhig zappelnden Fingern in seinen Hosentaschen.

Leti wartet noch ein paar Sekunden länger, dann zwinkert er ihm zu. »Na ja, *falls* du es irgendwann weißt, dann ruf mich an.« Er schließt meinen Bruder in eine Umarmung, die sich von der bei seiner Ankunft unterscheidet. Das hier gehört weder zu seiner Show noch hat es romantischen Charakter. Diese Umarmung spendet Zuversicht und Unterstützung. Als Kale die Hände aus den Hosentaschen nimmt und sie erwidert, erblüht Hoffnung in meiner Brust. Langsam gehe ich um die Motorhaube meines Jeeps herum und klettere auf den Fahrersitz.

»Ich liebe dich, Kale«, rufe ich, nachdem Leti kurz darauf neben mir eingestiegen ist.

»Ich dich auch.« Kales Blick huscht hinüber zu Leti, als ich den Rückwärtsgang einlege, ehe er ihn auf den Asphalt in der Auffahrt senkt und sich zum Gehen wendet.

»Woher hast du es gewusst?«, verlange ich zu wissen, sobald wir uns auf der Straße befinden. Wir haben uns beide fest in unsere Kapuzenpullis gewickelt, und die kalte Nachtluft schießt schneller an uns vorbei als die Lichter der Glühwürmchen, die am Straßenrand tänzeln.

»Vielleicht habe ich es einfach gehofft«, murmelt Leti leise, und als er mir das Gesicht zuwendet, die rechte Hand in den Wind gestreckt, sieht er jungenhafter aus, als ich ihn je gesehen habe.

»Schwärmst du jetzt etwa für meinen Bruder?«, necke ich.

Lachend sieht er wieder aus dem Seitenfenster des Jeeps. »Hast du deine Brüder eigentlich mal richtig *angeschaut?* Ich schwärme für sie alle. Sogar dein Dad ist heiß.«

Ich rümpfe die Nase bei dem Gedanken an Leti und meinen … nein, ich werde mir das nicht einmal vorstellen. »Ich glaube nicht, dass du Dads Typ bist.«

»Ich bin jedermanns Typ«, behauptet er und entlockt mir damit ein kleines Lächeln.

»Warum verschweigst du deiner Familie, in welcher Band du spielst?«

Und einfach so schwindet mein Lächeln. Ich widme der Straße vor mir meine ungeteilte Aufmerksamkeit, während wir durch die Vororte fahren und auf den Highway biegen, der zu Letis Elternhaus führt.

»Weil es ihnen nicht gefallen würde.«

»Das ist eine erbärmliche Ausrede für Kale und eine noch erbärmlichere für dich. Was ist der wahre Grund?«

Ich denke lange darüber nach, so lange, dass meine Antwort schließlich ein Schweigen durchbricht, das ebenso undurchdringlich geworden ist wie die Dunkelheit.

»Weil Shawn ein Geheimnis war …«, gebe ich zu, und ich dämpfe die Stimme bei der zweiten Hälfte meines Geständnisses. »Eines, das ich wahren wollte.«

»Und wie sieht es jetzt aus?«, bohrt Leti weiter.

Eine Million Bilder schießen mir durch den Kopf – der Sonnenuntergang, die Sterne in Shawns Augen, der Klang seiner Stimme in der Nachtluft … Doch jedes einzelne dieser Bilder verschwimmt und verblasst dann. Übrig bleibt nur der bittere Geschmack des Hier und Jetzt: Shawn, der mich nicht ansehen will, nicht einmal, um mich dafür zusammenzustauchen, dass ich zu spät komme oder meinen Job beschissen mache.

»Und jetzt?«, wiederhole ich. »Jetzt weiß ich es besser.«

10

Keiner von uns – *keiner von uns* – hätte vorhersagen können, wie unser Album in der ersten Woche nach seinem Erscheinen durch die Decke gehen würde. Große Bands wie *Cutting the Line* und *The Lost Keys* sind voll des Lobes und betonen überschwänglich, wie sehr sie unsere Musik lieben. Und schließlich braucht es oft nicht mehr als ein paar Empfehlungen von ein paar großen Namen. Die sozialen Netzwerke explodieren förmlich, die Shows sind ausverkauft, sodass wir unsere bereits gebuchte Tour um ein paar weitere Termine ergänzen.

Was wiederum mehr Zeit unterwegs bedeutet. Mehr Zeit mit Shawn.

»Was soll denn dieses Violett?«, fragt er, als ich mich mit dem Gitarrenkoffer über der linken und meinem viel zu vollgestopften Rucksack über der rechten Schulter zum Bus schleppe. Ich habe meine Sonnenbrille aufgesetzt, meine Haare sind eine frisch gefärbte Mischung aus Mitternachtsviolett und Schwarz, meine Boots sind eng geschnürt – und bereit, jemandem in den Hintern zu treten.

»Was soll denn dieses Gesicht?«

Ich ignoriere seinen verärgerten Blick und starre stattdessen zu unserem neuen Bus hoch. Er schimmert silbergrau, ein einstöckiges Ungetüm, das trotzdem groß genug ist, um die meisten Tourbusse alt aussehen zu lassen. Die Jungs kennen offenbar jemanden, der eine ganze Flotte solcher Reisebusse besitzt, und tatsächlich brauchen wir für diese einmonatige US-Tour einen fahrbaren Untersatz, der unter Überführungen hindurchfahren kann, ohne Gefahr zu laufen, in der Mitte aufgeschlitzt zu werden. Auf Seitenstraßen hätten wir aufgrund des engen Zeitplans nicht ausweichen können, weswegen die Jungs zwei Schlafbusse organisiert haben. Einen für die Band und einen für unsere Crew.

»Was ist eigentlich dein Problem?«, fragt Shawn neben mir, und ich seufze einmal tief auf. Die letzten acht Wochen, die seit dem Beinahesex im Bus vergangen sind, waren erbärmlich. Es ist nicht so, als ob es mir Spaß machen würde, mich ihm gegenüber wie ein Miststück zu benehmen – ich kann einfach nicht anders. Nicht nachdem er mich über einen Monat lang ignoriert und die Wut darüber die ganze Zeit in mir gegärt hat. Jetzt redet er endlich mit mir, aber jetzt pfeife ich darauf, was er zu sagen hat.

Wenn ich eine reife, rationale, vernünftige Erwachsene wäre, würde ich begreifen, dass er an dem Abend einen Fehler gemacht hat, genau wie ich, und es keinen Grund gibt, deswegen einen Groll gegen ihn zu hegen. Ich würde ihm verzeihen – oder zumindest so tun, als würde ich ihm verzeihen – und mich wie ein Profi benehmen. Ich würde es einfach abhaken und weitermachen.

Aber wie es nun mal der Zufall will, bin ich nicht mit einem, nicht zwei, nicht drei, sondern mit *vier* älteren Brüdern aufgewachsen. Ich bin damit aufgewachsen, zu sticheln und zu spotten und zu lernen, wie man eine möglichst große Nervensäge ist. Irgendwas *einfach abzuhaken* gehört nicht zu meinem Repertoire, *mich zu rächen* hingegen schon.

»Wollen wir allen Ernstes noch länger über dein Gesicht reden?«, ätze ich. Doch meine gehässige Antwort ist nicht annähernd so befriedigend, wie ich mir erhofft habe. Ich bin mir nicht sicher, was schlimmer ist: Dass er mich vergessen hat oder dass er mich hasst.

Es tut weh zu wissen, dass er unsere Küsse vermutlich längst vergessen hat, wohingegen ich nicht aufhören kann, daran zu denken. Es sorgt dafür, dass ich ihn hassen will, was umso frustrierender ist, weil ich es nicht kann.

Als ich seinen Blick auf mir spüre, seufze ich. »Ich habe gestern Nacht keine Minute geschlafen«, sage ich in dem versöhnlichsten Tonfall, den ich zustande bringe.

Und es ist nicht mal gelogen. Vor Aufregung vor dem heutigen Tag habe ich mich nur schlaflos hin und her gewälzt. Den ganzen nächsten Monat werde ich jeden einzelnen Tag mit ihm verbringen. Jeden. Einzelnen. Tag. Wir werden zusammen reisen, zusammen auftreten, praktisch übereinander schlafen.

Kurz habe ich mit dem Gedanken gespielt, mich heute Morgen nicht blicken zu lassen.

»Gewöhn dich besser dran«, rät Shawn. Ich traue mich nicht einmal, ihn anzusehen. Ich bin sicher, die Morgensonne steht in dem genau richtigen Winkel, um seine Haare schimmern zu lassen. Vermutlich zeichnet sich auf seinem Gesicht der Ansatz eines Bartschattens ab, weil er mir nicht den Gefallen tun und sich anständig rasieren kann. Und vermutlich trägt er ein T-Shirt, das sich genauso weich anfühlt, wie es aussieht.

Ein paar Roadies steigen der Reihe nach aus dem kleineren Bus, um die restliche Ausrüstung in einen Anhänger zu verladen, der hinter dem Bus befestigt ist. Einer nimmt mir meine Gitarre ab.

»Ich glaube, du hast die hintere Schlafkoje bekommen«, fügt Shawn noch hinzu, steuert die Tür des größeren Busses an, stellt einen Fuß auf die unterste Stufe und wendet sich zu mir um, als ich ihm nicht gleich folge. »Kommst du?«

Und natürlich hat er recht. Weil ich mir heute Morgen alle Zeit der Welt gelassen habe, bin ich als Letzte eingetroffen, was bedeutet, dass ich die Koje nehmen muss, die übrig geblieben ist, was in diesem Fall bedeutet, dass ich auf dem unteren Bett ganz hinten schlafen werde … genau gegenüber von Shawn. Ich starre die schwarze Bettdecke an, als ob sie mich zu Brei zerkauen, hinunterschlucken und wieder ausspucken will.

Joel holt mich mit einem Ruck aus meinem Elend zurück, indem er mir unsanft einen Arm um die Schultern wirft und mit mir zusammen auf das Bett runterschaut. Er verzieht den Mund zu einem breiten Lächeln, eines, das ich bei ihm bis zur Versöhnung mit Dee nicht kannte. Am Abend ihrer Geburtstagsparty Ende Mai – er zeichnete ein Bild für sie, sie trat daraufhin seine Tür ein, und der Rest von uns wartete ab, wessen Leiche wir begraben würden müssen –, vertrugen sie sich wieder. Aus den zweien werde ich wahrscheinlich nie schlau werden, aber wenigstens lachen sie beide wieder.

»Ich hoffe, du hast Ohropax mitgebracht«, sagt er, und *oh Gott, nein.* Alle haben mich vor seinem Schnarchen gewarnt. Dee, Rowan, Adam … *alle.* Und trotzdem habe ich meine verdammten Ohropax vergessen.

»Scheiße!«, fluche ich. »Bitte sag mir, dass du ein Ersatzpaar dabeihast.«

»Warum sollte ich?«, erwidert er mit viel zu viel Belustigung in der Stimme. »Ich schlafe richtig gut.«

Meine Miene verdüstert sich, und seine blauen Augen funkeln, als er anfängt zu lachen.

»Trink vor dem Schlafengehen ausreichend Whisky, dann wirst du überhaupt nichts hören, versprochen.«

»Wirklich?«, entgegne ich. »So lautet deine Lösung?«

»Oder du könntest Shawn fragen«, schlägt er mit einem

Achselzucken vor. »Normalerweise ist er derjenige, an den man sich wendet. Aber du hast dich in letzter Zeit ziemlich zickig ihm gegenüber verhalten, daher …« Ich werfe ihm einen wütenden Blick zu, und sein Arm rutscht von meinen Schultern, als er rasch einen Schritt zur Seite tritt. »Versteh mich nicht falsch, ich finde es verdammt witzig.«

»Hat dir schon mal jemand gesagt, dass du nervst, wenn du glücklich bist?«

»Dee«, antwortet er breit grinsend. »Ständig.«

Knurrend verstaue ich meine Tasche in einer Nische in der Nähe der Schlafkojen und erkunde den Rest des Busses. Im ersten Teil, hinter dem Fahrerbereich, befinden sich lederne Sitzbänke. Danach kommen das Badezimmer und ein Bereich mit ausreichend Stauraum. Dann fünf Schlafkojen – drei übereinander auf einer Seite, zwei übereinander plus zusätzlicher Ablagefläche auf der anderen. Dahinter eine kleine Küche, komplett mit Sitzecke, Minikühlschrank, Mikrowelle, einem Herd, ein paar Schränken, Küchentresen und einem riesigen Fernseher, an den Mike bereits Spielekonsolen anschließt, während Rowan Lebensmittel auspackt. Es sieht aus, als habe sie den ganzen örtlichen Supermarkt leer gekauft, in der irrigen Annahme, dass das alles tatsächlich in unsere Schränke passen könnte. Ich spiele mit dem Gedanken, sie darauf hinzuweisen, dass die Männer sowieso alle viel zu faul zum Kochen sind und ich unter gar keinen Umständen für sie zu kochen beabsichtige, aber ich kann sehen, dass sie diese Beschäftigung braucht, um Adam nicht schon zu vermissen, bevor er überhaupt losgefahren ist. Der sitzt unterdessen auf einer Bank und spielt mit den Armbändern an seinen Handgelenken, ohne sie auch nur ein Mal aus den Augen zu lassen. Er erweckt den Anschein, sie am liebsten auf seinen Schoß ziehen zu wollen und die ganze Tour über dortzubehalten. Sowohl Rowan als auch Dee haben sich für Ferienkurse eingeschrieben – Rowan am hiesigen College und Dee an der hiesigen Modeschule –, andernfalls, davon bin ich überzeugt, wären sie mitgekommen.

»Wo ist denn Dee?«, frage ich.

»Sie hat Unterricht.« Rowan wirft die letzte Flasche Pancake-Fertigteig in einen Schrank, bevor sie sich umdreht und sich an den Tresen lehnt. Ihre Unterlippe ist gerötet, als hätte sie den ganzen Vormittag darauf herumgekaut.

»Wir haben uns gestern Abend verabschiedet«, wirft Joel hinter mir ein. Als ich über die Schulter einen Blick auf ihn werfe, sehe ich, dass er bei der Erinnerung daran verträumt vor sich hin grinst. »Sie hat sichergestellt, dass ich sie vermissen werde.«

Ich rümpfe gerade die Nase über diese Information, auf die ich gut hätte verzichten können, als sich Mike einschaltet, die Hände voller Kabel. »Ich gebe dir drei Tage, bevor du anfängst zu jammern wie ein Baby.«

»Ich gebe dir zwei«, steige ich ein.

Mike programmiert feixend die Fernbedienung. »Die Wette gilt.«

»Ich gebe mir einen«, gesteht Joel, und Adam lacht, bevor er schließlich die Arme ausstreckt und Rowan auf seinen Schoß zieht. Er vergräbt die Nase in ihren Haaren, und sie schließt die Augen, während sie sich in seine Arme kuschelt.

Es dauert geschlagene zwanzig Minuten, Adam von Rowan loszueisen, und als er sie schließlich gehen lässt, sitzt Shawn praktisch auf ihm, um ihn davon abzuhalten, ihr hinterherzulaufen. Die Roadies begeben sich in ihren eigenen Bus; unser Busfahrer, Driver, lässt den gigantischen Motor an; und dann sind wir unterwegs, und es gibt kein Zurück mehr.

Unser erster Auftrittsort liegt nur ein paar Stunden nördlich, in Baltimore, sodass wir am frühen Nachmittag bereits einen raschen Soundcheck machen können. Nach einem kleinen Imbiss an einer nahe gelegenen Grillbude mischen wir uns unter die wartenden Fans. Wir lassen uns fotografieren, geben Autogramme und lernen die Fans kennen, die schon über eine Stunde vor Einlass aufgetaucht sind. Dann verziehen wir uns nach drinnen und hängen auf der abgedunkelten privaten Empore ab, von der aus wir beobachten können, wie sie alle hereinströmen.

Die ersten Mädchen, die den Saal betreten, sprinten buchstäblich zu der Barriere vor der Bühne und sichern sich die Plätze vorn in der Mitte, in der Hoffnung, von dort aus Adams Aufmerksamkeit auf sich ziehen zu können. Sie alle träumen davon, dass er ein oder zwei Liedzeilen nur für sie singt, was er vermutlich tun wird, oder dass er die Arme ausstreckt und ihre Hände berührt, was er vielleicht tun wird, oder dass er sie in den Backstagebereich einlädt, was er mit Sicherheit *nicht* tun wird, nicht, wenn Rowan zu Hause auf ihn wartet.

»Heute Abend wird die Hölle los sein«, bemerkt Joel. Er hat sich mit dem ganzen Oberkörper über das Balkongeländer gebeugt und sieht dabei zu, wie sich das Gedränge vor der Bühne von zwei zu drei, dann vier und schließlich fünf Reihen verdichtet. »Ist die Show ausverkauft?«

»Heute Morgen war sie es noch nicht«, antwortet Shawn, doch als der Strom von Besuchern einfach nicht abzubrechen scheint, wird ziemlich offensichtlich, dass seit heute Morgen mehr als nur noch einige Tickets verkauft wurden.

»Was machen wir nach der Show?«, frage ich. Mein Magen rumort nervös, und ich wünschte, ich könnte etwas tun, um ihn zu beruhigen. Mich im *Mayhem* nach einem Auftritt ins Getümmel zu stürzen ist eine Sache, denn die meisten Fans dort haben die Band schon hundertmal auftreten sehen und sind es gewohnt, sie hinterher hautnah zu erleben. Aber vor einem neuen Publikum zu performen ist etwas anderes, und irgendwie habe ich die Befürchtung, diese Menge hier würde uns bei lebendigem Leib auffressen.

»Wir hängen im Backstagebereich ab, bis sich das Chaos gelegt hat«, schlägt Shawn vor, und das Grummeln in meinem Magen lässt etwas nach. »Und dann gehen wir zum Bus zurück.«

Ich wende meine Aufmerksamkeit wieder den hübschen Mädchen in der ersten Reihe zu und frage mich, ob irgendeine von ihnen danach mit zu uns in den Bus kommen wird. Seit meinem alkohollastigen Abend gab es nichts mehr, was Shawn und irgendwelchen Groupies im Weg gestanden hätte. Ich habe es mir zur Gewohnheit gemacht, es nach Konzerten nicht allzu spät werden zu lassen, um nicht mit ansehen zu müssen, wie er mit ihnen nach Hause geht.

»Vermutlich werden in der Nähe des Busses ein paar Fans herumhängen«, beantwortet Mike meine unausgesprochene Frage: Shawn wird sie nicht in den Bus einladen müssen, denn sie werden bereits dort sein und auf ihn warten, wie heiße, frische Lieferware. »Aber ich glaube nicht, dass es allzu verrückt werden wird.«

Und er behält recht: Es ist nicht allzu verrückt. Nach dem Konzert – dem lauten, manischen, unglaublichen ersten Konzert unserer Tour – tragen mich meine erschöpften Beine über den Parkplatz, wobei ich feststelle, dass das *wirklich* Verrückte an diesem Abend die Tatsache ist, dass sich Groupies in der Öffentlichkeit so anziehen können, ohne festgenommen zu werden. Mein Blick schweift über Titten, die aus Tops hängen, Hintern, die aus Röcken hängen, Bäuche, die komplett zur Schau gestellt werden. Ein paar der Tussis sind mit ihren

Freunden da, die ihnen die Arme um die Schultern gelegt haben, was sie aber vermutlich nicht davon abhalten wird, den Jungs ihre Nummern zuzustecken. Zumindest gehe ich nach den verzweifelten Schreien heute Abend und den Slips, die immer wieder auf die Bühne geflogen sind, einfach mal davon aus.

Ich ziehe ein Haargummi aus der Hosentasche und binde mir meine dichten, langen schwarz-violetten Haare zu einem Knoten zusammen. Während ich mit den losen Strähnen kämpfe, schiele ich zu Shawn hinüber. Ich überlege, für welche Haarfarbe er sich heute Abend entscheiden wird. Gefärbtes Rot? Getöntes Braun? Gebleichtes Blond?

Mein Blick kehrt zurück zu der Gruppe, die sich vor dem Bus versammelt hat, und ich versuche mich ausschließlich auf die richtigen Fans zu konzentrieren. Also diejenigen, die ihre Titten und Ärsche bedeckt halten, die Mädchen, die Shirts tragen, die sie sich bei anderen Auftritten am Merchandise-Stand gekauft haben, die, die völlig fix und fertig aussehen, weil sie sich drinnen die Seele aus dem Leib getanzt haben und danach nicht sofort auf die Toilette gestürzt sind, um ihre Haarverlängerungen glatt zu streichen und sich noch eine metrische Tonne Make-up ins Gesicht zu klatschen.

Alle applaudieren und pfeifen, sobald sie uns entdecken, die Groupies recken bereits die Brüste und spielen mit ihren Haaren. Adam umarmt widerstrebend eine Tussi, die sich ihm an den Hals wirft, und muss danach ihre Hände fast mit Gewalt von seinem Nacken lösen, weil sie ihn einfach nicht mehr loslassen will. Joel beschränkt sich auf knappe Umarmungen und sein übliches Ausweichmanöver, bei dem er seine ganze Aufmerksamkeit absichtlich auf die Fans richtet, die nicht halb nackt sind. Mike, ganz der alte Hase, der er ist, nimmt sich absichtlich der hartnäckigsten Groupies an, die Adam oder

Joel nicht loslassen wollen. Und auch Shawn widmet sich den Groupies, und sieht dabei um einiges glücklicher aus als die anderen.

Ich lächele für Fotos und signiere Zeugs … und versuche, die Blondine nicht wütend anzugaffen, die damit beschäftigt ist, ein Selfie zu schießen, während sie ihre Lippen auf Shawns stoppelige Wange drückt.

»Wollt ihr drei den Bus von innen sehen?«, fragt Driver die drei Körper in den drei knappsten Röcken, nachdem alle Fans ihre Fotos und Autogramme bekommen haben. Er spielt die Rolle des Anwerbers, was er zweifellos schon tausendmal getan hat. Und in seiner Jobbeschreibung steht vermutlich: heiße Tussis finden, die Shawn bumsen kann, sie in den Bus einladen, sie danach entsorgen.

Shawns Blick huscht im selben Moment zu mir, in dem meiner zu ihm huscht. »Oh, äh, nicht heute Abend, Driver«, stammelt er und schüttelt den Kopf. »Ich habe dir doch gesagt, nicht auf dieser Tour.«

Nicht auf dieser Tour?

Nicht auf *dieser* Tour?

Dann geht mir plötzlich auf, *warum* er Nein sagt. Nicht weil er etwas dagegen hätte. Sondern weil er glaubt, dass *ich* etwas dagegen habe. Er glaubt, dass er mir einen Gefallen tut. Als ob er damit meine verdammten Gefühle verletzen würde. Als ob ich Gefühle *hätte*.

Ich verdrehe absichtlich die Augen, so, dass er es sehen kann, und lächele Groupie eins, Groupie zwei und Groupie drei an. »Shawn ist einfach ein Spielverderber. Kommt schon, ich zeige euch, wo er schläft.«

Im Bus führe ich die Schlampenparade nach hinten zu den Kojen, deute auf Shawns Bett und ignoriere seinen verärgerten

Gesichtsausdruck, während ich die Rolle der Fremdenführerin spiele.

»Und wo schläft Adam?«, fragt die blondierteste Blondine mit einem koketten Blick über die Schulter auf Adam, der sie nicht einmal beachtet. Er lungert auf einer Bank neben Mike rum, und seine schwarz lackierten Fingernägel tippen eine SMS nach der anderen an Rowan.

»Adam schläft bei seiner Freundin, Rowan«, antworte ich in einem völlig ernsten Ton, der das Mädchen prompt zum Schweigen bringt. Sie versuchen sich immer als Erstes den Leadsänger zu angeln, *immer*, weil sie glauben, dass das der schnellste Weg ist, ihren Namen in einen Song oder ihr Gesicht in die Klatschspalte zu kriegen.

»Oh.«

»Ja.«

Sie lässt sich nicht beirren und wendet sich mit ihrem koketten Lächeln stattdessen Shawn zu, worauf ich hätte wetten können. »Aber du hast keine Freundin, oder?«

Shawn reißt sich von ihrem Anblick los, um mir einen kalten Blick zuzuwerfen, den ich mit einem zuckersüßen Lächeln erwidere. Er folgt uns weiter in die Küche, wo er sich gegen die Wand lehnt und die Arme vor der Brust verschränkt. Joel schließt sich im Badezimmer ein, vermutlich um Dee anzurufen, während ich den Tussis Drinks einschenke.

Ich biete auch Shawn einen Drink an, aber Shawn gleicht einer Statue. Er starrt mich an, als würde er mir am liebsten meine große Klappe zukleben oder mich aus dem Bus werfen. Aber ich stachele die Mädchen weiter auf, als müsste ich irgendetwas beweisen. Weil ich das Gefühl habe, dass ich es muss.

Ich mag Shawn nicht. Ich brauche Shawn nicht. Ich will Shawn nicht.

»Ja, Shawn, trink etwas mit uns«, bettelt Groupie Nummer drei. Sie baut sich vor ihm auf und hält ihm ihr lippenstiftverschmiertes Glas vor die Nase. Ihre roten Haare fallen ihr wie ein seidiger Wasserfall über die Schultern, und ich muss den Blick abwenden.

Ich bohre mir ein Messer tiefer in mein eigenes Herz. Weil ich ihn davon überzeugen muss.

Ich mag ihn nicht. Ich brauche ihn nicht. Ich will ihn nicht. Ich liebe ihn nicht.

Ich muss auch mich selbst überzeugen, muss es glauben, doch als das Mädchen anfängt zu kichern, kann ich nicht anders ... Ich höre zu, ich sehe zu, und ich leide.

Ich sehe zu, wie sich Shawns Hand auf ihre legt, wie er das Glas zur Seite schiebt, das sie hält, und wie er sich vorbeugt und ihr irgendetwas ins Ohr flüstert. Sie giggelt wieder, und er grinst, als er seine grünen Augen auf mich richtet. »Na klar, Kit, schenk mir einen ein.«

Er setzt einen Charme auf, von dem ich mir immer gewünscht habe, er würde mir gelten, mit dieser Stimme und diesem Lächeln, die ich so gerne alleine für mich reservieren würde. Er reißt mir die Tequilaflasche aus den Händen und schenkt den Mädchen nach und dann noch einmal und dann noch einmal. Und ich tue unterdessen so, als wäre es mir egal, obwohl ich nicht umhin komme zu bemerken, dass die Titten von Groupie Nummer eins größer sind als meine, dass die Lippen von Groupie Nummer zwei voller sind als meine und dass die Beine von Groupie Nummer drei länger sind als meine.

Ich bleibe, bis ich es nicht länger aushalte, bis dieses ständige Haare zurückwerfen dafür sorgt, dass ich ihnen am liebsten die Augen auskratzen, und dieses Kichern dafür sorgt, dass ich mir am liebsten die Trommelfelle ausstechen will. Shawn ist zu beschäftigt damit, sich anhimmeln zu lassen, um überhaupt zu bemerken, dass ich mich verdrücke. Daher schlurfe ich schmollend den langen Gang des Busses hinunter, ziehe hinter mir die Vorhänge zu und lasse mich neben Mike auf eine Bank fallen. Joel hat sich noch immer im Bad verkrochen, Shawn ist mit dem Trio aus Riesentitten, perfekten Lippen und langen Beinen hinten in der Küche, und Adam …

»Wo ist Adam?«, frage ich. Mike reicht mir eine halb geleerte Bierflasche, nach der ich gierig greife. »Danke.«

»Er hat irgendwas davon gesagt, mal auszuprobieren, aufs Dach zu klettern, und schon war er verschwunden«, antwortet Mike.

»Und Driver?«

»Hat sich vermutlich in den anderen Bus verzogen, um Wetten darüber abzuschließen, ob Adam runterfällt und sich den Schädel aufschlägt«, sagt Mike trocken. Ich kichere, bis er wissen will: »Gibt es einen Grund für dein plötzliches Interesse an Groupies?«

»Wer interessiert sich nicht für Groupies?«

Mir entgeht nicht die Ironie des Ganzen. Immerhin stelle ich diese Frage dem einzigen Typen auf der Welt, der nicht auf Groupies steht. Mike ist nicht der Frauen oder des Ruhms wegen in der Band. Er ist in der Band, weil er Schlagzeugspielen liebt – und weil die Jungs seine Familie sind und er ihre ist.

»Heute Abend?«, gibt er zurück, und seine großen braunen Augen blicken absolut aufrichtig. »Shawn.«

Brummelnd nehme ich noch einen Schluck aus seiner Flasche und stiere sehnsüchtig auf den geschlossenen Vorhang, der mich von der Küche trennt. Ich könnte wirklich etwas Stärkeres als Bier gebrauchen, aber lieber würde ich Glasscherben schlucken, als noch einmal dort hineinzugehen. »Glaub mir, Shawn hat jede Menge Spaß in der Küche.«

»Shawn wollte sie nicht hier im Bus haben.«

»Shawn dachte, er würde mir einen Gefallen tun.«

»Und?«

»Er muss mir keine Gefallen tun. Ich bin einfach einer von euch.«

»Hmm«, macht Mike.

»Was?«

»Ach nichts.«

»Was?«

Wenn er noch einmal »ach nichts« sagt, werde ich ihm wohl oder übel die Faust ins Gesicht rammen müssen, aber er hat Glück, denn in diesem Moment taucht Joel aus dem Badezimmer auf. Er sieht gründlich zerzaust aus, als ob er mit allen zehn Fingern so lange durch seinen Irokesenschnitt gefahren ist, bis die Stacheln wirr in alle Himmelsrichtungen abstanden.

»Was ist los?« Ich frage mich, was zum Teufel während seines Telefongesprächs passiert sein kann, dass er auf einmal so verloren aussieht.

»Ich vermisse Dee.«

Mike und ich prusten los.

»Du hast gewonnen«, sage ich zu Joel, und er zieht seine sandblonden Augenbrauen zusammen. »Du hast nicht einmal einen Tag durchgehalten.«

Er lässt sich ächzend neben mir auf die Bank fallen. Ich reiche Mikes Bierflasche an ihn weiter. Er nimmt sie seufzend und trinkt sie leer. »Wo sind denn alle?«

Ein Kichern aus dem hinteren Teil des Busses beantwortet seine Frage nach Shawn, also beschränke ich mich darauf, ihn über Adams Verbleib aufzuklären. »Adam ist draußen und versucht sich den Schädel aufzuschlagen.«

»Auf dem Dach«, präzisiert Mike im selben Moment, in dem wir alle schwere Schritte über uns hören. Drei Augenpaare richten sich wie auf Kommando gen Decke. Wir lauschen Adams Schritten, die den Bus der Länge nach ablaufen und dann verstummen. Draußen werden Jubelrufe laut, und Joel steht auf.

»Gib uns Bescheid, falls er tot ist«, rufe ich ihm nach, als er zur Bustür geht. Sein leiser werdendes Gelächter wird durch die hinter ihm zufallende Tür abgeschnitten.

Mike und ich bleiben allein zurück, und ich warte mulmig ab, ob er unser Gespräch von vorhin wiederaufnimmt. Es ist spät, ich bin müde, mein Rausch von dem Konzert ist abgeklungen, und Shawn treibt mit drei lächerlich willigen Mädchen nur zwei Vorhänge weiter weiß Gott was. Das Letzte, was ich brauche, ist, darüber zu reden.

Was ich *brauche*, ist, dass Mike in die Küche geht und mir noch ein Bier holt.

Stattdessen wird der erste Vorhang zurückgezogen, und sofort schnellt mein Kopf in die Richtung. Groupie Nummer eins und Groupie Nummer zwei kommen zum Vorschein und staksen auf ihren High Heels schwankend den Gang hinunter.

»Geht ihr zwei?«, frage ich, ohne auch nur zu versuchen, meine Verblüffung zu verbergen.

Groupie Nummer eins presst ihre nackten Knie gegen Mikes Bein. »Es sei denn, Mike möchte, dass wir bleiben«, haucht sie und klimpert anzüglich mit den Wimpern.

Er hält die leere Bierflasche hoch, die irgendwie wieder bei ihm gelandet ist. »Kannst du das auf dem Weg nach draußen in den Abfall werfen?«

Sie verdreht die Augen, hört aber nicht auf zu lächeln. Als sie und ihre Freundin – ohne die Bierflasche – den Bus verlassen, rufe ich ihr nach: »Was ist denn mit eurer Freundin?« Drei Goldgräberinnen haben den Bus betreten, aber nur zwei gehen. Es war ein langer Abend, aber schlichte Mathematik besagt, dass sie jemanden vergessen haben.

Groupie Nummer eins wirft ihre blonden Haare über die Schulter und unterbricht nur lange genug ihr Kichern, um zu antworten: »Wir gehen hinüber zum anderen Bus. Shawn hat gemeint, er sei irgendwie ein Ein-Mädchen-Typ.«

Noch lange sitze ich auf der Bank; lange nachdem die ersten beiden Mädchen gegangen sind und das Gekicher des dritten hinter dem Vorhang verklungen ist; lange nachdem Mike sich dort hindurchgewagt hat, eine Hand vor den Augen, um zu dem Fernseher weiter hinten zu gelangen; lange nachdem mir das erste Mal die Augenlider zugefallen sind und mein Kopf nach vorne gesackt ist.

Schließlich rappele ich mich hoch, atme einmal tief durch und gehe auf den schweren Vorhang zu, der mich von den Schlafkojen trennt. Ich versuche mich vor dem zu wappnen, was mich auf der anderen Seite erwarten könnte. Kleider an oder aus? Shawn oben oder unten? Igitt, ich sollte einfach auf der verdammten Bank schlafen.

Doch ich beiße die Zähne zusammen und reiße den Vorhang mit einem Ruck zurück – und entdecke Shawn, der vollständig bekleidet auf seiner Bettdecke liegt, die langen Beine an den Knöcheln gekreuzt hat und ein Buch in den Händen hält. Seine Lesebrille sitzt weit unten auf seiner Nase, er hat sich die Kissen hinter den Kopf gesteckt, und er sieht eindeutig *nicht* aus wie jemand, der die letzte Stunde damit zugebracht hat, mit der Königin der Groupies Sexgott zu spielen.

Mein verwirrter Blick wandert von ihm zu dem Bett gegenüber – *meinem* Bett –, auf dem besagte Königin liegt, ebenfalls vollständig bekleidet. Sie ist unter *meiner* Decke weggepennt und sabbert *mein* Kissen voll. Mein Blick kehrt langsam zu Shawn zurück, der mich über den Rand seines Buchs hinweg angrinst.

»Was zum Teufel hat sie in meinem Bett verloren?«, fauche ich.

»Du warst doch diejenige, die sie eingeladen hat. Was hätte ich denn tun sollen? Sie in meinem schlafen lassen?«

Hinten in der Küche höre ich Mike lachen, aber ich ignoriere ihn und gifte Shawn an. »Du bumst sie und verfrachtest dann ihren widerlichen Arsch in mein Bett?«

Die Tussi unter meiner Decke regt sich und murmelt irgendetwas im Schlaf. Dabei verschmiert sie weiter Lippenstift überall auf ihren vollgesabberten Wangen.

»Wer zum Teufel sagt denn, dass ich mit ihr geschlafen habe?« Shawn klappt das Buch zu, schwingt die Beine über den Rand und setzt sich auf.

»Was zum Teufel hast du denn sonst die letzte Stunde getrieben?«

»Das Chaos beseitigt, das du angerichtet hast.«

»Und was ist mit ihr?«, poltere ich mit einer Handbewegung auf den Körper, der neben der immer größer werdenden Sabberpfütze auf meinem Kissen liegt.

Shawn besitzt die Frechheit, mich anzugrinsen. »Dachte, ein bisschen was vom Chaos überlasse ich dir.«

Er lehnt sich zurück, kreuzt die Knöchel wieder, schlägt sein Buch wieder auf … und ich stapfe zu ihm hinüber und knalle das Buch zu. »Nein, verdammt! Schaff sie aus meinem Bett.«

»Mach's doch selbst.«

»*Shawn.*«

»Ja?«, erwidert er freundlich.

In meinen Fingern juckt es. Alles in mir brennt darauf, ihn zu erwürgen. Stattdessen gebe ich ein so lautes Knurren von mir, dass Mike in der Küche wieder anfängt zu lachen.

Ich wirbele zu meinem Bett herum und reiße die Bettdecke

weg. Die Tussi liegt zusammengerollt auf der Matratze, noch immer in ihren glitzernden silbernen High Heels. Ich pikse sie mit einem Finger in die Schulter und wische ihn dann an meiner Jeans ab. »Hey.«

Sie stöhnt im Schlaf und vergräbt ihren rosa verschmierten Mund komplett in meinem Kissen.

»Hey«, sage ich, »steh auf.« Ich stupse sie noch einmal an, fester diesmal.

Sie beginnt zu schnarchen, und Shawn, der gemütlich hinter mir auf seiner Koje liegt, lacht leise.

»Sie hat ungefähr die halbe Flasche Tequila intus«, sagt er. »In absehbarer Zeit wird die ganz sicher nicht aufwachen.«

Ich schnelle herum und funkele ihn wütend an. »Dann steh du auf.«

»Warum?«

»Weil ich dein Bett nehme.«

Er blättert seelenruhig eine Seite im Buch um. »Das glaube ich nicht.«

Adam und Joel tauchen im Türrahmen auf. Adam reibt sich den Ellenbogen, als hätte er sich diesen anstatt seines Schädels bei seinem Abgang vom Busdach verletzt. »Worüber streitet ihr zwei?«

»Über die da.« Ich zeige vorwurfsvoll mit einem Finger auf den schlampenhaften Haufen in meinem Bett, und Joel zieht eine Augenbraue hoch.

»Warum liegt sie in deinem Bett?«

»Weil Shawn ein Arschloch ist!«

Shawn grinst, was den verwirrten Ausdruck auf Adams und Joels Gesichtern nur noch verstärkt.

»Und wo schläfst du?«, fragt mich Joel, und ich drehe mich wieder zu Shawn um.

»Steh auf.«

»Nein.«

»Shawn, ich spiele nicht.«

»Dann hättest du dieses Spiel gar nicht erst anfangen sollen.«

Ich bin mir nicht sicher, welcher Teufel auf einmal in mich gefahren ist: Ich reiße ihm das Buch aus der Hand, er entreißt es mir wieder. Dann packe ich seine Hände und zerre daran. Mike hält mich an der Taille fest, bevor ich Shawn die Arme abreißen kann, und verfrachtet mich in die mittlere Koje auf der anderen Seite. »Nimm mein Bett, Herrgott noch mal.«

Er schnappt sich die Decke von meinem Bett und steuert die Bänke weiter vorne an. »Und jetzt haltet alle die Klappe. Ich will schlafen.« Ich mache Anstalten, aus dem Bett zu springen und ihn aufzuhalten, aber dann schreit er, ohne stehen zu bleiben oder sich auch nur umzudrehen. »Verdammt, leg dich hin und schlaf, Kit!«

Eines meiner Beine baumelt über dem Rand, wie gelähmt sitze ich da und sehe zu, wie er den Vorhang hinter sich zuzieht. Ich werde von Joel aus meiner Erstarrung gerissen, der mir um ein Haar ein Knie ins Gesicht rammt, als er auf die Koje über mir klettert. Adam kriecht ebenfalls auf eines der oberen Betten. Während ich es mir schließlich selbst auf meinem Schlafplatz bequem mache, funkele ich Shawn wütend an, der noch immer wie ein Idiot grinst.

»Dir ist schon klar, dass das Krieg bedeutet.«

»Dein Gesicht bedeutet Krieg«, schießt Shawn zurück, womit er mir meine Beleidigung von heute Morgen heimzahlt.

»Oooh«, säuseln Joel und Adam gleichzeitig.

»Ring frei für Shawn und Kit«, ergänzt Adam.

Shawn hebt den Mittelfinger nur so weit, dass sie es sehen können, und die beiden Idioten oben fangen prompt an zu lachen.

»Welchen Teil von ›Klappe halten‹ habt ihr Arschlöcher nicht verstanden?«, brüllt Mike vom vorderen Ende des Busses her, woraufhin alle drei so kindisch loskichern, dass ich fast ebenfalls mit einsteige.

Aber nur fast. Zu erschöpft und zu verärgert, um wieder aus dem Bett zu klettern, krieche ich unter die Decke, schlüpfe aus meiner Jeans, stopfe sie in eine Ecke der Koje und rolle mich von Shawn weg. Wenn er Krieg will, kann er Krieg haben. Morgen früh werde ich den Zucker für seinen Kaffee mit Salz vertauschen oder sämtliche Boxershorts, die er besitzt, verbrennen oder …

Über den Tausenden von Racheplänen schlafe ich schließlich ein. Und werde nur kurz darauf von den Dämonen der Hölle geweckt, die aus Joels Mund zu entkommen versuchen. Zumindest hört es sich danach an. Es klingt, als ob Joels Seele in den neunten Höllenkreis gezerrt wird und sein Körper verzweifelt ums Überleben kämpft. Auf Mikes Bett rolle ich mich herum und sehe hinüber zu Shawn. Er ist immer noch wach und liest im Schein einer kleinen Lampe. Sonst ist alles dunkel, und er bemerkt nicht, dass ich aufgewacht bin. Damit das auch so bleibt, taste ich vorsichtig nach meiner Jeans und ziehe leise ein Paar gestohlene Ohropax aus der einen Hosentasche.

In völliger Stille schlafe ich rasch ein, doch ich habe nicht mal annähernd lange genug geschlafen, als mich irgendjemand unsanft gegen die Wand schubst. Draußen ist es noch immer dunkel. Unnachgiebige Finger schieben und stochern, *flehen* förmlich darum, gebrochen zu werden.

Mit mürrischer Miene drehe ich mich um. Meine Augen fühlen sich an wie ausgetrocknet, weil ich mein Augen-Make-up vor dem Schlafengehen nicht entfernt habe.

»Wo sind meine Ohropax?«, knurrt Shawn so leise, dass es seine Stimme kaum bis zu meinen Trommelfellen schafft.

Ich ziehe einen seiner Stöpsel aus meinem Ohr, nur um ihn zu ärgern, behalte meine verwirrte und entnervte Miene bei, auch wenn ich mich schwer zusammenreißen muss, um nicht hämisch zu grinsen oder laut loszulachen. Die Ohropax habe ich ihm heute Nachmittag aus seiner Tasche stibitzt, lange vor den Groupies oder dem Tequila oder dem Schnarchen, und jetzt im Nachhinein bin ich einfach froh, dass er etwas getan hat, um es zu verdienen. »Wovon zum Teufel redest du?«

»Woher hast du die?« Er schnappt nach meiner Hand, hält sich meine Finger näher vors Gesicht und funkelt mich dann grimmig an.

»Was ist eigentlich dein Problem?«

»Hast du meine Ohrstöpsel gestohlen?«

»Warum sollte ich dir deine Ohrstöpsel stehlen, wenn ich meine eigenen habe?« Ich reiße meine Finger aus seiner Umklammerung und stecke mir das Ohropax wieder ins Ohr, wobei ich mitleidvoll den Kopf schüttele. »Wirst du jetzt schon paranoid? Denn ich habe noch nicht einmal *angefangen*, Shawn. Wenn du jetzt schon durchdrehst, ist das wirklich kein gutes Zeichen.«

Ich rolle mich auf die andere Seite, vergrabe mein teuflisches Grinsen in Mikes Kissen und nehme mir vor, meine groupieverschmutzte Bettwäsche mit Shawns zu vertauschen, sobald sich mir die Gelegenheit dazu bietet.

11

In einem fahrenden Bus aufzuwachen ist nicht dasselbe, wie in einem fahrenden Auto aufzuwachen. Man liegt in einem Bett, komplett versorgt mit Kissen und warmen Decken – und man ist in Bewegung. Wenn man sich herumrollt und einen Blick in den Gang wirft, kann man nicht genau einordnen, wo man ist. Wenn man versucht, aus dem Bett zu kriechen, und dabei nicht aufpasst, schlägt man sich den Kopf an der Koje über einem an.

»Verdammte Scheiße!«, zische ich und reibe mir die Stirn, während meine beiden Beine über die Kante baumeln. Ich rutsche von Mikes Matratze, unterschätze, wie tief es meine schlaftrunkenen Beine bis zum Boden haben, und kann nur knapp verhindern, mit dem Gesicht voran in den Kojen auf der anderen Seite des Gangs zu landen.

»Geh weeeg«, winselt Adam, rudert blind mit einem Arm und trifft mich um ein Haar am Kopf. Er hat das Gesicht im Kissen vergraben, seine Decke fällt seitlich fast aus dem Bett. Ich schlage seine Hand mit einem Arm zur Seite und reibe mir mit dem anderen meine verschlafenen Augen.

Joel äugt durch den Vorhang, der den Schlafbereich von der Küche trennt, und lächelt kurz, bevor sein Kopf wieder verschwindet. »Sie ist wach!«

Ich werfe einen raschen Blick auf meine eigene Koje und bin erleichtert zu sehen, dass die Sabbermaschine, die sich gestern Abend dort breitgemacht hat, offenbar spurlos verschwunden ist. Ich rümpfe die Nase, schnappe mir meinen Kulturbeutel,

entferne im Bad das Make-up des gestrigen Abends und trage es neu auf. Dann atme ich tief durch, straffe die Schultern
und geselle mich zu den Jungs in der Küche.

Ich lasse mich neben Mike auf eine Bank fallen, gegenüber
von Joel, und vermeide es, Shawn anzusehen, als er mir einen
Kaffee einschenkt, um den ich nicht gebeten habe.

»Ich hoffe, ihr habt die Leiche dieser Tussi irgendwo an der
Interstate entsorgt«, murmele ich mit gesenktem Blick auf
den dampfenden Becher vor mir.

Mike schüttelt den Kopf. »Das haben wir nur ein einziges
Mal getan. Shawn hat gemeint, es sei schlecht für die Publicity.«

Ich grummele vor mich hin und trinke widerstrebend einen Schluck von meinem Kaffee. Er schmeckt so gut, dass ich
Shawn fast dafür danken will, dass er ihn gemacht hat. Shawn
lehnt schweigend am Tresen, und ich bin damit beschäftigt,
so zu tun, als ob er nicht existierte.

Auf der ganzen Fahrt nach Philly tue ich so, als ob er nicht
existierte. Ich tue beim Soundcheck so, als ob er nicht existierte. Beim Haarewaschen vor der Show tue ich so, als ob er
nicht existierte, obwohl er gerade erst aus eben dieser Dusche
gestiegen ist. Er riecht immer so verdammt gut. Ich bin in
Versuchung, sein ganzes sexy-männlich duftendes Duschgel
durch mein Vanille-Jasmin-Körperpeeling zu ersetzen – was
ich dann auch tue.

Nachdem ich mir die Haare getrocknet und mich geschminkt habe, verlasse ich das Bad und stelle fest, dass ich
allein im Bus bin. Ich nutze die Gelegenheit und mache mich
rasch daran, meine schmutzige Bettwäsche mit Shawns zu
vertauschen. Als ich sein Bett wieder mache, achte ich sogar
darauf, die Falten genauso glatt zu streichen, wie Driver es
getan hatte, während wir anderen alle beim Soundcheck wa

ren. Der Typ ist absolut durchgeknallt, aber er kann Betten machen wie sonst keiner. Er hat alle Betten bis auf Adams gemacht, dem es offenbar lieber ist, wenn seine Koje genauso chaotisch aussieht wie der Rest von ihm.

Ich sitze in der Essecke der Küche und knabbere an den Erdnussbutter-Cookies, die Joel ganz hinten im Schrank zu verstecken versucht hat, als die Jungs nacheinander wieder in den Bus klettern und sich sofort auf meinen Snack stürzen.

»Wohin gehen wir essen?«, frage ich und erhebe mich, um ihnen durch den Bus zu folgen. Mein Magen knurrt.

Shawn bleibt wie angewurzelt im Gang des Schlafbereichs stehen und dreht sich zu mir um. »Sie gehen zu einer Burgerbude. Aber du«, sagt er und beginnt, sein Bett abzuziehen, »begleitest mich zum Waschsalon.« Als ich nur verwirrt die Stirn runzle, wirft er mir einen kurzen Blick über die Schulter zu und schleudert dann einen Kopfkissenbezug in meine Richtung. »Hast du wirklich gedacht, ich würde das nicht bemerken? Jeder Zentimeter ist übersät mit Glitzer.«

»Und Sabber«, ergänze ich schadenfroh.

»Hahaha. Ja, und einer Million anderer Dinge, in denen ich nicht liegen will.«

Er zieht das Bettzeug komplett ab, schnappt sich eine Tasche aus dem Schrank und scheucht mich aus dem Bus. Draußen trotte ich widerwillig hinter ihm her. Den Kopfkissenbezug lasse ich von einer Fingerspitze baumeln, als wäre er mit irgendetwas Ansteckendem verseucht – was er zweifellos ist. »Solltest du das inzwischen nicht gewohnt sein?«

In der kräftigen Sommerbrise kitzeln die Fransen meiner abgeschnittenen Shorts meine Schenkel. Nach dem ganzen … Ärger, den mir dieses Sicherheitsnadeln-Kleid eingehandelt hat, das Dee mir für unseren ersten Auftritt im *Mayhem* gemacht hat, habe ich entschieden, dass es leichter –

und sicherer – ist, einfach ich selbst zu sein, mit nicht zusammenpassenden Kleidern und allem. Mein viel zu großes My-Chemical-Romance-Tanktop steckt vorn in meinen Shorts, meine Haare sind mit einer Spange hochgesteckt, und meine Stiefel schlurfen über den Gehsteig.

»Was gewohnt sein?« Shawns Shirt ist ebenso abgetragen und dunkel wie meines, locker hängt es über die verblichenen Fäden seiner zerschlissenen Vintage-Jeans. Seine langen Arme sind voller schwarzer Bettwäsche, und seine grünen Augen sind voller Fragen, die auf meine Antwort warten.

»In Groupienutten-Dreck zu schlafen«, erkläre ich rundheraus und werfe den Kopfkissenbezug auf den Haufen in seinen Armen. Er versucht nicht einmal, sich dagegen zu wehren. Die neckische Stimmung zwischen uns verfliegt in einer winzigen Sekunde, sodass ich mich frage, ob ich sie mir nicht nur eingebildet habe.

Mit dem Blick auf den mit Abfall übersäten Gehsteig von Philly gerichtet sagt Shawn: »Würdest du mich noch mehr oder weniger hassen, wenn ich dir sagen würde, dass ich nicht mit ihnen geschlafen habe?« Ich habe keine Antwort für ihn, aber er wartet sowieso keine ab. »Ich werde dich nicht anlügen, Kit … Ja, ich habe Groupies gevögelt. Viele. Zu viele, um sie zählen zu können. Aber es ist nicht so, als ob wir danach noch kuscheln oder so.« Er sieht wieder zu mir herüber, und sein Blick ist so unergründlich, dass ich wünschte, ich hätte wieder irgendwas in den Händen, um sie damit beschäftigen zu können. »Also, wirst du mich jetzt noch mehr oder weniger hassen, Kit? Denn ich weiß einfach nicht, was ich noch sagen soll, damit du aufhörst, mich so anzusehen, wie du es tust.«

Ich habe keine Ahnung, wie ich ihn in diesem Moment ansehe, aber ich weiß, dass ich ihn anders ansehe als noch vor ein paar Wochen.

Und ich nehme an, er weiß es auch.

»Ich habe diese Groupies nicht in den Bus eingeladen«, ergänzt er.

»Warum nicht?«

Shawn bleibt stehen und starrt mich mit einem durchdringenden Blick fragend an.

»Warum wolltest du sie nicht im Bus?«, wiederhole ich.

»Weil ich nicht wollte, dass du mich so ansiehst, wie du es jetzt tust.«

»Wie sehe ich dich denn an?«

Shawns dichte Wimpern fallen über seine Augen. Dann schlägt er die Augen wieder auf und schaut mich an, und dieser Blick trifft direkt in dieses Ding in meiner Brust, das früher einmal für ihn geschlagen hat, dieses Ding, das selbst jetzt noch immer zu schnell schlägt. »Als ob es nie eine Zeit gegeben hätte, in der es nur uns beide allein auf deinem Dach gab«, sagt er. »Als ob ich dich nie zum Lachen oder zum Lächeln gebracht hätte oder …« Er seufzt, und diese Risse in meinem Herzen ziehen schmerzhaft. Die Reue in seinen Augen droht sie aufbrechen zu lassen. »Nur weil wir uns im *Mayhem* geküsst haben, muss es nicht so zwischen uns sein.«

Es hat mir mehr bedeutet, als er wusste, mehr, als er je wissen *kann*, was genau der Grund dafür ist, weshalb es nach diesem Kuss zwischen uns so sein *musste*. Ich konnte einfach nicht zulassen, immer tiefer zu fallen, ohne irgendetwas dagegen zu unternehmen.

Ich kann nicht.

Meine Abwehrmechanismen laufen auf vollen Touren, und die Alarmglocken in meinem Kopf übertönen das hämmernde Geräusch hinter meinen Rippen. »Du wirst furchtbar sentimental, Shawn.«

Schulter an Schulter laufen wir ins Stadtzentrum. Autos

fahren an uns vorbei, Sirenen heulen in der Ferne, und Leute rufen sich irgendetwas zu. Doch von alledem höre ich nichts, absolut nichts, denn Shawn sagt: »Vielleicht vermisse ich es, mit dir auf dem Dach zu sitzen.«

Mein Kopf ruckt zu ihm herum; ich hoffe, einem Grinsen zu begegnen oder einem Funkeln in seinen Augen oder irgendetwas anderem, das zeigen würde, dass er mich nur auf den Arm nimmt. Aber als er meinem Blick ausweicht, weiß ich, dass es ihm ernst ist.

»Das war so abgedroschen«, erwidere ich.

»Ich habe es ernst gemeint.«

In einer typischen Kale-Reaktion ziehe ich meine Unterlippe zwischen die Zähne und kaue auf ihr herum. Was genau will er eigentlich von mir? Er vermisst es, mit mir auf dem Dach abzuhängen? Was soll das denn überhaupt *heißen*?

Als Shawn die Tür zu einem Laden mit dem Namen *Waschparadies* öffnet, weigere ich mich hineinzugehen. »Wie soll ich dich denn ansehen, Shawn?«

Diesmal hält er meinen Blick fest. »So wie davor. Als ob wir Freunde wären.«

Ich verrate ihm nicht, dass ich ihn nie, aber auch *nie* nur wie einen Freund angesehen habe. Stattdessen gehe ich wortlos durch die Tür, die er mir aufhält, und sage leise, mit dem Rücken zu ihm: »Okay.«

»Okay?«

»Ich werde versuchen, meinen Augen beizubringen, dass sie … ich weiß nicht, wie genau sollen sie denn eigentlich gucken?« Ich drehe mich zu ihm um, mit absichtlich so verrückt und weit aufgerissenen Augen wie möglich, und als Shawn lacht, ignoriere ich, wie dieses Geräusch schon wieder mein Herz berührt, und zwinge mich stattdessen, sein Lächeln zu erwidern.

Ich hebe einen Kopfkissenbezug auf, der auf den Boden fällt, als er die Bettwäsche neben einer Maschine ablegt und den Deckel aufklappt. Er öffnet die Tasche, die er mitgebracht hat, und entnimmt ihr zwei geheimnisvolle, unbeschriftete Plastikbehälter. Einen mit weißem Pulver, einen mit blauem.

»Mysteriöses Waschmittel und sogar Weichspüler?«, frage ich und lasse meinen Blick durch den Waschsalon schweifen. Waschmaschinen stehen in einer Reihe in der Mitte, Trockner an den Wänden. Der Laden ist fast leer, bis auf eine Frau, die genau neben einem Rauchen-verboten-Schild raucht, und einem anzüglich grinsenden alten Mann in einem Morgenmantel und Jeans. Unwillkürlich rutsche ich näher an Shawn heran, presse die Schulter an seine.

»Mmhm«, beantwortet er meine Frage. Er füllt das Waschpulver und den Weichspüler mit Messbechern ab und gibt beides in die Waschmaschine.

»Welche Marke?«

»Irgendein Zeug, das ich nicht aussprechen kann. Irgendetwas Italienisches.«

»Fühlen sich deine Kleider deshalb so weich an?«, frage ich, woraufhin er mich mit einem zärtlichen Lächeln bedenkt, bei dem meine Wangen noch röter werden als dieses Rauchenverboten-Schild, das in der Ecke des Raums ignoriert wird.

»Ja. Und deshalb riechen sie auch richtig gut.«

Äh, ja, das ist mir allerdings aufgefallen. Und es hält mich nicht davon ab, mich am liebsten an ihn kuscheln und die Nase im Ausschnitt seines T-Shirts vergraben zu wollen.

»Willst du mal riechen?« Shawn beugt sich zu mir vor, als ob er mir anbietet, genau das zu tun. Sein Schlüsselbein sieht zum Anbeißen aus, als ob es förmlich darum fleht, unter dem dünnen schwarzen Stoff seines T-Shirts angeknabbert zu werden.

Stattdessen nehme ich den Behälter mit dem Weichspüler in die Hand und schnuppere daran. Ich muss husten, als etwas von dem Pulver in meine Nase gelangt. »Riecht wie tote Gehirnzellen.«

Shawn lacht schallend auf und nimmt mir den Behälter ab, verschließt beide, bevor er die Bettwäsche in die Waschmaschine stopft und den Deckel schließt. Er fischt ein paar Münzen aus seiner Hosentasche und steckt sie in den Schlitz. Dann setzen wir uns auf zwei Stühle vor dem großen Erkerfenster des Waschsalons.

Die Glocken über der Tür bimmeln, und wir beobachten beide, wie eine hochschwangere Frau in zu knappen Hotpants und einem zwei Nummern zu kleinen Top den Salon betritt. Sie hat zwei kleine Kinder im Schlepptau, die schreiend um die in Flipflops steckenden Beine ihrer Mutter jagen. Die nächste Stunde wird also wahrscheinlich die reinste Hölle werden! Shawn zuckt kurz, als wolle er ihr anbieten, ihr mit dem Wäschekorb zu helfen, den sie auf der Hüfte balanciert, doch als sie ihn mit einem verführerischen Lächeln beäugt, als könnte er der Daddy ihres nächsten Babys werden, lehnt er sich wieder in seinem Plastikstuhl zurück. Die Kinder fangen an, durch die Gänge zu rennen und so viel Krach zu machen, dass sie sogar die Geräusche der Trockner übertönen. Shawn legt einen Arm auf meine Rückenlehne.

»Würdest du mich bitte erschießen?«, murmele ich, woraufhin er mich amüsiert ansieht.

»Und, was hast du gestern Abend noch gemacht, nachdem du die Küche verlassen hast?«

Ich bin abgelenkt von den verstohlenen Blicken, die die Frau immer wieder in Shawns Richtung wirft, während sie eine der Waschmaschinen belädt, und kann nur mit Mühe ein Kichern unterdrücken, als eines ihrer Kinder mit dem Gesicht voran gegen einen Trockner knallt und beginnt, sich so laut die Seele aus dem Leib zu schreien, dass sie es nicht länger ignorieren kann.

»Du bist gemein«, bemerkt Shawn grinsend, als ihm aufgeht, weshalb ich nicht auf seine Frage antworte.

»Du bist dir schon dessen bewusst, dass sie nichts dagegen hätte, wenn du sie auf einer der Waschmaschinen besteigst, oder?«

Er lacht leise. »Gibst du mir jetzt eine Antwort oder nicht?«

»Auf welche Frage?«

»Was du gestern Abend noch gemacht hast, nachdem du mich in der Groupiehölle allein gelassen hast?«

Ich ziehe eine Augenbraue hoch, als er so tut, als hätte er dabei keinen Spaß gehabt. »Du meinst, bevor oder nachdem du mit der Glitzertussi geschlafen hast?«

»Ich habe dir doch schon gesagt, ich habe nicht mit ihr geschlafen ...«

»Sie gevögelt, meine ich.«

Weil mir das ein bisschen zu laut entschlüpft ist, sehe ich schnell zur Baby-Mama hinüber, der meine Ausdrucksweise ihrer beiden kleinen Kinder zuliebe eindeutig unangenehm sein sollte, die aber tatsächlich zu beschäftigt damit ist, Shawn zu begaffen, um sich einen Dreck darum zu scheren. Ich bin froh, als sie ihre kleinen Monster zur Tür hinausscheucht. Kurz bevor sie geht, wirft sie einen letzten schmachtenden Blick auf Shawn, doch dessen Blick ist fest auf mich und niemanden sonst geheftet.

»Ich habe weder mit ihr geschlafen noch habe ich sie gevögelt«, sagt er, als er sich meiner Aufmerksamkeit wieder sicher sein kann.

Mit zusammengekniffenen Augen mustere ich ihn. »Ach nein?«

Er schüttelt den Kopf. »Nein. Ich habe ihr zwar gesagt, ich hätte es getan, aber nur, damit sie nicht sauer ist, als ich sie heute Morgen praktisch aus dem Bus geworfen habe. Aber ich habe es nicht getan.«

»Warum nicht?«

»Ich vögele nicht alles, was zwei Beine hat, Kit.«

Von allen Sprüchen, die einer Frau das Gefühl geben könnten, etwas Besonderes zu sein, hätte ich nicht erwartet, dass *das* einer davon ist. Aber mein Herz flattert trotzdem. »Sie war hübsch«, wende ich ein, aus weiß Gott welchem Grund.

»Und?«

»Und ...« Verzweifelt suche ich nach irgendeiner Möglichkeit, aus dem Loch herauszuklettern, das ich mir mit dieser Unterhaltung geschaufelt habe. »Ich habe mit Mike im vorderen Teil des Busses abgehangen«, beantworte ich schließlich seine Frage von vorhin.

»War das Adam, der diesen ganzen Krach oben auf dem Bus veranstaltet hat?«

Bei der Erinnerung daran muss ich kichern. »Ja, und ich glaube, Joel hat ihm da oben Gesellschaft geleistet.«

Als Shawn grinst, erscheint das winzigste, entzückendste Grübchen der Welt auf seiner Wange. »Ich hätte damit gerechnet, dass du auch dort oben warst.«

»Ich war zu müde, um auf Busse hochzuklettern.«

»Warte einfach, bis wir ein paar Wochen unterwegs sind. Dann wirst du den Unterschied zwischen Träumen und Wachsein gar nicht mehr erkennen.«

Ich rutsche nach vorne und lehne mich mit dem Hinterkopf gegen meinen Plastikstuhl, als würde mich allein schon die Vorstellung daran erschöpfen. »Tut mir leid, dass ich dir deine Ohropax geklaut habe.«

Shawn rutscht ebenfalls auf seinem Platz ein Stück nach

vorne, um auf Augenhöhe mit mir zu sein, und wendet mir mit immer noch diesem herzerwärmenden Lächeln auf den Lippen den Kopf zu. »Es waren sowieso deine.«

»Was redest du da?«

»Ich bin an Joels Schnarchen gewöhnt. Ich habe sie mitgebracht, weil ich dachte, du könntest sie gebrauchen.«

Ich schrumpfe auf ungefähr fünf Zentimeter zusammen und murmele kleinlaut: »Und ich habe sie geklaut …« Als er leise lacht, schließe ich die Augen und fluche: »Scheiße!«

»Entschuldigung angenommen.«

Mit noch immer geschlossenen Augen pruste ich auf einmal laut los. »Und es tut mir auch leid, dass ich dein Duschgel in den Ausguss gekippt und durch meines ersetzt habe.« Ich öffne ein Auge und sehe, dass er die Stirn runzelt.

»Aber du hast nicht …« Die Erkenntnis dämmert ihm, und seine Augen werden schmal. »Hast du doch.«

»Habe ich.«

»Warum?«

Weil du einfach zu verdammt gut riechst. Weil ich dich von hier aus riechen kann. Weil das dazu führt, dass ich am liebsten auf deinen Schoß kriechen und überprüfen will, ob du so gut schmeckst, wie ich denke. Ich zucke die Schultern. »Die gute Neuigkeit ist, dass du nach Vanille und Jasmin riechen wirst.«

»Der Traum eines jeden Mannes.«

»Siehst du?« Breit grinsend richte ich mich auf und schlage die Beine übereinander. »Ich bin schon jetzt eine richtig gute Freundin.«

Shawn schnappt sich meine beiden Waden und reißt die Arme hoch, sodass ich nach hinten purzele und kreischend um mein Gleichgewicht ringe. Als ich mich wieder gefangen habe und ihn gegen die Schulter boxe, grinst er nur. Ich verschränke die Arme vor der Brust und lehne mich auf meinem

Stuhl zurück, die Stiefel fest auf dem Boden, während ich versuche, nicht zu lächeln.

Das hier habe ich vermisst. Einfach mit ihm abzuhängen, mit ihm zu reden. Weil es das Leichteste auf der Welt ist, obwohl mein Herz dabei rast und meine Wangen sich erwärmen. Ich habe sein Lachen und sein Lächeln und seine Augen vermisst.

Ich habe *ihn* vermisst.

»Ich habe das hier vermisst«, sagt Shawn, und das Lächeln, das ich zu unterdrücken versuchte, schleicht sich auf mein Gesicht.

»Ich auch.«

Wir reden, wir albern herum, wir verfrachten die Bettwäsche in den Trockner und sehen zu, wie Baby-Mama kommt und wieder geht. Als wir auf einer Bank vor einer Sandwichbude auf der anderen Straßenseite herumlümmeln, wo wir die berühmten Philly Cheesesteaks probieren, erkundigt sich Shawn aus heiterem Himmel, worüber Mike und ich am Vorabend geredet haben.

Auf gar keinen Fall werde ich ihm verraten, dass wir über *ihn* geredet haben, daher weiche ich aus, weiche ich aus, weiche ich aus. Und sobald sich mir die Gelegenheit bietet, wechsele ich das Thema und frage Shawn etwas, worüber ich seit gestern Abend nachgegrübelt habe. »Hat Mike eigentlich je ein Groupie abgeschleppt?«

Kauend schüttelt Shawn den Kopf. Es ist mir ein Rätsel, wie er es schafft, sogar beim *Kauen* niedlich auszusehen, aber er ist einfach so hinreißend mit seinen ordentlichen Essgewohnheiten und guten Manieren, dass ich ihn am liebsten auffressen würde, selbst wenn mir davon vermutlich schlecht werden würde. »Er hat ein oder zwei Fans abgeschleppt, aber nie ein Groupie. Keine Mädchen, wie sie gestern Abend bei uns im Bus waren.«

»Warum nicht?«

Er nimmt noch einen Bissen, während er darüber nachdenkt. »Erinnerst du dich noch an seine Freundin auf der Highschool?«

»Hieß sie nicht Danica oder so ähnlich?« Ich kann mich erinnern, dass sie makellose honigfarbene Haare und strahlend weiße Zähne verpackt in ein teures Designerlächeln hatte. Sie war bei den Cheerleadern, und jetzt, wo ich Mike kenne, habe ich keinen blassen Schimmer, was er je an ihr fand.

»Er war drei Jahre oder so mit ihr zusammen«, bestätigt Shawn. »Er hat sie angebetet. Aber sie hat ihm den Laufpass gegeben, kurz bevor wir hierhergezogen sind.«

»Wegen der großen Entfernung?« Ich knülle meine Serviette zusammen und werfe sie in das Körbchen, in dem mein Sandwich lag.

Shawn schüttelt einmal kurz den Kopf. »Weil sie eine Goldgräberin war, die versucht hat, ihn zu zwingen, die Band zu verlassen. Sie war überzeugt, er würde es zu nichts bringen.«

»Was für ein Miststück!«, schnaube ich verächtlich, und Shawn nickt mit Nachdruck, bevor er sich den letzten Bissen seines Sandwiches in den Mund schiebt und unseren Abfall einsammelt. Ich folge ihm zu den Mülleimern.

»Ja. Sie hat ihm das Herz gebrochen.«

»Meinst du, er hätte jetzt gerne eine Freundin?«

»Vielleicht. Aber er ist … vorsichtig, weißt du? Er hat eine ganz besondere Frau verdient.«

»Eine, die ihn verdient hat«, stimme ich ihm zu und überquere neben ihm die Straße. Shawn schenkt mir ein anerkennendes Lächeln, das meinen blassen Wangen ein bisschen Farbe verleiht.

Ich knabbere auf meiner Unterlippe und spreche, als er mir

die Tür des Waschsalons aufhält, schließlich laut aus, worüber ich nachdenke. »Und was ist mit dir?«

Während ich den Trockner öffne und die saubere Bettwäsche herausziehe, beobachte ich ihn aus den Augenwinkeln. Er hat so viel Weichspüler verwendet, dass die ganze Bettwäsche jetzt ebenso weich ist wie die Kleidung, die er trägt. Ich widerstehe dem Drang, das Gesicht darin zu vergraben und den Geruch zu inhalieren.

»Was soll mit mir sein?«, fragt er zurück.

»Willst du eine Freundin?« Ich gehe vor ihm her zur Tür, damit er nicht sehen kann, wie rot meine Wangen glühen. Ich weiß nicht, warum ich ihn überhaupt frage. Es kümmert mich nicht. Darf mich nicht kümmern. Sollte mich nicht kümmern.

»Sie müsste schon eine verdammt tolle Frau sein«, sagt er, als er mich einholt. Die Türglocke bimmelt, als wir den Waschsalon verlassen.

Ich weiß, ich sollte den Mund halten. Ich sollte aufhören, Fragen zu stellen. Ich sollte das Thema fallen lassen.

»Wie zum Beispiel?«

Meine Frage hängt zwischen uns in der Luft, und die Innenseite meiner Unterlippe wird wund geknabbert, als eine gefühlte Ewigkeit verstreicht, die in Wirklichkeit nur ein paar Herzschläge dauert. Meine Handflächen beginnen zu schwitzen, und ich denke an eine Million Witze, die ich erzählen könnte, damit er die dumme, unüberlegte, dumme, dumme Frage vergisst, mit der ich eben herausgeplatzt bin. Aber dann öffnet er den Mund.

»Keine Ahnung …«, sagt er, und sein magnetischer Blick zieht an mir, doch mir gelingt es, dem Drang zu widerstehen, und ihn nicht zu erwidern. »Vielleicht eine Frau wie du.«

Einen Block, fünf Minuten oder einhundertzweiundfünfzig Schritte lang schweige ich. Meine Gedanken bewegen sich schneller und weiter, als meine Füße mich tragen, und auf jedem Schritt des Weges ist Shawn genau neben mir.

Vielleicht eine Frau wie du.

Eine Frau wie ich? Nicht *ich*, aber eine Frau *wie* ich ... Warum eine Frau *wie* ich? Was zum Teufel hat das zu bedeuten? Warum muss er immer so verdammt verwirrend sein?

Mein Mund ist mindestens fünfmal auf- und sofort wieder zugegangen, als mein Handy klingelt und mich aus dem ewigen Echo von Shawns Worten reißt.

Das Gesicht meines Zwillingsbruders leuchtet auf dem Display auf, unter dem Schriftzug *Dummkopf*. Auf dem Bild trägt er einen Cowboyhut, den ich ihm auf den Kopf gesetzt hatte, als wir letztes Jahr Weihnachtseinkäufe machten, und er hat darauf eine verdrießliche Miene aufgesetzt, die mir jedes Mal ein Grinsen entlockt, wenn er anruft.

Na ja, fast jedes Mal. Diesmal werfe ich nur einen verlegenen Blick auf Shawn, drücke ihm die Ladung Bettwäsche in die Arme und sage, dass ich diesen Anruf wirklich annehmen muss. Mein Handy war den ganzen Tag auf stumm geschaltet, aber ich habe es so eingestellt, dass der Anruf durchkommt, wenn jemand innerhalb von drei Minuten zweimal anruft, sollte es einen Notfall geben.

»Was gibt's?«

»Abgesehen davon, dass ich dir seit gestern ungefähr eine Million SMS geschickt habe und du offensichtlich nicht tot bist?«, fragt Kale.

Ich habe ein schlechtes Gewissen, weil er sich meinetwegen Sorgen gemacht hat, aber nicht schlecht genug, um mich zu entschuldigen. »Soll ich mich jetzt dafür entschuldigen, dass ich nicht tot bin?«

Shawn dreht mir mit hochgezogenen Augenbrauen den Kopf zu, und Kale antwortet mürrisch: »Für den Anfang.«

»Tut mir leid, dass der Bus nicht verunglückt und in Flammen aufgegangen ist«, sage ich artig und muss mir das Lachen verbeißen, als ich mir Kales Gesichtsausdruck vorstelle.

»Gut«, sagt er. »Das sollte es auch. Und jetzt zähle all die Gründe auf, warum du kein Telefon in die Hand nehmen konntest.«

Ich streiche mir mit den Fingern die losen Haarsträhnen aus dem Gesicht, um mich davon abzuhalten, zu dem *Grund* hinüberzuschielen, nach dem Kale fragt – dieser Grund hat zerzauste Haare, hinreißende Augen und ein Lächeln, bei dem ein Mädchen glatt vergessen kann, sich bei ihrer Familie zu melden. »Die Show war umwerfend, aber das Publikum ist total ausgeflippt, deshalb mussten wir noch ein bisschen länger drinnen abhängen. Und vor dem Bus hat auch noch eine ganze Schar auf uns gewartet.« Dann ergänze ich blitzschnell. »Und dann sind ein paar von ihnen mit in den Bus gekommen, und …«

»Augenblick, was?«, unterbricht mich Kale. »Sie haben doch nicht etwa … Mädchen mit in den Bus genommen? Hat Shawn etwa …«

»Hast du Leti schon angerufen?«, falle ich ihm ins Wort. Ich stelle die Lautstärke meines Handys unauffällig möglichst leise, damit Shawn nichts von dem hören kann, was Kale sagen wird.

»Vergiss es«, entgegnet mein Zwillingsbruder, der sich einfach immer einmischen muss. Er weigert sich, auf den Themenwechsel einzugehen. »Also, was ist passiert?«

»Ich kann jetzt eigentlich nicht reden, Kale.« Ich werfe einen Blick zu Shawn hinüber. Ich wünschte, es gäbe irgendetwas anderes auf dieser belebten Straße, das ihn ablenken könnte: einen Autounfall in der Nähe, eine heiße Tussi, einen verrückten Obdachlosen, der mit Hamstern nach Leuten wirft, *irgendetwas.*

»Warum?« Einen Augenblick lang herrscht Stille. »Ist er im Moment bei dir? Kannst du nicht reden, weil er bei dir ist?«

»So ähnlich«, antworte ich.

»Na schön, dann sag einfach Ja oder Nein.«

Ich halte das Handy mit einer Hand, mit der anderen massiere ich eine Stelle zwischen meinen Augen. »Muss das wirklich sein?«

»Hat er Groupies mit in den Bus genommen?«

»Nein.«

»Aber es sind Groupies mit in den Bus gekommen?«

»Ja.«

»Und er hat eine von ihnen gevögelt?«

Ich gebe ein Knurren von mir. Shawn sieht mich wieder fragend an, doch ich ignoriere ihn. »Nein. Kann ich jetzt auflegen?«

»Aber du bist sauer auf ihn?«

Ist alles okay?, formt Shawn lautlos mit den Lippen. Ich wedele nur beschwichtigend mit der Hand und sage ins Handy. »Nicht mehr. Und, Kale?«

»Ja?«

»Ich liebe dich. Ich rufe dich heute Abend an.«

Ich lege auf, bevor er etwas erwidern kann, und stoße einen tiefen Seufzer aus. Shawn und ich biegen um eine Ecke, und der Parkplatz, auf dem die Busse stehen, kommt in Sicht.

»Was war das denn eben?«, will Shawn wissen. Gleichzeitig beginnt mein Handy wieder zu klingeln.

Ich schalte es aus und zucke die Schultern. »Falsch verbunden.«

12

Am Abend, nachdem ich unter den glühend heißen Scheinwerfern eines brechend vollen Konzertsaals mindestens fünf Pfund ausgeschwitzt habe, ist es Leti, der meinem Handy keine Ruhe gönnt.

»Wir sind hier.«

»Hä?« Ich wische mir mit einem Handtuch die Stirn ab und lasse den Kopf nach unten hängen, um meinen Nacken trocken zu reiben, während das Blut in meinen Schädel strömt. Die Menge kreischt noch immer, berauscht von unserem Auftritt, und Leti brabbelt irgendwelches unverständliches Zeug.

»Du hast toll ausgesehen. Ist die Hose aus Leder?« Mit zusammengezogenen Augenbrauen betrachte ich meine glänzenden schwarzen Leggings. »Und deine Titten erst«, fährt Leti fort. »Ich wäre für eine Minute fast hetero geworden, aber dein Bruder stand genau neben mir, also war ich hin- und hergerissen, Kitty-Bitty.«

Ich reiße den Kopf wieder hoch und schaue mich in dem Aufenthaltsraum des Backstagebereichs um. Die Jungs quatschen mit der Soundcrew, Flaschen werden herumgereicht und Drinks eingeschenkt. »Ihr seid *hier*?«

»Ja. Stehen vor irgendeinem muskelbepackten Securitytypen, der mir in diesem Moment einen bitterbösen Blick zuwirft.« Seine Stimme wird etwas leiser, als würde er das Handy von seinem Mund weghalten. »Was ist eigentlich dein Problem, Mann?«

»Und Kale ist bei dir?«

Seine Stimme wird wieder lauter. »Und sieht im Moment sehr besorgt aus, weil er befürchtet, dass ich mir von besagtem muskelbepackten Securitytypen gleich einen Arschtritt einfange«, antwortet Leti. »Also, eilst du jetzt zu meiner Rettung herbei, oder lässt du zu, dass er mich mit den Fäusten bearbeitet? Ich meine, dein Bruder hier würde schon eine superniedliche Krankenschwester abgeben, aber ...«

»Bin schon unterwegs«, schneide ich ihm das Wort ab. Ich unterbreche die Verbindung, bevor Leti mir noch mehr verstörende Bilder in den Kopf setzen kann, und teile dann den anderen mit, dass ich meinen Bruder und Leti finden muss.

Shawns schwarze Treter marschieren im Gleichklang mit meinen noch schwärzeren Kampfstiefeln durch die Flure des Backstagebereichs, während ich mich über meinen Bruder, den bösen Zwilling, auslasse. Mir ist absolut schleierhaft, warum er und Leti heute Abend hier aufgetaucht sind. Ich habe Shawn nicht gebeten, mitzukommen und mir zu helfen, sie zu finden ... aber ich habe auch nicht versucht, ihn aufzuhalten.

Neben einem Securitymann, der unmöglich zu übersehen ist, entdecke ich die beiden schließlich. »Muskelbepackt« war noch untertrieben, trotzdem marschiere ich genau auf ihn zu. »Ist schon okay. Die gehören zu mir.«

Der Mann schnaubt und wirft Leti einen letzten vernichtenden Blick zu, bevor er sich abwendet und weggeht, ein großer Körper auf großen Beinen.

Leti grinst ihm wie ein Bekloppter hinterher. »Ich glaube, er wollte mich.«

Mein Zwillingsbruder steht in einem eng anliegenden roten T-Shirt neben ihm, seine schwarzen Haare sind frisch gewaschen und perfekt gestylt. Um Leti zu gefallen, wie ich vermute. »Was tust du denn hier?«, frage ich in einem Ton, der verrät, dass ich nicht gerade begeistert über seine Anwesenheit bin.

»Darauf warten, dass du mich zurückrufst«, erwidert er kühl. Sein Blick verhärtet sich, als er zu Shawn wandert. Es ist ein Blick, der mir nur allzu vertraut ist. Ich kenne ihn von jedem Einzelnen meiner Brüder, zu dem einen oder anderen Zeitpunkt. Er droht: *Hände weg von meiner Schwester.* Und Kales enthält außerdem eine Spur von: *Ich weiß, dass du Groupies mit in den Bus geschleppt hast, Arschloch.*

»Oh, jetzt tu doch nicht so, als ob du immer noch sauer bist«, neckt Leti Kale. Er lächelt mich an, bevor er fortfährt: »Er fand die Show *fantastisch!* Er hat die ganze Zeit gerufen: ›Das da ist meine Schwester! Das da ist meine Schwester!‹«

Kale stößt Leti mit dem Ellenbogen in die Seite, Leti strahlt ihn liebevoll an, und ich würde mich riesig über die Tatsache freuen, dass die beiden so vertraut miteinander umgehen, wenn die Anspannung zwischen Kale und Shawn nicht so schwer in der Luft liegen würde. Kales schwarzer Blick ist rasiermesserscharf, aber Shawn zuckt nicht vor der Klinge zurück. Die beiden starren sich finster an, beide hochgewachsen und reglos. Ich sehe von Kale zu Shawn und zurück zu Kale.

»Das hier ist Shawn«, stelle ich ihn vor.

Kale vergräbt beide Hände in den Gesäßtaschen, ein Wink, der mehr als deutlich ist. »Ich weiß, wer er ist.«

Letis Augenbrauen schießen fast ebenso hoch wie meine, und ich stammele: »Äh …«

»Freut mich, dich kennenzulernen«, sagt Shawn. Er streckt die Hand aus, mit einem Lächeln im Gesicht, das völlig anders ist als das, das er mir schenkt. So lächelt er Fans an, die Grenzen überschreiten – nett, glaubwürdig, aber falsch.

Kales Blick fällt auf Shawns Hand. Er sieht aus, als würde er lieber wie ein Tier danach schnappen, als sie mit seiner

Haut zu berühren. Ich frage mich gerade, ob ich seine Hände wohl mit Gewalt aus seinen Gesäßtaschen ziehen und ihn dazu zwingen muss, höflich zu Shawn zu sein, als er widerstrebend fünf Finger aus seiner dunklen Jeans löst und sie Shawn reicht. »Kale.«

Auf dem Weg zurück zum Aufenthaltsraum füllt Leti das unbeholfene Schweigen gnädigerweise aus. Durch sein Plappern erfahren Shawn und ich folgende Dinge: Erstens, dass Kale Leti angerufen hat, um ihn dazu zu bringen, mich anzurufen, aber Leti bestand darauf, einfach hierherzufahren. Zweitens, dass Leti eine Bedingung an den spontanen Roadtrip geknüpft hat. Nämlich in einen heißen neuen Klub zu gehen, bevor sie die Heimfahrt antreten. Drittens, dass die Jungs und ich mitkommen *müssen*.

»Das ist eine Schwulenbar!«, kreischt Adam und beginnt, laut lachend auf den blinkenden Regenbogen-Eingang des *Out* zuzugehen, dem *heißen neuen Klub*, zu dem Leti Kale — und den Rest von uns — irgendwie überredet hat. Mike, Shawn und Joel stehen Schulter an Schulter auf dem Gehweg und starren wie in Trance auf die Tür, als könnte sie sie verschlingen. Das hier ist anders als alles, was ich je gesehen habe: plasmaartige Kugeln und Wirbel, die blinken und tänzeln und ihren Schimmer in die Dunkelheit werfen. Adam, der immer für alles und jedes zu haben ist, schnellt mit leuchtenden Augen herum. »Das ist eine verdammte Schwulenbar!«

»Wieso bist du denn so aufgeregt?«, frage ich, außerstande, mir das Kichern zu verbeißen. Ein schwerer Bass hämmert im Inneren des Klubs, sodass sich die sommerwarmen Härchen in meinem Nacken aufstellen. Die Lichter, die Musik, die lange Schlange mit Leuten, die sich um den Block erstreckt — das alles lässt Mitternacht wie eine magische Stunde erscheinen, eine Zeit zum Tanzen und Lachen, nicht für warme Betten und süße Träume.

»Weil ich noch nie in einer war!«, ruft Adam.

»Lassen die uns da überhaupt rein?«, fragt Mike und sieht erst die Wartenden, dann Leti skeptisch an.

»Na klar«, behauptet Leti neben mir. Er grinst Mike an und ergänzt: »Meine Leute diskriminieren niemanden.«

Joels Iro wird vom Licht des blinkenden Eingangs des *Out* in ein Kaleidoskop von Regenbogenfarben getaucht. Über die Schulter wirft er uns einen unbehaglichen Blick zu. »Werden sie nicht glauben, dass wir schwul sind?«

Leti schüttelt kichernd den Kopf, die strahlenden Lichter lassen sein ohnehin schon strahlendes Lächeln noch heller aufleuchten. »Glaub mir, sie werden drei Komma vier Sekunden brauchen, um zu erkennen, dass du hetero bist.«

»Was aber nicht heißt, dass dich niemand anbaggern wird«, ziehe ich ihn auf.

Leti zwinkert mir zu, bevor er uns voraus auf die Tür zumarschiert. Er schiebt sich an der unglaublich langen Schlange vorbei, die hauptsächlich aus Männern und nur wenigen Frauen besteht, und nähert sich dem Türsteher mit seinem typischen selbstbewussten Gesichtsausdruck. Nach ein paar Minuten Süßholzraspeln winkt er uns alle zu sich, und wir drängeln uns an der Schlange vorbei in das Innere des Klubs.

»Sie haben nicht mal unsere Ausweise überprüft«, bemerke ich, als wir einen stockfinsteren Korridor betreten, der nur von dem Regenschauer der Spots erhellt wird, die noch immer mein Sichtfeld dominieren.

»Ihr seid Rockstars«, höre ich Letis Erklärung, während wir uns auf einen schmalen Lichtstreifen auf dem Boden zubewegen. Ich strecke die Arme aus, um meine Umgebung zu ertasten, aber dann legt sich ein schwerer Arm um meine Schultern, und ein vertrauter Geruch hüllt mich im Dunkeln ein. Ich klammere mich an Shawns T-Shirt und lasse mich von ihm zu dem Licht führen. Die Musik am Ende des dunklen Tunnels wird mit jedem zögernden Schritt lauter.

Eine Tür öffnet sich, und dann bin ich von Blau-, Rot-, Gelb- und Grüntönen geblendet. Laser- und Glühstäbe durchfluten den Raum, und das Einzige, was ich sehen kann, sind tanzende Leute – Tanzende auf der Tanzfläche, Tanzende in Käfigen, die von der Decke hängen, Frauen, die mit Frauen tanzen, Frauen, die mit Männern tanzen, und überall Männer, die mit Männern tanzen. Alle sind irgendwie auffällig gekleidet – oder sehr spärlich bekleidet –, sodass ich mit meinen Leggings aus Kunstleder und dem von Dee entworfenen Tanktop fast dazupasse.

»Wie sollen wir uns denn hier zurechtfinden?«, brülle ich, um die Musik zu übertönen. Letis Grinsen hat für den Bruchteil einer Sekunde etwas Teuflisches an sich, und schon schnappt er sich die Hand meines Bruders und zerrt ihn in die Menge. Sie verschwinden in dem glitzernden Meer von Körpern und lassen mich mit vier Heterotypen stehen, die mich ansehen, als hätte ich all die Antworten, die sie nicht haben.

Shawns Arm ist irgendwann von meiner Schulter gerutscht, deshalb kann ich, ohne mich unter ihm hervorwinden zu müssen, auf Mike zugehen, als dieser ruft: »Ich gehe mit Kit tanzen!«

Wir werden ins Gewühl gezogen und lassen Adam, Shawn und Joel zurück, die uns mit völlig entgeisterten Mienen hinterherstarren.

Mike und ich tanzen eigentlich nicht wirklich, sondern schlängeln uns zusammen irgendwie zwischen Lücken hindurch, bis ich schließlich eine Treppe entdecke, die zu einer langen, mit Glitzer übersäten silbernen Bar am anderen Ende des Raums hinunterführt. »Da!« Meine Hand, mit der ich auf die Bar deute, wird auf einmal aus der Luft gerissen. Ein Typ mit geweiteten Pupillen wirbelt mich herum, schneller als die Discokugeln, die an der Decke kreiseln, bis mir so schwindelig ist, dass ich mir nicht sicher bin, was sich eigentlich dreht: Ich, der Raum oder der Boden unter meinen Füßen. Als ich nicht mehr weiß, wo oben und unten ist, schubst mich mein Tanzpartner zu Mike zurück, der meinen noch immer kreiselnden Körper auffängt, mir an die Bar hilft und mich zu einem freien Stehplatz vor den Barkeeper schiebt.

»Das war unheimlich«, sagt er und fängt an zu lachen.

Ich lache ebenfalls und drehe mich zu ihm um. »Wie es wohl Leti und Kale geht?«

Mike gibt dem Barkeeper über meine Schulter ein Zeichen, und ich bestelle für uns beide Himbeer-Margaritas, noch ehe er Einspruch erheben kann. Er nippt an dem Zuckerrand und zieht eine Grimasse, als ich auf einmal eine Gruppe heißer Mädchen hinter ihm vorbeischlendern sehe, die auf der Suche nach einem freien Platz an der Bar sind.

»Ich möchte wetten, hier drinnen könntest du eine nette Freundin finden«, rufe ich ihm zu. Mikes warme braune Augen folgen meinem Blick zu der Gruppe hinüber, die ein paar Meter weiter beisammensteht. Die Mädchen tragen alle eng anliegende Kleider, jede Menge Make-up und pfundweise funkelnden Glitzer. Sie sehen so aus, wie die meisten Frauen aussehen, wenn sie sich nur für sich selbst anstatt für jemand anderen hübsch machen – strahlend und bunt und glücklich.

»Kommen Frauen nicht hierher, um gerade *nicht* angemacht zu werden?«, gibt Mike zurück.

»Genau! Was der Grund ist, weshalb sie ihre Abwehrhaltung abgelegt haben.« Als er lacht, als hätte ich einen Witz gemacht, ziehe ich einen Schmollmund. »Im Ernst, Mike, du solltest eine von ihnen um ein Date bitten.«

»Warum?«

»Du hast jemanden verdient.«

»Du auch«, entgegnet er. »Aber ich schubse dich deswegen niemandem in die Arme.«

»Weil hier alle schwul sind!«, protestiere ich, aber Mike schießt postwendend zurück.

»Nicht alle.«

Ich kneife misstrauisch die Augen zusammen und wedele mit einem Finger zwischen uns beiden hin und her. »Du meinst aber nicht ...«

»Gott, nein«, beeilt er sich zu sagen. Er reißt die Hände hoch, als wolle er mich physisch davon abhalten, mich auf ein Knie fallen zu lassen und ihm einen Antrag zu machen oder so. »Du und ich?« Wieder prustet er los – laut.

In gespielter Empörung stemme ich eine Faust in die Hüfte. »Soll das etwa heißen, ich bin nicht dein Typ?« Als er aus dem Lachen gar nicht mehr herauskommt, verbeiße ich mir ein Lächeln. »Auf welchen Typ Frau stehst du denn?«

»Auf Frauen ... die nicht gemein sind«, antwortet er, und als ich ebenfalls in schallendes Gelächter ausbreche, stachelt ihn das erst recht auf. »Auf Frauen, die nicht laut sind, auf Frauen, die nicht verrückt sind.«

»Schon verstanden«, winke ich ab. »Du suchst also jemanden, der nett und ruhig und geistig gesund ist.«

Mike grinst und zeigt mit einem Nicken auf die Mädchen, auf die ich ihn eben aufmerksam gemacht habe. »Mit anderen Worten, eindeutig keines dieser Mädchen.«

Als ich den Kopf wende und sehe, wie sie wie betrunkene Hyänen gackern und übereinander herfallen, lachen Mike und ich noch lauter. Diese Mädchen wären leichte Beute, ein für

One-Night-Stands geeignetes Trio, das er nie wieder anrufen müsste. Trotzdem hätte ich wissen müssen, dass Mike nicht der Typ ist, der auf Glitzer und Glamour und leichte Beute steht. Wer immer sein Herz erobern will, muss Stil und Grips haben und das Warten wert sein.

Bis Shawn, Adam und Joel uns endlich aufspüren, hat Mike eineinhalb Bier getrunken, und ich halte zwei Margaritas in den Händen – meine und den Rest von seiner.

»Sind das da Himbeer-Margaritas?«, fragt Adam prompt, schnappt sich ohne eine Antwort abzuwarten ein Glas aus meiner Hand und nimmt einen großen Schluck.

»Du passt perfekt hierher«, zieht Mike ihn auf, doch Adam fuchtelt nur mit einem schwarz lackierten Finger vor seinem Gesicht herum und trinkt noch einen Schluck von meinem Cocktail.

»Was ist denn mit deinem Shirt passiert?«, frage ich und lasse meinen Blick von Adams neu erworbenem Leuchthalsband zu einem Magic-8-Tattoo auf seinem linken Brustmuskel hinunter zu einem Einhorn, das auf seinen Bauch tätowiert ist, schweifen. Mike hatte mit seiner Bemerkung nicht ganz unrecht.

»Irgendein Typ hat ihm das Leuchthalsband im Tausch dafür angeboten«, erklärt Shawn in einem leicht angewiderten Tonfall.

Adam grinst in sein Glas, muss plötzlich husten und wischt sich den Mund mit dem Handrücken ab.

Ich versteife mich, als Shawn sich in die Lücke halb neben, halb hinter mir zwängt, um sich selbst einen Drink zu bestellen. Seine Brust ist gegen meinen Rücken gepresst, und seine Finger finden meine Seite, während er seine Bestellung aufgibt.

»Wo sind denn Leti und dein Bruder?«, fragt mich Joel,

ohne zu ahnen, dass Shawns Hand an meiner Taille es mir unmöglich macht zu reden.

»Sind noch nicht zurückgekommen«, antwortet Mike für mich. Immer noch kopfschüttelnd betrachtet er Adams nackte Brust. Adam legt ihm einen Arm um die Schultern und zwinkert ihm schelmisch zu.

»Ist er schwul?«, fragt mich Joel rundheraus, womit er meine Aufmerksamkeit von Adam und Mike losreißt. »Dein Bruder?« In seiner Stimme liegt keine Missbilligung, keine Wertung, trotzdem weiche ich der Frage aus.

»Ist Adam es?« Ich strecke eine Hand aus und bohre einen Finger in Adams Einhorn-Tattoo. Adam prustet los und reißt die Arme nach unten, um meinen Finger wegzuschlagen, wobei er Mike versehentlich am Kopf trifft.

Eine Rangelei zwischen den beiden folgt, in deren Verlauf ich noch fester gegen Shawn gedrückt werde. Es lässt sich unmöglich ignorieren, wie sein Körper auf meinen reagiert. Wir spüren ihn beide zwischen uns, aber keiner von uns bewegt sich auch nur einen Zentimeter, und keiner von uns sagt ein Wort. Stattdessen kaue ich auf der Innenseite meiner Lippe, als seine Finger meine Taille noch fester umfassen.

Im dröhnenden Techno stehen Shawn und ich bewegungslos da und sehen unseren Freunden zu, die sich wie Idioten benehmen – ignorieren das große, drängende, nicht wegzuleugnende Ding zwischen uns –, bis Leti und mein Bruder aus der Menge auftauchen, die sich augenscheinlich die Seele aus dem Leib getanzt haben. Die Wangen meines Bruders sind gerötet, ob vor Anstrengung oder einer allzu wilden Schwärmerei für Leti lässt sich unmöglich sagen. Ich versuche, mich von Shawn zu entfernen, bevor sie unsere Gruppe erreichen, aber er hält mich an der Taille fest und lässt mich keinen Zentimeter weit entkommen. Und ich kann nur dastehen, während mein Herz wie wild in meiner Brust hämmert und Purzelbäume und Saltos schlägt.

Weiß er eigentlich, was er da tut? Er muss wissen, was er da tut. Warum tut er das? Und warum fühlt er sich so verdammt gut an? Ich presse mich absichtlich wieder an ihn, und seine Finger ziehen mich noch näher.

»Oh Mann«, ruft Leti lachend, der buchstäblich auf uns zugehüpft kommt. Kale ist genau neben ihm, aber sie berühren sich nicht einmal mit den Ellenbogen. Leti hat es vielleicht geschafft, meinen Bruder aus dem Haus zu schleifen, aber geoutet hat sich Kale deswegen noch lange nicht. »Du weißt aber schon, was die zu bedeuten haben, oder?« Er deutet auf Adams Leuchthalsband, und als dieser es nur anhebt und fragend eine Augenbraue hochzieht, fängt Leti wieder an zu lachen. »Das heißt, dass du DTF bist.«

»DTF?«, wiederholt Mike.

»Hast du nie *Jersey Shore* gesehen?«, fragt Leti, als wäre es ein Verbrechen.

»*Down to fuck*«, erklärt Kale. »Es bedeutet, dass du scharf auf Sex bist.«

Und wirklich, nicht weniger als zehn Typen beäugen Adam interessiert.

Meine Bandkumpel reißen Witze darüber, warum Adam sich daraufhin trotzdem weigert, es abzunehmen, er beharrt darauf, dass er die Aufmerksamkeit gewohnt ist und Leuchthalsbänder »verdammt cool« sind, und Joel kommentiert trocken, dass er einfach schon zu lange von Rowan getrennt sei. Während die anderen rumalbern, halten uns Shawn und ich still am Rand der Gruppe. Sein Oberkörper liegt noch immer eng an meinem Rücken, seine Hand an meiner Hüfte. Ich tue so, als wäre es ganz normal, dass er mich so berührt, als wäre es einfach das, was Freunde tun, als wäre ich mir nicht jedem seiner Atemzüge bewusst, dem Druck seiner Finger auf meinem Körper.

Als ich Blicke auf mir spüre und aufsehe, entdecke ich Leti, der mich grinsend beobachtet. Mein Bruder, der neben ihm steht, ist damit beschäftigt, wütend auf Shawns Hand zu starren.

»Tanz mit uns«, fordert mich Leti auf und zieht meinen widerstrebenden Körper fort von Shawns, sodass seine Hand langsam von meiner Taille rutscht.

Schließlich fängt Kale meinen Blick auf.

»Ausgeschlossen«, sagt er. »Ich tanze doch nicht mit meiner Schwester.«

Aber Leti ist auf einer Mission. Er fängt an, rückwärtszugehen, meine Hände fest mit seinen verschlungen. »Wie du willst.«

Er zieht mich hinter sich her die Treppe hoch und auf die Tanzfläche, und wir lassen uns einfach von der Menge verschlucken. Irgendwann legt Leti mir seine großen Hände auf die Schultern, und seine honiggoldenen Augen glänzen in den bunten Laserlichtern triumphierend. Er presst den Mund in meine schwarz-violetten Haare und brüllt über die hämmernde Musik hinweg: »Er steht *total* auf dich!«

Als er sich zurücklehnt, schüttele ich nur den Kopf. Shawns Körper steht vielleicht auf mich, aber der Rest von ihm? Er steht auf Frauen *wie* mich, falls er überhaupt auf jemanden steht. Ich bin nicht einmal auf seinem Radar. *Ich* bin für ihn nur Bestandteil der Band, was etwas Gutes ist. Etwas richtig Gutes. Eindeutig etwas Gutes.

Ich ziehe Leti zu mir herunter und stelle mich auf die Zehenspitzen. »Er hat gesagt, er könnte mit einer Frau wie mir zusammen sein. *Wie* mir.«

»Das hört sich doch gut an!«, brüllt er zurück.

Ich schüttele an seiner Wange den Kopf. »Ich bin nicht einmal eine Option.«

Leti hat die Stirn in Falten gelegt, als ich mich von ihm löse. Er lässt die Arme sinken, dann legt er sie mir um die Taille, zieht mich nah an sich und sucht mit seinen Lippen wieder mein Ohr. »Du hast seine Blicke nicht gesehen, als ihr heute Abend auf der Bühne wart.«

Ich lehne wortlos die Stirn an Letis Schulter, denn ich weiß, selbst unter Aufbietung all meiner Überzeugungskünste wird er mir niemals glauben, dass das mit Shawn und mir schon vorbei war, bevor es überhaupt begonnen hat. Am Vibrieren seines Brustkorbs spüre ich, dass er seufzt, und dann dreht sich auf einmal der Raum und die Laserlichter verschwimmen. Er wirbelt mich im Kreis herum, und ich kreische und lache gleichzeitig. Dann tanzen wir, bis der Song zu Ende ist und ein anderer beginnt, bis ich endlich das Gefühl habe, weit genug weg von Shawn zu sein, um an etwas anderes – egal was – denken zu können.

»Du und Kale …«, frage ich Leti. Er hat noch immer die Arme um mich gelegt und grinst mich mit funkelnden honigfarbenen Augen verschmitzt an.

»Er küsst richtig gut.«

Mir klappt die Kinnlade herunter, und Letis Wangen nehmen eine leichte rote Färbung an. Als er anfängt, vor sich hin zu kichern, flippe ich völlig aus: *»Du hast ihn geküsst? Hier? Vorhin?«*

Immer noch grinsend schüttelt er den Kopf. Verwirrt schaue ich ihn an.

»Er hat mich geküsst!«

Ich reiße die Augen auf, bis sie so groß wie Untertassen sind, und Leti lacht wieder, bevor er mich noch ein bisschen mehr hin- und herschwenkt. Ungefähr eine Million Fragen rattern in meinem Kopf – Fragen, die ich stellen *muss*, bevor ich explodiere –, aber die Musik dröhnt so laut, und Leti gibt mir keine Gelegenheit, auch nur den Mund aufzumachen, denn er wirbelt mit mir über die Tanzfläche, bis mir schwindelig wird. Es fühlt sich großartig an. Meine Arme werden schwerelos, meine Beine werden leichter als Luft. Ich schwebe hinter Leti her zurück zu der Bar eine Treppe tiefer und grinse meinen Bruder an, als wir uns nähern. Entzückt sehe ich ihn erröten, denn er erkennt an meinem Gesichtsausdruck nur zu gut, dass ich *weiß*, was er getan hat. Ich *weiß*, dass er Leti geküsst hat.

»Wohin sind denn alle verschwunden?«, erkundigt sich Leti. Er schleicht sich an Kales Seite, hält jedoch dabei nach wie vor einen unübersehbaren Abstand.

»Nach draußen. Adam brauchte eine Raucherpause«, antwortet Shawn. Sein Blick wandert über meine schweißdurchnässten Haare, das feuchte Top und über meine gerötete Haut. Ich bin mir bewusst, dass ich wahrscheinlich völlig fix und fertig aussehe, aber was soll's, ändern kann ich es jetzt sowieso nicht. »Er ist ständig angebaggert worden.«

»Hat er das Halsband abgenommen?«, frage ich und lache, als Shawn verneint.

Er reicht mir eine Himbeer-Margarita, die er bestellt haben muss, als ich mit Leti tanzen war. Ein schüchternes Lächeln schleicht sich auf mein Gesicht und bildet Grübchen auf meinen Wangen. Ein bisschen verlegen setze ich das Glas an die Lippen.

»Shawn«, fragt Leti, »willst du tanzen?«

Shawn hustet und stammelt irgendetwas vor sich hin, aber Letis Lächeln bleibt unbeirrt.

»Ach komm schon. Du hast noch gar nicht getanzt!«, beschwert er sich. »Wenn schon nicht mit mir, dann tanze wenigstens mit Kit.«

Alle Augen richten sich auf mich. Wie von selbst bewegt sich mein Kopf von einer Seite auf die andere. Nur zu gut erinnere ich mich daran, was passiert ist, als ich das letzte Mal mit Shawn getanzt habe. Ich habe mich vollkommen lächerlich gemacht und ihm dann fast in den Mund gekotzt.

»Ehrlich gesagt werde ich langsam müde«, behaupte ich und richte meinen alles andere als müden Blick auf Shawn. »Meinst du, für die Jungs wäre es okay, wenn wir zurück zum Bus gingen?«

»Neeiin«, protestiert Leti. »Ihr könnt jetzt nicht abhauen.«

Ich grinse ihn frech an. »Kale kann bei dir bleiben! Wir rufen uns ein Taxi.«

Obwohl Leti schmollt, weil ich früher gehe und so seinen hinterhältigen Plan, mich mit Shawn zu verkuppeln, durchkreuze, gibt er seine Überredungsversuche schließlich auf.

Noch bevor ich Kale umarmen kann, zieht er mich in seine Arme und flüstert mir warnend ins Ohr: »Ich mag ihn nicht, Kit. Ich bin hergekommen, weil ich mir Sorgen um dich gemacht habe.«

»Es geht mir gut«, versichere ich und gebe ihm einen Kuss auf die Wange. Er sieht mich stirnrunzelnd an, während ich mich aus seiner Umarmung löse. »Und du hast Besseres zu tun, als dir Sorgen um mich zu machen!« Ich zwinkere ihm zu. Dann bitte ich Leti lautstark, dafür zu sorgen, dass mein Bruder wohlbehalten nach Hause kommt, ehe ich mit Shawn den Klub verlasse und draußen auf dem Gehweg unsere drei verloren gegangenen Rockstars einsammele. Wir winken uns ein Taxi heran, geben dem Fahrer im Voraus ein Trinkgeld dafür, dass er uns verbotenerweise zu fünft in seinem Taxi mitnimmt, und quetschen uns hinein.

Auf der Hinfahrt saß Kale am Steuer und Mike vorne, während wir anderen – ich auf Letis Schoß – hinten eng zusammenrückten. Diesmal sichert sich Adam den Beifahrersitz; Shawn, Joel und Mike nehmen die Rückbank in Beschlag; und ich lande letztendlich auf Shawns Schoß, die Beine mit seinen verheddert. Die Nacht ist dunkel, und Großstadtlichter ziehen am Fenster vorbei. Als Shawns Finger dieses Mal meine Hüften finden, dröhnt keine Musik in meinen Ohren und kein Laserlicht zuckt über uns hinweg. In der Dunkelheit gibt es nur uns beide, meine hautengen Leggings an seiner Jeans, seine Finger, die sich unter mein lockeres Tanktop schieben und über meine Haut streicheln. Ein wohliger Schauer rinnt mir über den Rücken.

Im trüben Schimmer, der das Fahrzeuginnere erleuchtet, lege ich ihm einen Arm um den Hals und suche seinen Blick. Und während die anderen sich in gedämpfter Lautstärke unterhalten, versinke ich in seinen Augen. Diese unglaublich grünen Augen gehören nur mir und erwidern unter schwarzen Wimpern, die so weich aussehen, dass ich am liebsten einen Kuss darauf hauchen möchte, meinen Blick. Das Licht von Straßenlaternen huscht immer wieder über sein Gesicht und unterstreicht das smaragdgrüne Funkeln in seinen Augen, seine perfekt geformte Nase, den Schatten auf seinem Kinn. In jeder dunklen Phase will ich ihn küssen, und jedes aufblitzende Licht ruft mir in Erinnerung, dass ich das nicht tun kann.

Als das Taxi uns beim Bus absetzt, stolpere ich als Erste von der Rückbank, warte nicht auf die anderen, sondern klettere sofort an Bord unseres silbergrauen Reisebusses. Ich schnappe mir hastig meine Tasche aus dem Schrank, renne ins Bad und stelle mich unter die kalte Dusche. Das Wasser läuft mir übers Gesicht, wäscht das Make-up und das Tanzen und die Hitze von meiner Haut. Die Kälte lässt Shawn wie einen Traum erscheinen, auch wenn der Geist seiner Fingerspitzen noch immer wie ein unsichtbarer Abdruck an meinen Seiten haftet – einer, den ich spüren kann, einer, der sich unmöglich abwaschen lässt.

Ich hole einmal tief Luft und reibe mir mit den Händen übers Gesicht, bleibe unter dem eiskalten Wasser stehen, bis sowohl mein Körper als auch meine Erinnerungen wie betäubt sind, bis mir der ganze Abend so vorkommt, als wäre er gestern gewesen. Als ich erfrischt und in einem sauberen Pyjama aus dem Bad komme, ist es ein neuer Tag, einer, dem ich mich stellen kann. Einer, der mein Herz nicht quält.

Die Jungs, einschließlich Driver, sitzen alle in der Küche beisammen, trinken und spielen Spiele und sehen fern. Rasch wünsche ich ihnen allen eine gute Nacht, wobei ich darauf achte, Shawns Blick auszuweichen, bevor ich den Vorhang zuziehe und in meine Koje klettere.

Mein Kissen, meine Decken … mein ganzes Bett riecht nach ihm. Nachdem ich heute Morgen seine Bettwäsche mit meiner vertauscht habe, habe ich ganz versäumt, auch diese Garnitur mit zum Waschsalon zu nehmen. Sein Geruch hüllt mich ein, als ich mir die Decke bis zum Kinn hochziehe und die Augen schließe. Ich stelle mir vor, wie ich in seinem Bett auf ihn warte, wie er zu mir krabbelt und mich noch fester hält, als er es im Klub getan hat.

Meine Gedanken schweifen ab zu dem, was passieren würde, nachdem er mich gehalten hat …

Nachdem er mich geküsst hat …

Ich wälze mich im Bett hin und her, hin und her. Ich bin allein, liege auf dem Rücken und starre auf die Holzlatten über mir. Meine Gedanken wandern zu jener Nacht vor sechs Jahren, die sich wie eine Ewigkeit her anfühlt, als plötzlich ein schmaler Lichtstrahl über den Boden im Gang fällt. Als Shawn den Vorhang hinter sich zuzieht, verschwindet der Lichtstrahl wieder und hinterlässt nichts als das matte Schimmern der Großstadtlichter, die durch Spalten in den Vorhängen und Jalousien dringen. Ich starre hartnäckig auf die Koje über mir, während Shawn aus seiner Jeans schlüpft, unter seine Decke kriecht und es sich im Bett bequem macht. Doch als ich seinen Blick auf mir spüre, rolle ich mich auf die Seite und sehe ihn an.

Er betrachtet mich über den Gang hinweg, seine raue Wange tief ins Kissen gedrückt, und seine grünen Augen sind auf einmal das Hellste im ganzen Raum. Er sieht nicht weg, als sich unsere Blicke begegnen, und ich könnte gar nicht wegsehen, selbst wenn ich es versuchen würde.

»Hör auf«, flüstere ich so leise, dass er mich auf der anderen Seite des Gangs kaum hören kann.

»Womit?« Die Sanftheit in seiner Stimme kitzelt meine Haut, noch leichter und wärmer als das nach ihm duftende Bettzeug, das meine Schulter liebkost. Er ist in meinem Kopf, umschlingt mich, und er ist so, so nah.

Mich vergessen zu lassen. Mich erinnern zu lassen. Damit, mich in dich verliebt zu machen.

Ich will unter dieser Decke hervorschlüpfen, den Abstand zwischen uns schließen, mich auf die Knie fallen lassen und meine Lippen auf seine pressen. Ich will ihn küssen, bis seine Finger meine Hüfte berühren, wie sie es im Klub getan haben, wie sie es im Taxi getan haben, und dann will ich ihn ebenfalls berühren. Ich will ihn berühren, bis er genauso verloren ist wie ich, bis wir uns beide einfach auflösen.

Aber stattdessen greifen meine Finger nach meinem zweiten Kissen und schleudern es über den Gang. Shawn fängt es lachend auf und steckt es sich unter den Kopf, ohne jede Absicht, es zurückzugeben. Ich lächele ihn an, bevor ich mich zur Wand rolle, die Nase in seinem Kissen vergrabe und die Augen fest zusammenpresse.

Ich wünschte, Shawn hätte mich vor sechs Jahren angerufen. Ich wünschte, er würde es nicht bereuen, mich im Bus geküsst zu haben.

Ich wünschte, er würde keine Frau wie mich wollen.

Ich wünschte, er würde *mich* wollen.

13

Eine Frau wie dich.

Diese vier Worte quälen mich die nächsten sieben Tage. Wenn Shawn mich anlächelt und ich Schmetterlinge im Bauch bekomme, denke ich, er muss versucht haben, mir irgendetwas zu sagen. Wenn er sich über mich lustig macht, als wäre ich sein Kumpel, bin ich sicher, mir alles nur eingebildet zu haben.

Die Sache ist die: Er ist *nicht* schüchtern. Ich erinnere mich, wie er auf der Highschool gewesen ist, wie er mit mir nach oben gegangen ist, als würde es völlig außer Frage stehen, dass ich ihm überallhin folgen würde. Wenn er mich also wollen würde, dann würde er es mir mitteilen. Er würde mit mir wieder in ein dunkles Zimmer gehen. Er würde nicht »eine Frau wie dich« sagen.

Und überhaupt, er redet doch sowieso nur Scheiße. Shawn will keine Freundin, sonst hätte er eine. Es ist nicht so, als ob es ihm an Auswahl mangelte. An jedem Abend, an dem wir auftreten, könnte er sich jedes x-beliebige Mädchen aus der Menge aussuchen. Mädchen, die heißer sind als ich, weiblicher als ich, mehr seinem Typ entsprechen als ich. Sie warten vor dem Bus auf ihn, in ihren kurzen Röcken und tief ausgeschnittenen Tops. Und auch wenn ich froh bin, dass er sie nie in den Bus einlädt – dass er seine Abende damit verbringt, zu lesen oder mich über den Mittelgang anlächelt –, quält mich die Gewissheit, dass er, wenn ich nicht hier wäre, wenn ich nicht Teil seiner Band und im gleichen Bus wäre, jeden Abend andere

Groupies ausprobieren würde. Und vielleicht würde eine von ihnen seine Freundin werden, vielleicht auch nicht. Doch so oder so: Er wäre mehr er selbst. Und ich wäre nach wie vor nur dieses Mädchen – dieses Mädchen, das er zurückgelassen hat. Das Mädchen, das er vergessen hat.

»Dieser letzte Song ist neu«, verkündet Adam am neunten Tag unserer Tour ins Mikrofon. Es ist unser sechster Auftritt – und das sechste Mal, dass er genau diese Worte sagt. Die meisten Shows laufen auf die gleiche Weise ab: damit, dass er die Mädchen in der ersten Reihe anflirtet, gefolgt davon, das männliche Publikum auf meine körperlichen Vorzüge hinzuweisen. Dann schmettert er Songtexte ins Mikrofon, unterstützt von Shawn im Background. Joel rockt den Bass, Mike erweckt sein Schlagzeug zum Leben, und ich verliere mich irgendwo zwischen den Scheinwerfern, die von den Deckenbalken hängen, und den Saiten meiner Gitarre.

Aber dieser Abend heute lief ein bisschen anders ab. Während des Auftritts beobachtete uns eine Blondine in den Zwanzigern vom Rand der Bühne aus, mit den Armen vor der Brust verschränkt und einem selbstbewussten Lächeln im Gesicht. Beim dritten Song oder so war sie auf einmal auf Shawns Seite der Bühne aufgetaucht. In der kurzen Pause vor der Zugabe umarmte sie die Jungs wie alte Freunde und kicherte herablassend, als ich sie nach ihrem Namen fragen musste.

Victoria Hess.

Offenbar die Tochter des Managers irgendeiner großen Plattenfirma. Und der Meinung, dass das *alle* wissen müssten.

Mein Plektron gleitet für heute das letzte Mal über eine Saite, unter dem donnernden Applaus tragen mich meine wackligen Beine von der Bühne, wo wir von Victoria und ihrem aufreibenden Lächeln empfangen werden. Neben Mike stehend, stürze ich den Inhalt einer Flasche Wasser hinunter, und Adam, der Victoria einfach ignoriert, klopft uns allen auf den Rücken und gratuliert uns zu einer weiteren erfolgreichen Show.

Mein Blick ist auf Adam gerichtet, aber aus den Augenwinkeln beobachte ich, wie Victoria an Shawns Seite schwebt. Sie ist ganz in Weiß gekleidet und trägt eine Rock-Top-Kombination, die professionell aussehen könnte, wenn sie nicht so viel Haut zeigen würde. An ihrem Top, das mehr als eng und tief ausgeschnitten ist, sind ungefähr vier Knöpfe zu viel geöffnet, der Rock ist hochtailliert und superkurz und betont einen kaum vorhandenen Arsch. Abgerundet wird das Outfit von einem superdünnen Kunstledergürtel, der angesichts der Tatsache, dass ihre Kleider praktisch an ihren fast kindlichen Kurven kleben, eigentlich überflüssig ist. Sie ist genau die Art spindeldürre Frau, bei deren Anblick Highschoolmädchen Komplexe kriegen.

»Also«, flötet sie, während sie sich eine hellblonde Strähne aus dem Gesicht streicht und sich bei Shawn unterhakt, »wer gibt mir einen Drink aus?«

Auf dem Weg den Backstageflur hinunter zum Aufenthaltsraum schieße ich giftige Pfeile auf ihren seidig weichen blonden Hinterkopf ab. Victoria geht vorn in der Mitte, genau zwischen Shawn und Adam. Ich folge ihnen, flankiert von Joel und Mike, und bin dazu gezwungen, jedes Mal mein Gesicht in Sicherheit zu bringen, wenn sie sich ihre dämlichen Haare über ihre dämliche Schulter wirft.

»Vermutlich wisst ihr, weshalb ich hier bin«, sagt sie, während ihre weißen Absätze laut über den Laminatboden klappern. »Jonathan will noch immer *unbedingt*, dass ihr bei ihm unterschreibt.«

Sie wirft mir einen hochnäsigen Blick über die Schulter zu, als ich sie mit einem »Wer ist denn Jonathan?« unterbreche.

»Jonathan«, wiederholt sie in einem Tonfall, als wäre ich geistig zurückgeblieben, »der Chef von Mosh Records?«

»Du meinst, dein Dad?«

Mike lacht leise, als sie sich, ohne auf meine Frage einzugehen, wieder wegdreht.

»Jedenfalls …«, fährt sie fort, als hätte es keine Unterbrechung gegeben. Sie richtet ihre ganze Aufmerksamkeit wieder auf Shawn, sodass sie den Blick nicht bemerkt, den ich mit Mike und Joel tausche. Sie bleiben beide mit einem amüsierten Grinsen im Gesicht stehen und lassen sich zurückfallen, während Victoria Shawn und Adam in den Aufenthaltsraum schleift und dabei ununterbrochen davon schwafelt, wie ein Vertrag bei Mosh Records Wunder für unsere Band bewirken könnte. Wir drei warten ab, bis sie endlich verschwunden ist.

»Sie hasst es, daran erinnert zu werden, dass sie ihren Job nur deshalb hat, weil ihr Dad ist, wer er ist«, klärt mich Mike auf, und Joel nickt beipflichtend.

Ich kann mich dunkel daran erinnern, dass Shawn die Leute von Mosh Records einmal erwähnt hat – und irgendetwas davon, dass sie wie Kannibalen seien …

Ich habe keinen Zweifel daran, dass Victoria liebend gerne einmal an ihm knabbern würde.

»Ist sie in Shawn verliebt oder so?«, frage ich. Joel nickt wieder energisch.

»Sie ist eine Opportunistin«, ergänzt Mike. »Das heißt, ja, im Moment ist sie in Shawn verliebt.«

Joel unterbricht lange genug sein Nicken, um ihm zu widersprechen: »Sie hatte schon eine Schwäche für ihn, lange bevor wir anfingen, groß zu werden.«

Ich sehe Mike an, um zu sehen, ob er es bestätigt, aber er zuckt nur die Schultern, was nicht dazu beiträgt, meine Nerven zu beruhigen. Dann legen wir die letzten paar Schritte zum Aufenthaltsraum zurück.

In diesen letzten eineinhalb Wochen habe ich viel über Shawn gelernt. Dass er ein Frühaufsteher ist, dass er seinen Kaffee nie zwei Tage hintereinander auf dieselbe Weise trinkt, dass er zum Lesen meist eine Brille mit klobigem Gestell trägt. Ich weiß, wie sich seine Brust beim Schlafen hebt und senkt, wie seine Haare aussehen, wenn sie nach dem Duschen noch nass sind, wie er mit einem Plektron an seiner Lippe spielt, wenn er an einem neuen Songtext sitzt.

Auf der Bühne ist Adam der Frontmann, aber es ist Shawn, der hinter den Kulissen die Strippen zieht. Er bucht unsere Auftritte, überlegt sich witzige Unternehmungen für unsere freien Tage, versorgt uns mit unseren jeweiligen Lieblingskaffees, wenn wir in fußläufiger Entfernung zu einem Starbucks parken. Er ist gut organisiert, akribisch und unglaublich charismatisch. Abseits der Bühne sagt er immer die richtigen Dinge zu den richtigen Leuten und schüttelt die richtigen Hände, und alle in der Branche lieben ihn. Sie lieben ihn, weil trotz alledem – trotz der Scheinwerfer, der Fans, der Aufmerksamkeit – für ihn die Musik noch immer an erster Stelle steht, weil sie das immer tun wird. Und auch die großen Plattenbosse müssen das anerkennen. Sie sehen einen echten Künstler in ihm, genau wie ich. Aber ich sehe auch den Mann, der mich abends anlächelt, bevor mein Kopf aufs Kissen fällt, den Mann, von dem ich, zusammen mit meinem Morgenkaffee, Schmetterlinge im Bauch bekomme.

Ich weiß nicht, was ich erwarte, als ich um die Ecke biege und den Aufenthaltsraum betrete, aber eindeutig nicht Victoria, die zusammengerollt auf seinem Schoß sitzt und ihre dünnen Ärmchen um seinen Hals geschlungen hat. In dem Raum wimmelt es von Leuten, die es kaum erwarten können, uns zu einem tollen Konzert zu gratulieren, und der blonden Kannibalin in Weiß gelingt es, im Mittelpunkt all dessen zu stehen.

»Joel«, trällert sie, sobald wir den Raum betreten haben, um ja sicherzustellen, dass alle Blicke auch weiterhin auf sie gerichtet sind. Ihre Stimme ist so aufdringlich und schrill, dass es eigentlich unmöglich ist, sie zu überhören. »Ich habe gehört, du hast eine Freundin!«

Joel lässt sich gegenüber von Shawn neben Adam auf die Couch fallen, legt die Füße auf den Couchtisch und verschränkt die Finger hinter dem Kopf. »Adam auch«, erwidert er, und Victoria grinst.

Es ist, als ob ich überhaupt nicht existiere. Es ist, als ob ich unsichtbar wäre. Wenn ich nicht Shawns festen Blick auf mir spüren würde, würde ich es glauben. Ich kann spüren, wie mich diese Augen – dieses unergründlich tiefe Grün – anstarren, obwohl ich gar nicht in seine Richtung schaue. Denn wie könnte ich das, wenn sie die Arme um ihn geschlungen hat? Es ist, als ob er mich beobachtet, um … um was? Um zu sehen, ob ich etwas dagegen habe, dass er eine heiße Tussi auf seinem Schoß sitzen hat?

Wenn er meine Billigung will, wird er sie nicht bekommen. Aber er wird auch nicht meine Missbilligung bekommen, denn dazu habe ich kein Recht.

Er gehört mir nicht. Er hat mir nie gehört.

»Das ist mir auch zu Ohren gekommen«, zwitschert Victoria in dem Augenblick, als sich Mikes Schulter von meiner löst. Er steuert auf einen Tisch in der Ecke zu, auf dem Essen und Getränke bereitstehen, und ich steuere auf Joel auf der Couch zu, wobei es mir nicht entgeht, dass Victoria Shawn regelrecht anschmachtet. Er sieht aus wie immer nach einem Auftritt: erschöpft, aber hellwach, als hätte er sich über die Maßen verausgabt und entschieden, nie wieder schlafen zu müssen. Die Iris in seinen Augen ist dunkler, seine Haare sind feucht und ringeln sich an den Spitzen, und sein ganzer Körper würde vermutlich zischen, wenn man ihn berührte. Nächtelang habe ich mich gefragt, wie sich seine Brust an meiner anfühlen würde, direkt nach einem Konzert, wenn wir beide noch aufgeputscht von Adrenalin und dem Rampenlicht sind. Und jetzt ist es Victoria, die mit den Fingern über sein Schlüsselbein gleitet.

Er reckt das Kinn und fängt ihren Blick auf.

»Aber du nicht, oder?«, fährt Victoria fort. Mit verführerisch glänzenden haselnussbraunen Augen sieht sie auf Shawn hinunter. »Du bist noch zu haben.«

Und das ist mein Stichwort. Ohne seine Antwort abzuwarten, katapultiere ich mich förmlich von der Couch hoch und geselle mich zu Mike ans Büfett. Ich nehme mir einen Cookie, beiße einmal davon ab und schenke mir dann einen dringend benötigten Wodka ein. Ich kippe ihn hinunter und verziehe das Gesicht – eine willkommene Ablenkung.

»Wenn wir richtig berühmt sind«, meint Mike, während ich verzweifelt versuche, den Cookie-Haarspray-Geschmack aus dem Mund zu bekommen, »werde ich verlangen, dass es nach jeder Show Pizza gibt.« Seine großen Finger führen ein winziges Minisandwich an seine Lippen, und er schneidet eine Grimasse, bevor er es sich in den Mund schiebt.

»Ich würde auf eine Frozen-Yogurt-Maschine bestehen«, entgegne ich. Und wenn wir heute schon eine hätten, würde ich mich genau in diesem Moment darin ertränken.

»Welche Geschmacksrichtung?«

»Alle.«

Mike schmunzelt. Wir lehnen uns beide mit dem Rücken an den Tisch. Ich versuche es zu vermeiden, zu Shawn hinüberzusehen – und scheitere kläglich. Mein Herz verkrampft sich vor Eifersucht, als ich Victoria auf eine Art mit ihm flirten sehe, auf die ich es niemals tun könnte. Als ich sehe, wie sie ihn auf eine Art berühren kann, auf die ich es niemals tun kann.

»Ich habe gehört, Van Halen mag M&Ms«, fahre ich fort, »aber alle braunen müssen vorher aussortiert werden.«

Mike verschlingt noch ein Minisandwich. »Im Ernst?«

»Jep.« Ich reiße mich von Shawns Anblick los, richte den Blick stattdessen auf Mike und befehle meinen Augen, dort zu bleiben. »Und Mariah Carey hat gern flauschige Tiere im Backstagebereich.« Als er eine dichte braune Augenbraue hochzieht, erkläre ich: »Ich meine, kleine Kätzchen und Welpen und so.«

»Du machst Witze …«

»Nein. Ich habe auf dem College einen Aufsatz über Backstage-Wunschlisten geschrieben. Und das ist noch nicht einmal das Schrägste. Marilyn Manson verlangt immer eine kahlköpfige Nutte ohne Zähne.«

Mikes verwirrte Miene weicht einem kurzen Grinsen, dann brüllt er quer durch den Raum: »Hey, Joel! Wusstest du, dass du eines Tages eine kahlköpfige, zahnlose Nutte auf deine Backstage-Wunschliste wirst setzen können, anstatt dir selbst eine suchen zu müssen?«

Und von all den Fragen, die sich nach dieser Aussage regelrecht aufdrängen, entscheidet Joel sich für: »Was zum Teufel ist eine Backstage-Wunschliste?«

»Das ist eine Liste, die du vorab den Tourorganisatoren gibst«, antwortet irgendjemand im Raum. »Da stehen die ganzen Dinge drauf, die sie im Backstagebereich für dich bereithalten müssen.«

Joels Ellenbogen rutschen von der Couch, als er zu Shawn herumschnellt. »Warum haben wir so etwas nicht?«

»Das könntet ihr«, säuselt Victoria. Ihre langen Fingernägel tänzeln seitlich an Shawns Nacken hoch. »Die meisten Bands, die bei uns unter Vertrag ...«

»Kommt nicht infrage.« Shawn schiebt sie kurzerhand von seinem Schoß und schlendert hinüber zu Mike und mir. Als fungierender Manager unserer Band hat er die Aufgabe, mit Plattenbossen wie Victorias Dad zu verhandeln. Die Jungs tragen seine Entscheidungen mit, ebenso wie ich – vor allem wenn sie beinhalten, Victoria auf die Palme zu bringen.

»Ihr könntet so erfolgreich sein«, protestiert sie.

»Das werden wir auch«, stellt Shawn klar. Seine Schulter streift meine, als er nach der Wodkaflasche und einem Stapel Plastikschnapsbechern greift, doch er würdigt mich keines Blickes und geht zurück zu Victoria.

»Willst du denn nicht den Ruhm? Das Geld? Die Frauen?«

Er lässt sich wieder auf die Couch sinken, stellt die Flasche und die kleinen Becher auf den Tisch und schraubt den Deckel ab. »Nicht, wenn ich dafür meine Seele verkaufen muss.«

»Vicki findet, Seelen werden überbewertet«, witzelt Adam. Sichtlich belustigt über den Kommentar macht sich Shawn daran, ein paar Schnapsbecher zu füllen. »Habe ich nicht recht, Vicki?«

Victoria streckt ihm die Zunge heraus, und ihre gute Stimmung sinkt weiter, als Shawn kurz nacheinander zwei Schnäpse kippt und einen dritten Becher mir hinhält. »Kit?«

Mein Name auf seinen Lippen hört sich fremdartig an, wie etwas, das es vor Victoria und nicht danach gab. Benommen nehme ich den Drink entgegen, spüre ihre Blicke auf mir, und schließe die Finger um das durchsichtige Plastik. Als Shawn sich wieder in das lederne Sofa zurücksinken lässt, legt sie ein Bein über seines, eine Botschaft, die klar und deutlich bei mir ankommt. Ich lehne den zweiten Schnaps ab, den Shawn mir anbietet, denn das Letzte, was ich heute Abend brauche, ist, mich zu betrinken und emotional zu werden. Er zuckt die Schultern und kippt seinen dritten.

»Okay, ich hab's kapiert«, sagt Victoria und leckt sich lasziv mit ihrer rosafarbenen Zungenspitze den Wodka von den Lippen. »Ihr seid noch nicht bereit, bei irgendjemandem zu unterschreiben. Na schön. Wenn ihr es seid – ihr habt meine Nummer. Aber ich bin auch nicht den ganzen Weg hierhergekommen, um nur übers Geschäft zu reden.«

»Sondern?«, schluckt Joel den Köder, den sie hingeschmissen hat.

»Um euch alle zu sehen, natürlich.« Sie richtet ihren alles verschlingenden Blick auf Shawn und strahlt ihn an. »Ich habe euch vermisst.«

Ihre Hand rutscht von seiner Brust, als er sich vorbeugt, um noch eine Runde Schnaps einzuschenken, aber sie findet sofort wieder ihren Platz, sobald er sich zurücklehnt. Und ich kann nichts tun, als zuzusehen. Selbst als sich andere Leute in die Unterhaltung einklinken, kehrt meine Aufmerksamkeit immer wieder zurück zu Victorias Fingern auf Shawns Oberkörper, ihrer nackten Wade auf seinem Schenkel, ihren Lippen an seinem Ohr.

Sie ist die Art Frau, die er braucht, selbst wenn wir nicht bei ihrem Label unterschreiben. Eine heiße, reiche, gebieterische Tussi. Eine, die man nicht vergisst. Eine mit einem Namen wie Victoria Hess.

Ich kann nicht anders, als ihn – *die beiden* – anzustarren. Auf einmal fängt sein Blick meinen auf. Victoria folgt ihm und sieht ebenfalls mit zusammengekniffenen Augen in meine Richtung. Sie ertappen mich dabei, wie ich sie anstarre wie irgendein eifersüchtiger, liebestoller Stalker. Zwei Augenpaare sind jetzt auf mich gerichtet. Abrupt erhebe ich mich. Verkünde, dass ich auf die Toilette gehe.

»Geht es dir gut?«, fragt Mike, wofür er sein Gespräch mit irgendeinem Typen von der Bühnencrew unterbricht.

»Ich fühle mich nicht besonders.«

»Soll ich dich begleiten?«

»Nein«, stammele ich. Unsicher trete ich die Flucht an. »Nein, ich komme später wieder.«

Ich schlängele mich durch ein Labyrinth aus Fluren bis zu einer Ausgangstür, hinter der mir ein Schwall sternengesprenkelter Luft entgegenschlägt. Ich habe nicht die Absicht, je wieder dort hineinzugehen, nicht wenn manikürte Fingernägel dort der Länge nach über mein Herz kratzen. Auf dem ganzen Weg über den verlassenen Parkplatz zum Bus dröhnen meine Kampfstiefel über den Asphalt. Weil wir so lange in diesem Aufenthaltsraum waren, sind die ganzen Fans, die normalerweise hier auf uns warten, bereits nach Hause gegangen. Ich kämpfe eben mit dem Tastenfeld neben der Tür, als sich auf einmal kräftige Finger um meinen Oberarm legen.

Shawn reißt mich herum. Ich hebe das Kinn und begegne seinem intensiven Blick. »Warum bist du gegangen?«

Sein ernster Ton lässt keinen Raum für Witze, Lügen oder für überhaupt irgendetwas, das ich vielleicht erwidern könnte. Der Wodka, den er getrunken hat, schwimmt praktisch in seinen metallic-grünen Augen, während er auf meine Antwort wartet, aber ich habe keine Antwort für ihn. Er streicht mir ein paar weiche schwarze Haarsträhnen aus dem Gesicht, bevor er die Hand seitlich an meinen Hals legt. Dann, die Finger in meinen dichten Haaren vergraben, tritt er einen Schritt vor und drückt mich gegen den Bus.

»Warum hast du so sauer ausgesehen, als du vorhin in den Aufenthaltsraum gekommen bist? Warum konntest du mich nicht ansehen? Warum bist du gegangen?«

Es gibt keine Fluchtmöglichkeit mehr, aber ich kann ihm

auch nicht antworten … ich kann einfach nicht. »Warum bist du mir gefolgt?«

»Aus demselben Grund, aus dem du gegangen bist.« Er neigt das Gesicht zu meinem, meine Lippen beben, als sein Atem über sie gleitet. »Ich will dich küssen.«

Mein Herzschlag setzt aus, und meine Hände pressen sich flach gegen das Metall hinter mir. Er bittet mich, wieder genau dieselben Fehler zu begehen. Er bittet mich, in Gedanken zu einer Party zurückzukehren, einen Abend auf der Tanzfläche noch einmal zu durchleben, eine Erinnerung im Bus wachzurufen. Und ich weiß, dass ich es nicht wollen sollte … aber ich will es. Gott, ich will es.

Ich will ihn.

»Nein.«

»Bitte«, fleht Shawn leise, seine Lippen kommen noch näher und streifen meine bei dem Wort. Ich wende das Gesicht ab, aber seine unnachgiebigen Finger drehen mein Kinn sachte zu ihm zurück, bis es kein Entkommen mehr gibt. »Bitte«, sagt er noch einmal, dann fällt sein hungriger Blick auf meinen Mund. Nur einen Sekundenbruchteil später folgen seine Lippen, knabbern an meinen. Eine Berührung, die mich zu verzehren droht. Jede Faser meines Körpers will für ihn aufblühen, will sich weit öffnen und ihn hereinlassen. »Lass mich. Nur ein Mal.«

Seine Stimme ist selbst wie ein Kuss – sanft und warm an meinem Mund, und mein Widerstand schmilzt dahin. Ich hätte nicht die Kraft, noch einmal Nein zu ihm zu sagen, aber er gibt mir auch gar nicht die Gelegenheit dazu. Stattdessen zieht er mich näher an sich und küsst mich mit einer solchen Eindringlichkeit, dass sich meine empfindlichen Lippen hilflos seiner Hitze ergeben. Er küsst mich mit offenen Augen, und mit offenen Augen schmelze ich dahin.

Shawn nüchtern zu küssen, ist, als würde man von einer Klippe springen. Als würde man begreifen, dass man fliegen kann. Als würde man den Luftstoß begrüßen, der einen erfasst. Als würde man fallen.

Es ist, als würde man den Boden umarmen, der einen zu zertrümmern droht.

Ein Stöhnen entweicht aus irgendeinem tief verborgenen Ort in mir. Seine Hüften pressen mich gegen den Bus, seine Finger verschlingen sich mit meinen. Er schiebt meine Hände höher, bis sich meine Brüste an seinen Oberkörper schmiegen und jede Zelle in meinem Gehirn wie eine Stromschnelle rauscht. Meine Hände sind an dem kalten Metall gefangen, seinen ausgeliefert, und meine Beine halten mich kaum noch aufrecht.

»Shawn«, keuche ich, als ich schließlich die Kraft aufbringe, den Kopf zu drehen und den Kuss zu unterbrechen, der es mir unmöglich macht zu atmen, mich zu bewegen oder zu denken.

Sein Name auf meinen Lippen klingt wie ein Protest und gleichzeitig wie ein Flehen um mehr.

»Ich bin noch nicht fertig«, raunt er mir ins Ohr. Mit der Nase streicht er meine Haare zur Seite, sodass er an meinem entblößten Ohrläppchen knabbern kann. Als ich mich winde, neigt er den Mund zu meinem Hals, und seine Lippen finden eine Stelle, die einen Hitzeschwall zwischen meinen Beinen auslöst. Alles, was ich tun kann, ist, die Oberschenkel zusammenzupressen, mich von ihm küssen zu lassen und zu versuchen, nicht laut seinen Namen zu stöhnen. Seine Zunge tut Dinge, die ein Kribbeln vom Kopf bis zu den Zehen in mir auslösen, und als seine Lippen tiefer und tiefer wandern, eine Spur von Küssen hinterlassen und schließlich meine Halsbeuge erkunden, stehe ich innerlich in Flammen.

Was wir tun, ist falsch – es ist die verbotene Wiederbelebung eines Geheimnisses, das allzu lange gehütet wurde. Und es fühlt sich gut an, *so* unglaublich gut ... Doch ich kann den Wodka riechen, den er getrunken hat ...

Als ich mich von ihm löse, fühlt es sich trotzdem nicht richtig an. Als ob ich Verrat an meinen eigenen Gefühlen beginge. Alles in mir sträubt sich dagegen, doch ich entziehe ihm meine Hände, und mein Körper taumelt zur Seite. Unter halb geschlossenen Lidern mustert er mich, erwidert meinen Blick. Meine Nippel sind hart, meine Haut glüht, meine Brust hebt und senkt sich noch immer bebend.

»Nein«, sage ich.

Shawn will einen Schritt auf mich zumachen, zögert dann und hält inne. »Warum nicht?«

»Du bist betrunken.«

Es fühlt sich an wie die Wiederholung des Abends von unserem ersten Konzert: Ich will ihn, aber einen weiteren Morgen danach kann ich nicht verkraften. Ich könnte es nicht ertragen, wenn er es danach bereuen würde, wenn er beschließen würde, es zu vergessen. Ich könnte es nicht ertragen, noch einmal vergessen zu werden.

Ich entferne mich von ihm, weil es meine einzige Option ist. Denn wenn ich bleibe ...

Ich kann nicht bleiben. Nicht, wenn er mich so ansieht. Nicht, wenn jeder Zentimeter meines Körpers sich an seine Weichheit, seine Härte schmiegen will.

»Kit«, ruft er mir nach, während ich auf die Tür des Konzertsaals zugehe. Jeder Schritt schmerzt, als ob ich der Anziehungskraft eines Ortes widerstehen würde, an den ich gehöre. Je weiter ich mich entferne, desto schwieriger wird es.

Ich drehe mich nicht um.

»Nein, Shawn. Ich werde das nicht noch einmal tun.« Was ich verschweige, ist, dass ich es nicht kann ... ich *kann* es nicht.

Jedes Mal, wenn wir uns so nahe kommen, verliere ich noch ein Stück mehr von mir selbst, und dann noch eines.

Ich höre seine Schritte, höre, dass er mir folgt.

»Kit«, fleht er.

Ich reiße die Metalltür weit auf. »Nein. Rede mit mir, wenn du nüchtern bist.«

Ich sehe nicht zurück, doch ich spüre Shawns Gegenwart hinter mir. Mein Nacken kribbelt, aber auf dem ganzen Weg zurück zum Aufenthaltsraum tue ich so, als ob er nicht existierte.

Ich bin kein Spielzeug. Ich bin nicht etwas, womit er spielen kann, wenn ihm langweilig wird, und das er einfach beiseitelegen kann, bis ihm wieder danach ist.

»Leute …«, sage ich auf der Türschwelle. Ich zucke zusammen, als eine schwere Hand auf meiner Schulter landet. Ich drehe den Kopf, um Shawn wütend anzufunkeln, doch seufze dann nur, als mir klar wird, dass er sich lediglich auf mich stützt, um nicht zu schwanken. Er stiert auf seine Füße, als würden sie jeden Moment unter ihm wegspringen. »Shawn ist höllisch betrunken«, führe ich den Satz zu Ende. »Kann mir irgendjemand helfen, ihn zum Bus zu bringen?«

Ein Roadie kommt herüber und schlägt Shawn so hart auf die Schulter, dass er fast in die Knie geht. Der Roadie lacht, schiebt sich unter Shawns Arm durch und hält ihn aufrecht. Währenddessen versucht Adam, über die Couchlehne zu krabbeln, verliert das Gleichgewicht und beweist, dass er ebenso besoffen ist wie Shawn. Shawn fängt an zu kichern, Adam liegt auf dem Boden und kugelt sich vor Lachen, und ich verdrehe nur die Augen.

Joel beweist genügend Verstand, um aufzustehen und um die Couch herumzugehen, anstatt darüberzuklettern. Mit glasigen blauen Augen starrt er auf Adam hinunter. »Alter, du bist sowas von hinüber.«

Als Adam Hilfe suchend eine Hand ausstreckt, macht Joel Anstalten, sie zu ergreifen. Doch Mike geht dazwischen und verhindert so, dass letztendlich alle beide auf dem Hintern landen. »Okay, gehen wir.«

»Verlegen wir die Party in den Bus?«, zwitschert Victoria mit ihrer nervtötenden Kleinmädchenstimme, und bevor irgendjemand anders etwas sagen kann, säusele ich zuckersüß zurück.

»Tut mir leid, nur für geladene Gäste.«

Unterdessen zerrt Mike Adam vom Boden hoch.

Ohne dass ich bemerkt habe, dass sie überhaupt aufgestanden ist, steht plötzlich Victoria unmittelbar neben mir. Mit großen haselnussbraunen Augen schaut sie zu Shawn auf, dessen Hand noch immer auf meiner Schulter liegt. »Darf ich mitkommen, Shawn?«

Wir sehen ihn beide erwartungsvoll an.

Er beginnt wieder zu lachen und fragt provozierend: »Hast du eine Einladung?«

Ich bin zwar noch immer zu sauer, um mich über seine Unterstützung zu freuen, doch ein Grinsen kann ich mir nicht verkneifen, als ich sehe, wie Victoria bei der Abfuhr das Gesicht verzieht. Dann kehre ich ihr wortlos den Rücken zu und gehe, gefolgt von meinen heißen, völlig zerstörten Bandkollegen, zurück zum Bus. Sie sind laut, sie sind unerträglich. Sogar durch die Wände des Badezimmers und unter dem Prasseln der laufenden Dusche kann ich sie hören.

Shawns Küsse liegen noch immer wie eine Berührung auf meiner Haut. Seine Lippen kribbeln an meinem Hals. Seine Finger sind überall, und ich stütze mich mit den Händen an der Linoleumwand ab und lasse mir das Wasser über den Hinterkopf laufen, in dem Versuch, alles auszublenden.

Kale hat mich gewarnt, es als schlechte Idee bezeichnet,

der Band beizutreten, und ich wusste ja auch, dass es schwer sein würde … ich wusste nur nicht, dass es *so* sein würde. Ich wusste nicht, dass ich ihn im *Mayhem* küssen würde. Ich wusste nicht, dass er meinen Kuss erwidern würde.

Ich halte das Gesicht in den Wasserstrahl.

Aber diesmal hat *er mich* geküsst. Und genau wie der Teenager, der ihm vor sechs Jahren überallhin gefolgt wäre, habe ich es zugelassen. Ich habe seinen Kuss erwidert. Obwohl ich mir völlig darüber klar war, dass es besser wäre, die Flucht zu ergreifen: Ich war unfähig, ihn sofort abzuweisen. Er ist wie eine Sucht, die beständig in meinem Innersten lauert und verlangt, befriedigt zu werden.

Es sind seine Lippen. Diese Augen. Sein Geruch. Diese Berührung.

Es ist die Art, wie er mich im Dunkeln ansieht. Die Art, wie er mich küsst, wenn ich die Augen geschlossen halte, die Art, wie er mich küsst, wenn ich die Augen geöffnet habe.

Ich mache mir nicht die Mühe, die Haare zu föhnen. Stattdessen binde ich sie mir am Hinterkopf zu einem Knoten zusammen und verlasse das Bad in einem viel zu großen T-Shirt, das die seidigen Pyjamashorts darunter verschluckt. Die Jungs versuchen in der Küche offensichtlich noch immer, Tote zum Leben zu erwecken, daher hole ich einmal tief Luft und schlage den Vorhang zurück.

»Ist das euer Ernst?«, entfährt es mir beim Anblick der Schnapsgläser und -flaschen, die den Tisch zieren, an dem sie sitzen.

»Ich trinke nichts«, erklärt Shawn, aber ich ignoriere ihn und fange an, in den Schränken zu kramen.

»Was tust du denn da?«, fragt Joel. Er sitzt auf dem Tisch, eine Flasche Gin zwischen den Beinen.

»Ich mache euch etwas zu essen.«

»Oh!« Adam schiebt Shawns Kopf aus dem Weg, damit er mich besser sehen kann. »Ich will … Käsekuchen! Kannst du mir einen Käsekuchen backen?«

»Na klar, Adam, soll ich ihn mir für dich aus dem Arsch ziehen?«

Während ich weiter die Schränke durchwühle, bricht hinter mir ein johlendes Gelächter aus. Ich wünschte, ich könnte bei ihnen sitzen, sturzbetrunken sein und über irgendwelches Zeug lachen, das nicht einmal witzig ist. Stattdessen bin ich die Nüchternheit in Person. Und alles nur, um mich davon abzuhalten, Shawns Ärmel mit meinen Tränen zu durchnässen und ihn zu fragen, warum er mich nicht wollen kann, wenn er nüchtern ist.

Ich nehme alles, was irgendwie an Brot erinnert – Cracker, Kekse, Brezeln –, aus dem Schrank und tausche es gegen die Flaschen auf dem Tisch aus. Nachdem ich diese weggeräumt und gedroht habe, jeden zu ermorden, der es wagt, mich aufzuwecken, krieche ich schließlich unter meine Bettdecke, die noch immer leicht nach Shawns Eau de Cologne riecht. Ich bin erschöpft – von dem langen Tag, dem Konzert, davon, mich mit Victoria Hess herumzuschlagen …

Davon, Nein zu Shawn Scarlett sagen zu müssen.

Shawns grüne Augen sind das Letzte, woran ich denke, bevor ich einschlafe, und das Erste, was ich sehe, als ich aufwache. Die Dunkelheit beginnt eben dem Licht zu weichen, und ein dunstiger Schimmer begehrt durch die geschlossenen Jalousien des Busses Einlass, als Shawns weiche Finger meinen Ellenbogen streifen. Er kauert neben meinem Bett, und sein Shirt ist sauber, seine Augen sind klar, und sein Atem ist minzfrisch, als er mir befiehlt: »Komm mit.«

Ohne meinen Protest abzuwarten, verschwindet er hinter

dem schweren grauen Vorhang, der in die Küche führt, und lässt mich im Bett zurück, wo ich verdutzt liegen bleibe, bis ich mir sicher bin, dass ich nicht träume. Joel schnarcht, draußen rauscht der Verkehr vorbei, und mein Herz wacht ohne mich auf und zwingt meine Füße, sich von der Bettdecke zu befreien und sich über die Seite meiner Koje zu schwingen. Die Kälte unter meinen Zehen bestätigt mir, dass ich wach bin. Leise husche ich den Gang hinunter, bemühe mich, niemanden zu wecken, während ich mich innerlich für Shawns Entschuldigung wappne. Er wird sich dafür entschuldigen, dass er mich geküsst hat, erklären, dass er betrunken war, mich bitten, sein Versprechen anzunehmen, dass es nie wieder vorkommen wird. Das Gespräch wird unbeholfen sein, wir werden uns darauf verständigen, uns professionell zu benehmen, und damit wird die Sache erledigt sein. Einfach und doch so unmöglich.

Als ich den Vorhang zurückschiebe und in die Küche schlüpfe, wendet er sich zu mir um. Der glasige Schimmer von gestern Abend ist aus seinen Augen verschwunden. »Du hast gesagt, ich soll mit dir reden, wenn ich nüchtern bin.«

Meine Stimmung sinkt, als seine Worte bestätigen, dass er sich tatsächlich erinnert – daran, wie er mich berührt hat, daran, wie ich es zugelassen habe. Er war betrunken genug, um mich anzubaggern, aber nicht betrunken genug, um es zu vergessen.

Ich habe seinen Kuss erwidert. Ich war nicht diejenige, die betrunken war, aber ich habe seinen Kuss erwidert.

Shawn tritt näher auf mich zu. Mir stockt der Atem, als er seine beiden Hände in meinen Haaren vergräbt, die noch immer feucht von der Dusche gestern Abend sind. Ohne Stiefel muss ich das Kinn weit nach oben heben, um ihm ins Gesicht schauen zu können.

»Ich bin nüchtern«, sagt er.

»Was?«

»Du hast gesagt, ich soll mit dir reden, wenn ich nüchtern bin«, wiederholt er.

Und dann küsst er mich.

Ich habe die Augen bereits geschlossen, als seine Lippen auf meine treffen, und diese wilde Sucht in meinen Adern lodert auf, bis ich seinen Kuss erwidere, bis ich ihn tief einatme. Ich balle die Fäuste in dem lockeren Stoff seines T-Shirts, und er wirbelt uns beide herum und drängt mich rückwärts.

Er ist nüchtern. Und wie er mich angesehen, wie er mich berührt hat. Stark, entschlossen, fest.

Der Küchentresen schiebt sich in meinen Rücken, und dann umfassen Shawns Hände meinen Hintern und heben mich auf den Tresen. Die Stoppeln an seinem Kinn kitzeln meine Hand-flächen, meine Wange, meinen Hals, mein Kinn – bis er jeden Teil von mir, sichtbar und unsichtbar, als sein Eigentum de-klariert hat.

Ich will ihn, aber nicht nur für einen Moment. Ich will ihn, aber nicht nur für dieses eine Mal.

Schwer atmend schiebe ich ihn weg und halte ihn an den Schultern auf Abstand, als er meine Lippen wieder in Besitz zu nehmen versucht. Das Glühen in seinen Augen bringt meine Entscheidung ins Wanken. »Du darfst das hier nicht bereuen, Shawn«, warne ich ihn.

Egal ob nüchtern oder nicht, ich kann nicht noch einen Teil von mir verlieren. Nicht einfach wegwerfen.

Er zieht mich vor bis an den Rand des Tresens, sodass sich meine Schenkel um seine Hüften schmiegen und er sich zwi-schen sie drängen kann. Seine Augen sind voller Versprechun-gen, als er mit rauer Stimme erwidert: »Das werde ich nicht.«

Seine Lippen pressen sich wieder auf meine, und meine Beine ziehen ihn noch näher an mich heran. Seine Hände umfassen meine Pobacken, und als er mich fest an sich drückt, vermischt sich mein Stöhnen mit seinem, ein leises, tiefes, keuchendes Geräusch, bei dem sich mein Innerstes zusammenzieht.

Ich bin bereit, ihm zu geben, was immer er will. Seine Lippen lösen sich auf einmal von meinen und gleiten über meine Haut, suchen meine Schläfe, dann mein Ohr. Seine Schultern beben unter meinen Händen, als er sagt: »Du darfst das hier auch nicht bereuen.«

»Das werde ich nicht.«

»Sicher?« Seine Stimme bebt, seine Hände zittern leicht, so als müsste er seine ganze Willenskraft aufbringen, damit sie mich nicht nehmen.

»Versprochen«, flüstere ich, und er lehnt sich für einen winzigen Augenblick nach hinten, um die Wahrheit in meinen Augen zu erforschen, bevor er mich küsst.

Er küsst mich so, wie er Gitarre spielt – mit einer Mischung aus Leidenschaft und Technik. Er küsst mich, als wäre ich ein Eis, das er unbedingt genießen will, als wäre meine Zunge die reife Kirsche obenauf. Und ich erwidere seinen Kuss, bis ich unter seinen Lippen, seiner Zunge, seiner Berührung dahinschmelze. Meine Haut fängt Feuer, als seine Lippen immer tiefer und tiefer wandern. Sie erkunden meinen Hals und mein Dekolleté, finden meine empfindlichen Stellen und liebkosen sie, bis ich mir auf die Lippe beiße, um nicht den ganzen Bus zu wecken. Mein leises Wimmern ermuntert ihn erst recht, er schiebt eine Hand unter mein Shirt und umfasst die Wölbung meiner Brust, begierig und massierend und … oh, verdammt, ich pulsiere zwischen den Beinen, und die Tatsache, dass er sich an mir reibt, trägt nicht gerade dazu bei, meine Erregung zu zügeln. Nicht, wenn meine

Pyjamashorts so seidig sind, wie sie sind, und mein Slip so nass wird, wie er wird.

Mit seinen Hüften zwischen meinen Schenkeln und seiner Hand unter meinem Shirt machen sich meine Finger selbstständig. Gierig huschen sie von den Schultern seines T-Shirts und hinunter zu dem Knopf seiner Jeans. Ich kämpfe gerade mit dem Jeansstoff, voller Verlangen, Shawn in mir zu spüren, als Joel auf einmal hinter dem Vorhang stöhnt: »Shaaawn, mach mir einen Kaffee.«

Shawn und ich verharren in unseren Bewegungen – meine Hände, die im Begriff sind, seine Jeans zu zerreißen; er mit einer Hand auf meiner Brust und der anderen unter meinem Hintern. Langsam richtet Shawn sich auf, ohne dass dabei meine Finger den Knopf loslassen und ohne dass er seinen Blick von meinem Mund abwendet. Wir warten und warten, und nichts passiert. In der Stille beginnt er sanft an meinen Lippen zu knabbern, und in der Stille küsse ich ihn zurück.

»Glaubst du, er ist wieder eingeschlafen?«, flüstere ich.

»Nein.« Shawns glühend heiße Lippen nehmen meine mit einer sanften und doch bestimmenden Liebkosung wieder in Besitz, doch da fällt hinter dem Vorhang irgendetwas Schweres zu Boden. In der nächsten Sekunde hat Shawn die Hände unter meinem Shirt hervorgezogen, und ich meine aus seiner Jeans. Hastig weicht er einen Schritt zurück.

Im nächsten Augenblick platzt Joel durch den Vorhang, ein verkatertes Häuflein Elend, das genau an Shawn vorbeigeht und auf die Kaffeemaschine zusteuert. Er steckt einen Filter in die Maschine, ohne zu bemerken, dass mein Herz unkontrolliert hämmert, dass meine Lippen leuchtend rot und geschwollen sind, dass Shawn mich anstarrt, als würde er es ernsthaft in Betracht ziehen, zu Ende zu bringen, was er begonnen hat, egal, wer uns dabei zusieht oder nicht zusieht.

»Warum zum Teufel hat niemand Kaffee gemacht?«, beschwert sich Joel, und ich beiße mir auf die Unterlippe.

Shawn tritt einen kleinen Schritt auf mich zu, doch ich schüttele fast unmerklich den Kopf. Er zögert, dann nickt er unauffällig zum Vorhang hin, bittet mich wortlos, den Bus mit ihm zusammen zu verlassen. Ausnahmsweise einmal bittet er mich, und ausnahmsweise einmal kann ich denken.

Ein zufriedenes Lächeln umspielt meine Lippen, und trotzdem schüttele ich wieder den Kopf.

Ich habe es ihm immer zu einfach gemacht. Zu schnell. Zu leicht zu vergessen.

»Für mich keinen Kaffee«, sage ich zu Joel, springe vom Tresen, entschlossen, einen denkwürdigen Eindruck zu hinterlassen. »Ich glaube, ich werde versuchen, noch ein bisschen zu schlafen.«

Im Vorbeigehen lächele ich Shawn an. Meine Finger streifen seine auf eine Art, die meinen Puls noch schneller rasen lässt als vorhin, als ich auf dem Tresen saß. Seine Finger spielen für einen Moment mit meinen, bevor sie sie schließlich loslassen.

An diesem Morgen schlafe ich ein, ohne dass mich der Geruch ablenkt, der den Fasern meines Kopfkissens noch immer anhaftet. Ich vergrabe stattdessen das Gesicht darin und lächele, weil diese grünen Augen diesmal klar und nüchtern waren, und weil sie aufrichtig waren und mich noch immer wollten. Ich lächele, weil er gesagt hat, er würde es nicht bereuen. Ich lächele, weil ich ihm glaube.

14

Es gibt einige Dinge, die Leute, die noch nie auf einer Tour waren, nicht wissen können. Eines davon ist, wie sich die Dinge ändern.

In der ersten Woche riecht der große, glänzende Bus nach Aufregung und frischem Leder, aber spätestens in der vierten Woche riecht er nach Erschöpfung und Männer-Turnhosen. Die Küche verliert ihren Glanz, die Straße verliert ihren Zauber, und die Städte fangen an, alle gleich auszusehen. Jeder Abend ist der beste Abend deines Lebens, und jeder Morgen gleicht dem vorherigen.

In der ersten Woche fällt es einem leicht, sich von Freunden und Familienangehörigen zu verabschieden. Umarmungen, Küsse, Winken aus dem Fenster. Doch in der vierten Woche kommt einem das Abschiednehmen – und sei es nur nach dem Telefonat – so vor, als ob man ein unsichtbares Band durchschneidet, das einen mit zu Hause verbindet. Manchmal fühlt es sich an, als ob du dein Zuhause niemals wiedersehen wirst … denn wie sollte es auch anders sein, wenn dein Zuhause einfach so, so, so weit weg ist?

Adam wird unruhig, unternimmt nächtliche Spaziergänge und füllt ein Notizbuch nach dem anderen mit Texten für unsere nächsten Songs. Alles, um sich von seiner Sehnsucht nach Rowan abzulenken. Joel entwickelt eine ungesunde Bindung zu seinem Handy, lässt es in der Nacht immer genau neben seinem Kopfkissen liegen und jammert ständig, wie sehr er Dees Hintern, ihre Beine, ihren Mund vermisst. Alles, um sich nicht anmerken zu lassen, wie sehr er sie in Wirklichkeit einfach nur in die Arme schließen und nie wieder loslassen will. Mike beschwert sich, weil ihm sein Haus, seine Multimedia-Anlage, sein Studio fehlen.

Aber Shawn und ich ... Shawn und ich beklagen uns nicht. Denn wie könnten wir das, wenn jeder neue Morgen, jede neue Stadt gestohlene Küsse hinter dem Küchenvorhang mit sich bringt?

Sicher, ich vermisse Kale. Ich vermisse Leti. Ich vermisse den Rest meiner Brüder und meine Mom und meinen Dad. Ich vermisse Rowan und Dee und sogar meine Vermieterin. Ich vermisse mein eigenes Bett, und ich vermisse es, mehr als nur ein paar Klamotten zum Anziehen zu haben. Ich vermisse es, Primetime-TV und sonntagabends Football auf der Couch meiner Eltern zu sehen. Aber ich vermisse es nicht, nicht von Shawn geküsst oder nicht von ihm berührt zu werden. Ich vermisse es nicht, mich ständig zu fragen, wie es sich anfühlen würde, von ihm begehrt zu werden.

Für mich fühlen sich die paar Wochen wie ein anderes Leben an, eines mit aufregenden Küssen und heimlichen Blicken. Shawn und ich halten das, was zwischen uns passiert, vor allen anderen geheim, weil, glaube ich, keiner von uns weiß, was genau da eigentlich passiert ...

Ich stehe früh auf, um in der Küche an seinen Lippen zu kichern. Ich schleiche mich weg, um im Dunkeln an seinen Lippen zu stöhnen.

Als ich heute Morgen die Augen aufschlug, lächelte er mich über den Gang hinweg an, woraufhin sich auf meinem Gesicht ein idiotisches Grinsen ausbreitete, das ich verbarg, indem ich mein Gesicht tief in meinem Kissen vergrub. Als ich wieder zu ihm hinüberschielte, zwinkerte er mir zu. Es kostete meine ganze Willenskraft, nicht mit einem albernen, kindischen Kichern den Rest der Mannschaft aufzuwecken. Shawn zeigte in Richtung Küche, doch ich schüttelte den Kopf. Als er noch einmal hinzeigte, verzog ich meine Lippen nur zu einem verführerischen Lächeln und schüttelte erneut den Kopf. Schmunzelnd griff er zu seinem Handy.

Dusche?

Ich biss mir auf die Lippe, vergaß glatt, dass er mich sehen konnte. Ich schaute von meinem Handy auf. Er sah so aus, als wäre er kurz davor, mich einfach hochzuheben und ins Bad zu tragen, ob ich nun einverstanden war oder nicht.

Noch ein bisschen schlafen. :P, textete ich ihm zurück.

Dann komme ich zu dir ins Bett.

Das wirst du nicht tun.

Mein Kopf schnellte hoch, als ich hörte, wie er Anstalten machte, aus seinem Bett zu kriechen. Schnell schlüpfte ich aus der Koje und durch den Vorhang, bevor er mir zuvorkommen konnte. In der Küche zog er mich in seine Arme und bestrafte mich für meine Neckerei – mit leidenschaftlichen Küssen, die mir den Atem raubten, und zärtlichen Berührungen, die mich in den Wahnsinn trieben. Er spielte mit meinem Körper wie mit einem Spielzeug, das er allmählich kennenlernt. Er ließ sich Zeit damit, mir eine Lektion zu erteilen. Zu lange! Denn der Bus fuhr los, die anderen wachten auf, und Shawn und ich wurden um ein Haar mit den Händen unter den Klamotten des jeweils anderen ertappt. Zum gefühlt hundertsten Mal.

Den ganzen Nachmittag über war ich frustriert, aber das war es wert. Die Tatsache, dass wir ein Geheimnis daraus machen, macht diese Sache zwischen uns noch witziger, macht uns noch verzweifelter, sodass sich jeder Augenblick, den ich mit ihm habe, wie etwas Gestohlenes anfühlt.

»Kit?«, höre ich Kales Stimme an meinem Ohr. Ich verdränge die Gedanken an meinen Morgen mit Shawn aus meinem Kopf und konzentriere mich auf das Gespräch mit meinem Zwillingsbruder. Ich sitze mit dem Handy am Ohr auf der Bordsteinkante vor einer Fast-Food-Bude, während die Jungs drinnen zu Ende frühstücken. Und meine Haut fühlt sich an, als würde sie jeden Moment zerfließen.

»Ich klebe überall.«

»Hä?«

»Georgia«, knurre ich und wische mir dabei den Schweiß von den Armen. Dann stehe ich auf, um im Schatten eines Vordachs Zuflucht zu suchen. »Überall klebt es. Im Ernst, meine Haut ist im Moment eine einzige Schleimschicht.«

»Igitt.«

»Ich sehe aus wie eine schmelzende Wachsfigur. Ich schwöre bei Gott, ich schwitze sogar innen in den Ohren.«

»Du bist ekelhaft«, sagt Kale.

»Ich weiß.« Das Handy zwischen Ohr und Schulter eingeklemmt, rudere ich mit den Armen wie ein aufgescheuchtes Huhn, um mir ein bisschen Luft zuzuwedeln. »Wagt es bloß nicht, mich in Georgia zu begraben. Kratzt mich vom Gehsteig ab und verschifft mich in die Antarktis oder so.«

Während sich mein Bruder über mein Gejammere lustig macht, hebe ich mein viel zu großes Band-Tanktop hinten an und presse meinen nackten Rücken gegen den kühlen Backstein des Gebäudes hinter mir. Die missbilligenden Blicke der Passanten ignoriere ich einfach. »Das heißt also, du bist bereit, dieses Wochenende nach Hause zu kommen?«, fragt er.

Meine Gedanken schießen sofort zu Shawn zurück und seinen Zärtlichkeiten heute Morgen in der Küche. Ausgerechnet heute beschloss Adam, einmal früh aufzuwachen. Jedes verdammte Mal, wenn es zwischen Shawn und mir richtig heiß zu werden verspricht, passiert irgendetwas, das uns einen Dämpfer verpasst, und ich bin mir nicht ganz sicher, ob ich dafür dankbar sein oder die Luft aus allen sechs Reifen des Busses lassen sollte.

»Nein«, gebe ich zu, bevor ich seufze und beginne, ihm mein Herz auszuschütten. »Shawn und ich …«

»Oh, neeeiiin«, stöhnt Kale auf. »Ich habe es geahnt! Ich habe es geahnt!«

Ich schließe die Augen hinter meiner Sonnenbrille. »Ich weiß nicht, was passiert, wenn wir nach Hause kommen.«

Es ist nicht so, als ob ich nicht eine Million oder zwei Millionen Mal darüber nachgedacht hätte. Ich möchte zwar nicht, dass das mit uns für immer ein Geheimnis bleibt, doch immerhin war *ich* diejenige, die es dazu gemacht hat, indem ich es in der Küche vor Joel verheimlichte. Und Shawn schien es bislang offenbar recht zu sein, es dabei zu belassen. Wie werde ich dastehen, wenn ich meine Meinung jetzt ändere? Bedürftig. Verzweifelt. Erbärmlich. Bisher hat Shawn sich nicht zu unserem Beziehungsstatus geäußert, darüber, was er von mir will und was er in mir sieht, und ich habe zu viel Angst vor einer Enttäuschung, um ihn darauf anzusprechen. Ich habe zu viel Angst davor, dass mir das Herz gebrochen wird. Wieder einmal.

»Hat er dich um ein Date gebeten, oder benutzt er dich nur als Fickfreundin?«, fragt Kale.

»Wir hatten keinen Sex.«

»Beantworte meine Frage.«

»Ich weiß es nicht.«

»Wie kannst du das nicht wissen?«

»Ich glaube, wir sind zusammen«, murmele ich, hauptsächlich, um meinen Bruder zu beschwichtigen, denn ehrlich gesagt, bin ich mir nicht sicher, *was* ich wirklich glaube.

»Du *glaubst* es?«

Ich wische mir den Schweißfilm von der Stirn. »Ich glaube, ich bin dabei, mich wieder in ihn zu verknallen.«

»Blödsinn«, behauptet Kale, als wäre ich seine weinerliche kleine Schwester ... die ich bin. »Du liebst ihn, und wir wissen es beide. Du hast nie damit aufgehört.«

Mein Zwillingsbruder spricht laut aus, was mein Herz längst erkannt hat, und es hat keinen Sinn, es noch länger zu leugnen. »Ich dachte, ich wäre über ihn hinweg.«

»Ja, na klar«, schnaubt Kale, während ich meine verschwitzte Hand an meinen Shorts abwische, »weil du dumm bist.«

Ich lasse mich an der Backsteinwand nach unten rutschen, bis ich auf dem Boden sitze, und ziehe die Knie an die Brust. Ich mache mir nicht die Mühe, deswegen mit ihm zu diskutieren, und er macht sich nicht die Mühe, noch länger darauf herumzureiten. Wir wissen beide, dass ich im Begriff bin, mir wieder einmal das Herz brechen zu lassen, und wir wissen beide, dass ich das Risiko trotzdem eingehen werde. Denn Shawn wird dieses Risiko in meinen Augen immer wert sein. Und diese letzten paar Wochen haben mir nur noch eine Million mehr Gründe gegeben, mich darauf einzulassen:

Weil er vor einem Auftritt Honig in Adams Whisky rührt, um dessen Stimmbänder zu schonen, und weil er eine kleine Packung Aspirin über Joels Bett klebt, wenn bei diesem am nächsten Morgen ein Kater zu erwarten ist. Weil er mich zum Lächeln bringt, wenn er lächelt, und mich zum Lachen bringt, wenn er lacht.

Ihn kennenzulernen, *richtig* kennenzulernen, hat meine Gefühle für ihn nur noch vertieft. Was ich für ihn empfunden habe, als ich fünfzehn war, ist nichts verglichen mit dem, was ich jetzt für ihn fühle. Vor allem jetzt, da ich mir sicher sein kann, dass er auch etwas für mich empfindet, selbst wenn ich nicht genau weiß, was dieses Etwas ist.

Kale und ich lassen mein Geständnis zwischen uns in der Luft schweben. Jedes weitere Wort ist überflüssig, denn wir wissen beide, was der andere sagen würde: Er würde versuchen, mir klarzumachen, dass ich aufhören muss, mit Shawn rumzumachen, bevor ich wieder zu tief drinstecke. Ich würde antworten, dass es dafür zu spät ist. Er würde sagen, dass er ihn nicht mag. Ich würde sagen, dass ich das weiß. Er würde mich fragen, was ich zu tun gedenke, wenn er mich tatsächlich wieder verletzen sollte. Ich würde seufzen und auf diese Frage schweigen.

»Leti will, dass ich mich vor Mom und Dad oute«, erzählt er, und ich bin froh, dass er mir den Gefallen tut, das Thema zu wechseln.

»Natürlich will er das.«

An dem Abend im *Out* haben sich Leti und Kale richtig gut verstanden. Obwohl ich ihnen per SMS angeboten habe, bei uns im Bus zu schlafen, sodass sie nicht noch nachts nach Hause fahren müssen, sind sie nie aufgekreuzt. Sie haben die ganze Nacht durchgefeiert, haben seitdem fast jeden Tag telefoniert und sind sogar ein paarmal miteinander ausgegangen. Ich rieb Kale unter die Nase, dass ich ihm ja gesagt hätte, sie würden perfekt zueinanderpassen, und er stritt es nicht ab.

Jetzt ist es an Kale zu schweigen, deshalb frage ich: »Was wirst du tun?«

»Keine Ahnung.«

»Na ja, du weißt ja, was ich denke.« Ich stemme mich hoch, als die Jungs der Reihe nach aus dem Fast-Food-Restaurant geschlendert kommen. Adam steckt sich bereits eine Zigarette an, und Joel beginnt sofort, über die Hitze zu meckern. Shawn hat sein Handy am Ohr, und der Blick, den er mir zuwirft, nachdem er ihn über mein zerschlissenes weißes Tanktop, das an meiner Haut klebt, hat wandern lassen, lässt meine sonnenverbrannten Wangen nur noch heißer glühen.

»Ja.« Kale hält einen Augenblick inne, dann fährt er fort: »Kit, egal, was mit Shawn passiert, du weißt, dass ich immer für dich da bin, oder?«

Das habe ich nie bezweifelt, nicht eine Sekunde. »Ich weiß. Ich liebe dich, Kale.«

»Ich dich auch, Schwesterherz. Ruf mich an, wenn du mich brauchst.«

Ich schließe mich dem Rest der Band an, um gemeinsam mit ihnen zum Bus zurückzugehen. Nach ein paar Schritten frage ich Mike, mit wem Shawn telefoniert.

»Van.«

Ein einziges Wort, und ich stolpere fast über meine eigenen Füße. Als die anderen mich seltsam ansehen, gebe ich schnell einem angeblichen Hubbel auf dem Gehweg die Schuld.

Van Erickson, ein Name, der so populär ist, dass der Nachname eigentlich überflüssig ist. Er ist der Leadsänger von *Cutting the Line*, einer der derzeit angesagtesten Bands. Letztes Jahr konnte ich Tickets für eines ihrer Konzerte ergattern, und obwohl meine Freundin und ich drei Stunden zu früh dran waren, landeten wir trotzdem weit, weit hinten in der Schlange. Vor der Bühne dann wurden wir die ganze Zeit über von allen Seiten angerempelt, aber es war eine der besten Shows meines Lebens. Jede einzelne Person, die an diesem Abend dort war, kannte jedes einzelne Wort jedes einzelnen Songs, und wir schrien uns alle die Seele aus dem Leib und rissen die Hände in die Luft. Eine einzige kochende Menge.

Schamlos versuche ich, Shawns Gespräch zu belauschen, während Adam, Joel und Mike witzeln und ihre Unterhaltung fortsetzen, als wäre gar nichts dabei, Van Erickson an der Strippe zu haben. Doch ich bekomme kaum etwas mit, da Shawn auflegt und auf einmal ganz geschäftsmäßig wird.

»Planänderung«, verkündet er. »Wir fahren zurück nach Nashville.«

»Wann?«, fragt Adam zwischen zwei Zügen an seiner Zigarette.

»Jetzt.«

Und schon hat Shawn das Handy wieder am Ohr und instruiert Driver, wie ich seinen kurzen Anweisungen entnehmen kann.

Offenbar haben sich die Mitglieder der Vorband von *Cutting the Line* einen scheußlichen Virus eingefangen, der sie alle außer Gefecht gesetzt hat, und Van wollte als Erstes uns anbieten, für sie einzuspringen. Shawn hat zugesagt, was bedeutet, dass ich in ein paar Stunden wirklich als Vorband von *Cutting. The. Line* spielen werde.

Als wir die Busse erreichen, laufen die Motoren bereits. Driver schießt praktisch vom Parkplatz, sobald der letzte Mann den Fuß in den Bus gesetzt hat, und dann sind wir auf dem Highway unterwegs in Richtung Nashville.

Auf der Fahrt nippe ich an einer Dose Red Bull und starre geistesabwesend an die Küchenwand.

Joel grinst. »Bist du nervös oder so?«

Mein Blick wandert zu ihm hinüber. Wahrscheinlich hat mein Gesicht im Moment die gleiche Farbe wie mein weißes Tanktop. »Bist du es denn nicht?«

Er schüttelt den Kopf und setzt sich auf die Tischplatte. »Ich bin schon mal mit ihnen aufgetreten.«

»Du bist mit *Cutting the Line* aufgetreten?«

»Ihr Bassist hatte auf einem Festival zu tief ins Glas geschaut«, erklärt er.

Ich hätte mir die Haare bis auf den Schädel abrasiert, wenn ich dafür im letzten Frühjahr auf dieses Festival gekonnt hätte, aber die Tickets waren in Rekordzeit ausverkauft gewesen. »Wie war es?«

»Laut.« Sein verschlagenes Grinsen jagt mir ein Kribbeln durch den Körper, das auf der ganzen Fahrt nach Nashville anhält.

Als wir vor der Konzerthalle vorfahren und ich aus dem Fenster neben meinem Bett schaue, fallen mir fast die Augen aus dem Kopf: Die Schlange der wartenden Fans erstreckt sich über mehrere Blocks. Kids mit gefärbten Haaren und Piercings und T-Shirts, die noch verwaschener sind als mein eigenes. Ich schlucke schwer und blinzele mehrmals, um einen klaren Kopf zu bekommen.

Shawn setzt sich neben mich. »Es gibt nur eine Sache, die du nicht vergessen darfst.« Er ist bereits fertig für die Show. Er trägt genau dasselbe, was er heute Morgen angehabt hat: verwaschene, abgetragene Jeans und ein ausgeblichenes Nirvanashirt.

»Und das wäre?«

»Du bist die beste verdammte Rhythmusgitarristin, die diese Kids je gesehen haben.« Er schmunzelt über meinen zweifelnden Blick, streicht mir eine Haarsträhne hinters Ohr und steht dann auf, um in den vorderen Teil des Busses zurückzugehen.

»Shawn«, rufe ich ihm nach. Ich springe auf und stelle mich im Gang vor ihn hin. »Wie sehe ich aus?«

Ich trage einen niedlichen schwarzen BH, der unter einer von Dees Kreationen hervorlugt, einem zerschnittenen violetten Top, das eng anliegt, wo es eng anliegen soll, und fließend fällt, wo es fließend fallen soll. Es passt farblich genau zu den Strähnchen in meinen Haaren und hat ein mit Photoshop bearbeitetes Bild von Marilyn Monroe auf der Vorderseite. Sie ist stark geschminkt und tätowiert, macht mit beiden Händen die *Rock-on*-Geste und sieht genauso knallhart aus, wie ich es – so hoffe ich zumindest – tue. Meine Beine stecken bequem in hautengen schwarzen Jeans, und meine Kampfstiefel sind bis oben hin geschnürt.

Shawns grüne Augen mustern mich kurz, dann tritt er nah an mich heran. Wir sind allein zwischen den blickdichten Vorhängen. Als er mich küsst, vergesse ich alles um mich herum. Van, den Auftritt, wer hier alles genau in diesem Augenblick hereinplatzen könnte, alles ist auf einmal unwichtig. Wichtig ist nur, wie warm sein Mund ist, wie gut er schmeckt – wie frisch gerösteter Kaffee mit Zucker.

Er löst sich als Erster, und mein Herz pocht wie wild, als er mir leise ins Ohr schnurrt: »Du siehst einfach atemberaubend aus.«

Bis ich aus dem Bus steige, ist eine zweite Crew von Roadies bereits dabei, unserer zu helfen, unser Equipment in aller Eile hineinzuschaffen. Adam steckt sich sofort eine Zigarette an, da er im Bus nicht rauchen darf – auch wenn er es die Hälfte der Zeit trotzdem tut –, und Mike streckt die Arme zum Himmel aus und gähnt erschöpft. Nachdem Shawn die fremden Roadies angebrüllt hat, ja vorsichtig mit unseren Sachen umzugehen, folgen wir anderen ihm hinein.

Als ich Van Erickson auf der Bühne sehe, fühle ich mich gleich fünf Zentimeter größer. In den schwarzen Jeans, einem eng anliegenden schwarzen T-Shirt und einem Nietengürtel, der an einem Ende lose herunterhängt, sieht er wie ein Rockgott aus. Er springt von der Bühne und kommt auf uns zu. Alles an ihm, sogar seine selbstbewussten Schritte, schreit förmlich *Ich bin ein Rockstar*. Seine Haare sind schwarz und zottelig, mit rot gefärbten Spitzen, und Tattoos schlängeln sich an beiden Armen nach oben. Auch sein Grinsen strotzt nur so vor Selbstbewusstsein, als er näher kommt. Sein Blick huscht kurz über Shawn, Adam, Joel und Mike, bevor er auf mir zu ruhen kommt und mich von Kopf bis Fuß in Augenschein nimmt. Er grinst, dann klatscht er Adam und Shawn ab und drückt jeden von ihnen zu einer kumpelhaften Umarmung an sich.

»Ich bin euch was schuldig«, sagt er zu Shawn.

»Das kannst du laut sagen«, bestätigt Shawn.

Lachend lässt Van ihn los und begrüßt auch die anderen beiden. Mich umarmt er nicht. Stattdessen ergreift er meine beiden Hände und zieht sie leicht zu Seite, damit er mich eingehend unter die Lupe nehmen kann.

»Verdammt. Und du bist also die neue Gitarristin?«

Wenn irgendein anderer Typ mich so begutachten würde, als ob ich ein saftiges Stück Frischfleisch der Güteklasse A wäre, dann würde ich meine Hände wegreißen und ihm vermutlich das Knie dorthin rammen, wo es wehtut. Aber weil er Van Erickson ist, weil er eines meiner Idole ist, stehe ich einfach nur da und bringe kein Wort heraus. Mein Mund fühlt sich wie Sandpapier an. »Kit«, krächze ich schließlich mit einer einzigen schnellen Silbe.

Van grinst und lässt meine Hände wieder an meine Seiten sinken. Er legt mir einen Arm um die Schultern und dreht sich zu den Jungs um.

Shawns Blick ist unverwandt auf mich gerichtet, und auf einmal wird mir bewusst, wie das hier aussehen muss. Ich mit Vans Arm um meinen Schultern, als wäre ich sein Eigentum, als wäre ich ein verdammtes *Groupie*. Blut schießt in meine Wangen. Nach einem kurzen Seitenblick auf mich sagt Van zu den Jungs: »Ihr bleibt doch nach der Show heute Abend noch da, oder?«

Was er eigentlich damit meint, ist für alle Anwesenden offensichtlich. Tatsächlich will er wissen, ob *ich* nach der Show noch dableibe. Ich, das Mädchen, dessen BH fast vollständig zu sehen ist, das Mädchen, das sich von ihm angaffen lässt, kurz: ich, die sichere Nummer.

In einem Moment völliger Unzurechnungsfähigkeit führe ich meine Hand zum Mund …

Ich sauge an der Spitze meines Fingers …

Und stecke ihn Van Erickson genau ins Ohr.

Im nächsten Augenblick reißt er den Arm von meiner Schulter, springt außer Reichweite und brüllt aus vollem Hals: »Was zum Teufel?«

Eine Sekunde lang herrscht Stille, doch dann bricht jeder Einzelne meiner Bandkumpel in schallendes Gelächter aus – laut, vermutlich so laut, dass die Fans draußen es hören können –, und ich stehe einfach nur wie angewurzelt und mit einem erschrockenen Ausdruck im Gesicht da.

Habe ich allen Ernstes gerade *Van Erickson* einen feuchten Fuzzi verpasst?

Oh mein Gott! Ja. Ich habe gerade Van Erickson einen verdammten feuchten Fuzzi verpasst.

»Was sollte das denn?«, brüllt er mich an.

Mit noch immer weit aufgerissenen Augen stammele ich nur: »Es schien mir einfach das Richtige zu sein …«

»Es schien, es schien …« Van stottert vor sich hin, woraufhin die anderen nur noch lauter lachen. Mike hält sich die Seite, während sein Gelächter von den Wänden des Konzertsaals widerhallt, und Shawn, Joel und Adam haben schon Tränen in den Augen. Van klappt den Mund zu und starrt mich an. »Du bist ja total durchgeknallt!«

Mike johlt, und ich nicke langsam. »Ein bisschen … aber ich spiele gut Gitarre.«

»Du …« Van bremst sich. Mit gerunzelter Stirn stiert er mich einen langen, langen Moment an, bevor seine Miene etwas freundlicher wird und er schließlich den Kopf schüttelt. »Du spielst gut Gitarre«, wiederholt er, als wäre es das Verrückteste, was er je gehört hat, und dann lacht er leise. Als sich seine Lippen zu einem Lächeln kräuseln, schaffe ich es, das Lächeln zögernd zu erwidern. »Okay, Kit. Du spielst gut Gitarre? Dann lass uns hören, wie gut du bist.«

Einen Soundcheck zu machen, während Van Erickson und seine Band uns dabei zusehen, ist noch nervenaufreibender, als vor einem ausverkauften Haus zu spielen. Aber offenbar bin ich die Einzige, die so empfindet. Erst als Adam den Text zu Donna Lewis' »I Love You Always Forever« zu schmettern beginnt, bleibt mir keine andere Wahl, als mich locker zu machen und ins Gelächter der anderen einzufallen. Und als Joel aus Versehen laut grunzt, bin ich vor lauter Lachen nicht mehr in der Lage, meine Gitarre zu halten, sodass sie mir locker am Gurt um den Hals baumelt.

Bei einem derart großen Publikum, das nur hierhergekommen ist, um eine so beliebte Band wie *Cutting the Line* zu sehen, kann das Vorprogramm in die eine oder in die andere Richtung losgehen. Entweder das Publikum findet unseren Sound gut, und wir können ein paar neue Fans gewinnen, oder es wird ungeduldig und steht gelangweilt vor der Bühne rum.

Bei unserem ersten Song ist vor allem Letzteres der Fall. Ein paar Kids kennen uns und singen mit, aber die meisten schlagen nur Zeit tot, während sie darauf warten, dass Van die Bühne betritt. Dann folgt ein bisschen Geplänkel, in dessen Verlauf Adam unsere Band vorstellt, unsere Namen nennt, sagt, woher wir sind. Er erklärt, was mit der ursprünglich geplanten Vorband passiert ist, und dann witzeln Shawn und er darüber, wie wir in aller Eile vier Stunden hierhergerast sind, um rechtzeitig auf der Bühne sein zu können. Sie erzählen dem ganzen Publikum von meinem feuchten Fuzzi und ziehen mich damit auf, bis die Menge lautstark johlt und meine Wangen glühen.

Spätestens bei unserem dritten Song haben wir sie am Haken. Alle springen auf und ab, reißen die Hände in die Luft und schreien nach jedem Lied. Und obwohl die meisten von ihnen die Texte anfangs nicht kennen, grölen sie spätestens dann mit, wenn Adam zum dritten Mal den Refrain singt.

Song für Song bringen wir die Leute immer mehr in Stimmung, und am Ende unseres Sets sorgt Adam dafür, dass sie völlig ausflippen: *»Seid ihr bereit für* Cutting the Line*?«*

Die Menge antwortet mit einem kollektiven Kreischen und verabschiedet uns mit einem lauten Applaus.

Berauscht von unserem Auftritt, springe ich praktisch von der Bühne, um die Chance zu ergreifen, *Cutting the Line* zu sehen – und zwar vom Backstagebereich aus. Vor einem Jahr hätte ich für diese Chance getötet, und jetzt ist das hier mein Leben.

Der Sound von Vans Band ist schwerer als unserer. Ihr Backgroundsänger knurrt Hardcore-Texte ins Mikrofon, und Vans Stimme dringt in jeden Winkel der Halle. Die Tussis in der ersten Reihe zeigen sogar noch mehr Haut als Adams Groupies, was vermutlich an ihren Brustimplantaten liegt, die ungefähr fünf Größen zu groß sind. Ich frage mich, ob es eines Tages auch für uns so sein wird; ob wir auf XXL-Titten hinunterstarren und solche Konzerthallen füllen.

Als Shawn unauffällig eine Hand in meine Gesäßtasche schiebt und mich in den Hintern kneift, lasse ich mir nichts anmerken. Obwohl die anderen mit uns neben der Bühne stehen, zieht er mich an der Tasche näher an seine Seite. Ich beiße mir auf die Unterlippe, während er mich neckt. Doch als ich es fast nicht mehr aushalte und beinahe der Versuchung nachgebe, mich an Ort und Stelle auf ihn zu stürzen, schiebe ich eine Hand hinten unter sein T-Shirt und kratze mit den Fingernägeln über seinen Rücken nach unten.

Shawns Hand hält in ihrer Bewegung inne, und dann stehen wir beide einfach nur da und leiden. Heute wäre eigentlich unser freier Tag gewesen, und ich hatte geplant, mit ihm zu einem Waschsalon oder so zu verschwinden, doch stattdessen stecke ich jetzt hier fest, mit seiner Hand an meinem Po und außerstande, auch nur eine verdammte Sache dagegen zu unternehmen.

Als er mir einen Blick zuwirft, erwidere ich ihn und erkenne in seinen Augen, was er sieht: mich mit meinen großen dunklen Augen, die zu ihm hochstarren, eine schmollende Unterlippe zwischen den Zähnen. Er zieht die Hand aus meiner Tasche und wirkt, als würde er mit dem Gedanken spielen, mich irgendwohin zu zerren, wo wir ungestört sind. Doch schließlich fährt er sich nur mit der Hand über den Kopf und zerzaust sich die Haare mit den Fingern.

Meine Mundwinkel verziehen sich zu einem zufriedenen kleinen Grinsen. Mir gefällt es, wie durcheinander er meinetwegen ist. Prompt zerrt er sein Handy aus der Tasche und beginnt zu tippen. Kurz darauf summt meines.

Wenn du nicht in den Bus gezerrt werden willst, musst du damit aufhören.

Du hast angefangen.

Lass es uns zu Ende bringen.

Beim Anblick all der Versprechen, die in seinen Augen glitzern, beginnt mein Blut zu kochen. Schnell wende ich den Blick ab. Das Verlangen, mit ihm mitzugehen, ist einfach so, so stark. In den letzten paar Wochen habe ich mir nichts sehnlicher gewünscht als eine verdammte halbe Stunde Privatsphäre mit ihm, um herauszufinden, ob wir uns zusammen so gut anfühlen würden, wie ich es in Erinnerung habe.

Aber was ist danach? Wie geht es weiter, wenn diese halbe Stunde um ist? Wie geht es weiter, wenn wir nach Hause kommen?

»Wir gehen nachher noch auf Vans Hotelparty, oder?«, fragt Adam. Ohne es zu ahnen, liefert er mir dadurch die dringend benötigte Ausrede, um mein Handy einzustecken, bevor ich irgendetwas Dummes zurückschreiben kann, wie zum Beispiel: *Können wir zuerst über unsere Gefühle reden?*

»Ja«, antwortet Shawn auf Adams Frage. »Ich glaube, das müssen wir.«

15

Als ich zehn Jahre alt war, flogen meine Eltern mit unserer siebenköpfigen Familie nach Florida in den Sommerurlaub. Wir zwängten uns alle zusammen in eine riesige Hotelsuite, die aus zwei Schlafzimmern, einer kleinen Küche und einem bescheidenen Wohnzimmer bestand. Meine Eltern bekamen das erste Schlafzimmer, ich teilte mir das zweite mit Kale, Bryce und Ryan, und Mason nahm die Couch. Wir staunten alle ehrfürchtig, wie groß die Suite doch war.

In Vans zweistöckige Penthouse-Hotelsuite mit der dekadentesten Einrichtung, die ich je gesehen habe, würde diese Suite in Florida leicht zehnmal hineinpassen.

Kristallleuchter funkeln von der Decke und spiegeln sich an schwarzen Marmorsäulen, die in einem schwarzen Marmorboden verschwinden. Eine Bar säumt den Großteil der linken Wand, und dahinter schwimmen Tropenfische in einem eingebauten Aquarium, das halb um das Zimmer herum verläuft. Das Wasser wirft Lichtwellen auf den Diamantstaub-Tresen der Bar und über den Boden, der ein paar Stufen hinunter in einen tiefer gelegenen Sitzbereich in der Mitte der Suite führt. Funkelnde Beistelltische, Antiquitäten von unschätzbarem Wert, elegante Ledersofas. Vans Suite wurde für einen König gebaut, und die hintere Wand ist der Beweis. Vollständig aus Glas errichtet, gibt sie den Blick auf die schimmernde Skyline von Nashville frei: ein Königreich, das bewundert werden will. Die privaten Wohnräume seiner Königlichen Hoheit befinden sich auf der linken Seite der Suite, und in einem anderen Zimmer zu meiner Rechten erhasche ich einen Blick auf einen langen Pool, in den in diesem Moment irgendjemand reinspringt. Ein paar in Haarspraywolken gehüllte Mädchen jagen kichernd an mir vorbei, wobei sie sich im Laufen bereits die Kleider vom Leib reißen. Van, der vor uns läuft, dreht sich zu uns um, breitet die Arme aus und sagt stolz: »*Mi casa.*«

Irgendjemand dreht Musik auf, und die ganze Suite erwacht zum Leben. An mir läuft ununterbrochen Vans Gefolge vorbei: Frauen, Frauen, Typen mit Frauen, noch mehr Frauen. Als ich von einer von ihnen angerempelt werde, mache ich einen Satz nach vorn und nutze die Gelegenheit, um einen besseren Blick in den Raum mit dem Pool zu erhaschen.

»Wenn ich den Arm um dich lege«, erkundigt sich Van neben mir, »kann ich mir dann sicher sein, nicht wieder einen feuchten Fuzzi abzukriegen?«

Ich schüttele den Kopf. »Nein.«

Grinsend wirft er trotzdem den Arm um mich, führt mich zur Bar und bittet den Typen, der damit beschäftigt ist, Schnapsflaschen auf dem Tresen aufzubauen, mir etwas einzuschenken. Alle anderen bedienen sich selbst und kippen den teuren Tequila, als wäre er nichts als ungefiltertes Wasser. Alle meine Bandkollegen bis auf Shawn haben sich bereits unter die Leute gemischt. Und als Shawn sich an meine andere Seite presst, lädt sich die Luft mit einer Spannung auf, dass es nur so knistert.

»Also, auf einer Skala von eins bis zehn«, sagt Van, »wie stehen meine Chancen bei dir heute Abend?«

Mein Kopf schnellt so hastig zu ihm herum, dass sein Arm von meiner Schulter rutscht. Ich lächele in seine selbstgefällige Miene. Mit dem Rücken an Shawns Brust gepresst, zeige ich mit einem Daumen über die Schulter. »Dir ist schon klar, dass Shawn heute Abend bessere Chancen bei mir hat als du, oder?«

Van wirft einen Blick auf Shawn und lacht, aber er hat keinen blassen Schimmer, wie ernst ich es meine. Er bringt einen Toast auf meine schlagfertige Antwort aus und wünscht mir dann viel Spaß. Kaum ist er verschwunden, schieben sich Shawns Fingerspitzen in den Hosenbund meiner engen Jeans.

»Auf einer Skala von eins bis zehn«, wiederholt er leise Vans Worte, »wie stehen meine Chancen bei dir heute Abend?«

Eine Gänsehaut läuft mir über den Rücken, als ich mich umdrehe, um ihm in die Augen zu sehen. Doch stattdessen wird mein Blick unweigerlich von diesen unglaublich weichen Lippen angezogen. Ich weiß, wie sie sich an meinem Hals, meinen Schultern, meinem Dekolleté anfühlen. Und mir fallen noch ein Dutzend andere Stellen ein, an denen ich sie gern spüren würde.

Als er sich hinunterbeugt, halte ich ihn nicht auf. Ich bin mir darüber im Klaren, dass jeder uns sehen könnte – Adam, Joel, Mike, jeder der Roadies, die wir heute Abend mitgebracht haben –, aber ich habe es einfach nicht in mir, etwas darauf zu geben. Ich bin in ihm verloren, bin an irgendeinem Ort gefangen, dem ich nie wirklich entkommen bin und dem ich auch gar nicht mehr entkommen möchte. Seine Lippen an meinen sind eine Liebkosung, ein Versprechen, das immer tiefer dringt, bis ich darin ertrinke, und erst als irgendjemand den Korken von einer Flasche Champagner knallen lässt, wird der Bann gebrochen. Shawn und ich wachen schlagartig aus dem tranceartigen Zustand auf, in dem wir uns befinden, und mit wild pochendem Herzen sehe ich, dass sich meine schockierte Miene in seiner spiegelt.

»Oh mein Gott«, bricht es aus mir hervor, bevor wir beide anfangen zu kichern. Suchend schaue ich mich im Raum um, ob irgendjemand uns gesehen hat, aber die einzigen Leute, die in unsere Richtung – in *Shawns* Richtung – blicken, sind ein paar spärlich bekleidete Groupies, die uns zweifellos bei unserem Auftritt heute Abend erlebt haben und jetzt geduldig darauf warten, sich auf ihn stürzen zu können.

Wütend funkele ich die Groupies an, doch da haucht Shawn einen Kuss in meinen Nacken. Ich rolle die Zehen ein und bohre die Finger in meine Handflächen, während ich auf meiner Lippe knabbere.

»Ich wäre jetzt lieber im Bus«, raunt er mir zu.

Ich stimme ihm vollkommen zu, bin aber zu abgelenkt von der Frage, warum zum Teufel zwei dieser Tussis mich immer noch angaffen – *mich*, nicht Shawn. Nachdem sie einen verschwörerischen Blick getauscht haben, steuern sie auf mich zu. Wie ein Tier in der Falle beobachte ich, wie sie über den schwarzen Marmorboden auf mich zustolzieren.

»Ich bin Nikki«, sagt die Größere der beiden. Sie ist zwei oder drei Zentimeter größer als ich, hat ebenso lange Haare wie ich, ein Nasenpiercing, das noch strahlender funkelt als meines, und Kurven, die meine um Längen ausstechen. Zweifellos gehört sie zu den hübschesten Frauen hier im Raum, doch trotzdem baggert kein einziger Typ sie an. Den Grund dafür errate ich sofort: Ihr steht *Vans Groupie* überdeutlich ins Gesicht geschrieben.

»Und ich bin Molly«, piepst ihr kleineres Pendant, eine höchstens einen Meter fünfzig große Frau von zierlicher Statur, mit einem Augenbrauenpiercing und den größten Kulleraugen, die ich je gesehen habe. Beide haben künstliche Wimpern, künstliche Fingernägel, neonpinkfarbene Haare und eine Ausstrahlung an sich, die besagt, dass sie sich ihrer Stellung in diesem Hause sicher sind.

»Ich bin …« Verwirrt, neugierig, verloren. »Okay?«

Molly giggelt. »Freut mich, dich kennenzulernen, Okay!

Wir fanden dich bei der Show heute Abend einfach so toll. Du bist wie so eine heiße, gefährliche Sexmieze und spielst sogar noch besser Gitarre als dieses Arschgesicht dort drüben.« Sie nickt durch den Raum in Richtung des Rhythmusgitarristen von *Cutting the Line,* der in diesem Moment einen Schluck Cîroc Wodka direkt aus der Flasche nimmt. Dann blinzelt sie Shawn zu. »Stimmt's, Shawn?«

In diesem Moment begreife ich, was dieses wissende Lächeln der beiden zu bedeuten hat: Sie haben gesehen, wie Shawn und ich uns geküsst haben. Sie kennen Van. Und Van kennt Adam, Joel, Mike.

Scheiße, Scheiße, Scheiße.

»Hör auf zu nerven, Molly«, schilt Nikki sie. »Shawn, wir borgen uns Kit für eine Minute aus. Geh und spring in den Pool oder so.«

Wie ferngesteuert stolpere ich ihnen hinterher, denn ich habe keine andere Wahl. Die Aufforderung, ihnen zu folgen, kommt einer unausgesprochenen Erpressung gleich, und ich habe einiges zu verlieren. Shawn und ich sind nicht bereit dafür, mit der Welt das, was wir haben, zu teilen, und offen gestanden bin ich mir nicht einmal sicher, ob es überhaupt ein *wir* gibt. Er mag mich … glaube ich zumindest. Vielleicht gefällt es ihm aber auch einfach nur, mit mir rumzumachen. Vielleicht sind wir Freunde mit gewissen Vorzügen.

Gott, sind wir etwa Freunde mit gewissen Vorzügen? Bin ich eine Fickfreundin, wie Kale gesagt hat?

Die beiden jungen Frauen führen mich durch eine offene Glastür auf einen Balkon hinaus, von dem man zweifellos die beste Aussicht über die Stadt hat. Die Skyline schimmert vor mir, eine Ansammlung funkelnder Wolkenkratzer, die dem von Magie erfüllten Raum hinter mir nicht das Wasser reichen können.

»Also, du und Shawn …«, beginnt Nikki, aber der verletzliche, unsichere Teil von mir ist scheinbar drinnen bei Shawn geblieben, denn ich schneide ihr einfach das Wort ab:

»Was sollen wir hier draußen?«

Durch die Glaswand, durch die man vom Balkon aus in die Suite sehen kann, wirft sie einen Blick nach innen. Drinnen tobt eine ausgelassene, feuchtfröhliche Party, doch ihr Tonfall ist fast schon verdrossen, als sie sagt: »Uns war langweilig.«

»Läuft da irgendwas zwischen dir und Shawn?«, fragt Molly aufgeregt. Als sie die besorgte Miene sieht, die sich auf meinem Gesicht abzeichnen muss, ergänzt sie rasch: »Oh, keine Sorge, wir werden es niemandem verraten!«

»Es *ist* doch ein Geheimnis, stimmt's?«, schaltet sich Nikki ein.

Nach kurzem Zögern gebe ich klein bei. »Woher wusstet ihr das?«

Mollys spöttisches Schnauben lässt meinen Kopf von Nikki zu ihr schnellen. Wenn diese Mädchen nicht bald aufhören, für die jeweils andere zu antworten, werde ich mich noch wegen eines Schleudertraumas in physiotherapeutische Behandlung begeben müssen.

»Wir wussten schon, dass Joel und Dee zusammen waren, bevor sie es *selbst* wussten.«

»Ihr kennt Joel und Dee?«

»Ich besitze Dees erste Original-T-Shirt-Kreation!«, kreischt Molly, und Nikki schaut sie lächelnd an. »Aber dein Shirt liebe ich! Es ist total heiß!«

Ich starre hinunter auf mein zerschnittenes violettes Oberteil. Es ist seltsam, mich mit zwei Frauen hier draußen über so klischeehaften Weiberkram wie Männer und Mode zu unterhalten. Wahrscheinlich sollte ich mich auch wie eine typische Frau benehmen, aber, äh … wie? »Hm, danke.«

Nikki dreht sich um und lehnt sich gegen die Glasscheibe. In diesen High Heels, knappen Shorts und dem kurvenschmeichelnden bauchfreien Top zieht sie ohne Zweifel weitaus mehr Aufmerksamkeit auf sich als die einzigartigen Kunstwerke, die überall in der Suite verstreut sind. Eine Brise weht ihr die Haare aus dem Gesicht. »Warum denn dieses Versteckspiel?«

»Es ist kompliziert«, erwidere ich wahrheitsgemäß. Anfangs hielten wir es nur zum Spaß geheim, aber inzwischen gibt es eine Million Gründe – von denen keiner mehr sonderlich überzeugend erscheint. Wir behalten es für uns, weil ich keine Ahnung habe, welche Bedeutung es für Shawn hat, und ich Angst habe, mich in Verlegenheit zu bringen, indem ich ihn danach frage. Was, wenn er sagt, dass er das mit uns für immer geheim halten will? Was, wenn er sagt, dass er es *nicht* will? Wenn er merkt, dass ich mehr von ihm will, als er vermutlich zu geben bereit ist. Wird es dann keine Küsse mehr geben? Wird es wieder sechs Jahre dauern, bis er mich anruft?

Der tollkühne Teil von mir *wollte* fast, dass Adam oder Joel oder Mike uns beim Rummachen ertappen. Dann wäre es heraus, und ich hätte es nicht mehr in der Hand. Doch stattdessen ist es nach wie vor ein Geheimnis, das ich noch immer wahren muss.

»Oh Süße«, sagt Nikki, während sie mir die Schulter tätschelt. »Ist es das nicht immer?«

Mit Erleichterung sehe ich Adam ein paar Minuten später zu einer Rauchpause auf den Balkon kommen, und ich ergreife die Gelegenheit, dem Verhör zu entkommen. Mit allen Mitteln versuche ich, Adam ins Gespräch mit einzubeziehen. Nikki und Molly benehmen sich immerhin so anständig, dass ich tatsächlich anfange, die beiden zu mögen. Sie scheinen nicht so verzweifelt um Aufmerksamkeit bemüht wie die anderen

Mädchen hier, was aber vielleicht auch nur daran liegt, dass sie es nicht nötig haben.

Wir reden über Touren und Busse. Wir reden über Rowan und Dee. Als Adams Zigarette nur noch ein glimmender roter Punkt im Dunkeln ist, drückt er sie unter seinem Schuh aus, und wir gehen alle wieder hinein. Zu viert schlendern wir an dem tiefer gelegenen Sitzbereich vorbei, wo Vans Drummer und Bassgitarrist mit einem Haufen anderer Leute abhängen. Zigaretten und Flaschen und alle möglichen Utensilien, die ich lieber nicht allzu genau inspizieren oder hinterfragen möchte, liegen auf dem Tisch herum. Wir schlendern in den Teil der Suite, in dem der Pool liegt und uns ein Meer aus Seifenblasen begrüßt. Ein Whirlpool in der Ecke quillt geradezu über von halb nackten Tussis und nach Vanille duftendem Schaum. Ein paar Mädchen rufen Nikki etwas zu, doch sie ignoriert sie und steuert stattdessen schnurstracks auf Van zu. Er sitzt auf der anderen Seite des Pools, in einem provisorischen Sitzbereich aus Ledersofas und Sesseln, die anscheinend aus irgendeinem anderen Raum herübergeschafft wurden. Der Rest meiner Band sitzt ebenfalls dort; das heißt, alle bis auf Joel, der in diesem Moment eine Arschbombe in den Pool macht. Wasserspritzer schießen zur Decke hoch, und mein Blick folgt ihnen nach oben zu den LED-Lichtern, die den tiefblauen Betonhimmel sprenkeln. Der Poolraum ist ebenso magisch wie der Rest der Suite, selbst als die Gischt des Chlorwassers die Hosenbeine meiner Jeans durchnässt.

»Kit!«, hallt Joels Stimme auf einmal aus dem Wasser durch den höhlenartigen Raum. »Komm rein!«

»Lass mal«, winke ich vom Rand des Pools aus ab und schüttele entschieden den Kopf.

Er redet und redet auf mich ein und verstummt plötzlich. Irgendetwas hinter mir hat ihn abgelenkt, und sofort schaltet mein Körper auf Autopilot. Die achtzehn Jahre Zusammenleben mit Kale, Bryce, Mason und Ryan haben mich einiges gelehrt: Mit einer einzigen blitzschnellen Bewegung trete ich zur Seite und wirbele herum, packe Adam bei den Armen, die er nach mir ausgestreckt hat, und nutze seinen Schwung, um ihn in den Pool zu schleudern.

Ich zucke reflexartig zusammen, als sich auf einmal jemand an mich klammert. Aber es ist nur Molly, die hysterisch lachend auf und ab hüpft und mich mit ihrem Lachen ansteckt. Adams Kopf taucht aus dem Wasser auf; er lacht so heftig, dass er kaum noch Luft bekommt. Als Joel auf seinen Rücken springt und ihn wieder unter Wasser zieht, bin ich mir ziemlich sicher, dass er gleich ertrinkt.

Ungerührt drehe ich mich zu Molly um. »Geschieht ihm recht.«

»Verdammt, ich liebe dich!«

Den Wasserfontänen ausweichend, die Adam und Joel in meine Richtung spritzen, umrunde ich den Pool. Ihre Buhrufe tue ich mit einer Handbewegung ab. Das Karma versucht sich zu rächen, denn ich rutsche plötzlich aus und knalle fast auf den Boden, doch im letzten Moment fängt mich Molly auf. Lachend legen wir vorsichtig die letzten Meter um den Pool zurück. Bei den Sofas angekommen, schnappe ich mir den erstbesten Platz, der zufällig genau neben Shawn ist, und stütze meine Ellenbogen auf die elegante lederne Armlehne der Couch. Seine Finger beginnen mir das Chlorwasser vom Schienbein zu reiben. Sie wandern dabei weitaus höher mein Bein hinauf, als es nötig wäre. Sein Blick, der unverwandt auf mich gerichtet ist, färbt meine Wangen rosa.

»Wofür sind denn die Tafeln?«, erkundigt sich Molly mit einer Geste auf die kleinen Whiteboards, die jeder der Typen mit jeweils einem Marker im Schoß liegen hat.

Shawn reicht mir seine. Verwirrt sehe ich ihn an, während Van mit einem verschmitzten Zwinkern zu Molly sagt: »Das wirst du gleich sehen.« Er greift nach einem Megafon, das neben seinem Ledersessel liegt. Woher auf einmal diese Tafeln, Marker und das verdammte Megafon kommen, wird mir vermutlich immer ein Rätsel bleiben. »Okay! Kandidatin eins!«

Ein Mitglied der Bikini-Brigade klettert aus dem Whirlpool und stellt sich unter dem Bogeneingang des Raums auf. In einem glitzernden rosafarbenen Zweiteiler, der gerade so Schritt und Nippel bedeckt, steht sie zum Pool gewandt da und wartet, bis Van ruft: »Auf die Plätze! Fertig! Nein!« Van lacht dröhnend, als die Tussi einen Satz nach vorn macht, zu bremsen versucht und auf dem Boden herumschlittert wie ein neugeborener Esel auf Eis, und brüllt dann: »Los! Los! Los!«

Kaum dass sie sich gefangen hat, läuft sie wieder los. Ihre wippenden Titten drohen ihr fast den Kopf von den Schultern zu reißen. Um ein Haar rutscht sie erneut aus, findet ihr Gleichgewicht wieder und landet mit einer erbärmlichen Arschbombe im Pool. Die Männer in der Jury sind gnadenlos, halten Einsen und Zweien hoch, nachdem ihr blonder Schopf aus dem Wasser aufgetaucht ist. Als mir klar wird, dass alle Augen erwartungsvoll auf mich gerichtet sind und alle auf meine Punktvergabe warten, ziehe ich mit den Zähnen die Kappe von meinem Stift.

GEHT GAR NICHT, schreibe ich auf das kleine Whiteboard und halte es schließlich über meinen Kopf. Männliches Gelächter ertönt, das Mädchen giggelt, als wäre es niedlich, und ich verdrehe nur die Augen, als es mit großem Getue aus dem Schaumwasser des Pools steigt. Das Bikiniunterteil steckt zwischen ihren sonnengebräunten Arschbacken, die sie für Van in die Luft gereckt hat.

»Nächste!«, dröhnt er und winkt gleichzeitig eine andere

Tussi im Pool mit einem Finger zu sich. Ohne Fragen zu stellen, stemmt sie sich aus dem Wasser und stürzt an seine Seite. »Hol mir einen Drink, ja?«

Als sei es ein Privileg, ihn bedienen zu dürfen, wendet sie sich zur Bar, und obwohl es absolut gehässig von mir ist, packe ich die Gelegenheit beim Schopf und rufe, bevor sie sich entfernt: »Mir auch!« Sie dreht sich noch einmal um, und Van klatscht ihr – nach einem anerkennenden Grinsen in meine Richtung – mit einer Hand auf den Hintern.

»Ihr auch.«

Nikki, die auf Vans Schoß sitzt, ohne dass er sie wirklich wahrnimmt, legt einen Finger unter sein Kinn und starrt zu ihm hinunter, bis sie die einzige Frau im Raum für ihn ist. Als sie beginnen herumzuknutschen, sehe ich irgendwo anders hin und begegne Shawns grünen Augen. Blut steigt in meine Wangen und lässt sie ebenso rot leuchten wie der Bikini der nächsten Kandidatin, der zusätzlich mit Tonnen glitzernder Pailletten verziert ist.

Da Van vollauf beschäftigt ist, schnappt sich sein Leadgitarrist das Megafon. »Los!«, brüllt er.

Van reißt seine Lippen von Nikki los, um zuzusehen, wie die zweite Kandidatin auf den Pool zutänzelt, am Rand stehen bleibt und sich die Nase zuhält. Dann springt sie – bei einem *Arschbomben*-Wettbewerb – mit den Füßen voraus ins Wasser, woraufhin ich eine Grimasse ziehe.

»Was zum Teufel war das denn?«, ätze ich und rümpfe verächtlich die Nase.

Doch als ihr Bikinioberteil – das sie bei ihrem erbärmlichen Platscher verloren hat – ohne sie wiederauftaucht, fangen die meisten Typen an zu jubeln und halten Achten und Neunen hoch. Das Mädchen versucht unterdessen, mit einem Arm vor den Brüsten das treibende Oberteil einzufangen. Adam, der vollständig bekleidet und triefend nass am Rand des Pools sitzt, hält sich eine Hand vor die Augen. Mit spitzen Fingern fischt Joel das Oberteil aus dem Wasser und wirft es in einem hohen Bogen der Kandidatin zu, bevor sie ihm zu nahe kommen kann.

Noch ein paar erbärmliche Sprünge. Noch ein paar erbärmliche Punkte.

»Ich glaube, wir brauchen irgendeinen Anreiz.« Molly zwängt sich zu mir auf die Sofalehne. Ich rutsche ein Stück zur Seite, um ihr Platz zu machen, aber sie schubst mich immer weiter, bis ich mich an Shawn festhalten muss, damit ich nicht auf seinen Schoß purzele. Im letzten Moment kann ich mich fangen ...

Und kreische auf, als er mich das letzte Stück zu sich herüberzieht.

»Die Gewinnerin darf die Nacht mit Mike verbringen«, schlägt Nikki mit einem neckischen Unterton vor. Mikes Proteste gehen im Lärm von Vans Megafon unter. Wenn ich nicht so angestrengt damit beschäftigt wäre, mich normal zu geben, hätte ich ihm vielleicht Beistand leisten können. Doch ich sitze *vor allen Leuten* auf Shawns Schoß und muss mein Herz davon abhalten zu explodieren.

»Die Kandidatin mit der höchsten Punktzahl bekommt eine Nacht mit Mike!«, verkündet Van. Lachend ringt er mit Mike, der ihm das Megafon wegzureißen versucht.

Ich stimme in das allgemeine Gelächter ein, doch verstumme hastig, als ich merke, wie sehr ich dabei auf Shawns Schoß herumzappele. Adam und Joel scheinen uns gar nicht zu beachten, doch ich spüre Mollys Blick auf mir und erkenne an ihrem zufriedenen Gesichtsausdruck, dass sie mich mit voller Absicht von der Armlehne des Sofas geschubst hat. Lächelnd zwinkert sie mir zu und beobachtet, wie Shawns Mittelfinger sich in meinen Gürtelschlaufen verhakt und seine Daumen über die empfindliche Haut unter meinem Top streicheln.

»Nächste!«, ruft Van noch einmal.

Ich greife nach dem Glas, das sein Groupie mir endlich bringt, und nehme einen riesigen Schluck, um meine Nerven zu beruhigen. Während ich mich auf Shawns Schoß angestrengt bemühen muss, gleichmäßig zu atmen, berührt er mich, als ob es ihm völlig egal ist, wer uns dabei sieht.

Die nächsten Kandidatinnen sind alle ebenso erbärmlich wie die ersten – manche in Bikinis, manche in knapper Unterwäsche. Eine stürzt. Einer wird auf einmal klar, dass sie nicht schwimmen kann – *nachdem* sie ins Wasser gesprungen ist. Und allen anderen gelingt kaum mehr als ein Miniplatscher, da sie vermutlich nicht mehr als fünfzig Kilo auf die Waage bringen.

»Nächste!«, ruft Van noch einmal, woraufhin eine junge Frau im blauen Bikini und mit Implantaten größer als mein Kopf aus dem Whirlpool klettert. Sie reibt sich mit großem Getue den Schaum vom Körper, an der hellsten Stelle des Raums.

»Oooh, die ist aber hübsch«, juchzt Molly. »Was meinst du, Mike? Ich glaube, sie wird gewinnen.«

»Sie wird vermutlich an der Oberfläche treiben«, stellt er trocken fest, und ich kichere an Shawns Brust.

Er zieht mich fester an die harten Konturen seines Körpers. Ich muss mich schwer zusammenreißen, ihn nicht anzuflehen, mit mir an irgendeinen ungestörten Ort zu gehen und dort zu Ende zu bringen, was wir angefangen haben.

»Bist du bereit, Süße?«, fragt Van die Tussi mit dem Riesenvorbau, und sie nickt mit ihrem winzigen Kopf.

»Los!«

Ich erwarte, dass sie losrennt und – hoffentlich – stürzt,

aber stattdessen tritt sie in aller Ruhe selbstbewusst an den Rand des Pools, verhakt die Finger unter ihrem Bikinitop und zieht es über ihre Designerbrüste. Mindestens zehn Kinnladen, darunter meine eigene, klappen herunter, und dann erfüllt ein ohrenbetäubender Lärm und Jubel den Raum. Die kleinen Tafeln fliegen in die Luft, alle mit riesigen Zehnen darauf. Inmitten des Gejohles wandern Shawns Finger nach oben und an dem Bügel meines BHs entlang. Als ich zu ihm hinunterblicke, sehen seine lodernden grünen Augen nur mich. Das Herz schlägt mir bis zum Hals.

Während Van gut gelaunt »Wir haben eine Gewinnerin!« ruft, streichelt Shawns Daumen sanft über meinen harten Nippel, einmal, zweimal …

Oh Gott. Mir wird so heiß, dass ich mich winde. Jeder Zentimeter von mir wölbt sich Shawns Händen entgegen, und er hört nicht auf, meinen erregten, aufgerichteten Nippel zu necken. Ich schließe die Augen, lasse mich von seiner Hand quälen, bis sie wieder hinunter zu meiner Taille gleitet. Wir atmen beide schwer, jeder Muskel in meinem Körper verkrampft sich und schreit danach, endlich von hier zu verschwinden und Shawn hinter mir herzuschleifen.

Ich leere mein Glas mit einem einzigen großen Schluck.

»Van«, sage ich in einem Ton, der hoffentlich nicht so atemlos klingt, wie ich mich fühle. Er dreht den Kopf in meine Richtung. »Ich glaube, wir brauchen noch ein paar Drinks.«

Er starrt auf sein halb volles Glas, grinst und ruft irgendein Mädchen herüber, dem er befiehlt, uns etwas zu trinken zu bringen. Er leert den Rest seines Drinks mit zwei oder drei großen Schlucken und stellt sein Glas auf dem Boden ab. Gespannt verfolgen wir alle kurz darauf, wie Mikes Gewinn den Pool umrundet und sich vor ihm aufbaut.

»Äh, ich bin Bob«, lügt Mike. »Du suchst Mike. Ich glaube,

er ist an der Bar. Hagerer Typ, jede Menge orangerote Locken.« Er beschreibt weiter unseren Busfahrer und zeigt dann
zu dem anderen Raum. »Viel Spaß.«

Die junge Frau blinzelt verunsichert, aber stolziert dann
schließlich doch in die Richtung, die sein Finger ihr anzeigt.
Ich lächele wie eine Bekloppte, Nikki zieht einen Schmollmund.
»Buh. Was sollte das denn eben?«, klagt sie enttäuscht.

Als Mike keine Antwort gibt, stichelt Molly: »Vielleicht
steht er nicht auf Frauen …«

Prompt schlage ich zurück und schleudere Molly eine ebenso gehässige Bemerkung ins Gesicht. »Vielleicht steht er einfach nur nicht auf Groupienutten.«

»Hey«, beeilt sie sich zu sagen, »ich meine, es ist ja okay,
wenn er nicht …«

Ich knirsche mit den Zähnen, aber Mike klingt überhaupt
nicht wütend, als er sagt: »Hört zu … wenn ich meine Frau
kennenlerne, dann will ich ihr nicht erklären müssen, warum
ich vor ihr mit hundert Tussis geschlafen habe, okay?«

Jede einzelne Person in Hörweite verstummt und starrt ihn
an, und jedes einzelne Mädchen schmilzt bei seinen Worten
dahin. Selbst Molly und Nikki schmachten ihn an, als wünsch-
ten sie, sie wären diese Frau, auf die er wartet: Denn Mike
hätte sich wie Van verhalten können, er hätte mit diesem
Mädchen mit den perfekten künstlichen Titten dort hinge-
hen können, wo sie ungestört sind, und alles mit ihr anstel-
len, wonach ihm wäre. Aber er bleibt treu … bleibt einer Frau
treu, die er noch nicht einmal kennengelernt hat. Und das ist
so viel mehr, als Molly oder Nikki sich je erhoffen können.

»Mehr für mich«, witzelt Van und rempelt Nikki an, als er
einen Arm ausstreckt, um Mike auf den Rücken zu klopfen. Er
schubst sie von seinem Schoß, steht auf und streckt die Arme,
bevor er auf den Whirlpool zugeht.

Weder Nikki noch Molly machen sich die Mühe, ihm zu folgen.

Der Rest des Abends verläuft, wie eine Party solchen Ausmaßes eben so verläuft. Es wird viel getrunken und gelacht, Leute landen im Pool. Irgendwann bestellt jemand beim Portier vierzig Dutzend Krispy-Kreme-Donuts. Die Musik dröhnt unaufhörlich, und die Party scheint kein Ende zu nehmen. Irgendwann gegen drei Uhr morgens – nachdem Shawns unauffällige Berührungen zu viel für mich geworden sind, um sie noch länger ertragen zu können – suche ich seinen Blick über den tiefer gelegenen Sitzbereich in der Mitte der Suite hinweg. Ich knabbere auf meiner Unterlippe, dann stehe ich auf und durchquere den Raum, wohl wissend, dass er mir mit den Augen folgt. Als ich aus der Suite in den Hotelflur schlüpfe, bin ich überzeugt, dass es niemand bemerkt. Niemand außer ihm.

Ich habe mich gerade gegen die neutrale, eierschalenfarbene Tapete im Flur gelehnt, als die Tür aufgeht und er herauskommt. Ich kann nicht anders: Ich muss grinsen. Aber nur für eine Sekunde, denn genau so lange braucht er, um die Distanz zwischen uns zu überbrücken, die Finger in meinen Haaren zu vergraben und mich gegen die Wand zu drücken. Seine Lippen verführen meine zu einem Kuss, der sich den ganzen Abend über aufgebaut hat. Und Atemholen wird mit einem Mal überflüssig. Seine Fingerspitzen gleiten an meinem Hals hinunter, über meine Schultern und Arme und um meine Handgelenke. Er drückt meine Arme über meinem Kopf gegen die Wand, und ich gehöre in diesem Moment so sehr ihm, dass ich es zulasse. Mit einem Knie spreizt er meine Schenkel, presst sich gegen meine dünne Jeans, bis ich mich an ihm winde und Geräusche aus meinem Mund dringen, die verzweifelt und flehend klingen. Ich brenne, und Shawn schürt die Flammen, sodass sie immer heißer und heißer lodern. Ich lasse seine Lippen nicht entkommen, nur um sie von meiner glühenden Haut fernzuhalten. Wenn ich nur meine Hände befreien könnte, dann könnte ich die Flammen zwischen uns löschen, aber jedes Mal, wenn ich mich gegen Shawns Griff zur Wehr setze, schiebt er meine Hände noch höher.

Licht und Musik aus Vans Suite dringen auf einmal in den Flur, aber Shawn unterbricht seinen Kuss erst, als ich den Kopf wegdrehe. Und selbst dann lässt er meine Handgelenke nicht los. Er hält den Blick unverwandt auf mich gerichtet, während ich über seine Schulter zusehe, wie eine neue Gruppe Mädchen die Suite betritt. Meine dunklen Augen finden wieder Shawns. Er starrt mich an, als wäre alles andere auf der Welt unwichtig. Ich mache einen weiteren Versuch, ihm meine Hände zu entziehen, aber er lässt es nicht zu, und ich gebe schneller auf, als ich es je für möglich gehalten hätte. Seine Augen verdunkeln sich, meine Knie werden weich; ich warte einfach nur. Und warte. Als er seine Lippen wieder zu meinen führt, geschieht es mit einer Entschlossenheit, die keinen Raum für Widerstand und mich erbeben lässt.

»Ich will dich«, haucht er an meinem Mund, und ein süßer Hitzeschwall schießt zwischen meine Beine. Sein Atem ist warm an meiner Haut; seine Zunge ist zärtlich, als er damit in die Vertiefung meines Schlüsselbeins gleitet. Da er meine Hände fest umklammert hält, kann ich nichts tun, außer mich ihm hinzugeben. Und, Gott, ich will es.

»Lass uns verschwinden.«

Er hebt den Kopf und sieht mir in die Augen, und das Glühen in seinen sorgt dafür, dass mein Herz stolpert und dann doppelt so schnell weiterschlägt wie davor. Als ich diesmal versuche, ihm meine Hände zu entziehen, lässt er es zu; als ich mich von ihm löse und rückwärtszugehen beginne, ruft er mir nach.

»Wohin?«

»Egal.«

Ich werfe ihm ein verschlagenes Lächeln zu, in das er hineininterpretieren kann, was er will, bevor ich den Flur hinuntersprinte, mit ihm dicht auf den Fersen.

Ich habe gar nicht die Absicht zu entkommen – habe ich nie, hatte ich nie –, aber die Tatsache, dass er mir nachläuft … macht diese Jagd einfach unbezahlbar.

16

Auf dem Dach des Hotels, unter einem dichten Baldachin aus Sommersternen, sind Shawn und ich völlig, *völlig* allein. Bei unserem Sprint durch Flure und Treppenhäuser wäre ich um ein Haar mit dem Zimmerservice zusammengestoßen, den wir letztendlich überreden konnten, uns aufs Dach zu lassen. Ich tat, als wäre ich ein Groupie, Shawn tat, als wäre er ein Mitglied der *berühmten Rockband,* von der das ganze Personal gehört hatte, und bis wir das Dach erreichten, kicherten wir wie zwei Kinder, die irgendwelchen Unfug anstellten. Shawn versuchte mich zu küssen, ich lachte und sprang zur Seite, und er jagte mich vor bis zur Dachkante. Die Aussicht zog uns jedoch derart in ihren Bann, dass wir jetzt einfach bloß dastehen und auf die Lichter einer Stadt hinausstarren, die nur für uns zu leuchten scheint. Shawn tastet nach meiner Hand.

»Es ist wunderschön«, sage ich, völlig gebannt von der Skyline. Die Tour hat uns bis jetzt nicht viel Zeit für Sightseeing gelassen, aber trotzdem weiß ich, dass nichts davon so gewesen wäre wie das hier. Nur Shawn und ich, allein am Rand der Welt.

Als ich ihn neben mir leise lachen höre, sehe ich ihn an. »Was denn?«

»Kommt jetzt die Stelle, an der ich dich anstelle der Aussicht anstarren und irgendetwas Abgedroschenes wie ›Ja, nicht wahr?‹ sagen muss?« Ich lache und wende meine Aufmerksamkeit wieder den Lichtern zu. Aber aus den Augenwinkeln kann ich sehen, dass er mich noch immer anschaut. Seine Stimme wird übertrieben ernst, als er ergänzt: »Denn das ist es wirklich. Wunderschön, meine ich.« Ich lache noch lauter und stoße ihn mit der Schulter an, und er legt einen Arm um mich.

»Du bist ein Dummkopf.«

»Nur in deiner Nähe.«

Ich blicke zum Himmel empor und bin rundum zufrieden, denn es gibt keinen Ort, an dem ich in diesem Moment lieber wäre. Die leichte Brise weht den frischen Duft seines Eau de Cologne zu mir hinüber, und er legt sich um mich wie eine kühle Sommerdecke. Die Stille zwischen uns dehnt sich immer weiter und weiter aus, schwebt in die Dunkelheit hinaus und schlängelt sich durch die schlafenden Straßen der Großstadt.

Als sie allzu weit reicht, ruiniere ich alles, indem ich den Mund aufmache. »Ich hätte wetten können, dass wir uns inzwischen schon längst die Kleider vom Leib gerissen haben.«

Mein Gesicht läuft feuerrot an, sobald die Worte meinen Mund verlassen haben. Fest bohre ich die Zehen in meine Schuhsohlen, um so meine Füße dafür zu bestrafen, dass sie ins Fettnäpfchen getreten sind.

Shawns Stimme aber ist ernst und sanft, als er erwidert: »Ich auch.«

Meine Schultern entspannen sich unter seinem Arm. Der Gedanke, dass das hier nichts ist, was Freunde mit gewissen Vorzügen tun würden, schießt mir durch den Kopf, und ich klammere mich daran fest. Freunde mit gewissen Vorzügen würden nicht auf ein verlassenes Dach stürmen, nur um zu lachen und einander zu halten. Sie würden nicht so hier stehen, wie wir es tun, und sich eine solche gemeinsame Erinnerung schaffen.

Ich schmiege mich an Shawn, lege die Hände auf seine

Schultern und berühre seine Lippen mit meinen. Diesmal ist der Kuss sanft und beherrscht. Ohne Feuer. Es liegt eine Botschaft in ihm. Er drückt eine Million Dinge aus, die ich nicht sagen kann. Ich lasse mich von den Zehenspitzen wieder auf den Boden sinken und lächele. Ein Gefühl von Wärme durchströmt mich, als er mit genau dem gleichen Lächeln zu mir zurücksieht.

Mit Kleidern und allem – es ist perfekt.

Schließlich setzen wir uns und lehnen uns mit dem Rücken an die Backsteinwand des Hotels. Unsere Schultern berühren sich, die Arme haben wir locker um die Knie geschlungen. Die Aussicht von hier oben ist wirklich atemberaubend, aber verglichen mit dem Anblick von Shawns grünen Augen ist sie nichts. Immer wieder blinzele ich verstohlen zu ihm hinüber, und jedes Mal, wenn er mich dabei ertappt und mich anlächelt, muss ich den Blick abwenden, damit ich nicht Gefahr laufe, so zu kichern wie das kindische Mädchen, das ich nicht bin.

»Ich werde dich etwas fragen«, sagt er nach einer Weile, »und es wird seltsam klingen. Also lach nicht, okay?«

Das hört sich so unheilvoll an, dass ich mich aufs Schlimmste gefasst mache. Ein Typ, mit dem ich auf dem College zusammen war, bat mich beim Rummachen einmal, ihn »Daddy« zu nennen. Ich gab ihm den Laufpass und musste dabei so laut lachen, dass ich mir ziemlich sicher bin, ihm nie geantwortet zu haben.

Jetzt piepst meine Stimme nervös. »O... okay ...«

Er spreizt die Knie und klopft auf den Boden dazwischen. »Kannst du dich hierhin setzen? Und dich ... von mir halten lassen?«

Schmetterlinge schwärmen aus meinem Herzen, durch meine Adern und in meinen Magen. Sie flattern wild, ihre Flügel jagen mir eine Gänsehaut über den Körper. Shawn wartet geduldig auf meine Antwort. Ein nervöser Teil in mir will Zeit gewinnen, indem ich ihn nach dem Warum frage, indem ich diesen Moment ruiniere, doch stattdessen schlucke ich schwer und schiebe die Worte beiseite. Ich krieche zwischen seine Knie, lehne mich mit dem Rücken an seine Brust – und falle fast in Ohnmacht, als er seine kräftigen Arme um mich legt.

»Hast du's bequem?«

Diesmal kann ich nicht anders: Ich kichere leise und antworte auf seine Frage, worüber ich lache: »Du benimmst dich, als ob du noch nie mit einer Frau zusammen warst.«

»Nie so. Nicht mit einer Frau wie dir.«

Wenn er wüsste … Wenn er nur wüsste, dass er schon einmal mit mir zusammen *war*, vor Jahren, und zwar weitaus intimer als jetzt. An einem Abend wie diesem, auf einer Party wie der, die wir eben verlassen haben. Bevor er mich gehen ließ. Bevor er meinen Namen, mein Gesicht, unsere Geschichte vergaß.

Ich versuche, die Erinnerung zu verscheuchen. Doch das ist leichter gesagt als getan, auch wenn er mich endlich in den Armen hält. Trotzdem muss ich an das erste Mal denken, als unsere Blicke sich begegneten, an das erste Mal, als unsere Lippen sich berührten.

Mein erstes Mal überhaupt.

»Auf der Highschool habe ich ziemlich für dich geschwärmt, weißt du«, gestehe ich. Auch wenn er sich nicht erinnert, ich kann nicht aufhören zu leiden. Oder zu hoffen. In der Dunkelheit sehnt sich mein Herz nach seinem, versucht, seine Erinnerung zu wecken.

»Wirklich?«

Ich stoße einen leisen Seufzer aus, als sich mein Herz enttäuscht zusammenzieht und er mit den Daumen über meine Arme streicht. »Ja.«

Shawn beginnt, mit meinen Fingern zu spielen, seine hart erarbeiteten Schwielen tanzen mit meinen. »Das hättest du nicht tun sollen.«

»Warum denn nicht?«

»Ich war auf der Highschool kein guter Kerl.« Als ich das Kinn hebe und zu ihm hochschaue, streicht er mir die Haare aus der Stirn und schiebt sie mir hinters Ohr. Sein T-Shirt ist weich an meiner Wange, und seine Stimme ist noch weicher, als er fortfährt: »Jemand wie ich wäre auf der Highschool nicht gut für dich gewesen.«

Ich will etwas dagegenhalten, aber wüsste nicht, was. Und überhaupt, was hätte das für einen Sinn? Ich senke wieder den Kopf, lehne mich wieder an seine Brust und lasse zu, dass er die Arme noch fester um mich legt. »Und was macht dich jetzt gut für mich?«

»Vermutlich gar nichts. Aber ich will dich trotzdem.«

Ein Teil von mir seufzt zufrieden, während der andere Teil von der Frage gequält wird, wie lange das wohl Bestand haben wird. Für den Rest dieser Tour? Bis ihm langweilig wird? Für heute Abend? Für immer?

»Du kennst mich nicht wirklich«, sage ich, aber Shawn antwortet, ohne zu zögern.

»Ich weiß, dass du im Schlaf redest.«

Ich richte mich auf und wirbele zu ihm herum. »Tue ich nicht.«

»Doch, tust du«, beharrt er mit einem verschmitzten Grinsen. »Gestern Nacht hast du ständig gestöhnt: ›Oh Shawn, oh, du bist so heiß, ich brauche dich so dringend …‹«

Mir klappt der Unterkiefer herunter. »Du redest nur Scheiße!« Als er zu lachen beginnt, schlage ich ihn, bis er mich wieder in die Arme nimmt und an seine Brust drückt. Ich lache mit ihm und genieße das Gefühl, wie sein Körper an meinem

Rücken bebt, bis wir beide verstummen und schweigend über die Dächer sehen.

»Erzähl mir etwas, was ich noch nicht weiß«, bittet er mich nach einer Weile, und ich kann sein Lächeln hören – es strahlt durch seine Stimme.

»Manchmal esse ich meine Makkaroni mit Ketchup«, sage ich, das Erstbeste, was mir in den Sinn kommt.

Seine Daumen hören auf, über meine Arme zu gleiten, und in die Stille der Nacht sagt er: »Verdammt. Das ändert natürlich alles. Ich glaube, du solltest wieder reingehen.«

Ich lache. Seine Daumen beginnen sich wieder zu bewegen, und ich kuschele mich an ihn.

Das Lächeln liegt noch immer in seiner Stimme, als er sagt: »Erzähl mir noch was.«

»Du bist dran«, wende ich ein.

»Was willst du wissen?«

»Warst du schon mal auf so einer Party?«

»Auf so einer?« Ich schmiege den Kopf in seine Schulterbeuge. »Nein. Ich war auf ein paar verrückten Partys, aber noch nie auf so einer.«

»Wenn wir bei Victorias Dad unterschreiben würden, könntest du solche Partys jeden Abend haben.«

»Warum sollte ich das wollen?«

Ich drehe meinen Oberkörper, damit ich ihn ansehen kann, und lege meine Knie über seine Schenkel. »Ist das denn nicht der Traum?«

Er legt seine Hände auf die abgewetzten Stellen meiner Jeans, lässt seine Finger geistesabwesend mit den ausgefransten Fäden an meinem Knie spielen. »Dass jemand anders uns sagt, was wir zu tun haben?« Weil ich auf eine Fortsetzung warte, erklärt er: »Das ist es nicht wert. Ich habe keine Lust, dass mir irgendjemand sagt, was ich schreiben oder nicht schreiben soll oder wie schnell wir einen neuen Song oder ein neues Album herausbringen müssen. *Cutting the Line* sind gut, aber vergleiche sie jetzt mal mit früher, damit, wie sie vor fünf Jahren geklungen haben.«

Ich weiß genau, was er meint. »Ihr erstes Album war umwerfend.«

»Und Van weiß es.« Seine Finger erkunden weiter jeden Schlitz und jede Franse in meiner Jeans, als müsse er jeden Millimeter meiner entblößten Haut berühren. Auch wenn ich bezweifle, dass er weiß, dass es das ist, was er tut. »Er liebt dieses Leben, aber er hasst das, was er tun muss, um es zu haben. Vickis Dad diktiert die Spielregeln. Für Adam und mich wäre das ein Albtraum, und ich weiß, dass es Mike und Joel auch nicht gefallen würde.« Seine Finger gleiten in einen Schlitz hinter meiner Wade, und ich versuche so zu tun, als würde ich es nicht bemerken, als würde ich die Art und Weise, wie er mich berührt, nicht lieben. »Und was ist mit dir?«

»Mir gefällt es so, wie es ist.«

Sein Atem erwärmt den kühlen Wind auf meinen Wangen. »Die Dinge werden sich ändern, so oder so. Auf diese Weise geschieht es einfach nur langsamer.«

»Langsam gefällt mir.«

»Langsam beginnt mir auch zu gefallen.« Sein Blick fällt auf meine Lippen, und plötzlich scheint die Brise selbst stillzustehen. »Wie zum Beispiel jetzt ... Ich würde dich wirklich gern küssen.«

»Warum tust du es dann nicht?« Meine Stimme klingt flach, ausgehöhlt von dem Atem, den er mir raubt.

»Weil mir das hier gefällt.« Seine Finger fahren meine Beine langsam wieder hoch und beginnen wieder mit den losen Fäden über meinem Knie zu spielen. »Erzähl mir noch was.«

»Zum Beispiel?«

»Wo siehst du dich selbst in fünf Jahren?«

Meine Aufmerksamkeit verlagert sich von seinen Fingern zu seinen Augen. »Gott, hättest du nicht irgendetwas Einfaches fragen können?« Meine Worte entlocken ihm ein Schmunzeln. Die entzückende Falte, die auf seiner Wange erscheint, sorgt dafür, dass ich bereitwillig auf alles antworten würde, was er wissen möchte. »Keine Ahnung, immer noch Musik machen, hoffe ich.«

»Das ist alles?«

»Das ist das Einzige, was ich mit Bestimmtheit sagen kann.«

Es gibt Dinge, von denen ich weiß, dass ich sie *will* – wie zum Beispiel Shawn, jeden Zentimenter von ihm –, aber wer weiß, wo wir morgen sein werden, geschweige denn in fünf Jahren? Und wenn ich versuche, es mir vorzustellen, tut es einfach nur weh. Denn fünf Jahre sind fast sechs Jahre, und sechs Jahre sind eine verdammt lange Zeit.

Er nickt verständnisvoll, und ich frage: »Und du?«

»Zweifellos werde ich noch immer Musik machen. Hoffentlich mit dir.« Er grinst, und ich lächele. »Bis dahin werden wir vielleicht bei einem Label sein.«

»Ich dachte, du wolltest nicht bei einem Label sein?«

»Im Moment nicht«, erklärt er. »Ich will so groß sein, dass sie uns in den Arsch kriechen müssen, wenn wir die Verträge aufsetzen, anstatt umgekehrt.« Kichernd rutsche ich noch ein bisschen näher an ihn heran. »Und ich weiß nicht. Adam und Peach sind bis dahin vermutlich verheiratet oder so, daher werde ich wahrscheinlich obdachlos sein.«

»Ich würde dich bei mir wohnen lassen«, witzele ich.

»Na bitte«, sagt er mit seinem typischen breiten, offenen Lächeln. »Wir haben einen Plan.«

Ich wende den Blick ab, starre auf einen Kieselstein neben meinem Stiefel und kann spüren, wie mein eigenes Lächeln schwindet. »Irgendwie will ich, dass diese Tour nie zu Ende geht.«

»Warum nicht?«

Ich sehe ihn wieder an. Meine Augen machen ein Geständnis, noch während mein Mund die Frage stellt, vor der mein Herz zu viel Angst hatte. »Was passiert, wenn wir nach Hause kommen? Mit dir und mir?«

Werden wir so tun, als ob es die Küsse im Tourbus nie gegeben hat? Werden wir weiterhin heimlich rummachen? Was passiert, wenn er eine Bessere, eine Hübschere als mich kennenlernt?

»Was willst du denn, das passiert?«, fragt er.

»Tu das nicht«, flehe ich.

»Tu was nicht?«

»Bring mich nicht in Verlegenheit.«

Er mustert mich eine kleine Ewigkeit lang nachdenklich, bevor er schließlich sagt: »Ich habe dir gesagt, dass ich dich will. Meinst du, damit habe ich mich nicht selbst in Verlegenheit gebracht?«

»Aber was soll das denn überhaupt heißen?«

»Was meinst du mit ›Aber was soll das denn überhaupt heißen?‹ Es heißt, dass ich mit dir zusammen sein will.« Eine sanfte Röte schleicht sich auf seine Wangen, aber ich kann noch immer nicht glauben, dass Shawn wirklich das sagt, was ich vermute.

»Wie mit mir zusammen sein?«

Er schüttelt lachend den Kopf. »Mein Gott, Kit, merkst du denn nicht, wie sehr ich dich mag? Ich meine damit, dass ich nicht will, dass einer von uns mit irgendjemand anderem ausgeht, okay? Ich will dich für mich alleine haben. Ich will sehen, wo wir in fünf Jahren sein könnten.«

Das Strahlen, das sich über mein ganzes Gesicht ausbreitet,

verwandelt die Nacht in den Tag, verschiebt die Dunkelheit auf morgen. »Frag mich.«

»Was soll ich dich fragen?«

»Frag mich«, wiederhole ich, und er rupft verlegen an einem Faden meiner Jeans.

»Du bist schrecklich, weißt du das?« Doch als ich ihn weiter anlächele, kann er nicht anders, als zurückzulächeln. »Ich schwöre, wenn du Nein sagst ...«

»Frag mich.«

Er lässt sich Zeit, holt einmal tief Luft, und dann fragt er mich: »Willst du mit mir zusammen sein?«

»Kannst du dich vielleicht etwas genauer ausdrücken?«

Bevor er den Mund aufmachen kann, um sich zu beschweren, küsse ich ihn lachend und bringe ihn mit meiner Antwort zum Schweigen. Ich küsse ihn, bis er mir die Arme um die Taille schlingt, bis ich ihm gehöre und wir beide es wissen. »Okay«, sage ich, als ich meine Lippen schließlich von seinen löse. »Aber wenn ich dir gehöre, dann gehörst du auch mir.«

Mein Daumen gleitet über die Konturen seiner Kinnpartie, prägt sich das Gefühl seiner Stoppeln genau ein, das Leuchten seiner Augen und den Klang seiner Stimme, als er flüstert: »Das tue ich schon seit einer ganzen Weile.«

Als ich ihn wieder küsse, besiegelt der Kuss ein Versprechen. Er zeigt Shawn, dass ich das hier will. Dass ich ihn will.

Er zeigt Shawn, wo ich in fünf Jahren sein will. In sechs.

17

Mit schmerzendem Rücken und der Sonne in den Augen wache ich auf. Unwillkürlich verziehen sich meine Lippen zu einem Lächeln. Ich vergrabe das Gesicht an Shawns harter Brust, atme den Duft seines weichen T-Shirts ein und genieße das Gefühl seiner Arme, die sich noch fester um mich schließen, so als ob er vorhätte, mich nie wieder loszulassen.

Wir redeten und redeten die ganze Nacht lang, bis wir uns irgendwann unter den Sternen aneinanderkuschelten und an Ort und Stelle einschliefen. Er erzählte mir, wie er Mike und Joel kennengelernt hat, wie er mit ihnen die Band gründete und wie er das *Mayhem* entdeckte. Er erzählte von seiner Mom, seinem Dad und seiner älteren Stiefschwester. Wir verrieten einander unsere Lieblingsfarben, unsere Lieblingsessen, unsere Lieblingssongs. Wir tauschten Kindheitsgeschichten aus und überlegten uns verrückte Dinge, die wir tun wollen, bevor wir alt werden. Wir lachten und lächelten und hielten einander, und auch der neue Tag hat nichts geändert.

Was gestern Nacht zwischen uns passiert ist, war echt. Und ist es noch immer.

»Hey, Mann«, ertönt plötzlich eine Stimme. Mit einem Ruck bin ich hellwach. Mike steht über uns, tritt gegen Shawns Schuhsohle, und ich erinnere mich benommen, dass es das Klicken der Stahltür gewesen ist, das mich ursprünglich geweckt hat. Ich schirme die Augen mit einer Hand vor der Sonne ab und setze mich auf. Unter Mikes Blicken schrumpfe ich förmlich zusammen. Ich fühle mich wie auf frischer Tat ertappt. Und da er mich in Shawns Armen gefunden hat, stimmt das auch irgendwie. Aber Shawn ist mein Freund. Wir sind eng umschlungen eingeschlafen. Es gibt keinen Grund mehr, es zu verstecken.

Nervöse Schmetterlinge flattern wie wild in meinem Bauch herum, und es gelingt mir, ein erbärmliches »Hey« zu murmeln.

Mein ganzer Körper wird durchgerüttelt, als Shawn sich hastig aufrichtet. »Scheiße!«, flucht er. »Wie spät ist es?«

Mikes Blick wandert langsam von mir zu dem zerzausten Mann an meiner Seite. Shawns Haare stehen in alle Himmelsrichtungen ab, zerwühlt vom Schlaf und von meinen Fingern, die sich, kurz bevor ich eingenickt bin, darin vergraben haben. »Halb zehn.«

»Du machst Witze.« Shawn rappelt sich bereits hoch, und ich sitze nur da, auf meinem erbärmlichen Hinterteil, reibe mir meinen erbärmlichen Rücken und sehe aus wie ein erbärmliches Häuflein Elend.

»*Alle* suchen dich«, sagt Mike zu ihm, was ich auch keineswegs anzweifle. Wir hätten heute Morgen kurz vor Sonnenaufgang aufbrechen sollen, aber jetzt steht die Sonne bereits hoch oben am Himmel und zerrt das Geheimnis, das Shawn und ich wochenlang gehütet haben, ans Tageslicht. Mikes Blick richtet sich wieder auf mich, und prompt werde ich noch ein bisschen kleiner. »Und dich.«

Unter der Sonne und den prüfenden Blicken unseres Drummers erscheint mir gestern Nacht auf einmal etwas weniger echt, etwas weiter entfernt. Shawn und ich sind nicht mehr allein. Wir sind nicht mehr allein in der Dunkelheit.

Shawns Finger tauchen vor meinem Gesicht auf, und sowohl Shawn als auch Mike fixieren mich erwartungsvoll. Meine Hand ist feucht, als ich Shawns schließlich ergreife. Ich halte sie fest umklammert und lasse mir von ihm hochhelfen.

Der Körperkontakt wird unterbrochen, sobald ich auf den Beinen stehe – von mir, von Shawn, von der Gewohnheit. Ich klopfe mir den Staub von der Jeans, während ich gleichzeitig mein Gedächtnis nach irgendetwas durchforste, was ich zu Mike sagen könnte.

Aber Shawn kommt mir zuvor.

»Hey«, sagt er und fährt sich mit den Fingern durchs Haar, »behalte das bitte für dich, okay?«

Ich spüre Mikes Augen auf mir ruhen, bin jedoch zu beschäftigt damit, Shawn anzustarren und zu fühlen, wie mir der Magen in die Kniekehlen rutscht, um zu reagieren. Doch als ich ihm schließlich mein Gesicht zuwende, kann Mike die Verletztheit in meinen Augen erkennen. Er schüttelt seufzend den Kopf. »Wie du willst, Mann. Wir sehen uns beim Bus.«

Und mit diesen Worten öffnet er die Stahltür, die mit einem Klicken hinter ihm ins Schloss fällt. Shawn und ich bleiben zurück. Allein. Wieder. Die gestrige Nacht erscheint auf einmal unwirklich. Wenn Shawn mir in diesem Moment sagen würde, dass das alles nur ein Traum war, würde ich ihm glauben.

Schließlich räuspert er sich, und rasch senke ich das Kinn. Das Knirschen des Kieses unter meinen Stiefeln ist real. Meine Fingernägel bohren sich in meine Handflächen, und der leichte Schmerz ist real. Der metallische Geschmack in meinem Mund – auch er ist real.

»Hey.« Shawn hebt mein Kinn mit einem Finger an. Magische grüne Augen forschen in meinen.

»Was machen wir jetzt?«, hauche ich. Seine Finger streicheln sanft über meine Wange und spielen mit einer Haarsträhne.

»Was meinst du?«

Ich entziehe mich seiner Berührung, und seine Hand fällt

herab. »Wegen letzter Nacht«, stammele ich. »Es ist okay, wenn du … ich meine, ich bin sicher, Mike wird nichts verraten … und ich verstehe ja, du weißt schon …«

Mein Gott, ich stolpere über Worte und Emotionen, stürze, ohne dass mich irgendjemand auffängt. Aber dann tritt Shawn einen Schritt nach vorne, und seine Hand greift nach meiner. »Wow, hey! Du überlegst es dir doch nicht etwa anders, oder?«

Meine Stirn kräuselt sich verwirrt. »Du hast Mike gerade gebeten, Stillschweigen zu bewahren …«

Rund um seine Mundwinkel herum zuckt es, und am liebsten würde ich meine Hand wegreißen, aber er lässt mich nicht. »Wir stecken mit denen in einer Blechkiste fest«, sagt er, als sollte das als Erklärung genügen. »Glaub mir, sie würden uns damit ständig aufziehen. Und diese Tour dauert nur noch zwei Tage.« Weil ich immer noch misstrauisch dreinblicke, umfasst er meinen Kopf mit beiden Händen und presst die Stirn an meine. »Ich gehöre immer noch dir.«

Meine Hände legen sich über seine, und ohne zu wissen, woher die Worte kommen – vielleicht ist es der Zauber in diesen grünen Augen –, fordere ich: »Beweise es mir.«

Im nächsten Augenblick liegen seine Lippen schon auf meinen, warm und berauschend. Seine Zunge begehrt Einlass, um mir zu beweisen, dass das, was letzte Nacht passiert ist, das, was ich gefühlt habe, echt war. Seine Finger zerwühlen meine Haare, und meine Hände rutschen an seine Handgelenke. Ich halte mich an ihm fest und lasse mich von ihm küssen, bis ich weiche Knie bekomme und meine Gedanken sich auf einen völlig anderen Stern absetzen. Mein Rücken stößt gegen das Backsteingebäude, vor dem wir eingeschlafen sind, und ich ziehe ihn nah zu mir heran, knabbere an seinen Lippen und genieße die Wirkung, die das auf ihn hat. Ein Zittern läuft durch seinen Körper, und ein tiefes Stöhnen dringt aus seiner Kehle.

Die ganze Spannung, die sich letzte Nacht aufgebaut hat, die sich über *Wochen* aufgebaut hat, entlädt sich hier und jetzt. Wir haben sie genährt und gesteigert, und jetzt gibt es nur noch mich, ihn und nichts, was uns aufhalten kann.

Als ich seine Lippen freigebe, starrt er mich an, mit einem lodernden grünen Feuer in den Augen. Dann küsst er mich, bis ich den Kopf in den Nacken lege und ihm Zugang zu erogenen Zonen gewähre, die ihm inzwischen alle vertraut sind. Seine Zunge gleitet über eine empfindliche Stelle unter meinem Ohr, und meine Finger krallen sich verzweifelt in sein Shirt. Ich reibe mich an seinem harten Körper, mein Atem geht in abgehackten Stößen, doch irgendwie gelingt es mir, einen vernünftigen Gedanken zu fassen und ihn zu erinnern: »Wir kommen zu spät.«

Obwohl Mike sagte, dass *alle* heute Morgen nach uns gesucht hätten, benehmen sich Shawn und ich, als wäre *niemand* wichtig.

»Adam kommt immer zu spät.« Ohne sich von meinem Einwand unterbrechen zu lassen, gleiten seine Lippen immer tiefer und tiefer. Er schiebt einen Finger in den Ausschnitt meines Shirts und zieht ihn hinunter, um noch mehr von mir zu schmecken.

Wärme sammelt sich tief unten in meinem Bauch – tiefer und tiefer. »Shawn«, protestiere ich, aber es klingt selbst in meinen eigenen Ohren wie ein Gebet. Als er sich vor mir auf die Knie fallen lässt, vergraben sich meine Finger wie von selbst in seinen Haaren.

»Fünf Minuten«, sagt er und schiebt bereits mein Shirt hoch, damit er seine Lippen über meinen Bauch gleiten lassen kann.

Tiefer und tiefer.

Er öffnet meinen Knopf und zieht mir mit einer schnellen

Bewegung die Jeans runter. Flinke Finger ziehen an meinen Schnürsenkeln, und dann steige ich aus den Stiefeln und der Jeans. Mein Slip wird ebenfalls heruntergezogen, aber Shawn wartet nicht einmal ab, bis ich ihn richtig ausgezogen habe, sondern zieht mich an seine Lippen.

Hitze, glühende Hitze, schießt durch meinen ganzen Körper und sammelt sich an der Stelle, an der ich bereits nass für ihn bin, mein Kopf sackt mit einem Stöhnen nach hinten, und meine Knie zittern. Seine kräftigen Hände umklammern meine Hüften, drücken sie gegen die Wand und halten mich aufrecht. Der bröckelnde Putz bohrt sich in meinen Hintern, doch ich bemerke es nicht einmal. Meine Lider schließen sich flatternd, meine Finger suchen Halt in Shawns Haaren, während er mich verschlingt und mit seiner festen Zungenspitze immer weiter in mich dringt. Noch mehr Nässe strömt zwischen meine Beine, als seine Hand langsam an meinem Bauch hinauffährt, über die Wölbung meines BHs, und einen ungeduldigen Nippel neckt, der sich gegen die schwarzen Spitzen presst. Mein ganzer Körper ist zum Leben erwacht, Nervenenden tänzeln, als Shawn sie stimmt wie ein vernachlässigtes Instrument. Als ich die Augen aufschlage und den Kopf senke, begegne ich seinen grünen Augen, die unter dichten schwarzen Wimpern zu mir emporblicken. Er schiebt eine Hand zwischen meine Beine, folgt der nassen Spur, die seine Zunge hinterlassen hat, und vergräbt zwei Finger tief, tief in mir.

Und, Gott, das Stöhnen, das mir über die Lippen dringt, sorgt nur dafür, dass ich noch heißer werde, dass meine Knie noch stärker zittern, dass seine Augen noch dunkler werden, dass ich so, so kurz davor bin.

»Shawn.« Meine Stimme ist heiser, bedürftig, verzweifelt. Statt in seine Haare krallen sich meine Finger jetzt in den Putz der Wand hinter mir, denn ich befürchte, gleich in Ohnmacht zu fallen. Natürlich war ich schon mit anderen Männern zusammen, aber noch nie – noch nie – habe ich mich so gefühlt. Ich bin im Begriff, mich aufzulösen. Ein weißer Funke steigt in mir hoch und droht in einem Feuerwerksregen zu explodieren.

»Komm für mich, Baby.« Shawns leise, belegte Stimme jagt noch einen Schwall von Wärme zwischen meine Beine, alles um mich herum verschwimmt. »Wir gehen hier nicht weg, bevor du nicht gekommen bist.«

Und, Gott, ich glaube ihm. So, wie er seine talentierten Finger in mir bewegt, würde er den ganzen Tag, die ganze Nacht, für immer hierbleiben, wenn er …

»Oh mein Gott«, stöhne ich, als sich mein Körper verflüssigt, alles in mir zerfließt. Meine Beine würden unter mir wegknicken, wenn Shawns kräftige Hände mich nicht an der Taille festhalten und gegen die Wand drücken würden. Er verschlingt mich, bis ich an seinem Mund dahinschmelze, und dann fängt er begierig auch noch das letzte bisschen von mir auf, seine Zunge leckt immer weiter und weiter und weiter und – »*Gott*, verdammt«, keuche ich, als eine zweite Welle der Lust über mich hinwegschwappt, die Kontrolle über meinen Körper übernimmt, bis ich mir nicht einmal mehr sicher bin, ob seine Finger überhaupt noch in mir sind. »Shawn … oh … oh, *Gott* …«

Mein Stöhnen wird lauter, als ich von dem heftigsten Orgasmus, den ich jemals hatte, überwältigt werde. Shawn springt hastig auf und nimmt meine Lippen auf eine Weise in Besitz, die in mir den Wunsch erweckt, meinen Händen die Führung zu überlassen.

Sie wollen den Knopf seiner Jeans finden und ihn abreißen, denn ich will ihn in mir spüren – tief, dort, wo ich noch immer voller Verlangen nach ihm pulsiere. Aber er küsst mich begierig, raubt mir Worte aus dem Mund und Gedanken aus dem Verstand. Ich gehöre ihm, nur ihm, und folge ihm blind, bis der Kuss allmählich tiefer, langsamer, ruhiger wird. Als er sich zurückzieht, ringe ich noch immer nach Atem. Durch halb geschlossene Augenlider sehe ich ihn an.

In meinem benommenen Zustand will ich ihm sagen, dass ich ihn liebe. Ich will die Worte sagen, schläfrig, mit halb geöffneten Augen. Ich will sie immer und immer wieder wiederholen, bis er mich noch einmal küsst.

Stattdessen lehne ich die Stirn an seine, und er lächelt.

»Danke«, sagt er, und ein erschöpftes Lachen bricht aus mir hervor.

»Na klar, Shawn. Gern geschehen.« Ich schließe die Augen.

Er gibt mir einen sanften Kuss, ganz sanft, dann streicht er mir die Haare aus dem Gesicht und legt eine Hand an meine Wange. »Mach die Augen auf.«

»Warum?« Ich gehorche, begegne seinem durchdringenden Blick.

»Ich möchte deine Augen sehen …« Mit einem Daumen streichelt er über meine Haut. »Ich habe mich gefragt, wie sie in diesem Moment wohl aussehen.«

Meine Wangen erwärmen sich, aber er ist zu beschäftigt damit, meine Augen zu studieren, um es zu bemerken. Ein zärtliches Lächeln breitet sich auf seinem Gesicht aus, stochert in dem Nest Schmetterlinge, die sich erschöpft in meinem Bauch ausgeruht haben, bis sie wieder nervös um mein Herz flattern. Das hier ist neu für mich. Es ist neu für mich, dass ich ihm unbedingt sagen will, dass ich ihn liebe; neu für mich, dass er mir das Gefühl gibt, ich könnte es ihm sagen.

»Wir kommen zu spät«, erinnere ich ihn noch einmal und bücke mich nach meinem Slip. Mit immer noch zitternden Knien schlüpfe ich in meine Jeans und aufgeschnürten Stiefel.

»Ich hatte fünf Minuten«, neckt Shawn, als ich mich runterbeuge, um die Stiefel zuzubinden. »Ich bin mir ziemlich sicher, dass ich noch zwei habe.«

Ich lege den Kopf schräg, um ihn anzufunkeln, aber stattdessen lächele ich, und er lächelt zurück.

Mit meiner Hand in Shawns schwebe ich zum Bus zurück. Mein ganzer Körper befindet sich noch immer in einem Zustand zufriedener Erschöpfung, was Shawns ganz persönliches Geschenk an mich war. Jedes Mal, wenn meine Gedanken auf das Dach dieses Hotels zurückkehren, läuft mir ein Kribbeln über die Haut, und ich muss dem Drang widerstehen, ihn in eine Seitengasse zu zerren, auf einen leeren Parkplatz, auf eine Toilette in der nächstbesten Fast-Food-Bude. Immer wieder werfe ich ihm verstohlene Blicke zu, und jedes Mal fängt er sie auf; immer wieder verfluche ich jedes Kichern, das mir über die Lippen platzt, weil ich es einfach nicht unterdrücken kann.

»Kann ich es Rowan und Dee erzählen?«, frage ich. Ich muss jemandem, *irgend*jemandem erzählen, dass Shawn und ich zusammen sind, *richtig* zusammen. Doch Shawn schüttelt den Kopf, und ich ziehe einen Schmollmund.

»Sie werden es Adam und Joel sagen«, argumentiert er, »und sie werden uns diese letzten zwei Tage auf der Tour zur Hölle machen.«

»Was ist mit Leti?«

»Er wird es Peach und Dee sagen, und sie werden es Adam und Joel sagen.«

»Okay, na schön, und Kale?«

»Dein Bruder?« Shawns Schritte werden langsamer, als wir uns dem Parkplatz nähern, auf dem unser Bus steht. Sein Lächeln ist verschwunden. Als ich nicke, sagt er: »Lass uns … lass uns einfach noch warten, okay?«

»Warum?«

Eine Sekunde lang herrscht Schweigen, und dann noch eine und noch eine, bevor er sagt: »Er und Leti sind doch Freunde, oder?«

»Ja …« *Freunde* … Na klar.

»Das heißt, er wird es Leti sagen, und Leti wird es Peach und Dee sagen, und …«

Ich seufze, und Shawn drückt meine Hand.

»Später«, verspricht er. »Nur jetzt noch nicht, okay?«

Er haucht mir einen Kuss auf den Mund, bevor ich etwas erwidern kann, eine sanfte Berührung seiner Lippen. »Okay.«

Kurz bevor wir den Parkplatz erreichen, lässt er meine Hand los, und ich zwinge mich, das schmerzliche Gefühl zu ignorieren, das dabei in meiner Brust entsteht. Ich folge ihm zum Bus und steige ein, als er mir die Tür aufhält.

Die Jungs stürzen sich regelrecht auf uns. Alles, wessen sie uns beschuldigen, entspricht entweder der Wahrheit oder kommt ihr zumindest verdammt nah. Wir sind zusammen davongeschlichen. Wir haben wochenlang heimlich rumgemacht. Wir sind »verliiieebt«. Wir haben uns auf dem Dach um den Verstand gevögelt, bevor Mike uns gefunden hat.

Shawn verdreht die Augen, und Joel lacht. »Wir wurden dort oben ausgesperrt, Arschgesicht.«

»Hoho, na klar«, spottet Joel.

»Kit war betrunken und entschlossen, dort hinaufzugehen. Was hätte ich denn tun sollen? Sie über die Dachkante fallen lassen?«

Shawn fällt das Lügen so leicht, dass ich, wenn ich die Wahrheit nicht kennen würde, nicht im Geringsten an seinen Worten zweifeln würde. Der Schwindel geht ihm locker von den Lippen, und ich bin sicher, ich hätte es ihm abgekauft.

Als Joel mich argwöhnisch mustert, reibe ich mir die Schläfe, als hätte ich Kopfschmerzen. »Frag mich nicht. Ich kann mich an überhaupt nichts erinnern.«

Das Lügen ist mir selbst nicht fremd, vor allem, wenn es mir gelegen kommt, aber diesmal … diesmal hat es einen bitteren Beigeschmack.

»Ich bin einmal fast von einem Dach gefallen«, schaltet sich Adam ein, während der Bus auf den Highway biegt, um uns zu einem neuen Tag, einer neuen Stadt, einer neuen Show zu bringen. »Um genau zu sein …«, er legt die Stirn in Falten, »ich glaube, ich bin tatsächlich einmal von einem Dach gefallen. Shawn, erinnerst du dich noch an diese After-Show-Party in Cold Springs?«

Shawns Mundwinkel zucken. Er beginnt, sein Zeug zum Duschen zusammenzusuchen. »Ja, Mann, du bist eindeutig vom Dach gefallen.«

Adam nickt vor sich hin und reibt eine Phantombeule an seinem Hinterkopf. »Ja … das dachte ich mir schon.«

Als Shawn ins Bad verschwindet, knöpft Joel sich mich vor. »Und ihr zwei wurdet also allen Ernstes auf dem Dach ausgesperrt?«

Ich halte mich an Shawns Geschichte. Joel schmollt zwar, aber lässt es mir durchgehen – genau wie der Rest, und sogar die Roadies. Beim Soundcheck müssen wir noch eine Runde Häme über uns ergehen lassen, aber dann ist der ganze Morgen vorbei und vergessen. Und ich schreibe Rowan keine SMS. Ich schreibe Dee keine SMS. Ich schreibe Kale keine SMS. Ich schreibe Leti keine SMS.

Beim Soundcheck beginnt Shawn wieder, heimlich mit mir zu flirten, und obwohl all seine Berührungen flüchtig und verstohlen sind, bringen sie meinen Puls genauso zum Rasen wie heute Morgen, als er … als wir …

Meine Wangen werden warm, als mich an diesem Abend

auf der Bühne bei einem ausverkauften Konzert die Erinnerung daran überrollt. Ein rascher Blick auf ihn lässt mich erkennen, dass seine Augen bereits auf mich gerichtet sind. Ich kichere. Ich kichere mitten auf der verdammten Bühne. Nur meinen Fingern, die den Song im Schlaf spielen könnten, ist es zu verdanken, dass mein Plektron die richtigen Saiten trifft. Obwohl es noch immer ein Geheimnis ist, ist er mein Freund. Mein verdammter *Freund*. Das Lächeln in meinem Gesicht macht sich selbstständig, schleicht sich in unpassenden Momenten dorthin zurück und verrät jedem einzelnen Gesicht in der Menge all meine Geheimnisse.

Ich hasse die Tatsache, dass wir es den anderen vorenthalten, aber ich verstehe es … irgendwie. Ja, sie würden zu Nervensägen mutieren. Zu riesigen, verdammten Nervensägen. Sie würden uns damit aufziehen, bis die Tour zu Ende ist und wir wieder zu Hause sind. Aber die Frau in mir hätte sich insgeheim darüber gefreut. Sie hätte das Feuer geschürt, mit einem noch nie dagewesenen Maß an öffentlich zur Schau gestellter Zuneigung, das allen verdammt peinlich gewesen wäre – allen voran ihr selbst. Weil sie und Shawn endlich, *endlich* ein Paar sind, und sie das eigentlich nicht vorhatte zu verheimlichen. Niemals, überhaupt nicht, vor niemandem.

Aber es stimmt natürlich, dass die Tour nur noch eineinhalb Tage dauert, und auch das verstehe ich … irgendwie. Vermutlich möchte er vermeiden, dass die Jungs ihm damit in den Ohren liegen. Oder vielleicht will er auch vermeiden, dass sie *mir* damit in den Ohren liegen. Oder vielleicht will er einfach nur noch ungestört einen stillen Morgen in der Küche mit mir verbringen, ohne dass uns alle von den Kojen aus anfeuern und johlen … und nach dem, was auf dem Dach passiert ist? Ja, damit kann ich leben.

Auf dem Parkplatz beobachte ich ihn liebevoll über die Köpfe der Fans hinweg. Die Show heute Abend war unglaublich, und unser Bus war regelrecht umzingelt, als wir endlich auf den Parkplatz hinaustraten. Nachdem ich mich so oft habe fotografieren lassen, dass Punkte hinter meinen Augen tänzeln, lasse ich Shawn, Adam und Joel zurück und verziehe mich in den Bus.

Mike hat sich ebenfalls schon abgeseilt, und ich geselle mich zu ihm in die Küche. Shawn hat versprochen, mit ihm über heute Morgen zu reden. Weil ich jedoch wie ein rebellischer Teenager auf frischer Tat ertappt wurde, verspüre ich das Bedürfnis, auch etwas zu sagen. Auch wenn ich keinen blassen Schimmer habe, was dieses Etwas ist.

»Du hattest heute Abend einen Haufen Fans«, sage ich grinsend, trotz meiner Nervosität, und lasse mich auf eine Lederbank fallen, wobei ich extra darauf achte, mich nicht auf den Platz zu setzen, den er gewöhnlich zum Zocken in Beschlag nimmt. Mit angehaltenem Atem warte ich ab, ob er den heutigen Morgen zur Sprache bringt. Er holt zwei Bier aus dem Kühlschrank und schließt ihn mit der Schuhspitze.

»Die eine Frau war mindestens fünfzig«, beschreibt er etwas übertrieben eine reife Frau in einem Kleid mit Pumamuster, die sich vor dem Bus förmlich auf ihn stürzte. Es gibt ein paar Frauen, die einfach eine Schwäche für Schlagzeuger haben, und diese hat keinen Hehl daraus gemacht – was, nehme ich an, der Grund ist, weshalb Mike im Moment in Richtung Tür starrt, als würde er erwarten, dass sie jederzeit wie ein Sondereinsatzkommando an Bord stürmen könnte.

Ich lache und necke ihn noch ein bisschen mehr. »Nicht alle aus deinem Fanklub waren so alt.«

Er wirft mir einen vielsagenden Blick zu und lässt sich auf den Platz neben mir plumpsen. Er reicht mir eine der beiden Bierflaschen, bevor er seine Xbox einschaltet.

»Wie willst du denn deine künftige Ehefrau kennenlernen, wenn du keiner von ihnen eine Chance gibst?«

»Glaub mir, die Frau, mit der ich zusammen sein will, wird nicht vor einem Tourbus warten.«

»Ich habe selbst oft genug vor Bussen gewartet«, entgegne ich. In der Hoffnung auf Autogramme, Fotos, Umarmungen. Nicht mehr als das, und ich trug dabei mit Sicherheit kein Kleid mit Pumamuster.

»Eben«, sagt Mike und lacht, als mir die Kinnlade herunterklappt und ich ihn gegen die Schulter boxe.

Entspannt lehne ich mich auf meinem Platz zurück, warte, bis er ein Videospiel ausgewählt hat, und sage dann: »Danke, dass du Adam und Joel nichts von mir und Shawn verraten hast.«

»Ihr hättet es mir einfach sagen sollen«, sagt er, den Blick auf den Bildschirm geheftet, während seine Finger hektisch die Knöpfe auf dem Controller bearbeiten. »Mir war klar, dass zwischen euch beiden irgendwas läuft.«

»War das so offensichtlich, ja?« Mein Versuch, den Feuer speienden Drachen unter der glühenden Haut in meinem Gesicht zu ignorieren, misslingt kläglich.

Mike sieht mich an und hebt amüsiert einen Mundwinkel. »Ja. Aber keine Sorge. Du bist ein weitaus besserer Lügner als Shawn.«

Ich grinse über das zweifelhafte Kompliment, bevor ich frage: »Wie meinst du das?«

»Oh Mann«, seufzt Mike, »er hat sich doch schon damals bei deinem Vorspielen verraten. Es war mir nur nie ganz klar, warum er dich so angesehen hat.«

Meine Augenbrauen schießen bis an die Decke. »Hä?«

»Anfangs dachte ich bloß, dass er dich einfach nicht leiden kann.« Mike zuckt gutmütig die Achseln. »Ich hatte keine

Ahnung, dass ihr beide auf der Highschool mal etwas miteinander hattet.«

Ein Klingeln schrillt in meinen Ohren. Ein schrilles, schrilles Klingeln. »Augenblick … Was?«

Alle möglichen Warnsignale blinken wie wild in meinem Gehirn auf, mein Herz zieht sich zum Protest schmerzlich in der Brust zusammen. Er hatte keine Ahnung, dass wir auf der Highschool etwas miteinander hatten? Auf der *Highschool*?

Mike zwinkert mir zu, bevor er sich grinsend wieder dem Bildschirm zuwendet. »Entspann dich. Shawn hat mir alles erzählt. Euer Geheimnis ist bei mir gut aufgehoben.«

»Er … er hat dir erzählt, dass wir auf der Highschool etwas miteinander hatten?«

Das kann nicht sein. Shawn *erinnert* sich doch gar nicht daran …

Plötzlich stößt Mike einen Fluch aus und zuckt synchron mit einer Figur auf dem Bildschirm nach rechts. Dann richtet er sich wieder auf. »Auf Adams Abschlussparty, stimmt's?«

»Hm …«

»Irgendwie irre, wenn man darüber nachdenkt. Als ob ihr beide schon immer füreinander bestimmt wart oder so.«

»Hm«, murmele ich noch einmal.

Eine kalte Angst macht sich in meiner Magengrube breit.

Shawn erinnert sich?

Shawn erinnert sich.

Als Mike mich wieder ansieht, verberge ich meine Emotionen hinter einem gekünstelten Lächeln, und er lächelt zurück, bevor er sich wieder auf sein Videospiel konzentriert. »Ich finde, ihr zwei passt gut zusammen.«

Wie in Trance verlasse ich die Küche. Stiche wie von einem spitzen Eiszapfen tänzeln meine Arme und meinen Nacken hoch, Mikes Worte wirbeln wild in meinem Kopf herum.

Ich hatte keine Ahnung, dass ihr beide auf der Highschool mal etwas miteinander hattet.

Shawn hat mir alles erzählt.

Ihr zwei hattet auf der Highschool etwas miteinander.

Auf der Highschool.

Auf Adams Abschlussparty.

Shawn hat es die *ganze* Zeit über gewusst. Seit dem Casting, seit er mir das erste Mal nach sechs Jahren, in denen er *nichts* von sich hat hören lassen, in die Augen gesehen hat. Er wusste es, als er mir bei unserer ersten Bandprobe das Leben schwer machte und ich ihm ein Plektron an den Kopf schleuderte. Er wusste es, als ich ihn im *Mayhem* küsste, als er meinen Kuss erwiderte und ich mich anschließend im Bus blamierte. Er wusste es, als wir auf dem Hoteldach saßen und ich ihm beichtete, auf der Highschool in ihn verknallt gewesen zu sein. Er wusste es bei jedem Kuss, den er mir stahl, jedem Lächeln, das ihm galt, jedes Mal, wenn er dafür sorgte, dass ich mich wie ein verdammter, idiotischer Teenie fühlte, der noch immer wie eine fünfzehnjährige Highschoolanfängerin für ihn schwärmte.

Ein Gefühl von Verrat wächst in mir heran und wuchert wie Unkraut, verjagt die Schmetterlinge. Eines ist mir jetzt absolut klar: Er will den anderen nichts von uns erzählen, weil sie es *niemals* erfahren sollen. Schon damals wollte er nicht, dass sie es erfahren, woran sich auch seitdem *nichts* geändert hat. Mike hat er es nur deshalb erzählt, weil der uns ertappt hat und er so ernsthaft in Erklärungsnot geriet. Aber er bat mich, Rowan oder Dee oder Kale oder Leti nichts zu verraten, weil ich nach all den Jahren *immer noch* nichts weiter als sein dreckiges kleines Geheimnis bin.

Als Shawn kurz darauf den Bus betritt, muss ich mich schwer zusammenreißen, um nicht direkt auf ihn zuzumarschieren und ihm die Faust ins Gesicht zu rammen. Er ist nicht mehr mein Freund, ist nicht mehr der Mann, der mich heute Abend auf der Bühne zum Lächeln gebracht hat. Er ist der Mann, der mich in einem dunklen Zimmer gevögelt und danach nie angerufen hat. Der mich *monatelang* belogen hat. Der Mann, der mir nicht nur einmal, sondern zweimal das Herz gebrochen hat.

Einmal bedeutet: selbst schuld. Zweimal bedeutet: Du bist total am Arsch.

Nachdem Adam und Joel sich nach hinten verzogen haben, packe ich Shawn am Arm und schleife ihn nach vorne, wobei ich auf dem ganzen Weg die Trennvorhänge hinter uns zuziehe. Driver ist noch im anderen Bus, also bleiben mir noch ein paar Minuten, bevor er auftaucht und den Motor startet.

»Du sahst heute Abend auf der Bühne echt heiß aus«, sage ich in einem irgendwie hysterisch-verzweifelten Ton, den er hoffentlich nicht heraushören kann. Tollkühn hebe ich eine Hand und vergrabe die Finger in seinen Haaren. Eine wilde Entschlossenheit pulsiert in meinen Adern und lässt meine Finger leicht zittern.

Es wäre leicht, ihn zu konfrontieren, und genauso leicht wäre es für ihn zu lügen. Und ich würde absolut durchgeknallt dastehen – wie ein dahergelaufenes, verschmähtes Groupie, von denen er zweifellos im Laufe der Jahre einige gesammelt hat. Shawn könnte alles abstreiten, jeden Kuss, jede Berührung, jedes Wort, jede gottverdammte, idiotische Kleinigkeit, in die ich, dumm wie ich war, Gott weiß was hineininterpretiert habe. Und ehrlich gesagt kann ich mir schon denken, wem die anderen glauben würden. Dem kleinen Mädchen von der Highschool, das so leicht zu vergessen war? Oder ihrem besten Freund, den sie seit einer Ewigkeit kennen?

Tja.

Anstatt zu schreien und zu heulen und Shawn mein Knie dorthin zu rammen, wo es wehtut, spiele ich also deshalb mit seinen Haaren und schenke ihm ein verführerisches, vielsagendes Lächeln. Und als die grünen Flammen in seinen Augen hochschlagen, erkenne ich zufrieden, dass er es mir abkauft.

Meine Finger spielen noch immer mit seinen Haaren, als sich seine Lippen meinen nähern. Er küsst mich genau so, wie er es gestern Abend getan hat, und der schmerzhafte Stich, den ich dabei empfinde, sorgt dafür, dass ich mich, langsam aber bestimmt, von ihm löse.

»Kannst du dir vorstellen, wie oft wir es inzwischen miteinander getrieben hätten, wenn du gewusst hättest, dass ich auf der Highschool in dich verliebt war?«, flüstere ich atemlos. Ich beobachte seine Reaktion genau und wappne mich innerlich für den erwarteten Tiefschlag.

Ich gebe ihm die Gelegenheit, reinen Tisch zu machen. All die Monate hätte er mir lediglich die Wahrheit sagen und vier Worte aussprechen müssen. »Es tut mir leid«, wäre alles gewesen, was ich hätte hören müssen, um ihm zu verzeihen. Jetzt ist seine letzte Chance.

Sein leidenschaftlicher Blick fängt meinen aus wenigen Zentimetern Entfernung auf, und ich sehe, wie er sich eintrübt und verflüchtigt. Jetzt, wo ich weiß, wonach ich suchen muss, entdecke ich sie: die Erkenntnis.

Wieder küsst er mich, und auch in diesem Kuss schwingt deutlich etwas mit. Der Versuch, abzulenken. Der kleine Funken Hoffnung in meiner Brust erlischt, und ich lege Shawn die Hände auf den Brustkorb und schiebe ihn weg. »Ich habe darüber nachgedacht, weißt du.« Er beobachtet mich, und ich beobachte ihn, versuche, in ihm den Mann zu sehen, der gestern Nacht mit mir zusammen war, nicht den, der mir viereinhalb Monate lang ins Gesicht gelogen hat. »Darüber, wie es hätte sein können ... Ich möchte wetten, wir wären umwerfend gewesen.«

Der Wunsch, es ihn zugeben zu hören, nagt tief in mir. Der Wunsch zu hören, dass man mich nicht vergessen kann, dass ich es damals wert war, sich an mich zu erinnern, und es immer noch bin.

»Wir sind jetzt umwerfend«, sagt Shawn ausweichend.

Als seine Finger diesmal meinen Hinterkopf umfassen, bin ich nicht der Lage, ihn wegzuschieben. Sein Kuss sorgt dafür, dass ich so tun will, als ob. Ich spüre, wie ich zu fallen beginne, zu vergessen beginne, zu verzeihen beginne ... und die einzige Möglichkeit, mich zu retten, besteht darin zuzubeißen. *Fest.*

»Scheiße!« Er zuckt zurück, reißt eine Hand an den Mund. Er starrt mich an, als wäre ich besessen, und vielleicht bin ich das ja auch. Zu keinerlei Regung fähig, starre ich nur völlig ausdruckslos zu ihm zurück. Es ist, als würde ich ihn zum ersten Mal sehen, ihn durch die Augen von jemand anderem sehen.

»Wofür zum Teufel war das denn?« Mit dem Daumen fährt er sich über die Unterlippe und betrachtet die rote Blutspur, die an seiner Daumenkuppe haftet.

»Irgendwie hat es mich einfach überkommen.«

Tiefe Furchen werden auf seiner Stirn sichtbar.

Plötzlich wird der Vorhang hinter mir aufgerissen, und Joel bewahrt mich vor weiteren Erklärungen. »Warum zum Teufel brüllst du denn so?«

Shawns Jeansstoff verfärbt sich kupfern, als er seinen Daumen daran abwischt. »Alles gut. Ich habe mir nur auf die Lippe gebissen.«

Noch eine Lüge. Und auch diese kommt ihm so leicht über die Lippen, dass mein Blut anfängt zu brodeln.

»Ooookay ...« Joels Blick huscht zwischen uns beiden hin

und her – zu Shawn, der wütend auf die gespenstische Erscheinung starrt, zu der ich geworden bin, und zu mir, die den Geschmack seines Bluts noch immer auf der Zunge hat. »Was treibt ihr zwei denn hier?«

»Offensichtlich noch ein heimliches Rendezvous haben«, antworte ich flapsig.

Ohne den Wahrheitsgehalt meiner Bemerkung zu ahnen, wischt Joel sie mit einer Handbewegung beiseite. »Haha. Also im Ernst, was treibt ihr?«

»Wir fragen uns, wo Driver bleibt«, antwortet Shawn für mich.

Weil ich es keine Sekunde länger mehr in seiner Gegenwart aushalte, mache ich auf dem Absatz kehrt und durchquere den Bus. Im Bad lehne ich mich mit dem Rücken gegen die geschlossene Tür und rutsche an ihr hinunter, bis ich auf dem Boden sitze und die Welt aufhört, unter mir wegzubrechen.

Erbärmlich.

Austauschbar.

Shawn hat mich vor sechs Jahren weggeworfen, nachdem er mich hatte, und jetzt? Morgen Abend geben wir unser letztes Konzert. Nur noch einen Tag sind wir unterwegs … und dann was? Werden wir es jemals allen sagen? Er hat es versprochen, aber nie gesagt, wann, und selbst wenn, es hätte nichts bedeutet.

Denn Shawn hat schon *vieles* gesagt. Doch all das, was er *nicht* gesagt hat, war ebenso bedeutsam.

Auf der Highschool habe ich ziemlich für dich geschwärmt, weißt du.

Wirklich?

Eine von eintausend Lügen, die unausgesprochen blieben. Eine von eintausend, und auf jede einzelne bin ich hereingefallen.

18

Am nächsten Morgen aufzuwachen – nachdem mir erbarmungslos der Schleier von den Augen gerissen wurde –, ist wie ein Déjà-vu. Aber keines der angenehmen Sorte. Das Déjà-vu heute versetzt mich zurück in den Sommer meines ersten Highschooljahres, zu einem bestimmten Morgen nach einer bestimmten Party. Damals weinte ich in ein Kissen. Jetzt würde ich mir am liebsten selbst die Augen auskratzen.

Ich rolle mich von der Metallwand des Busses weg und beobachte die blassen Sonnenstrahlen, die mich von Shawn trennen. Er liegt mir zugewandt, als hätte er mir beim Schlafen zugesehen. Seine Gesichtszüge sind friedlich. Schön. Trügerisch. Seine schwarzen Haare liegen zerzaust auf das Kissen gebettet, auf seiner Kieferpartie ist ein leichter Bartschatten erkennbar, und seine dunklen Wimpern liegen fächerförmig über seinen Wangen. Gestern Nacht fiel es mir schwer, in den Schlaf zu finden … mit ihm auf der anderen Seite des Gangs und den ruckelnden Bewegungen des Busses, der uns zu einer neuen Stadt brachte.

Einerseits verspürte ich das dringende Verlangen, diese unüberwindbar scheinende Mauer zwischen uns einfach einzureißen und ihn so lange zu küssen, bis ich all die Dinge vergaß, die er gesagt hatte – und all die Dinge, die er nicht gesagt hatte. Andererseits kämpfte ich gegen das weitaus größere Bedürfnis an, ihn zu verprügeln und ihn danach mit seinem Kissen zu ersticken.

Wütend schlief ich ein, wütend wachte ich auf und wütend verlasse ich nach einem kurzen Abstecher ins Badezimmer den Bus, den Driver vor Stunden auf einem neuen Parkplatz abgestellt hat. Da die Sonne bereits durch die Fenster äugt, wird es nicht mehr lange dauern, bis Shawn aufwacht. Er wird erwarten, dass ich zu ihm in die Küche schlüpfe, bevor die anderen wach werden, genau wie ich es viel zu lange jeden Morgen getan habe. Vielleicht erwartet er, das zu Ende bringen zu können, was wir auf dem Dach von Vans Hotel angefangen haben. Vielleicht erwartet er auch eine Erklärung für meine zombiemäßige Attacke gestern Abend. Welche Erwartungen er auch haben mag: Hoffentlich fühlt er sich ebenso verloren wie ich mich, wenn er begreift, dass ich längst gegangen bin.

Block für Block, Ampel für Ampel vergrößern meine Boots den Abstand zwischen uns, den ich so dringend brauche. In der Stadt wimmelt es von Leuten, die auf dem Weg zur Arbeit sind, in Anzügen und förmlicher Kleidung, die in einem starken Kontrast zu meiner zerschlissenen Jeans, meinem Band-T-Shirt, meinen schwarz-violetten Haaren stehen. Ohne zu wissen, wohin ich eigentlich gehe, laufe ich weiter. Hauptsache *weg*. In seiner Nähe bin ich einfach nicht in der Lage, klar zu denken. Es würde nur darauf hinauslaufen, dass ich ihn entweder küssen oder ihm seine verdammte Lippe abbeißen will … oder beides.

Als mein Handy summt und Shawns Gesicht auf meinem Display aufleuchtet, werden meine Schritte nicht langsamer. Ich mache nicht kehrt. Stattdessen belege ich das Gesicht auf meinem Handy mit ein paar üblen Schimpfwörtern und drücke den Anruf weg. Meine Kontakte werden aufgerufen. Mein Daumen schwebt über dem Icon mit dem Telefonhörer. Die Verbindung baut sich auf.

Kale meldet sich mit einem »Hey«. Allein schon der Klang

seiner Stimme hebt ein unsichtbares Gewicht von meiner Brust.

Ich atme einmal tief durch und spreche die drei Worte aus, auf die er vermutlich schon die ganze Zeit fieberhaft gewartet hat. »Du hattest recht.« Meine Stimme ist fest und laut genug, um das Geständnis sogar in meinen eigenen Ohren echt klingen zu lassen.

»Natürlich hatte ich recht«, pflichtet Kale mir bei. »Wovon reden wir?«

»Shawn ist ein Arschloch.«

»Okaaay …«

»Er erinnert sich.«

Das Telefon fest ans Ohr gepresst, warte ich darauf, dass Kale Shawn verflucht oder Salz in meine Wunde streut oder einfach *irgendetwas* sagt, aber das Schweigen am anderen Ende der Leitung zieht sich derart in die Länge, dass ich das Telefon irgendwann von meinem Ohr weghalte, um zu checken, ob die Verbindung vielleicht abgerissen ist.

»Kale?«

»Entschuldigung … Er *erinnert sich?*«

»An alles.«

»Du meinst … er erinnert sich an damals?«

Eine eisige Faust schließt sich um mein Herz, und eine Million gezackte Teile, die sich nie wieder zusammenfügen lassen werden, wirbeln wild durcheinander. »An *alles*, Kale.«

»Hat er dir das gesagt?«

Ein bitteres Lachen entkommt mir und durchschneidet die morgendliche Luft einer Großstadt, die viel zu weit weg von zu Hause ist. »Nein, Mike hat es mir erzählt.« Ich schlüpfe in irgendein Café. Das Bimmeln der Türglocke scheint mich zu verhöhnen, und als ob das nicht reicht, ziehe ich durch mein Outfit auch noch sämtliche Blicke der Gäste auf mich. Herausfordernd recke ich das Kinn. Sollte es einer wagen, mich anzusehen oder eine Bemerkung zu machen oder auch nur falsch zu atmen, garantiere ich für nichts. »Aber vorgestern, kurz bevor ich es herausgefunden habe«, sage ich, während ich auf eine misstrauische Servicekraft hinter der Theke zusteuere, »hat er mich gebeten, seine Freundin zu sein.« Am Satzende mache ich ein Geräusch, irgendetwas zwischen einem Schnauben und einem erstickten Lachen. »Ich nehme einen großen Kaffee. Schwarz«, wende ich mich an die Barista und schiebe das Geld über die Theke.

»Und was ist danach passiert?«

Wieder lache ich gequält. Die mitschwingende Ironie ruft mir grausam in Erinnerung, wie sehr er mich wirklich verletzt hat. »Glaub mir, das willst du lieber nicht wissen.«

Ein paar lange Sekunden verstreichen, in denen ich versuche, die Erinnerung an all die süßen Dinge auszublenden, die er an jenem Abend zu mir gesagt hat. Und an all die dreckigen Dinge, die er mir am Morgen danach angetan hat.

»Und du hast Ja gesagt?«

»Ich habe noch viel mehr getan, als Ja zu sagen.«

Ich bin in seinen Armen aufgewacht und habe mich von ihm an eine Wand drücken lassen. Ich habe mich von ihm küssen lassen, mich von ihm berühren lassen. Ich habe ihm gestattet, vor mir auf die Knie zu fallen. Ich habe ihm gestattet …

Blut schießt in meine Wangen, als die Bilder vor meinem inneren Auge vorbeiziehen. Unwillkürlich ballt sich meine Hand zur Faust, erfüllt von dem Drang, in meinem eigenen Gesicht zu landen, als Strafe dafür, dass mein Körper mich so schamlos verrät. Trotz allem, was geschehen ist, wird ein Teil von mir – der schwache, lüsterne Teil, dem man nicht vertrauen kann – noch immer von heißem Verlangen nach ihm durchflutet und wird es vermutlich auch immer bleiben.

In meinen Augen ist Shawn noch immer hinreißend. Nichts wird sich daran ändern. Und talentiert und schlau und witzig. Und mein Herz …

Meinem Herzen kann man auch nicht vertrauen.

»Hast du mit ihm geschlafen?«, erkundigt sich Kale. Die Besorgnis in seiner Stimme ist greifbar, selbst über Hunderte von Meilen hinweg.

»Nein. Beinahe … aber nein.«

Er stößt einen schweren Seufzer aus, dessen Gewicht mich nach unten zieht. Schleppend begebe ich mich ans Ende des Tresens, um dort auf meinen Kaffee zu warten.

»Kit«, sagt Kale nach einer Weile, »geht es dir gut?«

»Nein.« Mit dem Geständnis drängt auch wieder meine Wut an die Oberfläche. »Nein, verdammt, es geht mir nicht gut, Kale. Er hat mich die *ganze* Zeit über verarscht.«

»Jetzt mal ganz von vorne«, bittet er mich.

Ich nehme meinen Kaffee entgegen und lasse mich an einem Tisch nieder. Meine Lippen berühren den Rand des recycelten Pappbechers, und ich begrüße die kochend heiße Flüssigkeit, die die letzten Spuren von Shawns Lippen auf meinen verbrüht. Und dann erzähle ich Kale alles, obwohl ich mir geschworen habe, es niemals zu tun. Ich erzähle ihm von dem Kuss im *Mayhem* und davon, wie Shawn so getan hat, als wäre gar nichts gewesen. Ich erzähle ihm von dem Kuss an dem Abend, als ich Victoria kennenlernte, und davon, wie Shawn mich gegen den Bus gedrückt hat. Ich erzähle ihm von nüchternen Küssen und betrunkenen Küssen und Geheimnissen – alle, jedes einzelne.

»Ich fühle mich wie ein Vollidiot«, murmele ich abschließend. »Ich habe das Gefühl, ihn überhaupt nicht zu kennen. Was ich wahrscheinlich auch nie getan habe.«

»Was wirst du jetzt tun?«

Ich presse mir einen Handballen gegen die Stirn. »Keine Ahnung.«

»Du hast keine Ahnung? Es ist ja wohl sonnenklar, was du jetzt tun wirst«, faucht Kale. »Komm nach Hause, Kit. Scheiß auf ihn. Er ist es nicht wert.« Die Stimme meines Zwillingsbruders ist streng, und es ist nicht zu überhören, dass er mit Bryce und Mason und Ryan – und mir – verwandt ist. Er wiederholt genau dieselben Worte, die er in jenem Sommer nach unserem ersten Highschooljahr zu mir gesagt hat.

Er ist es nicht wert. Er ist es nicht wert. Er ist es nicht wert.

»Weißt du, was daran das Schlimmste ist?«, frage ich. Ohne eine Antwort abzuwarten, fahre ich fort. »Er wollte, dass ich niemandem von uns erzähle. Nicht einmal dir. Ich nehme an, ich war für ihn wieder einmal nur irgendeine dreckige kleine Affäre.«

Die Empörung meines Bruders lässt das Schweigen, das sich zwischen uns ausdehnt, beinahe vibrieren. Ich höre ihn nicht einmal atmen. In der Stille starre ich aus dem Fenster des Cafés und sehe die leicht zu erkennenden Büroangestellten an mir vorbeieilen. Hosenanzug, Hosenanzug, Hosenanzug. Mein Blick fällt auf die nicht zusammenpassenden Armbänder an meinem Handgelenk und den abgeblätterten schwarzen Nagellack auf meinen Fingernägeln. Ich weiß mit absoluter Gewissheit, dass ich niemals tun könnte, was die Leute dort draußen tun. Jeden Tag zur gleichen Zeit aufwachen, jeden Tag der gleichen Arbeit nachgehen, zur gleichen Zeit nach Hause kommen, zur gleichen Zeit essen, zur gleichen Zeit zu Bett gehen. Diese Band ist meine Chance, meine *eine* große Chance. Und die will ich nutzen, auch wenn ich Shawn nicht will. Auch wenn Shawn *mich* nicht wirklich will. Auch wenn er es nie getan hat.

Als Kale endlich wieder das Wort ergreift, hat seine Stimme

einen beschwörenden Unterton angenommen. »Kit, hör zu. Du musst nach Hause kommen. Und zwar sofort, verdammt. Hast du mich verstanden?«

»Wir haben heute Abend einen Auftritt.«

»Na und? Shawn ist ein verda…«

»Ich werde den Rest der Band nicht hängen lassen, nur weil Shawn ein Arschloch ist.«

»Bist du wirklich sicher, dass die anderen nichts davon gewusst haben?«, gibt Kale zu bedenken, und mein Herz sinkt noch tiefer in das abgrundtiefe Loch, das einmal mein Magen war.

»Mike nicht.« Hoffnungslos blicke ich aus dem Fenster. Die Sonne ist zu hell, die Scheibe ist zu sauber, und ich bin zu viele Welten entfernt von zu Hause. Ich *will* nur noch nach Hause, aber ich kann nicht. Noch nicht. »Und Adam und Joel glaube ich auch nicht.«

»Genau wie du dachtest, dass Shawn es nicht wusste …«

Mit den Fingerkuppen massiere ich meine Schläfe. »Ich weiß es nicht, Kale. Diese ganze verdammte Geschichte ist einfach so verdammt beschissen.«

Eine Frau an einem Tisch in der Nähe räuspert sich, um ihre Missbilligung über meine Ausdrucksweise offen zu bekunden, aber eher würde ich ihr den Kopf abbeißen, als mich darum zu scheren.

»Kit«, fleht Kale, »komm einfach nach Hause. Das ist es nicht wert.«

Es ist das, was er von Anfang an gesagt hat – und vermutlich hatte er von Anfang an recht. Aber hier sitze ich, nur noch ein Konzert liegt vor mir, nur noch einen einzigen Tag muss ich durchhalten. »Morgen.«

»Ausgeschlossen …«

»Morgen, Kale. Ich bringe das hier noch zu Ende.«

Erst nach einer gefühlten Ewigkeit gelingt es mir, Kale zu beschwichtigen und das Gespräch zu beenden. Danach sitze ich einfach nur da, spiele geistesabwesend mit dem Handy in meiner Hand und erinnere mich plötzlich an Shawns ungelesene SMS. Eigentlich wollte ich sie nicht lesen. Nun aber droht Neugier die Oberhand zu gewinnen. Ich starre auf mein Handy. Ich starre auf das schwarze Display, bis ich es schließlich wieder aufleuchten lasse und einen letzten Anruf tätige.

»Hast du eben mit deinem Bruder telefoniert?«, fragt Leti zur Begrüßung. Wir beide standen in diesen letzten paar Wochen in ständigem Kontakt, aber trotzdem habe ich ihm nichts von Shawn erzählt. Er hat mich gefragt, ich bin ihm ausgewichen, er hat nachgehakt, und ich habe das Thema gewechselt, indem ich ihn dazu gebracht habe, über Kale zu plaudern.

»Ja, warum?« Ich stütze die Ellenbogen auf den Tisch, lehne mich vor und vergrabe die Finger in den Haaren in meinem Nacken. Meine Stirn schwebt über der beschichteten Tischplatte, bis ich schließlich aufgebe und den Kopf daraufknallen lasse.

»Er bombardiert mich mit Nachrichten.«

»Sag ihm, er soll sich verpissen«, murmele ich der Tischplatte zu.

»Oh, das könnte ich glatt tun, Kiterina. Weißt du, was er neulich zu mir gesagt hat?«

»Was denn?«

»Dass es für mich *leichter* war, mich zu outen, als es für ihn wäre. Aber nur weil ich den ersten Platz als Ballkönigin gewonnen habe, bedeutet das noch lange nicht, dass es einfach war!«

Ich wünschte, ich könnte lachen, aber mir fehlt sogar die Energie, es vorzutäuschen, daher ist Schweigen alles, was ich ihm anbieten kann.

»Okay«, beginnt Leti, nachdem es zu lange still in der Leitung geworden ist. Sein Tonfall hat sich verändert, ist dem Tonfall des Mannes gewichen, der wusste, dass wir Freunde sein würden, noch bevor ich überhaupt wusste, wer er war. Der Freund, der immer für mich da war, wenn ich ihn gebraucht habe. »Erzähl mir alles.«

Ich hebe die Stirn vom Tisch und richte mich auf, stütze sie stattdessen schwer auf meinen Handballen. »Was hat Kale dir erzählt?«

»Nichts. Ich rede mit dir und ignoriere diesen verklemmten Idioten.«

Die Ungeduld in Letis Stimme könnte jemand anders eventuell als Humor interpretieren, aber ich spüre, dass er allmählich genervt ist, was Kale hundertprozentig ebenfalls nicht entgangen sein dürfte. Seit jenem Abend im *Out* hängen die beiden ständig zusammen ab, aber weil Kale Leti geheim halten will, läuft er auf diese Weise Gefahr, ihn überhaupt nicht halten zu können.

»Also, fängst du jetzt an zu reden«, flachst Leti, »oder muss ich anfangen, dir im Detail von mir und dem Ballkönig und all den skandalösen Dingen zu erzählen, die wir in der Limousine getrieben haben, nachdem …«

Ich unterbreche Leti und beginne all das zu erzählen, was ich auch Kale erzählt habe, von Anfang bis Ende. Wenn er nach Details fragt, gebe ich sie ihm. Wenn ich etwas vergessen habe, gehe ich noch einmal zurück. Ich erzähle ihm jedes Geheimnis, jede Lüge, jeden Fehler.

»Wie hat Kale darauf reagiert?«, fragt er, als ich fertig bin.

»Er hat verlangt, dass ich sofort nach Hause komme.«

»Was bedeutet, dass du entschieden hast zu bleiben.«

»Findest du, ich sollte?« Die Frage hinterlässt ein Gefühl der Leere in mir. Es sollte nicht nötig sein, dass er mir sagt, was ich tun soll, aber ich brauche nun mal irgendjemanden. Jemanden, der nicht die gleiche Sturheit wie ich geerbt hat oder denselben berüchtigten Nachnamen trägt; jemanden, der mir irgendwie, egal wie, hilft, um klar zu sehen.

»Ich finde, du bist eine echte Rockgöttin«, sagt Leti. »Ich finde, du solltest tun, was immer zum Teufel du tun willst.«

»Was würdest du denn tun?«

»Hmm«, summt er. Ein Anflug von Heimweh überkommt mich, als ich mir sein Gesicht und das Vintage-Comic-T-Shirt vorstelle, das er vermutlich trägt. My Little Pony? Rainbow Brite? Er schweigt einen Moment, dann fragt er: »Ist Mike immer noch Single?«

Ich rolle mit den Augen. »Danke für das Gespräch, Leti.«

Er kichert ins Telefon. »Hör zu, KitKat, ich werde dir keine Ratschläge erteilen …«

»Offensichtlich.«

»Weil du sie nicht wirklich hören willst. Du willst nur, dass ich dir sage, was du hören willst.«

»Und das wäre?«, entgegne ich. Ich versuche nicht einmal, den genervten Unterton zu verbergen. Leti ist genauso schlimm wie Kale. Noch schlimmer.

»Shawn ist ein Arschloch, und du solltest ihn im Schlaf kastrieren.«

»Und wie soll mir das jetzt weiterhelfen?«

Ein schwacher Seufzer schwebt durchs Telefon. »Keine Ahnung. Du fragst jemanden um Rat, der mit einem Typen geht, der sich verdammt noch mal weigert, sich zu outen.«

Ohne Hilfe von Kale und mit noch weniger Hilfe von Leti trinke ich meinen Kaffee aus, bestelle mir noch einen und sehe zu, wie die Minuten verstreichen. Kurz vor dem morgendlichen Soundcheck kehre ich mit einem Papptragetablett voller Kaffeebecher zurück zum Bus, die ich meinen Bandkollegen mit dem falschesten Lächeln aller Zeiten überreiche. Auf ihre Fragen reagiere ich mit aufgesetzter Heiterkeit. Ich verstecke mich hinter einer Maske und lege die Show meines Lebens hin. Ich tue so, als wäre ich nicht gebrochen. Als wäre ich innerlich nicht ein völliges Wrack. Mein Gehirn will Shawn hassen. Aber mein Herz … mein Herz ist zu nichts zu gebrauchen.

Wo war ich? Unterwegs, um ein Café zu finden. Warum? Weil ich eine Überraschung mitbringen wollte. Verhör beendet. Und auch wenn in Shawns Augen die Neugier funkelt, sagt er nichts, wodurch er entweder mehr oder weniger besorgt aussehen würde als alle anderen. Weil er sich keine Blöße geben will. Oder weil es ihm einfach egal ist.

Was ich morgen tun werde, weiß ich noch nicht. Aber für heute habe ich einen Plan, und dieser Plan lautet, den Tag irgendwie zu überstehen. Ich überstehe den Soundcheck, ich überstehe das Mittagessen, ich benehme mich wie immer. Ich zocke mit Mike Videospiele, ich führe ein unverfängliches Telefonat mit meiner Mom. Und vor allem tue ich alles, was erforderlich ist, um nicht mit Shawn alleine zu sein.

Abends spiele ich mit dem Gedanken, mich dermaßen aufzubrezeln, dass sein Blut in alle richtigen Stellen schießt und ihm für den Rest seines Lebens blaue Eier verpasst. In den Kisten mit Dees Merchandise-Produkten wäre sicher etwas Geeignetes dabei, irgendetwas, das meiner üppigen Brust, meinem flachen Bauch und meinen langen Beinen garantiert schmeichelt …

Aber dann sage ich mir einfach *Scheiß drauf!* und schnappe mir die erstbesten sauberen Klamotten, die ich finde. Es ist mir egal, dass ich letztendlich eher schmuddelig als schick aussehe. Meine Jeans ist eng und abgetragen. Mein Tanktop ist ausgeleiert und löst sich am Halsausschnitt allmählich auf. In Kombination mit einem viel zu großen Flanellhemd macht mein Outfit eher den Eindruck, als ob ich mich gleich auf die Couch lümmeln würde, statt die Bühne zu rocken. Als ob ich bereit für eine Packung Eiscreme und einen Fernsehmarathon mit *Ice Road Truckers* bin. Wenn ich auf Kale gehört hätte, als ich noch die Gelegenheit dazu hatte, dann könnte ich jetzt genau das tun.

Stattdessen verfrachte ich meinen Hintern nach draußen und zwänge mich zwischen Mike und Joel, um nicht neben Shawn gehen zu müssen. Seit gestern Abend haben wir nicht mehr als ein paar Worte gewechselt, was sich auch auf dem kurzen Weg zu der Konzertlocation nicht ändert. Doch kaum sind wir im Inneren des Gebäudes und haben uns auf eine abgedunkelte Empore verzogen, stellt er sich neben mich.

Ich kann spüren, wie sich sein Blick von der Seite in mein Gesicht bohrt und nach einem Anhaltspunkt sucht, der ihm verrät, was sich zwischen uns geändert hat. Aber ich ignoriere es. Und als er unauffällig seine Finger einen nach dem anderen mit meinen verschränkt, ignoriere ich auch das. Stur starre ich über das Geländer und lege mir meine nächsten Schritte zurecht. Wenn ich das zwischen uns beende – was immer *das* ist –, dann mache ich es ihm zu leicht. Er wird genauso schnell über mich hinwegkommen wie beim letzten Mal, und wieder werde ich die Einzige sein, die leidet.

Er ist derjenige, der leiden soll.

Anstatt ihm meine Hand zu entziehen, schließe ich daher die Finger um seine, halte sie fest und weigere mich loszulassen. Ich gehe eine Million verschiedene Möglichkeiten durch, mich zu rächen, aber jede einzelne würde mich selbst ebenso sehr verletzen wie ihn. Während meine Gedanken rattern, beobachte ich, wie unsere Fans durch die Türen hereinströmen, die eben geöffnet wurden. Rote Haare, braune Haare, blaue Haare. Jeder von ihnen ist schon jetzt völlig aufgekratzt, bereit für den besten Abend seines Lebens. Und ich stehe im Schatten, meine Hand gefangen in Shawns. Blonde Haare, lila Haare, rosa Haare. Und dann ...

Schwarze Haare, schwarze Haare, schwarze Haare, schwarze Haare.

Plötzlich stöhne ich auf, entreiße Shawn meine Hand und umklammere das Geländer der Empore. Meine Augen weiten sich. Denn in der Menge habe ich vier extrem große, extrem vertraute, extrem weit von zu Hause entfernte Gestalten entdeckt, die sich immer weiter nach vorne in Richtung Bühne schieben. »Oh mein Gott.«

Meine Knöchel verfärben sich weiß, als ich mich weiter über das Geländer beuge, um sie nicht aus den Augen zu verlieren. Und dann, als ob Kale meine Anwesenheit spüren kann, hebt er das Kinn, und unsere Blicke treffen sich. Er stößt Mason mit dem Ellenbogen in die Seite, und Mason sieht ebenfalls auf. Bryce, Ryan. »Scheiße!« Ich weiche vom Geländer zurück, fahre mir mit den Fingern durch meine dichten, zerzausten Haare und überlege fieberhaft, was ich jetzt tun soll. Meine Brüder sind hier. Alle meine verdammten *vier* Brüder.

Im Kamikazestil über das Geländer zu hechten und die Beine in die Hand zu nehmen, klingt mit jeder Sekunde, die verstreicht, zunehmend verlockender.

»Was ist denn?«, fragt mich Shawn, doch da bin ich bereits auf dem Weg ins Treppenhaus. Ein Blick über die Schulter zeigt mir, dass jeder einzelne meiner Bandkollegen mir folgt. Ich hebe eine Hand. »Ihr bleibt hier.«

Natürlich bleiben sie es nicht. Als ich meine Brüder erreiche, sind diese bereits eifrig dabei, dem Securitytypen, den sie alle an Größe deutlich überragen, die Hölle heißzumachen.

Vier Paar harte, obsidianfarbene Augen richten sich auf mich, bevor sie wie auf ein stummes Kommando hin genau an mir vorbeisehen. Ihre Blicke begegnen den vier Augenpaaren hinter mir – einem seltenen Graugrün, einem jungenhaften Blau, einem gleichmäßigen Dunkelbraun … und einem hinreißenden, magischen Waldgrün.

Mason mustert die Jungs hinter mir der Reihe nach, dann fixiert er mich und verengt die Augen zu Schlitzen. »Raus. Jetzt.«

Für mich ist der geknurrte Befehl meines älteren Bruders nur ein typischer Ausdruck seiner halsstarrigen Angewohnheit, mich ständig herumkommandieren zu wollen. Aber für alle anderen …

»Hey, Moment mal!«, ruft Shawn und tritt an mir vorbei, um sich beschützend vor mich zu stellen. »Was ist eigentlich dein Problem?«

»Habe ich mit dir geredet?«

Der warnende Unterton in Masons Stimme löst Alarmsignale in meinem Kopf aus. Instinktiv umklammere ich Shawns Arm, um ihn daran zu hindern, auch nur einen halben Zentimeter weiterzugehen. Ich will zwar, dass er für das büßt, was er mir angetan hat, was aber nicht zwangsläufig bedeutet, dass ich ihn heute Abend tot sehen will.

Unglücklicherweise konzentrieren sich Masons schwarze Augen jetzt genau auf die Hand, die auf Shawns Arm liegt, und ich befürchte, soeben Shawns Todesurteil unterzeichnet zu haben. Rasch mache ich einen Schritt auf meine Brüder zu und tue das, was ich am besten kann: mich mit einem arroganten Gesichtsausdruck vor ihnen aufzubauen.

»Hör auf, dich wie ein Arschloch zu benehmen, Mason. Sag ›bitte‹, dann werde ich vielleicht darüber nachdenken.«

»Kit …«, warnt mich Ryan, doch ich schneide ihm einfach das Wort ab.

»Warum seid ihr überhaupt hier?«, fauche ich, obwohl mir natürlich klar ist, dass sie hier sind, weil Kale seine verdammte große Klappe aufreißen musste. Aber ich habe keine Ahnung, wie viel er ihnen tatsächlich erzählt hat. Genug, damit sie alle hierhergekommen sind, so viel steht fest. Die Tatsache jedoch, dass Shawn noch immer auf seinen zwei Beinen steht, anstatt als blutverschmierter Haufen auf dem Boden zu liegen, lässt vermuten, dass Kale weder die Geschehnisse vor sechs Jahren noch alle Details unseres Telefonats heute Morgen ausgeplaudert hat.

»Kale hat uns erzählt, du hättest in der Nähe einen Auftritt«, poltert Mason, und obwohl er damit bestätigt, dass Kale nichts über mich und Shawn verraten hat, ist mein Zwillingsbruder ein todgeweihter Mann. Ich mache mir gar nicht erst die Mühe, Kale anzusehen, denn wenn ich es täte, würde ich ihm wahrscheinlich an die Gurgel springen und ihn würgen, bis ihm die Augen aus dem Kopf quellen.

»Nett von dir, uns von deiner Tour zu erzählen«, sagt Bryce anklagend, womit er mir in Erinnerung ruft, dass ich meiner Familie gegenüber erwähnt habe, in den nächsten Wochen nicht zu den sonntäglichen Essen erscheinen zu können, da ich angefangen hätte, am Wochenende Gitarrenunterricht zu geben. Genau wie unsere Mom es immer wollte. Es war leichter, als ihnen von der Tour, von der Band, von dem Lügenkonstrukt, das ich um mich herum errichtet habe, zu erzählen.

»Nett von ihr, die Tatsache zu erwähnen, dass sie mit diesen Clowns von ihrer Highschool in einer Band ist«, knurrt Mason. Selbst ohne meine Brüder, die ihm den Rücken stärken, ist seine Erscheinung verdammt einschüchternd. Große Muskeln, schwarze Tattoos, kurz rasierter Schädel. Ich verschränke die Arme vor der Brust und starre ihn trotzig an.

»Und du fragst dich, warum ich es euch nicht erzählt habe?«

»Du hast es ihnen nicht erzählt?«, fragt Joel, doch es ist Adams Stimme, die die Kacke erst so *richtig* dampfen lässt.

»Sind das deine verrückten Brüder, von denen du uns erzählt hast?«

»Wen zum Teufel nennst du verrückt?«, bellt Mason.

»Äh, eventuell den großen verrückten Typen mit den großen verrückten Augen?«

Ich schmeiße mich förmlich vor Mason, bevor er den ersten Schritt nach vorn tun kann, in dem vollen Wissen, dass er aus Adam mühelos Kleinholz machen könnte. Was er vermutlich auch tun wird, wenn Adam nicht ganz schnell die Klappe hält. Der Klub füllt sich allmählich, und es fühlt sich an, als ob jeder einzelne Scheinwerfer in dem verdammten Laden seine grelle Hitze genau auf uns richtet – auf die vier Riesen in meinem Rücken, die vier Riesen vor mir und mich in der Mitte, die irgendwie versucht, alle acht unter Kontrolle zu bringen wie eine geistesgestörte Riesenbändigerin. »Hört zu, Jungs«, sage ich so bestimmt wie möglich, »das Konzert fängt gleich an. Wir unterhalten uns nach der …«

»Nein, verdammt.« Mason packt mich am Arm, als ich mich zum Gehen wende, und dann gerät es aus dem Ruder: Shawn rempelt ihn mit der Schulter an, damit er mich loslässt. Und bleibt standhaft.

Panisch versetze ich Shawn einen kräftigen Schubs, so kräftig, dass er nach hinten taumelt und um ein Haar das Gleichgewicht verliert. In mir brodelt ein unbändiger Zorn hoch, ohne dass ich weiß, auf wen er sich in diesem Moment mehr richtet: auf Shawn, weil er mir das Herz gebrochen hat, oder auf Mason, weil er *Mason* ist. Mit beiden Händen stemme ich mich gegen Shawns Brust und dränge ihn zurück. Wütend funkele ich ihn an, als ich den Ausdruck in seinen Augen sehe – als wäre ich diejenige, die ihn verraten hat, nicht umgekehrt.

Ich schnelle herum, weil ich es nicht länger ertragen kann, ihn anzusehen, und fahre stattdessen meinen gewalttätigen älteren Bruder an. »Warum zum Teufel bist du eigentlich so sauer?«, zische ich. »Weil ich gelogen habe? Dafür entschuldige ich mich! Weil ich mit einem Haufen Musiker von meiner Highschool in einer Band bin? Das geht dich einen feuchten Dreck an!« Er will mich unterbrechen, aber ich erhebe meine Stimme zu einer Lautstärke, dass ich selbst im hintersten Winkel des Klubs zu hören bin. »Weil ich mit ihnen auf einer verdammten Tour bin? Herrgott noch mal, ich bin eine erwachsene Frau, und verdammt, wenn du dich nicht auf der Stelle abregst, dann lasse ich dich verdammt noch mal rauswerfen!« Fluchbomben detonieren links und rechts von mir, doch keine einzige kann die explosive Wut in mir besänftigen. Mason hat den *absolut* unglücklichsten Zeitpunkt gewählt, um sich mit mir anzulegen. Mir hängt ein imaginäres großes rotes Schild mit der Aufschrift *Vorsicht! Minenfeld!* um den Kopf, und Kale, der Idiot, hat ihn mitten hineingezerrt.

»Hast du mich verstanden?«, donnere ich, obwohl ich mir der Tatsache bewusst bin, dass jeder im Umkreis von fünf Meilen jedes meiner Worte gehört hat. »Du hast zwei Optionen«, fahre ich etwas ruhiger fort. »Mir Glück für die Show zu wünschen – in dem Fall können wir uns hinterher gerne unterhalten. Oder mich weiter zur Weißglut zu treiben und zuzusehen, dass du verdammt noch mal Land gewinnst.«

Ich meine es todernst, was Mason, seinem nachdenklichen Gesichtsausdruck nach zu urteilen, nicht entgangen ist. Wenn er mir jetzt noch mal dumm kommt, werde ich die Security rufen. Selbst wenn zehn Typen erforderlich sein sollten, um ihn aus dem Klub zu werfen …

Dunkle Augen ruhen auf mir, bis sie schließlich über meiner Schulter Shawn fixieren und sich in tödliche schwarze Diamanten verwandeln, die unsägliche Schmerzen versprechen, sollte Shawn je wieder Hand an ihn legen.

»Du hast zwei Sekunden«, warne ich ihn.

Masons Blick kehrt zu mir zurück. Es dauert weitaus länger als zwei Sekunden, bis er schließlich ein unverständliches Brummen von sich gibt. Ich nutze die Gelegenheit, stelle mich auf die Zehenspitzen, schlinge ihm die Arme um den Hals und drücke ihn in einer festen Umarmung an mich, die, so meine Hoffnung, die Rüstung zerbricht, die er sich zugelegt hat. Ich liebe meinen Bruder. Ich liebe meinen Bruder unbeschreiblich. Aber ich werde nicht zögern, ihm in diesem Augenblick *unbeschreibliche* Schmerzen zuzufügen, wenn er sich weiterhin wie ein ausgewachsener Gorilla auf Crack benimmt.

Zum Glück werden seine steinharten Schultern unter meiner Umarmung weicher, und sie verlieren den Rest ihrer Anspannung, als ich wispere: »Ich bin froh, dass du da bist. Du hast mir gefehlt.«

Seine Arme, die so dick wie Baumstämme sind, heben sich, um meine Umarmung zu erwidern. »Du kriegst trotzdem Ärger.«

»Nein, kriege ich nicht.« Ich drücke ihm einen Kuss auf die Wange und wende mich meinen anderen Brüdern zu. »Wenn ihr euch anständig benehmen könnt …«, der Reihe nach sehe ich jeden einzelnen an, »dürft ihr vom Backstagebereich aus zusehen. Könnt ihr euch anständig benehmen?« Als keiner von ihnen antwortet, seufze ich: »Na schön, kommt mit.«

Mit meinen Brüdern als Zuschauer lasse ich die Bühne beben – genau wie an jedem anderen Abend unserer Tour. Ich sollte nervös sein. Ich sollte mich unsicher fühlen. Aber stattdessen kann ich nur an den Grund denken, aus dem sie hier sind.

Sie sind hier, um mich nach Hause zu bringen.

Und ich werde mich nach Hause bringen lassen.

Heute Abend ist unser letzter Auftritt. Gleich danach sieht der Plan der Band vor, die dreistündige Fahrt nach Hause anzutreten. Adam und Joel haben Rowan und Dee so vermisst, dass ich annehme, dass sie sich nicht noch lange unter die Fans mischen, sondern gleich in den Bus steigen wollen. Vermutlich werden sie sogar helfen, unser Equipment in Rekordzeit einzuladen, um noch vor Sonnenaufgang zu Hause zu sein.

Mir ist es nicht wichtig, wann ich nach Hause komme. Mir ist nur wichtig, dass ich Shawns Hand heute Abend nicht wieder halten muss. Morgen werde ich darüber nachdenken, wie es weitergehen soll, oder übermorgen, oder vielleicht auch nie. Eigentlich ist es mir überhaupt nicht mehr wichtig. Ich will nur noch nach Hause, in mein eigenes Bett, in meine eigene Welt. In Shawns Welt habe ich nichts mehr verloren.

Ich spüre den Blick seiner grünen Augen auf mir, und ich erwidere ihn durch den orangefarbenen Schimmer hindurch, der die Bühne erhellt. Er singt Textzeilen in sein Mikrofon, seine Finger zupfen kraftvoll die Saiten seiner Gitarre. Er sieht genauso aus wie der Rockgott, in den ich mich zwangsläufig verlieben musste. Jedes Mädchen in diesem Klub wünscht sich, heute Abend mit ihm nach Hause zu gehen; und ich bin diejenige, die es tun könnte. Ich könnte meine Brüder in die Wüste schicken und ihn nach der Show an irgendeinen ungestörten Ort schleppen. Ich könnte mich von ihm verführen lassen und so tun, als ob es mir nichts bedeutet. Ich könnte seine kleine Affäre sein.

Ich könnte mir von ihm das Herz brechen lassen.

Wieder einmal.

Ich beobachte, wie er mich beobachtet, und ich vermisse ihn schon jetzt. Ich vermisse den Traum von ihm. Ich vermisse die Lüge von uns.

Alberne Tränen brennen in meinen Augen, und ich muss den Blick abwenden. Die einzige Möglichkeit, gegen sie anzukämpfen, besteht darin, mich in der Musik zu verlieren. Ich schließe die Augen, ich bewege mich im Rhythmus. Ich springe auf und ab, ich wirbele herum, ich verausgabe mich, wie ich mich noch nie verausgabt habe. Als sich mir eine Gelegenheit zum Improvisieren bietet, spiele ich mir für ihn mein verdammtes Herz aus dem Leib.

Denn ich bin *nicht* mehr dieselbe erbärmliche Person, die dachte, ihr Name wäre es nicht wert, genannt zu werden. Ich bin die verdammte Kit Larson. Ich bin ein gottverdammter Rockstar.

Als ich die Augen wiederaufschlage, ist die Menge am Kochen, ebenso wie ich. Das Publikum ist das Meer in meinem Sturm, mit Crowdsurfern, die über seine Wellen geworfen werden. Verzweifelte Hände strecken sich nach uns aus, bevor ihre Besitzer von den Securitymännern geschnappt und weggeschleift werden. Adam singt, als ginge es um sein Leben, Mike verarbeitet sein Schlagzeug zu Kleinholz, und die Menge ist ein um sich schlagendes, lebendiges Ungetüm, das zu unserem Chaos tanzt. Ich spiele für sie. Für das hier.

Ich verliere mich in der Musik, der Bewegung, den Lichtern. Mein Puls rast, mein Blut rauscht, meine Haut fängt Feuer. Das Oberteil feucht, die Finger taub, passe ich eine Pause in dem Song ab und schiebe mein Plektron zwischen die Lippen. Ich reiße mir das Hemd vom Körper und schleudere es in das Gedränge vor der Bühne. Der brodelnde Ozean fängt es auf, und ich sehe ihm nach, wie es im Wellengang untergeht. Dann nehme ich das Plektron wieder zwischen die Finger und schlage meine nächste Note an – fehlerfrei, als gehöre dieser Striptease mitten im Song zum Programm.

Es ist die Art von Show, die ewig dauern sollte. Ich bin so verloren, dass ich niemals gefunden werden will. Viel zu schnell verklingt auch der letzte Ton unserer Zugabe, und die Jungs und ich verlassen die Bühne. Meine Brüder sind noch immer da, neben der Bühne, Shawn atmet noch immer, und obwohl es normalerweise Adam ist, der davon schwärmt, wie toll wir alle waren, kommt Bryce ihm heute Abend zuvor.

»Ach du heilige Scheiße!«, ruft er. Und ich warte auf das unvermeidliche *Aber*. Ich rechne damit, dass meine Brüder anfangen, sich über meine Berufswahl, Kleiderwahl, Lebenswahl auszulassen. Aber stattdessen brüllt er: »Du warst der absolute Wahnsinn!«

Er schlägt mir hart auf die Schulter, woraufhin mein gründlich verausgabter Körper fast ins Taumeln gerät. Aber Mason fängt mich auf, bevor ich in die Knie gehe, und legt mir unterstützend einen kräftigen Arm fest um die Schultern. »Du bist ein verdammter Rockstar, Schwesterherz.«

Ich hebe den Kopf, begegne seinem breiten Lächeln … und dann, verdammt, *weine* ich. Ich schniefe, und dann *weine* ich.

Ich weiß nicht einmal genau, warum ich zusammenbreche. Vielleicht weil ich froh bin, dass meine Brüder mich lieben. Vielleicht weil ich am Boden zerstört bin, weil Shawn es nicht tut. Vielleicht weil ich Heimweh habe. Vielleicht weil ich nicht will, dass diese letzten paar Wochen je enden. Vielleicht weil ich nicht mehr träume. Vielleicht weil ich nicht mehr träumen *kann*.

Kales Arme sind die nächsten, die sich um mich legen, und bald befinde ich mich in einer einzigen gewaltigen Geschwister-Umarmung – in Masons kräftigen Armen, unter Ryans aufmerksamen Blicken, vor Bryce' zweimal gebrochener Nase und Kale, der meine Schulter tätschelt, bis ich schließlich meine Fassung wiederfinde. Sie beschützen mich vor der Welt, bis das Schluchzen verklungen ist, und ich gebe jedem einzelnen einen Kuss auf die Wange, bevor ich mich aus ihrer Umarmung löse.

»Geht es dir gut?«, flüstert Ryan mir ins Ohr.

Schniefend wische ich mir die Nase an der Schulter seines Button-down-Hemds ab. »Ja, ich glaube, ich habe nur ein bisschen Heimweh. Fahrt ihr heute Abend alle nach Hause?«

Er lehnt sich ein Stück zurück, um mich prüfend anzuschauen. »Ja, warum?«

»Habt ihr noch Platz für mich?«

Ich zwinge ein beruhigendes Lächeln in mein Gesicht, als ich seine besorgte Miene sehe. Schließlich nickt er. »Natürlich haben wir Platz für dich. Komm … bringen wir dich nach Hause.«

19

Ist zwischen uns alles okay?

Im Lichtschein, der durchs Fenster in mein Kinderzimmer hereinflutet, lese ich Shawns SMS zum x-ten Mal.

Alles okay, hatte ich gestern Abend auf der Fahrt nach Hause mit meinen Brüdern zurückgetextet. Ryans SUV glich einem mobilen Verhörraum, und ich war mir nicht sicher, was für mich schlimmer war: ihren Fragen hilflos ausgeliefert zu sein oder mich mit jeder Meile, jeder Minute weiter von Shawn zu entfernen. Ich empfand Reue, weil ich ihn nicht konfrontiert hatte und ihm deswegen auch keine Chance dazu gegeben hatte, sich erklären und verteidigen zu können. Aber ich habe mir eben gewünscht, dass *er* auf *mich* zukommt. Gewünscht, dass er reinen Tisch macht und mir bei der Gelegenheit sagt, dass ich ihm genug bedeute, um es in die ganze Welt hinauszuposaunen. Aber er tat es nie.

Es fühlt sich aber nicht so an.

Du kommst morgen, um meine Eltern kennenzulernen.

Meine Daumen bestraften die Tastatur auf meinem Touchpad, während ich die Buchstaben eintippte. Ich war sauer auf meine Brüder, weil sie die Band zum Essen bei uns zu Hause eingeladen hatten, sauer auf meine Bandkollegen, weil sie die Ein-

327

ladung angenommen hatten, und vor allem sauer auf Shawn.
Wegen allem. Als meine Brüder kurz vor der Heimfahrt die
Einladung aussprachen, versuchte ich Einspruch dagegen zu
erheben, aber da ich den wirklichen Grund nicht anführen
konnte, war es zwecklos. Es stand vier gegen eine. Nicht einmal Kale ergriff für mich Partei, und Shawn sagte gar nichts.
Er starrte mich einfach nur an, als hätte ich ihm das Herz aus
der Brust gerissen und nicht umgekehrt.

Sein Spielzeug zu verlieren kann vermutlich ziemlich
schmerzhaft sein.

Du weichst mir seit heute Morgen aus.

»Was tust du denn da?«, fragt Kale von der Türschwelle aus.
Ich hatte gestern Abend nicht mehr auf Shawns SMS geantwortet, und heute Morgen wartete gleich eine neue auf mich.

Es tut mir leid.

Ich lag im Bett, und mein Herz pochte so stark, dass es mich
nicht gewundert hätte, wenn die Decke von meinem Oberkörper katapultiert worden wäre. Er entschuldigte sich. Zu spät,
aber er tat es.

Was tut dir leid?, schrieb ich mit zitternden Fingern zurück.
Die zerfledderten Teile meines gebeutelten Herzens bebten
und wägten ab, sich entweder zusammenzufügen oder sich an
den Wänden meiner Brust aufzuspießen.

Alles.

Kale kann die Verletztheit erkennen, die mich heute Morgen
vollständig verschluckt hat. Sie muss mir überdeutlich ins Ge-

sicht geschrieben stehen, denn er setzt sich zu mir aufs Bett und mustert mich besorgt. »Was hat er gesagt?«

Ich reiche ihm das Handy, und mein Bruder liest stirnrunzelnd den Nachrichtenverlauf. »*Alles?* Was zum Teufel soll das denn heißen?«

Als seine Augen fragend hoch zu meinen huschen, kann ich nur den Kopf schütteln und ihn durch einen verschwommenen Tränenschleier anschauen, eine Wand, die ich nicht einstürzen lassen werde. Kales harte Miene wird unwillkürlich sanfter. »Ich weiß es nicht«, sage ich. Meine Stimme bricht.

Er entschuldigt sich für *alles.* Dafür, dass er vor sechs Jahren mit mir geschlafen hat? Dass er mir etwas vorgemacht hat? Dass er nie angerufen hat? Dass er gelogen hat, als er so tat, als hätte er mich vergessen. Dass er mich geküsst hat. Dass er mich in dem Glauben gelassen hat, wir könnten je irgendetwas *sein.*

»Meine Güte, Kit«, murmelt Kale und zieht mich in eine Umarmung. Er verlagert seine Haltung auf dem Bett, bis ich fest in seinen Armen liege. Ich berge das Gesicht an seiner Schulter und blinzele die Tränen weg. Aber ich breche nicht zusammen. Wenn ich jetzt zusammenbreche – *wieder* zusammenbreche –, würde auch der Damm in mir brechen. »Sag mir, wie ich dir helfen kann.«

»Das kannst du nicht.«

»Was kann ich denn dann tun?«

»Nichts.«

Er drückt mich noch fester, reibt meinen Arm, als ob er den Schmerz auf diese Weise physisch von mir abwischen könnte. Wenn es doch nur so einfach wäre. »Wen soll ich anrufen, um dieses Essen heute Abend abzusagen?«

»Niemanden.«

»Niemanden?«

Als ich mich aufrecht hinsetze, rutscht seine Hand langsam von meiner Schulter. Ich hole einmal tief Luft, bis ich wieder klar sehen kann. »Ich will es nicht absagen. Ich werde nicht aus der Band austreten, und du weißt genau, dass Mase und Ry und Bryce darauf bestehen werden, alle kennenzulernen.«

Ich habe darüber nachgedacht, mir das Hirn zermartert, aber mein Entschluss steht fest: Ich will in der Band bleiben. Ich werde nicht Shawns Spielzeug sein, nicht mehr, was mich aber nicht davon abhalten wird, die Rhythmusgitarristin von *The Last Ones to Know* zu sein. Ich habe zu hart gearbeitet, habe zu viel gegeben. Ich gehe nicht weg. Nicht jetzt.

»Nicht wenn sie wüssten …«, beginnt Kale.

»Aber sie *wissen* es nicht … Und sie werden es auch nie erfahren.«

»Das heißt, du wirst einfach …«

»Shawn kommen lassen.«

Eine Zeit lang mustert mich Kale schweigend, während er seine Unterlippe bearbeitet. Auf einmal verschwindet sie zwischen seinen Zähnen und kommt eine Nuance dunkler wieder zum Vorschein. »Kit …«

Mit ausdrucksloser Miene erwidere ich seinen Blick, ich gebe mich entschlossen, obwohl ich innerlich vor Angst bebe. Höchstwahrscheinlich ist es eine bescheuerte Idee zuzulassen, dass die Band heute Abend zu Besuch kommt, aber Kale und ich wissen beide, dass ich recht habe: Mason, Bryce und Ryan werden darauf drängen, sie irgendwann kennenzulernen. Das heutige Abendessen abzusagen, würde sie nur misstrauisch und alles noch schlimmer machen.

Kale seufzt, als ihm klar wird, dass mein Entschluss bereits feststeht. »Was wirst du zu ihm sagen?«

Ich schüttele den Kopf. »Nichts. Wir zwei sind miteinander fertig.«

»Blödsinn«, sagt er. »Ihr zwei werdet nie miteinander fertig sein.«

»Es gibt nicht einmal etwas, mit dem wir fertig sein müssten.«

»Du bist so bescheuert.«

Die Beine übereinandergeschlagen und die Hände um meine Schienbeine gelegt, rümpfe ich die Nase. »*Du* bist bescheuert.«

»Wenigstens mache ich mir nichts vor«, hält er dagegen, die Beine übereinandergeschlagen und die Hände auf den Schienbeinen, als wäre er mein Spiegelbild.

»Ach ja?« Ich bin kurz davor, ihm mit Leti zu kommen, ihn darauf hinzuweisen, dass *er* es ist, der sich etwas vormacht, wenn er glaubt, Leti würde bei ihm bleiben, wenn er sein wahres Ich weiterhin vor dem Rest der Welt geheim hält. Aber ich beiße mir auf die Zunge.

Nichtsdestotrotz huscht ein Anflug von Verletztheit über sein Gesicht, und mir wird bewusst, dass es zu spät ist. Dank unserer Zwillingstelepathie-Verbindung weiß er genau, was mir auf der Zunge lag.

»Wie auch immer«, beende ich hastig das Gespräch. In Gedanken verfluche ich meine schnelle Zunge und mein noch schneller aufbrausendes Temperament. Ich lasse mich gegen meine Kissen nach hinten fallen, um den Schaden nicht ansehen zu müssen, den ich bei dem einen Menschen angerichtet habe, der mir mehr als alle anderen auf der Welt bedeutet.

»Ich weiß, dass Leti und ich auch miteinander fertig sind«, meint Kale leise. »Das musst du mir nicht erst sagen.«

»Das habe ich doch gar nicht gesagt«, behaupte ich ohne Überzeugung.

»Aber gedacht.«

Als ich nichts erwidere, seufzt Kale und streckt sich auf meinem Bett aus. Meine Füße liegen neben seinem Kopf und seine neben meinem. »Du könntest es in Ordnung bringen, weißt du.«

Er widerspricht mir nicht, aber er gibt mir auch nicht recht. Stattdessen denkt er einen Moment lang über meine Worte nach, bevor er seine ekelhafte Socke an meine Wange drückt. Ich schlage seinen Fuß beiseite, und er geht zum Gegenangriff über, indem er mir mit allen zehn Stinkezehen übers ganze Gesicht fährt. Kreischend versuche ich, ihn wegzuschubsen, aber er lacht nur und tritt mich dabei versehentlich ins Auge. Auf einmal ist die Hölle los. Kale und ich attackieren uns gegenseitig mit Zehen und Fersen und Knöcheln – bis er eine blutige Nase hat und ich eine pochende Beule am Hinterkopf habe, weil ich vom Bett gepurzelt bin. Wir lachen beide hysterisch und lecken unsere Wunden, als auf einmal Bryce ins Zimmer stürzt, der sich den Schlaf aus den Augen reibt und uns finster ansieht.

»Was zum Teufel stimmt nicht mit euch?«

Kale hat den Kopf in den Nacken gelegt und drückt mit den Fingern seinen Nasenrücken zusammen. »Was zum Teufel stimmt nicht mit *dir*?«, näselt er.

Ich pruste so laut los, dass ich keine Luft mehr bekomme. Ich lache, bis ich grunze, und deswegen nur noch lauter lachen muss. Ich lache, bis heute Morgen fast keine Rolle mehr spielt und heute Abend fast weit genug entfernt scheint.

Fast.

»Sind die beiden wach?«, ruft meine Mom vom unteren Treppenende.

»Sie bluten Kits Bettdecke voll!«, ruft Bryce zurück, was ihm einen verächtlichen Blick von mir einbringt, weil er uns verpetzt.

»Könnt ihr mal alle eure verdammte Schnauze halten!«, brüllt Mason hinter seiner geschlossenen Zimmertür. Einen Sekun-

denbruchteil später schiebt er rasch nach: »*Dich habe ich damit nicht gemeint, Mom*«, aber meine Mutter stapft bereits die Treppe hoch, und wieder fange ich an zu lachen, bis mir fast die Luft wegbleibt.

Ich höre die vertrauten Geräusche ihrer Schritte, die den Flur entlangtrappeln, Masons Tür, die knarrend aufgeht, und das Gejammere meines Bruders, als meine Mom ihm den Hintern versohlt. Das ganze Theater wird von Kales Gelächter untermalt, der auf dem Weg ins Bad auf Socken an Masons Zimmer vorbeischlurft und so laut lacht, dass er das Blut nicht aufhalten kann, das ihm noch immer aus der Nase quillt. Bryce reibt sich nur verschlafen die Augen, als wäre das alles völlig normal – denn das ist es. Die Tränen, die mir in die Augenwinkel treten, sind nur teilweise Lachtränen …

Es fühlt sich so gut an, zu Hause zu sein … geborgen. Trotz blutiger Nasen und allem.

»Kit«, schimpft meine Mom, nachdem sie Bryce aus meinem Zimmer geschoben hat. Sie durchquert den Raum und kommt auf mein Bett zu. Dann schließt sie mich in die Arme. »Du hast dir ganz schönen Ärger eingehandelt, junge Dame.« Sie reibt mir mit einer Hand über den Rücken, bevor sie sich zurücklehnt und mein Kinn mit einer Hand umfasst. Sie dreht mein Gesicht hin und her. »Was hast du denn eigentlich gegessen? Hast du abgenommen? Du siehst aus, als ob du abgenommen hättest …«

»Kale hat mich ins Gesicht getreten«, verpetze ich ihn, doch sie schnaubt nur.

»Komm nach unten, damit ich dir etwas zu essen machen kann.« Sie tätschelt auf dem Weg nach draußen Bryce, der sich noch immer vor meiner Tür rumdrückt, die Schulter. Im Flur ruft sie laut: »Kale, du sollst deine Schwester nicht ins Gesicht treten.«

»Sie hat mir die Nase gebrochen!«, brüllt mein Zwillingsbruder ihr hinterher, während ihre Schritte über die Treppe
klappern.

»Vermutlich hattest du es verdient!«

*»Noch einen Ton, Kale, und du kannst dich endgültig von deiner
Nase verabschieden!«*, brüllt es aus Masons Zimmer.

Diesmal halten Kale und ich wohlweislich den Mund. Doch
als Bryce mir zuzwinkert und auf der Ferse kehrtmacht, ahne
ich Schlimmes.

Mike ernsthaft Konkurrenz machend, trommelt Bryce mit
den Fäusten wie von Sinnen gegen Masons geschlossene Tür.
Das Karma rächt sich gnadenlos, denn bei dem Versuch, die
Treppe runterzuflüchten, rutscht er auf dem Fußboden aus.
Zwei Sekunden später hat sich Mason auf ihn gestürzt, und bis
Kale und ich die Treppe hinuntergehen, um uns an den Früh-
stückstisch zu setzen, den meine Mom gedeckt hat, ist Bryce
nur noch ein stöhnender, zusammengesackter Haufen auf dem
Boden. Wir steigen vorsichtig über ihn drüber und nehmen
die Plätze ein, die wir haben, seit wir den Kinderhochstühlen
entwachsen sind.

An diesem Morgen unterzieht mich meine Mom ihrer ganz
eigenen und persönlichen Art von Kreuzverhör, die, so meine
Vermutung, meine Brüder von ihr übernommen haben. Warum habe ich ihnen verschwiegen, in welcher Band ich spiele? Weil ich wusste, dass meine Brüder überreagieren würden. Warum habe ich niemandem von der Tour erzählt? Weil
ich wusste, dass meine Brüder überreagieren würden. Warum
habe ich *ihr* nicht von der Tour erzählt? Weil ich eine schlechte Tochter bin, tut mir leid.

Habe ich unterwegs irgendjemanden kennengelernt? Ist einer der Jungs in der Band niedlich? Mag ich irgendeinen von
ihnen?

Nein. Nein. Nicht in einer Million Jahren.

Ich lüge das Blaue vom Himmel, und falls sie es merkt, erwähnt sie es jedenfalls nichts. Meine Brüder geben nach jeder Frage und Antwort einen Kommentar ab, bis schließlich mein Dad seine Zeitung beiseitelegt und alle auffordert, mich jetzt in Ruhe essen zu lassen.

»Hattest du wenigstens Spaß, Kitten?«, erkundigt er sich, und ich werfe ihm ein dankbares Lächeln zu, das sich nach und nach in ein Strahlen verwandelt.

Die Konzerttour war unvergesslich. Die schlechten Momente werde ich wohl nie vergessen, aber ebenso wenig die guten. Die Auftritte, die Fans, die Freunde, die ich gefunden habe, das alles werde ich nie vergessen. Ich werde nie vergessen, was für ein unglaubliches Gefühl es war, als Vorband von *Cutting the Line* zu spielen, oder das anschließende Rumgealbere bei dem Arschbomben-Groupie-Contest. Ich werde nie vergessen, wie Mike mich bei *Call of Duty* vernichtend geschlagen hat, oder die Abende, an denen er mit den anderen jedes Mal einen Schnaps kippte, wenn ich ihm einen Kopfschuss verpasste. Auch wenn ein Teil von mir meine Familie zu Hause vermisste, vermisst ein anderer bereits jetzt die Jungs, die auf der Tour zu meiner zweiten Familie geworden sind.

»Ja, Dad, das hatte ich.«

»Na, das freut mich für dich. Und jetzt iss deine Eier. Du wirst allmählich mager.«

Während ich zu Ende frühstücke, schweifen meine Gedanken zu Mike, Joel, zu Adam. Und obwohl ich mich krampfhaft dagegen wehre, auch zu Shawn. Bei einem Schluck Kaffee denke ich, dass der meiner Mom nicht so wie seiner schmeckt, und unwillkürlich frage ich mich, was Shawn jetzt wohl macht. Einmal, zweimal, eine Million Mal nehme ich das Handy in die Hand, und den ganzen Tag über spiegelt Kale jede meiner Handbewegungen wider. Er hört nichts von Leti, ich höre nichts von Shawn. Und während der Stundenzeiger auf der Uhr unermüdlich vorrückt – ein Uhr, zwei Uhr, drei Uhr, vier Uhr –, verfasse ich eine Million Nachrichten, die ich nie abschicke.

Komm heute Abend nicht.

Kommst du heute Abend?

Was soll deine Entschuldigung eigentlich bedeuten?

Warum wolltest du nicht, dass irgendjemand von uns erfährt?

Was zum Teufel heißt *Alles*?

Ich hasse dich.

Bitte komm heute Abend nicht.

Ich habe dich geliebt.

Das hier habe ich nie gewollt.

Um fünf vor sechs tippe ich zwei Worte und drücke endlich auf *Senden*.

Komm nicht.

Aber zwei Minuten nach sechs klingelt es an der Tür, und mein Herz plumpst durch die Dielenbretter unter meinen Füßen. Ryan öffnet die Tür, und ich lasse mich von dem Stimmengemurmel in die Diele ziehen.

Shawn fängt meinen Blick durch den Raum hinweg auf, aber er lässt nicht erkennen, ob er meine SMS schon gelesen hat oder nicht. Sein Shirt ist nicht verwaschen. Seine Jeans ist nicht zerschlissen. Er sieht ... nett aus. Gott, richtig nett. Er sieht aus wie jemand, den ich nach Hause bringen könnte, um ihn meinen Eltern vorzustellen.

Ich wünschte, irgendjemand hätte ihm die Tür vor der Nase zugeschlagen.

»Sind sie das?«, fragt meine Mom hinter mir. Wortlos drücke ich mich an die Wand, um sie vorbeizulassen. Der Rest der Band stiefelt bereits ins Haus, und auch sie sehen ebenso vorzeigbar aus – wenn man mal von Joels blondem Irokesenschnitt und Adams schwarzen Fingernägeln, ausgefransten Jeans, unzähligen Armbändern und ... na ja ... eigentlich allem an Adam absieht. Doch Adam würde vermutlich selbst bei der Beerdigung seiner eigenen Großmutter in demselben Aufzug auftauchen.

Shawn stellt sich als Erster vor und streckt die Hand aus, aber meine Mom ignoriert sie und zieht ihn stattdessen an ihren Busen. Er erwidert ihre Umarmung und lässt mich über ihre Schulter hinweg nicht aus den Augen. Ob er wegen der SMS, die ich nicht geschickt habe, oder wegen der SMS, die ich geschickt habe, mit mir reden will, kann ich nicht sagen. Aber wie auch immer. Angestrengt begutachte ich meine Socken, damit ich nicht wieder dem Bann seiner Augen erliegen kann.

»Und du musst Adam sein«, sagt meine Mom und beginnt, die Bandmitglieder der Reihe nach zu begrüßen. Shawn reicht meinem Dad die Hand, der sich aus dem Wohnzimmer zu uns gesellt hat, und ich schiebe mich unauffällig näher an meine Brüder. Kale berührt meine Schulter, ruft mir in Erinnerung, dass ich nicht allein bin.

Mein Dad erkundigt sich bei den Jungs nach ihrer Rolle in der Band und beginnt – nachdem sich Mike als Schlagzeuger zu erkennen gegeben hat –, von Onkel Pete zu erzählen, der auf der Highschool ebenfalls Schlagzeug gespielt hat. Während sie ihm ins Wohnzimmer folgen, hören alle höflich dabei zu, wie er in Erinnerungen schwelgt. Irgendwie bilde ich das Schlusslicht der Männer-Parade, mit Shawn auf einer Seite und Kale auf der anderen. Ich halte meinen Blick stur geradeaus gerichtet, doch als Shawn meine Hand nimmt und mich zurückhält, muss ich eine Entscheidung treffen. Entweder bleibe ich mit ihm in der Diele oder ich riskiere es, eine Szene zu provozieren. Als ich stehen bleibe, tut es Kale ebenfalls.

»Können wir reden?«, fragt Shawn.

»Können wir nicht?«

»Kannst du mir das erklären?« Er hält mir sein Handy unter die Nase, womit er mir bestätigt, dass er meine Nachricht bekommen hat. Ein Blick in seine Augen zeigt mir, dass er das nicht so einfach auf sich beruhen lassen wird. Seufzend nicke ich Kale zu und bitte ihn stumm, uns eine Minute allein zu lassen. Er sieht nicht allzu glücklich aus, aber als ich noch einmal nicke, verschwindet er widerstrebend ins Wohnzimmer.

»Warum bist du heute Abend hierhergekommen, obwohl ich dich gebeten habe, es nicht zu tun?«, fauche ich Shawn an, sobald wir allein sind.

»Ich war keine zehn Minuten von eurem Haus entfernt«, gibt er zurück.

»Na und?« Gott, ich klinge wie ein Kind. Und so, wie er die Brauen hochzieht, sieht er das ähnlich.

»Na und … Was zum Teufel, Kit?«

Kale streckt den Kopf um die Ecke, da er uns offensichtlich belauscht hat und ihm nicht gefällt, wie Shawn mit mir redet. »Kommt ihr zwei?«

»Gleich«, sage ich. Nach einem besorgten Blick zieht Kale sich wieder zurück. »Können wir das einfach hinter uns bringen?«, herrsche ich Shawn an. »Und dann kannst du wieder sagen, dass es dir leidtut. *Alles.*« Das letzte Wort spucke ich fast aus, und dann flüchte ich ins Wohnzimmer, bevor er mich aufhalten kann. Ich lasse mich schwer auf die Lehne von Masons Sessel fallen und kaue auf der Innenseite meiner Lippe.

Es vergehen ungefähr zwei und drei viertel Sekunden, bis ich die letzten ein und eine viertel Minute bereue. Ich lasse meine Lippe los, sehe Shawn das Zimmer betreten und bearbeite meine Lippe prompt wieder mit den Zähnen. Das verlief überhaupt nicht so, wie ich es geplant hatte. Ich bin nicht cool geblieben. Ich war nicht distanziert oder auch nur halbwegs professionell. Gott, es war, als hätte sich das verschmähte fünfzehnjährige Mädchen in mir an die Oberfläche gekämpft, um einen kleinen Wutanfall zu kriegen.

Tja, aber seine Existenz war nun mal nicht zu leugnen.

Können wir *reden?* Nein, verdammt, wir können nicht reden. Es gibt nichts zu reden. Das Einzige, worüber wir reden könnten, sind all die Dinge, die wir *nicht* waren. Aber was zum Teufel hätte es für einen Sinn, über etwas zu reden, das nie wichtig war und es auch nie sein wird?

Ich hätte es besser wissen sollen. Ich hätte damals keinen Anruf von ihm erwarten sollen, ich hätte von dem Moment an, in dem ich zu der Band stieß, nichts anderes als noch mehr Schwachsinn von ihm erwarten sollen, und ich hätte nicht erwarten sollen, dass das alles in etwas anderem als einer Katastrophe endet.

Mir tut es auch leid. Mir tut *alles* leid.

»Sie hatte früher dieses kleine Quad von Mattel«, sagt mein Dad in diesem Augenblick. »Damit ist sie immer rumgeflitzt.«

»Mit nacktem Arsch«, ergänzt Ryan, womit er mich in die Wirklichkeit zurückholt.

Mein Dad kichert. »Nur sie und ihre kleine Windel.«

Ich sehe auf Mason hinunter. »Passiert das hier wirklich gerade?«

Er grinst mich an, bevor er sich an Joel, Mike, Adam und Shawn wendet. »Wer will Bilder sehen?«

Ich ramme ihm eine Faust in den Arm, doch er schubst mich einfach vom Sessel.

»Dad«, sagt Bryce, als ich mich neben Mason aufs Kissen

zwänge, »du hättest sie gestern Abend sehen sollen. Sie war fantastisch.«

Als meine Mom uns zum Essen ruft, siedeln wir alle ins Esszimmer über, wo uns bereits der Geruch eines fünfzehn Pfund schweren gebratenen Truthahns begrüßt. Holzstühle kratzen über den Fußboden, und alle lassen sich am Tisch nieder, den meine Mutter für elf Personen gedeckt hat. Shawn setzt sich genau neben mich. Ich ignoriere ihn und sehe überallhin, nur nicht in seine Richtung.

Meine Mom setzt sich als Letzte an den tadellos gedeckten Tisch und lächelt breit, als sie diese Meute an großgewachsenen Rockstars betrachtet, die sich in ihr Esszimmer gezwängt hat. »Danke, dass ihr heute Abend gekommen seid. Und dass ihr so gut zu Kit seid. Auch wenn ich wirklich finde, ihr solltet alle mehr essen, wenn ihr unterwegs seid ...«

»Mom«, werfe ich ein. Hier und da ertönt ein unterdrücktes Kichern.

Meine Mom fasst das als ihr Stichwort auf und kommt wieder auf ihr Thema zu sprechen. Sie erhebt ihr Wasserglas zu einem Toast. »Auf gute Freunde und gutes Essen.«

Alle tun es ihr gleich, und noch bevor mein Glas wieder die Tischplatte erreicht hat, springen meine vier Brüder alle gleichzeitig auf und stürzen sich auf den Truthahn, um die besten Stücke zu ergattern. Ich grinse über den Blick, den sich Adam, Joel und Mike am Tischende zuwerfen, aber sie begreifen schnell die Spielregeln. Binnen Sekunden sind wir alle aufgesprungen – alle bis auf meinen Dad, der darauf wartet, dass meine Mom ihm einen Teller füllt und reicht. Sie hat ihn schon immer gern bedient, und er hatte noch nie irgendwelche Einwände.

Ich umrunde den Tisch, um etwas Abstand zwischen mich und Shawn zu bringen, aber mein Teller füllt sich zu rasch, sodass mir keine andere Wahl bleibt, als mich wieder neben ihn zu setzen.

»Oh mein Gooott«, stöhnt Joel, als er den ersten Bissen Fleisch im Mund hat. »Das ist der beste Truthahn, den ich je gegessen habe.«

Meine Mutter strahlt, und ich ertappe Mason dabei, wie er Joel einen wohlwollenden Blick zuwirft. Aber dann ertappt er mich dabei, wie ich ihn ertappe, und seine Miene verhärtet sich. »Also, Adam, an dich kann ich mich dunkel von der Highschool erinnern«, sagt er. Allein schon die Tatsache, dass er den Mund aufmacht, verheißt nichts Gutes.

»Ach ja?« Adam, der zwischen Joel und Ryan sitzt, streckt den Arm über den Tisch aus, um sich ein Brötchen zu nehmen.

»Um genau zu sein, glaube ich nicht, dass ich mich wirklich an dich erinnere. Ich habe nur viel von dir gehört.«

Adam grinst, als wüsste er, was als Nächstes kommt. »Die Leute reden gern.«

Mason lässt sich nicht beirren. »Ja, und sie reden *viel*.«

Meine Mom schluckt den Köder und legt die Stirn in Falten, während sie einen Bissen Truthahnfüllung mit einem Schluck Wasser hinunterspült. »Was denn zum Beispiel?«

»Adam hat es auf der Schule mit so ziemlich jeder Tussi getrieben«, verkündet Bryce mit grenzenloser Bewunderung in der Stimme. Ich würde liebend gerne den Arm über den Tisch ausstrecken und ihm die Faust gegen den Kopf rammen, wenn ich nicht wüsste, dass es bei diesem dicken Neandertalerschädel zwecklos wäre.

»Oh«, macht meine Mom. Sie wirft mir einen Blick zu, und ich seufze.

»Adam hat eine feste Freundin. Und Joel auch.«

»Hat Van Erickson eine Freundin?«, gießt Mason weiter Öl ins Feuer.

»Wer ist denn Van Erickson?«, erkundigt sich meine Mom prompt, doch Joel hat sich bereits grinsend Mason zugewandt.

»Der hat tonnenweise Freundinnen.«

Meine Mom öffnet wieder den Mund, aber Mason lässt sie nicht zu Wort kommen. »War eine von ihnen meine Schwester?«

Es ist Mike, der seine Gabel sinken lässt und meinen Bruder anstarrt, als wäre er ein Idiot. »Glaubst du allen Ernstes, deine Schwester würde sich dazu herablassen, ein *Groupie* von Van Erickson zu sein?«

»Danke!«, rufe ich, während ich die Hände theatralisch in die Luft werfe.

Ryan grinst und beantwortet endlich die Frage meiner Mom. »Van Erickson ist ein berühmter Rockstar. Kits Band ist vor ein paar Tagen als Vorband bei einem seiner Konzerte aufgetreten.«

»Einer der größten Rockstars, die es gibt«, ergänzt Kale, um noch ein bisschen mehr Glitzer auf meinen Triumph zu werfen. Auf meinen fragenden Blick hin – denn ich habe keinen blassen Schimmer, woher zum Teufel meine Brüder überhaupt wissen, dass wir die Vorband von Van waren – zuckt Kale die Schultern und zeigt mit einem Finger der Reihe nach auf unsere Geschwister. »Sie haben online nachgeschaut. Es gibt dieses Ding namens Internet, weißt du.«

»Sie hat ihm einen feuchten Fuzzi verpasst«, wirft Shawn neben mir ein, und der ganze Tisch bricht in schallendes Gelächter aus.

Nachdenklich sehe ich zu Shawn hinüber. Irgendwie klang das fast so, als ob er stolz auf mich wäre …

Bryce brüllt: »Hat sie nicht!«

Shawn hebt einen Mundwinkel. »Fünf Sekunden nachdem sie ihn kennengelernt hat«, bestätigt er.

Selbst Mason lacht so laut, dass er seine Truthahnkeule ablegen muss, und mein Dad fällt vom anderen Ende des Tischs in sein Gelächter mit ein.

»Kit«, stößt meine Mom zwischen ihrem Gekicher hervor, »hast du das wirklich getan?«

Ich zucke die Schultern. »Er hatte es verdient.«

Shawn grinst mich an, aber ich verziehe keine Miene. Mein Blick bleibt hart. So werden wir keine Freunde. So werden wir nicht einmal quitt. Und so wird mit Sicherheit nicht alles gut zwischen uns.

Ich dachte, ich könnte so tun, als ob ich ihn nicht hasse, aber es gelingt mir nicht. Nicht wenn er mich anlächelt, als ob es völlig in Ordnung wäre, mich anzulächeln. Das Licht schwindet aus seinen Augen, von seinen Lippen, aus seinem Gesicht. Wir starren uns einfach nur an, eine Million unausgesprochene Dinge hängen zwischen uns in der Luft.

Komm nicht, hatte ich ihm geschrieben. Und jetzt ist alles, was ich denken kann: *Steh auf, fahr nach Hause, ruf mich nicht an. Nie wieder.*

»Knallhart«, lobt Bryce meine Aktion mit dem nassen Finger, bevor er sich an unsere Mutter wendet. »Mom, du hättest sie gestern Abend auf der Bühne sehen sollen. Sie war ein verda…« Er hüstelt, um sich von ihr keine Ohrfeige für seine Wortwahl einzufangen. »Ein richtiger Rockstar. Sie hat sich ihr Shirt ausgezogen und es in die Menge geworfen und …«

»Sie hat sich *ihr Shirt ausgezogen*?«, kreischt meine Mutter. Ich reiße mich von Shawns Anblick los. Unter dem Tisch tastet seine Hand nach meiner, doch als er sie nimmt, entreiße ich sie ihm hastig.

Meine Fäuste beginnen zu zittern. Meine Arme, meine Beine. Was zum Teufel glaubt er eigentlich, was er da *tut*?

Ich sehe ihn nicht an. Das kann ich nicht. Ich bin nur zwei

Sekunden davon entfernt, aufzuspringen und heulend vom Tisch wegzulaufen. Entweder das, oder ihm eine Gabel ins Auge zu stechen.

Er hat versucht, meine Hand zu nehmen. Warum *zum Teufel* hat er versucht, meine Hand zu nehmen?

»Ihr Flanellhemd«, berichtigt Kale Bryce, aber Mason schaltet sich ein, bevor sich Erleichterung auf dem Gesicht meiner Mom breitmachen kann.

»Sie war praktisch dabei, sich nackt auszuziehen.«

Ich verdränge Shawn aus meinen Gedanken und funkele stattdessen Mason über den Tisch hinweg an. Sein Blick kommt einer Herausforderung gleich. Gerade als ich mir im Stillen schwöre, ihn zu ermorden, trifft mich eine Erbse genau an der Backe. Ryan sieht lachend auf seinen Teller hinunter, und insgeheim plane ich meine Rache. Wenn ich jetzt etwas unternähme, würde es wahrscheinlich in einer wilden Kartoffelbreischlacht enden – und Shawn würde höchstwahrscheinlich einen Stuhl auf den Kopf geknallt kriegen.

»So, und jetzt will ich nichts mehr davon hören, dass sich irgendjemand die Kleider vom Leib reißt«, verkündet mein Dad, den Blick auf die Truthahnfüllung geheftet, die er in Bratensoße tunkt.

Alle am Tisch kichern. Alle bis auf mich und Shawn.

»Und, Mike«, sagt meine Mom, als der ganze Wahnsinn ein wenig abgeflaut ist, »was ist mit dir? Hast du eine Freundin?«

Er schüttelt den Kopf, während er den Bissen, den er im Mund hat, runterschluckt. »Seit einiger Zeit nicht.«

Meine Mom wirft mir ein rasches Lächeln zu, was ich mit einem Augenrollen quittiere.

»Oh«, sagt sie. »Warum denn nicht? Ein gut aussehender Mann wie du. Ich hätte eher angenommen, du müsstest sie dir mit einem deiner Drumsticks vom Leib halten.«

»Nein«, sagt Mike mit einem verlegenen Lächeln. Er errötet. »Das überlasse ich Adam und Shawn.«

Meine Mom wendet sich schelmisch grinsend dem Mann zu, der mir das Herz gebrochen hat. »Und du hast auch keine Freundin?«

Als Shawn den Blick langsam hebt, um meinen aufzufangen, verfluche ich den Tag seiner Geburt. Ich verfluche den Tag *meiner* Geburt. Jeder am Tisch bekommt mit, wie er mich ansieht – bis auf meinen Dad vielleicht, der nur Augen für seine Truthahnfüllung hat. Und seine Antwort macht alles nur noch schlimmer. »Ich bin mir nicht sicher.«

»Oh?«, fragt meine Mom.

Noch einen Moment länger hält Shawn den Blickkontakt mit mir aufrecht, bevor er sich schließlich wegdreht. »Ich weiß es nicht.«

Er *weiß* es nicht? Er belügt mich monatelang, macht ein schmutziges kleines Geheimnis aus uns, entschuldigt sich für *alles*, taucht bei mir zu Hause auf, nachdem ich ihn gebeten habe, nicht zu kommen, versucht, meine Hand zu halten, wenn ich seine Hand ganz offensichtlich lieber durch einen Fleischwolf drehen würde, und er *weiß* es nicht?

»Wie kann man denn so was nicht wissen, Schätzchen?«

Meine Gabel knallt so hart auf den Teller, dass selbst mein Dad verdutzt aufsieht. Zehn Augenpaare sind auf mich gerichtet. »Ehrlich gesagt gibt es vieles, was ihr nicht wisst.« Ich bin mir der Aufmerksamkeit aller Anwesenden bewusst, aber Shawns Masche, das Unschuldslamm zu spielen, bringt das Fass bei mir zum Überlaufen. Vor mir erscheint die Klippe, über die ich jeden Moment stürzen werde, und mein Fuß drückt das Gaspedal voll durch. Das hier war längst überfällig. Sechs verdammte Jahre, und noch ein bisschen länger. Alles, was ich schon immer zu Shawn sagen wollte, schießt explosionsartig an die Oberfläche, und es passiert hier und jetzt, vor *allen* Leuten.

Meine dunklen Augen fixieren der Reihe nach meine Brüder, als ich herausplatze: »Wusstet ihr zum Beispiel, dass Shawn mich an dem Tag, an dem ihr alle euren Abschluss gemacht habt, auf Adams Party gevögelt hat?«

Die vier kreidebleichen Gesichter beweisen mir, dass sich mein Verstand nun offiziell verabschiedet hat. Selbst die Gesichter meiner Bandkollegen haben alle Farbe verloren, aber trotzdem sprudeln mir immer mehr Geheimnisse über die Lippen.

»Das war der Grund, weshalb ich in jenem Sommer so deprimiert war. Er hat mich nach meiner Nummer gefragt, als ob er mich anrufen würde, aber hat es nie getan. Er hat mich in Adams Schlafzimmer gevögelt, und dann hat er mich *nicht mal angerufen.*«

Fassungsloses Schweigen erfüllt den Raum, und ich lache bitter auf, als mir auf einmal das wichtigste Detail einfällt. Mein Kopf schnellt in Shawns Richtung, mein entschlossener Blick durchbohrt die Stelle zwischen seinen Augen.

»Wartet, das Beste kommt erst noch! Wusstet ihr, dass das der Abend war, an dem ich meine Jungfräulichkeit verloren habe?«

Seine Kieferknochen treten hart hervor, und ich gehe aufs Ganze.

»Ja, Shawn, das war mein verdammtes erstes Mal. Ich wollte es mit dir haben. Ich wollte, dass du es bist, denn du warst der einzige Junge, den ich verdammt noch mal je geliebt habe. Und du bist noch immer der einzige ... der einzige, den ich je ...«

Tränen brennen in meinen Augen, und meine Stimme bricht. Aus wenigen Zentimetern Entfernung starre ich ihn wütend an, und ein paar Tränen kullern in den leeren Raum zwischen uns. Ich blinzele heftig und schüttele den Kopf, um meine Fassung wiederzugewinnen ... auch wenn man nicht gerade behaupten kann, dass sie vorher sonderlich stabil war. Ich sehe meine Brüder an und alle anderen am Tisch, die mir mit offenem Mund gegenübersitzen, und tobe weiter.

»Ich war *fünfzehn Jahre alt*, und er ist einfach zur Tagesordnung übergegangen und hat nie wieder an mich gedacht. Und ich war so dumm zu denken, er würde sich nicht an mich erinnern, als ich bei diesem Casting war, aber wie sich herausgestellt hat, hat er es die ganze verdammte Zeit über gewusst. Und dann hat er mich gebeten, mit ihm auszugehen, und wisst ihr was? Ich habe Ja gesagt.« Ich fange wieder an zu lachen, oder zu schluchzen. In dem hysterischen Zustand, in dem ich mich befinde, gehen die Geräusche irgendwie ineinander über. »Aber dann hat er gesagt, ich dürfe es niemandem sagen. Weil er nie wollte, dass es irgendjemand erfährt. Alles, was ich je für ihn war, ist ein schmutziges, erbärmliches, verdammtes Geheimnis.« Wut blubbert wieder hoch, und als ich den Kopf drehe und mein Blick wieder an Shawns großen grünen Augen hängen bleibt, schreie ich aus vollem Hals: »Verdammt, habe ich nicht recht, Shawn?«

Wahrscheinlich quillen Worte aus seinem Mund, aber sie gehen im Lärm meines Stuhls unter, der krachend auf den Boden knallt. Ich erhebe mich so abrupt vom Tisch, dass der Stuhl nach hinten fliegt und umkippt. Kann sein, dass er dabei sogar zerbricht, aber das kümmert mich einen Scheißdreck. Ich stürme aus dem Zimmer, weg von Shawn, von allen.

»Kit!«, ruft Shawns Stimme mir hinterher, und ich höre einen Chor von Stühlen, die über den Fußboden kratzen, und das Donnern von Schritten, die mir folgen.

Erst an der Haustür bleibe ich stehen, reiße sie auf und verharre auf der Schwelle. Als ich mich umdrehe, steht Shawn genau hinter mir.

»Wo gehst du hin?«, keucht er. Wenn ich es nicht besser wüsste, würde ich den Ausdruck in seinen Augen als Panik deuten. Reue. Eine Million Dinge, von denen ich hoffte, sie dort lesen zu können, aber verdammt gut weiß, dass sie reines Wunschdenken sind.

»Nirgendwohin.«

Mit der Kraft der verschmähten Frau packen meine Finger sein T-Shirt und zerren ihn in Richtung Tür. Dann versetze ich ihm einen so kräftigen Stoß, dass er rückwärts auf die Veranda taumelt. Ohne seinem flehenden Blick auch nur eine Sekunde lang Beachtung zu schenken, schlage ich ihm die Tür mit voller Wucht vor der Nase zu. Das Fundament wackelt, meine Hände zittern, die Welt stürzt zusammen, und als ich mich umdrehe, sehe ich überall nur bestürzte Gesichter. *Alle* wissen es.

Meine Mom, mein Dad, meine Brüder, meine Band. Alle starren mich völlig schockiert an, während ich völlig entkräftet um mein Gleichgewicht kämpfe. Mein Herz hämmert wie wild gegen meine Rippen und droht mich von innen heraus zu zerreißen. Meine Haut schrumpft mit dem Rest von mir zusammen, und ich kann den wilden Ausdruck in meinen Augen geradezu vor mir sehen. Ich bin gefangen, ohne jede Fluchtmöglichkeit.

Hilfe suchend finde ich das Gesicht meines Zwillingsbruders in der Menge, aber in seinen Augen erkenne ich nur die gleiche Panik wie in meinen. Ich falle, ich sinke, und er spürt jedes bisschen meiner Verzweiflung und macht sie zu seiner eigenen.

Ich will weglaufen. Ich will mich verstecken. Aber es gibt nichts, nichts, nichts, wohin ich laufen könnte. Zitternd bin

ich gerade im Begriff, den letzten Rest meiner Würde zu verlieren, nämlich hier und jetzt, mitten auf dem Boden der Ein-
gangsdiele, in hysterische, verzweifelte, peinliche Tränen
auszubrechen. Doch bevor ich es tun kann, bevor sich der
schlimmste Abend meines Lebens in einen wahren Albtraum
verwandelt, brüllt Kale aus vollem Hals, sodass seine Stimme
von den Wänden widerhallt:

»Ich bin schwul!«

20

Meine Mom fiel ihn Ohnmacht.

In einer Minute starrte sie mich, Kale, mich, Kale mit offenem Mund an, in der nächsten verdrehten sich einfach ihre Augen, und sie fiel um wie ein nasser Sack.

Glücklicherweise gelang es Mike, sie noch halb aufzufangen. Alle anderen waren nämlich zu beschäftigt damit, dasselbe zu tun wie meine Mom: mit Augen so groß wie Tennisbällen abwechselnd von mir zu Kale und wieder zurück zu schauen.

Nach einem Schockmoment rief Ryan in aller Eile einen Krankenwagen, und kurz darauf flimmerten rot-blaue Blinklichter wie wild vor unseren Fenstern, ein Team von Rettungssanitätern sprintete in unsere Diele … und ja, heute Abend war eine Katastrophe wahrhaft epischen Ausmaßes.

»Es ist doch nichts Ernstes, oder?«, fragt Kale den Sanitäter, der auf unserer Türschwelle steht. Schuldgefühle quellen aus jedem einzelnen seiner Worte.

»Sie ist bald wieder auf den Beinen«, versichert ihm der Sanitäter. »Sorgen Sie nur dafür, dass sie genügend Flüssigkeit bekommt und es langsam angehen lässt.«

Ich sehe nicht zu, wie der Krankenwagen wieder wegfährt. Weil Shawn noch immer irgendwo dort draußen ist. Während meine Mom schließlich wieder zu Bewusstsein kam und wir auf den Krankenwagen warteten, umarmte mich Adam rasch, sagte trocken, dass Shawn ein Arschloch sei, und ging dann hinaus, um sich neben seinen besten Freund zu stellen.

Aber Mike und Joel sind noch da. Mike fährt sich nervös mit den Händen durchs Haar, Joel kaut an einem Daumennagel. Keiner von ihnen weiß, was er sagen oder tun soll.

Mit einem winzigen Schritt nach dem anderen schiebt sich Joel rückwärts zur Haustür. »Ich ... ich werde ...« Als er fast angekommen ist, hält er inne und reibt sich den Nacken. »Kann ich irgendwas tun?«

Ich schüttele den Kopf. »Geh nur.«

»Wir sehen uns bei der nächsten Bandprobe?«

»Ja«, sage ich, obwohl ich nicht sicher bin, ob ich ihn damit anlüge oder nicht.

Joel schlüpft hinaus. Mike seufzt, bevor er mich in die Arme nimmt. Mit meinem Kopf fest an seine Brust gedrückt, sagt er: »Hör zu, Kit, Shawn hat mir erst von euch erzählt, nachdem ich euch auf dem Dach erwischt hatte, und als er es mir sagte ... Es war nicht so, als ob er stolz darauf war. Er weiß, dass er Mist gebaut hat.« Mike schiebt mich ein Stück von sich und mustert mich mit seinen tiefbraunen Augen, in denen Bedauern flackert. »Wenn ich geahnt hätte, dass du nicht wusstest ...«

»Sag es nicht.« Ich weiß, dann hätte er es mir nicht gesagt, und dann hätte ich es nie erfahren.

Mike zieht eine kleine Grimasse. »Ich sage ja nur ...« Noch ein Seufzer entfährt ihm. »Wenn du ihn wirklich liebst ...«

»Mike.«

»Dann solltest du ihm noch eine Chance geben. Mehr sage ich ja gar nicht.« Als ich ihn einfach nur anstarre, ergänzt er: »Ich finde wirklich, ihr passt gut zueinander, und ich glaube wirklich, dass du ihm etwas bedeutest.« Als ich die Tür noch ein bisschen weiter öffne, damit er gehen kann, versteht er den Wink. Doch kurz bevor sie hinter ihm ins Schloss fällt, schiebt er eine Hand dazwischen und streckt noch einmal den Kopf ins Haus. »Verlass deswegen nicht die Band.«

»Ich rufe dich an.«

Die Falten, die sich in seine Stirn graben, verraten mir, dass er mit meiner Antwort nicht zufrieden ist, aber er lässt die Tür trotzdem los und geht. Nur noch Kale und ich bleiben allein und hilflos in der Diele zurück. Ich lehne mich gegen die Tür und schließe die Augen. »Das hättest du nicht tun müssen.«

Von all den möglichen Szenarien, die Kale wahrscheinlich bereits im Stillen für sein Coming-out durchgespielt hat, hätte er sich sicher nicht für eines entschieden, bei dem er aus vollem Hals in einem Zimmer voller Fremder »Ich bin schwul!« ruft.

»Ich weiß.«

»Was machen wir jetzt?«

»Dad hat gesagt, wir sollen uns alle im Wohnzimmer versammeln.«

Ich schlage die Augen auf und frage ihn im vollen Ernst: »Sollen wir stattdessen lieber weglaufen?«

»Nur wenn wir irgendwo Schlangenbeschwörer werden können.«

»Ich hasse Schlangen.«

»Dann sieht es wohl so aus, als ob wir bleiben.«

Als ich Kale zweifelnd ansehe, schenkt er mir ein mattes Lächeln und zieht mich zu einer innigen Umarmung an sich – der Art Umarmung, in der du weder atmen noch denken oder fühlen musst. Ich erwidere die Umarmung in gleicher Weise.

»Ich bin bei dir«, flüstert er, und ich vergrabe das Gesicht in seiner Schulterbeuge.

»Und ich bin bei dir.«

»Dann werden wir das hier gemeinsam durchstehen.«

»Ich weiß.«

»Bist du bereit?«

»Nein. Du?«

Kale schüttelt den Kopf an meiner Wange. »Nicht einmal annähernd.«

Schulter an Schulter gehen wir hinüber ins Wohnzimmer und treten entschlossen ein. Meine Mom liegt auf der Couch, den Kopf im Schoß meines Dads gebettet, der ihr einen feuchten Waschlappen auf die Stirn drückt. Sie richtet sich auf, sobald sie uns sieht, und schiebt die Hände meines Dads beiseite, als er sie wieder nach unten zu drücken versucht.

Meine Brüder hocken auf Sesseln und Sessellehnen und der gemauerten Einfassung unseres Kamins. Niemand sagt ein Wort. Alle starren nur, schlucken, blinzeln und starren wieder weiter.

Kale saugt seine Lippe zwischen die Zähne. Ich knete den Diamantstecker in meiner Nase.

»Warum hast du es uns nicht gesagt?«, bricht Bryce das Schweigen. Sowohl Kale als auch ich drehen ihm den Kopf zu. Es ist nicht ganz klar, wen er gemeint hat, da er uns beide ansieht, doch weder Kale noch ich haben es eilig, ihm zu antworten. »Egal«, fährt er fort. »Dann magst du eben Männer, was soll's.«

In Kales Augen glänzt es. Gott, ich will ihn an mich drücken. Ich will ihn in die Arme nehmen und vor allem beschützen. Aber Bryce kommt mir zuvor. Er schließt den Abstand zu ihm in null Komma nichts und reißt meinen Bruder ruppig in seine Arme. Eine Geste, die auch mir Tränen in die Augen treibt. Meine Hand fliegt an meinen Mund, und ich trete diskret ein Stück beiseite.

»Du bist mein Bruder«, sagt Bryce. Vier Worte, die alles sagen. Als er sich von Kale löst, trägt er ein Lächeln auf dem Gesicht. Dann knufft er ihn in die Schulter, stiefelt durch das Zimmer und setzt sich wieder.

Kales Blick schweift durch den Raum – zu unserer Mom, unserem Dad, Mason, Ryan. Meine Mom schwingt die Beine über den Couchrand und klopft auf das Kissen neben sich. »Komm und setz dich.«

Nachdem mein Bruder gehorcht hat, nimmt meine Mom seine Hände in ihre. »Bevor ich irgendetwas sage, versichere mir bitte, dass du das nicht nur getan hast, um Kit aus der Patsche zu helfen.«

Kale schüttelt stumm den Kopf.

»Und der Grund, weshalb du seit Tagen dein Handy nicht aus den Augen lässt ...«

»Leti«, antwortet Kale.

Mit angehaltenem Atem warte ich auf ihre Reaktion.

Ein leises Lächeln umspielt die Lippen meiner Mom. »Aber vor Leti, da warst du ...«

»Auch schon schwul«, bestätigt Kale, woraufhin der Blick meiner Mom zu mir herüberhuscht.

»Und du hast es gewusst?«

Ich schlucke schwer. »Seit der sechsten Klasse.«

Sie braucht offenbar einen Augenblick, um das zu verdauen. Es ist Mason, der nach dieser Information seine schwarzen Augen auf meinen Zwillingsbruder heftet. »Seit der *sechsten Klasse?*«, empört er sich. »Du verheimlichst uns das seit ... seit ... wie viele verdammte Jahre sind das eigentlich?«

»Zehn.« Enttäuschung dämpft Ryans Stimme. »Zehn Jahre. Kale ... warum? Warum hast du ...?« Seine Stimme bricht, und er reibt sich die Augen. Auch Kale wischt sich mit dem Handballen unter seinen dichten Wimpern herum. »Ich verstehe das nicht«, sagt Ryan schließlich.

Mein Dad streckt eine Hand aus und tätschelt Ryans Knie.

Kale starrt auf seine Füße. »Es tut mir leid.«

»Wofür zum Teufel entschuldigst du dich denn?«, fährt Ma-

354

son verärgert auf, doch Kale hält den Blick gesenkt und schüttelt nur leicht den Kopf.

Mit leiser, gebrochener Stimme sagt er: »Ich weiß es nicht.«

»Hoffentlich dafür, dass du so lange damit gewartet hast, es uns zu sagen, und nicht für irgendetwas anderes«, warnt ihn Mason, und ein winziges Stöhnen entfährt mir. Er ist wütend – wütend auf Kale, weil der glaubte, sein wahres Ich vor seiner Familie verheimlichen zu müssen. Aus keinem anderen Grund.

Kales Kopf fährt hoch. Meine Brüder schauen sich an, bis Tränen über Kales Wangen zu kullern beginnen. Als ich die Finger zu meinen eigenen Wangen hebe, stelle ich fest, dass sie ebenfalls nass sind.

Mason flucht und steht auf, reißt Kale von der Couch hoch und bricht ihm fast den Rücken, als er ihn umarmt. »Verdammt, ich liebe dich, Kale. Hör auf, dich wie ein Baby zu benehmen.«

Kale lacht zwischen stillen Tränen. Mein Dad steht als Nächster auf. Er zieht Kale zu noch einer knochenbrechenden Umarmung an sich, und danach folgt einer nach dem anderen, bis Kale von der ganzen Familie umgeben ist, die ihm zeigt, dass sie ihn akzeptiert, wie er ist. Nur ich stehe alleine mitten im Wohnzimmer. Ein Schluchzer entweicht meiner Kehle, und alle Augen richten sich auf mich.

»Oh, Herrgott noch mal, Kit«, sagt Mason. »Komm schon her.«

Es ist kitschig. Es ist die kitschigste Familienumarmung in der Geschichte aller Familienumarmungen weltweit. Aber sie heilt einen Teil in Kale, der gebrochen war, oder zumindest hoffe ich, dass es das tut. Zehn Jahre Angst vor diesem Augenblick, und das Einzige, das man ihm vorwirft, ist die Tatsache, dass er zehn Jahre damit zugebracht hat, Angst vor diesem Augenblick zu haben.

»Also … Leti, hm?«, fragt mein Dad, und Kale läuft so rot an wie Bryce' Sneakers.

»Ich habe doch gewusst, dass zwischen euch beiden irgendetwas läuft«, schaltet sich Bryce ein, aber Mason lacht und knufft ihn mit dem Ellenbogen in den Arm.

»Hast du nicht.«

»Hab ich doch!«

Ich lächele, bis die Hand meiner Mom auf meiner Schulter landet. »Denk bloß nicht, dass wir dich vergessen haben«, warnt sie mich.

Meine Stimmung sinkt, als sich erneut Stille im Wohnzimmer ausbreitet. Kales Moment ist vorbei, und jetzt ist meiner gekommen. Und meiner wird nicht annähernd so rührselig ablaufen, denn dafür habe ich bei meinem Nervenzusammenbruch höchstwahrscheinlich zu oft das Wort *vögeln* gebrüllt.

»Können wir vielleicht morgen darüber reden?«, flehe ich, während ich bereits einen Schritt rückwärts auf die Tür zugehe.

»Hinsetzen«, befiehlt mein Dad, und ich gehorche sofort. »Und ihr anderen verschwindet alle.«

Meine Brüder beginnen zu protestieren, aber der harte, versteinerte Blick meines Dads bringt sie zum Schweigen. Leise nörgelnd befolgen sie seine Anweisung. Selbst Kale muss gehen. Er schließt die Tür hinter sich und lässt mich nur mit meiner Mom und meinem Dad auf der Couch zurück.

Ich schlucke schwer.

»Ich werde dich nicht für das anschreien, was beim Abendessen passiert ist«, sagt mein Dad, und mein Gehirn braucht eine Minute, um seine Worte zu verarbeiten und dann noch einmal zu verarbeiten.

»Ach nein?«

Er schüttelt den Kopf. Meine Mom hält seine Hände in

ihrem Schoß, unterstützt ihn wortlos in allem, was er sagt.
»Nein. Du wirst fünf Minuten hierbleiben, damit deine Brüder
glauben, wir hätten alles geklärt, und dann kannst du gehen.«

Meine Mom sieht ihn an; ein leises Lächeln umspielt ihre
Lippen. Dann wendet sie sich wieder mir zu. »Aber willst du
mit uns vielleicht über irgendetwas reden?«, fragt sie. »Oder
nur mit mir … Ich kann deinen Dad auch vor die Tür setzen.«

Ich muss unwillkürlich lachen, trotz des Schraubstock-
griffs, der mein Herz umklammert. »Ich glaube nicht.«

»Bist du sicher, Liebes?«

Ich hole einmal tief Luft und nicke. »Ich bin mir sicher.«

»Okay. Na ja, dann werde ich dir nur diese eine Sache sagen,
und dann kannst du gehen.« Sie tätschelt mein Knie. »Dieser
Shawn ist ein verdammtes Arschloch, wenn er nicht erkennt,
dass du etwas Besonderes bist.«

Mir klappt der Unterkiefer herunter bei dem Schimpfwort,
das sie eben so unverblümt ausgestoßen hat. Sie nickt völlig
ernst vor sich hin, um ihren Standpunkt klarzumachen.

»Ein gottverdammtes *Arschloch*.«

Und, oh Gott, ich kann einfach nicht anders, ich fange an
zu lachen. Laut. Ein Geräusch, das ihr und meinem Dad ebenfalls ein Lachen entlockt.

»Jeder Mann, der nicht offen zu dir steht, ist nicht mal deine
Wut wert«, ergänzt sie. »Gib ihm einen Arschtritt, dass er bis
auf die andere Straßenseite fliegt. Aber eines werde ich dir sagen …« Sie drückt mein Knie, bevor sie es loslässt. »Ich konnte sehen, wie er dich heute Abend angesehen hat. Und als du
vom Tisch aufgesprungen und davongestürmt bist, erweckte
es nicht den Anschein, als ob er dich geheim halten wollte. Er
war der Erste, der von seinem Platz aufgesprungen ist, und
weißt du, was er getan hat? Er ist dir nachgelaufen. Ohne auch
nur eine Sekunde zu zögern.«

Ich kaue auf der Innenseite meiner Wange. Die Leichtigkeit, die ich gerade noch empfunden habe, ist aus meinem gebrochenen Herzen verschwunden. Es ist wieder schwer – scharfkantig, verwirrt, verletzt.

»Ich weiß ja nicht genau, was zwischen euch beiden auf der Highschool vorgefallen ist«, fährt sie fort.

»Und das wollen wir auch gar nicht«, wirft mein Dad ein.

»Aber … ich habe ihn gesehen, weißt du? Ich … ich habe gesehen, wie schnell er gerannt ist.«

Mir fehlen die Worte, daher erwidere ich einfach gar nichts. Und als mein Dad auf seine Uhr sieht und sagt, dass ich gehen kann, gehe ich.

Meine Schlafzimmertür ist an jenem Abend abgeschlossen, als zum ungefähr dreißig Millionsten Mal jemand klopft. Erst war es Mason. Dann Bryce. Dann Mason. Dann Ryan. Dann Mason. Dann wieder Mason. Und jetzt …

»Wie lautet das Passwort?«, brülle ich die geschlossene Tür an, und Kale brüllt zurück: »Bangarang!«

Ein mattes Lächeln erscheint auf meinem Gesicht. Ächzend rappele ich mich vom Bett hoch und schlurfe zur Tür. Ich habe keine Ahnung, wie er auf *Bangarang* gekommen ist, aber irgendwie liebe ich ihn dafür. Das Passwort-Ding ist ein Spiel, das wir spielen, seit wir klein sind. Es gibt kein Passwort, und es hat auch nie eines gegeben, aber jahrelang ließen wir unsere Brüder in dem Glauben, ich würde mir jeden Tag ein neues ausdenken, und Kale wäre der Einzige, der es immer kannte.

Als ich die Tür aufreiße, schlüpft er rasch hinein, bevor jemand von den anderen den Flur runtergeschossen kommt und sich hinter ihm durch den Türspalt zwängen kann. Irgendwann werde ich mit ihnen reden. Nur nicht … heute Abend.

Heute Abend brauche ich ihre persönliche Art von Psychose nicht. Ich habe mit meiner eigenen genug zu tun.

»Hey«, sagt Kale, während ich das Dreißig-Dollar-Schloss einrasten lasse, das ich mir von dem Geld gekauft habe, das ich zu meinem elften Geburtstag bekommen habe. Wenn man vier Brüder hat und anfängt, Sport-BHs zu tragen, muss man Prioritäten setzen.

»Hey.« Ich lasse mich neben ihn fallen, als er es sich auf meinem Bett gemütlich macht.

»Heute war ohne Zweifel ein denkwürdiger Abend.«

Ich zwinge mich zu einem halbherzigen Lächeln. Für ihn wird heute Abend immer der Abend sein, an dem eine riesige Last von seinem Herzen genommen wurde. Für mich … wird heute Abend immer der Abend sein, an dem meines herausgerissen wurde. »Weiß Leti es schon?«

»Noch nicht. Ich wollte zuerst mit dir reden.«

»Worüber?« Es ist eine dumme Frage, und er gibt mir eine dumme Antwort.

»Ach, ich weiß nicht. Hast du schon gehört, dass die Patriots letzte Woche die Packers geschlagen haben?«

Er erwidert meinen ausdruckslosen Blick mit einem ebenso ausdruckslosen, und ich seufze schwer.

»Was haben Mom und Dad gesagt?«, fragt er.

Ich kichere leise vor mich hin. »Mom hat Shawn ein Arschloch genannt.«

»Hat sie nicht.«

Ich nicke, ein zerbrechliches Lächeln im Gesicht. »Und ob sie das hat.«

»Das glaube ich dir nicht.«

»Ihre genauen Worte waren: ›gottverdammtes Arschloch‹.«

Kale starrt mich einen Moment mit offenem Mund an, bevor er in schallendes Gelächter ausbricht, das schließlich zu einem Kichern verebbt, das seine Bauchdecke beben lässt. »Oh mein Gott, das ist perfekt«, sagt er, dann wird er wieder ernst. »Was hat sie sonst noch gesagt?«

»Du kennst doch Mom.« Mit einem Finger reibe ich über eine abgewetzte Stelle auf meiner blauen Bettdecke. »Sie versucht ständig, einen Freund für mich zu finden.«

Kale legt eine Hand über die abgewetzte Stelle, was mich zwingt, widerwillig meine sinken zu lassen. »Was hat sie gesagt?«

»Sie hat behauptet, Shawn hätte heute Abend nicht so ausgesehen, als ob er das mit mir geheim halten wollte … Sie hat gesagt …« Kale wartet geduldig, als meine Stimme sich verliert, und ich stoße erschöpft einen tiefen Seufzer aus, bevor ich fortfahre. »Sie hat gesagt, sie hätte gesehen, wie schnell er gerannt sei, um mich einzuholen.«

Kales dunkle Augen halten einen langen Moment den Blickkontakt aufrecht, bevor sie auf diese abgewetzte Stelle auf meiner Bettdecke hinuntersehen. Seine Finger folgen gleich darauf, fummeln an denselben Fäden herum, von denen er meine eigenen erst Sekunden zuvor weggeschoben hat. »Alle haben das gesehen. Ich auch.«

So sitzen wir eine Weile da, jeder in Gedanken an irgendeinem imaginären Ort verloren. Schließlich räuspert sich Kale. »Kit, ich muss dir etwas sagen.«

Ich hebe als Erste den Blick; er hebt als Zweiter den Blick.

»Ich weiß, warum Shawn dich nie angerufen hat.« Ich kräusele verwirrt die Nase, und er kaut eine Weile auf seiner Lippe. »Ich habe ihm gesagt, er soll es nicht tun«, bricht es aus ihm heraus.

Ich höre ihn, aber ich verstehe kein Wort von dem, was ihm über die Lippen kommt. Er hat ihm gesagt, er soll es nicht tun? Er hat ihm gesagt, er soll mich nicht anrufen?

Kale springt auf und beginnt, in meinem Zimmer auf und ab zutigern. »Ich konnte es einfach nicht fassen, dass er mit dir nach oben gegangen ist und dich einfach ... dass er dich einfach so benutzt hat. Er war viel älter als du, mein Gott, und irgendeine Art Rockstar, und du ... du bist meine Schwester, und du hattest schon immer so für ihn geschwärmt, und er ist einfach ...« Als Kale mich ansieht, lassen die Schuldgefühle das Schwarz in seinen Augen noch schwärzer erscheinen. Ich sehe es nur für einen Moment aufblitzen, bevor sein Blick mir wieder ausweicht. »Am nächsten Tag habe ich in Erfahrung gebracht, wo er wohnt. Ich bin dorthin gefahren, und ...«

Kales Stimme verliert sich, als er erschöpft Luft holt, und ich rutsche weiter zu meiner Bettkante vor.

»Und dann *was*?«

In den Augen meines Zwillingsbruders liegt mehr Reue, als ich je zuvor darin gesehen habe. »Ich habe ihm gesagt, er soll sich von dir fernhalten. Ich habe ihn davor gewarnt, auch nur jemals zu versuchen, mit dir zu reden, nach dem, was er getan hat ... Ich habe ihm erzählt, dass Mason Larson unser älterer Bruder ist und dass er Shawn jeden Finger einzeln brechen würde. Dass er das Gitarrespielen dann vergessen könnte.«

Ich glotze ihn an. Und glotze. Und glotze. Irgendetwas in mir beginnt langsam hochzuköcheln. Ich kann buchstäblich spüren, wie das Blut unter meiner Haut zu sieden beginnt.

»Ich dachte, ich würde dir helfen. Ich dachte ...«

»Du dachtest, du würdest mir *helfen*?«, herrsche ich ihn an, und Kale zuckt zusammen.

»Ich war davon überzeugt, dass du ihm nichts bedeutest ... Aber, Kit, ich habe gesehen, wie er sich heute Abend dir gegenüber verhalten hat, und ...«

»Raus«, befehle ich ihm, mit einer Stimme wie ein eiskalter Luftzug, der das Zimmer durchschneidet.

»Kit«, fleht Kale.

»Raus!«

Mein Zorn schleudert ihn einen Schritt nach hinten. »Bitte. Lass mich einfach …«

»Raus!« Ich springe vom Bett und stürze mich auf ihn. *»Raus, raus, raus!«* Wie eine Furie fuchtele ich vor seinem Gesicht herum, dränge ihn auf die andere Seite meines Zimmers zurück, fasse um ihn herum und schließe die Tür auf. Sie trifft ihn mit voller Wucht in die Seite, als ich sie aufreiße. Ich schubse ihn in den Flur hinaus, schreie ihn an, zu verschwinden, immer und immer wieder, knalle die Tür hinter ihm zu und sperre ab. Rasend vor Wut stiere ich auf die Tür, auf deren anderer Seite Kale vermutlich immer noch steht – in dem Wissen, dass der Rest des Hauses bereits auf dem Weg nach oben ist, um von mir zu verlangen, die Tür zu öffnen und alles zu erklären. Mit einem Satz bin ich am Fenster, reiße es auf und klettere über den Fenstersims.

Ich denke nicht nach. Ich springe einfach. Unten angekommen jagen meine Füße in Socken verzweifelt über den Rasen, hinein in die Dunkelheit, vorbei an Häusern, an Bäumen, über Grenzen, die ich noch nie überschritten habe.

Ich renne, bis ich nicht mehr rennen kann. Bis ich nicht mehr atmen oder denken oder fühlen kann. Ich renne, bis ich verloren bin.

Und dann breche ich zusammen.

21

Ich wache auf, weil eine Mücke in meine Nase hochzukriechen versucht, ein Stein sich in meine Milz gräbt und Leti ... eine Ameise von dem Baumstamm schnippt, auf dem er hockt. Er passt überhaupt nicht hierher – wo immer zum Teufel es auch ist, wo ich gestern Nacht eingeschlafen bin.

»Das gehört eigentlich nicht zu meiner Jobbeschreibung als drittbester Freund«, informiert er mich mit einem absolut ernsten Ausdruck in seinen goldenen Augen. »Falls es dir noch nicht aufgefallen ist ...«, er zeigt mit einer Geste auf sein Thundercats-T-Shirt, seine verwaschene Jeans, seine knallrosa Chuck Taylors, »... ich bin nicht unbedingt für dieses *Eins-mit-der-Natur-sein*-Zeug geschaffen.«

Stöhnend reibe ich über meinen schmerzenden Rücken, während ich mich aufsetze. Die Haut in meinem Gesicht fühlt sich wegen der sonnengetrockneten Tränen wie eine Maske an, und mein Wirrwarr von schwarz-violetten Haaren ist ein regelrechtes *Nest*, komplett voll mit getrockneten Blättern und, wie ich vermute, einer ganzen Armee ekelhafter Krabbelviecher. Ich beuge den Kopf nach unten und tue mein Bestes, um das Getier mit den Fingernägeln von meiner Kopfhaut zu kratzen. »Was tust du denn hier?«, frage ich, die Nase noch immer gen Boden gesenkt. Meine Stimme ist heiser, weil ich die ganze Nacht geweint habe. Ich höre Leti aufseufzen.

»Dich retten?«, schlägt er vor. »Einen auf Robin Hood oder so ähnlich machen.«

Meine Finger verharren in ihrer Bewegung, dann hebe ich den Kopf. »Robin Hood?«

»Na ja, ich wäre ja gern dein Märchenprinz.« Ein amüsiertes Grinsen erhellt sein Gesicht. »Aber ich befürchte, dieses Schiff ist über den Regenbogen davongesegelt, du schlafendes Häuflein Elend.«

»Schlafendes Häuflein Elend?«

Leti kichert, während ich mir einen Schmutzfleck von der Wange wische. »Eine schlafende Schönheit bist du mit Sicherheit nicht.«

Mein wütender Blick prallt einfach an ihm ab.

»Ich sage dir nur, wie es ist, KitKat. Auch wenn ich offenbar der Einzige bin, der das tut.«

»Von was redest du überhaupt?«, brummele ich. Mir tut alles weh, ich bin erschöpft, und mein Kopf pocht bei jedem noch so kleinen Windstoß. Ich habe keine Ahnung, warum Leti hier ist, oder *als was* Leti hier ist, aber es herausfinden zu wollen, würde Nachdenken erfordern, und Nachdenken ist das Letzte, was ich im Augenblick tun möchte. Die Erinnerungen an den gestrigen Abend sind noch viel zu frisch, als wäre alles erst vor fünf Minuten passiert, und auch wenn ich angestrengt versuche, die Details zu verdrängen, überfallen sie mich der Reihe nach aus dem Hinterhalt.

Wie ich Shawn am Tisch angeschrien habe. Wie ich ihn zur Tür hinausgeschubst habe. Wie alle mich einfach nur angeglotzt haben.

Meine Mom, die behauptet: *Ich konnte sehen, wie schnell er gerannt ist.*

Ich habe ihm gesagt, er soll sich von dir fernhalten. Kale.

Leti streckt seine langen Beine von sich, schlägt sie an den Knöcheln übereinander. »Ich rede von den ganzen Lügen, die du und alle anderen in der Welt verstreut haben. Ich habe die ganze Nacht damit verbracht, mir alles über das totale Chaos anzuhören, das hier gestern Abend ausgebrochen ist.«

»Von wem?«

Er fuchtelt mit einer Hand durch die Luft. »Von *allen*. Rowan, Dee, Adam, Joel. Hauptsächlich von deinem Bruder.«

»Hat er dir auch von den anderen Geheimnissen erzählt, die gestern Abend ans Licht gekommen sind?«, frage ich, und Letis Grinsen bestätigt es mir, noch bevor es der zufriedene Klang seiner Stimme tut.

»Das hat er.«

»Das heißt, bei euch beiden ist jetzt alles okay?«

Er nickt mit diesem breiten Lächeln im Gesicht, und fast kann ich mich für die beiden freuen. Aber meine Stimme ist voller Groll, als ich murmele: »Schön, dass Kale sein Happy End bekommen hat.«

Vor allem nachdem er mir meines ruiniert hat.

»Was mich zu dem bringt, weshalb ich hier bin.« Letis Lächeln schwindet, und schließlich mache ich mir doch die Mühe, ihn zu fragen …

»Warum *bist* du denn jetzt hier? Und wie hast du mich überhaupt gefunden?«

»Kale hat dich gefunden.« Er schlägt nach einer Mücke in der Luft und fährt dann unbekümmert fort: »Aber er dachte, es wäre besser, wenn er nicht hier ist, wenn du aufwachst.«

Ich schnaube verächtlich, denn das beweist lediglich, dass mein Zwillingsbruder nur ein halbes Gehirn im Kopf hat. »Du bist also hier, um mich zu überreden, nach Hause zu kommen? Ich sage es dir ja nur ungern, Leti, aber ich hätte sowieso nach Hause gehen müssen. Dort steht mein Jeep.«

»Wenn Chirurgen deinen Kopf sezieren würden«, entgegnet er, während er mit einem perfekt manikürten Fingernagel an dem Baumstamm kratzt, auf dem er sitzt, »meinst du, sie würden feststellen, dass dein Schädel so dick wie bei einem Fossil ist? Oder doch so dick wie bei einer Höhlenfrau?«

Mein wütendes Grollen amüsiert ihn sichtlich.

»Ich bin hier, um dich zur Vernunft zu bringen.«

»In welcher Hinsicht?« Genervt starte ich den Versuch, es mir an der dicken Borke eines Baumstamms bequem zu machen. Dieser Stein, auf dem ich geschlafen habe, könnte ernsthaft ein Loch in irgendein lebenswichtiges Organ gebohrt haben, denn meine Muskeln fühlen sich alle wund und misshandelt an. Vielleicht kommt das aber auch von den herzzerreißenden Schluchzern, die meinen Körper durchgerüttelt haben, als ich mich auf diesem Stein in den Schlaf geweint habe.

Leti fährt sich mit einer Hand durch die sonnenbeschienenen Haare auf seinem Kopf. »Wo sollen wir denn anfangen? Bei Kale oder bei Shawn?« Als sich meine Miene bei seinem letzten Wort versteinert, nickt er vor sich hin. »Also Kale. Du bist sauer auf ihn, weil er Shawn damals auf der Highschool gesagt hat, er soll sich von dir fernhalten, richtig?«

Ich drehe störrisch den Kopf zur Seite, weigere mich, auf eine solch idiotische Frage überhaupt zu antworten.

»Du bist dir schon dessen bewusst, dass du damals fünfzehn warst, oder? Und Shawn achtzehn? Ein achtzehnjähriger heißer Musiker, der mit mehr Mädchen geschlafen hatte als die meisten Typen, die doppelt so alt waren wie er? Und du noch Jungfrau warst? Und er sowieso im Begriff war wegzuziehen? Und du eine ungesunde Besessenheit entwickelt hattest, was ihn betraf?«

Ich unterbreche ihn, als er zu dem einzigen Part kommt, gegen den ich Einwände erheben kann. »Ich war *nicht* besessen.«

»Liebe, Besessenheit …« Leti schnippt mit den Fingern durch die Luft. »Wenn man fünfzehn ist, ist das ein und dasselbe. Was glaubst du denn, was passiert wäre, wenn Kale Shawn nicht verboten hätte, dich anzurufen? Meinst du wirklich, er hätte es getan?«

»Das werde ich wohl nie erfahren«, brause ich wütend auf.

»Okay, dann lass mich dich Folgendes fragen. Meinst du wirklich, Shawn – *Shawn* – hätte sich von dir ferngehalten, nur weil deine Machobrüder es wollten? Wenn er wirklich mit dir hätte zusammen sein wollen, wie es dein Kleinmädchen-Herz so gern glauben wollte, meinst du, dann hätte er sich von ihnen aufhalten lassen? *Sechs Jahre* lang?«

Ein stechender Schmerz beginnt hinter meinen Augen zu pochen, und ich gebe die Schuld daran dem noch schlimmeren Stechen in meiner Brust. Es fühlt sich an, als ob mein Herz ein einziges verheddertes, verknotetes Durcheinander ist, als ob es in einen Küchenmixer geworfen und dann von einem Lastwagen überrollt wurde. »Ich hab's verstanden, Leti. Shawn hat mich nie gewollt. Ist es das, was du mir sagen willst?«

»Was ich sagen will, ist, dass Kale nur versucht hat, dich zu beschützen. Er ist ein Idiot, aber er ist ein Idiot, der dich liebt.«

»Ich Glückspilz.«

Leti seufzt und sieht zu, wie ich mir mit den Handballen auf die Augen drücke. »Du *bist* ein Glückspilz. Und was für einer. Was uns zu Shawn bringt.«

»Wenn du sagst, dass ich ein Glückspilz bin, Shawn zu haben«, warne ich ihn, »kriegst du den Stein hier an den Kopf geschleudert.«

»Immer schön langsam, kleine Teufelin«, entgegnet Leti, als hätte ich ihm nicht eben damit gedroht, ihn an einem Ort zu ermorden, an dem niemand seine Leiche finden würde. »Ich werde dir nicht sagen, dass du Shawn etwas bedeutest oder so.« Er täuscht ein Hüsteln vor, das verdammt stark nach »Was du jedoch tust« klingt. Nachdem er sich ein selbstzufriedenes Grinsen aus dem Gesicht gewischt hat, fährt er fort: »Aber ich werde dich auf die Tatsache hinweisen, dass du eine riesige, und ich betone, riesige, gewaltige, enorme, kolossale …«

»Komm auf den verdammten Punkt«, schnauze ich ihn an.

»… Heuchlerin bist.« Leti hält meinem harten, durchdringenden Blick mit einem ebensolchen Blick stand, lässt sich von der Finsternis in meinen Augen nicht einschüchtern, hat keine Angst vor diesem erwähnten Stein, den ich in der Hand wiege. »Alles, was du getan hast, seit du wieder in Shawns Leben getreten bist, ist *lügen*.«

»Nicht ich bin hier die Lügnerin«, protestiere ich. Der Stein purzelt zu Boden.

»Bist du doch.«

»Aber er …«

»Hat genau dasselbe getan wie du.« Als ich nichts darauf erwidere, wiederholt Leti: »*Genau* dasselbe. Du hast so getan, als ob du ihn nicht kennst. Er hat so getan, als ob er dich nicht kennt. Wie kannst du sauer auf ihn sein wegen etwas, was du *selbst* getan hast?«

»*Ich* habe es getan, um mich zu schützen«, beharre ich, aber das Argument klingt selbst in meinen eigenen Ohren schwach.

»Und du gehst einfach davon aus, dass er es aus einem anderen Grund getan hat? Zum Beispiel, nur um dich zu verletzen oder so? Wir reden hier von Shawn. Seit wann ist er der Typ, der durch die Gegend läuft und versucht, andere Leute zu verletzen?«

Shawn rührt Adam vor dem Auftritt Honig in den Whisky. Er geht für die Roadies Kaffee holen. Er bringt Mädchen Ohropax mit, die sie ihm dann klauen.

Ich spüre, wie meine Wut abflaut, als Letis Worte allmählich immer mehr Sinn ergeben, daher kneife ich die Augen

368

noch fester zusammen und protestiere weiter: »Er wollte, dass das mit uns ein Geheimnis bleibt.«

»Hat er dir gesagt, dass er das will?«

»*Ja!*«, belle ich. »Er hat mich gebeten, niemandem von uns zu erzählen!«

»Für immer?«

Ich öffne den Mund, um Leti anzuschreien, aber stattdessen klappe ich ihn wieder zu und denke zurück, erinnere mich an Shawns tatsächliche Worte. Er wolle nicht, dass Adam und Joel es erfahren, sagte er, weil sie uns für den Rest der Tour das Leben zur Hölle machen würden. Er hat mir in die Augen gesehen und gesagt: »Später. Nur jetzt noch nicht.«

Meine Backenzähne schmerzen, als ich sie knirschend malträtiere. »Ich glaube, er wollte bis nach der Tour warten ...«

»Und? Hast du ihm die Chance gegeben, es den Leuten danach zu erzählen?«

Gott, gestern Abend ... gestern Abend fragte ihn meine Mom, ob er eine Freundin hätte, und er antwortete, er wüsste es nicht. Und dabei hat er mich genau angesehen. Vor allen Leuten. Als sei es meine Entscheidung. Und nach meinem Ausbruch ist er mir hinterhergelaufen. Er ist mir nachgerannt, als sei ich das Einzige, was ihm etwas bedeutet.

Als mir wieder neue Tränen in die Augen steigen, steht Leti auf, klopft sich die Jeans ab und streckt mir eine Hand hin. »Bist du jetzt bereit, nach Hause zu gehen?«

»Was soll ich tun?« Ich sehe hoch in seine goldenen Augen, in diesem sanften Gesicht, das von den goldenen Strahlen der Sonne erhellt wird. Er lächelt mich warmherzig an, als ich seine Hand ergreife.

»Jetzt rennst du ihm nach.«

22

Auf dem Highway drückt mein Fuß unnachgiebig das Gaspedal des verbeulten Chrysler-Jeep-Cabrios durch, das Mason und ich in meinem vorletzten Highschooljahr flottgemacht haben. Ich bin so durcheinander, dass ich nicht einmal die Musik aus dem Radio wahrnehme. Meine Gedanken sind genauso verschwommen wie die Autos, an denen ich vorbeiziehe. Ich starre durch die staubige Windschutzscheibe, auf der Fahrt in dieselbe Stadt, in der Shawn lebt, denselben Ort, an dem wir auf meinem Dach zusammen Gitarren gestimmt haben.

Ich renne ihm nicht nach.

Dafür gibt es einfach noch zu viele unbeantwortete Fragen. Und ein Teil von mir hat Angst davor, sie zu stellen – hat Angst davor, auch nur darüber nachzudenken. Ich weiß, warum ich gelogen habe, aber ich weiß nicht, warum er es getan hat. *Ich* war diejenige, der vor sechs Jahren das Herz gebrochen wurde. *Ich* war diejenige, die alles zu verlieren hatte. Aber trotzdem hat er mir genauso etwas vorgemacht wie ich ihm, und ich weiß nicht, was das zu bedeuten hat. Ich weiß nicht, was wir sind. Ich weiß nicht, was ich ihm je bedeutet habe, falls ich ihm überhaupt etwas bedeutet habe.

Was ich jedoch weiß, ist, was für einen Schlamassel ich gestern Abend angerichtet habe.

Meine Brüder hätten ihn umbringen können, und vielleicht habe ich das sogar bewusst provoziert, als ich ihn aus vollem Hals angeschrien habe. Ich war wütend. Wegen der eintausend Lügen, die er erzählt hat, wegen der eintausend Lügen, die ich erzählt habe, und wegen der eintausend Lügen, die ich geglaubt habe, obwohl niemand sie je geäußert hat. Ich dachte, er wolle nicht, dass die Welt je von uns erfährt. Ich dachte, er würde nur mit mir spielen. Ich dachte vieles, aber nach Letis Standpauke heute Morgen ... kann ich jetzt überhaupt nicht mehr denken.

Ich kann nur noch fahren.

Denn selbst wenn ich ihm nachlaufen *wollte:* Niemand weiß, wo er ist. Es war Rowan, die Leti heute Morgen zum Haus meiner Eltern gefahren hat, und die mir, bevor ich aufbrach, mitteilte, dass ihn seit gestern Abend niemand gesehen hätte. Er schwirrte ab, sobald er und die anderen in der Wohnung eintrafen, und reagiert seitdem weder auf Anrufe noch Nachrichten.

Ich habe mit dem Gedanken gespielt, ihn anzurufen, um zu sehen, ob er bei mir ans Handy gehen würde, aber irgendetwas hat meine Finger davon abgehalten, seine Nummer zu wählen. Vielleicht war es Verlegenheit. Vielleicht war es Stolz. Vielleicht war es Angst. Oder vielleicht eine Kombination aus allem. Sechs Jahre und drei Monate aufgestauter Emotionen, durch die ich mich verletzlicher gefühlt habe als je zuvor in meinem Leben.

Ist er mir wirklich nachgerannt, wie meine Mom gesagt hat? Hat er ernst gemeint, was er an dem Abend von Vans Party auf dem Dach zu mir gesagt hat? Jetzt, mit der Sonnenbrille auf der Nase und dem Wind in meinen Haaren, will ich es glauben.

Aber erst als ich sein Auto in meiner Auffahrt stehen sehe, beginnt ein kleiner Teil von mir, es auch zu tun.

Ich biege in die Auffahrt ein und parke den silbernen Chrysler neben Shawns schwarzem Mitsubishi Galant. Hoffnung flackert in meiner Brust auf wie eine Flamme, die mich bei lebendigem Leib zu verbrennen droht. Hastig trete ich das Feuer aus; immerhin ist es in erster Linie erst mal nur ein leerer Wagen. Er könnte hier sein, um mich für die erlittenen Demütigungen vor den Augen seiner Freunde zusammenzustauchen. Er könnte hier sein, um mich aus der Band zu werfen.

Meine Nerven sind bis auf das Äußerste gespannt, als ich mir meine Sachen von der Rückbank des Wagens schnappe und langsam die Stufen zu meiner Wohnung erklimme. Fast rechne ich damit, ihn in meinem unverschlossenen Zimmer zu finden. Als ich ihn dort jedoch nicht antreffe, werfe ich mein Zeug in eine Ecke und wage mich in das Haus der alten Dame vor. Ich freue mich über ihre herzliche Begrüßung und erkundige mich beiläufig, ob heute ein Mann vorbeigekommen sei, um mich zu sehen. Aber es stellt sich heraus, dass der einzige Mann, den sie heute gesehen hat, der Nachbarsjunge Jimmy war, der mit seinem Fahrrad gegen ihren Briefkasten geknallt ist, weil er versucht hat, beim Radfahren seinen Labrador an der Leine zu halten. Zum Glück trug Jimmy einen Helm, denn er hätte immerhin auf ihrem Rasen *sterben* können. Allerdings hat er bei dem Sturz ihren Briefkastenpfosten demoliert, weswegen seine Eltern ihn gezwungen haben, vorbeizukommen und sich zu entschuldigen und ihn zu reparieren. Sie wünschte, sie wüsste, ob irgendjemand diesen verdammten Hund gefunden hat …

Meine Zehen zucken in den Stiefeln, als ich rückwärts aus dem Zimmer und schließlich aus dem Haus schleiche, während die Stimme der alten Frau noch immer irgendwo im Wohnzimmer Selbstgespräche führt. Ich schlüpfe wieder in die Garage, wieder die Treppe hoch und wieder in mein Loft. Es gibt nur noch einen Ort, an dem ich noch nicht nachgesehen habe.

Als ich an das Fenster trete, sehe ich Shawn auf meinem

Dach sitzen. Seine langen Beine sind über die Dachziegel ausgestreckt, und er starrt ins Nichts. Er trägt dieselbe Kleidung wie gestern Abend – ein schönes schwarzes Button-down-Hemd und eine schwarze Jeans –, und es ist, als ob die Nacht sich an ihm festgeklammert hat und seine dunkle Gestalt vor dem goldenen Sonnenlicht schützt, das sich über dem Rest des Dachs ausbreitet.

Er scheint mit den Gedanken weit weg zu sein, und selbst als ich das Fenster aufschiebe, bleibt seine Konzentration ungebrochen. Ich setze mich vorsichtig neben ihn, ohne nur den leisesten Hauch einer Ahnung, was ich sagen oder fühlen oder tun soll. Von allen Orten, an die er gestern Abend hätte gehen können – zweifellos gibt es im Umkreis einer Meile von seiner Wohnung mindestens ein Dutzend Groupies –, hat er diesen gewählt. Mein Dach, vor meinem Zimmer, wo niemand außer mir ihn finden würde.

Ich drehe den Kopf in seine Richtung, aber es ist, als ob ich gar nicht hier wäre. Er sieht mich nicht einmal an. Seine grünen Augen sind auf irgendeinen Punkt in der Ferne gerichtet, und ich bin mir nicht sicher, ob ich ihn überhaupt wirklich gefunden habe.

Schließlich gebe ich es auf. Zusammen fixieren wir denselben Punkt an dem sonnenbeschienenen Horizont und sitzen einfach nur da – ich, die Arme um die Knie geschlungen, während seine Hände flach an seinen Seiten auf dem Dach ruhen. Als er das Schweigen bricht, lugt sogar die Sonne hinter einer Wolke hervor, die über den Himmel fegt. »Ich habe die ganze Nacht darüber nachgedacht, was ich sagen könnte.« Seine Stimme klingt heiser, unergründlich, und sie verursacht ein flaues Gefühl in meinem Magen.

»Hast du hier geschlafen?«, frage ich.

Als er mich endlich ansieht, hängen seine dichten schwarzen Wimpern tief über erschöpften Augen. Sein Anblick zerrt an den Splittern meines Herzens. Sein Bartschatten ist ein paar Tage alt, seine Haare sind ein ungebändigtes Durcheinander, und ganz in Schwarz gekleidet sieht er … wunderschön aus. Auf eine herzzerreißende Weise wunderschön.

»Ich habe nicht wirklich geschlafen«, erwidert er, bevor sich sein Blick wieder hinaus auf jenen unsichtbaren Punkt richtet. Seine Brust hebt sich mit einem schweren Atemzug, bevor sie sich mit einem leichten wieder senkt. »Ich weiß nicht, was ich sagen soll, Kit. Ich habe die ganze Nacht versucht, mir irgendetwas einfallen zu lassen, wie ich mich für jeden einzelnen Fehler, den ich dir gegenüber begangen habe, entschuldigen könnte, aber mir ist noch immer nichts eingefallen.«

Die Hoffnungslosigkeit in seiner Stimme spiegelt sich in meiner eigenen Brust wider – ein hohler Schmerz, der bewirkt, dass ich die Arme um ihn schlingen und beten will, dass er mich ebenfalls hält. Selbst wenn es ihm nichts bedeutet. Selbst wenn es nichts ändert.

Die Sonne äugt hinter den Wolken hervor, und als er mich ansieht, erwidere ich nur stumm seinen Blick. »Ich habe dich schon verloren, bevor ich dich überhaupt hatte«, sagt er, »und ich habe nichts anderes getan, als mich hier oben zu verstecken und mich selbst zu bemitleiden.« Er schüttelt den Kopf in einem stillen Tadel. »Ist dir eigentlich klar, zu was für einem Riesenarschloch mich das macht? Dass ich so eifersüchtig auf den Mann bin, der ich für dich hätte sein sollen, dass ich nicht einmal die richtigen Worte finden kann, mich für den Mann zu entschuldigen, der ich war?«

Er spricht all das aus, was ich gewünscht hätte, vor Tagen, vor Wochen, vor Jahren zu hören. Ich merke erst, dass ich weine, als eine Träne über meine Wimpern rutscht und mir über die Wange rollt. Sie ist heiß und enthält eine Million verschiedene Emotionen – die Traurigkeit, die ich empfinde, weil das mit uns vorbei ist; die Reue, die ich empfinde, weil das mit uns nie wirklich angefangen hat; die Erleichterung, die ich empfinde, weil es ihm leidtut, und vor allem das Gefühl von Leere, von Distanz, die sich immer weiter zwischen uns ausdehnt, bis sie unüberwindbar geworden ist.

Über uns öffnen sich die Wolken. Feine Regentropfen vermischen sich mit den dünnen Tränenrinnsalen auf meinem Gesicht. Shawn starrt mich von der anderen Seite dieser Leere aus nur an und sagt dann mit belegter Stimme: »Ich sollte gehen.«

Mein Kopf bewegt sich entschieden hin und her, noch bevor ich meine Stimme finde. »Nein. Komm rein.«

Ich gehe zum Fenster, ohne mich nach ihm umzusehen. Zurück in meinem Zimmer, warte und warte und warte ich. Als er schließlich hinter mir hereinklettert, mit regenfeuchten Haaren und Schultern, spüre ich das Verlangen, sein Gesicht in die Hände zu nehmen und die Regentropfen von seinen Wangen zu küssen. Ich will ihm sagen, dass es mir auch leidtut. Stattdessen lehne ich mich gegen die Wand und verschränke die Arme vor der Brust, damit ich sie nicht nach ihm ausstrecke. Eine Million Fragen wirbeln in meinem Kopf herum, und wenn ich sie jetzt nicht stelle, dann werde ich es niemals tun.

Shawn schließt das Fenster hinter sich, lehnt sich gegen das Fensterbrett und wartet darauf, dass ich etwas sage.

Bevor mich der Mut verlässt, frage ich: »Waren wir wirklich zusammen?« Ich habe schreckliche Angst vor seiner Antwort, aber ich muss sie hören, selbst wenn sie nur Salz in meine Wunde streut. »Nach Vans Party … auf dem Dach …« Ich wische mir ein paar Tropfen von den Wangen, die, wie ich mir einrede, vom Regen stammen. »Was war ich für dich, Shawn?«

Er denkt über seine Antwort nach, bevor er sagt: »Glaubst du wirklich, ich wollte dich geheim halten?« Als ich nichts erwidere, seufzt er. »Kit, es gibt auf dieser Welt keinen Mann, der dich geheim halten würde. Du bist …« Er schüttelt den Kopf. »Du bist alles, von dem ich nie wusste, dass ich es wollte. Mir war nicht klar, was perfekt bedeutet, bevor ich dich kennenlernte, und dann, als ich dachte, du seist endlich die meine, da … wollte ich einfach nicht, dass die anderen Jungs uns diese letzten zwei Tagen kaputt machen. Sie hätten sich wie absolute Arschlöcher aufgeführt. Ich wollte dich für mich selbst haben.«

Ich widerstehe dem Drang, mich in seine Arme zu werfen, mich zu der seinen zu machen, doch ich sage stattdessen: »Warum hast du am Anfang so getan, als ob du mich hasst?«

»Ich habe dir nicht vertraut«, gibt er zu. »Mir war anfangs nicht klar, ob es dir wirklich um die Musik ging. Ich dachte, du wärst nur aufgetaucht, um dich an mir zu rächen oder so.«

»Und als ich dich im *Mayhem* geküsst habe? Vor der Tour?« Er hat so getan, als ob es den Sprint zum Bus, die Lederbank, das Herumgeknutsche nie gegeben hätte … all das, was zwischen uns war, bevor ich auf die Toilette stürzte, um mich zu übergeben.

»Du warst betrunken«, sagt er traurig. »Ich war so besessen davon, dich endlich berühren zu können, dass es mir erst gar nicht richtig auffiel … Ich habe mich wie ein Arschloch gefühlt, weil ich so weit gegangen war. Und dann … hatte ich den Eindruck, du wolltest es einfach vergessen.«

Weil ich gelogen habe. Ich war es, die an jenem Morgen als Erste so getan hat, als wäre nichts gewesen. Shawn folgte nur meinem Beispiel.

»Und auf dem Dach von Vans Hotel? Als ich dir von meinen Gefühlen für dich auf der Highschool erzählt habe? Ich *wollte*, dass du dich erinnerst.«

»Ich weiß.« Seine Miene wird hoffnungslos, bevor er den Blick zu Boden senkt. »Ich weiß, aber es lief alles so perfekt, dass ich es nicht ruinieren wollte.«

»Sogar später im Bus habe ich Andeutungen gemacht, nachdem ich es herausgefunden hatte. Trotzdem hast du einfach immer weitergelogen …«

Shawn schüttelt nur leicht den Kopf. »Ich wollte dich nicht verlieren.«

Aber er hat mich verloren … Und jetzt bin ich selbst nur noch verloren.

»Und vor sechs Jahren?« Die Worte klingen stark und selbstbewusst, überspielen den Zweifel, die Verletztheit, die Gebrochenheit in mir. »Was war damals?«

Shawn sackt noch mehr in sich zusammen und seufzt geschlagen auf. »Jetzt kommen wir zu dem Teil, bei dem ich nicht weiß, was ich sagen soll.« Nach einem kurzen Augenblick des Zögerns schaut er mich an. »Vor sechs Jahren war ich kein guter Kerl. Es tut mir leid, dass du das dachtest, aber das war ich nicht.«

»Kale hat mir erzählt, was er zu dir gesagt hat«, sage ich. »Nach dem Abend, an dem wir …« Meine Stimme verliert sich. Ich bin nicht gewillt, den Geist einer Erinnerung wieder zum Leben zu erwecken, aber die Erkenntnis steht deutlich in Shawns Augen.

»Meinst du, das wäre der Grund gewesen, weshalb ich nicht angerufen habe?«, fragt er nach einer Weile, und ich weiß nicht, ob ich die Antwort auf meine nächste Frage wirklich wissen will.

»War es das?«

»Kit«, sagt er, als würden ihm die folgenden Worte körperliche Schmerzen bereiten. »Was passiert ist, war nicht die Schuld deines Bruders. Ich hätte anrufen können.«

Meine Stimme droht zu brechen, als ich frage: »Warum hast du es dann nicht getan?«

Shawn schließt für einen Moment die Augen, hält meinem Blick stand, als er sie wieder aufschlägt. »Vor sechs Jahren habe ich dich nicht gekannt. Du warst einfach nur ein heißes Mädchen, das ich auf einer Party getroffen hatte.«

Tränen brennen mir in den Augen, suchen ihren Weg über meine Wangen, und Shawn durchquert das Zimmer, um sie wegzuwischen. Sein Daumen streicht leicht über meine Haut, als er sagt: »Es tut mir leid. Ich hatte keine Ahnung, dass du erst fünfzehn warst, und wenn ich gewusst hätte, dass es dein erstes Mal war …«

»Dann hättest du niemals mit mir geschlafen«, beende ich seinen Satz. Die Wahrheit, die ich all die Jahre tief in mir drin verborgen habe. Was zwischen uns passiert ist, war ebenso sehr meine Schuld wie seine.

»Das hätte ich nicht«, bestätigt er aufrichtig. »Ich habe damals einen Riesenmist gebaut, Kit, und es tut mir leid.«

»Hast du überhaupt mal je an mich gedacht?«

Seine Hand berührt noch immer mein Gesicht, als er sagt: »Anfangs … hin und wieder. Aber ich müsste lügen, wenn ich dir erzählen würde, dass ich die letzten sechs Jahre ständig nur an dich gedacht habe. Mir war damals nicht bewusst, was ich verlor, als ich dich gehen ließ. Das musst du wissen.« Seine rauen Hände vergraben sich in meinen Haaren, um mein Gesicht sanft zu umfassen. »Ich war nicht der Mann, den du in mir sehen wolltest. Ich *hatte* dich vergessen, bis du auf einmal bei diesem Casting aufgetaucht bist. Mir war nicht klar, was ich damals verlassen hatte.«

»Und jetzt?« Die Worte platzen mir in einem Moment der Verzweiflung über die Lippen, und ich wünschte, ich könnte sie zurücknehmen. Aber mit meinem Gesicht in seinen Händen – mit meinem *Herzen* in seinen Händen – habe ich nichts mehr zu verlieren.

»Jetzt?«, wiederholt er, ohne seine Augen auch nur eine Sekunde von meinen abzuwenden. Ich ertrinke in ihnen. »Jetzt denke ich, ich weiß die Antwort auf das, was du mich draußen auf deinem Dach gefragt hast.« Als ich ihn einfach nur anblicke, fährt er fort: »Du hast mich gefragt, ob ich auch unvollständig sei, und ich habe dich gefragt, woher man das wissen könne.« Sein Daumen streichelt wieder über meine Wange, und sein Blick hält meinen fest. »Du. Du bist der Grund, weshalb ich es jetzt weiß.«

Ich schließe die Augen und lasse mich von seinen Worten davontragen, erinnere mich an jenen Tag auf dem Dach vor so vielen Wochen. Es ging um Joel und die Tatsache, dass niemand je begriffen hatte, dass Joel unvollständig war, dass ein Teil von ihm fehlte, bis Dee aufgetaucht ist. Auf meine Frage, ob *er* ebenfalls unvollständig sei, stellte er mir die Gegenfrage, woher man das wisse. Keiner von uns hatte damals eine Antwort. Jetzt sagt er, dass er sie hat.

Und mein Herz sagt mir, dass ich sie auch habe.

Seine rauen Hände halten noch immer sanft mein Gesicht, als ich die Augen aufschlage und mich auf die Zehenspitzen stelle, um ihm einen Kuss auf die Lippen zu hauchen. Ein Kuss, der mich wieder zusammenzufügen verspricht. Obwohl mir dabei das Herz schwer wird. Er ist mir so nah, aber trotzdem *vermisse* ich ihn. Es gab in den vergangenen Tagen, Wochen, Monaten und Jahren keine Sekunde, in der ich ihn nicht vermisst habe. Und mein Herz sehnt sich verzweifelt danach, dieses Gefühl – diese Distanz, diese Leere – zu verscheuchen.

Seine Hände umfassen mich fester. Er zieht mich zu sich hoch, ich ziehe ihn zu mir hinunter, und trotzdem ist es immer noch nicht nah genug. Ich brauche mehr von ihm. Wie von selbst schiebe ich ihn Schritt für Schritt rückwärts auf die Bettkante zu. Als er mit den Waden dagegen stößt, krabbele ich auf seinen Schoß, meine Knie sinken neben seinen Hüften in die Matratze, und meine Lippen zwingen seinen Kopf runter auf mein Kissen. Wir atmen beide schwer, während ich ihn küsse, während er mich küsst. Ein leises Stöhnen entkommt meinen Lippen, und ein lautes Stöhnen rumort in seiner Brust. Seine Hände gleiten unter mein Shirt, berühren begierig die weiche Haut, und meine eigenen Hände durchwühlen seine Haare. Ich küsse ihn leidenschaftlich, ich atme ihn ein, als sei er der Sauerstoff, der zum Überleben nötig ist.

Er ist hart unter mir, als er sich aufzurichten beginnt, die Kontrolle zu übernehmen beginnt, und als ich ihn wieder hinunter auf die Matratze drücke, verliert er die Selbstbeherrschung. Seine Finger umklammern den Saum meines Shirts und reißen es mir mit einer fast schon brutalen Bewegung, die meine Haut heiß entflammt, über den Kopf. Selbst nur noch mit einem BH bekleidet, glühe ich, und ich bin dankbar, als er die Hände hinter mich ausstreckt und den BH mit einem geübten Fingerschnippen öffnet.

Ich danke ihm mit meinen Lippen, meiner Zunge, meinen Händen. Mit den leisen Geräuschen, die ich ausstoße, während er mit der Zunge über mein Schlüsselbein gleitet und glühend heiße Küsse in die Vertiefung meiner Halsbeuge drückt. Als er sich diesmal aufsetzt, lasse ich ihn gewähren, und nur eine Sekunde später liegt mein Nippel zwischen seinen Lippen. Er gleitet mit der Zunge darum – ein feuchtes, warmes, atemberaubendes Gefühl, das meine Brustwarze zwischen seinen Lippen zum Erblühen bringt.

Mein Rücken wölbt sich. Mein Kopf sackt nach hinten. Meine langen Haare fallen wallend über seine Hand, während er an mir knabbert und zupft. Und ich weiß nicht, was auf einmal über mich kommt, aber als ich das Kinn wieder nach unten neige, umklammern meine Finger seine Haare, und ich löse seine Lippen von meiner Haut. Mit lodernden grünen Augen sieht er zu mir hoch – der Wald in ihnen brennt nieder –, und einen flachen Atemzug später verschlinge ich seinen Mund und meine Hüften sinken tief hinunter auf die Härte in seiner Jeans. Die plötzliche Hitze zwischen meinen Beinen lässt mich aufstöhnen. Mein Blut beginnt, noch schneller zu pumpen, als Shawn seine Hände dazu benutzt, meinen Körper an seinem reiben.

»Shawn«, keuche ich. Ich weiche stöhnend zurück, aber er weigert sich, den Griff um die zerfransten Gesäßtaschen meiner Jeans zu lockern. Er bewegt sich in einem hitzigen Rhythmus an meinem Körper, dem meine Hüften unbedingt folgen wollen, und als ich die Funken, die zwischen uns fliegen, nicht länger ertragen kann, strecke ich eine Hand nach unten aus und fummele am Knopf seiner Jeans herum.

Shawn sieht mir dabei zu, wie ich den Knopf öffne, wie ich den Reißverschluss aufziehe, wie ich ihn um den Verstand bringe, indem ich neben dem Bett auch noch mein letztes Kleidungsstück abstreife – bei helllichtem Tag, deutlich sichtbar, nur für ihn. Für Verlegenheit oder Scheu ist es längst zu spät, denn ich habe bereits alles aufs Spiel gesetzt. Er schlüpft aus seinen restlichen Kleidern, und unterdessen fische ich nach einem Kondom, das ich in einer Nachttischschublade verstaut habe, in die ich seit einer Ewigkeit nicht mehr gegriffen habe. Ich reiche es ihm, und er folgt der wortlosen Aufforderung und streift es über – langsam, während ich ihm dabei zusehe.

Auf meiner Unterlippe knabbernd beobachte ich, wie seine Finger über jeden harten Zentimeter gleiten. Noch bevor er fertig ist, krabbele ich schon auf das Bett zurück. Auf Knien rutsche ich hoch, bis ich über seinen Hüften schwebe und er reglos auf dem Rücken unter mir liegt und mich mit seinen Blicken verschlingt.

»Bist du sicher, dass du das willst?«, fragt er, aber seine Augen strafen seine Selbstbeherrschung Lügen. Sein Blick gleitet über meine Lippen, meine Brüste, meinen Bauch und weiter hinunter. In einer federleichten Berührung tänzeln seine Finger über meine Seiten, meine Schenkel, und verursachen eine Gänsehaut, machen meine Nippel hart, machen es mir unmöglich zu sprechen.

Ich gebe ihm keine Antwort, sondern neige die Lippen zu seinen und küsse ihn langsam, während meine Fingernägel über seine Brust, seinen Bauch und die schmale Haarlinie kratzen, die von seinem Bauchnabel aus nach unten verläuft. Ich lege die Hand um ihn und necke ihn mit den Fingern, genieße das Gefühl, wie sich sein Griff um meine Taille verstärkt. Als ich spüre, dass Shawn mich tiefer nach unten ziehen will, mir die Kontrolle entreißen will, lasse ich mich auf ihn sinken, nur so tief, dass wir beide es spüren können.

Mir stockt der Atem, und er umklammert meine Hüften, dass es fast ein bisschen wehtut. Seine Lippe fest zwischen meinen Zähnen, lasse ich mich noch weiter, noch tiefer sinken, bis ich nicht mehr sagen kann, wo er aufhört und ich anfange. Die Erinnerung, wie sich das hier mit ihm auf der Highschool angefühlt hat, ist verblasst, aber, Gott, ich weiß, dass es sich unmöglich so angefühlt haben kann wie jetzt. Mein Herz fühlt sich zehnmal zu groß für meine Brust an, und jeder Herzschlag macht es mir noch unmöglicher zu denken. Ich weiß nur, dass Shawn zwischen meinen Beinen ist, Shawn unter meinen Handflächen ist, Shawn mich festhält, während ich ihn immer tiefer und tiefer in mir aufnehme. Es gibt so viel von ihm, was ich mir nehmen kann, und ich will ihn – alles von ihm, jedes einzelne bisschen.

Er stöhnt an meinem Mund. Ich inhaliere das Geräusch, bis er ganz in mir ist und meine Stirn neben seinem Kopf aufs Kissen sinkt. Seine Härte lässt jeden Nerv in meinem Körper vor elektrischer Hitze glühen, und ich kann nur winzige Laute der Ekstase an seiner weichen Ohrmuschel ausstoßen, als er sich, mit seinen kräftigen Händen an meinen Hüften, in mir zu bewegen beginnt. Als Shawn immer wieder in mich eindringt, kralle ich meine Hände in das Bettlaken, das Kissen neben seinem Kopf, seine Haare.

Das Stöhnen, das aus meiner Kehle entweicht, wird abgehackter, hektischer, und Shawns Tempo beschleunigt sich. Er treibt mich höher und höher, bringt mich um meinen verdammten Verstand, doch inmitten des Feuers richte ich mich abrupt auf und stütze die Hände auf seinen Schultern ab. Ich drossele das Tempo und übernehme die Führung. Meine Knie heben mich auf und ab, und ich wiege meinen Körper, reibe mich an seinem, bis die Welt sich dreht und ich auf einmal auf den Rücken geworfen werde.

»Ich bin so kurz davor«, flehe ich. Shawn zieht meine Knie bis zu meiner Brust hoch und lehnt sich nach hinten, bevor er sich zurückzieht und dann *quälend* langsam wieder in mich hineingleitet. Sein Blick ist fest auf mich geheftet, während er mich Zentimeter für Zentimeter immer weiter ausfüllt. Meine Augenlider schließen sich flatternd, und ich verbrenne unter ihm bei lebendigem Leib.

Die Matratze gibt neben mir nach, als er sich auf die Hände stützt, und sein Atem ist heiß an meinem Ohr, als er flüstert: »Weißt du, woran ich mich von unserem ersten Mal noch erinnere?«

Jede Bewegung, die er in mir macht, ist so beherrscht, so kontrolliert, dass ich nur mit einem Wimmern antworten kann.

»Dass es nicht annähernd lange genug gedauert hat«, sagt er.

Seine Lippen umschließen mein Ohrläppchen mit einer warmen Liebkosung, bei der sich meine Zehen einrollen. Sein schwerer Atem bewegt die Haare an meiner Schläfe und sorgt dafür, dass ich die Schenkel noch fester an ihn presse.

»Willst du, dass ich dich anfasse?« Die Art, wie ich um ihn herum pulsiere, ist für ihn Antwort genug. Er richtet seinen Oberkörper auf, befeuchtet einen Daumen mit der Zunge und führt ihn dann zu meiner willigen Knospe. Er beobachtet, wie ich mich unter ihm winde und seinen Namen schreie. »Ich will diesen Blick wieder in deinen Augen sehen, Kit. Öffne die Augen.«

Es kostet mich jedes bisschen meiner Kraft, um die Augen aufzuschlagen und in seinen zu versinken, aber als ich es schließlich tue, dauert es nur ein paar Sekunden.

»Oh mein Gott!« Ich bäume mich auf und halte mich mit den Händen am Kopfende des Betts hinter mir fest. Shawns rauer Daumen bewegt sich mit festen, kreisenden Bewegungen, und sein Anblick bleibt hinter meinen Augenlidern eingebrannt, selbst als ich sie fest zusammenpresse und den Kopf nach hinten werfe.

Die Art, wie seine Arme sich anspannen, als er sie nach unten ausstreckt, um mich zu berühren. Die festen Muskeln seiner Brust, seines Bauchs. Sein markantes Kinn, seine glänzenden Lippen. Diese grünen Augen und ihre stumme Aufforderung, mich unter ihm, *für* ihn aufzulösen. All diese Bilder brennen sich in mein Gedächtnis.

Das Brett hinter mir bohrt sich noch immer in meine Handflächen, als Shawn sich wieder in die Missionarsstellung hinuntergleiten lässt. Er küsst meinen Hals, mein Kinn, meinen Mund. Er lässt sich Zeit, bewegt sich langsam, doch mit so viel Kraft in mir, dass mein Orgasmus immer weiter, weiter, weiter getrieben wird.

Schließlich schlinge ich die Arme um ihn. Meine Fingernägel krallen sich in seinen Rücken, während ich ihn fest an meine Brüste drücke. »Ich will dich«, hauche ich an seine feuchte Schläfe. Denn bei Gott, ich habe noch nicht genug. Nicht einmal annähernd.

»Du hast mich.«

Und als er ein Stück zurückweicht und ich die Ehrlichkeit in seinen Augen sehe, glaube ich ihm.

Ich verschränke die Finger in seinem Nacken und küsse ihn – ich küsse ihn, als ob er mir gehört. Ich nehme jeden Millimeter seiner Lippen, seiner Zunge in Besitz, locke und sauge und knabbere, bis seine Bewegungen etwas unsicherer, unkontrollierter werden. Shawn versucht wieder, ein Stück zurückzuweichen – ich kann spüren, dass er kurz davor ist –, aber ich sauge langsam und verführerisch an seiner Zunge, was er mit einem Stöhnen beantwortet.

Und, Gott, was für ein Geräusch. Mein Puls rast. Mein Rücken wölbt sich. Und wieder beginne ich mich um ihn herum aufzulösen. Meine Beine zittern unkontrolliert. Ich küsse ihn eindringlich, und das Grollen, das tief in seiner Brust rumort, wird immer begieriger und wilder. Und dann gibt er sich mir hin. Mit meinen Schenkeln halte ich seine zuckenden Hüften eng umschlungen – bis keiner von uns mehr irgendetwas zu geben hat.

Und dann halte ich ihn. Ich schlinge die Arme um ihn und halte ihn fest an mich gedrückt, fahre ihm mit den Fingern durch die feuchten Haare und hauche ihm einen Kuss auf die Schläfe, während ich um ihn herum pulsiere und spüre, wie sein Körper reagiert. Ich halte ihn, bis er die Kraft aufbringt, sich hochzustemmen und mir in die Augen zu schauen.

Schweigend sehen wir uns an. Nach einer Weile senkt er die Lippen auf meine, und als er mich sanft küsst, mit absolut nichts, was uns trennt, weiß ich mit jeder Faser meines Körpers, dass er recht hatte …

Keiner von uns ist unvollständig. Nicht mehr.

23

Es ist seltsam, meinen Zwillingsbruder mit Leti zu sehen … es ist seltsam, meinen Zwillingsbruder mit *irgendjemandem* zu sehen. Unter der nebligen blauen Beleuchtung der Hauptbar des *Mayhem* beobachte ich, wie Leti Kale etwas ins Ohr flüstert, und ich beobachte, wie Kale sanft auf den spiegelnden schwarzen Tresen hinunterlächelt und sich mit dem Rücken an Letis Oberkörper schmiegt.

Es ist irgendwie surreal, als würde man wie ein Häschen kichern oder einen Welpen mit lilafarbenen Augen sehen, aber trotzdem kann ich nicht aufhören zu lächeln.

Kale und ich sprachen uns aus, nachdem Shawn und ich unzählige Stunden damit verbracht hatten, verlorene Zeit nachzuholen. Alle Welt versuchte uns an jenem Tag zu kontaktieren, aber wir ließen die Welt warten.

Am nächsten Tag herrschte Chaos.

Shawn schleifte mich mit sich zurück in seine Wohnung, damit wir Adam, Joel, Rowan und Dee persönlich erzählen konnten, dass wir zusammen sind. Dann erzählte er es, begleitet von spöttischen und anzüglichen Kommentaren im Hintergrund, Mike am Telefon. Endlich erkannte ich den Grund, warum er bis nach der Tour hatte warten wollen, um es dem Rest der Band zu erzählen. Doch trotz Adams und Joels Rumgealbere wie zwei Zehnjährige, die sie, wenn wir mal ehrlich sind, sowieso ständig sind, war das Lächeln auf meinem Gesicht wie angetackert. Shawn wirkte so stolz, als wäre ich ein

Preis, den er gewonnen hatte, und so, wie er mich die ganze Zeit an sich drückte, fühlte ich mich auch wie einer.

Am selben Abend fuhr ich nach Hause, um mit meiner Familie zu reden. Ohne Shawn, obwohl er lautstark darauf bestanden hatte, mich zu begleiten. Doch das war etwas, was ich allein tun musste. Mein Gespräch mit Kale war kurz: Eine Entschuldigung von Kale, gefolgt von einer Umarmung, einem »Ich verzeihe dir« und einem knochenbrechenden Faustschlag meinerseits gegen seinen Arm. Der blaue Fleck, den ich ihm verpasst hatte, war über eine Woche zu sehen – eine schwarz-blaue Ermahnung, sich künftig um sein eigenes Liebesleben zu kümmern.

Shawn wartete bereits in meinem Loft auf mich, als ich spät nach Hause kam, und ich erzählte ihm von der nicht allzu freundlich ausgesprochenen Einladung meiner Brüder, sich bei unserem nächsten Familienessen besser blicken zu lassen. Und obwohl ich mit allen Mitteln versuchte, ihn davon abzubringen, weigerte Shawn sich am nächsten Sonntag strikt, aus meinem Jeep zu steigen, sodass mir keine andere Wahl blieb, als ihn mitzunehmen.

Weil wir zu früh eintrafen und das Essen noch nicht fertig war, schlugen meine Brüder *spontan* eine Runde der mit Rugby verwandten Sportart Touch vor, die, wie ich ahnte, mit verdammt viel mehr als ein paar harmlosen Berührungen verlaufen würde. Sie hatten dieses dunkle Glitzern in ihren ohnehin schon dunklen Augen, diesen Blick, der mir verriet, dass sie sich an jedes meiner Worte bei dem fatalen letzten Sonntagsessen erinnerten und dass meine Beteuerungen, Shawn sei ein guter Kerl, auf taube Ohren gestoßen waren.

»Sie werden Kleinholz aus dir machen«, warnte ich Shawn und hielt ihn am Saum seines Shirts fest. Wir standen auf dem Rasen im Vorgarten am Rande des Spielfeldes, auf dem meine Brüder bereits ungeduldig herumstanden, wie eine Gruppe Killerwale, die nur darauf warten, dass ihre Beute – in dem Fall mein Freund – ins Wasser taucht.

»Ich weiß«, seufzte Shawn. Sanft, aber bestimmt löste er meine Finger einen nach dem anderen von seinem Shirt. Ein kleiner Kuss auf meine Wange, und dann ergänzte er: »Bringen wir es hinter uns, okay?«

Unglücklich grummelte ich vor mich hin, ließ ihn aber in die verseuchten Gewässer tauchen. Und musste mit ansehen, wie meine Brüder ihn bei lebendigem Leib auffraßen. Alle fünf Sekunden zuckte ich zusammen. Neben mir stand mein Dad, der die breiten Arme vor seiner noch breiteren Brust verschränkt hatte und mit einem zufriedenen Gesichtsausdruck das Spiel verfolgte.

Eine Viertelstunde nach Spielbeginn fing Shawn den Ball endlich ab und stürmte damit in Richtung Endzone. Ich stellte mich auf die Zehenspitzen und jubelte ihm zu. »Los, los, los«, spornte ich ihn an, wobei ich mit imaginären Pompons herumwedelte und auf einem unsichtbaren Trampolin auf und ab hüpfte. Bis Mason auf einmal auf ihn losging und ihm eine Schulter brutal in die Rippen rammte. Shawns Beine wurden einfach unter ihm weggerissen, er flog durch die Luft und schlug hart auf dem Boden auf, wo er sich krümmte. Ich hatte eben schon einen Stiefel vor den anderen gestellt, drauf und dran, meinen eins neunzig großen, zweihundertvierzig Pfund schweren Bruder zu Boden zu werfen, als Shawn sich auf die Seite rollte und mir mit einer erhobenen Hand befahl zu bleiben, wo ich war. Ich erstarrte und sah mit finster zusammengekniffenen Augen Mason zu, der lächelnd zu Shawn hinüberschlenderte und sich über ihn beugte.

»Ich glaube, wir sollten vielleicht einen Arzt rufen«, bemerkte er spöttisch, während Shawn sich die Rippen hielt und verzweifelt nach Luft schnappte, die ihm Masons Schulter aus der Lunge gepresst hatte. »Was meinst du, Kit?« Masons Stimme donnerte über den Rasen, und kein Einziger der anderen kam Shawn zu Hilfe. »Sollen wir sechs Jahre mit dem Anruf warten?«

Alle sahen zu, wie Shawn hustete und sich wand, und ich war zwei Sekunden davor, Mason eine Kostprobe meiner Kampfstiefel zu geben, als er auf einmal Shawn die Hand hinstreckte. Ich verfolgte, wie Shawn sie ergriff, ich verfolgte, wie Mason ihn hochzog, und ich verfolgte, wie jeder einzelne Larson auf dem Feld an diesem Tag einen gut platzierten Treffer mit dem Ellenbogen, Knie oder der Schulter landete. Bis ich Shawn an jenem Abend nach Hause fuhr, war er physisch nicht mehr in der Lage, auch nur aufrecht zu sitzen. Ich warf vom Fahrersitz meines Jeeps aus immer wieder einen besorgten Blick in seine Richtung, wenn die Scheinwerfer entgegenkommender Wagen die Schatten auf seinem Gesicht verscheuchten.

»Ich glaube, sie mögen mich«, witzelte er, und ich konnte ihm insgeheim nur beipflichten, weil ich meine Brüder gut genug kannte, um zu verstehen, dass sie ihn *tatsächlich* mochten. Sie haben ihn grün und blau geprügelt, aber ihm jedes Mal wieder hochgeholfen, und die Tatsache, dass er nach dem Spiel noch immer atmete, musste etwas zu bedeuten haben. Es war ihre Art, die Dinge richtigzustellen.

Shawns Körper trug noch immer die sichtbaren Spuren dieses Spiels, als er am nächsten Sonntag wieder mitkam, und am übernächsten. Meine Brüder rissen Witze darüber, wie hartnäckig sich seine blauen Flecken doch hielten. So, wie sie sich selbst untereinander aufziehen würden. Und obwohl Kale der Letzte war, der sich einen Ruck gab, hörte auch er schließlich damit auf, Shawn vom anderen Ende des Tischs aus mit zusammengekniffenen Augen finstere Blicke zuzuwerfen.

»Du liebst ihn wirklich«, raunte er mir leise zu, kurz bevor wir am letzten Sonntag aufbrachen.

Anstatt es abzustreiten, drückte ich ihn noch fester. Abgesehen von dem Geständnis bei meinem psychotischen Ausbruch bei jenem unvergesslichen Familiendinner hatte ich die Worte noch nicht ausgesprochen – ebenso wenig wie Shawn –, aber ich konnte sie spüren. Ich spürte sie, wenn er mich anlächelte, wenn er mich hielt, wenn er mich zum Lachen brachte. Und ich spürte sie, wenn er nichts von alledem tat. Ich spürte sie ständig.

Ich erwartete, dass Kale den Kopf schütteln oder eine mürrische Grimasse ziehen oder seine Lippe zwischen die Zähne nehmen und darauf herumkauen würde, aber stattdessen schenkte er mir ein leises Lächeln. Nur ein kleines, aber eines, an das ich mich genau erinnere, als ich jetzt mit einem Ellenbogen auf den Tresen gestützt im blauen Schimmer des *Mayhem* an der Bar stehe. Denn mit genau demselben Lächeln beobachte ich jetzt ihn und Leti. Ich habe mich immer gefragt, wie es wohl sein würde, Kale mit einem festen Freund zu sehen, aber ich hatte nie erwartet, dass er so … friedlich aussehen würde. So zufrieden.

So glücklich.

Er dreht sich um, Leti beugt sich vor, und ich erröte, als mein Zwillingsbruder meinem drittbesten Freund die Hände um die Taille legt und ihm einen Kuss raubt, bei dem meine Ohren rot anlaufen.

»Ihr zwei seid widerlich.«

Joels Stimme reißt mich von dem Anblick los und lenkt meine Aufmerksamkeit auf ihn. Sein Blick ist gebannt auf Shawns Finger gerichtet, die meine Haare zerwühlen. Seit wir uns als Paar geoutet haben, macht Shawn kein Geheimnis mehr daraus, dass er und ich zusammen sind, dass ich die seine bin und er der meine ist. Er hat ständig seine Hände auf mir, die mich streifen oder halten oder berühren, und auch wenn ich niemals für möglich gehalten hätte, dass mir das so gut gefallen würde … Es ist nun mal *Shawn*, und ich verzehre mich nach seinen rauen Fingerspitzen, wenn sie mich nicht irgendwo berühren. Ich lege das Kinn schräg, um ihn anzugrinsen. »Ich glaube, er ist eifersüchtig.«

Shawn sieht zärtlich zu mir hinunter, und seine grünen Augen blicken zufrieden, während er weiter mit meinen Haaren spielt. »Vermutlich weil Dee ihn die ganze Zeit auf der Couch schlafen lässt.«

»Ich schlafe *gern* auf der Couch«, protestiert Joel, woraufhin Dee eine perfekt geformte Augenbraue bis hoch in ihre perfekt gepuderte Stirn zieht.

»Ach ja?«

Gott, die beiden sind noch immer ein einziges Chaos. Sie streiten und versöhnen sich, streiten und versöhnen sich. Ich könnte schwören, dass sie es nur des Versöhnungssexes wegen tun, mit dem Joel jedes Mal prahlt und den Dee – falls ihre ständigen Protestbekundungen irgendein Hinweis sind – mindestens genauso sehr genießt.

Joel startet einen verzweifelten Versuch, sich herauszureden. »Ich meine … ich meine, nein. Ich hasse es. Im Ernst, ich hasse es.«

Ich vergrabe mein Gesicht kichernd an Shawns Brust, als Dee irgendetwas davon murmelt, Joel künftig in der Badewanne schlafen zu lassen, und Joel sie frech angrinst und ihr irgendetwas ins Ohr flüstert, das ich zum Glück nicht verstehen kann. Shawn legt mir die Arme um die Taille, zieht mich fester an sich, und ich schmelze an ihm dahin.

»Ich bin nervös wegen der Show heute Abend.«

Ich drehe mich in seinen Armen um, schlinge ihm die Arme

um den Hals und sehe verdutzt zu ihm hoch. »Du bist doch nie nervös.«

Er schenkt mir ein sanftes Lächeln und küsst mich auf die Nasenspitze.

»Weswegen bist du denn nervös?«

»Deinetwegen.«

Ich krause die Stirn. »Was redest du denn?«

Shawn grinst und wirft ein Blick auf sein Handy. »Bist du bereit, in den Backstagebereich zu gehen?«

Auf dem Weg dorthin bombardiere ich ihn mit Fragen, aber er macht sich nicht einmal die Mühe, sie zur Kenntnis zu nehmen. Und auch keiner der anderen Jungs macht sich die Mühe, mich aufzuklären, obwohl ich sehen kann, dass sie wissen, dass irgendetwas im Busch ist. Shawn hängt mir den Gitarrengurt um den Hals, da ich zu beschäftigt damit bin, allen Leuten in den Ohren zu liegen, und ich höre nicht auf herumzunörgeln, bis wir die Bühne betreten.

Shawn wirft mir über die Schulter ein letztes Lächeln zu, bevor er seinen Platz am anderen Ende der Bühne des *Mayhem* einnimmt.

Während des ganzen Konzerts grübele ich und versuche herauszufinden, wovon er geredet hat. Ich warte auf irgendetwas Ungewöhnliches, irgendetwas Außergewöhnliches. Aber nichts passiert. Wir performen unsere Hits, die Menge grölt jede Liedzeile mit, und die Stimmung im Saal heizt sich mehr und mehr auf. Schließlich rede ich mir ein, dass die anderen mich nur verarscht haben.

Nichts passiert.

Bis es passiert.

»Wir weichen heute Abend ein bisschen von unserem üblichen Programm ab«, verkündet Adam gegen Ende der Show, und ich starre hinüber zu Shawn. Er fängt meinen Blick auf.

Seine zerrissene schwarze Jeans und das schwarze Vintage-Band-T-Shirt absorbieren den blauen Schimmer der Bühnenbeleuchtung. »Shawn und ich haben an etwas Neuem gearbeitet«, fährt Adam fort. Seine Stimmme untermalt gedämpft die Kakofonie meiner Gedanken. »Wollt ihr es hören?«

Als das Kreischen des Publikums von den Wänden abprallt, grinst Adam mich an. Ich reiße meine Aufmerksamkeit von Shawn los und sehe verwirrt in die Richtung unseres Leadsängers. Grinsend wendet sich dieser wieder der Menge zu.

»Es ist etwas Akustisches.«

Roadies bringen rasch zwei Hocker auf die Bühne, während Mike seine Stöcke in eine Hand nimmt und Joel sich den Gurt seiner Gitarre über den Kopf zieht.

»Shawn hat das hier geschrieben, und es ist ziemlich verdammt großartig.«

Adam nimmt die Akustikgitarre, die ein Roadie ihm reicht, und auch Shawn tauscht seine Gitarre aus – gegen die unbezahlbare Vintage-Fender, auf der er für mich gespielt hat, als ich zum allerersten Mal in seiner Wohnung war. Er setzt sich auf den Hocker neben Adam, und Joel und Mike geleiten mich von der Bühne.

»Was tut er denn da?«, stammele ich, außerstande, mich von seinem Anblick loszureißen.

Die Jungs geben mir keine Antwort. Oder vielleicht tun sie es auch, und ich höre sie nur nicht. Meine Augen, meine Ohren, jeder einzelne Teil von mir ist auf Shawn eingestellt, der jetzt mit dieser Fender auf dem Schoß neben Adam auf der Bühne sitzt.

Das letzte Mal, dass ich sie so dasitzen sah, war in der fünften Klasse bei einer Talentshow in der Mittelschule. Damals glaubte ich, verliebt zu sein.

Jetzt bin ich es wirklich.

»Dieser Song hat noch keinen Titel«, sagt Shawn, während er das Mikro vor sich einstellt, und mir wird warm ums Herz, als ich die untypische Nervosität in seiner Stimme höre. Er räuspert sich, steckt das Mikro fest und lehnt sich zurück. Dann beginnt er ohne weitere Einführung zu spielen. Seine Finger zupfen Akkorde, die mein Innerstes tief berühren.

Seine wunderschöne Stimme erfüllt jeden Winkel des Saals und berührt jede Seele im Publikum. Jeder einzelne Fan hängt geradezu an der Melodie seiner Gitarre, dem Klang seiner Stimme, den Worten seines Songs.

Er singt von einer Frau, die die Sonne war, und davon, wie er sie verließ. Er singt von Häuserdächern und Sonnenuntergängen, von Geheimnissen und Träumen. Er singt von Herzschmerz und sechs Jahren.

Er singt von Liebe.

Seine grünen Augen finden meine über die Bühne hinweg. Er singt von mir.

Mike legt mir einen Arm um die Schultern, als mir die ersten Tränen über die Wangen strömen, und als Shawns Song schließlich verklingt, kann ich nicht anders: Ich laufe quer über die Bühne zu ihm hin.

Vor seinem Hocker wische ich mir mit den Handballen über die Augen, ohne auch nur einen einzigen Ton herauszubringen.

»Ich liebe dich«, sagt Shawn als Erster. Seine Stimme wird durch das Mikro verstärkt und hallt durch den ganzen Saal. Er erhebt sich und trocknet meine restlichen Tränen sanft mit den Daumenkuppen, und ich weiß, dass er im Begriff ist, mich zu küssen.

»Ich liebe dich auch«, erwidere ich, als seine Lippen auf halbem Weg zu meinen sind, und er hält einen Moment inne, bevor er die letzten Zentimeter überwindet. Nur für eine Sekunde, nur so lange, dass ich mich in den Versprechungen dieser grünen Augen verlieren kann. Und dann liegen seine Lippen auf meinen.

Die Fans brechen in donnernden Applaus aus, aber Shawn küsst mich, als ob sie gar nicht da wären. Er küsst mich, als ob wir ganz allein wären – in einer kleinen Küche, auf dem Dach vor meiner Wohnung, über einer Penthouse-Suite. Er küsst mich vor allen Leuten, und in meinem Herzen, in seinen Armen, auf einer Bühne, wo es alle sehen können, *erkenne* ich es.

Erkenne ich, wo wir in sechs Jahren sein werden.

Epilog

Shawn

»Ich komme zu spät«, murmele ich, und Kit kichert an meinem Mund. Ich liebe dieses Geräusch, denn ich bin der Einzige, der es ihr entlocken kann. Und sie hasst die Tatsache, dass sie nicht verhindern kann, dass ich es bei jeder mir bietenden Gelegenheit auch tue.

»Dann geh doch.«

»Im Ernst«, sage ich zwischen zwei Küssen, zu verloren in dem Gefühl ihrer langen Haare, die durch meine Finger fließen, ihrer seidigen Lippen, die meine verführen, ihrer sexy Schenkel, die meine Hüften umklammern. Ich ziehe sie auf dem Küchentresen weiter nach vorne und dränge mich gleichzeitig noch enger zwischen ihre Beine. »Wir müssen reingehen.«

»Dann hör auf, mich zu küssen.« Ihre Stimme straft jedoch ihre Worte Lügen, und ihr atemloses Stöhnen sorgt dafür, dass ich an ihrer einladenden Hitze anschwelle.

Ich löse meine Lippen von ihren, um sie stattdessen an ihren Hals zu drücken. »Nein.«

Ihre Fingerspitzen kratzen über meine Kopfhaut, als sie die Kontrolle abgibt, ohne sie wirklich abzugeben. Sie spielt mit mir so talentiert wie auf einer sechssaitigen Gitarre, weiß genau, wie sie mich berühren muss, damit ich zu Wachs in ihren Händen werde. Weiter an ihrer Halsbeuge saugend, befreie ich sie aus ihrer Jeans.

»Das heute Abend ist wichtig«, sagt sie, während ich ihr die Jeans über ihre Schenkel, ihre Knie, ihre Knöchel hinunterziehe. Und irgendwo im Hinterkopf erinnere ich mich auch dunkel daran. Jonathan Hess wartet mit den Verträgen im *Mayhem*, aber Jonathan Hess kann warten. Wenn Kit und ich jetzt reingehen, wird sich keiner von uns beiden konzentrieren können. Wir tun das hier für die Show, das Publikum, die Band.

Oder zumindest rede ich mir das ein, als ihr Slip der Jeans folgt. Sie kickt ihn über ihre schwarz lackierten Zehen von sich, und ich positioniere mich wieder zwischen ihren Beinen. »Ich liebe dich«, sage ich, während ich ihren Hintern mit beiden Händen umfasse und sie an den Rand des Tresens zerre.

»Ich lie…« Ihre Stimme bricht ab, denn in diesem Moment dringe ich tief in sie ein. Sie beendet den Satz mit einem leisen, sexy »*Shawn*«. Ihr Stöhnen ist ebenso tief wie der Weg, den ich mir in ihr ebne, und ihre stumpfen Fingernägel krallen sich bei jedem einzelnen Zentimeter fester in meine Kopfhaut. Ich nehme ihre Finger zwischen meine und küsse die rauen Kuppen, eine nach der anderen, und mit jeder anhaltenden Berührung meiner Lippen wird sie noch feuchter. Bis ich ganz tief in ihr versunken bin, bis ich ebenso außer Atem bin wie sie. Meine Stirn klebt an der Schulter ihres T-Shirts, weil sie sich einfach so. Verdammt. Gut. Anfühlt. Sie fühlt sich verdammt fantastisch an.

Wie es jetzt zwischen uns ist, ist kein Vergleich dazu, wie es bei unserem ersten Mal war. Wenn sie jetzt meinen Namen haucht, weiß ich, dass sie so viel mehr meint als *Shawn Scarlett*. Wenn sie mir in die Augen sieht, sieht sie so viel mehr als den Glanz ihres eigenen Namens.

Schon damals hätte ich es erkennen müssen: die Art, wie sie mich ansieht, die Art, wie sie es vermutlich schon immer getan hat. Aber ich war blind, bis sie wegging ... zweimal, dreimal, viermal.

Meine Finger umfassen den Saum des Shirts, das mich von ihrer Haut trennt, und ich streife es ihr ungeduldig über den Kopf. Dann greife ich nach ihrem BH, sie schnappt sich mein Shirt, und wir verheddern uns bei dem Versuch, uns gegenseitig gleichzeitig die restlichen Kleidungsstücke vom Leib zu reißen. Wir fangen beide an zu lachen, und schließlich lasse ich sie gewinnen.

Sie kichert noch immer, bis ich eine ihrer Brüste umfasse und mit einem Daumen über ihren Nippel gleite. Ihr abgehackter Atem, der Blick in ihren Augen – dieser düstere, unergründliche Blick, in dem blankes Verlangen steht – befeuern meine Sinne. Ich lecke über eine rosige Spitze. Kit drückt den Rücken durch, presst die Schenkel zusammen, und ich ... kann mich kaum noch beherrschen, während ihr entzückender kleiner Nippel unter meiner Zunge erbebt.

Ich lasse mir Zeit. Denn das *muss* ich, wenn ich noch eine Weile durchhalten will. Erst necke ich einen errötenden Nippel und dann den anderen, bevor ich *sie* necke, indem ich frage: »Wie werden wir heute Abend feiern?«

Das leise Stöhnen, das wieder ihrem Mund entweicht, ist mehr, als ich verkraften kann. Ihren Nippel noch immer fest zwischen meinen Lippen, wandert mein Blick hoch über ihre sanfte Halsbeuge, die Konturen ihres Kinns, die Röte ihrer Wangen. Unter dichten Wimpern hervor starrt sie zu mir hinunter, und ich öffne die Lippen und gleite mit der Zunge in langen, langsamen Bewegungen über sie. Ich lasse sie zuschauen, doch schon schließen sich ihre Lider flatternd.

»Mach die Augen auf.«

Während sie unter halb geschlossenen Lidern hervor jede meiner Bewegungen genau beobachtet, ergötze ich mich an ihrem Anblick und an ihrem Körper. Ich knabbere und lecke und sauge an ihr, bis sie sich mir entgegenwölbt, und dann vergrabe ich die Finger in ihren Haaren und ziehe sie an meinen Mund.

Ich verliere jedes Zeitgefühl, jedes Gefühl dafür, wo wir sind, für alles bis auf sie, ihre Küsse, die mich um den Verstand bringen, und die Bewegungen, mit denen ich immer und immer wieder in sie eindringe. Sie ist so eng, ihre Hitze pulsiert um meine Härte, ihre Finger fahren rastlos über meinen Rücken, ihre Lippen bedecken meine. Ich bin so verdammt verloren, dass ich nicht einmal weiß, wie ich es schaffe, mich weiter in ihr zu bewegen. Ich weiß nur, dass ich voller Verlangen bin – voller Verlangen, die Laute zu hören, die sie ausstößt, wenn sie für mich kommt, voller Verlangen zu sehen, wie ihre Pupillen ihre Iris verschlucken und sie mich ansieht, als ob sie gleich noch einmal von vorn anfangen will.

»Scheiße.« Ich versuche, das Tempo zu drosseln, als ich spüre, dass ich im Begriff bin zu explodieren.

»Hör nicht auf«, bittet sie, und als sie mich so anfleht – als ob sie mich weiter in sich spüren *muss* –, kann ich es ihr unmöglich abschlagen.

Ich sage ein stilles Gebet, sie möge ebenfalls kurz vor ihrem Höhepunkt stehen, denn bei Gott, ich werde bald kommen, wenn sie es nicht tut …

Ein schweres Stöhnen baut sich in meiner Brust auf, als sie sich um mich herum verkrampft, ihre Finger in meine angespannten Rückenmuskeln gräbt, und ich ihr nicht einmal eine Sekunde später folge. Ich ergieße mich in sie, während sie mich mit ihren inneren Muskeln umklammert, mich zusammenpresst und auslaugt und in den Wahnsinn treibt, bis ich überhaupt nicht mehr denken kann.

Kit stöhnt in mein Ohr, flüstert meinen Namen und reiht

Fluchwörter aneinander, und ich kann nicht aufhören: Immer wieder dringe ich in sie ein, bis ich nichts, aber auch *nichts* mehr zu geben habe. Und selbst dann will ich ihr immer noch mehr geben. Ich will ihr alles geben.

Als ich sie küsse, spürt sie sofort, dass ich versucht bin, sie gleich noch einmal zu nehmen. Denn ihre erschöpfte Stimme ruft mir in Erinnerung: »Wir sind so verdammt spät dran.«

Es dauert erbärmlich lange, bis ich mich zusammenreißen kann und unsere Kleider vom Boden einsammele. Aber dann ziehen Kit und ich uns hastig an und streichen ihre vom Sex zerzausten Haare glatt, so gut es eben geht. Als wir schließlich Hand in Hand ins *Mayhem* kommen, empfängt mich Adam mit einem fetten Grinsen im Gesicht. Fast mein Leben lang habe ich ihm Vorträge darüber gehalten, wie wichtig es ist, pünktlich zu sein, aber jetzt ist er derjenige, der es sagt: »Du bist spät dran.«

»Und zwar verdammt spät«, betont Mike.

»Gut«, sage ich. »Jonathan kann warten.«

»Ja, na klar«, schaltet sich jetzt auch Joel ein, »denn ich möchte wetten, *das* ist der Grund, weshalb du so spät bist. Nicht weil du und Kit damit beschäftigt wart, zu vög...«

Dee und Peach verpassen ihm beide mit den Ellenbogen einen Stoß in die Rippen, und er krümmt sich ächzend vornüber.

»Du siehst toll aus«, sagt Dee zu Kit, woraufhin Kit nur ein kleines Knurren von sich gibt, was mir ein Lächeln ins Gesicht zaubert. Sie ist zwar mit den Mädchen befreundet, aber sie wird nie wirklich *eines* der Mädchen sein, was nur eines der Dinge ist, die ich an ihr liebe. Sie ist verdammt heiß, und sie ist sich dessen bewusst. Aber sie stellt es nicht zur Schau – weil sie es nicht nötig hat. Selbst wenn sie eines meiner Schlabber-T-Shirts, eine alte Jeans und ein viel zu großes Flanellhemd trägt, sieht sie aus wie eine Sirene, lächelt wie eine Sirene, lacht wie eine Sirene.

Ich lege ihr einen Arm um die Schultern. »Wartet er im Aufenthaltsraum?«

Nachdem die Jungs bestätigen, dass Jonathan Hess tatsächlich im Aufenthaltsraum auf mich wartet, gehe ich mit Kit im Arm dorthin. Ich reiche Jonathan die Hand. Ich versuche mich nicht über die säuerliche Miene zu amüsieren, die Victoria aufgesetzt hat. Ich verhandle nicht.

Seit unserem Auftritt im August mit *Cutting the Line* bei ihrer Show in Nashville sind unser Bekanntheitsgrad und unsere Verkaufszahlen in die Höhe geschnellt. Selbst das *Mayhem* musste auf einmal die Pforten dichtmachen, obwohl noch eine lange Schlange davor stand. Und jetzt ist Mosh Records endlich bereit, uns in den Arsch zu kriechen, genau wie sie es seit Jahren von uns wollten. Der Anwalt, den ich beauftragt habe, hat die Unterlagen heute Morgen geprüft, und es war alles in Ordnung. Jonathans Label ist nur ein Name, den wir zum gegenseitigen Nutzen an uns anhängen. Seine Leute werden uns helfen, und wir werden seinem Image helfen. Für einen Anteil an unserem Umsatz wird uns jede Ressource von Mosh Records zur Verfügung gestellt werden, doch das Label wird kein – absolut kein – Mitspracherecht bei der Musik haben, die wir produzieren. Weder bei was noch wann wir produzieren. Sie werden uns in Sachen Marketing, Produktion, Organisation, Networking unterstützen, und wir müssen nur weiterhin das tun, was wir ohnehin schon tun.

All die harte Arbeit, die ich in den vergangenen zehn Jahren in die Band gesteckt habe, fließt in jeden Buchstaben, mit dem ich unterzeichne. Ich sehe zu, wie Adam unterschreibt, Joel unterschreibt, Mike unterschreibt, Kit unterschreibt. Und dann schütteln wir uns alle die Hände und gehen. Erst als wir wieder im Backstagebereich sind, hebe ich Kit in die Luft und wirbele sie herum.

Lachend klammert sie sich an meinem Nacken fest, während alle um uns in Jubel ausbrechen. »Du hast es geschafft«, flüstert sie mir ins Ohr, sobald sie wieder festen Boden unter den Füßen hat, und als ich ein Stück zurückweiche und den Stolz in ihren Augen sehe, erkenne ich, dass das alles an Belohnung ist, was ich brauche. Ohne sie hätte ich heute Abend mit den Jungs gefeiert. Ich hätte mich volllaufen lassen und nach der Show irgendein Groupie abgeschleppt. Aber eingeschlafen wäre ich allein.

Heute Abend werde ich neben Kit liegen. Ich werde auf ihr und in ihr sein, und das wird einfach so verdammt viel besser sein, als wenn sie nicht mit ihren Boots und ihrem »Nach mir die Sintflut«-Lächeln wieder in mein Leben gestürmt wäre.

Ich küsse sie ein letztes Mal – zwei, drei letzte Male –, und dann treten wir raus in das Scheinwerferlicht. Ich, Kit, Adam, Joel, Mike. Wir befinden uns in einem ähnlichen Rauschzustand wie das Publikum, sind beflügelt von Adrenalin. Adam zieht sein Mikro aus dem Ständer und stachelt die Menge an.

»Wir haben gerade bei Mosh Records unterschrieben!«, brüllt er, und Jubel schallt ihm entgegen – zusammen mit ein paar Buhrufen. Adam lacht: »Und sie sind uns total in den Arsch gekrochen! Man könnte sagen, sie lutschen gerade einen Riesenschwanz, und sie können nicht eine verdammte Sache dagegen tun!«

»Aber wir werden das nicht tun«, übertöne ich das Gekreische.

Adam grinst mich an. »Hältst du mich etwa für einen Idioten? Natürlich werden wir das nicht tun!«

Ich schmunzele vor mich hin, und Adam fixiert wieder die Menge.

»Shawn hat für uns jahrelang auf das hier hingearbeitet. Und ihr alle habt dazu beigetragen, es wahr zu machen. Wie wäre es deshalb mit einer verdammten, riesengroßen Runde Applaus für euch selbst und Shawn, bevor wir mit der Show beginnen?« Die Menge johlt, doch Adam wendet sich an Mike. »Ich glaube, das war noch nicht laut genug. Was meinst du?«

Mike steigt darauf ein und schüttelt den Kopf.

»Wenn du glaubst, dass sie laut genug sind, fang an.«

Mike grinst, und Joel, Kit und ich animieren das Publikum. Lauter. Lauter. Als jede einzelne Person im Saal – einschließlich der Barkeeper, der Securitytypen, unserer Roadies – aus vollem Hals schreit, schlägt Mike seine Drumsticks aneinander und setzt zu seinem ersten Trommelschlag an. Die Lichter im Saal erlöschen, die Bühnenbeleuchtung flackert auf, und im bläulichen Schimmer spiele ich meinen ersten Akkord. Die Musik vibriert in meinen Fingern und steigt meine Arme hoch, verschluckt meine Gedanken. Nur meine Finger arbeiten mit absoluter Konzentration. Ich brülle den Backgroundgesang in mein Mikrofon, lasse meine Stimme auf eine Art mit Adams verschmelzen, die mir ebenso vertraut ist wie das Gewicht meiner Gitarre, während er für die Menge singt, die Frauen, die Fans.

Die Groupies sind heute Abend wie von Sinnen, sie strecken kreischend die Arme aus und drohen die Absperrung zum Einsturz zu bringen. Wir spielen einen Song nach dem anderen, lassen uns davon mitreißen, wie das Publikum mit in die Luft gerissenen Händen jede einzelne Liedzeile mitsingt und sich im Rhythmus unseres Sounds mitbewegt. Zwei, drei, vier Songs. Ich lasse den Blick über die tobende erste Reihe schweifen, bis …

Bis mir der Atem stockt und ich mich um ein Haar verspiele. Wenn ich mir meine Fender nicht um den Hals geschnallt hätte, hätte ich sie vermutlich fallen gelassen.

»Du hast sie auch gesehen, stimmt's?«, fragt mich Adam, sobald der Song zu Ende ist. Sein Mikro ist ausgeschaltet, und ich trete von meinem zurück und nicke nur.

Die verdammte Danica Carlisle. Mikes verdammte Ex. Jubelt uns aus der ersten Reihe zu. Will unbedingt Adams Aufmerksamkeit auf sich ziehen, meine Aufmerksamkeit, irgendjemands Aufmerksamkeit.

»Was meinst du, weshalb sie hier ist?«, fragt Adam, und meine Finger würgen den Hals meiner Gitarre.

Um Mike unglücklich zu machen. Um ihm den Kopf zu verdrehen. Um ihre Höllenhunde um sich zu versammeln und die Show zu ruinieren. »Ich habe keine verdammte Ahnung.«

Vor sechs Jahren hat sie Mike das Herz aus dem Leib gerissen, und jetzt tut sie so, als wäre sie sein größter Fan, als hätte sie ihn nicht völlig am Boden zerstört zurückgelassen, nachdem sie versucht hatte, ihn dazu zu zwingen, sich zwischen uns und ihr zu entscheiden.

»Sollen wir es Mike sagen?«, fragt Adam, doch als ich ihm einen vielsagenden Blick zuwerfe und den Kopf schüttele, nickt er zustimmend. Er stürzt sein Wasser hinunter und nimmt wieder seinen Platz vorn in der Mitte ein, wobei er Danica ignoriert, als wäre sie unsichtbar.

Für alle anderen ist sie unmöglich zu übersehen. Als wir den nächsten Song anstimmen, springt sie auf und ab und schreit laut, sodass das arme Mädel neben ihr nur mit Mühe ihren wippenden Haaren und rudernden Ellenbogen ausweichen kann. Alle anderen in der ersten Reihe strecken die Arme nach Adam aus und verlieren fast den Verstand, doch *dieses* arme Mädchen hat die Arme über dem Geländer verschränkt und klammert sich daran, um nicht nach hinten in die Menge gezogen zu werden. Sie ist eine winzige Person. Immer wieder funkelt sie das Biest neben ihr wütend an. Als Danica ihr irgendetwas zuruft und versucht, ihren Arm in die Luft zu reißen, wird mir klar, dass sie zusammen hier sind.

Kein Wunder. Selbst Danicas eigene Freundinnen können sie nicht ausstehen. Aber Mike … Ich befürchte, dass er immer noch nicht ganz über sie hinweg ist. Sechs Jahre, und er hat noch immer keine andere Frau an sich herangelassen. Vermutlich glaubt er noch immer, dass er sie nicht verdient hat.

Ich versuche, jeglichen Gedanken an sie zu verscheuchen. Über die Bühne hinweg fange ich Kits Blick auf. Sie merkt, dass irgendetwas im Busch ist, und ich lächele sie beschwichtigend an, um die Anspannung zu lindern, die sich an den Innenwänden meiner Brust aufbaut.

Mein Lächeln wird breiter, als ich darüber nachdenke, wie sie wohl reagieren würde, wenn ich ihr sagte, dass das Mädchen, das Mike das Herz gebrochen hat, hier ist. Vermutlich würde sie sich die Gitarre vom Hals reißen und im Kamikazestil von der Bühne hechten. Ihre ganze Familie hat einen Hang zur Gewalt, und mein Mädchen ist da keine Ausnahme.

»Was ist los?«, verlangt sie zu wissen, sobald wir im Backstagebereich sind, um vor der Zugabe noch einmal kurz zu verschnaufen. Ich verfluche mich dafür, dass ich meine Gesichtszüge nicht unter Kontrolle habe.

»Wie machst du das bloß?«

»Wie mache ich was?« Sie hat die Hände in dem weichen Stoff an meiner Taille vergraben und sieht naserümpfend zu mir hoch.

»Ständig wissen, was ich denke.«

Sie kann in mir lesen wie in einem Notenbuch, und ich weiß immer noch nicht genau, ob mir das gefällt oder nicht. Aber das ist eben Kit. Vielleicht rührt es daher, dass sie mit vier

Brüdern aufgewachsen ist. Oder vielleicht ist es irgendetwas, was sie durch den Umstand gelernt hat, dass sie ein Zwilling ist. Oder vielleicht kennt sie mich auch einfach besser als irgendjemand sonst, weil sie mir auf eine Art nahesteht, auf die es niemand sonst je getan hat.

Sie sieht mich mit zusammengekniffenen Augen an, und ihre langen Wimpern liegen dicht aufeinander, als sie sagt: »Hör auf abzulenken.«

Da wir uns versprochen haben, nie wieder Geheimnisse voreinander zu haben, zögere ich einen Augenblick und neige die Lippen zu ihrem Ohr. »Mikes Ex ist hier.«

Und sie, ganz der Profi, der sie ist, sieht nicht einmal in seine Richtung. Ihr Blick bleibt fest auf mich geheftet, als ich ein Stück zurückweiche. »Scheiße, du machst Witze?«

Ich schüttele den Kopf.

»Worüber redet ihr?«, fragt Mike, der sich gerade mit einem Handtuch den Nacken trocken reibt. Er ist schweißdurchnässt und zerzaust, genau wie wir anderen auch alle. Er ist der verdammt beste Drummer, den ich je gesehen habe, und einer meiner besten Freunde, und wenn Danica Carlisle glaubt, dass ich tatenlos zusehen werde, wie sie noch einmal auf seinem Herzen rumtrampelt ...

»Ach nichts«, sagen Kit und ich wie aus einem Mund.

Mike zieht eine Augenbraue hoch, und dann stolpert er nach vorn, als Adam ihm hart auf den Rücken schlägt. »Zugabe.«

Wir schleppen uns noch einmal zurück auf die Bühne, für einen letzten Song. Auf dem Weg von der Bühne kurz darauf tun wir so, als würden wir nicht hören, wie Danica brüllt: *»Adam! Adam! Ich bin's, Danica!«*

Selbst Joel bemerkt sie schließlich, und ich bekomme eine Minipanikattacke, weil ich befürchte, dass er irgendetwas zu Mike sagt, bevor Adam oder ich ihn aufhalten können. Doch da hakt sich Kit bei ihm unter und flüstert ihm etwas ins Ohr. Er wirft erst mir, dann Adam einen Blick zu, bevor er unserer stillschweigenden Übereinkunft zustimmt, so zu tun, als wäre Danica nicht existent.

Und ich atme wieder auf – zu verdammt früh, denn als wir zu den Bussen hinausgehen, wartet dort schon dieses verdammte Miststück auf uns.

»Mike!«, schreit sie, stürmt auf ihn zu und wirft sich in seine Arme. Kit tritt einen Schritt vor, aber ich halte sie am Ellenbogen fest, bevor sie irgendetwas tun kann, womit sie sich eine Anzeige und eine Gefängnisstrafe einhandeln könnte.

Mikes Arme hängen schlaff an seinen Seiten herunter, als Danica ihn umarmt, als hätte sie ihn nie verlassen – als wären sie noch immer ein Highschoolliebespaar. Ich will, dass er sie wegschubst und ihr sagt, dass sie sich zum Teufel scheren soll ... Aber das ist nicht Mikes Art, und schließlich heben sich seine Arme, um ihre Umarmung zu erwidern.

»Freust du dich denn gar nicht, mich zu sehen?«, gurrt sie, und Adam, Joel und ich sehen uns nur an: *Was zum Teufel?*

»Was tust du hier?«, fragt Mike, aber da hat sich Danica bereits von ihm gelöst und sich breit lächelnd Adam zugewandt. Sie umarmt ihn, was er jedoch nicht erwidert.

»Ich wohne jetzt hier«, beantwortet sie schließlich Mikes Frage.

Als Nächstes umarmt Danica Joel, der ihr kurz mit einem Finger auf den Rücken klopft, und kommt dann auf mich zu.

Aber ich weiche zurück. »Was willst du hier auf unserem Konzert?«, frage ich, und sie macht einen Schmollmund, bevor sie mir eine absolut schwachsinnige Antwort gibt.

»Ich wollte Mike sehen.«

»Warum?«, will Mike wissen, bevor irgendeiner von uns dieselbe Frage stellen kann.

Es ist das winzige Mädchen, das in der Menge neben Danica stand, das als Nächstes den Mund aufmacht. Es kann höchstens einen Meter fünfzig groß sein, mit einem kurzen, kastanienbraunen Bob und großen grünen Augen.

»Ja, Dani, warum?«

Danica wirft ihr über die Schulter einen wütenden Blick zu, bevor sie mit einem zuckersüßen Lächeln zu Mike hochsieht.

»Können wir uns unterhalten?«

Neben mir zuckt Kit nervös, und ich spüre ihr Verlangen, für ihn zu antworten. Schnell lege ich ihr einen Arm um die Schultern, damit sie sich nicht auf Mikes Exfreundin stürzt. Ich weiß, was in ihr vorgeht. Am liebsten würde ich auch an Mikes Stelle antworten, denn alles andere als »Nein, du verdammtes herzloses Miststück« wäre unpassend. Aber ich halte mich zurück und warte ab.

»Na klar«, sagt er. Und dann geht er mit ihr in den Bus.

»Am liebsten hätte ich ihr die Faust in ihre bescheuerte Visage gerammt«, regt sich Kit am nächsten Tag bei ihren Eltern zu Hause auf. Wie üblich ist ihr Dad im Bad, ihre Mom ist in der Küche, und wir anderen hängen alle im Wohnzimmer ab – ich, Kit, Leti, die Larson-Brüder … Ich bin mir immer noch nicht sicher, ob sie mich mögen oder nicht, aber wenigstens versuchen sie nicht mehr, mich krankenhausreif zu prügeln.

Ich reibe mir die Phantomprellungen in meiner Seite, und Mason grinst, als Kit mich stirnrunzelnd ansieht: »Meinst du, die beiden haben es miteinander getrieben?« Ihre Augen forschen in meinen, aber ich weiß, dass sie die Antwort bereits kennt.

Ja, ich glaube, sie haben es miteinander getrieben. Als Danica ihn bat, ihr den anderen Bus zu zeigen, und Mike sich einverstanden erklärte, blieb der Rest von uns mit ihrer Cousine, Hailey, im Doppeldecker. Es war verdammt peinlich, aber Hailey ging wie ein echter Profi damit um. Sobald sie Mikes Videospielkonsole erblickte, fragte sie, ob sie spielen dürfe. Peach leistete ihr dabei Gesellschaft, während wir anderen insgeheim hofften, diese Teufelin in dem anderen Bus würde sich beeilen und wieder zurück in die Hölle verschwinden.

»Ja, ich glaube, er hat es mit ihr getrieben«, sage ich wahrheitsgemäß, und Kit knurrt.

»Warum?«

»War sie heiß?«, erkundigt sich Bryce.

Kit wirft ihm einen vernichtenden Blick zu, über den ich fast lachen muss. »Er ist *Mike*«, entgegnet sie, und ich weiß, was sie meint. Mike steht nicht auf Groupies oder leichte Mädchen, aber …

»Er ist immer noch ein Mann«, wirft Mason ein. »Wann ist er denn zuletzt flachgelegt worden?«

»Mike könnte weitaus hübschere Frauen haben als sie.«

Das stimmt, aber keine davon ist Danica, seine erste Liebe, sein erstes Mal, sein erstes Alles. »Er hat sie geliebt«, erinnere ich sie, und Kits Miene verzieht sich besorgt.

»Meinst du, er liebt sie immer noch?«

Ohne um den heißen Brei herumzureden, sage ich: »Ich nehm's an.«

»Ich kann sie nicht leiden.«

»Keiner von uns kann sie leiden.«

»Aber ich mag ihre Cousine … und sie steht anscheinend … auf Videospiele.« Ein schelmisches Lächeln, das nichts als Ärger verspricht, verzieht Kits Lippen.

Der anzügliche Unterton in ihrer Stimme lässt mich schmunzeln. »Das heißt, du betätigst dich jetzt als Kupplerin?«

»Ich meine ja nur.«

»Du klingst genau wie Mom«, sagt Ryan, und wie aufs Stichwort schallt Mrs. Larsons Stimme durchs Haus und ruft uns zum Essen.

An einer Seite des Tischs sitzen Leti, Kale, Kit und ich. An der anderen Ryan, Mason und Bryce. Unter dem Tisch verhaken sich meine Finger in den losen Jeansfäden, die Kits Knie kaum bedecken, und als ich ihr einen Seitenblick zuwerfe, haben ihre Wangen einen solch entzückenden rosigen Farbton angenommen, dass meine Hand gleich noch ein bisscher höher rutscht.

»Also, Shawn«, sagt Mrs. Larson, und ich reiße meine Finger so schnell von Kits Schenkel, dass Kit so heftig lacht, dass ihr fast die Spaghetti aus dem Mund fallen. »Haben deine Eltern beide dunkle Haare?«

Ich räuspere mich und lehne mich in meinem Stuhl zurück, wobei ich gleichzeitig unauffällig sicherstelle, dass meine Serviette genau dort liegt, wo sie hingehört. »Ja. Das liegt bei uns in der Familie.«

Mrs. Larson strahlt. »Oh, das ist ja perfekt.« Sie nimmt einen Schluck Wasser und lächelt mich dann wieder an. »Ich habe mir immer ein ganzes Haus voller dunkelhaariger Enkelkinder gewünscht.«

»*Mom!*«, brüllen Kit und Mason gleichzeitig. Ryan, Leti und Kale kichern alle vor sich hin, und Bryce dreht unbekümmert weiter Spaghetti auf seine Gabel.

»Sie ist doch quasi noch ein Kind!«, protestiert Mason.

»Ich sage ja nicht sofort!«, beschwichtigt ihn Mrs. Larson. Eine tiefe Furche bildet sich zwischen ihren Augenbrauen, bevor sie mir noch ein entzückendes Lächeln schenkt. »Ich sage ja nur … ich meine, irgendwann willst du doch Kinder haben, oder, Shawn?«

»Oh mein Gott.« Kits Gesicht ist kreidebleich, als ich zu

ihr hinüberschiele. Mit offenem Mund und weit aufgerissenen Augen starrt sie ihre Mom an.

»Ich, ähm …« Ich fahre mir mit einer Hand durchs Haar und muss fast lachen, als Kit sich mir mit lodernder Panik in ihren großen dunklen Augen zudreht.

»Darauf musst du nicht antworten«, beeilt sie sich zu sagen. »Antworte nicht darauf.«

Ich will eben den Mund aufmachen, als Leti sagt: »Ich persönlich glaube ja, dass Kale und ich die süßesten Babys machen würden.« Er stützt das Kinn auf eine Faust und sieht Kale liebevoll an. »Deine Haare, deine Augen, meine Zehen.«

»Was stimmt denn nicht mit meinen Zehen?«, beschwert sich Kale lächelnd.

»Alter«, warnt Bryce, »mach dich ja nicht über die Larson-Zehen lustig.«

Mich für Kits Empörung wappnend, sehe ich sie an. »Ist das der Grund, weshalb du immer diese Stiefel trägst?«

Sie schiebt die Unterlippe vor und schlägt mit einer Hand nach mir. Ihr Dad schaltet sich ein und weist darauf hin, dass sie ihre Zehen von ihrer Mutter geerbt haben. Mrs. Larson wirft ein Stück Knoblauchbrot über den ganzen Tisch, und ich lege den Arm um Kits Stuhllehne.

»Sie sind manchmal sehr nützlich!«, beharrt Bryce.

»Zum Beispiel, wenn man draußen Unkraut jätet, aber keine Lust hat, sich zu bücken?«, witzelt Leti, woraufhin Bryce schulterzuckend nickt, sodass selbst Mason in Gelächter ausbricht.

Inmitten dieses ganzen Aufruhrs, in dem das Für und Wider von Händen anstatt Füßen diskutiert wird, beuge ich mich vor und drücke Kit einen Kuss auf die Schläfe. Sie schmiegt sich an mich, und ich flüstere: »Ich liebe dich.«

»Sogar meine Zehen?«, flüstert sie.

»Vor allem deine Zehen.«

Später am Abend parke ich vor meinem Wohnhaus und stelle den Motor aus. Kit öffnet die Tür und rutscht vom Beifahrersitz, bevor ich aussteigen und sie ihr aufhalten kann. »Ich kann es immer noch nicht fassen, dass meine Mom das gesagt hat!«, klagt sie, während wir um den Wagen herumgehen, um uns auf halbem Weg zu treffen.

Ich überlege, ob ich ihre Hand ergreifen soll, bremse mich, aber dann strecke ich eine Hand aus und tue es trotzdem. »Wie jetzt? Willst du deinen Eltern denn nicht einen Tourbus voller Enkelkinder schenken?«

Kits Wangen erröten in einem entzückenden Farbton, wie Rosenblätter. Wir überqueren den Parkplatz und laufen zum Wohnhaus hinüber. Sie reckt das Kinn und sieht mich mit gekräuselter Nase an. »Einen *Tourbus*?«

Ich grinse und schiebe meine rauen Finger in ihre Hand. »Wie viele denn dann?«

»Reden wir ernsthaft darüber?«

Ich halte sie zurück, als sie eine Hand ausstreckt, um die Tür zu öffnen, halte sie für sie auf und grinse, als sie so tut, als wäre sie verärgert, obwohl der Anflug eines Lächelns ihre Mundwinkel umspielt.

»Warum denn nicht?«

Ehrlich gesagt habe ich nie über Kinder oder eine Familie oder so nachgedacht – nicht vor Kit. Aber jetzt, in den Nächten, in denen sie in meinen Armen liegt, denke ich manchmal darüber nach, was für einen Diamantring sie tragen würde, an große Hochzeiten mit haufenweise Verwandten, wie Kit mit Krähenfüßen und grauen Haaren aussehen wird, noch immer mit einer Gitarre im Schoß. Und ich schlafe lächelnd ein, eingehüllt in den Duft ihrer Haare und sie fest an meine Brust gedrückt.

Am Ende des Flurs drückt Kit auf den Knopf für den Aufzug und starrt dann auf das schimmernde weiße Licht, während sie auf der Innenseite ihrer Unterlippe kaut. »Ich weiß nicht. Ein oder zwei vielleicht … irgendwann. Nicht in absehbarer Zeit.« Sie schweigt lange, bevor sie in meine Richtung schaut, und ich kann fühlen, wie meine Hände zu schwitzen beginnen, als der Anblick dieser Augen das Herz in meiner Brust zum Stolpern bringt. »Und du?«

»Ein oder zwei vielleicht.« Die Antwort kommt mir leichter über die Lippen, als ich jemals vermutet hätte. »Irgendwann«, wiederhole ich Kits Worte. Ich muss an das denken, was ihre Mom gesagt hat: an kleine Kinder mit Kits dunklen Haaren. Und vielleicht mit meinen grünen Augen. Und ich kann sehen, dass Kit ahnt, woran ich denke, denn sie beginnt mit ihrer freien Hand betont lässig mit ihrer Hosentasche zu spielen. »Aber nicht in absehbarer Zeit«, ergänze ich, bevor unsere Hände zu feucht werden, um einander zu halten. »Ich habe mit Adam alle Hände voll zu tun.«

Sie lacht und betritt den Aufzug, als die Türen aufgehen, zieht mich hinter sich her. »Willst du etwas Superpeinliches wissen?«

Sie lässt meine Hand los, lehnt sich mit dem Rücken an die Wand und stützt beide Hände auf das Metallgeländer, das ringsum in dem Aufzug verläuft. Sie beugt das Knie, das zwischen dem klaffenden Loch in ihrer Jeans hervorschaut, als sie einen Kampfstiefel gegen die Wand drückt.

»Über dich?«, sage ich grinsend und lehne mich an die Wand gegenüber. »Was für eine Frage!«

Kit trommelt mit den Fingern auf das Geländer – und trommelt und trommelt –, bis sie schließlich herausplatzt: »Es könnte eventuell sein, dass ich auf der Junior High ein paar Dutzend Mal *Kit Scarlett* in ein Notizbuch gekritzelt habe.«

Ihre beiden Hände fliegen vor ihr Gesicht, und mein Gelächter erfüllt den Metallkasten. »Du machst Witze.«

»Schön wär's.«

Der Aufzug bimmelt. Ohne auf mich zu warten, tritt sie mit raschen Schritten in den Flur hinaus. Aber ich hole sie ein, bevor sie allzu weit kommen kann, ziehe sie nach hinten an meine Brust und drücke mein Kinn in ihre Halsbeuge. »Das ist unheimlich süß«, sage ich.

Ich halte sie noch immer fest in meinen Armen, als sie einmal tief aufseufzt. »Ich kann nicht glauben, dass ich dir das verraten habe.«

»Ich finde, Kit Scarlett hört sich nett an.«

Als sie das Gesicht zur Seite dreht und mich anschaut, hat ihre Haut einen rosa Farbton angenommen, der zum Küssen einlädt und sofort zu einer meiner Lieblingsfarben mutiert. »Findest du?« Ihre Stimme ist leise, schüchtern, ein völliger Gegensatz zu allem anderen von ihr.

Ich lächele und drücke ihr einen dicken Kuss auf den Hals. »Ja, das finde ich«, versichere ich, während ich insgeheim denke: *irgendwann.*

Ich lasse sie los und führe sie das restliche Stück bis zu meiner Wohnung. Ich schließe die Tür auf, während sie noch immer zu beschäftigt mit Erröten ist, nur um im Spiegel an der Wand neben der Tür zu sehen, dass meine Ohrläppchen ebenso rot sind wie ihre Wangen. Kurz bevor wir mein Zimmer erreicht haben, bleibe ich stehen. »Warte hier draußen, okay?«

»Warum?«

»Weil.«

»Weil was?«

»Weil du es willst.«

»Seit wann das denn?«

Ihre Augen verengen sich, als ich sie an den Schultern nehme, herumdrehe und Richtung Couch schiebe. Schnell verschwinde ich in mein Zimmer und wische mir die feuchten

Hände an der Jeans ab. Adam und Peach übernachten heute wie versprochen woanders, denn ich habe etwas Besonderes geplant. Etwas, was ich schon seit einer ganzen Weile geplant habe.

An dem Abend, an dem ich Kit ihre Jungfräulichkeit nahm, war ich ein halb betrunkener, frischgebackener Highschoolabsolvent, der keine Ahnung hatte, was er tat. Es war für sie ein Ereignis, das sie nicht vergessen konnte, anstelle eines Ereignisses, an das sie sich immer erinnern wollen würde. Und seit ich das herausgefunden habe, hat es mir einfach keine Ruhe gelassen. Zu jenem Abend hätten Kerzen und Rosenblätter gehören sollen, und … ich weiß nicht, zumindest hätte ich ihr ihren ersten verdammten Orgasmus bereiten sollen. Aber dieser Typ war nicht ich, nicht damals, und jetzt kann ich nur mein Bestes versuchen, um es wiedergutzumachen.

Es erfordert zwei Versuche, das Feuerzeug in meiner Hand zu entfachen. Ich halte die Flamme an eine Duftkerze nach der anderen und stelle sie auf meinen Regalen, meiner Kommode, meinem Nachttisch auf. Ich nehme einen Beutel mit roten Rosenblättern aus einer Kühlbox und komme mir wie ein Idiot vor, als ich sie überall im Zimmer und auf meiner dunkelgrünen Bettdecke verstreue. Dann ziehe ich ein durchschimmerndes rotes Tuch aus einer Plastikeinkaufstüte und hänge es über meine Tischlampe. Und dann sehe ich mich im Zimmer um und hole einmal tief Luft.

Es ist so verdammt kitschig. Es ist der kitschigste, albernste, lahmste Scheiß, den ich je gebracht habe.

Wehe, es gefällt ihr nicht.

Als ich die Tür öffne und Kit hereinbitte, tut sie genau das, was ich erwartet habe: Sie nimmt alles in sich auf und beginnt zu kichern. Ein Geräusch, das meine ganze Verlegenheit wettmacht.

»Ist das dein Ernst?«, sagt sie.

Ich lächele wie der liebestolle Teenager, der ich vor sechs Jahren für sie hätte sein sollen. »Das hätte ich schon damals für dich tun müssen.«

Kits rosige Wangen verraten sie. Sie liebt es, genau wie ich vermutet habe. »Du bist so kitschig.«

»Das ist deine Schuld.«

»Keine Musik?«

Ich drücke auf einen Knopf auf der Fernbedienung meiner Stereoanlage, und *Brand New* tönt durch die Lautsprecher. Sie lacht schallend auf.

»Das ist nicht gerade Marvin Gaye, Shawn.«

»Ich weiß, aber du liebst diese Band.«

Sie schlingt mir die Arme um den Hals und spielt mit ihren Fingern mit meinen Nackenhaaren. »Das stimmt.« Sie stellt sich auf die Zehenspitzen und küsst mich sanft. »Und ich liebe *dich*.«

»Und *mich* nennst du kitschig?«, necke ich sie. Mein Herz rast in meiner Brust. Lachend gibt sie mir einen Klaps auf die Schulter – eine Sekunde, bevor ich sie auf mein mit Rosenblättern bedecktes Bett werfe.

Sie kichert, bis ich auf sie krieche, und dann hört sie auf zu lachen, ich höre auf zu lächeln, und ich küsse sie. Ich küsse sie so, wie ich sie vor sechs Jahren nicht hätte küssen können, selbst wenn ich es gewollt hätte. Denn damals wusste ich nicht, dass sie meine andere Hälfte war. Damals wusste ich nicht, dass ich eine andere Hälfte *hatte*.

Jetzt weiß ich es, und ich schließe sie in meine Arme.

Danksagung

Als ich die Danksagungen für *Rock my Heart* und *Rock my Body* schrieb, waren die Bücher noch gar nicht erschienen. Das bedeutet, dass ich diesmal das allererste Mal eine Danksagungsseite als veröffentlichte Autorin verfasse, als Autorin mit *Lesern*, und Sie sind es, denen ich an erster Stelle danken möchte.

Sie sind der Grund, weshalb ich schreibe. Bevor meine Bücher verlegt wurden, habe ich von Ihnen geträumt: von fremden Leuten, die meine Bücher lesen und hoffentlich lieben würden. Und es bleibt zu sagen: Sie haben selbst meine größten Erwartungen weit übertroffen. Sie bringen mich an jedem einzelnen Tag zum Lächeln – mit Ihren E-Mails, Ihren Nachrichten, Ihrem Schwärmen für *The Last Ones to Know*. Danke, dass Sie meine Bücher kaufen und meine Rockjungs lieben. Sie sind der Grund, weshalb ich weiterhin das tun kann, was ich liebe – und warum ich es weiterhin liebe.

Ein Riesendankeschön gilt vor allem all den wundervollen Lesern in meiner Facebook-Fangruppe *Jamie's Rock Stars*. Ihr *seid* verdammte Rockstars, und ihr seid eine echte Wucht! Danke für eure Unterstützung, eure Begeisterung und eure Fähigkeit, mich zum Lachen zu bringen. Ihr seid die besten Fans und Freunde, die ich mir wünschen könnte, und ich hoffe, ihr wisst, wie sehr ich euch bewundere.

Und natürlich danke ich von ganzem Herzen all den Lesern, die es zu ihrer Mission machen, Bücher, Autoren und diese ganze Lesergemeinde zu unterstützen: den Bloggern. Danke, dass ihr mich, meine Romane, meine Figuren und meine Träume unterstützt. Ihr gehört wirklich zu den wundervollsten und selbstlosesten Menschen, denen ich je begegnet bin. Vielen Dank, dass ihr eure umwerfenden Besprechungen schreibt, meine Bücher promotet und mich so zum Lachen gebracht habt, dass mir die Tränen kamen, als ihr euch wegen Adam, Joel, Shawn und Mike gestritten habt. Ihr seid der Hammer, und ich bin euch so dankbar für *alles*, was ihr tut.

Ich danke außerdem all den Autoren, die mir ihre Unterstützung zukommen ließen, während ich dabei war zu lernen, wie die Verlagsbranche funktioniert: Jay Crownover, Tiffany King, Wendy Higgins, Megan Erickson, Sophie Jordan und so, so vielen anderen. Ihr alle wart eine solch absolute Ermutigung und Unterstützung mit euren Klappentexten und Ermunterungen und Ratschlägen. Ich fühle mich extrem privilegiert, ein Teil dieser Gemeinschaft zu sein – und euch meine Freunde nennen zu dürfen.

Und schließlich danke ich all den Leuten, die dazu beigetragen haben, dieses Buch zu dem zu machen, was es ist ...

Meine Kritiker sind mein Team hinter den Kulissen, und sie lernen meine Figuren kennen, lange bevor sie in Druck gehen. Sie sind an meiner Seite, träufeln mir Wasser in den Mund, wenn ich im Begriff bin, das Bewusstsein zu verlieren, schubsen mich in die richtige Richtung, wenn ich Gefahr laufe, mich zu verirren, und glauben daran, dass ich diesem Buch den richtigen Schliff geben kann, wenn ich das Gefühl bekomme, dass es genau umgekehrt ist. Daher danke, danke, danke an Kim Mong, Rocky Allinger, Marla Wilson und meine Mom, Claudia. Kim, du warst Shawns allererstes Fangirl, und ich habe es Shawn-Groupies wie dir zu verdanken, dass ich *wusste*, dass ich seine Geschichte schreiben musste. Rocky, du sorgst dafür, dass ich nicht den Verstand verliere, während ich auf der Schriftsteller-Achterbahn fahre, und ich habe keine verdammte Ahnung, was ich ohne dich tun würde. Marla, deine Begeisterung für diese Bücher ist der perfekte Antrieb zum Schreiben, und ich bin so froh, dass du dich meinem Panera-Dreamteam angeschlossen hast. Und Mom, danke dafür, dass du immer meine größte Cheerleaderin bist. Ihr vier seid alle unglaublich wertvolle Kritiker und Freunde, und ich hoffe, ihr wisst, dass ich euch nie gehen lassen werde – NIEMALS. Es tut mir leid, aber ihr gehört jetzt mir.

Ein rührseliges Dankeschön gilt auch meiner Rockstar-Literaturagentin, Stacey Donaghy, die schon vor mir wusste, dass jeder meiner Jungs seine eigene Geschichte braucht. Stacey, du weißt, wie sehr ich dich bewundere, und ich kann es kaum erwarten, diese Reise mit dir fortzusetzen.

Und noch ein rührseliges Dankeschön gilt meiner Lektorin, Nicole Fischer, einer verdammten *Heiligen*. Nicole, du bist mir zuliebe weit über deine Verpflichtungen hinausgegangen, und, na ja … dafür bin ich irgendwie in dich verliebt. Danke, dass du *immer* auf meiner Seite bist und auf E-Mails geantwortet hast, als der Rest der Welt schlief. Du bist wirklich die Beste.

Und schließlich danke ich meinem Ehemann, Mike, der mich sogar liebt, wenn ich tagelang nicht dusche, der mir Essen bringt, wenn ich zu beschäftigt mit Schreiben bin, um ans Essen zu denken, und den ich mehr liebe, als Worte je ausdrücken könnten. Alles, was ich über wahre Liebe weiß, weiß ich von dir.

Leseprobe

aus *Rock my Dreams*
von Jamie Shaw

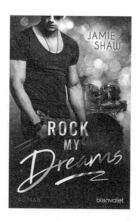

Hailey Harper hat einen Plan: So schnell wie möglich ihr Studium absolvieren, um nicht länger finanziell von ihrem Onkel abhängig zu sein. Doch dann begegnet sie Mike, und plötzlich kann sie an nichts anderes mehr denken. Mike ist der Drummer der berühmten Rockband *The Last Ones to Know*, er ist süß, witzig – und der Exfreund ihrer Cousine Danica, die ihn jetzt, da er berühmt ist, unbedingt zurückgewinnen will. Hailey geht auf Abstand, doch sie hat die Rechnung ohne Mike gemacht: Für ihn ist Hailey das Mädchen, auf das er sein Leben lang gewartet hat – und er wird alles tun, um ihr das zu beweisen …

1

Ein Ellenbogen liegt auf meinem Kopf.

Mein Oberkörper wird gegen eine Absperrung gequetscht, ein Converse-Sneaker hat mich eben fast im Gesicht getroffen, und ein Ellenbogen ... liegt. Auf. Meinem. Kopf.

»Adam!«, schreit meine Cousine über die Musik hinweg, die aus gigantischen Lautsprechern dröhnt, die zu beiden Seiten der Bühne aufragen. Ich ziehe den Kopf gerade noch rechtzeitig ein, um ihrem Arm auszuweichen, mit dem sie wild winkt. Ich ducke mich noch mehr, doch der Ellenbogen lässt sich nicht abschütteln.

»Adam!«, brüllt sie wieder, während sie in der ersten Reihe auf einem unsichtbaren Trampolin auf und ab springt. »Hier unten! Adam!«

Der Sänger von *The Last Ones to Know* hockt am Rand der Bühne und streckt die Hand nach dem Gewühl von Mädchen aus, die sich zu seinen Füßen drängen. Sie klettern übereinander, um ihn in die Menge zu zerren, aber ich stehe einfach nur hier und versuche, nicht zu sterben.

»Verdammt, ich liebe dich!«, kreischt Danica, während Adam für die Fans in der ersten Reihe singt. Seine Knie schauen zwischen den dünnen Fäden seiner Jeans hervor, und er streckt seine Hände mit den schwarz lackierten Fingernägeln wieder nach der Menge aus. Die Art, wie seine Lippen das Mikrofon liebkosen ... na ja, kein Wunder, dass diese Mädchen wie von Sinnen sind.

Leseprobe aus *Rock my Dreams*

Die ganze Woche musste ich mir anhören, wie Danica von ihrem Exfreund, dem Rockstar, geredet hat. Wie wahnsinnig verliebt er in sie war. Wie er sie die ganze Highschool über angebetet hat. Wie seine Band schließlich groß herausgekommen ist. Das einzige Problem ist: Ihr Exfreund ist nicht Adam.

Am hinteren Ende der Bühne, in einem schwarzen T-Shirt, das feucht vom hart erarbeiteten Schweiß der vier letzten Songs ist, trommelt Mike Madden auf sein Schlagzeug ein, mit Armen, die allein dafür geschaffen wurden. Er schwingt seine Stöcke, als wären sie eine Verlängerung dieser Arme, und er gibt damit den Rhythmus für den Schlachtgesang im Klub vor. Er ist nicht so schlaksig wie Adam, und er trägt keine zerschlissenen Klamotten, wie der Rest der Band, aber es ist trotzdem nicht zu übersehen: Er ist ein Rockstar.

»Ich dachte, du wärst wegen des Drummers hier?«, brülle ich, aber meine Stimme ist ebenso schwach wie der Rest von mir, sie geht im Schwall der Musik und den irrsinnigen Schreien der Menge einfach unter. Ich versuche, mich auf den Beinen zu halten, während ich von links und rechts angerempelt werde, aber ich bin auf Gedeih und Verderb den Massen von Leuten ausgeliefert, die von allen Seiten gegen mich prallen.

»Ich will deinen Schwanz lutschen!«, kreischt irgendeine Tussi etwas weiter hinter mir Adam zu und versucht, an dem hünenhaften verschwitzten Typen vorbeizuhüpfen, der an meinem Rücken klebt. Adam grinst breit unter den schimmernden blauen Lichtern, ohne auch nur eine einzige Zeile zu verpassen. Die Menge ist absolut durchgeknallt, aber die Band hat so etwas hier offensichtlich schon tausendmal erlebt. Selbst Danicas wildes Kreischen erregt keine Aufmerksamkeit bei den Bandmitgliedern.

»Shawn!«, fleht sie dann verzweifelt, als sie bemerkt, dass

Leseprobe aus *Rock my Dreams*

der Gitarrist von seinem Platz rechts neben Adam in die Menge hinuntersieht. In einem Vintage-Shirt, mit zerzausten schwarzen Haaren und einem Fünf-Tage-Bart, drischt er auf seine Gitarre ein und brüllt seinen Text ins Mikrofon. Adam und er spinnen einen Song, Zeile über Zeile über Zeile, und ich fange fast an, Spaß zu haben – bis meine Hand auf einmal vom Geländer der Absperrung gerissen wird.

»Hilf mir, seine Aufmerksamkeit zu kriegen!«, befiehlt mir Danica, während sie mir meinen Arm über den Kopf reißt.

Ich versuche verzweifelt, ihn wieder herunterzuziehen und laufe dabei ernsthaft Gefahr, rückwärts in die tobende Menge zu fallen, als Shawns Blick endlich auf Danica fällt.

Auf seiner Stirn bildet sich eine Falte, die mich an meinen Dad erinnert. Auf der Farm meiner Familie lebte früher eine streunende Katze, die nur sehr selten freundlich war. Wenn sie aber läufig wurde, war es ihre Lieblingsbeschäftigung, meinem Dad um die Beine zu streichen. Er hasst Katzen, vor allem diese, und schnitt dann immer diese Grimasse, ganz ähnlich der, die sich auf Shawns Gesicht abzeichnet, als er Danica bemerkt.

»Oh mein Gott!«, kreischt Danica, während sie ihre Hand erstaunlich kräftig in meine Schulter krallt. Sie dreht mich mit Schwung zu sich herum, und ich klammere mich an ihren Armen fest, um nicht doch noch in das Chaos aus Ellenbogen und Achselhöhlen und Haaren geschleudert zu werden. »Hast du das gesehen?! Er hat mich genau angeschaut!«

Eine gewaltige Woge bricht über mich herein, als Adam zum Refrain des Songs ansetzt, und ich versuche angestrengt, den Kopf oben zu halten. Blaue und violette Lichter flackern über meine Haut, während ich wieder gegen die Metallstangen vor mir gedrängt werde und Danica jedem Bandmitglied auf der Bühne ihre unsterbliche Liebe entgegenschreit.

»Adam! Shawn! Joel! Mike!«

Leseprobe aus *Rock my Dreams*

Natürlich verschwendet sie keinen Atemzug an die Gitarristin, die vorhin als Kit vorgestellt wurde. Ich mache mir gar nicht erst die Mühe, das zu kommentieren – denn ich bin zu sehr damit beschäftigt, mich wegzuducken, um nicht doch noch von einem der Crowdsurfer einen Tritt gegen den Kopf zu kriegen. Ein Securitytyp zerrt ein kreischendes Mädchen über die Absperrung und führt sie weg. Als er meine erschöpfte Miene sieht, schenkt er mir einen mitfühlenden Blick, der wohl bedeuten soll: *Es ist bald vorbei* .

Nur dass es *nicht* bald vorbei ist. Es endet nämlich erst eine gefühlte halbe Ewigkeit und zwei Tritte gegen meinen Kopf später, als die Band die Bühne verlässt und die Lichter endlich ausgehen. Ich mache einen tiefen, dringend benötigten Atemzug und werde dann hart zur Seite gestoßen. »Gehen wir«, ordnet Danica an und schubst mich gegen irgendeinen Rücken.

»Wohin soll ich deiner Meinung nach denn gehen?«, frage ich gereizt, während sie mich weiter ins Gedränge schiebt.

»Geh einfach!«

Sie benutzt mich auf dem ganzen Weg aus der Menge als Rammbock, und ich bedauere fast, dass ich mich nicht habe zu Tode trampeln lassen, als ich die Gelegenheit dazu hatte.

»Du kannst jetzt aufhören«, fauche ich sie an, sobald ich genug Platz habe, um mich zu ihr umzudrehen.

»Halt einfach eine Minute den Mund.«

Ich beiße mir auf die Zunge – im wahrsten Sinne des Wortes, denn ich muss mich schwer zusammenreißen, um sie nicht anzuschnauzen –, als Danica sich auf die Zehenspitzen stellt und den Saal abzusuchen beginnt. Wir sind in einem Klub namens *Mayhem* , in der Stadt, in der wir beide erst seit Kurzem wohnen. Ich bin hierhergekommen, um meinen Bachelor und letztendlich meinen Doktor in Tiermedizin zu machen,

Leseprobe aus *Rock my Dreams*

und Danica, weil … na ja, wer weiß schon, warum Danica irgendetwas tut.

Sie war der Star im Ballettunterricht. Kapitän des Cheerleaderteams. Die Julia in den Schultheaterstücken. Die Königin des Abschlussballs. Sie musste nie auf irgendetwas verzichten, und sie tut auch heute noch, was immer sie will.

»Wie kommen wir in den Backstagebereich?«

»Ähm …« Ich ziehe das feuchte T-Shirt, das an meinem Rücken klebt, von meiner Haut. »Ich bin mir ziemlich sicher, dass daraus nichts wird.«

»Sei nicht dumm, Hailey«, schnaubt sie. »Hast du nicht gesehen, wie Shawn mich angeschaut hat?«

So wie mein Dad diese Katze? Ja, und ob ich das gesehen habe …

»Da!«, ruft sie und geht zielstrebig los. Ich starre sehnsuchtsvoll auf ein großes rotes Schild, das »Ausgang« verspricht. Ich frage mich, wie sehr ich es später bereuen würde, wenn ich jetzt die Flucht ergreife – solange ich noch die Gelegenheit dazu habe. Danica würde ohne Probleme jemanden finden, der sie nach Hause fährt. Sie besitzt die Art Schönheit, die man nur mit Geld kaufen kann – salongepflegte, kupferbraune Haare, tolle Kurven – Dank eines Personal-Trainers –, kosmetisch aufgehellte Zähne. Und ganz abgesehen von alldem hat sie diese schönen, mandelförmigen Augen und eine von Natur aus makellose Haut. Ich bin vor fast zwei Monaten bei ihr eingezogen und habe längst aufgehört zu zählen, wie viele Typen bei uns vorbeigekommen sind, um sie abzuholen oder nach Hause zu bringen.

Alle waren niedlich. Aber keiner war ein Rockstar.

»Kommst du oder was?«, brüllt Danica ein Meter vor mir, und als ich ihre ungeduldige Miene sehe, seufze ich noch einmal tief und folge ihr.

Leseprobe aus *Rock my Dreams*

Es war nicht immer so. Als wir Kinder waren, ließ sie mich manchmal bei Spielen die Leitung übernehmen. Oder wenn wir »Vater, Mutter, Kind« spielten, waren wir abwechselnd die Mutter und der Vater. Als ihre Familie dann wegzog, wir waren noch auf der Grundschule, war ich ehrlich gesagt ganz schön traurig.

Aber das alles war, bevor sie auf ihre neue Schule kam. Denn dort wurde sie im wahrsten Sinne des Wortes zu einer verdammt fiesen Kuh. Unsere Familien trafen sich nach wie vor an den Feiertagen – Weihnachten, Thanksgiving, Ostern –, und jedes Jahr verwandelte sich Danica ein bisschen mehr in jemanden, den ich nicht mehr kannte. Ihre Fassade war wunderschön, aber innerlich war sie zu keinem besonders liebenswerten Menschen geworden. Ich dagegen war mehr oder weniger dieselbe geblieben. Ich hätte mir damals nie vorstellen können, dass wir eines Tages Mitbewohnerinnen sein würden. Aber als ich bei unserem Familiendinner letzte Ostern erwähnte, dass ich eines Tages gern auf die Mayfield-University wechseln würde, da es dort landesweit einen der besten Studiengänge für Tiermedizin gibt, sprang sie sofort darauf an. Sie forderte ihren Vater auf, meine Studiengebühren zu übernehmen. Sie sagte, sie wolle auch wieder studieren. Sie sagte, wir sollten *beide* nach Mayfield gehen und zusammenwohnen. Sie sagte, das würde ein großer Spaß werden.

An einer Tür in der hinteren Ecke des Klubs marschiert meine so spaßbegeisterte Cousine genau auf den erstbesten Securitytypen zu. Er ist ungefähr doppelt so groß wie sie, mit Muskeln aus Stein und einer entsprechenden Miene.

»Mit wem muss ich reden, um in den Backstagebereich zu kommen?«

Leseprobe aus Rock my Dreams

Bei ihrem Kommandoton zieht der Muskelmann eine Augenbraue hoch. »Mit dem Osterhasen?«

»Wie bitte?«

»Niemand darf in den Backstagebereich.« Die vor der Brust verschränkten Arme sind definitiv eine Warnung, dass mit ihm nicht zu spaßen ist.

»Ich bin mit Mike da«, lügt Danica, und nachdem er sie einen Moment beäugt hat, lacht der Muskelmann.

»Ja, na klar.«

»Das bin ich wirklich!«

Der Typ lächelt sie nur müde an, als wäre sie ein quengeliges Kind, und prompt beginnt Danica, sich wie eines zu benehmen. Sie verlangt, seinen Boss zu sprechen und droht, ihn feuern zu lassen. Als das alles nichts nützt, versucht sie es mit Beschimpfungen. Doch diese zeigen ebenfalls keine Wirkung, und daraufhin bricht die Hölle los.

Sie bohrt ihm einen Finger in die Brust und brüllt irgendetwas von seinem inzestuösen Genpool, und ich versuche schnell, sie von ihm wegzuzerren. Aber Danica ist in voller Fahrt, und das Einzige, was ich mir einhandle, ist ein harter Schubser, der mich fast umwirft. Mit meinen ein Meter dreiundfünfzig und den knapp siebenundvierzig Kilo habe ich schlechte Chancen, mich hier durchzusetzen, und ich mache auch keinen zweiten Versuch. Ich reibe mir mein empfindliches Schlüsselbein, und als der Securitytyp meine Angreiferin hochhebt, folge ich ihm hilflos, während er sie nach draußen trägt.

Nachdem mein Kopf von einem verschwitzten Riesen im Klub als Armlehne benutzt wurde, ich mir vor den größten Lautsprechern der Welt meine Trommelfelle ruiniert habe und den ganzen Abend herumgeworfen wurde wie das Spielzeug

Leseprobe aus *Rock my Dreams*

einer rotznasigen Göre, will ich nur noch heiß duschen, in mein Bett kriechen und eine ganze Woche schlafen. Stattdessen stehe ich vor dem *Mayhem* auf dem Gehweg und sehe stirnrunzelnd auf Danicas wütende Miene, mit der sie die große Metalltür anstarrt, die der Securitytyp eben hinter sich geschlossen hat.

Sie ist wegen einer bestimmten Sache hierhergekommen, und ich weiß genau, dass sie nicht gehen wird, ehe sie sie gekriegt hat.

»Du hättest mich nicht schubsen müssen«, murmele ich, und ihre Augen flackern auf.

»Du hättest mir beistehen sollen!«

»Und was tun? Ihn in die Knöchel beißen?«

Mit ihren zehn Zentimeter hohen Keilabsatzstiefeln ragt Danica über mir auf. Ich starre zu ihr hoch und versuche, mich an das Mädchen zu erinnern, das auf dem Heuboden meiner Eltern mit mir Puppen gespielt hat. Aber sie ist irgendwo zwischen künstlichen Wimpern und den fünfzehn Jahren, in denen sie immer alles bekommen hat, was sie wollte, verschwunden.

»Du hast dich die ganze Zeit wie ein absolutes Biest benommen«, faucht sie mich an. Ich seufze, ziehe mein Shirt wieder von meiner Haut und lasse die kühle Nachtluft den Schweiß auf meinem Rücken trocknen. Verteidigung ist zwecklos, das ist mir klar. In Danicas Wahrnehmung ist sie immer Opfer und Heldin zugleich, und als ihre mietfrei wohnende Mitbewohnerin habe ich gelernt, das einfach zu akzeptieren.

Ich bin dankbar für alles, was sie für mich getan hat. Wirklich. Hätte sie ihrem Vater nicht in den Ohren gelegen und ihn dazu überredet, mein Studium zu finanzieren und ein paar Strippen zu ziehen, dass wir beide auch zugelassen werden, wäre alles ganz anders gekommen. Dann würde ich jetzt näm-

Leseprobe aus Rock my Dreams

lich zu Hause Ställe ausmisten und nicht meinen Träumen folgen. Ihr Dad bezahlt *all* meine Rechnungen – meine Studiengebühren, meine Versicherungen, meine Lebenshaltungskosten, alles. Ich habe allerdings den Verdacht, dass Danicas plötzliches Interesse an meinem Leben nicht ganz uneigennützig war. Nachdem sie schon ein Studium geschmissen hat, nehme ich an, ihr Dad war nur offen für die Idee, dass sie ein neues aufnimmt, wenn sie außerhalb des Campus mit einer verantwortungsbewussten Mitbewohnerin zusammenlebt. Das wäre ich – auch bekannt als ihre langweilige Cousine von der Farm. Und doch stehe ich in ihrer Schuld. Ich verdanke ihr das Dach über meinem Kopf und das riesige Studiendarlehen, das ich selbst nie hätte aufbringen können.

Als ihr Handy klingelt, lässt sie mich links liegen und geht sofort ran.

»Katie?«, sagt sie. »Rate mal, wer eben aus diesem beschissenen Klub geschmissen wurde? Ja! Weil dieses Arschloch von einem Türsteher mich nicht in den Backstagebereich lassen wollte.« Sie wirft mir einen verächtlichen Blick zu. »Hat einfach nur dagestanden und nichts getan. Ich weiß! Nein, sie hat es nicht mal versucht. Mit ihr zusammenzuziehen war eine idiotische Idee.«

Ein eiskalter Schauder überkommt mich, und ich kaue auf der Innenseite meiner Lippe herum. Da mein Onkel darauf bestanden hat, dass ich mich im Moment voll auf mein Studium konzentriere und nicht nebenher jobbe, habe ich keinerlei eigenes Einkommen. Mein einziger »Job« ist es, seine Tochter nicht auf die Palme zu bringen. Und das ist ein Job, in dem ich – wie ich allmählich lerne – sehr, sehr schlecht zu sein scheine.

Ohne etwas zu sagen, gehe ich ein paar Schritte von Danica

Leseprobe aus *Rock my Dreams*

weg, bevor allein schon mein Anblick sie noch mehr in Rage bringen kann. Doch sie bemerkt es und will wissen, wohin ich gehe, worauf ich mit der lahmsten Ausrede aller Zeiten ankomme: »Ich will diesen Flyer hier drüben lesen.«

Ich gehe hinüber zu einem Telefonmast, um uns beiden ein bisschen Zeit zum Abkühlen zu geben. Ich ziehe sogar die giftigen Rauchschwaden der kettenrauchenden Mädchen vor, die in der Nähe stehen, nur um nicht noch eine Sekunde länger Danicas dummes, passiv-aggressives Gequatsche anhören zu müssen.

»Er ist einfach so verdammt heiß«, sagt ein Mädchen in Leoprint-Leggings, während sie eine Rauchwolke durch ihre blutroten Lippen bläst. Die Straßenlaterne wirft einen harten Schein auf ihre verwaschen-violetten Haare, sodass sie neben der blassen Haut dunkel aussehen. »Und ihr wisst ja, was man über Drummer sagt.«

»Nein, was denn?«, fragt ihre Freundin und reibt sich mit der zerkratzten Spitze ihres schwarzen Lederstiefels über die Rückseite ihrer Netzstrümpfe.

»Drummer wissen wirklich, wie man hämmert.«

Ein leises Kichern entfährt mir, und das betrunkene Gegacker der Mädels schallt durch die Straßen.

»Du bist fürchterlich!«, sagt das Mädchen mit den Netzstrümpfen. »Aber ich habe gehört, dass er nie mit Fans rummacht.«

»Nie?«

»Nie. Bei dem Bassisten hättest du größere Chancen.«

»Aber ich hab gehört, dass seine Freundin absolut durchgeknallt ist ...«

»Noch durchgeknallter als du?«, fragt Netzstrumpf, und Leoprint knufft sie in die Seite, während sie weiter kichern und vom Ex meiner Cousine fantasieren.

Leseprobe aus *Rock my Dreams*

Das bringt mich dazu, den Blick über den Gehweg auf Danica zu werfen. Ob wir in irgendeinem anderen Universum noch immer Freundinnen sein könnten? Dann hätte ich vielleicht wirklich Spaß bei Rockkonzerten. Und vielleicht wäre sie dann auch nicht mehr so gemein zu mir. Vielleicht würden wir *gern* zusammenleben.

Vielleicht würden wir sogar über Jungs quatschen.

Für jetzt gibt es genau zwei Möglichkeiten: meinen Kopf immer wieder gegen den Telefonmast schlagen, bis dieser Abend endlich zu Ende ist, oder Danica ein Friedensangebot machen. Ich hole tief Luft und gehe wieder auf sie und den Klub zu.

»Ich habe eine Idee«, beginne ich, nachdem sie ihr Gespräch beendet hat.

»Es gibt für alles ein erstes Mal.«

Ich ignoriere ihren Seitenhieb. »Haben Bands wie diese nicht einen Tourbus?«

Sie starrt mich verständnislos an, und ich warte nur darauf, dass sie mir sagt, was für eine Idiotin ich sei oder wie bescheuert diese Idee ist. Stattdessen verziehen sich ihre Mundwinkel nach oben, und sie lächelt. Lächelt *wirklich*.

»Siehst du«, sagt sie und strahlt zu mir hinunter. Sie ist so aufrichtig glücklich, dass ich unwillkürlich zurücklächle.

»Siehst du was?«

»Ich wusste, dass du nicht völlig nutzlos bist.«

2

»Habe ich dir nicht gesagt, dass er heiß ist?«, fragt Danica, als ich vor dem Doppeldecker-Tourbus der Band auf dem Asphalt sitze und versuche, einen Stein aus der Sohle meines Sneakers zu holen. Ich kratze mit einem meiner kurzen Fingernägel daran herum und denke darüber nach, wie oft sie das Wort »heiß« im Laufe der letzten Woche wohl gesagt hat.

Mikes Band ist so heiß geworden.

Sie sind mit Cutting the Line *aufgetreten.* Cutting the Line *ist so heiß.*

Auf der Highschool war Mike nicht so heiß. Sieh dir dieses Foto an. Findest du ihn heiß? Hailey, siehst du überhaupt hin?

»Hailey, hörst du überhaupt zu?«, schimpft Danica und stößt mit ihrer Stiefelspitze gegen mein Knie, während ich mir den Fingernagel an dem Stein abbreche, der natürlich noch immer in meinem Schuh steckt.

Ich starre zu ihr hoch und frage mich, ob sie jeden tritt, der ihr nicht seine ungeteilte Aufmerksamkeit schenkt, oder nur mich. War sie bei Mike auch so herrisch, als die beiden zusammen waren? Was hat er nur an ihr gefunden?

»Ja«, antworte ich schließlich. »Er ist ganz okay.«

»*Ganz okay?*«, schnaubt sie. »Bist du blind?«

Ich bin nicht blind. Ich habe nur keine Lust, um ein Uhr morgens bescheuerte Fragen zu beantworten. Natürlich habe ich gesehen, wie heiß er ist. Alle haben das gesehen. Das Mädchen im Leoprint, das Mädchen mit den Netzstrümpfen, und

Leseprobe aus *Rock my Dreams*

ich nehme an, Hunderte anderer Mädchen haben es ebenfalls gesehen. Und vermutlich wird jede Einzelne eifersüchtig auf Danica sein, und ich bin mir ziemlich sicher, dass das genau der Grund ist, weshalb sie mich hier draußen in der Kälte neben einem abgesperrten Ungetüm von einem Tourbus rumhängen lässt. Was will sie von mir? Dass ich ihr gratuliere, weil ihr Freund in spe so heiß ist?

»Adam ist heißer«, lüge ich.

»Hä?« Danica verzieht verwirrt das Gesicht.

»Was denn?«, frage ich.

»Was glaubst du denn, von wem ich rede? Dem Sänger. Adam. Hörst du mir eigentlich irgendwann mal zu?«

Ich befreie meinen Schuh endlich von dem Stein, stehe auf und wische mit der Hand über die Rückseite meiner Jeans. Wir warten schon so lange hier draußen, dass mein Hintern wie betäubt ist und alle anderen Fans schon gegangen sind. »Wenn du so verliebt in Adam bist, warum warst du dann nicht mit ihm zusammen, sondern mit Mike?«

»Ja, na klar«, schnaubt Danica, und als ich sie nur anstarre, verdreht sie die Augen. »Sie haben irgendeinen bescheuerten Kumpel-Kodex oder so«, erklärt sie und fährt sich mit den Fingern durch ihre glatten Haare, die ihr bis über die Schultern fallen. »Mike war schon immer in mich verliebt, daher war Adam für mich nicht zu haben. Und glaub mir, ich hab's versucht.«

Ich habe keine Ahnung, was ich dazu sagen soll, aber offenbar muss ich das auch gar nicht, denn Danica fährt mich an: »Hör auf, mich so anschauen.«

»Warum sind wir überhaupt hier?«

Ich kann es mir zwar denken, aber in den letzten paar Wochen habe ich immer versucht, nicht an ihrer Motivation was Mike betrifft zu zweifeln. Aber jetzt bin ich müde, gelangweilt und durchgefroren, und jeder Selbsterhaltungstrieb, den ich hatte, wurde irgendwo in der Menge im *Mayhem* zerquetscht. Es ist mir egal, ob sie sauer auf mich ist, oder dass sie die Macht besitzt, mir das Leben zur Hölle zu machen. Ich will nur eine Erklärung dafür, warum ich nach fremdem Schweiß rieche und meine Finger nicht mehr spüren kann.

»Ich will Mike.«

»Warum?«

»Ich vermisse ihn«, lügt sie. Das merke ich, weil sie dabei lächelt. Es ist ihr süßes Lächeln – das, das sie aufsetzt, um zu bekommen, was sie von ihrem reichen Vater will, ein Lächeln, das einfach *zu* süß ist. Das Lächeln, das sie mir heute Abend geschenkt hat, als sie mich fragte, ob sie »nur für eine Minute« meinen Kapuzenpulli anziehen könnte. Und das, obwohl wir beide wussten, dass sie nicht die Absicht hatte, ihn zurückzugeben.

Ich verschränke die Arme über meinem dünnen Shirt, um mich vor der Kälte zu schützen, und Danica muss die Zweifel in meiner Miene gesehen haben, denn sie fährt fort, es mir zu erklären.

»Mike war ein toller Freund«, beharrt sie. »Er hat mich wie eine Prinzessin behandelt. Er hat meine Bücher getragen und mir kleine Geschenke mitgebracht. Am Valentinstag hat er mir immer Blumen in mein Schließfach gestellt.«

Ihr Lächeln wird sanft, fast aufrichtig, aber es schwindet, als ich frage: »Warum hast du dann mit ihm Schluss gemacht?«

In ihrem üblichen herablassenden Ton entgegnet sie: »Weil er nach unserem Abschluss nichts mit seinem Leben angefangen hat. Er war komplett pleite, hat aber nicht mal dran *gedacht*, aufs College zu gehen. Er hatte keine echten Ziele. Er war nur ein Loser in irgendeiner bescheuerten kleinen Garagenband.«

Leseprobe aus Rock my Dreams

Den Scharen an Fans nach zu urteilen, die sich heute Abend vor der Bühne gedrängt haben, ist klar, dass er doch echte Ziele hatte. Und dass er sie mit genau dieser »bescheuerten kleinen Garagenband« erreicht hat, aber ich mache mir nicht die Mühe, das zu erwähnen. Und ich mache mir auch nicht die Mühe, darauf hinzuweisen, dass Danica das College nach nur einem Semester geschmissen und die letzten sechs Jahre damit verbracht hat, die Kreditkarten ihrer Eltern glühen zu lassen.

Vor sechzig Jahren haben unsere Großeltern eine Farm gekauft. Vor sechsundzwanzig Jahren haben Danicas Dad und meine Mom sie geerbt, und meine Eltern haben sie zu unserem Zuhause gemacht. Vor vierzehn Jahren haben Danicas Eltern viele wichtige Kontakte geknüpft und Investitionen getätigt und sich auf eine mehr unternehmerische Ebene des Viehgeschäfts spezialisiert. Sie haben ein Vermögen gemacht und sind weit weg von unserer Kleinstadt und dem bescheidenen Stück Land gezogen, auf dem alles angefangen hat. Jetzt arbeitet Danica ab und zu für die Firma ihrer Eltern, immer dann, wenn es ihr gerade in den Kram passt.

Meine Eltern und mein jüngerer Bruder leben noch immer auf der kleinen Farm, und bis vor zwei Monaten wohnte auch ich noch dort.

»Und das hier hat nichts mit dem zu tun, was Adam zu Beginn der Show gesagt hat? Dass die Band einen großen Plattenvertrag unterschreiben wird?«, frage ich provozierend. Danicas Blick verhärtet sich, aber sie macht sich nicht die Mühe, einen Streit anzufangen. Stattdessen zieht eine Bewegung in der Nähe des Klubs ihre Aufmerksamkeit auf sich, und ihre mandelförmigen Augen schauen Richtung *Mayhem*.

Sieben Leute gehen über den dunklen Parkplatz auf den Bus zu. Adam und ein Mädchen in seinem Arm. Shawn und die Gitarristin, Kit. Joel und eine Sexbombe in High Heels. Und Mike.

Leseprobe aus *Rock my Dreams*

Danica zieht meinen zu großen Kapuzenpulli aus, bevor irgendeiner von ihnen sie darin sehen kann, wirft ihn auf den Boden und rennt auf ihren Ex zu. »Mike!«

Es ist eine filmreife Szene. Auf ihren langen Beinen läuft sie schnell über den Parkplatz. Ihre Haare flattern. Sie wirft sich ihm an den Hals.

Doch der Moment, in dem er seine Arme um Danica schlingen sollte, um sie herumzuwirbeln, wie es jeder anständige Film-Herzensbrecher tun würde, verstreicht, und seine Arme hängen einfach nur reglos an ihm herunter.

Ich höre auf, den Schmutz und die welken Blätter von meinem grünen Ivy-Tech-Kapuzenpulli zu bürsten, den meine Eltern mir einmal zu Weihnachten geschenkt haben, als sie sich nichts anderes leisten konnten, um die interessante Szene vor mir zu beobachten.

»Freust du dich denn gar nicht, mich zu sehen?«, kreischt Danica, worauf die Gitarristin ein Geräusch macht, das dafür sorgt, dass Shawn den Arm ein bisschen fester um sie legt. Ihre schwarzen Augen sind mörderisch, und mir fällt auf, dass der Rest der Band mehr oder weniger genauso schaut. Sie sehen Mike und Danica zu, als ob die Szene, die sich vor ihnen entfaltet, aus einem absolut grauenhaften Horrorfilm wäre, nicht aus einer zeitlosen Romanze, wie es Danica gern gehabt hätte.

Auch ich sehe immer noch zu, und als Mike endlich die Arme hebt, um Danicas Umarmung zu erwidern, seufze ich und widme mich wieder meinem Kapuzenpulli. Auf dem Ärmel ist ein Fleck. Ich verschmiere ihn, als ich mit dem Daumen darüberreibe.

»Was machst du denn hier?«, fragt Mike, und Danica erzählt ihm ganz lässig, dass sie jetzt hier lebt, und beginnt dann, den Rest der Jungs der Reihe nach zu umarmen. Sie

Leseprobe aus *Rock my Dreams*

legt eine oscarreife Vorstellung hin und gerät erst ins Stocken, als Shawn einen Schritt zurückweicht, um ihrer Umarmung zu entgehen.

»Was machst du denn bei unserem Konzert?«, fragt er.

»Ich wollte Mike sehen.« Sie zieht einen Schmollmund, ohne Mike auch nur eines weiteren Blickes zu würdigen.

»Warum?« Als ich Mike jetzt sprechen höre, fällt mir auf, wie gut seine Stimme zu ihm passt. Sie klingt, als ob sie zu jemandem mit großen braunen Augen, dichten braunen Haaren und durchtrainierten Armen gehört. Er ist heißer als Adam, auch wenn Danica das nicht sehen kann. Plötzlich bin ich genervt – vielleicht, weil jemand wie er jemanden wie Danica lieben *könnte*, vielleicht weil jemand wie Danica ihn niemals ebenso sehr lieben würde, vielleicht weil ich müde bin und es verdammt kalt ist und ich nach irgendeinem fremden Körper rieche. Und mein absoluter Lieblingskapuzenpulli einen verdammten Fleck auf dem Ärmel hat und ich heute Abend mit dem Biest nach Hause fahren muss, dem ich diesen Fleck zu verdanken habe.

»Ja, Dani, warum?«

Sie wirft mir einen wütenden Blick zu, als sie den Spitznamen ihrer Kindheit hört – den, den sie damals nicht mehr wollte, weil er ihr zu jungenhaft klang –, und ich versuche, nicht auf den Boden zu starren.

Seit wir im Sommer zusammengezogen sind, habe ich meine Zunge im Zaum gehalten. Ich war ihr Hausmädchen, ihre Köchin, ihr Babysitter und ihr Fußabtreter. Das ist der Preis, den ich dafür bezahle, dass *ihre* Familie uns *beiden* ein Dach über dem Kopf bietet, und für die Studiengebühren, die sie für mich übernehmen. Aber drei Stunden Schlangestehen heute Abend, gefolgt von fünf Stunden ohne jede Privatsphäre und dann noch zwei Stunden Frieren haben meine Vernunft

Leseprobe aus *Rock my Dreams*

schwer in Mitleidenschaft gezogen. Was eine äußerst gefährliche Sache ist.

Ich bin trotzdem froh, dass sie meine Bemerkung unkommentiert lässt und ihre Aufmerksamkeit stattdessen wieder Mike zuwendet. »Können wir reden?«

Er starrt sie mit unergründlicher Miene an.

Ich suche in seinem Gesicht nach dem Typen, der in sie verliebt war, dem, der ihr Blumen ins Schließfach gestellt hat. Ich suche nach dem Rockstar, den ich heute Abend auf der Bühne gesehen habe, dem, der jedes Mädchen hätte haben können. Ich suche nach dem Träumer, dem, der wusste, dass er sich von Danica nicht aufhalten lassen sollte.

Aber sie sind alle hinter vorsichtigen braunen Augen versteckt, und ich höre auf, nach ihnen zu suchen, als Mike »Na klar« sagt und Danica zum Bus führt.

3

»Ist nicht längst Schlafenszeit für euch?«, frage ich spaßhaft und pirsche mich mit einer kleinen, aber begehrten Waffe in der Hand – einem Satellitentelefon, das mit der Kommandozentrale verbunden ist – an eine feindliche Festung heran.

»Deine Mom ist zu sehr damit beschäftigt, meinen Schwanz zu lutschen, als dass ich ins Bett gehen könnte«, witzelt die vorpubertäre Stimme in meinen Kopfhörern, und ein Haufen anderer kleiner Jungs lacht streitlustig, und auch ich kann mir ein Lächeln nicht verkneifen.

Meine Daumen gleiten über den Controller in meiner Hand, und ein letzter Knopfdruck löst einen entsetzlich lauten Alarm aus.

»Oh mein Gott!«, kreischt der erste Junge über den heulenden Alarm hinweg. Der Bildschirm blinkt rot, und ich reiße lachend noch ein paar Witze, während die restlichen Jungs in Panik ausbrechen.

»Was hast du da eben über meine Mom gesagt?«

»Wie zum Teufel hast du die verdammte Luftunterstützung gekriegt?«, brüllt einer von ihnen, und auf dem Bildschirm vor mir sehe ich zu, wie eine Gruppe Soldaten in Tarnanzügen aus dem Gebäude in der Ferne flüchtet.

»Zu spät, Anfänger!«, lache ich, und das Dröhnen eines Hubschraubers wird lauter. Eine Sekunde später beginnt ein ohrenbetäubendes Geschützfeuer alle vor mir niederzumähen,

Leseprobe aus *Rock my Dreams*

und die Schreie der kleinen Jungs in meinen Kopfhörern wärmen mein grausames, gnadenloses Herz.

Ich lache hysterisch, weil sie mich verfluchen und mich beschuldigen, ein Hacker zu sein, als sich die Luft im Tourbus auf einmal verändert. Ich hebe den Blick und sehe, wie die Tür aufgeht.

Ich bin seit Stunden allein. Die Ersten, die den Bus verlassen hatten, waren Mike und Danica, nachdem sie mit einem Finger über seinen Arm gestrichen und ihn gefragt hatte, ob sie unter vier Augen reden könnten. Ich nehme an, sie war die Blicke der anderen leid, denn es war nicht zu übersehen, dass alle – Mikes Band und ihre Begleiter – sie hassen. Und ich bezweifle, dass das, was Danica im Sinn hatte, »reden« war.

Ich bin mir nicht sicher, ob es für sie irgendetwas geändert hat, Mike aus nächster Nähe zu sehen, oder ob sie einfach nur eine sehr talentierte Schauspielerin ist, denn sobald wir alle zusammen im Bus waren, würdigte sie Adam, Shawn oder Joel kaum noch eines Blickes. Und die Leidenschaft, mit der sie sich Mike widmete, muss Wirkung gezeigt haben, denn er nahm sie mit zu einem anderen Bus auf dem Parkplatz, und seitdem hatten wir nichts mehr von ihnen gesehen oder gehört.

Ich vertrieb mir die Zeit, indem ich mit Adams Freundin, Rowan, auf einem Flachbildfernseher im Gemeinschaftsbereich Videospiele spielte, bis nach und nach alle in Zweiergrüppchen verschwanden, um noch etwas Schlaf zu bekommen. Ich versicherte ihnen, ich würde allein zurechtkommen, während ich auf Danica wartete, und verlor dann jedes Zeitgefühl, weil ich vorpubertierende Jungs online abschlachtete, die keine Ahnung gehabt hatten, worauf sie sich einließen.

Als Mike mit zerzaustem Haar und gesenktem Blick in den

Leseprobe aus *Rock my Dreams*

Bus steigt, lege ich meine Kopfhörer und den Controller neben mir auf die Bank. Die Tür fällt hinter ihm zu, und mir wird bewusst, dass Danica nicht bei ihm ist.

»Wo ist denn Danica?«, frage ich, und Mikes müde Augen sehen langsam auf, als er merkt, dass er nicht allein ist.

»Schläft.« Seine Stimme klingt so erschöpft, wie er aussieht. Er lässt sich mir gegenüber auf eine graue Lederbank fallen, aus der zischend Luft entweicht. Mit seinen Ellenbogen stützt er sich schwer auf seinen Knien ab und reibt sich unsanft die Augen. »Sie ist eingeschlafen, nachdem …« er schüttelt den Kopf. Er muss den Satz für mich nicht beenden, und ich bin sehr froh, als er es auch nicht tut. »Das könnte ein bisschen dauern.«

Wahrscheinlich sollte ich ihn fragen, ob sie zu viel getrunken hat, oder ob es sicher für sie ist, allein in dem anderen Bus zu schlafen. Aber als ich über den Gang hinweg auf diesen Mann schaue, den ich nicht kenne, bemerke ich, wie seine breiten Schultern herunterhängen, als ob sie ein unvorstellbar schweres Gewicht zu tragen haben, höre ich mich stattdessen fragen: »Geht es dir gut?«

Es ist eine bescheuerte Frage. Er ist ein Rockstar. Er wurde offensichtlich eben flachgelegt. Natürlich geht es ihm gut.

Doch dann hebt er das Kinn, und der Ausdruck in seinen Augen lässt mich vermuten, dass dem nicht so ist.

»Ich brauche ein Bier«, sagt er und steht auf. »Willst du auch irgendwas?«

Er geht ohne abzuwarten in den hinteren Teil des Busses, vielleicht, um weiteren dummen Fragen zu entgehen, deren Antworten mich nichts angehen. Bevor er ganz hinter dem Trennvorhang verschwindet, antworte ich schnell, dass ich nehme, was immer er dahat.

Ich spiele mein Spiel weiter, und als Mike mit zwei Flaschen

Leseprobe aus *Rock my Dreams*

Bier in der Hand zurückkommt, stelle ich meines neben mir ab und bedanke mich – alles, ohne die rechte Hand vom Controller zu nehmen oder den Blick vom Bildschirm zu wenden. Vermutlich werde ich noch lange, lange Zeit auf Danica warten. Dann kann ich genauso gut das Beste daraus machen.

»Das ist ja Deadzone Five«, bemerkt Mike, und ich schaue ihn aus den Augenwinkeln an.

»Scheiße«, sage ich, während ich weiterspiele. »Bist du das etwa, der betatestet? Ich dachte, es wäre Rowan.«

»Hast du es geschafft, Luftunterstützung zu kriegen?«, will er wissen, ohne auf meine Frage einzugehen.

»Ja. Und ich habe einen Systemfehler gefunden. Ich kann die Luft…«

Ich verstumme, als ich noch einen Blick auf ihn werfe. Seine Augenbrauen sind zusammengezogen, und er starrt mich an, als wären mir Tentakel aus den Ohren gewachsen.

»Entschuldige«, sage ich, während ich den Controller hinlege. »Ich wollte nicht …«

»Ich versuche seit *Wochen*, Luftunterstützung zu kriegen!«, unterbricht er mich mit nichts als Ehrfurcht in der Stimme.

Ich verberge mein Lächeln und erkläre schlicht: »Ich bin ziemlich gut.«

»Das musst du sein! Verdammt.«

Seine klägliche Miene ist wie weggefegt, und diesmal gestatte ich mir das Grinsen. »Und da ist eine kleine Systemstörung, die es mir ermöglicht, sie immer wieder zu benutzen. Willst du sie mal in Aktion sehen?«

Ich reiche Mike die Kopfhörer, und als die Alarme in dem Spiel losheulen und der Bildschirm rot aufblinkt, hellt sich sein Gesicht vor lauter Aufregung auf. Ich kann die wilden Schreie der zehnjährigen Kids aus seinen Kopfhörern hören, und als Mike anfängt zu lachen, lache ich mit.

Leseprobe aus Rock my Dreams

»Tust du mir einen Gefallen?«, frage ich. »Sag *PussySlayer69* schöne Grüße von meiner Mom.«

Mike lacht so heftig, dass er einen Hustenanfall bekommt. »Oh mein Gott, dieses kleine Stück Scheiße geht mir schon seit Wochen auf die Nerven.« Er hält sich das Mikro an den Mund und sagt: »Hey, Kyle, dir ist schon klar, dass dir hier drüben von einem Mädchen der Arsch aufgerissen wird, oder? Schöne Grüße von ihrer Mom.«

Ich kann nicht verstehen, was Kyle sagt, aber ich kann sein schrilles Kreischen hören, und danach zu urteilen, wie Mike sich vor Lachen krümmt, muss es gut sein. Ich strahle vor Stolz, als Mike sich schließlich wieder aufrichtet und zufrieden seufzt. »Das war umwerfend. Genau was ich gebraucht habe.«

»Harte Nacht gehabt?«, witzle ich, aber Mikes Lächeln verschwindet, und ich verfluche mich für meine große Klappe.

Geht mich nichts an, geht mich nichts an, geht mich nichts an. Danicas Angelegenheiten gehen mich *absolut* nichts an, sie sind von meinen meilenweit entfernt. Sie ist die Antarktis, und ich bin der Mond.

»Dein Name ist Hailey, oder?«, fragt Mike.

Ich nicke und überlege noch immer, wie ich die letzten dreißig Sekunden unserer Unterhaltung löschen kann.

»Tut mir leid, dass ich so ein Arschloch war, Hailey. Ich wusste nicht, dass du den ganzen Abend allein hiersitzen würdest.«

»Ist schon gut …«, beginne ich, aber Mike schüttelt den Kopf.

»Nein, das ist es nicht. Ich habe nicht mitgedacht.«

Die Aufrichtigkeit in seinem Blick lässt mich schwer schlucken, und als er über mein Schweigen die Stirn runzelt, schüttle ich den Kopf. Wenn sich irgendjemand wegen heute Abend schlecht fühlen sollte, dann Danica. Sie hat sich von mir hier-

Leseprobe aus *Rock my Dreams*

her fahren lassen, hat mich gezwungen, ihr stundenlang hinterherzulaufen wie ein persönlicher Butler, und ist dann verdammt noch mal *eingeschlafen.* »Wirklich, es ist schon okay. Ich war nicht lange allein. Ich habe fast den ganzen Abend mit Rowan gespielt.«

Mike starrt mich noch einen Moment länger an und lächelt dann wieder. »Sie ist auch ziemlich gut. Meistens steckt sie mich locker in die Tasche.«

Das stimmt – sie *war* ziemlich beeindruckend, sowohl im Spiel als auch sonst. Wir haben festgestellt, dass wir auf dieselbe Uni gehen, haben unsere Nummern ausgetauscht und uns für Mittwoch auf dem Campus zum Lunch verabredet – zusammen mit Joels Freundin Dee. Das ist das einzig Gute, was dieser Abend gebracht hat.

»Aber nicht so gut wie ich«, grinse ich, und Mike lacht.

»Nein, du spielst in einer ganz anderen Liga. Ich kann immer noch nicht glauben, dass du in, was, nur ein paar Stunden die Luftunterstützung gekriegt hast.«

Ich hebe mein Bier, um ihm zuzuprosten, und er stößt mit mir an.

»Ich spiele mit meinem kleinen Bruder oft DZ4«, erkläre ich ihm.

»Und Danica ist deine Cousine?«, fragt er und nimmt einen großen Schluck von seinem Bier. Als ich nicke, fügt er hinzu: »Sie hat nie erwähnt, dass sie eine Cousine hat.«

Ich trinke auch noch einen Schluck und erinnere mich daran, wie sie meinen Lieblingskapuzenpulli vorhin einfach auf den Boden geworfen hat. Im Moment weicht er im Badezimmer des Busses im Waschbecken ein. Shawn hat mir versucht zu helfen, den Fleck aus dem Ärmel zu bekommen, aber wir haben alles nur noch schlimmer gemacht.

»Vermutlich weil sie ein egoistisches Biest ist, das an nie-

Leseprobe aus Rock my Dreams

manden außer sich selbst denkt«, entfährt es mir, und sobald ich die bittere Wahrheit ausgesprochen habe, weiten sich meine Augen, und ich presse meine Lippen zusammen.

Ich kann nicht glauben, dass ich das eben gesagt habe. Laut. Zu genau dem Typen, mit dem sie vor nicht mehr als zwanzig Minuten weiß Gott was getrieben hat. Ich habe meinen verdammten Verstand verloren.

Ich halte den Atem an, als Mike mich anstarrt, doch dann schenkt er mir ein amüsiertes Lächeln. »Warum erzählst du mir nicht, wie du dich *wirklich* fühlst?«, witzelt er.

Ich nehme einen großen Schluck von meinem Bier, um den noch größeren Kloß in meiner Kehle hinunterzuspülen. »Entschuldigung.«

»Wofür?«

»Ich wollte deine Freundin nicht beleidigen.«

»Freundin«, wiederholt er stirnrunzelnd. Er lehnt sich wieder gegen die Lederbank und lässt den Kopf nach hinten sinken. »Dieser Abend ist so verkorkst.«

Ich wiederhole mein Mantra. *Geht mich nichts an, geht mich nichts an, geht mich nichts an.*

»Willst du noch ein Bier?«, frage ich, als mein Blick von dem leichten Bartschatten auf seinem Kinn auf die leere Flasche fällt. Mike ist ein Rätsel. Ein Rockstar, der nicht mit Groupies rummacht. Ein Typ, der eben flachgelegt wurde, sich aber benimmt, als ob gerade jemand gestorben sei. Ich habe keine Ahnung, was ihn bedrückt, aber selbst wenn ich ihn fragen würde, nehme ich an, ich würde es nicht verstehen. Der Typ war in Danica verliebt, und das ist etwas, was ich nie begreifen könnte, egal, wie viele Jahre ich damit verbringen würde, den Tourbus-Psychiater zu spielen.

»Es gibt nicht genug Bier auf dieser Welt«, antwortet Mike, und ich reiche ihm den Rest von meinem, bevor ich seine leere Flasche nehme und auf die kleine Küche im hinteren Teil des Busses zusteuere. Ich weiß, dass ich mich nicht einmischen darf, daher tue ich stattdessen das Nächstbeste.

»Wohin gehst du?«, fragt Mike und setzt sich auf.

»Sehen, ob du irgendwas Stärkeres als Bier dahast.«

Wenn Sie wissen möchten,
wie es weitergeht, lesen Sie

Jamie Shaw

Rock
my Dreams

ISBN 978-3-7341-0555-5
ISBN 978-3-641-21811-9 (E-Book)

blanvalet

Wir lieben Geschichten,
die unseren Puls beschleunigen.
Wir schreiben über alles, was uns fasziniert,
inspiriert oder anmacht.
Und was bewegt dich?

Willst du mehr?
Hier bist du goldrichtig:

www.sinnliche-seiten.de
WIR LESEN LEIDENSCHAFTLICH